LE VALLON DES LOUPS

Marie-Bernadette Dupuy est née et vit en Charente. Écrivaine aux multiples talents, elle aborde avec un immense succès les genres les plus variés : biographies historiques, grandes sagas familiales, policiers, romances. Son œuvre, traduite jusqu'en Russie, lui a permis de conquérir le cœur de très nombreux lecteurs et de devenir la reine française de la saga.

Paru au Livre de Poche :

ABIGAËL (6 tomes)

ANGÉLINA
1. Les Mains de la vie
2. Le Temps des délivrances
3. La Force de l'aurore

LA GALERIE DES JALOUSIES (3 tomes)

LARA
1. La Ronde des soupçons
2. La Valse des suspects
3. La Danse macabre

LE MYSTÈRE SOLINE
1. Au-delà du temps
3. Un chalet sous la neige

L'ORPHELINE DE MANHATTAN
1. L'Orpheline de Manhattan
2. Les Lumières de Broadway
3. Les Larmes de l'Hudson

L'ORPHELINE DES NEIGES
1. L'Orpheline des neiges
2. Le Rossignol de Val-Jalbert
3. Les Soupirs du vent
4. Les Marionnettes du destin
5. Les Portes du passé
6. L'Ange du lac

LE SCANDALE DES EAUX FOLLES
1. Le Scandale des eaux folles
2. Les Sortilèges du lac

ROMANS INDÉPENDANTS
Les Amants du presbytère
Amélia, un cœur en exil
L'Amour écorché
Les Feux de Noël
Les Fiancés du Rhin
Le Refuge aux roses
Le Val de l'espoir

MARIE-BERNADETTE DUPUY

Le Vallon des loups

Le Mystère Soline **

CALMANN-LÉVY

ISBN : 978-2-253-26297-8 – 1re publication LGF

Note de l'autrice

Chères amies lectrices, chers amis lecteurs,

Le mystérieux destin de Soline se poursuit, au fil de ces pages où plusieurs énigmes vont semer le trouble et la panique dans la vie déjà agitée de mes nouveaux personnages.

J'espère que vous apprécierez ce parcours souvent chaotique, au cœur de nos magnifiques montagnes, dominées par le seigneur du lieu, le massif du Mont-Blanc.

Vous retrouverez également le chemin de vie de Louise, qui affronte beaucoup d'épreuves sans jamais perdre courage, et dont la relation au-delà du temps, avec Soline, continue et même se renforce.

Mais à vous de le découvrir…

Je redirai également, comme dans chacun de mes livres, même si cet avertissement figure sur chaque ouvrage sérieux, que toute ressemblance avec des personnes existantes ou ayant existé serait fortuite et indépendante de ma volonté, et que les événements sont fictifs, hormis ceux signalés comme authentiques par une note.

Agréable lecture,

Marie-Bernadette Dupuy

1

D'étranges visions

Servoz, chalet de Benjamin Martin,
samedi 8 août 2015

La terre était glissante sous les pieds nus de Soline. Elle marchait entre les sapins, indifférente à tout, sans même jeter un regard vers le ciel envahi par des cohortes de nuages d'un gris intense, couleur de plomb fondu.

— Il fait presque nuit, se dit-elle simplement à mi-voix.

La pluie ruisselait, une pluie drue et froide qui n'avait pas la douceur tiède des averses d'été. Le tonnerre faisait entendre de longs grondements dans un enchaînement inquiétant, assorti d'éclairs d'un blanc aveuglant.

— Je n'aurais pas dû sortir, déplora la jeune femme.

Ses cheveux blonds étaient trempés, comme le débardeur qui moulait sa poitrine. Elle essuya son visage du dos de la main, se frotta un peu les yeux.

— Mais… Qu'est-ce que c'est ?

Soline avait quitté l'abri de la forêt et elle s'apprêtait à traverser la clairière. Une lumière intense, d'un jaune orangé, dispersait les ombres bleues du crépuscule. Ses reflets dansants irradiaient les hautes herbes. L'air lui sembla soudain étouffant. Le chalet brûlait.

— Le feu, il y a le feu, articula-t-elle péniblement.

Fascinée, elle observait les grandes flammes qui rongeaient le bâtiment. Tout allait disparaître, du lieu où Benjamin avait vécu pendant plusieurs mois. Horrifiée, Soline se représenta l'ardente destruction des vêtements de son amour perdu, celle de ses cahiers, des nombreuses photographies qu'il gardait avec soin dans des albums.

— Il ne me restera rien de lui, rien, gémit-elle.

Incapable de réagir, elle demeura figée sur place, puis un peu de lucidité lui revint.

— Il faut appeler les pompiers, vite ! Mon Dieu, Viviane, Kate, elles sont à l'intérieur. Non, elles ont dû sortir. Et Neige ?

Fébrile, Soline chercha vainement son portable dans la poche de son short en toile.

Elle scrutait en même temps les alentours du chalet, dans l'espoir de deviner les silhouettes de ses deux amies. L'espace d'une seconde, elle les imagina prisonnières à l'intérieur, victimes de l'atroce brasier, peut-être changées en torches humaines.

— Je dois les sauver, elles vont mourir !

Ses jambes tremblaient, pourtant elle réussit à faire quelques pas en avant, malgré son envie de reculer vers les fraîches ténèbres du sous-bois. Des clameurs de souffrance, étouffées par les craquements affreux de l'incendie, résonnaient dans sa chair, au fond de son cœur.

— C'est trop tard ! hurla-t-elle. Pourquoi ? Mais pourquoi ?

Un long cri d'épouvante jaillit de sa gorge, tandis qu'elle secouait la tête, éblouie par la clarté des flammes. Un sentiment d'impuissance, teinté de culpabilité, la rendait folle.

— Non, non !

Des mains la saisirent soudain par les épaules, comme pour la forcer à regarder le désastre. Elle se débattit, en criant encore.

— Soline ! Soline, réveille-toi !

La voix de Kate traversa le brouillard de sa panique, et le contact de ses doigts acheva de la ramener dans le monde réel.

— Eh bien, gamine, j'ai cru qu'on t'égorgeait, fit la voix éraillée et familière de Viviane.

— Vous êtes vivantes, toutes les deux, balbutia Soline en les regardant d'un air hébété.

Le décor de la chambre n'avait pas changé. La jeune femme jeta un coup d'œil sur la lampe de chevet, qu'avait dû allumer Kate, puis elle étudia les cloisons en bois, les rideaux blancs.

— Tu nous as fait une sacrée peur, se plaignit la septuagénaire, en chemise de nuit. Mais ce n'était qu'un cauchemar.

Elle passa une main sur sa chevelure rousse, semée de fils d'argent, avant d'approcher du lit.

— Le chalet brûlait, je l'ai vu. Quelle heure est-il ?

— Deux heures du matin.

— Non, c'est impossible, il y avait un orage très violent, il pleuvait, mais il faisait encore un peu jour.

Soline se leva d'un bond. Elle enfila un pantalon de jogging et mit un gilet, avec une expression égarée.

— J'ai eu une vision, j'en suis sûre, même si ça ne m'est jamais arrivé pendant mon sommeil. Je revenais ici, j'étais trempée.

D'un geste nerveux, elle toucha le tissu de son débardeur puis ses cheveux, certaine de percevoir de l'humidité.

— Allons, calme-toi, gamine, soupira Viviane. Tu es tellement anxieuse en ce moment que tu dors mal. Tu devrais avaler un somnifère, le soir.

Bon, puisqu'on est réveillées, autant boire une tisane.

— Bonne idée, approuva Kate. Moi, je prendrai aussi un petit verre d'eau-de-vie. J'ai encore le cœur qui bat à toute vitesse. Sans rire, ma puce, je me suis ruée dans ta chambre, certaine qu'on te faisait du mal.

Sans lui répondre, Soline se précipita dans la grande pièce principale. Neige trottina vers sa maîtresse.

— Mon chien, tu es bien là, murmura-t-elle en le caressant. Je croyais que tu étais mort brûlé, toi aussi.

Le berger suisse alla gratter à la porte. Soline lui ouvrit, ce qui lui donna l'occasion de scruter les environs. Tout était calme, tranquille. Une chouette s'envola d'un arbre. Kate rejoignit son amie et lui prit affectueusement le bras.

— Il y a des étoiles, le ciel est clair, il fait très doux, lui dit-elle. Ma puce, ce n'était pas une vision, cet incendie, juste un mauvais rêve, madame Vivi a raison.

— Comment savoir ? J'étais paralysée, tellement j'avais peur. Je pensais que tout ce qui me restait de Benjamin était détruit par les flammes et que vous étiez déjà mortes !

— Arrête ça tout de suite, tu me donnes la chair de poule ! s'insurgea Kate. Tu es un paquet de nerfs, pas étonnant que tu fasses des cauchemars.

— Si seulement j'avais revu Benjamin, même en rêve. Kate, crois-tu qu'il est vivant ? Je veux espérer encore, me dire qu'il contemple la lune, lui aussi.

— Ou bien il dort, rétorqua son amie d'un ton pragmatique.

— J'aurais dû le retrouver, déplora Soline. Avec Sophie, nous avons inspecté les torrents et les cascades dans une large zone. J'ai marché des kilomètres, pour rien. Neige n'a senti aucune piste.

— C'est prêt, les filles, appela Viviane de l'intérieur.

Une fois installée sur le canapé, Soline fixa l'âtre éteint, sous le manteau de la cheminée.

— Il ne faudra pas allumer de feu les soirs qui viennent, si nous restons là, affirma-t-elle. Cette vision était peut-être un avertissement. Il pourrait s'agir de l'homme, du meurtrier. S'il a découvert où je me cachais, il va détruire cet endroit. Il vaudrait mieux rentrer à Combloux. Nous y serons plus en sécurité.

— Pourquoi donc ? Le message qu'il t'a envoyé était clair, il ne te fera pas de mal, protesta Viviane.

— Justement, dans ma vision, si j'étais dehors sous la pluie, vous deux et Neige étiez encore à l'intérieur du chalet en flammes ! Je ne courrai pas le risque de vous perdre, trancha Soline d'un ton dur.

Viviane Gonod considéra sa tasse de tisane d'un air navrée. Elle comprenait les angoisses de Soline, sans parvenir à être aussi pessimiste.

— Raisonne-toi un peu, ma belle, déclara-t-elle. Bon sang, des tas de gens font des cauchemars. On a assez causé de tes visions. Elles te viennent quand tu es bien réveillée, et lucide. Tu as pu rêver de tout ça parce que tu avais trop chaud.

— Si vous étiez comme moi, ma chère Viviane, que feriez-vous à ma place ? Et toi, Kate ? Je vous ai donné suffisamment de preuves.

— Même si le chalet doit brûler, ce ne sera peut-être que dans un an ou deux, avança Kate. Si tu retournes habiter à Combloux, ce sale type recommencera à te harceler. Ou même pire, il finira par t'enlever, comme il a fait pour moi.

Soline approuva d'un signe de tête. Elle demeurait marquée par les images atroces qu'on lui avait montrées.

— On peut tenter le diable et rester ici, répliqua-t-elle. Dans ce cas, on va stocker toutes les affaires de Benjamin dans le camion.

— De toute façon, gamine, il y a des détecteurs de fumée dans cette pièce et dans chaque chambre, argumenta Viviane. Si, par malheur, quelqu'un essaie de nous faire flamber, on aura le temps de sortir.

Kate avala d'un trait son petit verre d'alcool. Elle imagina un homme vêtu de noir, occupé à répandre de l'essence autour du chalet, dans la remise à bûches, dans le garage.

— Non, Soline dit vrai, on ferait mieux de lever le camp, madame Vivi.

— Je me plaisais bien, moi, en pleine nature, avec vous, mes petites. Enfin, rien ne presse. De toute façon, l'organisme qui logeait Benjamin récupère le chalet le 1er septembre.

Cette éventualité dévastait le moral déjà au plus bas de Soline. Elle s'accrochait désespérément au souvenir de la vision qu'elle avait eue du jeune homme, quelques jours auparavant mais, dès que le doute la reprenait, son courage l'abandonnait et la laissait accablée.

Comble de chagrin, la mystérieuse femme blonde aux yeux clairs, qui devait vivre au début du siècle précédent, ne lui apparaissait plus, la privant d'un précieux réconfort.

— Allez vous recoucher, toutes les deux, soupira-t-elle. Je n'ai plus sommeil, je préfère veiller avec Neige. Nous montons la garde.

Soline avait tenté de plaisanter, sans même parvenir à sourire.

— Tu es sûre ? demanda Kate en bâillant.

— Mais oui.

Viviane semblait fatiguée et se leva la première. Une fois seule, Soline sortit. Elle fit le tour du chalet, suivie de près par le berger suisse. Au retour, elle s'installa sur la terrasse, dans l'attente de l'aube.

Chamonix, le lendemain, dimanche 9 août 2015

La capitaine Sophie Gally prenait son petit déjeuner à la terrasse d'une brasserie. Elle appréciait cet établissement, situé au bord de l'Arve et d'où on pouvait admirer le massif du Mont-Blanc. Alban Demolliens, à qui elle avait succédé dans le peloton de gendarmerie de haute montagne, l'avait retrouvée là.

— Tu n'as toujours aucune piste au sujet de Benjamin Martin ? demanda-t-il en désignant l'affichette qu'elle avait posée sur la table.

— Non, hier j'ai montré sa photo à un groupe de randonneurs, que j'ai croisé en bas du téléphérique de l'Aiguille du Midi. Je garde toujours une affiche sur moi, au cas où…

— Il y a tellement de gens qui disparaissent chaque année en montagne, déplora Alban. Et un jour, dans le meilleur des cas, quelqu'un découvre un cadavre. Au moins, c'est la fin du doute, pour les familles.

Ces propos firent tiquer Sophie, qui continuait à espérer, à l'instar de Soline, avec comme unique élément, la vision de la jeune femme, à la fin du mois précédent.

— Je suis en disponibilité aujourd'hui et demain matin, dit-elle en sirotant son thé au lait. J'irai à Servoz. Alban, tu as suivi la consigne ?

— Oui, je n'ai rien ébruité dans mon entourage familial. Et je te remercie de m'avoir fait confiance. J'ignorerais toujours que Soline aimait Benjamin, si tu ne me l'avais pas avoué. Sois tranquille, du côté du peloton, tout le monde respecte tes ordres. Nos amies sont en lieu sûr. Cela dit, je suis un peu déçu d'être tenu à l'écart.

Sophie lui décocha un large sourire, afin de le consoler. Ils se voyaient fréquemment et dînaient parfois ensemble, en bons camarades. Cependant, leurs collègues pensaient à une discrète relation amoureuse.

— Accompagne-moi, je peux plaider ta cause, répliqua-t-elle. Viviane Gonod serait sûrement ravie de te revoir.

— Je ne tiens pas à gêner Soline, se défendit-il.

— Oh, elle te doit bien ça, tu as failli mourir par sa faute.

— Je t'en prie, ne plaisante pas avec ça. Nous savons qu'il n'y a qu'un coupable, cet homme insaisissable.

— Je sais. D'ailleurs, je ne peux pas m'empêcher de penser qu'il lui est peut-être arrivé malheur. Personnellement, ça me paraît bizarre qu'il n'ait pas encore localisé Soline.

Alban avala sa tasse de café. Il lança un regard songeur vers le ciel d'un bleu pur.

— Comme je suis cantonné au service administratif, dit-il assez bas, j'ai le temps de réfléchir. Cette semaine, j'ai étudié le profil de ce type, en me basant sur ses faits et gestes depuis le début de l'affaire. Si tu veux mon avis, en ce moment, il s'amuse.

— Comment ça ? s'étonna Sophie. Tu peux préciser ?

— Imagine une partie de cache-cache entre gosses. Il accorde un répit à Soline, car elle a déniché une bonne planque. Le jeu reprendra quand elle sera obligée de revenir à Combloux.

Le téléphone portable de Sophie vibra, ce qui l'empêcha de commenter cette théorie.

— Tiens, quelle coïncidence, constata-t-elle. C'est un appel de Viviane Gonod. Il y a peut-être du nouveau…

Alban percevait la voix éraillée de la septuagénaire, tout en observant la réaction de Sophie, dont le joli visage s'était altéré sous le coup de l'émotion.

— Merci, je fais au plus vite, Viviane, dit-elle en coupant la communication. Alban, viens, je t'emmène, il y a un gros souci avec Soline.

Sur ces mots, elle se leva et prit son sac.

— Où allons-nous ? s'enquit-il, inquiet.

— À Combloux. Je te raconterai ce qui se passe pendant le trajet.

Combloux, une demi-heure plus tard

Soline vit arriver le break bleu de Sophie sans marquer une réelle surprise. Elle s'était assise sur le rebord de la fenêtre qui donnait sur la rue, ayant repris possession de son modeste logement.

— C'est d'une rare imprudence, nota Alban. Tout est grand ouvert, même à l'étage.

Il constatait, comme la capitaine, la tenue provocante de la jeune femme, dont le corps sculptural était moulé par une robe courte en jersey jaune, au décolleté audacieux. La mine insolente, Soline faisait se balancer ses jambes nues, dorées par le soleil.

— Qu'est-ce que tu fabriques ? s'emporta Sophie après être descendue de sa voiture.

— Tu vois bien, j'aère la maison, et je m'exhibe, afin d'attirer mon bourreau dans le quartier. S'il a un espion, il sera prévenu d'ici peu. Cette nuit, je recevrai une rose. Mais je serai cachée dans mon 4×4 et, dès qu'il viendra, je sortirai pour lui parler.

— Soline, c'est de la folie, déplora Alban qui s'approchait.

— Rentre immédiatement, recommanda Sophie en la prenant par le bras. Tu ne dois pas rester là. Tout ça à cause d'un rêve !

— Ce n'était pas un cauchemar, mais une vision du chalet en feu, de Viviane et de Kate dévorées par les flammes. J'ai pris ma décision, je n'en changerai pas. Cet homme est prêt à tuer ceux que j'aime, je dois l'arrêter. Qu'il m'emmène et fasse ce qu'il veut de moi… Il s'est débarrassé de Benjamin, alors !

Alban était bouleversé par le regard perdu de Soline, dont la voix tremblait. Il la sentait d'une rare fragilité, à bout de nerfs.

— Nous pouvons en discuter, insista Sophie en entraînant Soline à l'intérieur. Tu m'as affirmé plusieurs fois que Benjamin était vivant. Je suis navrée, mais tu te conduis de façon stupide.

— Non, pas du tout, je tiens à sauver Viviane et Kate. Essaie de comprendre ! Je n'ai que cette solution, revenir à ma place, jouer son jeu de malade mental.

Sophie Gally pinça les lèvres, en l'entendant user de termes similaires à ceux d'Alban.

— Nous sommes donc deux à penser la même chose, trancha celui-ci. Mais peu importe, tu ferais mieux de retourner à Servoz.

— Tu sais la vérité ? s'étonna Soline. C'était censé être un secret. Pourquoi tu lui as dit où j'étais, Sophie ?

— C'était trop lourd à assumer seule. Et j'avais un témoin digne de foi s'il m'arrivait malheur. Il faut tout prévoir.

Sans perdre de temps en discussions inutiles, Alban referma volets et fenêtres. Soline tressaillit, avant de pleurer sans bruit.

— Laissez-moi faire à mon idée ! s'écria-t-elle.

— Non, trancha Sophie. Si je calcule bien, tu es là depuis une heure environ, un dimanche matin. En s'en allant maintenant, personne ne saura que tu es venue. Viviane m'a appelée, elle était affolée par le message que tu avais écrit.

Confuse, Soline se remémora les phrases tracées en toute hâte, sur une page de cahier, au lever du jour : « Je pars pour Combloux, pour vous sauver. Je vais piéger l'homme qui nous menace. Il doit être puni. Viviane, je vous confie Neige, si je disparais à mon tour. Kate, sois gentille de veiller sur les affaires de Benjamin. Je vous embrasse. »

— Un message puéril et idiot, ajouta Sophie. Tu devrais avoir honte, Soline. Il fallait m'appeler, cette nuit, si tu avais peur.

— Vas-y, sermonne-moi, mais j'étais sincère. Si tu avais vu l'incendie… Mes amies en feu !

Alban posa alors une main apaisante sur l'épaule de Soline. Il l'aimait toujours et ne supportait pas de la voir dans un tel état de détresse.

— Où habitez-vous exactement à Servoz ? lui demanda-t-il d'une voix douce. Si tu me permets de vous accompagner, je serais content.

— Viens si tu veux, au point où nous en sommes, soupira la jeune femme. Viviane sera ravie de te revoir.

*

Quatre-vingt-douze ans plus tôt,
Combloux, samedi 22 décembre 1923

Louise courait le long de la rue tapissée de neige fraîche. Emmitouflée dans un manteau en drap de laine que lui avait donné sa patronne, elle était à demi aveuglée par la chute dense des flocons, drus et ouatés.

— Tant pis si je passe encore pour une folle, dit-elle dans un souffle.

Elle faillit glisser sur une plaque de verglas, se redressa d'un coup de reins. Parvenue sur le perron d'une des maisons les plus cossues du village, Louise reprit son souffle. Le froid avait rosi ses joues, mais ses mains étaient rouges et glacées. Elle frappa à l'aide du heurtoir, tremblante d'impatience.

Un homme passa et la salua en soulevant son chapeau. C'était le maréchal-ferrant, qui lui faisait une cour discrète. À quarante-trois ans, on surnommait toujours Louise la « belle veuve Lardet ». Elle aurait pu se remarier, mais la vie conjugale la rebutait. Aussi on la pensait fidèle à la mémoire du brave berger qu'elle avait épousé, mort pendant la dernière guerre, comme tant d'autres.

Le déclic de la serrure retentit enfin. L'étroit visage au teint pâle de Félicie apparut. Elle se vantait d'être la domestique à demeure du couple de notables.

— Qu'est-ce que tu veux, Louise ? aboya-t-elle. Madame et Monsieur ont du monde.

Très digne, Louise toisa Félicie d'un regard impérieux. Elle ne se laissait plus impressionner par personne, après toutes les épreuves qu'elle avait endurées.

— Fais-moi entrer dans le corridor, dit-elle d'un ton sec. Je voudrais utiliser le téléphone de monsieur le maire.

— Rien que ça ?

Par chance, Amélie Coudray, la maîtresse des lieux, venait aux nouvelles. Elle eut un sourire en reconnaissant la visiteuse.

— Louise, qu'est-ce qui vous amène ? Rien de grave ?

— Bonjour, madame. Je suis navrée de vous déranger, mais j'ai une excellente raison.

— Je vous ai entendu parler du téléphone. Je vous le répète, si vous avez besoin de joindre votre frère, il ne faut pas hésiter. Venez m'expliquer ce qui se passe. Allons dans mon boudoir, mon mari et ses invités discutent au salon.

L'acariâtre Félicie regagna la cuisine, en songeant que la veuve Lardet jouait les malignes, à cause de son frère Antoine. Revenu vivant d'un camp de prisonniers en Allemagne après la guerre, le jeune homme étudiait désormais la médecine à Lyon.

Les deux femmes furent bientôt en tête à tête. Malgré leur statut social très différent, elles éprouvaient de la sympathie l'une envers l'autre.

— Je vous remercie de me recevoir, madame, déclara Louise. Il n'est pas question d'Antoine. Dieu m'a exaucée, mon petit frère semble promis à une existence meilleure que la mienne.

— Grâce à cette demoiselle qu'il va épouser, la fille d'un riche industriel, précisa Amélie en riant tout bas. J'espère que votre cher Antoine s'établira docteur à Combloux, plus tard.

Louise approuva d'un faible sourire, soucieuse d'en venir à ce qui l'amenait là.

— Madame, j'ai eu une vision, ce matin au réveil, annonça-t-elle. Vous savez tout de mon don, vous ne mettrez pas en doute mes paroles.

— Bien sûr, j'ai confiance en vous, Louise.

— Une avalanche va se produire demain, au hameau des Arêches, près du village de Beaufort. Il y aura des morts… Pour une fois, je voudrais agir, sauver ces malheureux, ce que je n'ai pas pu faire par le passé ! Si votre époux prévient le maire de Beaufort, on pourrait faire évacuer le hameau.

Louise fixait la lucarne rougeoyante du poêle en fonte émaillée avec une expression de pure compassion. Elle revoyait les terribles images de mort qu'on lui avait montrées.

— Mon mari refusera, répondit Amélie à mi-voix. Je lui ai parlé de vos visions, il n'y croit pas. Pour Anselme, ce genre de phénomène relève de l'impossible.

— Je comprends, madame, pourtant à douze ans, j'avais vu la coulée de boue torrentielle qui a détruit Bionnay et les thermes de Saint-Gervais. Le plus souvent, mes visions concernent ma famille, mais là, c'est autre chose. Il s'agit d'une catastrophe, madame. Si vous pouviez voir ce que j'ai vu… Et entendre le bruit affreux de l'avalanche !

Amélie Coudray tritura son collier de perles d'un geste nerveux, encore hésitante. Vêtue d'une robe en lainage beige qui dévoilait ses mollets gainés de bas de soie, elle arborait des cheveux coupés au niveau des épaules, pour suivre la nouvelle mode, sans se soucier de choquer les anciennes de Combloux, fidèles à leurs jupes longues et à leurs coiffes.

— Un instant, Louise ! Beaufort se trouve à plus de quarante kilomètres d'ici. Comment avez-vous su l'endroit exact, et le nom de ce hameau ? Pour la tragédie de Saint-Gervais-les-Bains, ça me paraît logique, vous habitiez Bionnay…

— La logique ne sert à rien, dans certains cas, madame.

— Je suis navrée, mon mari n'accordera aucun crédit à votre histoire. Rentrez chez vous, nos invités doivent s'étonner de mon absence. J'ai une idée, je vais téléphoner moi-même, en me présentant. Je vous le promets.

Sans se départir de son sourire bienveillant, l'épouse du maire raccompagna Louise jusqu'à la porte.

— Revenez lundi, la veille de Noël, je vous donnerai de la brioche et des chocolats, pour votre fils.

— Merci beaucoup, madame.

Louise fut de nouveau la proie du vent froid qui soufflait en rafales. Il neigeait toujours. Elle dut se pencher en avant pour marcher, afin de mieux voir où elle posait les pieds.

— Mme Coudray s'est régalée de mes histoires, mais elle ne me croit pas non plus. Je l'ai senti à son regard. Je suis sotte, j'aurais dû rester à la maison, au chaud. Je regrette notre ancien maire, qui était moins riche et moins dédaigneux des petites gens.

Si elle n'avait pas été rodée au chagrin, à l'incrédulité des uns et des autres, Louise aurait pleuré de pitié pour les futures victimes de l'avalanche.

— Une famille entière sera sacrifiée, ils sont sept, leur chalet va être balayé comme une vulgaire caisse en bois. Pauvres malheureux… Mon Dieu, à quoi bon me donner des visions, si je ne peux rien faire ?

Elle avait parlé tout bas, les larmes aux yeux. Ses pensées se tournèrent soudain vers Clément. Son fils, âgé de vingt ans, venait de s'engager dans l'armée, et il ne lui tiendrait peut-être pas compagnie à Noël.

— Tant mieux, je n'aurai pas le cœur à fêter la Nativité, se dit-elle, envahie d'une sourde colère.

Au moment d'ouvrir sa porte, Louise s'immobilisa, alertée par un détail. Elle avait aperçu la clarté d'un beau feu derrière la fenêtre.

— J'avais pourtant couvert les braises d'un bon tas de cendres, avant de sortir.

Soudain elle crut à un petit miracle, en dépit de son assertion précédente. Clément était de retour, il avait eu une permission.

Elle entra, déjà rassérénée à la perspective d'embrasser son enfant. Mais sa déception fut d'autant plus grande à la vue d'un homme mûr, coiffé d'un large chapeau sur ses cheveux noirs, assis au coin de la cheminée.

— Monsieur, qu'est-ce que vous faites chez moi ? s'écria-t-elle, le cœur survolté.

Malgré les années écoulées, Louise n'avait pas oublié les traits de son bel amant italien.

— Vittorio, chuchota-t-elle, le souffle coupé.

*

Quatre-vingt-douze ans plus tard, Servoz, chalet de Benjamin, dimanche 9 août 2015

Viviane accueillit Alban avec chaleur, tout heureuse de revoir celui qu'elle surnommait souvent « son p'tit gars ». Ils s'embrassèrent sur les joues, en riant.

— Merci de nous ramener Soline, dit-elle à son oreille. La gamine m'a fait peur.

— Remerciez surtout la capitaine Gally, qui a plus d'autorité que moi sur votre protégée, répliqua-t-il.

— Pardi, je le sais, c'est même pour ça que je l'ai appelée en urgence, précisa Viviane. Eh bien, je vais me mettre en cuisine, puisque nous avons deux invités, ce midi.

Kate, si elle avait salué poliment Sophie et Alban, s'était éclipsée dans la salle de bains. Furieuse d'avoir été surprise en pyjama et échevelée, elle avait la ferme intention de se montrer à son avantage.

— Voilà où vivait Benjamin, déclara soudain Soline d'une voix atone avec un geste de la main. Il se plaisait beaucoup ici, c'est dommage. Cette nuit, j'ai transporté ses dossiers les plus importants et son ordinateur dans le camion. Vous comprenez, si l'incendie se produit…

Son visage fermé et son regard absent faisaient peine à voir. Sophie poussa un cri d'exaspération.

— Je t'en prie, Soline, secoue-toi ! Je ne vais pas le nier, il y a des incendies chaque année, mais ce chalet est équipé du nécessaire. Et vous aurez le temps de vous enfuir, si un départ de feu survient. Quant à stocker des choses de valeur dans le camion, ce n'est pas une bonne idée. Je suis sûre qu'il contient des matériaux inflammables alors si quelqu'un met le feu au chalet, il se propagera vite au camion.

Alban, touché par l'état de Soline, chercha comment la rassurer.

— La solution est simple, prôna-t-il. Il faudrait le garer dans le village de Servoz, avec l'accord du maire. Je crois savoir qu'il connaît bien Benjamin Martin.

L'usage du présent, pour évoquer son amoureux, eut un effet lénifiant sur Soline.

— Merci, Alban, de dire « il connaît Benjamin » et non pas « il connaissait ». Tu as raison, c'est une bonne idée.

— Je m'en occuperai moi-même, après le déjeuner.

Le grand sourire lumineux que reçut le gendarme fut pour lui une précieuse récompense. Sophie approuva d'un signe de tête, sans faire de commentaire.

— Allons, on va passer un bon dimanche ! s'écria Viviane, en train d'émincer des oignons. Si on mangeait sur la terrasse… Kate et Sophie pourront fumer à leur aise, ces vilaines qui ne se débarrassent pas de cette sale manie.

— Pourtant, votre mari fumait lui aussi, affirma Alban, un éclat malicieux égayant ses yeux gris.

— Bah, c'était une autre époque, on se posait moins de questions, mais je lui reprochais tout pareil, mon p'tit gars !

Kate réapparut, ses rondeurs avantagées par une jolie robe d'été en tissu à fleurs. Sa chevelure brune, aux boucles légères, effleurait ses épaules.

— Quelle élégance, se moqua gentiment Sophie Gally, vêtue d'un jean et d'un tee-shirt.

— C'est pour faire plaisir à Soline, elle adore quand je porte cette robe, se défendit Kate.

— Oui, elle appartenait à ma mère, elle la mettait quand elle était jeune, précisa celle-ci.

— À propos, comment s'est passée son opération, jeudi ? s'intéressa Sophie.

— Très bien, mais le corps médical refuse de se prononcer pour le moment, expliqua Soline. Mon père garde espoir. Je n'ai pas envie d'en parler. Déjà je culpabilise d'être là, au lieu d'aller au chevet de maman. Mais j'ai peur de manquer le retour de Benjamin, si par miracle il revenait. Tu comprends ?

— Pas vraiment, rétorqua la capitaine d'un ton dur. Ceci dit, j'ignore tout des relations entre parents et enfants.

— Pourquoi ? demanda Kate que ces mots intriguaient.

— Moi non plus, je n'ai pas envie d'en parler. Ma vie privée me concerne.

La réponse provoqua un malaise. Seule Viviane se permit d'insister.

— Serais-tu orpheline, ma pauvre petite ?

— Je l'ignore. Mes parents biologiques sont sans doute morts, ou bien ils m'ont abandonnée comme on se débarrasse d'un objet encombrant. Sur ce, avant de gâcher l'ambiance qui n'est déjà pas fameuse, je ferais mieux de mettre le couvert. Tu m'aides, Kate ?

Ils étaient tous habitués, désormais, aux manières directes de la capitaine Gally. Personne n'osa l'interroger davantage sur son passé. Soline, elle, renonça à se changer, ce qui lui valut une remarque de Viviane :

— Tu t'es habillée comme ça pour attirer l'assassin, gamine ? lui dit-elle assez bas, en l'entraînant vers le coin cuisine. D'où tu sors ce bout de robe jaune ? La couleur est criarde et, de plus, elle ne te va pas du tout. Autant te balader en maillot de bain, petiote.

— Viviane, tout m'est égal, rétorqua Soline. Oui, je voulais être vite repérée, pour vous sauver. Je dois vous répéter ce que j'ai écrit dans mon message ?

— Baisse d'un ton, on dirait que je suis ton ennemie ! s'indigna la septuagénaire. Quel caractère tu as ! Reste comme ça, tête de mule.

— Pardon, Viviane, pardon.

Finalement, la jeune femme courut enfiler un pantalon en toile et une chemisette. Elle relevait ses cheveux en chignon quand une brusque lassitude fit cligner ses paupières. La seconde suivante, elle eut une vision.

— Benjamin ! Mon amour, où es-tu ?

En se ruant dans la pièce principale, Soline heurta Sophie de plein fouet.

— Excuse-moi, lui dit-elle, haletante. Mais j'ai revu Benjamin à l'instant. Il venait de pêcher une truite, et il la jetait sur l'herbe. Je n'ai pas rêvé, il est barbu, torse nu. J'ai cru deviner un pan de mur sous du lierre.

— Calme-toi, recommanda Sophie. Essaie de me décrire l'endroit en détail.

Kate et Alban, qui discutaient sur la terrasse en disposant les assiettes, les rejoignirent. Viviane aussi.

— Cette fois, je n'ai plus aucun doute, annonça Soline. Il est toujours vivant, il a l'air joyeux. Pourquoi ? Comment peut-il être aussi heureux, alors que je deviens folle, à force d'espérer son retour. Et…

— Et quoi ? s'écrièrent-ils tous, en chœur.

— Je suis certaine qu'il était avec Barry, oui, avec mon chien.

Dans la montagne, même jour,
une heure plus tard

Moïse éclata de rire en voyant apparaître la silhouette de Benjamin, à l'orée du bois de sapins. Le jeune homme brandissait en l'air une grosse truite, embrochée au bout d'un morceau de bois.

— Ah, la pêche a été bonne, on dirait, Pierrot ! s'égosilla-t-il.

— Pas tant que ça, j'ai pris juste deux poissons, j'y retournerai cet après-midi.

— Deux poissons, et alors, où est-y, l'autre ?

— Je l'ai donné au chien.

— Quoi ? Tu es fada, mon gars ! Boudiou, y traîne encore par là ce maudit clébard, pesta Moïse. Fiche-lui un bon coup de pied où je pense, qu'il aille plus loin. Déjà qu'on doit se méfier des blaireaux, des sangliers et des renards…

— Je ne ferai jamais de mal à un animal, répondit Benjamin, la mine soucieuse. Tu peux manger la truite tout seul, je n'ai pas faim.

Le vieillard s'inquiéta aussitôt. Il avait noté un changement dans l'humeur de « son » Pierrot.

— Cause donc, qu'est-ce qui t'tracasse, mon gars ?

— Hier soir, tu as frappé le chien quand il est venu vers moi. Ensuite il s'est enfui. J'étais content, pourtant.

— Cette bête, elle est r'devenue sauvage, tu n'vois pas ! Si on la laisse faire, elle piquera nos provisions la nuit. Et toi, tu lui donnes du poisson, misère…

Taciturne, Benjamin s'assit en tailleur près du feu. Même s'il appréciait cette existence en pleine nature, il éprouvait parfois une mystérieuse nostalgie, liée selon lui au prénom Soline, dont il répétait souvent les trois syllabes, seul près de la cascade.

— Promets-moi de ne plus faire peur au chien, Moïse, dit-il enfin. Il est gentil, il m'a léché les mains ce matin. J'ai eu l'impression qu'il m'attendait.

— D'accord, Pierrot. Si ça te fait plaisir, j'serai doux comme un mouton. Tu as ma parole, décréta le vieil homme en affichant un air solennel.

— Merci, cet animal s'est perdu, comme moi. Il ne faut pas l'effrayer.

— Promis juré ! clama Moïse en crachant dans les cendres.

Après un vague sourire, Benjamin jeta un coup d'œil vers la forêt. Il dissimulait un point important. Le chien n'était pas seul, mais suivi à distance par une femelle au poil gris et aux yeux dorés. Dès qu'il l'avait aperçue, sa mémoire s'était empressée de lui donner le terme « louve ». Depuis, ce mot le hantait.

— Hé, Moïse, as-tu vu des loups par ici ?

— Fichtre, ça m'est arrivé, ouais, une fois en automne et, l'an dernier, au printemps. Même que j'étais pas rassuré. Mais ils passaient loin. Pourquoi tu m'poses la question ? À cause du chien ? Au début, quand il s'est pointé, j'ai cru que c'était un loup, pour sûr.

— Pas moi, je sais faire la différence, soupira Benjamin, saisi d'un sourd malaise.

Moïse, occupé à vider la truite, marmonna dans sa barbe en broussaille.

— Qu'est-ce que tu dis ? Parle plus fort !

— Rien, je sens le vent qui tourne, Pierrot.

— Il n'y a pas de vent aujourd'hui, il fait très chaud.

— J'ne causais pas de ce genre de vent… Au fond, j'ne suis point trop fier de moi.

— Parce que tu as cogné le chien ?

— Oui et non ! Boudiou, pas la peine de discuter, ça m'rend patraque.

Ils déjeunèrent en silence à l'entrée de la grange, Moïse se régalant du poisson, Benjamin d'une galette cuite sous la cendre. Une heure plus tard, l'un s'allongea pour faire la sieste, le second se dirigea vers la gorge étroite où chantait la cascade.

— Tu es là, le chien, fit-il à voix basse en découvrant l'animal perché sur un pan de mur en ruine.

Un mouvement furtif dans un buisson tout proche lui signala la présence de l'autre bête.

— Ta compagne me craint, elle n'ose pas se montrer. Viens, toi, viens.

Au son de cette voix familière, vibrante de douceur, Barry bondit sur la berge et traversa le torrent. Il quémanda des caresses, à la grande joie du jeune homme.

— Tu es un brave chien, toi. Je voudrais bien te garder, mais il y a Moïse, et puis tu n'es pas seul… Je me demande d'où tu sors. Tu n'as pas de collier et tu dois savoir chasser, sinon tu serais mort de faim.

Le cœur serré, Benjamin demeura longtemps étendu par terre, en contemplant le ciel. Barry, indécis, multipliait les allées et venues, sans jamais trop s'éloigner. Mais la louve l'appela d'un cri modulé et il finit par disparaître parmi les fougères.

*

Quatre-vingt-douze ans plus tôt,
Combloux, samedi 22 décembre 1923

Louise sentait son cœur battre à grands coups dans sa poitrine. Elle ne pouvait quitter des yeux le visage anguleux de son ancien amant.

— Vittorio, répéta-t-elle.

— Tu es toujours aussi belle, répondit-il en se levant.

Elle tressaillit au son de sa voix, cette voix à l'accent chantant qui lui avait chuchoté tant de mots d'amour à l'oreille, avant et après leurs folles étreintes.

— Qu'est-ce que tu veux ? demanda-t-elle. N'approche pas.

— On est bons amis, Louise, j'ai le droit de venir te voir.

— Tu as pourtant disparu sans me rendre une dernière visite, il y a vingt ans.

Vittorio fit encore deux pas, un sourire ambigu au coin des lèvres. Il la dépassait d'une demi-tête, plus robuste que jadis, en pleine maturité.

— La famille, je devais rentrer au pays, lâcha-t-il d'un ton neutre. Maintenant je suis veuf, mes filles sont mariées. J'ai eu envie de te revoir. Figure-toi que je suis arrivé hier soir. Les gens sont toujours aussi bavards, au village.

— Je n'écoute pas les ragots, affirma-t-elle, tout en reculant pour marcher en hâte jusqu'à la table.

Il lui fallait une barrière, un rempart même illusoire contre ce revenant, cet homme qui avait su enflammer sa chair vierge. Rien n'était oublié. Toute tremblante, Louise se revit en proie au délire, sous le corps de Vittorio. Elle se savait marquée par le plaisir qu'il lui avait donné.

— Puisque tu es entré chez moi en visiteur, je ne faillirai pas à la tradition, par ce temps de neige, dit-elle avec froideur. Veux-tu prendre une boisson chaude ? Tu en auras besoin pour repartir ! Repartir au plus vite.

— Louisette, ne fais pas ta méchante, plaisanta-t-il. De quoi as-tu peur ? De perdre ta réputation ? Mais on te considère, ici. Tu vas à l'église, tu travailles dur. Hé, j'en sais des choses.

Tu es veuve de guerre, comme tant d'autres femmes. Et tu as eu un fils, en décembre 1903.

— Oui, l'enfant d'Angel, mon mari. Un brave homme, lui, qui ne m'a jamais menti, ni trahie.

Vittorio eut un rire moqueur. Il tourna le dos à Louise, pour observer les flammes dans l'âtre.

— Je me souviens d'Angel, le berger. Il courait après toi. Pauvre homme, il a dû se contenter des miettes que je lui ai laissées.

Furieuse d'entendre insulter la mémoire de son époux, Louise quitta son refuge pour se précipiter sur Vittorio. Il lui fit face, goguenard.

— Tu n'as vraiment honte de rien ! hurla-t-elle en le giflant de toutes ses forces. Angel valait dix fois mieux que toi, il est mort dans mes bras, mort pour sa patrie. Où étais-tu pendant la guerre ?

— Je me suis battu aussi, répliqua-t-il. Fais attention, Louise, tu es la seule femme qui a osé me frapper, mais une fois suffit. Allons, dis-moi plutôt pourquoi ton berger ne t'a pas épousée avant la naissance de votre rejeton. L'épicière prétend que tu t'es mariée en février 1904, le petit était déjà né. Je sais compter, ma belle. Et tu ne me feras pas croire que tu couchais avec moi et Angel. Où est mon fils ?

Vittorio avait crié. Louise, terrifiée, s'empara du tisonnier, dans le vain espoir de l'effrayer et de réussir à le chasser. Mais il la désarma d'un geste rapide, puis il la saisit par les poignets.

— Où est mon fils ? Clément, c'est comme ça qu'il s'appelle, n'est-ce pas ?

Louise suffoquait de colère et de révolte. Elle ferma les yeux, le souffle court, tandis que le Piémontais l'attirait contre lui. Un trouble insidieux la parcourut à son contact. Vite, elle le repoussa, affolée d'être aussi faible.

— Tu ne ruineras pas deux fois ma vie ! lui assena-t-elle. Sors de chez moi, sors de ma maison !

— N'alerte pas les voisins, ordonna-t-il. Écoute, j'embauche à la carrière de granit le 3 janvier. Louise, je n'ai pas pu t'oublier. Si j'étais resté près de toi, à l'époque, mon père serait venu me chercher. Maintenant qu'il est enterré, je suis libre.

Il l'enlaça avec une fièvre amoureuse qu'elle connaissait très bien. Quand il posa ses lèvres sur les siennes, Louise se sentit perdue, condamnée à subir l'attrait irrésistible que cet homme exerçait sur elle. Après des années de chasteté, tout son corps succombait au désir. Vittorio perçut sa reddition. Il la souleva et l'emporta à l'étage.

Les bras noués autour de son cou, elle pleurait sur la cruauté du destin. C'était son homme, celui qu'elle rêvait d'épouser, avec qui elle aurait dû élever Clément.

La chambre était glaciale, mais à l'abri des regards indiscrets. Louise, brûlante de confusion et d'impatience, s'allongea en travers du lit. Plus rien ne comptait, plus rien n'existait, hormis la volupté et l'extase dont elle avait faim et soif.

*

Quatre-vingt-douze ans plus tard, Servoz,
chalet de Benjamin, dimanche 9 août 2015, le soir

Soline étudiait à nouveau la carte topographique dépliée sur la table. Le soleil déclinait, au grand regret de la jeune femme. La vision qu'elle avait eue en fin de matinée s'était avérée le meilleur des remèdes à ses angoisses et à son état de stress.

— Si tu es sûre de toi, Sophie, pourquoi ne pas y aller tout de suite ? s'insurgea-t-elle.

— Je préfère vérifier les autres cartes. On devra se garer loin de la zone à explorer, le trajet sera pénible. Il vaut mieux partir demain, à l'aube. Tu as de la chance, je suis en disponibilité.

— Je voulais partir seule, se plaignit Soline.

— Et moi, je vais vous attendre ici, comme une potiche, intervint Kate. Sans oublier la menace de l'incendie.

— Désolée, tu dis toi-même que tu es incapable de marcher en montagne, lui rappela Sophie. Soline et moi, on est entraînées.

Boudeuse, Kate haussa les épaules. Elle regrettait l'absence de Viviane et surtout d'Alban Demolliens, qu'elle trouvait de plus en plus séduisant.

— J'aurais dû rentrer à Combloux avec madame Vivi, ajouta-t-elle. Par-dessus le marché, tu lui as confié Neige, Soline. Si au moins j'avais le chien pour me protéger.

Soline eut pitié de son amie. Elle l'étreignit.

— Dans quelques heures, je vais peut-être retrouver Benjamin, Kate, expliqua-t-elle. Je t'en prie, ne gâche pas ma joie, sois courageuse. On te tiendra au courant par téléphone. Et au moindre souci, tu t'enfuis avec mon 4 × 4.

— J'arrête de me plaindre à une condition. Sophie, Soline, on s'offre une soirée pyjama !

La capitaine ouvrit des yeux sidérés, en toisant Kate comme si elle avait perdu l'esprit.

— C'est stupide, on n'est plus des adolescentes, trancha-t-elle. Non, on se couche tôt après dîner.

— Mais j'en rêve, je n'en ai jamais fait. Soline, ma puce, tu te souviens, quand on habitait dans mon camion, on s'était promis d'en organiser une.

— Kate, c'était il y a cinq ans. On a passé l'âge, je suis de l'avis de Sophie.

— Alors, appelons ça une soirée entre trois respectables jeunes femmes, ironisa son amie. Imaginez, un petit feu dans la cheminée, une tenue décontractée. On grignote des sucreries, on boit du thé en échangeant des confidences.

— Si tu veux, capitula Soline. On dort là, autant en profiter. Vous finirez peut-être par sympathiser, Sophie et toi, qui sait ?

— On peut toujours essayer, soupira la capitaine. L'occasion ne se représentera sûrement pas de sitôt.

2

Le chant de la cascade

Haute-Savoie, près d'Yvoire,
dimanche 9 août 2015, même soir

L'homme était assis à une table sur laquelle se consumait une bougie, fichée dans un chandelier nappé de cire froide. Il tenait un épais carnet entre ses mains, dont il venait de relire avec attention le contenu.

— Tu me manques, Soline, dit-il dans un souffle. Un jour, tu pourras lire toutes les lettres que je t'ai écrites, sur ces pages. Je devais te parler, c'était l'unique moyen de ne pas devenir fou. Mais je le suis peut-être depuis des années. C'était l'avis de mon père. Je ne dois pas penser à lui, mais à toi. Je t'ai laissé bien assez de répit, tu devrais réapparaître, maintenant. Tu as de la chance, je n'avais guère de temps libre. Je dois travailler, me fondre parmi tous ces gens qui ne savent pas aimer comme je t'aime.

Il alluma une lampe torche au large faisceau blanc, pour éclairer une à une les nombreuses photographies de la jeune femme qui ornaient les murs autour de lui. Il se contentait de l'admirer mais, de plus en plus souvent, il éprouvait une envie douloureuse de l'approcher, d'entendre sa voix.

— Hélas, j'ai encore beaucoup de choses à faire, soupira-t-il. Je dois préparer notre départ, pour ce voyage ensemble, sans retour possible.

Un frisson le parcourut, en songeant à cet avenir où Soline et lui seraient enfin réunis.

— Je te rendrai heureuse, ma chérie, dit-il.

Une brusque bouffée d'angoisse lui fit serrer les poings. Sa douce rêverie avait été brisée par le souvenir cuisant de ses échecs. Ce n'était pas la première fois.

— Pourquoi ? Je n'avais pourtant commis aucune erreur.

En proie à une exaltation nerveuse intolérable, il chercha la faille dans chacun de ses forfaits.

— Par quel prodige ils ont pu sauver cette fille, Kate ? Je l'avais droguée, exposée à un froid glacial, elle aurait dû mourir avant qu'on la retrouve. J'ai été trop sensible, je n'ai pas eu le cran de lui tirer une balle dans le cœur.

Il évoqua ensuite le moment grisant où il avait percuté de plein fouet le capitaine Demolliens.

— Ce bellâtre osait dîner en tête à tête avec ma Soline. Il s'en est tiré, mais il n'a plus fière allure, à présent. Ah, j'oubliais cet abruti de moniteur de ski, qui posait ses sales pattes sur Soline. Lui, il l'a payé cher. Sur ce coup, j'ai réussi.

Un soupir de satisfaction lui échappa. Un sourire crispé sur le visage, l'homme dut contenir la fébrilité qui s'emparait de lui en se remémorant l'instant où il avait tué Cédric Rousseau. Ses pulsions meurtrières guidaient le fil de sa vie secrète.

— Je me suis débarrassé de l'arme, les flics ne la retrouveront jamais. Mais je dois redoubler de prudence, être infaillible. Pour le brigadier Bonnard, j'ai eu du mal. Ce type était costaud. Paix à son âme.

Il éclata d'un rire étrange, proche du sanglot, puis il ouvrit le tiroir de la table et en sortit un cadre, où il avait mis une photo récente de Soline, un portrait déniché sur Internet.

— Je ne veux pas te causer trop de chagrin, ma petite chérie. Je ne ferai plus de mal à ta mère adoptive, ni à Viviane Gonod. Parfois je ne maîtrise pas ma violence. Alors reviens vite à Combloux. Le jeu continue…

Il caressa le verre de l'index. Enfin il déposa un baiser sur l'image qu'il vénérait à l'égal d'une icône.

— À bientôt, dit-il d'une voix douce.

L'homme savait beaucoup de choses sur Soline, sauf une. Il ignorait tout de ses visions.

Servoz, chalet de Benjamin, même soir

Kate jubilait, en pyjama rose et chaussons assortis. Elle avait allumé un modeste feu, avant de disposer sur la table basse des fruits secs et des tablettes de chocolat. Soline, résignée à suivre la lubie de son amie, était assise sur la pierre de l'âtre, en chemise de nuit.

— Je n'avais pas prévu de dormir ici, déclara alors Sophie. Qui peut me prêter un vêtement confortable ?

— Fouille mon armoire, proposa Soline. Tu trouveras forcément quelque chose qui t'ira. Pendant ce temps, je vais téléphoner à ma mère.

— Moi, j'ai appelé madame Vivi, tout va bien. Alban l'a invitée à dîner dans un restaurant de Combloux, précisa Kate. Chère madame Vivi ! Elle n'est pas vieux jeu du tout, malgré ses sermons. La preuve, elle a jugé mon idée de soirée pyjama plutôt rigolote.

— C'est le cas de le dire, en plus ça rime avec idiote, répliqua Sophie d'un ton moqueur.

Aussitôt elle entra dans la chambre dont elle claqua la porte.

— Tu l'as entendue ? demanda Kate tout bas à Soline. La rouquine m'a traitée d'idiote ! Quelle sale peste !

— Je pense qu'elle faisait allusion à la soirée, elle n'aurait pas osé te traiter d'idiote. Mais j'avoue que Sophie ne fait pas beaucoup d'efforts avec toi.

— Ah, tu es d'accord ? Désolée, cette nana m'horripile !

— Et tu lui fais bien comprendre, Kate. Sois gentille, essayons de passer un bon moment, recommanda Soline. Je voudrais déjà être à demain. Si, par miracle, je pouvais serrer Benjamin dans mes bras.

Le retour de Sophie, en legging noir et tee-shirt blanc, mit fin au débat. Elle s'installa sur le canapé, un sourire forcé au coin des lèvres.

— Alors, qu'est-ce qu'on est censé faire, maintenant, Kate ?

— Bavarder, parler de nos enfances, de nos amours !

— Ce n'est pas une obligation, protesta Soline. Excusez-moi, je vais sur la terrasse pour passer mon coup de téléphone. Maman aura peut-être une bonne nouvelle à m'annoncer. Je voudrais tant qu'elle puisse remarcher.

Restées face à face, Kate et Sophie se toisèrent, chacune campée sur ses positions.

— Qu'est-ce qui te dérange chez moi ? interrogea soudain la capitaine d'un ton sec, digne de sa fonction.

— Déjà, tu es flic !

— Gendarme de haute montagne, c'est un peu différent.

— Soline m'a quand même dit que tu avais envie d'être commissaire. Et j'ai jamais eu des rapports très cordiaux avec la police.

— Pourtant tu faisais les yeux doux à Alban Demolliens, qui est toujours gendarme, lui assena Sophie. À part ça ?

Désorientée par l'attaque, Kate sentit ses joues se colorer. Elle chercha une réponse percutante.

— Je ne suis pas aveugle, tu es attirée par Soline ! Je n'ai rien contre les filles de ton genre, mais tu profites de la situation. Elle est fragile en ce moment.

— Kate, tu ne comprends rien. Je veille sur elle, je l'ai promis à Benjamin.

— D'un peu trop près, à mon avis. Je ne le connais pas, mais je me demande s'il apprécierait.

— Tu es stupide ou tu fais semblant. Et jalouse en plus ! Franchement, grandis un peu.

— De toute façon, tu me détestes, alors je n'ai aucune raison de changer.

Sophie leva les yeux au ciel. Elle se servit un verre de lait froid et le but d'un air songeur.

— Je ne déteste personne. Réfléchis, comment veux-tu que je sois amicale avec toi ? Tu me jettes des regards noirs, tu me traites de rouquine dès que j'ai le dos tourné. Qu'est-ce que je t'ai fait ?

Désarçonnée, Kate eut un geste évasif qui trahissait sa gêne.

— Rien de précis. Peut-être que je me sens nulle par rapport à Soline et toi. Vous avez étudié, vous étiez d'excellentes élèves et vous avez un métier. Mon parcours n'est pas brillant, des parents toujours fauchés qui se sont vite séparés, ensuite je suis tombée dans la drogue et les mauvaises rencontres. Si je n'avais pas rencontré Soline, je serais sûrement à la dérive.

— Mon enfance n'a pas été formidable, Kate. Crois-moi, j'ai dû lutter au quotidien pour en arriver là où je suis. Et si je rêve d'être commissaire de police, c'est dans le seul but de mettre des criminels hors d'état de nuire. Surtout ceux qui s'en prennent aux innocents, aux tout-petits.

Soline surprit ces mots, en rentrant dans la pièce. Elle observa un instant les deux jeunes femmes si différentes, autant moralement que physiquement.

— Vous semblez avoir trouvé un terrain d'entente, leur dit-elle en venant s'asseoir près de Sophie. J'ai une merveilleuse nouvelle : maman a pu remuer un orteil. Mon père était fou de joie et le chirurgien est optimiste. Avec une longue rééducation, l'espoir est permis.

— Formidable ! s'écria Kate. On devrait fêter ça au vin blanc !

— Non, pas d'alcool ce soir, trancha Sophie en souriant afin d'atténuer sa réponse. Soline, je ne veux pas t'inquiéter, mais tes parents devraient déménager. L'homme qui a tenté de tuer ta mère peut recommencer.

— Ils n'ont pas les moyens, même en vendant leur maison. En plus, il vaut mieux que maman soit suivie par les docteurs qui s'occupent d'elle. Et puis pourquoi m'avoir empêchée de tendre un piège à ce malade mental si tu penses qu'il peut encore attaquer mes parents ?

— Ce type est extrêmement dangereux. C'était insensé d'agir seule. Je ne pouvais pas te laisser faire. Pense à la réaction de Benjamin s'il t'était arrivé quelque chose.

Kate considéra d'un autre œil la jolie capitaine Gally, qui fixait Soline avec une expression soucieuse de grande sœur.

— Les filles, pas de tristesse ni de stress ce soir, claironna-t-elle en riant. Je propose un jeu : chacune de nous va livrer un petit secret de son passé, du style une bêtise qu'on n'a jamais avouée. Qui commence ?

Sophie et Soline échangèrent un regard perplexe. Kate les encouragea d'un petit rire malicieux.

— Je me jette à l'eau la première, minauda-t-elle. À huit ans, j'ai embrassé un garçon sur la bouche, dans la cour de l'école. Ses copains se sont moqués de lui. Il était furieux, il m'a giflée.

— Tu étais précoce, pouffa Soline. Moi, j'ai volé de l'argent dans le portefeuille de mon père, deux pièces seulement, pour m'acheter des chewing-gums, car je n'avais pas le droit d'en manger. Et toi, Sophie ?

— C'est un peu moins léger que vous. À douze ans, j'ai écrit une lettre au maire de la commune où j'habitais, pour dénoncer la famille d'accueil qui me maltraitait. Le résultat m'a déçue. Il a montré le courrier à ces gens. Après ça, j'ai vécu un enfer, au point de fuguer. Fin de l'anecdote.

Un silence ponctua cet aveu. Touchée, Soline perçut avec acuité les souffrances qu'avait endurées Sophie, fillette et sans aucun doute, devenue adolescente.

— Tu étais orpheline ?

— Pas vraiment, je suis restée avec mes grands-parents jusqu'à mes trois ans. J'ai été placée à leur décès.

— C'est triste, commenta Kate, réellement émue.

Soline devina combien il était pénible pour la jeune femme de se confier. Elle n'insista pas, en songeant néanmoins que Benjamin, comme

Sophie, paraissait ne plus avoir de proches parents.

— Ne faites pas ces têtes désolées ! ajouta celle-ci. C'est du passé, maintenant je vis à ma guise, même si je suis discrète sur un certain côté de ma personnalité.

— Ta préférence pour les filles, c'est ça ? s'enquit Kate d'un ton radouci.

— Oui. Mais j'ai quand même eu une relation amoureuse avec un homme, pour essayer. C'est mon meilleur ami, désormais.

— Tu parles de Benjamin ? concéda Soline tout bas. Tu peux me le dire, cette fois.

— Et zut à la fin, ce n'était pas Benjamin ! Vous ferez bientôt sa connaissance. Il s'appelle Étienne, il est inspecteur de police à Grenoble et il vient en vacances ici, en septembre. Nous sommes toujours très proches. Je lui ai suggéré de se pencher sur ton affaire, Soline, mais officieusement. Tu verras, il est très doué.

Dans la montagne, le lendemain,
lundi 10 août 2015

La journée s'annonçait très chaude. Soigneusement équipées pour leur randonnée, Soline et Sophie grimpaient une côte raide, l'une derrière l'autre, parmi un éboulis de cailloux.

La végétation était assez rare, mais les jeunes femmes croisaient de gros blocs de rocher qui semblaient en équilibre instable, comme prêts à rouler sur la pente. Souvent, leurs pas réguliers faisaient fuir une vipère qui se prélassait en plein soleil.

— Si Benjamin était blessé, je ne comprends pas comment il a pu suivre le même itinéraire, déplora Soline en s'arrêtant. Et si je me souviens bien, ce secteur a été exploré, avec deux chiens du PGHM.

— Aie un peu confiance, se récria Sophie. On doit vérifier si le lieu de ta vision correspond à l'endroit qu'on a repéré sur la carte. Il faut prendre le risque. Tu as décrit un pan de mur, couvert de mousse, au bord d'un torrent, au pied d'une cascade ; or les ruines d'un moulin sont signalées sur un petit cours d'eau, en contrebas d'un ancien hameau d'estive. Et, d'après les images satellite, cette zone est proche du ravin où était la voiture de Benjamin.

— Oui, c'est vrai, c'est le hameau où squatte un vieil homme que tes collègues ont interrogé, rappela Soline.

— Un sacré énergumène, d'après eux. Il joue les ermites, mais il paraît que l'hiver, il se met à l'abri.

— Il s'était engagé à vous prévenir, s'il voyait Benjamin. C'était le mois dernier, et vous n'avez pas eu d'appel. De mon côté, les Pasquier, ces gens qui avaient vu un tervueren mêlé à des loups, ne m'ont pas recontactée non plus.

— Si c'était ton chien, il aura quitté cette zone, puisque tu crois l'avoir aperçu près de Benjamin. Mais il peut s'agir d'un autre animal.

— C'était Barry, affirma Soline d'une voix tremblante.

— Bon, on le saura peut-être dans une heure ou deux. On perd notre rythme, là.

— Attends un peu, j'ai mal au cœur. Sophie, je t'assure, j'ai vraiment le trac et je me pose la question à chaque pas. Pourquoi Benjamin vit-il seul depuis un mois dans la montagne ? Et s'il n'avait pas envie de rentrer au chalet, de reprendre son existence d'avant… Et Barry, comment a-t-il fait pour le retrouver ?

— Le plus important, c'est de savoir si tes visions sont justes. Je n'y connais rien dans ce domaine. Soline, prépare-toi au cas où Benjamin souffrirait d'amnésie, ce qui est probable. Avance, je t'en prie. Ma peau de rousse supporte mal le plein soleil.

Soline se remit à marcher. Elle doutait de tout, et craignait notamment d'avoir perdu l'amour de Benjamin.

— Tant pis s'il ne m'aime plus. Je lui dirai qu'il est libre.

— Qu'est-ce que tu marmonnes ? s'écria Sophie.

— Rien, je suis fatiguée.

— Déjà ! Regarde sur ta droite, la forêt de sapins. On doit la traverser, alors courage. On se reposera là-bas, à l'ombre, et on mangera un peu.

— D'accord. Sophie, je peux te demander quelque chose ? Si on découvre Benjamin, tu veux bien me laisser lui parler, et même ne pas te montrer tout de suite ? Je redoute sa réaction, comprends-tu.

— C'est précisément ce que j'avais prévu, sois tranquille. Mais on communiquera par texto. Si tu es confrontée à Benjamin, ne le brusque pas. On ne sait pas dans quel état psychique il est.

Soline approuva, de plus en plus anxieuse.

Elles atteignirent les abords de la cascade trois heures plus tard. Soline ressentit un choc, en reconnaissant le lieu dans les moindres détails.

— Il n'est pas là, gémit-elle.

— Chut, on se planque et on guette, conseilla Sophie. Par cette chaleur, si Benjamin vit près d'ici, il viendra. Est-ce que tu as emporté ton sifflet à ultrasons, pour appeler Barry ?

— Bien sûr ! Tu penses que je devrais essayer ?

— D'abord, on recule et on se cache. C'est tellement humide, la végétation est exubérante. Mais la fraîcheur me fait du bien. Soline, tu trembles des pieds à la tête, calme-toi. Tu es un vrai paquet de nerfs.

— Si tu étais à ma place, tu serais aussi impatiente.

Son amie l'entraîna en arrière, lui indiquant l'abri du large pan de mur, seul vestige de l'ancien moulin. Elle chuchota à son oreille :

— Là, tu peux siffler Barry. Dans l'hypothèse où il se trouve près de Benjamin, s'il le voit détaler, il le suivra.

Le cœur cognant à se rompre, Soline s'exécuta. Elle n'était plus qu'une âme vibrante d'espérance. Son regard bleu scrutait le paysage sauvage qui l'entourait, lorsqu'une vision lui fut donnée, brève et fulgurante. Sophie nota sa pâleur soudaine et ses paupières mi-closes.

— Tu fais un malaise, Soline ?

— Non, non, balbutia-t-elle. J'ai revu la belle femme du siècle dernier : il neigeait derrière les carreaux d'une petite fenêtre, et elle était à moitié nue sur un lit, dans les bras d'un homme. Ils s'embrassaient comme des fous… C'étaient des retrouvailles, ils avaient l'air si heureux.

Sidérée, Sophie chercha ce qu'elle pouvait répondre, mais Soline lui fit signe de se taire. Une bête approchait ; elles entendaient son souffle rapide, le bruit ténu de sa course.

— Barry !

Le tervueren dévalait la pente. Il se dirigea droit vers sa maîtresse, qui l'accueillit avec une petite plainte joyeuse.

— Tu avais vu juste ! s'extasia Sophie. Donc Benjamin est vivant !

Le chien manifestait une joie délirante, couché sur le dos à côté de Soline. Il lui présentait sa gorge et son ventre, dans la position de la soumission.

— Barry, enfin tu es là ! Ton poil est rêche, et tu sens le fauve. Qu'est-ce que tu as fait, tout ce temps ?

Sophie s'enhardit à caresser le chien, à qui elle avait sauvé la vie à la fin de l'hiver. Il lui témoigna de l'affection, tout en s'empressant de lécher les mains de Soline.

— Je me demande où est la louve, soupira-t-elle.

— Peut-être qu'elle est restée avec ses congénères. Si on montait jusqu'au hameau, causer à ce vieux bonhomme ?

— Non, pas encore. J'aime cet endroit. Écoute, on dirait que la cascade chante… Je suis sûre que Benjamin va venir. Il adore les torrents, l'eau vive.

Elles se turent, après avoir échangé un léger sourire. Sophie s'allongea sur l'herbe et consulta son téléphone.

— J'envoie un message à Kate, pour lui dire que déjà nous avons récupéré le chien.

— D'accord, je vais me rafraîchir en attendant, répliqua Soline. Tu viens, Barry. Je ne veux plus te perdre.

Un merveilleux pressentiment la poussait à se tenir seule près de la cascade, à laver son visage et ses mains. Benjamin approchait, elle en avait la certitude. Ils allaient se retrouver et pouvoir s'aimer, comme ces deux inconnus, dans une chambre sombre, des années auparavant.

Le tervueren l'avait suivie, mais il s'élança subitement vers la forêt, sans aboyer. Soline n'osa pas le rappeler. Un homme descendait vers elle, entre les arbres. Barbu et torse nu, les cheveux plus longs, c'était Benjamin, bien vivant. Pourtant, quand il la vit, son premier mouvement fut de s'arrêter et de reculer, prêt à s'enfuir.

— Benjamin, appela-t-elle tout bas, pour alerter Sophie et surtout le rassurer.

Il s'immobilisa, les traits tendus, le regard effaré. Quant à Barry, il avait disparu.

— Benjamin, c'est moi, Soline !

Elle n'avait pas conscience de son aspect, les cheveux tirés en arrière sous une casquette, le visage hâlé. Le jeune homme répéta le prénom qui l'obsédait, en comparant le visage de l'étrangère avec celui dont il rêvait souvent, tout éveillé.

— Non, vous n'êtes pas Soline. Partez, mademoiselle.

— Benjamin, je t'en prie… Viens, approche, je te promets que c'est moi, Soline.

Enfin il s'avança, intimidé et craintif. Soline sentit alors son portable vibrer dans la poche de son pantalon. Elle le sortit discrètement et lut le message de Sophie.

C'est sûr, il souffre d'amnésie. Parle-lui doucement. Et ôte ta casquette, montre-lui tes cheveux, il pourrait te reconnaître, puisqu'il se souvient quand même de ton prénom.

Ces conseils qui partaient d'une bonne intention agacèrent Soline. Elle s'estimait capable de communiquer avec Benjamin, cependant elle enleva sa casquette et dénoua ses cheveux.

— Il fait bon près de la cascade, lui dit-elle en souriant. Tu viens souvent ici ?

— Oui, tous les jours. Je pêche des truites.

Benjamin la dévisageait attentivement. Il trouvait à présent une ressemblance évidente entre la jeune femme blonde qu'il voyait dans son esprit, en écho au prénom Soline.

— Vous vous appelez vraiment Soline ? demanda-t-il.

— Mais oui. On peut se tutoyer, on est amis.

— Je ne sais pas.

— On est même de très bons amis, alors ne crains rien. Si on s'asseyait au bord de l'eau ? J'ai des barres de céréales aux fruits, ça te dit ?

Soline avait presque honte de s'adresser à lui comme s'il était un enfant, mais elle ne voulait pas brusquer le jeune homme.

— Je veux bien manger quelque chose, admit-il d'un ton neutre, en la regardant de côté.

Elle lui tendit une barre dont il déchira l'emballage d'un geste machinal. Il n'en fit qu'une bouchée. Ensuite il marcha jusqu'au torrent et s'assit.

— Est-ce que c'est toi, Soline ? interrogea-t-il à nouveau quand elle fut installée à ses côtés.

— Oui, c'est bien moi.

— On dirait. Tu as les cheveux blonds et les yeux bleus, comme quand tu apparais dans mes rêves. Je voulais partir te chercher, mais ça me faisait de la peine de laisser Moïse tout seul.

— Tu pensais à moi, alors ? Je suis contente que tu te sois souvenu de mon prénom.

— C'est normal, si on était très amis. Je ne me souviens de rien d'autre. Je me cache, car la police veut m'arrêter, Moïse me l'a expliqué. Il l'a appris en descendant dans la vallée pour chercher des provisions. J'ai dû commettre un vol ou un acte grave.

Un soupir de soulagement échappa à Soline. Elle constatait que Benjamin, une fois rassuré, discutait de façon normale et semblait capable de raisonner.

— Qui est Moïse ?

— Mon ami. J'habite chez lui, il m'a accueilli et il m'a soigné. Comment tu m'as appelé, tout à l'heure ? Moïse, lui, m'appelle Pierrot, mais je ne me rappelle pas mon vrai prénom.

— Ton nom est Benjamin, Benjamin Martin. Et si la police t'a recherché, ce n'était pas pour t'arrêter. Tu n'as rien fait de mal. Moi aussi, je t'ai cherché sans cesse, dans la montagne, partout. Tu as disparu le 27 juin, après avoir eu un accident de voiture. Les gendarmes ont exploré la région, et j'ai collé des affiches avec ta photographie. Tiens, regarde.

Fébrile, Soline extirpa de son sac à dos une feuille pliée en quatre qu'elle lui mit entre les mains.

— C'est toi, sans la barbe et mieux coiffé !

— Benjamin Martin, déchiffra-t-il à mi-voix.

— Tu es un scientifique, mandaté par un organisme d'État pour surveiller les loups. À ce propos, j'ai vu un chien, avant que tu arrives. Il est avec toi ?

— Il est venu me trouver il y a quelques jours, je ne sais pas pourquoi.

La respiration du jeune homme s'accéléra. Il devint livide sous son hâle. Sophie, qui les écoutait, envoya un deuxième message.

Ne lui donne pas tant d'informations, contente-toi de discuter de tout et de rien.

Soline s'empressa de répondre qu'elle ferait à son idée, en se fiant à son intuition.

— Tu as un téléphone, remarqua Benjamin. Est-ce que j'en avais un ?

— Oui, mais tu l'as perdu dans le ravin où a été découverte ta voiture. Tu ne te souviens pas de l'accident ?

Benjamin se tourna vers Soline. Il la fixa de ses yeux sombres où elle lut une terrible angoisse.

— Je suis désolé, ajouta-t-il. C'est le vide dans ma tête.

— Mais tu me reconnais, quand même ? Si tu n'as pas oublié mon prénom, mon visage, tu comprends que je comptais pour toi, avant. On s'aimait, on s'adorait. Tu logeais dans un chalet neuf, sur les hauteurs de Servoz, on y accédait par une piste forestière. Allons, fais un effort, ça ne te rappelle rien ?

— Rien du tout ! hurla-t-il en bondissant sur ses pieds. Je vais remonter voir Moïse.

— Attends, je t'en prie ! s'écria Soline, déjà debout. Je ne te quitte plus, je t'accompagne. Moïse t'a menti, les gendarmes lui ont montré ta photo. Il te garde, alors que tu es malade.

Elle le saisit par l'avant-bras pour le retenir. Sophie dut se contenir pour ne pas les rejoindre et s'en mêler.

— Je ne suis pas malade, répliqua Benjamin sans se débattre.

— Peut-être pas physiquement, mais ton esprit a besoin de soins. Ta perte de mémoire prouve que tu as dû être blessé pendant l'accident. Tu dois passer des examens.

Un sanglot coupa le souffle de Soline. Elle avait tellement rêvé de retrouvailles merveilleuses, d'étreintes, de baisers.

— Tu pleures, s'étonna-t-il.

— Bien sûr ! J'étais folle de chagrin, je te croyais mort. Et quand je te retrouve enfin, tu refuses de rester près de moi.

Il eut un geste très doux pour essuyer du bout des doigts les larmes qui perlaient sur les joues de la jeune femme.

— Ne sois pas triste, dit-il.

— Est-ce que tu m'aimes encore ? demanda Soline, tout en se jugeant stupide de poser la question.

Benjamin haussa les épaules, songeur. Il paraissait chercher dans son cœur les vestiges de ses sentiments.

— Je suis content que tu sois là, concéda-t-il.

— Excuse-moi, je suis maladroite. Lorsque tu retrouveras la mémoire, tu sauras ce que tu éprouvais pour moi, affirma-t-elle. D'abord, tu dois rentrer au chalet, là où tu vis depuis plus d'un an. Retrouver tes vêtements, tes dossiers, ton ordinateur.

Le retour de Barry créa une diversion. Le chien jappa, en se dressant contre Soline. Elle le caressa.

— Chut, ne fais pas de bruit, recommanda soudain Benjamin. Elle approche, elle est peureuse.

Il lui désignait la lisière de la forêt. La louve se tenait là, dansant d'une patte sur l'autre.

— Ils sont toujours ensemble, soupira Soline. Tu la connais, elle aussi. Tu l'as soignée, elle était grièvement blessée.

Benjamin n'eut aucune réaction, comme s'il n'avait pas écouté. En deux pas, il retourna au bord du torrent.

— Je dois pêcher une truite ou deux. Je n'en attrape pas souvent et elles sont petites. Mais ce soir, on aura quand même un bon repas : on mange du lièvre, j'en ai pris un au collet. Grâce à Moïse, je sais piéger le gibier maintenant.

— Toi ? Tu es végétarien… Oh, tu as dû oublier ça aussi, déplora-t-elle. Je pourrai t'accompagner jusque chez Moïse ?

— Si tu veux, il sera content. Je lui parle beaucoup de toi.

Soline envoya un texto à Sophie.

Tu peux repartir. Je reste ici. Je ferai la connaissance du fameux Moïse, qui s'est bien moqué des gendarmes. J'ai mon amoureux, Barry et la louve. Il ne faut rien brusquer. Reviens demain soir ou après-demain, si tu n'es pas d'astreinte. On se tient au courant et je te donnerai un point de rencontre. Explique la situation à Kate et, si elle s'ennuie, dis-lui d'aller chez Viviane. Je suis désolée, je pense que tu me comprends.

Partagée entre la joie et la colère, Sophie hésita à sortir de sa cachette. Néanmoins, après réflexion, elle se domina et put répondre avec modération.

Tu te comportes en dépit du bon sens, mais nous l'avons retrouvé vivant, c'est l'essentiel. Agis à ta guise, je ne peux pas t'en empêcher. Je prends mon service dans trois heures, alors je m'en vais. Ménage notre rescapé.

La capitaine Gally sut s'esquiver sans attirer l'attention de Benjamin, mais la louve prit la fuite, escortée par le tervueren.

— Alors, est-ce que tu vois une truite ? s'enquit Soline, plus détendue, se sachant seule avec Benjamin.

Il s'était allongé sur le sol, afin d'épier le fond du torrent, tapissé de galets. La peau brune de son dos portait des traces d'égratignures, dues à ses pérégrinations incessantes autour du hameau en ruine. Elle résista au besoin viscéral de le toucher, de s'étendre près de lui pour l'embrasser.

— Je n'attraperai rien aujourd'hui, annonça-t-il. Souvent, je donne du poisson au chien. Il l'apporte à sa compagne.

— Le chien s'appelle Barry, et la louve, Farou. C'est moi qui l'ai baptisée ainsi.

— D'accord. Tu as encore à manger ?

La gaieté juvénile de Benjamin fit l'effet souhaité sur Soline. Elle se résigna.

— Oui, on peut pique-niquer, répondit-elle sur un ton aussi joyeux. J'ai du fromage, du pain, des pommes et d'autres barres aux céréales.

Pour un peu, il aurait frappé des mains, à la perspective de ce festin inattendu.

— Tu as bien fait de me rendre visite, Soline, déclara-t-il en riant. Comme ça, je n'ai pas besoin d'aller te chercher. Moïse est si content de m'avoir.

Soline approuva, le cœur serré. Elle prenait conscience que rien ne serait facile et qu'il faudrait peut-être des jours ou des semaines avant de guérir Benjamin de son amnésie et de ranimer l'amour dans son cœur.

— Même si tu ne devais jamais guérir, dit-elle tout bas, je ne te quitterai plus.

Combloux, chez Viviane, même jour,
deux heures plus tard

Viviane avait coffré les volets, pour préserver une fraîcheur relative dans la maison.

— Tu es brave d'être allé faire mes commissions, mon p'tit gars, dit-elle à Alban. Mais tu travaillais, cet après-midi !

— Je suis dans la paperasse désormais, j'ai pu terminer tôt. Et puis je n'ai qu'une parole : hier soir, je vous avais promis de remplir votre frigo.

— Tu m'as rendu un fier service. Je n'avais plus que des conserves dans le placard, mais j'ai horreur d'entrer dans les grandes surfaces.

Neige aboya, car le portillon du jardinet avait grincé. Le grand chien blanc se leva, sur le qui-vive.

— Il monte bien la garde, nota Viviane. Je suis sûre que c'est Kate. Je me demande bien pourquoi elle a quitté le chalet.

— Elle ne vous a rien dit quand elle vous a prévenue de son arrivée ? s'étonna Alban.

— Non, mais elle semblait guillerette. C'est un sacré numéro, cette petite. Ma cousine Eudoxie broie du noir sans elle.

On frappa un léger coup à la porte. Kate entra aussitôt, radieuse. Son sourire s'illumina encore en découvrant Alban Demolliens assis à la table.

— Bonsoir ! leur dit-elle d'un ton exalté. J'ai une nouvelle formidable : Soline et Sophie ont retrouvé Benjamin. Vivant et en bonne santé.

— Ce que je suis contente ! s'exclama Viviane en joignant les mains. La gamine a dû sauter de joie !

— Il y a un souci, hélas, madame Vivi. Benjamin a perdu la mémoire, donc il n'avait pas l'idée de rentrer au chalet. Le médecin légiste avait raison, il s'agit d'un cas d'amnésie post-traumatique. Sophie m'a tout expliqué par téléphone.

Alban hocha la tête d'un air entendu. Il se réjouissait pour Soline, tout en éprouvant un pincement au cœur, dont il avait un peu honte.

— Au moins il est vivant, commenta-t-il. Je suis soulagé. On peut guérir de ce type d'amnésie. Mais la durée varie selon les personnes et les causes du traumatisme. Je suppose que la capitaine Gally se charge d'informer le commandant Jarny.

— Bien sûr. D'après Sophie, la presse sera alertée demain.

— Est-ce prudent ? s'inquiéta Viviane. Il vaudrait mieux être discret. Imaginez qu'on cite le nom de Soline…

— Sophie fera le nécessaire afin d'éviter ça, assura Alban. Elle était très affectée par la disparition de Benjamin. Je crois que ce jeune homme et elle étaient des amis d'enfance.

— Vraiment ? protesta Kate. Je croyais qu'ils s'étaient rencontrés à la fac.

— J'ai dû me tromper, plaida Alban d'un air embarrassé. Mesdames, je vous laisse préparer le dîner.

— Mange avec nous, mon p'tit gars, proposa Viviane. Pardi, il faut fêter la bonne nouvelle. Je n'ai vu Benjamin qu'une fois, mais il m'a été sympathique. Et j'en connais une qui doit être aux anges.

— Mais oui, restez, Alban, vous devez protéger deux faibles femmes, plaisanta Kate.

— Faibles, c'est vite dit ! s'esclaffa-t-il. D'accord, j'accepte.

Sur ces mots, il répondit au sourire ravi de cette jolie brune qui lui adressait des regards caressants.

Dans la montagne, même soir

Le soleil, plus bas sur l'horizon, irradiait le paysage d'une clarté dorée. Soline et Benjamin étaient toujours au bord du torrent. Pendant deux heures, ils avaient à peine échangé quelques phrases, bercés par le chant sempiternel de la cascade, attentifs aussi aux trilles des oiseaux, au murmure du vent dans la forêt.

— On est bien, observa le jeune homme. Au début, tu parlais beaucoup, ça ne me plaisait pas. J'aime le silence.

— La nature est rarement silencieuse, nota Soline. Mais, au fond, c'est la première fois que j'écoute le moindre bruit. Oui, on est bien, parce que tu es là, près de moi.

— Il faut rentrer, Moïse doit se demander ce que je fais. Tu lui diras, toi, que je suis innocent. Il avait si peur que la police m'emmène.

Soline trembla de colère rétrospective. Elle eut du mal à s'exprimer d'une voix douce.

— Benjamin, tu n'as pas oublié ? Je t'ai dit que les gendarmes voulaient te ramener chez toi, au chalet. Moïse t'a menti.

— Pourquoi ?

— Il devait se sentir seul. Tu lui tenais compagnie.

— Si je m'en vais, il sera malheureux.

— Et moi ? s'indigna-t-elle. J'ai terriblement souffert durant des semaines ! J'étais désespérée, je voulais mourir. Benjamin, tu ne peux pas continuer à vivre dans une grange en ruine, comme un sauvage.

— Ne crie pas, je t'en prie, se plaignit-il.

— Je suis désolée, pardon.

Sans réfléchir, elle lui prit la main et la serra avec passion. Il parut d'abord gêné ; enfin il se mit à sourire d'un air ébloui.

— Tu me tenais souvent comme ça, marmonna-t-il.

Un appel tonitruant rompit le charme de l'instant. Soline se retourna. Un singulier personnage approchait, en brandissant un bâton. Affublé d'une longue barbe grise embroussaillée, vêtu d'une chemise en loques et d'un pantalon en velours élimé, c'était sans nul doute le dénommé Moïse. Sa face était tannée par le grand air, sillonnée de profondes rides, et il affichait un rictus de rage peu engageant.

— Hé, Pierrot, qu'est-ce que tu fiches ? vociféra-t-il. D'où elle sort, celle-là ? Une touriste, une maudite randonneuse ?

Benjamin se releva brusquement, brisant l'étreinte des doigts de Soline sur les siens. Elle en fut mortifiée et d'autant plus irritée. Vite, elle bondit sur ses pieds.

— Moïse, ne te fâche pas ! J'allais remonter. C'est Soline.

— Bon sang, tu es sûr ?

— Oui, monsieur, je suis Soline. Et je voudrais discuter avec vous de ce qui s'est passé. J'ai beaucoup de questions.

Douché par le ton froid et le regard bleu impérieux qui le toisait, Moïse s'appuya sur son bâton. Il n'était pas du tout à l'aise.

— Sûr, faut qu'on cause, bougonna-t-il. Comment vous avez fait, hé, pour l'trouver, ce pauvre gars ?

— Vous n'avez pas besoin de le savoir, maintenant je suis là et je m'en irai avec lui dès qu'il sera prêt, rétorqua Soline.

— Et s'il veut pas vous suivre ?

— Je m'installerai chez vous.

Le vieil homme émit un rire rauque, en exhibant des dents en mauvais état.

— Nom d'un chien, la demoiselle a du caractère, dit-il. Nous voilà dans d'beaux draps, Pierrot !

Soline eut la sagesse de se contrôler. Elle devait se montrer amicale et prudente, afin de ne pas effaroucher Benjamin, dont les traits tendus trahissaient une vive anxiété.

— Vous m'invitez à dîner, Moïse ? proposa-t-elle. Il paraît que vous mangez du lièvre, ce soir.

— Ouais, et y en a pour trois, rétorqua-t-il. Pierrot, passe devant et puis ramasse donc du petit bois, qu'on fasse une bonne flambée pour la jeune dame.

— Je m'en occupe.

Benjamin les devança, grimpant la pente avec énergie. Soline décocha un coup d'œil méfiant à Moïse.

— Ne l'appelez plus Pierrot ! ordonna-t-elle. Il faut l'aider à retrouver la mémoire. C'est déjà douloureux de le voir dans cet état. Il agit en enfant.

— Bah, s'il n'a pas envie d'se souvenir, lui, avança Moïse. Quand il avait une grosse fièvre, il racontait des choses pas gaies, m'selle. Dites, vous allez faire venir les gendarmes ?

— Je devrais. Je suis navrée, mais vous êtes passible d'une sanction pour faux témoignage dans un cas de disparition inquiétante.

Le vieil homme s'arrêta, une moue sur ses lèvres minces. Il pointa un index à l'ongle noir vers la poitrine de Soline.

— Essaie un peu, la donzelle ! J'ai déjà fait de la taule, alors tiens ta langue. Ton gars, il a débarqué devant ma grange, la tête à l'envers, du sang sur le front. J'ai fait ce que j'ai pu pour le soigner.

— Je vous remercie pour ça, mais vous auriez dû dire aux gendarmes que Benjamin était chez vous. Je l'aime et je l'ai cru mort. Vous avez aimé, vous aussi ?

— Misère, me joue pas du violon à cette heure. Pourquoi je vis dans la montagne, loin de tout ? J'ai perdu mon fils, Pierrot, quand il était minot. Ma femme l'a suivi de peu.

La gorge nouée, Soline céda à la compassion. Elle n'avait plus envie de menacer Moïse, ni de lui chercher des ennuis.

— Vous avez sans doute sauvé Benjamin. Excusez-moi, je suis coléreuse. On fait la paix ?

— Boudiou, t'es une drôle de fille, toi.

— Si vous saviez à quel point, répondit tout bas Soline.

Elle suivait des yeux la silhouette de son amoureux, entre les sapins. Il se penchait et se redressait, un fagot de branchages sous le bras gauche.

— Moïse, lorsqu'il avait la fièvre, que disait Benjamin ?

— Misère, t'es pire qu'un flic, ronchonna-t-il. On aurait dit qu'il avait peur… Y causait d'un type dangereux, et de toi. Ouais, y répétait ton nom. Bah, j'ai pas tout compris.

Le téléphone de Soline vibra. Elle s'écarta un peu pour répondre, presque certaine que Sophie venait aux nouvelles, mais c'était Kate.

— Ma puce, je t'appelle en vitesse. Je ne te dérange pas ?

— Non, où es-tu ?

— À Combloux, chez madame Vivi. Je suis sortie dans le jardin, car je voulais te dire quelque chose.

— Très bien, dépêche-toi.

— Sophie te ment, j'ignore pourquoi. Benjamin et elle sont des amis d'enfance. Je l'ai appris par Alban, qui dîne ici. Admets qu'il n'a aucune raison d'inventer ça.

— Kate, j'y penserai plus tard. Pour le moment, j'ai d'autres soucis. Je te laisse.

— Sinon, tu es heureuse, ma puce ?

— Très heureuse. Je raccroche.

Soline frissonna. L'atmosphère du vallon lui parut soudain sinistre. La lumière avait baissé. Elle observa le ciel, couvert de nuages sombres. Moïse ne l'avait pas attendue. Il la précédait, courbé en avant.

Un premier coup de tonnerre résonna, assourdissant. Une rafale de vent souleva les cheveux de Soline. Elle s'élança sur les traces du vieil homme, saisie d'une angoisse irraisonnée. Il lui semblait que l'univers entier lui était hostile.

— Benjamin, appela-t-elle. Je suis toute seule ! Reviens, ne m'abandonne pas.

Des sanglots de panique la suffoquèrent, au moment où s'abattait sur la montagne une tiède pluie d'été.

3

Une nuit d'orage

Dans la montagne, lundi 10 août 2015,
même soir

L'orage se déchaînait, dans un concert de grondements et d'éclairs éblouissants. Il pleuvait toujours, un véritable déluge. Soline suivait Moïse à distance. Trempée, affolée, elle aperçut enfin la masse sombre d'un bâtiment. Elle appela encore une fois Benjamin. La frayeur de le perdre à nouveau la hantait. Elle se reprochait aussi de l'avoir accablé de paroles vindicatives et de questions.

— Soline ! Je suis là.

Benjamin avait surgi devant elle. Il portait une chemise à rayures et un vieux chapeau. Il la prit par le bras.

— Viens vite, on va allumer le feu. J'ai couru mettre le fagot à l'abri. Tu as peur de l'orage ? Moi, ça me plaît !

— Oui, j'ai peur. Et je ne te voyais plus.

Soline se blottit contre lui, en l'enlaçant. Durant quelques secondes, elle imagina qu'il se souvenait de tout, de leur amour et de leurs étreintes passionnées.

— On ne peut pas rester ici, dit-il à voix basse.

Cependant, d'un geste instinctif, il noua ses bras autour d'elle et il la berça doucement.

— Là, là, je te protège, Soline. Ne pleure pas.

— C'est fini, je ne pleure plus, Benjamin. Je suis tellement heureuse de t'avoir retrouvé. Il n'y a que ça d'important, tu es vivant. Serre-moi fort.

— N'aie plus peur, nous sommes bien cachés, il ne viendra pas, souffla-t-il à son oreille. Personne ne te fera de mal.

— Tu te souviens de l'homme qui me harcèle ? insinua-t-elle, pleine d'espoir.

Un hurlement de rage retentit alors, ponctué d'un flot de jurons orduriers. Ils regardèrent vers la grange où ils aperçurent Moïse qui trépignait et gesticulait.

Aussitôt Benjamin repoussa Soline et se mit à courir. Elle fut bien obligée de le suivre. Le vieil homme s'égosillait, les yeux exorbités.

— C'est ton maudit clébard qui a piqué notre lièvre ! T'es fier de toi, Pierrot ? J't'avais dit de la chasser, cette sale bestiole ! On n'a plus rien à s'mettre sous la dent ! Regarde ça, la marmite a été récurée. Quelle misère, j'aurais pas dû m'en aller !

— Je suis désolé, Moïse.

— Ouais, ben ça m'ramène pas notre souper ! Qu'y vienne encore rôder, ton cabot, j'lui éclate le crâne à coups de bâton !

— Vous n'avez pas intérêt à blesser ce chien, intervint Soline, outrée. Il m'appartient ! Et il a un nom, Barry. Ne lui faites surtout pas de mal. Il avait simplement faim. Je l'emmènerai avec moi en repartant.

— Ah, c'est ton clébard ? Comme si j'allais te croire ! Et qu'est-ce qu'y ficherait dans le coin ?

— Il s'était perdu. Et il a une puce sous la peau qui prouve que je suis sa maîtresse.

Moïse toisa la jeune femme d'un air menaçant. Il était aussi furieux que malheureux à l'idée qu'il passait sa dernière soirée avec son protégé, sans même se régaler du gibier cuisiné par ses soins.

Ils se tenaient à présent tous les trois à l'entrée de la grange dont un mur s'était écroulé jadis. Sans un ingénieux système de soutènement, élaboré avec des poutrelles, la toiture en tôle se serait effondrée.

— Je vous dédommagerai, pour le lièvre, déclara Soline. Il me reste du fromage, nous le partagerons.

— J'veux pas de tes sous, le fric y remplit pas le ventre.

En apparence impassible, Benjamin les observait. Soudain il se rendit au fond de la bâtisse et se faufila dans le réduit où Moïse stockait ses provisions.

— On a de la farine. Pierrot va cuire des galettes, bougonna le vieil homme.

Soline lui décocha un regard furibond, puis avisant le fagot de bois sec, elle décida d'allumer le feu.

— Benjamin se souvient que je suis menacée, se dit-elle tout bas. C'est déjà un bon point. Si seulement je pouvais être seule avec lui.

— Arrête donc de marmonner, lui reprocha Moïse. Tu mijotes un sale coup ?

— Mais non, laissez-moi tranquille.

— Tiens donc, t'as un briquet dans ton fourbi…

— Oui, j'en emporte toujours un en randonnée. Et j'ai même des cigarettes, constata Soline après avoir fouillé son sac à dos. Elles sont à une amie, qui m'a accompagnée un bout de chemin. Une capitaine du PGHM.

Elle exhiba le paquet dont la vue fit briller de convoitise les yeux gris de Moïse.

— Prenez-les, en compensation du lièvre volé par mon chien.

— Toi alors ! C'est pas de refus ! s'esclaffa-t-il.

Benjamin, pendant ce temps, pétrissait de la pâte dans une cuvette en plastique. Il paraissait concentré sur sa tâche, sans chercher à discuter. Soline ne l'importuna pas. Lorsque des flammes jaunes pétillèrent au milieu du cercle de pierres, elle sortit son téléphone.

— J'envoie des messages, expliqua-t-elle à Moïse qui épiait le moindre de ses gestes, assis à un mètre de là, sur un billot.

— Sans causer ?

— En effet, j'écris et le message peut être lu par l'autre personne. Vous n'avez jamais vu de téléphone portable ?

— Non ! J'n'ai pas besoin de ces appareils.

— Je ne vous crois pas. Benjamin m'a dit que vous descendiez dans la vallée pour acheter des vivres. Aussi je parierai le contraire. Même en vivant ici, vous devez être au courant des progrès technologiques.

— Tais-toi donc ! J'pige rien à ton jargon de maîtresse d'école, trancha-t-il.

Soline se contenta de sourire. Elle rédigeait un long texto destiné à Sophie.

Ce sera sûrement la soirée la plus bizarre de ma vie. Il y a un gros orage. Barry a dérobé le lièvre cuisiné par Moïse. Benjamin prépare des galettes, un peu taciturne. Il a l'air de me reconnaître, mais il obéit comme un gosse à un vieux bonhomme hargneux. Je regrette que tu ne sois pas là, en fin de compte. Viens demain matin si tu peux.

Elle reçut une réponse presque aussitôt.

Pour demain matin, j'essaierai, mais je vais écoper d'un blâme si je me fais remplacer trop souvent. Là, je pars en intervention. Des randonneurs égarés et paniqués par l'orage justement. Un couple et ses enfants. Un des gamins s'est foulé la cheville. Fais au mieux de ton côté.

Benjamin vint s'accroupir autour du foyer. Les mains nappées de farine gluante, il disposa des ronds de pâte sur les pierres. Soline, attendrie par son expression rêveuse, décida de le photographier. Le déclic de son portable alarma Moïse.

— Tu fais quoi, drôlesse ?

— Rien de méchant, précisa-t-elle en photographiant au même instant le visage crispé du vieil homme, une cigarette au coin de la bouche.

— Soline est gentille, Moïse, assura Benjamin d'une voix égayée. On va manger tous les trois. J'attraperai un autre lièvre bientôt, c'est promis, ne sois pas fâché.

La promesse énoncée d'un ton puéril découragea Soline. Rien ne se déroulait comme elle en avait rêvé. Une sourde angoisse l'oppressait, due à la violence de l'orage, au cadre pitoyable qui l'entourait.

Un fracas terrifiant ébranla la montagne, assorti d'une clarté aveuglante.

— La foudre est tombée pas loin, annonça Moïse. Boudiou, on en a pour toute la nuit, de ce tintamarre. Faut croire que ta Soline porte la poisse, Pierrot !

— Non, tu dis des bêtises, protesta le jeune scientifique.

— Bah, j'sais de quoi j'parle ! Avec des yeux pareils, ta copine est du genre à semer le malheur.

Soline fut bouleversée. Les paroles de Moïse, tristement exactes, l'atteignaient de plein fouet. Elle songea aux victimes de l'homme, ce meurtrier insaisissable, prêt à détruire son existence.

— Comment osez-vous dire ça ? s'écria-t-elle. Savez-vous tout ce que j'ai enduré, par votre faute ? Vous retenez Benjamin ici depuis plus d'un mois. J'ai failli en mourir de chagrin. Il serait peut-être guéri, si vous aviez dit aux gendarmes qu'il était là, le jour où ils sont venus. Nous avons perdu un temps précieux.

Elle se mordit la lèvre inférieure pour ne pas insulter Moïse, qui continuait à la narguer d'un sourire grimaçant. La gorge nouée, elle essuya les larmes qui coulaient sur ses joues, contre son gré.

— Soline, non, ne pleure pas, s'affola Benjamin.

Il contourna le foyer et il s'installa près d'elle, en la prenant par l'épaule.

— Demain, je pars avec toi. Je ne veux pas que tu sois triste. Ce soir, tu vas me raconter comment je vivais avant, qui j'étais vraiment.

Benjamin l'embrassa sur les cheveux, sur le front, en l'attirant contre lui.

— Tu dois être très importante pour moi, ajouta-t-il. Je te voyais, je répétais ton prénom. Ne crains rien, j'irai avec toi.

*

Quatre-vingt-douze ans plus tôt,
Combloux, lundi 24 décembre 1923

Louise marchait prudemment, son panier sur le bras. La neige fraîche, qui tombait toujours en abondance, dissimulait des plaques de verglas. Elle revenait de l'épicerie, chargée de bonnes choses, le cœur en fête.

— Les gens vont se demander si j'ai hérité, se dit-elle, toute gaie. Je n'ai jamais dépensé autant.

Ses yeux bleus, aux longs cils d'or, contemplèrent le décor enchanteur de son village nappé d'un blanc scintillant. Louise savait apprécier la beauté, instruite par ses lectures et dotée d'un sens artistique depuis l'enfance. Antoine, en frère attentif, l'exhortait souvent à exprimer ses sentiments, et même à écrire ses émerveillements.

Elle jeta un regard indécis vers le clocher de l'église, puis sur les croix du cimetière. Pour la première fois depuis des années, elle n'assisterait pas à la messe de Noël. Vittorio était revenu et il l'accaparait tout entière, corps et âme.

— J'irai à l'office demain matin, se promit Louise. Ce soir, je me consacre à mon bel amour.

Clément, le fils né de leur passion, ne viendrait pas. Il lui avait envoyé un télégramme pour s'en excuser. Le jeune soldat disposait d'une permission, mais il préférait rester s'amuser en compagnie de ses camarades de régiment.

— Louise, ohé, Louise ! appelait-on dans la rue.

C'était la voix flûtée de l'épouse du maire qui trottinait en agitant la main.

— Madame Coudray, s'étonna Louise. Vous avez un souci ?

Amélie Coudray fit mine de reprendre son souffle. Très élégante, en manteau de fourrure avec sa toque assortie, elle avait une expression navrée. On l'aurait dit prête à pleurer.

— Je suis malade de remords, ma pauvre Louise, avoua-t-elle. Votre vision s'est confirmée. Une avalanche a ravagé le hameau des Arêches*. Il y a des morts, une famille de sept personnes, et ils cherchent encore des disparus. Tenez, c'est dans le journal. J'ai dit à mon mari que vous vouliez prévenir ces gens, là-bas.

— Mon Dieu, nous aurions pu les sauver, déplora Louise, le cœur brisé. J'ai eu tort, je n'avais qu'à téléphoner à la mairie de Beaufort de la cabine du bureau de poste.

Elle se sentait coupable, tout en ayant conscience de son impuissance.

— Si vous saviez, madame, combien c'est douloureux d'être comme moi, dit-elle d'un ton amer. Dieu m'a permis de voir des tragédies, mais personne ne me croit vraiment, et je n'ai jamais pu rien empêcher. Si mes parents m'avaient écoutée, en 1892, je ne les aurais pas perdus si tôt, et des vies auraient été épargnées.

— Ne vous accablez pas, Louise, répondit Amélie Coudray d'un ton plaintif. Je suis en faute, oui, je suis l'unique coupable. Avant-hier, quand vous êtes partie, je suis retournée au salon, voir mes invités. Ensuite j'ai oublié de téléphoner à Beaufort. Seigneur, j'ai l'impression

* Fait véridique, à la date du dimanche 23 décembre. Deux maisons furent détruites et on dénombra dix morts.

d'avoir tué ces malheureux. Je me suis confessée, mais le curé m'a dit qu'il fallait se plier aux volontés divines.

— Peut-être qu'on ne peut pas changer le cours du destin, en effet, admit Louise. C'est l'avis de mon frère, Antoine.

— Quoi qu'il en soit, je suis malade de remords. Mon mari, lui, est troublé. Il voudrait vous parler et vous présenter des excuses. C'est bien Anselme, il sait reconnaître ses torts.

Louise ne pouvait pas confier à l'épouse du maire que son ancien amant, Vittorio, l'attendait chez elle.

« Si je ne l'avais pas trouvé à la maison, samedi, est-ce que j'aurais persisté à alerter les gens de Beaufort ? songea-t-elle. J'étais tellement surprise, furieuse et folle de joie à la fois, je n'ai pensé qu'à moi, qu'à nous. »

— Pouvez-vous venir maintenant, Louise ? demanda Amélie d'une petite voix contrite.

— Malheureusement non, madame. Mais je rendrai visite à monsieur le maire après-demain, le 26.

— Ah, bien sûr, demain c'est Noël, nous avons de la famille à déjeuner. J'aurai le cœur lourd cette année, en pensant à ceux qui sont morts sous l'avalanche. Ce soir, pendant la messe, je prierai pour eux… Au revoir Louise, venez sans faute mercredi. Anselme vous recevra et je vous donnerai vos étrennes.

Les deux femmes se saluèrent et se séparèrent. La précoce nuit d'hiver assombrissait le ciel duveteux, d'où ruisselaient des flocons plus légers. Arrivée devant sa porte, Louise découvrit une couronne en branches de sapin, ornée d'un ruban rouge. Les volets intérieurs étaient déjà fermés. Elle entra, en refusant la tristesse sourde qui l'accablait.

— J'ai droit à mon temps de bonheur, soupira-t-elle, après avoir tourné la grosse clef en fer dans la serrure.

Vittorio, en chemise rayée, ses cheveux noirs soigneusement peignés, garnissait le feu. Il avait forci avec l'âge, mais tout en muscles épais.

— Tu es partie longtemps, ma belle, dit-il en riant.

Louise posa le panier sur la table pour ôter son foulard et sa veste en laine, constellés de flocons. Elle arrangea son chignon avec un sourire timide de jeune fille.

— Ce soir, nous sommes les rois, déclara Vittorio lorsqu'il la rejoignit. As-tu acheté ce qui te faisait envie, Louisette ? Tu devais dépenser tous les sous que je t'ai donnés.

Nichée au creux de ses bras d'homme, elle se réchauffait contre lui, grisée par les baisers qu'il lui donnait, sur le bout du nez, sur les joues, le front, les lèvres.

— J'ai pris du mousseux, des gâteaux aux amandes, du bon pâté et des saucisses fumées. Je ferai cuire des pommes de terre tout à l'heure. Vittorio, je t'en prie, sois sincère. Dis, je ne rêve pas, tu veux vraiment rester à Combloux ?

— Je n'ai qu'une parole. Et cet été, on se mariera.

— Que dira Clément ? J'ai fini par t'avouer que c'était ton fils, mais il vénère la mémoire d'Angel. Pour lui, c'est son vrai père, celui qui l'a élevé et aimé.

— Je serai bien heureux de faire sa connaissance. Louisette, je ferai en sorte qu'on devienne amis, lui et moi. Clément va vivre loin d'ici, comme ton frère Antoine. Tu te plaignais de ta solitude, ce temps-là est terminé.

Le regard de velours noir de son amant caressait le beau visage de Louise. En deux jours, Vittorio avait su abolir les années. Elle se sentait désirable, gorgée d'une sève voluptueuse.

— Si j'avais cru un instant que tu me reviendrais, chuchota-t-elle à son oreille.

— Je n'ai jamais pu t'oublier, affirma-t-il en l'embrassant. Tu devrais t'occuper du repas, ma belle. Je sors discrètement par la remise à bois. Je reviens vite.

Une fois seule, Louise noua un tablier autour de sa taille. Mais, avant toute chose, elle alla prier devant la statue en plâtre peint de la Sainte Vierge, qui lui venait de sa mère. Elle récita le *Notre père* et le *Je vous salue Marie,* en hommage aux victimes du hameau des Arêches.

— Que Dieu vous bénisse et vous accueille, vous que la mort blanche a fauchés. Pardonnez-moi, je n'ai pas pu vous sauver.

Elle se signait, tremblante d'émotion et de compassion, quand un vertige familier l'obligea à fermer les yeux. La vision se dessina, d'abord floue, comme brumeuse, puis très nette.

— Oh, c'est la demoiselle blonde, dit-elle tout bas. Un jeune homme la tient contre lui. Qu'ils ont l'air heureux !

La scène s'estompa avant de s'effacer. Louise reprit sa lucidité. Sans perdre une seconde, elle courut jusqu'au placard d'angle où elle rangeait un cahier et un crayon. Assise à la table, éclairée par la lampe à pétrole, elle rédigea quelques phrases.

Aujourd'hui, lundi 24 décembre 1923, j'ai eu une douce vision de la jolie inconnue si blonde, qui me ressemble un peu. Il y avait aussi un garçon brun, la lumière d'un feu et des murs derrière eux.

— Je crois qu'il pleuvait, nota-t-elle à mi-voix. C'est un détail. Je suis contente, cette petite était désespérée la dernière fois qu'elle m'est apparue. Seigneur, pourquoi m'avoir choisie ? Ce don que vous m'avez accordé, il devrait m'aider à protéger ceux qu'un grave péril menace.

Un bruit dans la remise à bois alerta Louise. Elle referma son cahier et le remit à sa place. Vittorio apparut à la porte. Il tenait une sorte de paquet de linge sur son bras gauche.

— Qu'est-ce que tu apportes ? Je ne ferai pas de lessive ce soir, plaisanta-t-elle.

— Je t'offre ton cadeau, Louisette ! Il ne peut pas attendre la fin du dîner.

D'un geste théâtral, Vittorio écarta le tissu pour exhiber un chiot à poils longs, d'un blanc de neige. Le petit animal gigota en lançant un aboiement aigu.

— Il te faut un chien, pour te protéger pendant que je trimerai à la carrière de granit. Je l'avais laissé chez un de mes anciens collègues, à la sortie du village. Regarde-le, il te plaît ? Je ne connais pas sa race, mais la mère était superbe. Une grande bête blanche, aux oreilles droites.

— Vittorio, que c'est gentil ! Merci, je n'osais plus prendre de chien, mais ça me manquait. Clément s'en plaignait aussi.

— Crois-tu qu'il plaira à notre garçon ?

— Oui, il va l'adorer.

— On le baptisera en débouchant le mousseux, proposa-t-il. Il sera d'une bonne taille, personne ne te cherchera d'ennuis.

Louise, émerveillée, s'empara du chiot qu'elle câlina avec tendresse. Elle se demanda pourquoi le destin lui accordait un tel bonheur, soudain.

— Je l'appellerai Flocon, déclara-t-elle, en souvenir de cet hiver où il neige tant.

Un peu surpris par ce choix, Vittorio hocha la tête. Il se revit offrant un autre chiot à Louise, un 14 juillet, en 1900. Le lendemain, Antoine Favre, qui était tout gamin, était venu le remercier sur le chantier. Il crut entendre encore sa voix légère, qui lui annonçait le nom de l'animal, Barry.

— Merci, je suis aux anges, grâce à toi, soupira Louise, émue aux larmes.

Vittorio la fit taire d'un baiser.

*

Quatre-vingt-douze ans plus tard,
dans la montagne, lundi 10 août 2015

L'orage s'était éloigné, mais la pluie noyait encore le paysage nocturne. Benjamin avait laissé sa couchette de fougères et de mousses sèches à Soline et s'était étendu près d'elle. Lorsque la jeune femme s'était blottie contre lui, il l'avait embrassée sur la joue. À deux mètres d'eux, Moïse dormait déjà, sur un assemblage de couvertures et de vieux tissus. Parfois il émettait des ronflements sonores.

— On est enfin tous les deux, dit Soline.

Elle était délivrée de toute colère, du moindre ressentiment. D'abord exaspérée par les circonstances particulières de leurs retrouvailles, elle avait pu se réjouir de l'essentiel. Benjamin était vivant.

— Je suis si heureuse dès que j'entends ta voix, dès que tu me regardes. C'est peut-être difficile à comprendre pour toi, car tu as oublié ce que nous avons partagé.

— Alors, raconte-moi tout, comme je te l'ai demandé avant le repas, proposa-t-il. Tu disais que j'avais eu un grave accident de voiture.

— Oui, dans la nuit du samedi 27 juin. Tu es parti du chalet pour venir me chercher au refuge de Tardevent. J'avais emmené des clients en randonnée, et il y avait eu un sérieux problème.

Soline éluda la découverte du cadavre du brigadier Bonnard, assassiné.

— Je te parlerai de ce problème plus tard. Mais tu t'es sans doute précipité au volant de ton pick-up pour me rejoindre. Les routes de montagne sont dangereuses, tu as dû perdre le contrôle dans un virage.

— Aucun souvenir de ça, déplora Benjamin tout bas.

— J'en reviens à nous deux, notamment notre rencontre, le 19 avril de cette année. Nous avons eu un accrochage, par ma faute. Je roulais au milieu de la chaussée et ça m'a coûté un rétroviseur. Ce jour-là, tu transportais un jeune loup, tué par balle.

— Parce que c'est mon travail ?

— Tout à fait, tu les étudies, tu rends visite aux éleveurs dont le bétail a été attaqué, pour faire des prélèvements sur le terrain et les bêtes mortes, pour certifier qu'il s'agissait bien de loups, et non de chiens errants. Benjamin, la louve que nous avons vue cet après-midi, nous l'avons soignée tous les deux, dans le camion qui te sert de laboratoire. Plus tard, tu lui as fabriqué un enclos. Mais elle s'est échappée, avec Barry, mon chien.

Il se redressa brusquement. Assis en tailleur, il cacha son visage entre ses mains.

— Pourquoi je ne me souviens de rien ? s'écria-t-il.

— Chut, moins fort, ne réveille pas Moïse. Je suis désolée, ce doit être pénible pour toi.

— Continue, Soline.

Elle l'obligea à se recoucher. Sa tête blonde nichée au creux de son épaule, elle évoqua leurs premiers moments d'amitié, de complicité. C'était douloureux et réconfortant à la fois.

— J'ai pleuré en caressant les chevaux, à Servoz. Tu m'avais emmenée dans leur écurie. Ensuite, je suis venue habiter avec toi. On faisait de longues promenades en forêt, on piqueniquait face au mont Blanc. Le soir, au chalet, on contemplait le feu dans la cheminée. Benjamin, on s'aimait très fort.

Tremblante de nervosité, Soline hésitait à lui parler de leurs relations sexuelles. Il avait eu des réactions tellement puériles, sous la férule de Moïse, qu'elle craignait presque de le choquer.

— Sais-tu quel âge tu as, Benjamin ?

— La trentaine, sûrement, si j'ai un métier.

— Tu as vingt-huit ans, moi quatre de moins, mais, avant toi, je ne savais pas ce qu'était le plaisir, le véritable plaisir, en fait une communion entre deux êtres… en faisant l'amour.

Soline se tut, dans l'attente d'une réponse. Elle osait à peine le regarder, car il demeurait silencieux. Un signal sonore de son téléphone retentit, à son grand regret.

— On m'a envoyé un texto, souffla-t-elle. Excuse-moi.

C'était un message de Sophie.

Je suis rentrée. L'intervention s'est bien passée. Je serai à 10 heures demain matin, là où j'avais garé mon break.

Elle allait ranger son portable quand Benjamin s'en empara.

— C'est un peu surprenant, dit-il. Je n'ai pas oublié ces appareils. Qui t'a écrit ?

— Sophie Gally, capitaine au PGHM.

— Sophie, Soline, ça se ressemble.

— Tu as raison. Sophie est une de tes amies. Tu la verras demain matin, elle nous ramènera au chalet.

— Moïse va être tout seul, ça me fait de la peine pour lui. Je l'avais prévenu que je devrais partir bientôt, pour te chercher. Il me demandait de rester encore un peu. Je remplaçais son fils.

La voix de Benjamin exprimait une réelle inquiétude. Soline se fit câline, très tendre.

— Ne t'inquiète pas pour lui. Nous reviendrons le voir, je te le promets. Tu dois consulter un médecin, faire des examens. Il y a autre chose d'ennuyeux : l'organisme pour lequel tu travailles a fait appel à un nouveau scientifique, dans l'hypothèse où tu ne reviendrais pas. Quelqu'un qui habitera le chalet à son tour.

— Tant mieux, puisque je ne suis plus capable de faire ce travail, répliqua Benjamin d'un ton anxieux.

— Nous avons trois semaines pour te guérir, insista Soline.

— Je suis fatigué, on ferait mieux de dormir.

Il la repoussa avec délicatesse, puis il lui tourna le dos, au moment où elle voulait l'embrasser sur les lèvres, dans l'espoir d'éveiller son désir d'homme.

— Donne-moi un baiser, implora-t-elle tout bas, en posant la main sur son épaule.

— Non, je ne peux pas, crut-elle entendre.

Soline en aurait pleuré. Malgré ce refus catégorique, elle le prit par la taille, comme pour l'empêcher de disparaître encore. Épuisée par sa journée, le sommeil la terrassa dès qu'elle ferma les yeux.

Le chant harmonieux des oiseaux l'éveilla au lever du jour. La pluie avait cessé et le ciel arborait des teintes exquises, du bleu lavande à une palette de roses et de mauves. Une brume légère voilait les abords de la grange.

Moïse dormait toujours, enfoui sous une couverture, mais Benjamin n'était plus là.

Elle se redressa, inquiète, mais son cœur fit un bond de joie dans sa poitrine. Un tableau d'une rare beauté lui était offert. La louve et le tervueren se tenaient l'un près de l'autre. Leurs prunelles reflétaient la clarté orangée de l'aurore. Immobiles, ils semblaient l'attendre.

— Ma belle Farou, mon Barry, s'extasia-t-elle à mi-voix.

Son chien huma le vent. Soudain il s'élança sur la pente, suivi par sa compagne. Benjamin apparut, les cheveux humides, les traits sereins. Il avait dû descendre se laver à la cascade.

— Je suis désolée de t'enlever à ta vie en pleine nature, mon amour, déclara tout bas Soline. Je comprends à présent. Ici, tu te sentais libre, sans avoir peur pour moi. Moïse voyait peut-être juste. Avais-tu envie de retrouver la mémoire… ?

Dans la montagne, au bord d'une piste forestière, mardi 11 août 2015, 10 heures

Sophie guettait le sentier par où arriveraient Soline et Benjamin. Un message reçu une heure plus tôt avait confirmé qu'ils étaient en chemin.

Les nerfs à vif à la perspective de revoir le jeune homme, elle faisait les cent pas, en fumant une cigarette.

Soline avait veillé à lui confier sur un texto les manigances de Moïse, élaborées au jour le jour afin de retenir son protégé, et elle s'était donc changée, de peur que son uniforme n'effraie Benjamin.

— Quand je pense au calvaire qu'a enduré Soline, j'enverrais bien ce type en cellule une semaine ou deux, si ce n'est plus, pour lui mettre du plomb dans la cervelle.

Elle savait que ce n'était pas possible, le plus important étant de préserver Benjamin. Et tel qu'elle connaissait son ami, il s'était sûrement attaché au vieil homme.

Sa longue chevelure rousse dénouée sur des épaules d'athlète à la peau laiteuse, Sophie tapa du pied.

— Ils devraient être là ! Pourvu que Soline tienne le coup si la situation s'éternise. Une amnésie de ce genre peut durer des mois, voire des années. Et je suis sûre qu'à la première occasion, elle va m'accabler de questions sur notre fichue enfance.

Enfin elle entendit des voix, assorties de crissements de cailloux.

— Les voilà, soupira-t-elle. Allons, du cran.

Elle vit Benjamin approcher, vêtu d'une chemise en piteux état et d'un pantalon de randonnée déchiré aux genoux. La barbe le changeait, mais le plus marquant était son regard, moins assuré, comme affolé. Soline marchait derrière lui. Sophie nota ses traits tendus, son sourire un peu forcé.

— Bonjour ! leur cria-t-elle.

— Bonjour, mademoiselle, répondit Benjamin.

Très émue, Sophie esquissa un mouvement pour le serrer dans ses bras et l'embrasser sur les joues, mais il lui tendit la main d'un geste hésitant.

— Soline m'a dit qu'on était amis, expliqua-t-il. Je suis navré, je n'ai pas l'impression de vous avoir déjà rencontrée.

— Je suis la seule personne dont il se souvient. Il répétait mon prénom à Moïse et il revoyait mon visage, déclara Soline.

— Il n'y a rien de surprenant, Benjamin t'aime si fort, il ne pouvait pas t'oublier, même s'il l'avait souhaité. Bien, allons-y.

Ses intonations trahissaient une sourde amertume.

— Et ton chien, tu ne l'emmènes pas, Soline ? s'étonna-t-elle.

— La louve et lui nous ont suivis, mais il faudrait endormir Farou pour la transporter dans une voiture. Si tu peux nous conduire à Servoz, on reviendra dans la journée avec mon 4 × 4.

— Mais c'est idiot ! s'insurgea Sophie. La priorité serait de faire examiner Benjamin, qu'il consulte un psychologue de toute urgence.

— Vous pouvez me parler directement, répliqua celui-ci. Je suis capable de réfléchir et de comprendre ce que vous dites.

Le choc fut rude pour la jolie capitaine. Son tempérament volcanique la fit sortir de ses gonds.

— Avant, on se tutoyait ! Fais un effort, Benjamin. On est de grands amis, Soline te l'a dit, alors traite-moi au moins comme quelqu'un de ton âge.

— Je t'en prie ! s'indigna Soline. Hier, tu me recommandais de le ménager, ce matin tu fais le contraire. Autant partir le plus vite possible. Barry ne s'éloignera pas de la louve, et je tiens à ce qu'ils restent tous les deux près d'ici. Je rapporterai des sédatifs pour Farou, et de la nourriture.

— C'est n'importe quoi ! s'enflamma Sophie.

— On ne peut pas les laisser dans la nature, ils seraient en danger, dit Benjamin d'une voix nette. J'en suis responsable. Et je veux tenir la promesse que j'ai faite à Moïse.

— Quelle promesse ?

— Laisse-moi lui annoncer, intervint Soline.

— Non, je peux le faire. Mademoiselle, j'ai le droit de loger dans le chalet jusqu'au 1er septembre. J'ai donc invité Moïse. Nous l'emmènerons lui aussi.

Sidérée, Sophie enregistra la nouvelle, en saisissant tout de suite pourquoi Soline affichait un air morose.

— De pire en pire, déplora-t-elle. Je préfère ne pas donner mon avis sur tout ceci. Montez dans la voiture, j'ai pris ma matinée, mais j'aurais dû m'éviter ça. En route.

Benjamin approuva d'un signe de tête. Il se dirigea vers le break dont il ouvrit la portière arrière. Une fois assis, il boucla la ceinture de sécurité. Il semblait se souvenir parfaitement de certaines choses d'ordre pratique.

— Sophie, ce n'est plus vraiment lui, indiqua Soline tout bas.

— J'en ai froid dans le dos. Pourquoi as-tu accepté qu'il invite ce drôle de bonhomme au chalet ?

— Figure-toi que je n'ai pas eu le choix. Moïse a fait une telle comédie, au moment du départ. Il sanglotait, il menaçait de se pendre. Benjamin a pris la décision, sans me concerter.

— Comment retrouvera-t-il la mémoire, dans ces conditions ? Soline, refuse, fais une scène toi aussi.

— Non, Moïse représente un pilier affectif pour lui, je ne veux ni m'en mêler, ni le contrarier. Pendant des jours, j'ai cru Benjamin mort. Il est là, bien vivant. Je suis prête à tout accepter. Viens, il doit se demander pourquoi on le fait attendre.

Sophie poussa un soupir exagéré. Elle se mit au volant, l'esprit agité d'une foule de pensées. En manœuvrant, elle capta le regard sombre de son ami d'enfance dans le rétroviseur. Il l'observait comme si elle était désormais une menace.

Combloux, même jour, deux heures plus tard

Viviane et Kate virent Sophie avaler d'un trait son deuxième verre de génépi. Au retour de Servoz, la jeune femme s'était arrêtée à Combloux, avide de réconfort.

— Pardonnez-moi d'avoir débarqué sans prévenir, dit-elle, les joues un peu rouges. J'avais besoin de partager mon stress. Je dois être à Chamonix d'ici quarante-cinq minutes, je ne vous dérangerai pas longtemps.

— Et vous allez conduire après avoir bu de l'alcool, vous qui êtes gendarme ? la sermonna Viviane. C'est du joli !

— Je te fais un café, proposa Kate. Bois de l'eau pendant que je le prépare. Tu ne peux pas rester un peu plus ? Je n'ai pas osé téléphoner à Soline, pourtant j'étais malade de curiosité. Je sais que Barry était avec Benjamin, rien d'autre. Comment ça s'est passé ?

— Pareil pour moi, reconnut la septuagénaire. Je me posais un tas de questions.

Sophie les regarda tour à tour, hésitant à répondre. Mais certaine que Soline éviterait de les appeler, elle se résigna.

— La situation est complexe ! Benjamin souffre vraiment d'amnésie. Il est différent, pas seulement à cause de la barbe, non, on dirait un inconnu. Du moins à mon égard. Il m'a parlé avec froideur. Bien sûr, il se montre respectueux et doux envers Soline. Je les ai déposés sur l'esplanade du chalet.

— Et alors, comment a-t-il réagi ? demanda Viviane.

— Il paraissait découvrir l'endroit. De toute façon, je suis repartie immédiatement, car j'étais hors de moi. Cet après-midi, ils vont chercher Barry, la louve et le fameux Moïse. Ce prétendu ermite a su embobiner Benjamin, qui l'a invité chez lui. Je n'ai pas encore pu étudier le personnage, mais je pressens que c'est un vieux filou.

— Quoi ? s'égosilla Kate. En plus, si j'ai tout compris, c'est sa faute si tes collègues n'ont pas trouvé Benjamin.

Viviane se servit un peu de génépi, l'air pensif. Elle sirota la liqueur avant de leur confier son opinion.

— La mémoire peut tomber en panne, et ça sème la confusion, mais l'âme et le cœur de la personne amnésique ne changent pas. C'est plutôt honorable de la part de Benjamin de se soucier de ce vieil homme, qui s'est occupé de lui et l'a hébergé.

— Sans doute, madame Vivi, mais ce n'est pas idéal pour Soline. Elle doit être très déçue, déplora Kate.

— Ah ça, elle faisait peine à voir, renchérit Sophie. Je n'ose pas imaginer la suite des événements. Il est impératif que Benjamin soit examiné. Soline devra le conduire à l'hôpital en laissant Moïse seul au chalet. Viviane, elle vous écoute, essayez de lui téléphoner. Peut-être pourriez-vous retourner à Servoz avec Kate, deux ou trois jours.

— Vous avez raison, capitaine ! s'enthousiasma celle-ci. Si Soline est d'accord, je me chargerai d'amadouer leur invité.

— Moi, je ferai la cuisine. On ne dérangera pas, puisqu'il y aura déjà un intrus sur place.

— Je compte sur vous, insista Sophie en s'apprêtant à sortir. Sur toi aussi, Neige ! Tu remettras au pas ton copain Barry, qui s'est acoquiné avec une belle louve.

Sur ces mots, la jeune femme quitta la pièce, sans réussir à esquisser un sourire. Kate referma la porte derrière elle.

— Notre jolie capitaine n'a même pas bu son café, remarqua Viviane. Elle en avait gros sur le cœur.

— Je crois bien qu'elle avait envie de pleurer, madame Vivi. La pauvre, si Benjamin était son ami d'enfance, ce doit être dur pour elle qu'il ne la reconnaisse pas du tout.

— Soyons optimistes, ma petite. Après la pluie, le beau temps, dit-on. J'appelle notre Soline et toi tu préviens ma cousine que tu séjournes encore une semaine ici. Eudoxie sera un peu vexée, mais c'est un cas de force majeure.

Servoz, chalet de Benjamin Martin,
une heure plus tard

Soline venait de faire visiter l'intérieur du chalet à Benjamin, qui avait observé les lieux sans manifester d'intérêt. Il l'entraîna sur la terrasse, où il respira à pleins poumons plusieurs fois.

— J'étouffais là-dedans, avoua-t-il. Je n'aime pas toutes ces cloisons en bois, ces objets. Je me sens mieux ici.

— Nous coucherons dehors, si tu veux, répondit-elle en lui prenant la main. Tu vois, ton camion-laboratoire était garé sur la gauche, derrière ce muret. Un ami, Alban Demolliens, l'a descendu au village, avec l'accord du maire.

— Pourquoi ?

— J'ai rangé tes affaires à l'intérieur, car j'avais peur qu'il y ait un incendie. Tu as sûrement oublié, mais j'ai des visions. Et c'est grâce à l'une d'elles que j'ai pu te retrouver. Benjamin, tu es content d'être là, avec moi ?

Le jeune homme la considéra des pieds à la tête. Il perdit son expression inquiète et son visage s'illumina d'un grand sourire.

— Oui, je suis heureux. Ce matin, pendant que tu dormais, je t'ai caressé le visage. Tu étais si belle.

Soline le serra dans ses bras. Il l'étreignit à son tour, sans la passion de naguère. Elle osa effleurer sa bouche de ses lèvres. Durant quelques secondes, Benjamin céda au chaste baiser, en fermant les yeux, mais il recula précipitamment.

— Je ne peux pas, dit-il.

— Excuse-moi, on s'embrassait beaucoup, avant.

— Je ne m'en souviens pas, Soline. On devrait se préparer, il faut repartir. Tu m'as dit que j'avais d'autres vêtements, tu peux aller les chercher ? Je voudrais me changer. Je peux le faire sur la terrasse.

— Sois courageux, viens avec moi. La fenêtre est ouverte, il y aura de l'air. Benjamin, tu vas être obligé de voir un docteur dès demain, en ville, et ce soir, de rencontrer mes amies. Elles viennent m'aider. Nous serons cinq pour le dîner, en comptant Moïse. Je comprends que tu l'invites, mais ça ne sera pas simple. Il est grossier, hargneux… et lui, il ne se lavait pas tous les jours à la cascade.

À la vive surprise de Soline, Benjamin éclata de rire. Il la suivit ensuite jusqu'à la chambre, où il se déshabilla, sans témoigner aucune gêne. Elle détourna le regard, troublée par sa nudité.

Il était d'une séduction absolue, ainsi, mince et brun de peau, souple et d'une grâce animale.

— Mon amour, souffla-t-elle. Si tu savais combien tu m'as manqué. Je te désire à en crier.

— Qu'est-ce que tu as dit ? Parle plus fort, Soline.

— Rien d'important, des banalités.

Elle refoula son désarroi et sa frustration. Une étrange lutte commençait, contre la cruauté du destin, mais elle se promit de la remporter.

4

Une cohabitation à risque

Servoz, chalet de Benjamin,
dimanche 16 août 2015

Soline s'était réfugiée dans le garage du chalet, qui servait d'atelier à l'occasion. Perchée sur l'établi, en débardeur noir et en short, elle fixait d'un air sombre l'écran de son téléphone, le visage durci par l'irritation.

— Je dois me calmer avant d'appeler maman, pour ne pas l'inquiéter, se dit-elle. Quelle semaine épuisante !

Le lundi précédent, Benjamin lui était apparu près de la cascade où il avait ses habitudes d'homme des bois. Elle revit la scène, se remémorant sa joie et son soulagement.

— Je devrais être heureuse, se reprocha-t-elle. Mais il y a si peu d'amélioration, je perds patience. Et nous devons toutes supporter les caprices de Moïse, cet odieux personnage… S'il ne faisait pas aussi chaud, une vraie canicule.

Elle secoua la tête, repoussa une mèche de cheveux, tout en composant le numéro des Fauvel, à Lons-le-Saunier. Sa mère adoptive décrocha aussitôt.

— Ah, ma chérie, j'avais hâte de t'entendre et d'avoir des nouvelles.

— Et toi, comment s'est passé ton retour à la maison ? Je suis désolée, maman, j'aurais voulu venir, mais je ne peux pas en ce moment.

— Arrête de seriner ça, à part le plaisir de te voir, tu ne serais d'aucune utilité. Une infirmière vient matin et soir me faire des piqûres. Je suis couchée la plupart du temps, mais ton père m'emmène dans le jardin, en fauteuil roulant. Allons, parlons plutôt de Benjamin !

— Mercredi, nous avons consulté un médecin, à Chamonix, qui nous a conseillé un neurologue d'Annecy. J'ai obtenu un rendez-vous en fin de semaine prochaine. Déjà, ce que nous a dit le docteur m'a rassurée. Benjamin n'a pas perdu les automatismes d'avant l'accident, comme téléphoner, utiliser un ordinateur, conduire une voiture, et c'est bon signe. En fait, il s'est même intéressé à son travail, après avoir consulté tous ses dossiers. Mais il ne se souvient absolument pas de Viviane, ni de Sophie Gally, qu'il connaissait bien.

— Soline, ça va s'arranger. En plus, il ne t'a pas oublié, toi. Sois patiente. Tu lui as présenté Kate ?

— Oui, le courant passe sans peine entre eux.

Sa voix avait fléchi, trahissant l'exaspération dont elle souffrait. Monique Fauvel le constata.

— Toi, ma chérie, tu es jalouse de ton amie !

— Un peu, ils sont à l'aise, ils plaisantent tous les deux. Quand j'ai supplié Kate d'être moins familière, elle m'a ri au nez.

— Mon Dieu, tu crois qu'elle plaît à Benjamin ?

— Il la trouve amusante, rien d'autre, maman.

Des éclats de rire résonnèrent à l'extérieur, ponctués d'un cri rauque de Moïse. Soline perçut également le bruit du jet d'arrosage. Elle se crispa tout entière, furieuse.

— Est-ce qu'il fait aussi très chaud à Lons ? s'enquit-elle en haussant la voix.

— Une fournaise ! Ton père m'a acheté un ventilateur. Il est en congé ces jours-ci. Jacques devient très attentionné. Je ne vais pas m'en plaindre, n'est-ce pas ? Sais-tu que je ressens de plus en plus de picotements dans mes pieds ?

— Je suis tellement contente, maman. Je vais devoir te laisser, on m'appelle. Repose-toi bien, à très vite.

Soline avait menti sous l'aiguillon de la jalousie. Elle se rua hors du garage, le cœur survolté.

Le spectacle qui l'attendait acheva de l'excéder. Kate aspergeait d'eau fraîche Benjamin, sous les yeux égrillards de Moïse, assis à proximité. Son amie, dont la robe en coton, trempée, épousait la poitrine arrogante et les hanches rondes, dirigea l'embout du tuyau vers le vieil homme.

— À ton tour, Moïse ! clama-t-elle, en suffoquant de rire.

En short de toile, torse nu, Benjamin était ruisselant. Il riait lui aussi, debout au soleil. Débarrassé de sa barbe, ses boucles brunes coupées court, il aurait charmé n'importe quelle femme.

— Arrêtez de gaspiller l'eau, c'est précieux ! ordonna Soline en fermant rageusement le robinet.

— Tiens, v'là la rabat-joie ! s'écria Moïse. Pas moyen de rigoler avec m'selle Soline.

Viviane avait obtenu du nouveau pensionnaire une toilette quotidienne. Elle s'était séparée de quelques vêtements de son mari pour l'habiller décemment. Le vieil homme, bien nourri, avait déjà meilleure allure, malgré sa longue barbe grise.

— On ne prendra pas de douche ce soir, argumenta Kate. Ma puce, sois de bonne humeur. Benji et moi, on a fini ton chenil ! Regarde, Barry et Farou sont comme des rois, là-dedans.

L'initiative de fabriquer un enclos plus grand était une idée de Soline, afin de garder le chien et la louve près du chalet, en toute sécurité. Dans un des angles se dressait une grande niche garnie de paille.

— Je t'en prie, Kate, épargne-moi ce surnom de Benji, je t'ai déjà dit pourquoi, décréta Soline.

— Je sais, à cause de Nadia, marmonna son amie. Mais tu as oublié Nadia, hein, Ben-ja-min ?

Elle avait détaché les trois syllabes de façon appuyée. Moïse mit son grain de sel.

— Et puis si ça t'plaît pas, drôlesse, on l'appelle Pierrot, ironisa-t-il. Bon sang, tu ferais mieux de porter l'uniforme, toi.

Benjamin rejoignit Soline, qui contenait ses larmes. Elle pleurait souvent en cachette, depuis le début de cette laborieuse cohabitation.

— Pourquoi es-tu fâchée ? demanda-t-il. Tu pouvais venir avec nous, c'était amusant.

— Pas à mon goût. Benjamin, je voudrais te parler. On peut marcher jusqu'à la forêt ?

— D'accord, donne-moi la main, alors.

Ils s'éloignèrent du chalet et traversèrent la clairière, dont les hautes herbes avaient jauni. Soline savoura le contact des doigts de son amoureux, en s'estimant stupide. Il appréciait Kate, sûrement sans arrière-pensée.

— J'étais fâchée, parce que je suis très jalouse, confessa-t-elle. J'ignorais ce sentiment avant toi. Tu sembles tellement à l'aise avec Kate. Hier soir, tu complimentais sa fossette au menton, pendant le repas.

— Et c'est mal ?

— Non, je suis sotte, mais j'ai l'impression que tu es plus à l'aise avec elle ou avec Moïse.

— Parce qu'ils sont gais. Toi tu sembles malheureuse, et ça me rend triste, avoua-t-il.

— Benjamin, je suis surtout soucieuse. Je n'ai presque plus d'argent. Cet été, je devais commencer à accompagner des clients en randonnée ou en excursion de haute montagne, mais j'ai tout annulé après ta disparition. Sans ton salaire, je ne pourrais même pas acheter à manger. Viviane participe aux frais, et c'est gênant, car je lui dois encore une grosse somme.

Ils étaient sous le couvert des grands sapins, où il faisait une fraîcheur délicieuse.

— Tout ça, c'est à cause de moi, alors sers-toi de mon argent.

Soline l'obligea à ralentir. Elle le serra dans ses bras, en le fixant de son regard si bleu.

— Moïse ne peut pas rester indéfiniment avec nous, dit-elle d'un ton caressant. Si nous étions seuls tous les deux, ce serait plus facile. Une chose me tourmente beaucoup.

— Laquelle ? s'enquit-il en ramassant un bout de bois dont la forme lui plaisait.

— Pourquoi refuses-tu de faire l'amour ? Tu pourrais au moins essayer ! Tu es un homme, tu es jeune, on dirait que tu n'as plus de désir.

Benjamin soupira. Il contemplait le sous-bois irisé de fins rayons de soleil.

— Le médecin en a parlé, mercredi. C'est une conséquence de l'amnésie.

— Éventuellement, a-t-il précisé, se rebiffa-t-elle. Même nos baisers sont tièdes, puérils.

— Puéril, tu n'as que ce mot à la bouche ! se récria-t-il. Je t'ai entendue te plaindre à ton amie Viviane que j'avais une attitude puérile. Il fallait me laisser là-bas, dans le hameau en ruine. J'aimais cette vie, dormir sous les étoiles, me laver à la cascade. Tu ne te rends pas compte des efforts que je fais, ici.

Meurtrie par ces paroles, Soline s'abandonna à la colère qu'elle devait sans cesse refouler. Elle scruta les traits de Benjamin comme s'il s'agissait d'un étranger.

— Et moi, je ne fais pas d'efforts, peut-être ? On dort côte à côte, mais tu m'accordes juste un peu de tendresse. La journée, tu plaisantes à chaque instant avec Kate. Je vous vois jouer aux cartes, avec ton cher Moïse, cet horrible bonhomme qui abuse de ta générosité. Il finit les plats, il fume dans la maison, il se prélasse sur le canapé ! Et bien sûr, j'ai droit à ses moqueries, à ses allusions ! Tu sais quoi ? Repartez tous les deux sur votre fichue montagne ! En effet, j'aurais mieux fait de te laisser tranquille.

— Soline, ne crie pas si fort, protesta Benjamin. Calme-toi.

Il voulut l'enlacer. Dévastée par le chagrin et la rage, Soline le repoussa. Elle éprouvait presque de la haine pour lui, à cet instant.

— Je n'aurais pas dû te retrouver, lui assena-t-elle. À quoi bon, tu viens de le dire, tu n'es même pas heureux et moi je suis désespérée.

Elle le frappa à coups de poing lorsqu'il l'attira contre lui. Surpris, il renonça.

— Rentre au chalet, va t'amuser ; Kate sera enchantée, Moïse aussi. La rabat-joie ne viendra pas gâcher votre plaisir.

Soline s'élança en courant entre les sapins. Elle avait besoin de silence, de solitude. Son amour et ses rêves de bonheur lui paraissaient condamnés, en miettes.

— Ne t'en va pas ! hurla Benjamin.

Sans l'écouter, elle continua sa course folle.

Viviane, qui balayait la terrasse, vit revenir Benjamin. Elle nota sa pâleur et le pli amer de sa bouche.

— Oh toi, ça n'a pas l'air d'aller, dit-elle gentiment. Où est Soline ? Kate prétend que vous étiez partis en balade, tous les deux.

— Oui, mais nous nous sommes querellés. Elle était très en colère. J'aurais dû la suivre, je n'ai pas eu le courage. Soline ne comprend pas ce que je ressens.

— As-tu essayé de lui expliquer, mon garçon ?

— Bien sûr, et elle était furieuse. J'ai dû être maladroit.

Le grand cœur de Viviane l'inclinait à la tendresse envers tous ceux qui souffraient. Elle était un témoin discret, depuis une semaine, des difficultés qu'affrontaient les jeunes gens.

— Ah, assieds-toi un peu, on va boire un verre de mon orangeade, soupira-t-elle en lui désignant la table et les bancs, ombragés par l'avancée du toit.

— Merci, j'ai très soif. L'air est orageux.

— C'est vrai, celui du ciel et celui de la maison, répondit la septuagénaire. Benjamin, je t'aime bien, et j'adore ma gamine. Elle se plaint rarement mais, là, admets qu'il y a de quoi. Ton ami Moïse lui porte sur les nerfs. Il lui cherche des noises à longueur de journée. Dès que tu as le dos tourné, il la critique, il l'insulte. Je lui ai fait la leçon, mais il me débite des âneries en réponse.

— J'ai peine à le croire, madame.

— Appelle-moi donc Viviane, ou bien madame Vivi, comme Kate. Mon garçon, tu peux me faire confiance. Moïse a même traité Soline de sorcière, quand il a su pour ses visions. Il a tout d'un vieux renard rusé et manipulateur.

— Je me suis attaché à lui, plaida le jeune homme. Je vais lui demander de laisser Soline en paix. Il le fera, au moins par gratitude. Il se plaît chez moi.

— Tu m'étonnes ! s'esclaffa Viviane. Nourri, logé, sans lever le petit doigt pour aider. Il se fatigue seulement à te séparer de Soline, pour que tu te rapproches de Kate, qui joue le jeu sans s'en rendre compte.

— Mais non, vous vous faites des idées.

Une tornade brune fit irruption sur la terrasse. Sa chevelure sombre en bataille, Kate pointait l'index sur Viviane. Son expression outragée en disait long sur son indignation.

— Madame Vivi, venant de vous, j'en ai mal au cœur ! cria-t-elle. Comment osez-vous penser ça de moi ? Jamais je ne trahirai Soline ! Je l'aime comme une sœur. Moïse est méchant avec elle, ça, c'est la vérité, mais pour le reste, vous vous trompez ! Je voulais juste rendre un peu d'insouciance à Benjamin, lui donner l'impression qu'il était en famille, lui qui n'en a pas. En fait, vous me prenez pour une moins que rien.

— Kate, tu te montes la tête, protesta Viviane. Allons, ma petite, tu sais que je t'apprécie beaucoup.

— Laissez tomber, je vais rassembler mes affaires et je ficherai le camp demain. Je retourne à Dijon, chez votre cousine. On ne pourra plus m'accuser à tort !

Très digne, Kate disparut à l'intérieur du chalet. Une porte claqua.

— Et zut, pauvre gosse, elle est fâchée. Benjamin, va causer à ton trublion ; il fait la sieste à présent. Moi je vais essayer de me rabibocher avec Kate. Je m'en veux…

— Mais Soline ? Je devrais aller la chercher. En plus, ça se couvre, il va encore y avoir un orage.

— Sûrement ! Bah, c'est la saison, et ça ne fera pas de mal après cette chaleur, assura la septuagénaire. Je suis née ici. J'en ai vu des orages et, en montagne, ils sont parfois plus violents qu'ailleurs.

Benjamin regarda d'un air inquiet les nuages d'un gris bleuté qui obscurcissaient le ciel. Il perçut avec acuité l'atmosphère lourde, tissée d'électricité statique. Au même instant, Neige, qui était couché sous la table, se leva et huma le vent.

— Il est nerveux lui aussi, commenta Viviane. Mon berger allemand devenait à moitié fou de peur, pendant les tempêtes.

Le grand chien blanc sauta d'un bond les trois marches qui descendaient de la terrasse à l'esplanade. D'un trot régulier, il prit la direction de la forêt. Dans l'enclos, Barry effectuait des allers et retours le long du grillage. La louve était couchée dans la niche.

— Soline a dû emporter son téléphone, appelle-la et dis-lui de rentrer, préconisa Viviane.

— Elle ne l'a pas pris, j'en suis certain, affirma Benjamin. On s'arrosait quand elle est sortie du garage. Elle n'avait rien dans les mains.

— Neige va nous la ramener, il a dû sentir qu'elle approchait. Il faudrait fermer les fenêtres ; tu connais la chanson, en cas d'orage, autant éviter les courants d'air, qui attirent la foudre.

— D'accord, madame Vivi.

À bout de souffle, Soline s'était arrêtée dans une combe parsemée de rochers. Des bouleaux au tronc blanc avaient poussé là, grâce à une trouée entre les sapins qui cernaient le lieu. La jeune femme s'adossa à un énorme bloc tapissé de lichens.

— On n'est jamais venus ici, avec Benjamin, se dit-elle. Oh, j'ai soif, tellement soif.

Elle se pencha pour cueillir quelques myrtilles et, encore une fois, ses pensées revinrent aux heures exquises qu'elle avait vécues au chalet.

— Je n'aurais jamais dû lui parler ainsi ! C'est notre première dispute. Il n'est pas en état d'affronter mes crises de rage. Il doit être malheureux… Que je suis sotte ; au fond, j'espérais qu'il me suive, qu'il me rattrape.

D'un geste las, elle essuya la sueur qui perlait sur son front. Peu à peu, sa respiration retrouva un rythme régulier. Éperdue de remords, elle perdit la notion du temps.

Bientôt, le contact frais de la pierre contre sa peau brûlante la fit se souvenir de toutes les voies qu'elle avait gravies, dans le Jura et autour de Chamonix.

— Est-ce que j'ai perdu la main ?

Soline virevolta pour faire face au rocher. Par défi, elle entreprit de grimper au sommet, en forme de dôme. Il y avait peu de prises, cependant rompue à ce genre d'exercice, elle se hissa avec aisance et atteignit son but.

— Je dois refaire de l'escalade, décida-t-elle, assise en tailleur sur le rocher.

Soudain elle constata le changement d'ambiance. Le soleil ne brillait plus. Une étrange luminosité métallique pesait sur la forêt. En observant le ciel, elle découvrit une sombre cohorte de nuages que le vent poussait. Un grondement retentit, puis un autre, et elle reçut quelques gouttes de pluie sur le bras.

— Encore un orage, comme le soir où j'ai retrouvé Benjamin. Il a pu partir à ma recherche, dans une direction opposée. Tant pis s'il ignore mon désir, mes baisers, je veux être près de lui.

Vite, Soline se laissa glisser de son perchoir. Elle observa les environs, prise d'un doute sur l'itinéraire du retour. Par chance, son expérience lui permit de s'orienter, une fois certaine d'avoir repéré le nord.

Les roulements de tonnerre s'enchaînaient. On aurait dit la nuit prête à s'abattre sur le paysage sauvage. L'air était lourd, presque suffoquant. Soline avança d'un pas rapide, se crispant tout entière chaque fois que les éclairs striaient le ciel. Elle en avait rarement vu de si monstrueux se dessinant à l'horizontale.

Des aboiements, graves et rauques, retentirent non loin d'elle. Rassurée, elle espérait déjà entrevoir la clairière et le camion argenté, que Kate et Benjamin étaient descendus récupérer au village.

Neige apparut alors à une dizaine de mètres d'elle. Sa silhouette blanche contrastait avec la pénombre angoissante du sous-bois.

— Neige, mon chien, viens là ! Tu m'attendais.

Le berger suisse se précipita vers sa maîtresse, qui éprouva un précieux réconfort en le caressant.

— On rentre à la maison, Neige… Ah, enfin, il pleut.

Soline tendit son visage vers le ciel, pour mieux savourer la fraîcheur de l'averse. Rassérénée, elle respirait avidement lorsqu'une odeur particulière la troubla.

— Un feu, oui, il y a un feu à proximité. Oh non, non !

Les images de son cauchemar lui traversèrent l'esprit. Elle s'aperçut, alors, terrifiée, que tout était en place.

— L'orage, la pluie, les sapins, la façon dont je suis habillée. Seul Neige n'était pas avec moi. Mon Dieu !

Elle se mit à courir, le cœur serré, la bouche sèche. Une sensation de désastre imminent la faisait claquer des dents. Avant même d'arriver dans la clairière, le ronflement atroce d'un brasier lui arracha une clameur d'épouvante.

— Je ne veux pas, non, je ne veux pas, gémit-elle.

Soline hurla, confrontée au tableau exact de l'incendie qu'on lui avait montré, quelques nuits plus tôt. Le chalet brûlait, dévoré par de hautes flammes d'or rouge.

*

Quatre-vingt-onze ans plus tôt,
Combloux, mercredi 20 février 1924

Louise contemplait rêveusement la fine alliance en argent qui ornait l'annulaire de sa main gauche. Elle portait désormais le nom de famille de Vittorio.

— Je m'appelle madame Mancini, s'étonna-t-elle doucement. Mon Dieu, si je m'attendais à une telle surprise du destin.

Le maire de Combloux, Anselme Coudray, avait célébré le mariage la veille, en petit comité. Son épouse s'était proposée d'être le témoin de Louise ; un des ouvriers de la carrière de granit avait été celui de Vittorio.

— Antoine n'a pas pu venir, Flocon, dit-elle au chiot blanc couché sur ses genoux. Quant à Clément, sa lettre m'a brisé le cœur. Mon fils m'en veut, il refuse de comprendre. J'ai pourtant droit à un peu de bonheur.

La présence affectueuse de l'animal ne parvenait pas à consoler Louise, ni les bonnes paroles de son second mari.

— Le garçon se fera à l'idée, lui avait-il affirmé en la trouvant en larmes, deux jours avant leur union. Mais réponds-lui de venir dès qu'il aura une permission. On causera d'homme à homme. Il comprendrait mieux pourquoi tu te remaries, s'il savait que je suis son vrai père.

Ce matin de neige, où le vent soufflait fort, Louise redoutait justement une visite imprévue de Clément. Frileuse, elle tisonna le feu. Les mots de son fils tournaient en ronde cruelle dans son esprit.

— Il me souhaite de vivre heureuse avec cet inconnu que j'ai épousé par caprice, mais aussitôt il ajoute qu'il ne remettra plus les pieds à Combloux. J'ai trahi la mémoire d'Angel, à son idée. Seigneur, mon pauvre enfant, j'aurais dû lui dire la vérité.

Elle essuya les larmes qui roulaient sur ses joues. Son corps de femme vibrait de joie sous les caresses de Vittorio, mais elle se reprochait maintenant d'avoir précipité le mariage.

— Descends, Flocon, je dois préparer la soupe, soupira-t-elle en posant le chiot sur le sol. Il n'y a pas assez de braises pour la faire cuire.

Louise se leva et alla dans la remise chercher des bûches et des branchettes bien sèches. Elle aurait voulu apprécier ce timide bonheur retrouvé, cependant une vague culpabilité la rendait morose.

Ses pensées voletèrent vers Antoine, son frère bien-aimé. Il n'avait pas fait le voyage pour assister à la cérémonie, mais il avait envoyé une jolie carte, en lui disant que tout rentrait dans l'ordre et qu'il en était soulagé. Elle aurait aimé être aussi optimiste que lui.

Flocon la tira de ses pensées en mordillant ses sabots et elle ne put s'empêcher de rire à la vue du chiot.

Accroupie, elle tisonna le feu, disposa le bois sur les chenets. Puis elle actionna avec énergie le soufflet qui venait de leur ancienne maison de Bionnay. Les flammes jaillirent, d'un jaune intense. Louise en sentit la chaleur sur son visage.

— Ah, c'est agréable, j'avais froid ! Mais…

Une vision la terrassa. La gorge nouée, elle aurait voulu crier. Un grand chalet brûlait et des silhouettes s'agitaient à travers une fumée incandescente. Soudain elle reconnut la jeune femme blonde qui lui était souvent apparue. Elle entrait dans le brasier. À son masque tragique, il était évident qu'elle hurlait de terreur.

— Non, fais attention, supplia-t-elle à haute voix.

Le chiot poussa un jappement. Louise fut secouée par un long frisson. L'épouvantable scène s'était effacée, pourtant elle demeurait inscrite dans son esprit.

— Je ne comprends pas, gémit-elle. Pourquoi me montre-t-on cette jeune personne, cet endroit ? Quand a lieu l'incendie ? Je suis sûre que c'est dans un futur lointain.

Antoine, à qui elle se confiait lors de ses visites, avait émis une hypothèse. Et si cette jeune femme, qui ressemblait à Louise, était une descendante de leur famille ? Nicolas était mort à la guerre, mais Clément et lui pouvaient encore avoir des enfants.

Elle avait noté dans son cahier la théorie de son frère, sans vraiment y croire.

— Je vais vite écrire ce que je viens de voir, décida Louise, le cœur serré. Mon Dieu, j'espère que ces pauvres gens survivront à l'incendie.

*

Quatre-vingt-onze ans plus tard, Servoz, chalet de Benjamin, dimanche 16 août 2015

Pendant quelques secondes, Soline était restée paralysée par une sensation d'irrémédiable, tant l'atroce spectacle du chalet en feu était fidèle à la vision qu'elle avait eue en rêve. Puis elle avait couru en criant de toutes ses forces, au point d'avoir aussitôt la gorge douloureuse.

— Non, non ! Ce n'est pas possible !

Elle aperçut Barry qui hurlait à la mort, pris de panique, tandis que la louve se jetait contre le grillage de leur enclos.

— Plus tard, il n'y a pas de danger pour eux, haleta Soline.

Le souffle de la fournaise l'atteignit dès qu'elle approcha de l'esplanade. Au même moment, une forme enveloppée d'une couverture apparut sur sa gauche, en provenance de l'arrière du chalet. C'était Kate, qui lui montra son visage cramoisi.

— Je vais démarrer ton 4×4, Soline ! J'emmène madame Vivi au village, une ambulance va la conduire à l'hôpital. Les pompiers ont promis d'arriver au plus vite.

— Et Benjamin ?

— Là, avec madame Vivi !

Son amie tendit la main dans la direction d'où elle venait, tout en rejetant de l'autre la couverture. Soline vit apparaître le jeune homme, qui portait Viviane dans ses bras. Affolée, mais infiniment soulagée, elle se précipita vers eux.

— N'aie pas peur, les brûlures sont légères, déclara Benjamin d'une voix rauque. Elle est tombée en s'enfuyant, je crains une fracture du tibia, car la douleur lui a fait perdre connaissance.

Il s'empressa d'installer au mieux la blessée sur la banquette arrière. Kate, déjà au volant, lui adressa un signe de tête.

— Soline, accompagne-les à Servoz, ne reste pas ici, ordonna-t-il. Je retourne chercher Moïse !

— Où est-il ? je vais t'aider, protesta-t-elle.

— Non, je t'en prie, insista-t-il.

Soline le vit disparaître à l'angle du chalet. Des craquements sinistres s'élevaient de l'intérieur. Du toit en feu montaient des nuées d'escarbilles orangées, rendues plus lumineuses par le gris sombre du ciel.

— Pars, Kate, dit-elle. Je ne laisserai pas Benjamin.

— J'en étais sûre. Ramasse la couverture, je l'ai mouillée au jet d'eau. Sois prudente, Moïse est dans une des chambres et…

Sans l'écouter davantage, Soline s'enveloppa en toute hâte du tissu humide et disparut à son tour.

— Ma puce, fais attention, sanglota tout bas Kate en manœuvrant pour s'engager sur la piste.

En atteignant l'entrée du garage, Soline comprit que l'arrière du chalet était encore épargné par les flammes. Elle entendit crier, une clameur de souffrance, et, sans hésiter, elle passa dans la pièce principale.

La chaleur était intolérable. Suffoquée par l'air brûlant et la fumée malodorante qui stagnait à mi-hauteur, elle se demanda comment deux êtres humains pouvaient se trouver quelque part dans ce brasier, et surtout y survivre.

— Benjamin ! hurla-t-elle.

Curieusement, Soline reprit son sang-froid, en se souvenant de tous les cours de secourisme qu'elle avait suivis. Un pan de lainage mouillé sur le nez, elle appela encore. Suivant les indications de Kate, elle tenta de se diriger vers la chambre de Benjamin, où Moïse avait l'habitude de faite la sieste.

Tout à coup, malgré le ronflement monstrueux de l'incendie, il lui sembla qu'on hurlait son prénom, à l'extérieur.

— Non, je me trompe.

Elle avait l'impression que ses poumons brûlaient et que la peau de son visage était à vif.

— Benjamin ! s'égosilla-t-elle.

Désespérée, presque aveuglée par la fumée aux reflets rouges, Soline refusait de faire demi-tour. Pourtant elle était assez lucide pour admettre qu'elle ne pourrait pas atteindre son but. Un court instant, en imaginant son amour dans cet enfer, sans nul doute condamné, elle songea à s'abandonner elle aussi aux flammes. L'instinct de survie fut le plus fort.

— Je dois sortir…

Au moment de regagner le garage, une cloison entière s'écroula avec fracas, en projetant des particules enflammées. Prisonnière, Soline chercha une autre issue.

— Ma chambre !

La poignée en cuivre et porcelaine, chauffée à blanc, lui causa une affreuse souffrance, mais elle se crut sauvée une fois à l'écart de l'incendie. L'air était un peu moins irrespirable, en dépit des volets fermés.

— La fenêtre, je peux m'enfuir par la fenêtre, balbutia-t-elle.

Fébrile, Soline entreprit d'ouvrir. Elle avait l'esprit vide, fermé à l'odieuse perspective de retrouver Benjamin et Moïse morts dans les décombres du chalet. Un bruit assourdissant, dans son dos, la fit trembler. La cloison qui la séparait de la pièce principale se fissurait, par de brèves explosions. Un éclat de bois enflammé la frappa à l'épaule. Cédant à la panique, elle se mit à hurler de frayeur et de révolte, en se réfugiant le long du mur opposé.

— Soline ! Soline !

Benjamin l'appelait à tue-tête, avec des accents de désespoir. De toute évidence, il se trouvait à l'extérieur, sain et sauf. Elle cria plus fort, ce qui la mena au bord du malaise. Prise de vertige, elle ferma les yeux, en se répétant qu'elle devait à tout prix rester debout. Mais ses jambes tremblaient et une nausée lui tordait l'estomac.

— Soline ! Petite folle chérie…

Comme par enchantement, Benjamin était là, drapé dans un tissu blanc détrempé, un foulard noué sur le bas du visage. Il la rattrapa alors qu'elle allait s'effondrer et la souleva.

— N'aie pas peur, ma Soline, je suis là, répéta-t-il plusieurs fois de suite.

Tout devint confus pour elle, excepté ce bonheur infini d'être dans ses bras. Quand il l'allongea sur l'herbe, de l'autre côté du camion, elle se cramponna à lui, osant à peine ouvrir les yeux.

— Ne me quitte pas, implora-t-elle.

— Je suis là, regarde-moi, répondit-il d'un ton très doux.

Soline sentit l'amour vibrer dans sa voix. Le regard dont il la contemplait exprimait lui aussi la même tendre passion que naguère, avant l'accident.

— Pourquoi tu n'es pas partie avec Kate ?

— Je voulais être près de toi, t'aider à sauver Moïse ! Où est-il, le malheureux ?

— Là, à deux mètres de nous, mal en point, mais vivant. Je l'ai fait sortir par la fenêtre. Les pompiers arrivent, ils vont pouvoir l'emmener à l'hôpital.

— Et Barry ? Neige ? La louve était folle de peur, elle a dû se blesser !

— Je les ai libérés juste après avoir mis Moïse à l'abri, et juste avant de t'entendre hurler. J'aurais dû me douter que tu resterais. En plus, Neige aboyait sans arrêt devant l'entrée du garage.

— Pardonne-moi. Je t'ai mis en danger. Benjamin, tu es brûlé, dit Soline en effleurant son bras, son cou.

— Je m'en remettrai. Ma petite folle, j'ai cru te perdre.

Il était agenouillé à ses côtés. Elle se redressa pour se blottir contre lui, encore incrédule. Il était redevenu le même, son amoureux attentionné et passionné. Tout de suite, il l'embrassa sur la bouche, lui offrant le baiser dont elle rêvait.

Hôpital de Chamonix, trois heures plus tard

La capitaine Gally se tenait au bout du lit où Viviane somnolait sous l'effet de l'anesthésie. Alertée par Kate deux heures plus tôt, elle était venue à l'hôpital dès qu'elle avait pu se libérer.

— On ne peut pas vous laisser seuls, tenta-t-elle de plaisanter en dévisageant tour à tour Soline, Kate et Benjamin. Que s'est-il passé ?

— La foudre, expliqua le jeune homme. On m'avait souvent dit qu'elle pouvait provoquer des incendies, j'en ai eu la preuve. J'ai su ainsi que le chalet avait été construit avec du bois non ignifugé. Il faudra que j'en réfère à mes employeurs dès demain.

Sophie approuva en silence. Elle avait remarqué la manière dont Benjamin la regardait et lui parlait.

« Comme avant, songea-t-elle. Oui, j'en suis sûre. »

Kate, les larmes aux yeux, était assise au chevet de Viviane.

— Pauvre madame Vivi, elle a la jambe cassée, dit-elle tout bas. Et des brûlures aux mains, à la poitrine. J'ai cru qu'elle était morte, quand elle s'est évanouie, une fois dehors.

— Ce sont heureusement des blessures superficielles. Vous êtes tous sains et saufs, nota Sophie. Je suis soulagée, ça aurait pu virer à la tragédie. Donc, ce n'est pas un incendie criminel ? J'y ai pensé immédiatement, en apprenant la mauvaise nouvelle.

— Non, l'orage est en cause, répliqua Soline. J'avais bien eu une vision pendant mon sommeil. J'aurais préféré qu'il s'agisse d'un cauchemar. Si nous allions discuter dans le couloir ? Le docteur doit repasser, on le verra arriver. Benjamin, tu voulais rendre visite à Moïse, sa chambre n'est pas loin.

— Tu as raison, j'y vais.

Il lui donna un léger baiser sur les lèvres et, sortit en leur souriant, très vite suivi par les trois jeunes femmes.

— Je crois qu'il est guéri, avoua Soline. C'est ce que tu as essayé de me dire avant de conduire Viviane à Servoz, n'est-ce pas Kate ?

— Oui, je m'en suis aperçue très vite. La foudre est tombée, et le feu s'est propagé à une vitesse folle. Benjamin a surgi devant moi. Il m'a demandé d'appeler les pompiers et de te téléphoner, Sophie, pour que tu viennes toi aussi.

— Ça ne signifie rien. On lui a répété que j'étais gendarme au PGHM.

— Il a dit autre chose : « Sophie saura quoi faire, elle a été pompier volontaire. »

— S'il s'est souvenu de ça, il n'est plus amnésique, affirma Sophie, radieuse.

— Moi, je l'ai deviné à sa façon de prononcer mon prénom, de me toucher, de me regarder, à chacun de ses mots. Je suis heureuse, mais l'état de Viviane me préoccupe.

— Je suis inquiète aussi, admit Kate. Madame Vivi va mettre longtemps à se rétablir. Quand je pense que je voulais partir demain matin.

— Pourquoi ? s'étonna Soline.

— Ce n'est plus la peine d'en parler, ma puce. Les ennuis ne font que commencer. Moi, je dors ici pour veiller sur madame Vivi. Mais vous ?

— En effet, vous ne pouvez pas coucher là-haut, renchérit Sophie. Où allez-vous habiter, Benjamin et toi ?

— Je n'en sais rien. On trouvera une solution. Pour ce soir, nous avons prévu de remonter à Servoz. On campera, j'ai une tente dans le coffre du 4×4, expliqua Soline. Il vaut mieux qu'on soit sur place, au cas où Barry et la louve reviennent. On repassera tôt demain matin, pour prendre des nouvelles de Viviane et de Moïse.

Benjamin, qui revenait d'un pas tranquille, leur adressa un signe amical. Il avait retrouvé son sourire, d'un charme irrésistible.

— Moïse va mieux, annonça-t-il. Il est sous oxygène, la fumée l'a intoxiqué, mais il n'a pas de brûlures. Le pire a été évité.

De nombreuses complications étaient prévisibles, mais ils pensaient tous les quatre que la joie devait primer, au point d'oublier celui dont l'ombre menaçante planait sur eux.

Une dizaine de minutes auparavant, Sophie Gally l'avait croisé dans le hall de l'hôpital, sans lui accorder la moindre attention, mais, lui, il l'avait reconnue.

Servoz, chalet de Benjamin, le soir

Deux tentes en forme de dôme se dressaient à la lisière de la forêt. Après l'orage, un vent tiède avait chassé les nuages. Soline et Benjamin, allongés sur une couverture, admiraient les myriades d'étoiles qui scintillaient dans le ciel nocturne. Ils étaient nus, alanguis par le plaisir subtil qu'ils avaient partagé.

Neige, couché à proximité, sa tête blanche posée sur ses pattes avant, montait la garde.

— Nous sommes enfin réunis, dit tout bas Soline. Mon amour, je voudrais savoir une chose. En sortant de l'hôpital, nous avons beaucoup discuté, mais je n'ai pas osé t'interroger sur un point précis.

— Dis-moi, ne crains rien.

Benjamin la caressait du bout des doigts, des seins au ventre, le long des cuisses.

— Qu'est-ce qui t'a aidé à retrouver la mémoire ? Sophie pensait au choc provoqué par la foudre, susceptible de te rappeler la violence de ton accident de voiture.

— Non, j'ai ma petite idée. Je suis certain que tu as joué un rôle important. Cet après-midi, après notre grosse querelle dans les bois, je me suis confié à Viviane. Elle m'a ouvert les yeux sur le comportement pénible de Moïse envers toi, et son sans-gêne. J'étais décidé à en parler avec lui, quand tes reproches sur ma prétendue puérilité me sont revenus. Alors, sachant quand même ce que font ensemble une femme et un homme, j'ai cherché en moi des sensations de ce genre. Et je t'ai revue nue, d'une beauté fascinante, toi, ma bien-aimée, cambrée par la jouissance.

Bouleversée par cet aveu, Soline posa sa tête sur la poitrine de Benjamin.

— Grâce à cette sublime image, mon corps a réagi, et j'ai soudain ressenti du désir, l'envie de te couvrir de baisers, d'être en toi. C'était cruel et exaltant. J'avais prévu de partir à ta rencontre, pour te le dire, mais la foudre est tombée et, pendant l'incendie, tout m'est revenu ; ma vie dans le chalet, nos soirées amoureuses. Je renaissais, au moment où j'étais en danger de mort, ainsi que Kate, Viviane et Moïse.

Soline se glissa sur Benjamin. Sa chevelure ruissela, voilant en partie son visage. Il embrassa ses mamelons et il la prit par la taille. Elle guida son sexe durci entre ses cuisses, avec un cri de joie.

— Il me manque un souvenir, haleta-t-il ; l'accident. J'ignore pourquoi vous avez retrouvé le pick-up au fond d'un ravin.

Benjamin renonça au débat. Une plainte voluptueuse lui échappa, sous les déhanchements lascifs de Soline. Elle se pencha un peu et ils échangèrent un interminable baiser.

— Peu importe, dit-elle soudain, renversée en arrière, ses seins drus pointant vers le ciel. Tu es là, en moi, et je t'aime, je t'aime tant.

Elle pleura de bonheur, au seuil de l'extase. Lorsqu'ils se reposèrent à nouveau, ils s'enveloppèrent d'une couverture, pour se protéger de la rosée. Sans un grognement sourd de Neige, qui s'était éloigné, ils se seraient endormis.

— C'est peut-être Barry et la louve, dit Benjamin.

Le grand chien blanc, fantomatique sous la clarté lunaire, s'élança vers les ténèbres de la forêt. Soline savait qu'il se battait désormais avec le tervueren, à cause de la louve.

— Neige, appela-t-elle, alarmée. Reviens ici, tout de suite.

Le berger suisse obéit aussitôt, fidèle au dressage inculqué par sa maîtresse, qui s'était levée pour guetter son retour. Splendide dans sa nudité, telle une statue de déesse antique, elle se tenait bien droite, nimbée d'une luminosité argentée.

L'homme, dissimulé derrière le tronc d'un grand sapin, en resta bouche bée. Il rangea le revolver qu'il tenait dans la poche intérieure de sa veste.

— Ma beauté, ma Soline, articula-t-il péniblement. Jamais je ne prendrai le risque de te blesser, mais tu n'es pas seule. Qui a osé te toucher, qui... ?

5

Les méandres de l'amour

Hôpital de Chamonix, lundi 17 août 2015

Viviane était confortablement assise dans son lit, prête à recevoir ses visiteurs. Kate l'avait aidée à faire sa toilette.

— Vous êtes impeccable, madame Vivi. Heureusement, vos cheveux sont intacts, ce n'est pas mon cas, hélas ! Ils ont roussi quand j'ai dû traverser la pièce pour vous aider à sortir. J'irai les faire couper court, demain.

— Tu as été très courageuse, petite. Je tiens à te payer le coiffeur. Nous avons eu de la chance, il n'y a pas eu de victime. Et là aussi, tu es bien gentille de rester à mon chevet, mais tu devrais descendre boire un café. Tu dois avoir envie de prendre l'air. Tu pourras fumer une cigarette dehors.

— Non, ça ne me dit rien, j'ai respiré assez de fumée hier. J'ai encore la gorge irritée. Je préfère assister à l'arrivée de Soline et de son amoureux. Je vous parie qu'ils auront l'air d'être sur un petit nuage.

— Donne-moi ta main, Kate. Crois-moi, je suis désolée de t'avoir fait de la peine, hier. Peut-être que j'avais les nerfs en pelote, à cause de l'atmosphère orageuse. Je te connais, tu n'es pas du genre à voler l'homme d'une autre femme, surtout de ton amie.

Kate eut un sourire gêné. Dès son réveil, après un rapide examen de conscience, elle s'était trouvé quelques torts.

— On oublie tout, madame Vivi. Je suis une honnête fille, aussi j'avoue que j'en faisais un peu trop, parfois. Je m'amusais bien, avec Benjamin, et je laissais Moïse dépasser les bornes.

— Comment va-t-il, ce vieux filou ?

— Je suis allée dans sa chambre, tôt ce matin ; il ronflait !

Deux coups discrets sur la porte entrebâillée les firent se taire. Soline apparut, en robe de cotonnade bleu ciel, assortie à ses yeux, sa chevelure blonde relevée en chignon. Elle était d'une beauté éblouissante.

— Voilà ma jolie gamine, dit la septuagénaire en guise de salut. Et elle m'apporte un bouquet de roses !

— Bonjour, mesdames, répliqua Soline. J'ai des fleurs, mais également des chocolats ; vos préférés à toutes les deux.

Benjamin entra à son tour, en chemise blanche et pantalon de toile beige. Il rayonnait lui aussi.

— Quel beau couple vous faites ! s'extasia Viviane.

Soline embrassa avec tendresse sa vieille amie, qui lui caressa la joue du dos de la main.

— Je vois que tu es heureuse, dit-elle. Tant mieux.

— Oui, mais je serais beaucoup plus heureuse si vous n'étiez pas dans ce lit d'hôpital, la jambe cassée. Déjà que vous avez été agressée, par ma faute, quand cet homme me cherchait.

— Pour être franche, ce n'est pas de tout repos de t'aimer, gamine. Bon, cela dit, est-ce qu'il y avait de gros dégâts au chalet ? Il ne doit rester que les fondations en pierre.

— Exactement, confirma Benjamin. En principe, je serai vite relogé. D'abord, je dois me rendre à Paris, pour en discuter avec mon employeur et remplir un monceau de paperasses. On m'attend après-demain. Je voulais emmener Soline, elle a refusé.

— Pourquoi, ma puce ? déplora Kate. Se balader dans la capitale en amoureux, c'est génial !

Soline prit place au bout du lit, tandis que Viviane respirait son bouquet d'un air ravi.

— J'aurais adoré accompagner Benjamin, mais le maire de Servoz m'a contactée tôt ce matin pour me proposer du travail à l'office de tourisme du village. Et puis il y a les chiens, la louve.

— Tu vas camper toute seule près du chalet ? s'insurgea Kate. C'est dangereux. Madame Vivi allait vous donner les clefs de chez elle.

— Je me sentirai moins en sécurité à Combloux, précisa Soline. Pour deux nuits, je ne risque rien. L'homme qui me traque ne s'est jamais aventuré là-haut. Et Sophie essaiera de venir dormir. Maintenant, je vous abandonne un quart d'heure, je veux rendre visite à Moïse.

— Vas-y, approuva Benjamin. Dis-lui que je ne tarderai pas. Je m'occupe de trouver un vase pour les fleurs.

— Et moi, je goûterais volontiers les chocolats, minauda Kate.

Soline n'eut pas besoin de frapper à la porte de la chambre, qui était grande ouverte. Moïse ne la vit pas tout de suite, concentré sur une émission de sport à la télévision.

— Bonjour, dit-elle d'un ton amical.

— Ah, c'est toi, rétorqua-t-il. Faut pas te fatiguer à me faire la causette. Tu dois regretter que je n'sois pas mort dans ce fichu incendie !

— Je ne suis pas si méchante, Moïse. Dites plutôt que je vous dérange. Depuis combien d'années vous n'aviez pas regardé la télévision ?

Le vieillard éteignit l'appareil d'un geste rageur. Une aide-soignante s'était chargée de sa toilette. Sa tignasse grise peignée en arrière, sa barbe raccourcie, il faisait songer à un brave grand-père, dans sa tunique de l'hôpital.

— Je voudrais faire la paix, ajouta Soline.

— Bah, on n'était pas en guerre, je t'taquinais, mais t'aime pas la rigolade.

Elle s'installa dans le fauteuil près du lit. Moïse, qui l'avait rarement vue en robe et maquillée, émit un sifflement.

— T'es une rudement jolie fille, quand même. Sûr, Pierrot, il pouvait pas t'oublier.

— Benjamin, il s'appelle Benjamin.

— J'n'ai pas encore l'habitude. Sais-tu, il était mignon, mon Pierrot. On l'a perdu, à cause d'une maudite coulée de boue. J'ai cru devenir fou. Il avait cinq ans. Ma femme l'a suivi de peu.

— Je suis désolée, Moïse. Vous avez dû vivre avec ce terrible chagrin. Je comprends aussi pourquoi vous vous êtes isolé dans la montagne. À présent, même si vous ne me croyez pas, je m'inquiète pour vous. Benjamin ne vous abandonnera pas, mais il m'a dit ce matin que vous vouliez retourner habiter dans le hameau en ruine. C'est insensé !

— J'suis chez moi, sur ce bout de terrain. J'ai même intérêt à me barrer en douce de l'hosto. Comment j'vais payer les frais, hein ?

— J'avais l'intention de régulariser votre situation. Il suffit de faire une demande auprès des services sociaux et de remplir des documents. Vous pouvez encore profiter de la nourriture, d'un bon lit et de la télévision.

— Merci, lâcha-t-il, rassuré sur son sort.

Un large sourire dévoila ses dents jaunâtres. Il adressa un clin d'œil à Soline.

— Moïse, vraiment, vous n'avez plus de famille ? Ni sœur, ni frère, ni cousin ? Il y aurait moyen de les retrouver, avec Internet.

— Tu ferais ça ? Bah, j'ai coupé les ponts, personne ne se demande ce que j'suis devenu.

— Réfléchissez, je reviendrai tout à l'heure. Je vous envoie Benjamin.

Une quinte de toux empêcha Moïse de répondre, mais il lui fit signe d'attendre. Soline patienta.

— Tu veux chercher quelqu'un de ma famille, insinua-t-il de sa voix éraillée. Et toi, tu t'en fiches de tes parents, les vrais ? Kate m'a raconté qu'on t'avait adoptée.

— Oui, je m'en moque. Soit j'ai été abandonnée, soit je suis orpheline. Au fait, je vous ai apporté des pâtes de fruits.

Soline éprouva un début de sympathie pour Moïse, devant sa mine interloquée. Il reçut avec un air d'enfant émerveillé la boîte transparente, au fond doré, enrubannée de rouge.

— Toi alors, t'es pas rancunière, marmonna-t-il. Parole, je n'te ferai plus de misères. Et même, j'vais te dire une chose. Pour moi qui suis du pays, tu es d'ici.

— D'ici ? Je serais née en Haute-Savoie ?

— Dans la région, ouais. Tu as peut-être des visions, mais moi j'ai de l'instinct.

Troublée, Soline se releva et se posta près de la baie vitrée. Elle se remémora son attirance, fillette, envers les paysages des Alpes. Sa chambre était décorée de posters du mont Blanc et des sommets voisins. Elle se souvint également des réticences de Monique et de Jacques Fauvel sur ce point précis : ses parents l'avaient toujours tenue à l'écart des Alpes. Et, bizarrement, quand elle avait quitté Lons, sa destination s'était imposée d'elle-même.

— Hé, t'es encore avec moi ? s'écria Moïse.

— Désolée, j'étais perdue dans mes pensées. Je vous laisse.

— Réfléchis à ce que j't'ai dit…

— Vous aussi.

Soline croisa Benjamin dans le couloir. Il l'embrassa au passage, un rire muet pétillant dans son regard sombre.

— Viviane est une charmante dame, expliqua-t-il. Dotée d'un humour qui me plaît. Et toi ?

— Je commence à apprécier ce vieil ours mal léché, avoua-t-elle. Je retourne avec mes amis. Ensuite, tu m'invites à déjeuner au bord de l'Arve.

— Promis, dans un excellent restaurant.

Moïse accueillit son ancien protégé d'un étrange sourire crispé. Il lui montra, sans un mot, la boîte de pâtes de fruits.

— Soline tenait à t'offrir quelque chose, déclara Benjamin. J'espère que tu seras plus aimable avec elle, à l'avenir.

— Tu parles d'un avenir, ronchonna-t-il. On va m'expédier à l'hospice, si j'décampe pas de là.

— Mais non, tu as besoin de ta liberté et d'espace, un peu comme moi. Moïse, je gagne bien ma vie, je veillerai sur toi. J'ignore encore comment, mais on trouvera une solution.

— On verra ça plus tard ; y a un truc qui me tracasse, dans ma fichue caboche.

Compatissant, Benjamin s'assit à son tour dans le fauteuil, disposé à écouter les plaintes du vieil homme.

— Tu as peur de ne plus supporter la solitude, avança-t-il. Je vais te manquer si tu retournes dans la montagne.

— Sans doute que ça sera pas facile, mais c'est autre chose. Ta Soline, elle m'a rappelé une femme, une beauté elle aussi. J'me creuse la cervelle, pas moyen de savoir où je l'ai vue. J'te cause de ça, c'était il y a une trentaine d'années. J'étais encore ouvrier à l'époque, je trimais sur la construction d'un barrage. Surtout, ne lui dis pas, à Soline. Si elle se faisait des idées…

Benjamin hocha la tête, ne sachant que penser. Moïse le menaça d'un doigt pointé dans sa direction.

— T'as pigé, mon gars ? Quand j'en saurai un peu plus, je t'en causerai. Maintenant, j'remettrais bien la télé. La petite aide-soignante m'a montré comment changer de chaînes. Je me régale. C'est même la première fois de ma vie qu'on m'apporte un plateau au lit.

Moïse éclata de rire, avant de tousser. Benjamin lui tapota le dos, attendri de le voir là, dans ce cadre aseptisé.

— Je pars pour Paris demain matin, je reviendrai te voir samedi. Soigne-toi bien.

— Peut-être que samedi, y m'auront fichu dehors, s'alarma le vieil homme. Dis à Soline de venir tous les jours, pour régler la paperasse.

— Il y a Kate aussi. Elle n'est pas loin et elle m'a promis de te rendre visite régulièrement. À très vite, Moïse.

Haute-Savoie, près d'Yvoire,
mercredi 19 août 2015

L'homme s'était enfermé dans la chambre haute du manoir, entièrement consacrée à Soline. Il avait deux heures devant lui, ce qu'il estimait une éternité.

— Je bénis le progrès. J'aurais bientôt l'agrandissement de la photo. Merci, ma beauté, d'avoir posé pour moi.

Fébrile, il effleura l'écran de son téléphone afin d'admirer encore une fois la silhouette dénudée de Soline. Dans la nuit de dimanche à lundi, lorsqu'il était tapi dans la forêt, il avait pu capter cet instant inouï.

— Tu t'offrais au clair de lune, tes longs cheveux au vent. J'ai eu l'impression que tu m'appelais.

Il se mit à faire les cent pas, une expression égarée sur le visage. Dans son repaire, il cédait à sa passion délirante, osant imaginer le jour ou la nuit qui verrait Soline livrée à son désir. Cependant une question continuait à le tourmenter.

— Qui était avec toi ? Qui ?

La curiosité le rongeait. Il avait aperçu quelqu'un étendu sur le sol, sans pouvoir définir s'il s'agissait d'une femme ou d'un individu de sexe masculin. À cette perspective, l'envie de tuer le domina.

— C'était peut-être une de tes amies ! Mais que faisiez-vous là-bas, toutes les deux ? Voyons un peu, si vous avez campé près de ce chalet qui a brûlé, il y a une raison. Peu importe, j'ai bien fait d'aller rôder sur les hauteurs de Servoz. Je suis juste arrivé un peu trop tard.

Il tenta de se calmer. Pour le moment, il n'avait commis aucune erreur. En faisant surveiller les déplacements de la capitaine Gally, il avait appris où se cachait Soline. Cependant il redoutait une méprise de la plus haute importance, susceptible de contrecarrer ses projets.

Les poings serrés, il proféra une série d'insultes.

— Sophie Gally… débita-t-il d'un ton dur. Celle-là, si j'avais pu l'anéantir, quand je l'ai croisée dans le hall de l'hôpital. Elle ne se mettra pas longtemps en travers de mon chemin. Je lui tirerai une balle dans le cœur, comme aux autres. Non, je dois agir autrement et faire croire à un accident.

Son exaspération le grisait à la façon d'un alcool fort. Craignant de perdre sa lucidité, qui lui était indispensable, il se servit un verre de soda, pour avaler un cachet d'anxiolytique.

— Que fait-elle dans la région ? Pourquoi venir ici et jouer les gendarmes… ? Un détail m'échappe.

La sonnerie de son second téléphone le fit sursauter. L'appel venait de l'autre monde, celui où il était un personnage respectable. Il vérifia qui cherchait à le joindre et, une fois renseigné, il éteignit vite l'appareil.

— Je ne peux pas être tranquille ! enragea-t-il. Soline, je ne vais pas supporter la situation encore longtemps. Prudence oblige, je me donne encore quelques semaines.

Apaisé, l'homme prit place dans le fauteuil en cuir. Il alluma un cigarillo, les yeux fermés. L'image de Soline nue le hantait. Sans cesse, il revoyait son corps superbe nimbé d'argent par la lune.

— Si Sophie t'a touchée, elle ne vivra pas un mois de plus, déclara-t-il entre ses dents.

*

Quatre-vingt-onze ans plus tôt,
Combloux, jeudi 19 juin 1924

Louise et son frère étaient assis face à face, de chaque côté de la table. Le bois mal équarri, mais tant de fois lavé et frotté, luisait dans la pénombre. Le parfum suave d'un bouquet de lys embaumait la pièce.

— Alors, tu attends un enfant, à ton âge ? s'étonna encore une fois Antoine. Tu as quarante-quatre ans ; sur le plan médical, ce n'est guère prudent.

— Dieu m'a accordé cette joie, je n'ai pas peur. Des femmes de Combloux ont mis au monde des bébés en bonne santé, alors qu'elles étaient plus vieilles que moi. Je me sens rajeunie, et Vittorio me traite comme une princesse.

Elle posa discrètement une main sur son ventre, avec un doux sourire ébloui.

— Il naîtra au mois de novembre. Un petit rayon de soleil à l'approche de l'hiver. J'ai la certitude que j'aurai une fille.

Antoine Favre venait d'obtenir son diplôme de médecine. Il avait fait sensation en traversant le village au volant d'une voiture noire, d'où il était descendu avec aisance, élégamment vêtu, en costume trois-pièces et chapeau.

— Tu es un bel homme, et instruit, soupira Louise. Maman serait tellement fière de toi. Son Toinet devenu docteur ! Nous irons au cimetière, après le déjeuner.

— Si tu veux, je ne suis pas allé sur la tombe de nos parents depuis un an. Mais je crains de gâcher ta journée. Louisette, je n'ai pas eu le choix, il m'a fallu dire la vérité à Clément. Tu sais combien j'aime mon neveu, je ne supportais plus de lui mentir.

— La vérité ? se récria-t-elle. Sur Vittorio et moi ?

— Oui, et sur sa parenté avec cet homme. Clément t'accablait de tous les maux, depuis ton remariage. Il en venait à te manquer de respect, et j'en souffrais.

— Seigneur, mon pauvre enfant, quel choc il a dû avoir, lui qui vénérait Angel. C'était cruel de briser ses certitudes, je ne t'en pensais pas capable. Tu as mal agi, tu aurais pu me demander mon avis. J'avais l'intention de lui en parler un jour.

— Un jour ! Quand donc, Louise ? s'exclama Antoine. Quand aurais-tu eu le courage de te confier à ton fils ? Je te l'accorde, Clément a été terrassé par cette révélation, mais au moins il a pu considérer ton union précipitée avec Vittorio sous un autre angle. Du coup, je lui ai raconté sa naissance, et tous tes efforts pour dissimuler ta grossesse aux gens du village.

Louise fondit en larmes, sans rien perdre de sa dignité. Ses pleurs silencieux émurent son frère. Il se leva pour contourner la table et la prendre dans ses bras.

— Cet enfant que tu portes, tu n'auras pas besoin de t'en cacher, lui dit-il. Je suis désolé si je te fais de la peine. Entre toutes les femmes que je connais, tu mérites amplement d'être enfin heureuse, avec l'homme que tu n'as jamais cessé d'aimer. Vittorio a pris son temps, mais il a réparé ses torts.

Peut-être pour la première fois de sa vie, Louise repoussa son frère. Elle éprouvait une profonde colère.

— Dis ce que tu veux, Antoine, tu n'avais pas le droit. Après tous les sacrifices que j'ai faits pour toi… Tu as trahi ma confiance. C'était à nous, ses parents, de lui expliquer notre passé, notre amour.

Désorienté par la réaction de sa sœur, le jeune homme s'écarta d'elle et déambula dans la pièce. Il avait grandi ici, après la catastrophe de Saint-Gervais. Les souvenirs affluèrent. Il revit Louise adolescente, toujours affairée.

— Je suis conscient que tu m'as consacré une partie de ta vie, admit-il. Tu tenais la maison, tu faisais des lessives pour tes voisines, des ménages à la mairie. Selon le souhait de maman, tu m'as poussé à étudier et, si j'ai obtenu mon doctorat en médecine, c'est grâce à toi. Cela dit, Louisette, je devais la vérité à mon neveu. Ma fiancée m'a approuvé.

— Ta riche fiancée, que tu ne m'as pas encore présentée ! Je me doute pourquoi : tu as honte de l'amener chez nous. Honte de mes robes élimées, de mes sabots, de mes mains abîmées par tant de travail.

Consterné, Antoine dévisagea sa sœur. La beauté inaltérable de Louise tenait du miracle. Il s'interrogea sur le mystère qui lui conférait des traits harmonieux, une peau magnifique, un corps de statue.

— Tu es bénie par Dieu, pour être ainsi épargnée par le temps. Je t'en prie, Louisette, retire ce que tu viens de dire. Comment pourrais-je avoir honte de toi ? Tu te trompes, je crains surtout que ma fiancée te déplaise, pourtant c'est une gentille fille, charitable et très douce.

— J'en jugerai par moi-même quand je la verrai. Où est Clément, où est-il maintenant ? demanda sa sœur en guise de commentaire. Je suis prête à repartir avec toi, dans ta belle voiture de futur notable, si je peux le voir et lui parler. Tel que je le connais, il est capable du pire.

Un silence pesant s'instaura. Antoine tourna le dos à Louise, afin de fuir son regard clair, brillant de détermination. Elle se leva à son tour, pour prendre son frère par les épaules.

— Tu as une autre mauvaise nouvelle ? cria-t-elle, furieuse. Allons, un peu de cran, achève de détruire la joie que j'avais en t'accueillant !

— Pardonne-moi, notre Clément s'est engagé pour cinq ans dans la Légion étrangère. Il embarquait pour la Syrie la semaine dernière.

— La Syrie ? Il est loin, ce pays ? Est-ce qu'il y a la guerre là-bas ?

Antoine répondit oui d'un signe de tête. Louise le secoua en sanglotant. Elle se sentait dépossédée de son rôle de mère, de ce fragile espoir au fond de son cœur : celui de voir un jour Vittorio et son fils ensemble, autour d'un bon repas.

— Va-t'en, je te déteste ! Pars tout de suite, rentre à Lyon et ne reviens pas ! Tu as entendu, disparais de ma vue, tu n'es plus mon frère, tu n'es plus rien.

Louise laissa échapper une plainte de bête blessée, puis elle se réfugia à l'étage. Peu après, lui parvint le bruit d'une porte claquée. Antoine était parti.

— Clément, mon fils, gémit-elle. Mon Dieu, protégez-le. On va me le tuer, comme Nicolas et Angel. Maudites soient les guerres.

À son retour, Vittorio s'inquiéta de trouver le feu éteint dans l'âtre. La maison paraissait déserte, et il y manquait la bonne odeur de la soupe que son épouse préparait chaque soir.

Il n'osa pas appeler, mais il monta l'escalier sur la pointe des pieds, ayant quitté ses grosses chaussures maculées de poussière.

— Tu es là, Flocon, dit-il au chien, couché devant la porte de la chambre. Et ta maîtresse ?

Vittorio découvrit Louise endormie sur leur lit, le visage marqué par les larmes. Il retint un soupir, en se demandant ce qui avait pu lui causer autant de chagrin, au point de sombrer dans le sommeil, à cette heure où elle l'attendait d'habitude avec impatience.

— Ma toute belle, je suis rentré, souffla-t-il à son oreille, tout en lui caressant les joues.

Elle cligna des yeux et le reconnut. D'un élan passionné, elle se redressa pour l'enlacer.

— Toi au moins tu es là, Vittorio. Serre-moi fort ! J'ai tellement pleuré que je me suis assoupie.

— Qui t'a fait de la peine ?

Louise le sentit prêt à courir derrière le coupable. Son mari avait la réputation de se bagarrer à la moindre occasion.

— Mon frère Antoine m'a rendu visite. Il voulait me dire de vive voix qu'il avait obtenu son diplôme de docteur. Mais il m'a annoncé une mauvaise nouvelle. Notre fils, notre Clément…

— Quoi ? Il a eu un accident ?

— Non, rassure-toi. Antoine lui a confié toute la vérité sur nous deux. Clément était furieux, il s'est engagé dans la Légion. D'après mon frère, il a déjà pris un bateau pour la Syrie.

— Pauvre gosse, c'était dur à encaisser, concéda Vittorio. Ne sois pas triste, ma toute belle. Nous lui écrirons souvent et il finira par nous pardonner. Comme tu n'as pas mis la soupe à cuire, je t'emmène manger à l'auberge. Après, on ira se promener au bord de la rivière.

Il l'embrassa sur la bouche, avec une ardente douceur. Lorsqu'ils reprirent leur souffle, Louise souriait tendrement. Elle le contempla, émue de le trouver toujours aussi beau.

— Tu es ma joie sur la terre, dit-elle tout bas. Ne me quitte plus jamais…

*

Quatre-vingt-onze ans plus tard,
Combloux, chez Viviane, vendredi 21 août 2015

Soline s'était servi une tasse de thé, agrémentée de biscuits à la cannelle. Elle regarda d'un air de reproche le coucou savoyard qui ornait un pan de mur, dans la cuisine de Viviane.

— Encore tout ce temps à attendre, soupira-t-elle. En principe, le train de Benjamin arrive en gare de Sallanches à 22 heures, donc dans quatre heures.

Elle s'était réfugiée chez Viviane, incapable de reprendre possession de sa petite maison, un peu plus haut dans la rue. De même, elle avait renoncé à son projet de dormir seule la veille sur la zone sinistrée où se dressaient les décombres du chalet.

Son téléphone émit une sonnerie musicale. Elle s'empressa de répondre, car c'était Benjamin.

— Je pensais à toi, déclara-t-elle tout de suite. J'ai toujours plein de choses à te dire.

— Et moi j'ai sans cesse envie d'entendre ta voix, Soline. Je voudrais être déjà à Sallanches, sur le quai de la gare, et te voir sourire.

— Heureusement que personne ne nous écoute, car nous sombrons dans le romantisme, dit-elle en riant.

— Il n'y a pas de honte. En fait, j'étais curieux de savoir comment s'était passé ton après-midi à l'office de tourisme.

— Très bien, j'ai même déniché des clients. Un couple de Bretons, des gens charmants, qui voudraient aller jusqu'aux chalets de Varan, dimanche, et manger au refuge. Ils ne sont jamais venus dans les Alpes.

— Tant mieux, je suis sûr que tu auras d'autres opportunités en septembre, mais ne t'inquiète pas pour l'argent. Je n'ai rien dépensé de mon salaire de juillet, alors tout va bien.

— À l'exception de Barry et de la louve. Je crains que cette fois, on ne les retrouve pas.

— Nous passerons encore une semaine là-haut, car des experts doivent venir, pour l'assurance, indiqua Benjamin. On en profitera pour tenter de les appeler. Les animaux sont terrifiés par le feu mais, avec un peu de chance, nous verrons peut-être revenir nos fugitifs.

— Quand même, j'aurais dû avoir le courage de rester à Servoz, hier soir. Mais j'ai eu peur de passer la nuit seule sous la tente. Sophie était d'astreinte, alors je suis venue à Combloux.

Soline perçut le soupir de soulagement de Benjamin.

— Je te l'avais déconseillé. Ma mémoire se rétablit très vite. Je suis assailli de souvenirs, qui datent d'avant l'accident. Tu es en danger à cause de cet homme. Plus j'y pense, plus je me rappelle combien j'étais angoissé. Je craignais de te perdre… Soline, je dois raccrocher. Je cherche un taxi, je ne voudrais pas manquer mon train. À tout à l'heure. Je t'aime.

— Moi aussi, je t'aime.

Privée de la voix chaude de Benjamin, Soline ressentit un instant de manque. S'accoudant à la table, elle cala son menton entre ses mains, pour rêver de la nuit à venir, de leurs baisers et de leurs corps enlacés.

— Il est vraiment guéri et je suis fascinée par lui, murmura-t-elle. Je l'aime encore plus, si c'est possible.

Neige se mit à grogner. Le berger suisse, qui était couché aux pieds de sa maîtresse, bondit vers la porte. Méfiante, Soline se leva et vérifia si le verrou était tourné.

— Qui est là ?

— Le voisin, Jeannot, répondit-on.

— Ah, je vous ouvre.

Le pittoresque vieillard, coiffé d'un béret, s'inclina pour la saluer. Tout de suite, le chien remua la queue, ayant reconnu le visiteur.

— Je suis désolé de vous déranger, mademoiselle, dit celui-ci. En premier lieu, je voulais avoir des nouvelles de Mme Gonod, enfin, de Viviane. On se connaît depuis un bail ! J'ai su par votre amie, la jeune fille brune, qu'elle était hospitalisée à Chamonix.

Soline l'invita à entrer, mais il refusa en souriant. Ses yeux étroits, d'un gris vert, pétillaient de gentillesse.

— Viviane va beaucoup mieux, monsieur. Elle s'est fracturé le tibia, une mauvaise chute. Dimanche, elle part en voiture médicalisée pour Dijon, chez sa cousine Eudoxie. Kate, mon amie, prendra soin d'elle là-bas.

— Eh oui, il y a eu la foudre, soliloqua Jeannot. J'en ai vu brûler, des chalets d'alpage, à cause de ça. Et vous vous êtes blessée à la main !

Il désignait la paume de sa main droite, marquée d'une plaie rougeâtre.

— J'ai fait l'erreur de toucher une poignée de porte, mais je ne souffre plus, on m'a bien soignée.

— Vous êtes sûre ? C'est ennuyeux, parce que je voulais vous demander un service. Maintenant ça me gêne.

— Dites-moi !

Jeannot reprit son souffle, avant de tendre le bras vers sa maison, d'un air soucieux.

— Je pars habiter à Genève, chez ma fille, qui est veuve. On met en vente, ici, et j'ai déjà un acheteur. Alors, il faut que je débarrasse un peu. Voilà, Viviane m'avait confié deux caisses, quand son mari a fait des travaux là où vous logiez. Ensuite, Léon a disparu et Viviane a eu tant de chagrin, elle a dû oublier de les récupérer. Si vous pouviez les prendre et les ranger quelque part ?

— Bien sûr, je vais juste mettre des gants. Vous tombez à point, monsieur Jeannot, je tournais en rond en attendant l'heure de partir à Sallanches, chercher mon amoureux à la gare.

— C'est mignon, ça, de l'appeler votre amoureux, s'esclaffa le vieillard. Du temps de mes parents, on disait un galant ou un promis…

— Oui, « mon promis », ça me plaît aussi, plaisanta Soline.

Cinq minutes plus tard, elle regrettait un peu d'avoir accepté le service en question. Les caisses lui parurent très lourdes et volumineuses. Cependant elle les transporta une par une jusqu'au jardinet de Viviane.

— Ne vous faites pas mal, mademoiselle, répétait Jeannot. Je crois qu'il y a surtout des livres, des papiers. C'était dans le grenier de la vieille maison, celle que retapait Léon Gonod.

— J'ai compris, oui, haleta Soline. Ne vous en faites pas, je compte les ranger dans l'établi, au sous-sol. Nous ferons un tri, au retour de Viviane. Il ne faut rien jeter sans son avis, je sais qu'elle apprécie les livres.

Une fois seule dans l'ancien garage, où s'entassaient maints outils de jardinage, Soline se reposa, assise sur une des caisses. Elle ôta ses gants, sous le regard brun de Neige, qui l'avait suivie.

— Je ne pouvais pas refuser, mais c'était dur, marmonna-t-elle. Je voudrais bien savoir à qui appartenaient tous ces livres… Viviane m'a dit un jour que ma petite maison datait environ de la moitié du XIXe siècle.

Machinalement, Soline plaqua sa main gauche sur les planches de la caisse qui lui servait de siège. Elle éprouva une sensation de chaleur.

— C'est bizarre…

Mal à l'aise, elle se releva, hésitant à examiner le contenu de la caisse. Un appel l'arrêta net. Le vieux Jeannot apparut dans l'encadrement de la porte à double battant. Rieur, il lui tendit une bouteille.

— Du mousseux italien, vous le boirez avec votre amoureux, mademoiselle, annonça-t-il. C'est pour vous remercier, je vous ai donné du travail.

— Je vous remercie aussi, monsieur. Excusez-moi, je vais me doucher. Je repasserai vous voir bientôt.

L'heure tournait. Soline referma le garage et après avoir raccompagné le voisin, elle se prépara à éblouir Benjamin, sur le quai de la gare. L'eau tiède sur son corps la revigora. Ses longs cheveux blonds encore humides, elle choisit d'étrenner la tunique blanche et la jupe que Benjamin lui avait achetées mardi matin, avant son départ, sa modeste garde-robe ayant été consumée par les flammes.

Chamonix, même jour, 21 h 45

La capitaine Sophie Gally venait de se garer sur le parking de l'immeuble où elle s'était installée deux semaines plus tôt. Farouchement indépendante et soucieuse de protéger sa vie privée, la jeune femme s'était lassée du studio alloué par le PGHM à ses fonctionnaires.

— Benjamin rentre ce soir de Paris, se dit-elle, en restant au volant de son break. Soline doit être aux anges.

Elle avait dîné d'une salade dans la chambre de Viviane, à l'hôpital. La pétulante septuagénaire avait fait sa conquête, et elle commençait même à s'attacher à Kate, dont elle admirait le dévouement avec sa « madame Vivi » et avec Moïse.

Mélancolique, Sophie dénoua la masse somptueuse de ses cheveux roux. Elle se promit de vite enlever son uniforme pour se plonger dans un bain parfumé.

Le parking était désert et mal éclairé. Bordé d'arbustes, il séparait d'une avenue la construction récente abritant plusieurs appartements. Sophie sortit de sa voiture d'un mouvement souple et la ferma à clef. Son téléphone sonna au même instant.

« Tiens, la femme de mes rêves, que je n'osais pas déranger, songea-t-elle, le cœur serré. Peut-être que le train avait du retard. »

Elle répondit, appuyée à la portière. Immédiatement la voix affolée de Soline l'alarma.

— Sophie, on te surveille, je t'en prie, fais attention. Un homme est caché derrière la haie, près de ton immeuble. J'ai eu deux visions. Il va s'en prendre à toi, j'en suis certaine. Où es-tu ?

— Sur le parking. Je ne vois rien de suspect autour de moi, mais il fait sombre.

— Garde ton sang-froid, c'est lui, ce malade mental, l'assassin, je le sens ! J'ai vu ses mains gantées de noir, il s'est équipé d'une matraque, et il a mis une seringue dans une de ses poches. Il veut sans doute t'assommer et te droguer, comme il a fait avec Kate. Ensuite il t'emmènera quelque part pour te tuer.

Sophie acquiesça d'une manière presque inaudible. Un frisson courut le long de ses reins, mais elle parvint à afficher une expression détendue.

— D'accord, je dois être plus rapide que lui, chuchota-t-elle. Je vais essayer d'atteindre l'entrée de l'immeuble. Il y a un code, il ne pourra pas me suivre.

— Ne raccroche pas, que je sache si tu es hors de danger !

— Pas de souci.

D'instinct, Sophie toucha son arme de service.

— Surtout ne pas le tuer, viser les jambes, se dit-elle du bout des lèvres, dans un souffle.

Je serais enchantée de coincer ce type. On aurait enfin la paix.

Elle fit semblant de consulter son téléphone, en regardant discrètement du côté des arbustes, sur sa droite. Des branches s'agitèrent, comme si quelqu'un les écartait. Mais l'homme devait hésiter à foncer sur elle.

— Il attend que je marche vers l'immeuble, en lui tournant le dos, souffla-t-elle en reculant doucement. Ce sera peine perdue.

Soudain Sophie perçut un bruit de pas qui se rapprochait, assorti d'un halètement. Stoïque, elle domina la peur qui lui nouait le ventre.

« Du calme ! C'est sûrement ce jeune qui balade son chien en laisse, je l'ai déjà vu de mon balcon. »

L'apparition de l'individu et de son beauceron changea la donne. L'animal aboya avec rage. Sans réfléchir davantage, Sophie s'élança en courant vers la haie. Elle devina à travers le feuillage une silhouette vêtue de noir qui prenait la fuite.

— Arrêtez, stop, police ! hurla-t-elle en braquant son arme.

Mais elle perdit de précieuses minutes à se glisser entre les troncs serrés. Une branche sèche lui égratigna la joue. Furieuse, elle se retrouva contre du grillage. L'homme avait disparu.

— Soline ? Tu es toujours là ?

— Oui ! Sophie, ça va ?

— Il s'est enfui, je peux te dire qu'il court vite. C'est de la science-fiction, je ne comprends pas où il est passé !

— Rentre vite chez toi. Le train de Benjamin ne va pas tarder. On vient te retrouver dès qu'il arrive.

Sophie rangea son arme et regagna la zone goudronnée. L'adrénaline l'avait soutenue mais, à présent, elle tremblait de tout son corps. Le propriétaire du beauceron se tenait à distance, en l'observant. Le chien grognait encore.

— Vous pouvez partir, lui cria-t-elle. Un type se planquait, il voulait peut-être voler une voiture.

Soline entendait la voix de son amie, comme étouffée par la distance. Debout sur le quai de la gare, elle l'imagina en uniforme, à plusieurs kilomètres d'elle.

— Merci, tu m'as sans aucun doute sauvé la vie, lui murmura la capitaine Gally en reprenant son téléphone. Je suis navrée de gâcher vos retrouvailles, avec Benjamin, mais je veux bien que vous veniez, oui, je suis sous le choc. Franchement, ça ne peut pas continuer ainsi. Il faut arrêter ce malade.

— Si tu savais comme je suis soulagée. J'étais dans mon 4 × 4, près de la gare, quand j'ai eu ces deux visions, très rapides. Ce don qui me faisait presque honte, à mon adolescence, je suis heureuse de l'avoir. C'est merveilleux de pouvoir agir… contre le destin, contre la mort.

— Oui, une vraie bénédiction. À tout à l'heure, Soline.

Sur la route, entre Chamonix et Combloux, même soir

L'homme roulait à vive allure. La rage le faisait grincer des dents. Il secouait la tête, le regard halluciné. Son plan aurait dû fonctionner.

— Ce n'est que partie remise, gronda-t-il.

Ses doigts se crispèrent sur le volant de la camionnette qu'il conduisait dans un état second.

— Contrôle-toi, se répéta-t-il d'une voix stridente. Pas d'excès, ce n'est pas le moment de me faire arrêter.

Il respira à fond plusieurs fois, en revoyant Sophie Gally debout près de son break, ses cheveux roux dénoués. L'échec subi lui arracha un cri.

— Qu'est-ce qui s'est passé ? Elle aurait dû se diriger vers l'immeuble, j'en avais pour quelques minutes. Je l'endormais et je la traînais derrière la haie. Ensuite je revenais la chercher. C'était un peu risqué. En plus, il y a eu ce type et son chien. J'ai joué de malchance… Mais on dirait qu'elle a été prévenue.

Déjà plus calme, il se remémora chaque détail de la scène. Son soupçon devint certitude.

— Elle regardait la haie, elle savait que j'étais là, sinon elle n'aurait pas sorti son revolver.

Sidéré par ce coup du sort, l'homme quitta la nationale pour emprunter une départementale. Il se gara sur le bas-côté, après une centaine de mètres. Fébrile, il s'efforça de trouver une réponse.

— On lui a téléphoné. On lui a dit ! Mais qui ?

Il enleva la cagoule noire qui masquait son visage et alluma un cigarillo. Sa tension nerveuse retomba un peu.

— Je dois trouver un autre moyen, ça ne m'a pas réussi de procéder prudemment. Et je suis épuisé, oui, épuisé. Je ferais mieux de patienter, pour me débarrasser de Sophie.

Sa fatigue était telle qu'il peinait à ordonner ses idées. Il redémarra pourtant et roula encore, taciturne, hanté par la mystérieuse raison de son échec.

— J'ai besoin de vacances, s'avoua-t-il, découragé. Quoi qu'il arrive, je retrouverai Soline à mon retour… Elle m'attend chez nous, au manoir d'Yvoire.

Des années auparavant, on lui avait dit qu'il était fou. « On », c'était son père en personne. Du haut de son statut social, il prétendait qu'en dépit d'une haute intelligence, son fils unique était atteint de démence.

— J'étais juste fou d'amour, et tu aurais dû le comprendre, papa, décréta-t-il d'un ton haineux. Retourne-toi dans ta tombe autant que tu veux, tu as payé cher ton erreur. Si tu n'étais pas six pieds sous terre, je croirais que tu te mêles encore une fois de mes affaires.

6

Le temps des questions

Chamonix, vendredi 21 août 2015, même soir

Soline et Benjamin entouraient Sophie qui sirotait un verre de vodka, en pyjama de style japonais. Le satin noir et les ornements colorés faisaient ressortir son teint clair et sa chevelure rousse.

Ils étaient tous trois assis sur le canapé de la pièce à vivre, dont la baie vitrée donnait sur le parking.

— Cette fois, la coupe est pleine. Ce fou voulait me tuer, leur dit-elle d'une voix altérée par l'angoisse. Il allait s'en prendre à un gendarme en uniforme, à une heure où des gens peuvent passer sur l'avenue. Qu'est-ce que je lui ai fait ? J'ai appelé Étienne pour qu'il vienne plus tôt que prévu.

— Ton ami l'inspecteur de police ? avança Soline.

— Oui, il nous aidera.

— Mais s'il n'est pas officiellement en charge de l'enquête, il ne pourra pas être efficace, argumenta Benjamin. Les policiers n'aboutissent à rien, pourtant il y a eu trois morts, deux blessés graves, et Kate n'aurait pas survécu sans la vision de Soline.

Sophie acquiesça d'un signe de tête. Elle eut ensuite un léger sourire, un peu moqueur.

— Je suppose que l'homme se demande par quel prodige je lui ai échappé. Je vois clair dans son plan. Il me guettait, il a dû observer mes allées et venues. Si je n'avais pas répondu à ton appel, Soline, il parvenait à ses fins. Mais il prenait quand même un gros risque.

Benjamin prit soudain la main de Sophie. Elle le regarda d'un air étonné.

— Tu as eu tort de quitter ton logement du PGHM, où tu étais en sécurité, dit-il. Maintenant je vais m'inquiéter jour et nuit. Tant pis, invente une histoire, retourne là-bas.

— Non, je reste ici, trancha-t-elle. J'ai mes raisons.

— Lesquelles ? s'intéressa Soline. Tu ne nous as rien expliqué, le matin où nous t'avons aidée à déménager, Kate et moi.

— En fait, j'ai quelqu'un. Je ne pouvais pas la recevoir dans mon studio, vous comprenez pourquoi. Je suis capitaine, je commande des hommes parfois plus âgés que moi. Ma position est délicate. Maintenant, elle peut me rendre visite à Chamonix dès que je suis en disponibilité, et c'est rare.

— Tu aurais pu aller chez elle, soupira Benjamin.

— C'est trop loin. Bon, je déteste étaler ma vie privée, alors changeons de sujet, s'impatienta Sophie. Revenons plutôt à notre criminel. En quoi je le dérange ? Pour Kate, ça me paraît évident, puisqu'elle habitait avec toi, Soline. En plus, vous étiez très amies.

— Cet homme en sait beaucoup sur moi, il doit me surveiller depuis des années, affirma la jeune femme. Selon ma mère, si c'est bien le même individu, et j'en suis sûre, il s'était mis en colère, parce que je fréquentais Enzo… Je suis presque certaine qu'il continue à espionner mes moindres faits et gestes, alors il a dû remarquer que nous passions du temps toutes les deux et que nous nous étions rapprochées ces derniers temps.

— Quel taré ! pesta son amie. Au point où nous en sommes, on peut envisager qu'il s'est renseigné sur moi, et qu'il s'est imaginé je ne sais quoi…

Benjamin se leva brusquement. Il marcha jusqu'à la baie vitrée et l'ouvrit. Une fois sur le balcon, il contempla le ciel.

— Je suis navrée, dit tout bas Sophie. Vous étiez heureux de vous retrouver, et je gâche tout.

— Tu n'y es pour rien, la rassura Soline, attristée. Au fond, il était plus serein en vivant dans la montagne avec Moïse. Je suis au cœur du problème, et c'est lourd à porter. Si seulement on me laissait agir, on mettrait fin à ce cauchemar.

— Que veux-tu dire ? s'écria Benjamin en les rejoignant.

— J'ai eu l'idée de piéger le coupable, mais Sophie et Alban m'en ont empêchée. Je voulais me réinstaller dans la maison de Combloux pour l'attirer. Il serait venu déposer des roses ou tenter d'entrer, et j'aurais enfin su qui il était !

— Soline, c'était de la pure folie ! s'insurgea-t-il. Il pouvait t'enlever, te violer.

— Je n'avais plus rien à perdre, j'étais sûre que tu étais mort, rétorqua-t-elle. Je tenais à protéger Viviane, Kate, Sophie et mes parents. Ce serait différent, à présent, et moins dangereux. Réfléchissez, si vous êtes là aussi, dans la chambre de l'étage, il y aura moyen de l'identifier et même de l'arrêter.

— Pourquoi pas, concéda Sophie. On pourra tout mettre en place quand Étienne sera là. Il arrive lundi soir.

— Dans ce cas, il faut essayer, admit Benjamin.

— Nous n'avons que cette solution, et puis je doute qu'il me fasse du mal, il ne veut pas me tuer, insista Soline. Lorsqu'il parlait à ma mère, il prétendait être de ma famille. Et si c'était mon père ou un frère aîné ? Assurément atteint de démence, mais ayant de l'amour pour moi.

— Un père ou un frère porté sur l'inceste, nota Sophie.

— Peut-être ! De toute façon, j'ignore ce que j'ai vécu avant mes six ans. Je n'en peux plus de ce climat de peur permanent. Je veux vivre sans craindre à chaque instant qu'on fasse du mal à ceux que j'aime.

Un sanglot la secoua. Elle se sentait sur une corde raide, sur laquelle il lui était difficile de garder l'équilibre.

— J'en ai assez des secrets, et surtout de votre secret à tous les deux ! Ce serait le moment idéal pour me raconter votre enfance, puisque vous vous connaissiez déjà à cette époque. Sophie, tu m'as dit que Benjamin se confierait sur ce point après avoir retrouvé la mémoire. C'est chose faite, je crois.

Soline les regarda tour à tour. Ils lui opposèrent un silence embarrassé, sans daigner répondre.

— Qu'est-ce qu'il y a de si grave ? insista-t-elle.

— J'ai été catégorique à ce sujet, décréta enfin Benjamin. Je refuse d'évoquer un passé beaucoup trop douloureux. J'ignore pourquoi Sophie t'a promis ça.

— Je ne lui ai rien promis, protesta celle-ci.

— Peu importe, trancha Soline. Quoi, vous avez fugué ensemble ? Vous étiez des délinquants ?

Elle s'enflammait, furieuse sans motif valable. Ses parents avaient souvent dû affronter ses crises de colère, notamment pendant son adolescence.

— Calme-toi, déplora Benjamin. Sophie et moi, nous étions dans le même foyer, à la suite d'une mesure judiciaire. Ça devait être provisoire, le temps qu'on nous place en famille d'accueil. On n'oublie pas ce genre de séjour.

— C'est tout ? Pourquoi faire autant de secret, dans ce cas ; je m'en doutais un peu.

Confuse d'avoir perdu le contrôle de ses nerfs, Soline préféra se lever. Elle déambula dans la pièce, les mains jointes devant sa bouche.

— Ensuite, on s'est revus à la fac, lâcha Sophie d'une voix étouffée. C'était cool de renouer le contact. Maintenant que tu es au courant, rentrez à Servoz tous les deux. Je ne risque rien ici et je dois dormir, il est presque minuit.

— Va te coucher, on reste là, déclara Benjamin. On partira tôt demain matin. S'il n'y avait pas le souci de Barry et de la louve, je ne remettrai jamais les pieds sur ce terrain. J'ai perdu du matériel et des documents dans l'incendie, mais le plus pénible est de voir le chalet réduit en cendres.

— Vraiment, ça ne vous ennuie pas de dormir ici ? s'inquiéta Sophie. Le canapé se déplie, je vous apporte une couette et des oreillers.

Les traits tendus, Soline s'isola sur le balcon. Elle n'avait pas donné son avis, malgré sa déception, pour éviter de contrarier Benjamin.

— Il est mal à l'aise, je le ressens, déclara-t-elle le nez levé vers les étoiles. Je ressens tant de choses. Sophie et lui ne tiennent pas compte de mon intuition, bien plus développée que la leur. Ils m'ont menti, en me débitant cette histoire de foyer où ils se seraient connus enfants. Mais pourquoi ?

Une heure plus tard, allongée à côté du jeune homme, elle s'interrogeait encore.

— Tu dors ? lui demanda-t-il.

— Non, je n'ai pas sommeil.

— Pardonne-moi. Si j'évite de parler du passé, c'est pour cette raison. Mon humeur devient déplorable, j'ai envie de tout casser, moi qui exècre la violence.

— J'ai eu tort, moi aussi, plaida Soline. J'espère qu'un jour, si tu es prêt, tu me diras la vérité. En attendant, je ne te poserai plus de questions. Enfin, à ce sujet… Benjamin, où seras-tu relogé ? Et est-ce que je pourrai habiter avec toi ?

— Ces questions-là me font plaisir, répliqua-t-il en l'attirant contre lui. Bien sûr, tu peux me suivre et même ne jamais t'éloigner de moi. Tu jouerais les femmes au foyer.

— Je n'ai pas cette mentalité. Je veux gagner de l'argent, pour ne pas être à ta charge.

— C'est tout à ton honneur. Soline, je comptais en discuter, si nous n'étions pas venus chez Sophie ce soir. Mes employeurs ont déniché un chalet datant d'une centaine d'années, où logeait un garde forestier. En pleine forêt, au cœur d'un vallon. On y accède par une piste, comme à Servoz. J'ai visionné le lieu sur Internet, c'est vraiment à l'écart de tout.

— Alors il faut rêver à notre prochain refuge, et oublier un peu ce qui nous menace.

Ils s'embrassèrent, tendrement enlacés, sans oser assouvir le désir qui s'éveillait au fil de leurs baisers.

Combloux, chez Viviane Gonod,
lundi 24 août 2015

Soline avait mis le couvert pour quatre. Depuis deux jours, Benjamin et elle logeaient chez Viviane. Ils dormaient dans la chambre au décor désuet mais charmant que la septuagénaire avait attribuée à sa protégée, quelques semaines auparavant.

— J'appréhende de rencontrer cet inspecteur, avoua Soline. Ne te moque pas, mais j'ai un mauvais pressentiment. Et le repas que j'ai préparé est loin d'être extraordinaire.

— Une salade composée, du fromage et des fruits, ça me plaît ! Je suis toujours sidéré en pensant que j'ai mangé de la viande pendant des jours, avec Moïse. Et ne crains rien, Soline, je ne me moquerai jamais ni de tes sensations, ni de tes visions. Tu m'as retrouvé, grâce à ce don, et tu as sûrement sauvé la vie de Sophie. Viens dans mes bras.

Benjamin l'apaisa d'un baiser passionné, tout en délicatesse cependant. Elle s'abandonna à la volupté, en se serrant contre lui. Ils avaient connu trois nuits de bonheur, où l'extase était au rendez-vous.

— Je ne pourrais plus me passer de toi, chuchota-t-il à son oreille. Tu es ma drogue, mon petit cœur.

— Oh, tu ne m'as jamais appelée ainsi, même quand nous faisons l'amour. Tu devrais éviter devant Sophie et son ami.

— Pour l'instant, seul ton chien a entendu, fit-il remarquer.

Soline observa Neige, couché devant la cheminée. Le berger suisse semblait somnoler, étendu de tout son long.

— Chaque fois que je le regarde, je pense à Barry, soupira-t-elle. Sans cet incendie, il ne se serait pas enfui avec la louve. Nous aurions pu les emmener dans ta nouvelle maison.

Des claquements de portière dans la rue les alertèrent. Peu après, ils entendirent la voix grave de Sophie, à laquelle faisait écho une autre voix, aux intonations sonores.

— Les voilà, dit Soline. Pourquoi je suis aussi stressée ?

— Il n'y a aucune raison. Étienne Dambert va vite succomber à ta beauté.

— Chut, ils montent l'escalier du perron.

Sophie entra la première. Une épaisse natte mordorée tombait sur son l'épaule, et elle avait mis une robe noire qui dévoilait ses longues jambes et ses bras musclés.

— Bonjour, les amoureux ! claironna-t-elle, rieuse.

Un homme apparut sur ses pas, en chemise bleue et en jean. Ses cheveux blonds étaient coupés ras. Très bronzé, les yeux gris-vert, il arborait un sourire conquérant, des lunettes de soleil dans une main, une sacoche dans l'autre.

— Bonjour, dit-il à son tour. Étienne, mais vous le savez déjà.

Benjamin fit les présentations d'usage. Tout de suite, Soline perçut son trouble, confronté au nouveau venu, qui, lui, caressait déjà le berger suisse. Neige paraissait apprécier.

— Asseyez-vous, proposa-t-elle. Il fait chaud, j'ai prévu un repas froid. Je vous offre de la citronnade en guise d'apéro ?

— J'aurais bien dégusté une bière fraîche, décréta l'inspecteur d'un air dépité. On se rattrapera ce soir, Sophie, puisque tu m'as promis une tournée des meilleurs bars de Chamonix.

— Ne commence pas ton numéro, Étienne, protesta celle-ci. Tu bois rarement de l'alcool à cette heure-ci. On est là pour t'expliquer la situation.

Muette de réprobation, Soline étudiait la physionomie de l'inspecteur Dambert. Sans être vraiment beau, il devait avoir du succès auprès des femmes, grâce à son allure et à sa voix enjôleuse.

— L'examen est-il terminé ? lui demanda-t-il d'un ton ironique. Sophie m'a beaucoup parlé de toi, c'en était lassant. Mais j'avais hâte de faire la connaissance de la fabuleuse Soline, une visionnaire de surcroît.

— Alors, on se tutoie d'office, rétorqua-t-elle.

— Évidemment. Pareil pour toi, Benjamin. On est presque tous du même âge. Enfin, si c'est gênant…

— Pas du tout, affirma le jeune scientifique. Je n'y vois aucun inconvénient.

Soline dissimula de son mieux l'antipathie instinctive que lui inspirait Étienne. Elle se concentra sur le déroulement du déjeuner, qui s'acheva dans une ambiance plus détendue.

— Bon, si nous abordions le sujet qui nous préoccupe, lança Sophie au moment du dessert. J'ai résumé l'essentiel de l'affaire à Étienne et…

— Et il me manque ce qu'on nomme des détails d'importance, coupa le policier. Soline, tu dois avoir constitué un dossier, avec tous les éléments qui peuvent aider à identifier ce type.

— Oui, j'avais rassemblé des documents. Kate et moi, nous les avions confiés au brigadier Bonnard, de Combloux ; celui qui a été découvert mort, près du refuge de la combe de Tardevent.

— En principe, tu as dû faire des copies ?

— Quelques-unes, mais elles ont brûlé dans l'incendie du chalet de Benjamin, à Servoz.

Étienne Dambert leva les bras au ciel, en lançant un juron.

— J'appelle ça de l'incompétence, ajouta-t-il. On parle d'un dangereux criminel, deux meurtres à son actif, un enlèvement avec tentative d'assassinat et agression d'une vieille dame ; la propriétaire des lieux, si j'ai bien compris.

— Tu oublies l'accident d'Alban Demolliens et celui de la mère de Soline, signala Sophie.

— Exact ! J'allais les citer en suivant. La liste se fait longue. Qui est en charge de l'enquête dans la région ?

— La gendarmerie, un lieutenant et son capitaine. Étienne, je t'ai appelé pour nous aider à y voir plus clair.

Soline et Benjamin les écoutaient, tout en débarrassant la table. Le policier balaya les miettes d'un geste impatient, puis sortit de sa sacoche un grand cahier à spirale et un stylo.

— Primo, dresser le profil de votre homme, d'après son mode opératoire, précisa-t-il. Soline, tu feras la vaisselle plus tard, j'ai besoin de toi, tu es la plus concernée.

— J'ai le temps de rincer quatre assiettes, non ? se rebiffa-t-elle. J'allais faire du café aussi. On ne se connaît pas, et tu oses me donner des ordres.

— Quel caractère ! se récria l'inspecteur. Est-ce que je dois te présenter des excuses ?

— Non, ça ira, répondit Soline sèchement.

— Tant mieux. Assieds-toi. Je veux que tu reprennes toute l'histoire depuis le début sans rien omettre ; je vais noter ce qui me paraît utile. Sophie, occupe-toi du café. Pour moi, comme d'habitude, un peu de lait et deux sucres.

Benjamin esquissa un sourire désabusé. Il prit place à la table, sans cesser de fixer Étienne Dambert. Quant à Soline, elle se lança dans le récit demandé d'une voix monocorde, en commençant par les visites d'un homme au domicile de ses parents adoptifs, à Lons.

— Il faisait en sorte de venir pendant l'absence de mon père, comme s'il tenait à discuter uniquement avec ma mère. Elle le trouvait effrayant, surtout son regard. Les gendarmes de Lons ont établi un portrait-robot, quand elle a déposé une main courante contre lui. Et il prétendait être de ma famille.

— Je pourrai l'obtenir facilement. En principe, ils ont dû l'archiver. Continue.

Sophie et Benjamin apprirent certaines choses que Soline leur avait cachées. L'anecdote des roses déposées sur le pas de la porte fit tiquer le policier. D'un signe impérieux, il imposa le silence.

— Un type original, qui parle de romantisme, énonça-t-il d'une voix songeuse. Je penche pour un érotomane, capable de tuer néanmoins. Je t'explique, Soline : il pense vivre un grand amour avec toi et…

— Je sais de quoi il s'agit, trancha la jeune femme. J'en suis arrivée à la même conclusion.

Étienne la dévisagea, médusé d'avoir été interrompu. Il se heurta au regard bleu myosotis dont Sophie lui avait vanté le magnétisme et la séduction.

— Reprenons, continua-t-il d'un ton changé.

Soline poursuivit d'une voix tendue. Elle revivait ses peurs, sa révolte. En évoquant l'état dans lequel Sophie avait retrouvé Barry, blessé par balle à une cuisse, elle dut retenir ses larmes.

— Ton tervueren avait dû le mordre, il s'est vengé, admit le policier. De toute façon, n'importe qui devinerait que tu es au centre de l'affaire, Soline. Cet homme tient à éliminer ceux qui le dérangent, ceux qui t'aiment ou t'approchent de trop près. Par quel miracle tu as été épargné, Benjamin ?

— Il semble évident qu'il n'a pas découvert notre relation. Plus récemment, j'ai passé plus d'un mois sur une estive difficile d'accès, et je souffrais d'amnésie post-traumatique.

— Je suis au courant. Tu ne te souviens toujours pas des circonstances de ton accident ?

— Non, c'est la pièce du puzzle qui me manque.

— Peut-être qu'on a voulu te tuer, peut-être pas. Mais votre planque n'est plus sûre, puisqu'il y a eu la tentative d'agression de vendredi soir contre notre ravissante capitaine du PGHM. Il devait vous épier depuis un certain temps et on peut supposer que s'il a découvert où vit Sophie, il connaît également l'existence du chalet.

Sophie servit le café. Au passage, elle tapota le dos de son ami ; ce qui acheva d'irriter Soline. Le personnage lui déplaisait profondément.

« Comment peut-elle l'apprécier ? se dit-elle. Il se montre impoli, grossier, prétentieux. »

L'attitude de Benjamin l'intriguait aussi. Après avoir paru méfiant, gêné, il affichait une expression amusée.

— En conclusion, reprit soudain Étienne, je voudrais visiter ton logement, plus haut dans la rue, la remise à bois et la ruelle. Si c'est possible, j'aimerais aussi aller aujourd'hui sur l'emplacement du chalet, à Servoz. À mon humble avis, il peut s'y trouver des indices que les gendarmes ou bien vous tous auraient négligés.

— Aujourd'hui ? s'étonna Sophie.

— Si je vous brusque trop, je suis capable de me déplacer seul, j'ai ma voiture et un GPS, répliqua Dambert. Mais Soline peut au moins m'accompagner en haut de la rue, dans son ancien petit nid ?

Benjamin hésita un court instant à se lever. Un coup d'œil du policier l'arrêta net. Cet échange de regard échappa à Soline, qui n'avait aucune envie d'être seule avec le dénommé Étienne.

— On peut y aller tous les quatre, suggéra-t-elle.

— Non, ça m'empêcherait de me concentrer, protesta-t-il en lui souriant. Et tu ne cours aucun danger. Emmène ton chien, si tu as peur de moi.

Vexée, Soline haussa les épaules, mais elle siffla Neige qui s'empressa de la rejoindre.

Après leur départ, Sophie et Benjamin se fixèrent quelques secondes, tous deux perplexes.

— Tu l'as reconnu, je m'en suis aperçue, murmura-t-elle.

— J'ai l'avantage d'être physionomiste, soupira-t-il. Comme ça, tu es restée en contact avec lui également ?

— Bien sûr, on ne s'est jamais perdus de vue. On s'écrivait, on se donnait des nouvelles.

— Sophie, tu me promets qu'il ne dira rien à Soline, sur notre passé… Je t'en voudrais beaucoup, elle est fragile, malgré les apparences.

— Étienne ne nous trahira pas, même s'il désapprouve ta prise de position. L'essentiel est de coincer ce malade mental. Tu es d'accord ?

— Complètement d'accord.

Ils poussèrent en chœur un léger soupir, avant de siroter leur café.

Une fois entré dans l'humble logement où avait vécu Soline, Étienne Dambert exigea de tout voir et de tout savoir. Il lui avait déjà demandé l'emplacement exact où le criminel déposait les roses. Maintenant il inspectait la pièce principale.

La jeune femme venait d'ouvrir les volets et les fenêtres, pour aérer et laisser entrer le soleil.

— En fait, tu as passé presque quatre ans en Haute-Savoie, sans être importunée ! Et des mois ici.

— Oui, au risque de me répéter, tout a commencé en février, avec le meurtre de Cédric Rousseau.

— Dans ce cas, pourquoi notre homme n'a pas agi avant ? Lorsque tu habitais avec ton amie Kate dans son camping-car, par exemple ! Si ton intimité avec elle le dérangeait, pourquoi l'enlever seulement cet hiver ?

Soline fit une moue dubitative, sans chercher à coopérer. Elle considérait d'un air nostalgique le décor où tant de mois s'étaient écoulés, harmonieux, rythmés par les repas pris sur la table basse, près du poêle. Neige et Barry l'entouraient, en fidèles compagnons.

— Tu te fiches de résoudre le problème, lui reprocha le policier d'un ton acerbe. Ou bien tu as envie qu'on continue à s'angoisser pour ta petite personne ?

— Et toi, ça te plaît d'aboyer au lieu de parler normalement ? rétorqua-t-elle. Si j'avais des réponses, je te les donnerais.

Étienne se mit à marcher de long en large. Il s'arrêta devant la porte qui communiquait avec la remise à bois.

— Pourtant, on est d'accord, ce type te surveille depuis des années, dit-il, accoudé au dossier du canapé. Peut-être qu'il ignorait où tu étais, quand tu as quitté Lons et tes parents. Mais il a de sérieux moyens financiers, puisqu'il fait brûler tous les véhicules qu'il utilise. Il semble libre la nuit ou le soir ; la journée, il doit être retenu par ses obligations professionnelles.

— Excuse-moi, là on tourne en rond ! Tu répètes ce que Sophie t'a expliqué. Nous avons tous conclu la même chose. C'est lassant.

— Tu es vraiment désagréable, Soline. Méfie-toi, la beauté ne suffit pas toujours. Pour ma part, je préfère une fille sympa au physique ordinaire à une harpie du style mannequin.

Soline aurait aimé pouvoir le gifler. Elle se contenta de lui désigner l'escalier.

— Tu souhaitais visiter la chambre de l'étage, d'où j'ai essayé d'observer l'homme, quand il rôdait devant la maison.

— Oui, allons-y.

Elle rêvait de se retrouver seule avec Benjamin, délivrée de la présence de cet inspecteur dont la voix, les coups d'œil et les gestes l'exaspéraient. Ils avaient prévu de rendre visite à une cousine germaine du vieux Moïse, dont Soline avait déniché les coordonnées grâce à Internet.

— Eh bien, monte la première, ordonna Dambert.

Il la suivit en sifflotant. Soline, mal à l'aise, grimpa vite les marches. Pendant qu'il ouvrait la fenêtre et se penchait, elle prit place sur le lit.

— Kate couchait ici quand je l'hébergeais, précisa-t-elle. Je préférais dormir en bas.

— Un cas de figure qu'on ne peut pas deviner de la rue, quand on épie la femme qu'on adore, ironisa-t-il. As-tu remarqué combien cette chambre est triste ?

— Triste ? Non, je ne suis pas de cet avis. Le décor est sobre, mais ça ne me dérange pas.

— Est-ce qu'il y a un grenier ? La construction date de plus d'un siècle, les montagnards en avaient besoin pour faire sécher les fruits, parfois le linge.

Bizarrement, ces paroles banales oppressèrent Soline, dont la respiration se fit plus rapide. Soudain elle entendit des sanglots, comme si quelqu'un pleurait à ses côtés. Tout de suite, il y eut la vertigineuse plongée dans le noir, puis une douce lumière. La femme de ses visions lui apparut, en proie à une violente crise de larmes.

L'inconnue d'un autre temps frappait dans un oreiller de ses poings serrés. Son visage exprimait un immense désespoir. Elle criait, mais la scène demeurait muette pour Soline. Un élan la vrilla des pieds à la tête, tant était grande sa volonté de rejoindre la belle femme blonde, de la consoler.

— Oh, qu'est-ce que tu as ? Soline !

Une voix d'homme s'élevait, étouffée et lointaine, mais la laissait indifférente. Il valait mieux ne pas l'écouter, rester dans une chambre, vraiment triste celle-ci, où devait se jouer une tragédie.

Un peu plus tard, il y eut un bruit de pas, des appels, des mains qui effleuraient son visage. On lui mouilla les tempes, les joues. Une autre voix d'homme répétait son prénom, et celle-ci grave, caressante, la ramena dans le présent.

— Soline, regarde-moi, suppliait Benjamin.

— Allez, reviens avec nous, renchérissait Sophie.

— J'ai cru qu'elle était épileptique, ajouta Étienne. Je ne savais pas quoi faire. J'espère que je ne suis pas responsable.

— Tu as eu raison de nous téléphoner, lui répondit-on.

Enfin Soline put ouvrir les yeux. En reconnaissant Benjamin qui la tenait dans ses bras, une petite plainte lui échappa.

— C'était terrible, et merveilleux, avoua-t-elle. Tu te souviens de la belle femme blonde ?

— Oui, bien sûr.

— Je l'ai vue qui sanglotait, et je ressentais son désespoir. J'avais tellement envie de franchir le temps, de pouvoir l'aider, comme elle m'a aidée, quand je te croyais perdu à jamais. Là, j'ai eu une impression étrange car, pendant quelques secondes, elle a cessé de pleurer en regardant vers moi.

Sophie et Étienne écoutaient, debout à un mètre du lit. Les traits altérés de Soline, ses intonations tendres auraient ému n'importe qui.

— Tu peux m'expliquer ? demanda le policier à son amie. Il s'est passé quoi, au juste ?

— Sois discret, elle est sous le choc. Ce n'est pas à moi de t'en parler.

Vexé, le policier dévala l'escalier et sortit au soleil. Son cœur cognait dans sa poitrine en revoyant Soline trembler et gémir avant de s'allonger, comme morte. Il lui avait frotté les joues, pris le pouls, complètement affolé.

— Tant pis, je remonte, décida-t-il.

Mais il faillit heurter de plein fouet Soline, soutenue par Benjamin. Sophie les suivait.

— On referme la maison et on retourne chez Viviane, annonça-t-elle. C'est moi qui aurais dû t'accompagner, Étienne ; ça aurait évité cette crise.

— Et vous n'appelez pas un médecin ? s'étonna-t-il.

— Ce n'est pas la peine, je me sens mieux, précisa Soline. Et un docteur ne ferait rien de plus.

— Je suis désolé, je t'ai houspillée ; une de mes sales manies, plaida l'inspecteur, la mine embarrassée.

— Tu n'es pas responsable de mon malaise, Étienne. J'ai des visions d'un autre temps, où on me montre toujours la même femme. Nous sommes sans doute liées, mais je n'ai pas pu faire de recherches sérieuses.

Sur ces mots, Soline le gratifia d'un sourire adorable, pour la première fois depuis son arrivée à Combloux. Il fut ébloui et succomba à son charme inouï, de manière fulgurante.

*

Quatre-vingt-onze ans plus tôt,
Combloux, mercredi 22 octobre 1924

Louise était seule dans la chambre de l'étage, où Vittorio avait installé un petit poêle à bois, dont le tuyau rejoignait le conduit de la cheminée du rez-de-chaussée. Elle contemplait toutes les pièces de layette étalées sur le lit. Pendant des mois, la future mère avait coupé, cousu, brodé.

— Il fait bon ici, désormais. Si je ne l'avais pas retenu, mon mari cassait la moitié du mur pour parvenir à ses fins. Nous devions coucher là, et notre tout-petit aussi.

Elle avait plaisir à dire « mon mari » ; ce qui n'était pas le cas quand elle était l'épouse d'Angel Lardet. Un spasme, ample et profond, la plia en deux.

— Mon bébé, gémit-elle, reste encore un peu au chaud. Ton père ne sera pas là avant ce soir. Je t'en prie, attends-le.

Les contractions avaient commencé juste après le départ de Vittorio pour la carrière de granit. Louise s'était lancée dans un grand ménage, maniant le balai et le plumeau. Ensuite, elle était montée pour sortir la layette de l'armoire.

— Allons, du courage, s'exhorta-t-elle, encore investie par une profonde douleur. Seigneur, comment faire pour prévenir la sage-femme ? Je ne peux pas accoucher sans aide.

Cette idée en amenant une autre, elle se remémora la naissance de Clément, un matin de décembre 1903.

— Antoine était rentré de l'école, il s'est occupé de moi et du nouveau-né, avec compassion et adresse, alors qu'il avait treize ans. J'aurais dû me douter qu'il deviendrait docteur.

Attristée par ce souvenir, anxieuse aussi, Louise marcha dans la pièce, les mains sur son ventre proéminent. Depuis leur querelle du mois de juin, son frère lui avait écrit régulièrement, afin d'avoir de ses nouvelles. Il insistait sur les risques que pouvait présenter la grossesse à son âge. Ancrée dans sa rancune, elle ne lui avait pas répondu.

— Antoine exagère, je ne suis pas si vieille, fit-elle à mi-voix. Il a dû oublier que sa grande sœur était une visionnaire. Dieu m'a offert ce cadeau. Je sais que mon bébé vivra et que ce sera une fille, une jolie petite fille, blonde comme maman et moi. Je l'ai vue !

Elle s'arrêta brusquement, entre l'armoire et la fenêtre. Son cœur se serra, au point de lui donner envie de pleurer.

— C'est à cet endroit précis que j'ai aperçu une silhouette, ce jour de juin où je sanglotais si fort, dit-elle dans un souffle. Je venais d'apprendre que Clément, mon fils chéri, s'était engagé dans la Légion étrangère. Soudain, j'ai eu la sensation qu'il y avait quelqu'un, et j'ai relevé la tête.

Un sourire tremblant illumina Louise. Elle avait décrit le phénomène insolite dans son cahier.

— Je l'ai reconnue, c'était la jeune femme qui m'apparaissait souvent. Seigneur, ça n'a duré qu'une ou deux secondes, mais jamais je n'oublierai ce prodige. Elle semblait bien réelle.

Des aboiements sonores résonnèrent en bas de l'escalier. Flocon signalait à sa manière un visiteur ou un passant dans la rue. Le chien au poil blanc, âgé de presque un an, était maintenant d'une taille majestueuse. Bon gardien, il n'avait cependant pas une once d'agressivité.

— Madame Mancini ? criait-on à l'extérieur.

Louise ouvrit la fenêtre sur un ciel gris et des rideaux de pluie. Le facteur la salua en soulevant un peu sa casquette.

— Vous avez une lettre, je la glisse sous la porte ? Elle vient de loin, y a un beau timbre !

— Oui, s'il vous plaît, monsieur Paul. Je peux vous demander un service ? Si vous pouviez passer chez la sage-femme, place de l'Église, et lui dire de venir ?

— Bien sûr, madame Mancini.

Entre deux contractions, Louise s'empressa de descendre. Le courrier était posté de Syrie.

— Merci mon Dieu, mon fils m'a enfin écrit, moi qui lui ai envoyé tant de lettres.

Elle alla s'asseoir sur la chaise basse, calée sous le manteau de la cheminée. D'abord ses doigts caressèrent l'enveloppe qui avait voyagé d'un pays étranger jusqu'au village de Combloux. Pleine d'appréhension, elle la décacheta. Après avoir lu le recto et le verso de la feuille de papier, d'une rare finesse, Louise se mit à pleurer.

— Seigneur, je vous rends grâce ! s'écria-t-elle. Clément me pardonne ! Il dit être témoin de tant d'atrocités qu'il a reçu une leçon. « L'amour est l'unique valeur de l'humanité », note-t-il... Je vais recopier cette phrase. Mon fils, mon chéri, tu es devenu un homme, capable de comprendre les faiblesses de ta mère, et la force d'une passion. Je dois pardonner à mon tour.

Une douleur plus vive la fit se plaindre, haletante. Son ventre était soumis à une tempête sourde, tandis que les os de son bassin travaillaient, afin de libérer l'enfant.

— Clément, merci ! On en rira à ton retour... J'ai eu ta lettre le jour où ta petite sœur vient au monde.

Séchant ses larmes, Louise décida de raviver le feu sous le chaudron d'eau que Vittorio avait posé près des braises. Dès qu'elle se pencha, armée du tisonnier, elle sentit un liquide tiède couler entre ses cuisses.

— J'ai perdu les eaux ! Pourvu que la sage-femme ne soit pas partie chez une autre patiente. Je n'oserai jamais déranger le docteur ; c'est le cousin de monsieur le maire, en plus.

Comme beaucoup de femmes de l'époque, elle répugnait surtout à exposer son intimité à un homme.

Les crampes se précipitèrent, lui causant de terribles souffrances. Affolée, Louise remonta dans la chambre. Elle parvint à ranger la layette dans une panière, puis elle s'allongea. Ses plaintes incessantes l'assourdissaient. D'abord confiante en la providence divine, en la vision de sa fille qui gambadait sur un chemin ensoleillé, elle finit par redouter le pire.

— Je saigne, je ne devrais pas saigner autant, et je n'ai pas eu aussi mal pour Clément. Que fait la sage-femme… ?

Une heure s'écoula ainsi, tissée de douleurs intolérables et d'efforts inutiles. À bout de résistance, Louise sombra dans une bienfaisante léthargie. Un concert discordant de voix, de cris, la réveilla.

— L'enfant se présente par le siège !

— Misère, y faudrait des fers…

— Les forceps, madame, rectifia-t-on. Les avez-vous apportés, docteur Guillain ?

— Oui, par précaution. Hélas, Mme Mancini est très faible, je doute qu'elle résiste, docteur Favre.

— Je vais essayer de faire se retourner le bébé, qu'il soit dans une meilleure position. Quant aux forceps, nous n'aurons peut-être pas le choix.

— Antoine, c'est toi ? articula doucement Louise.

— Bien, tu as repris connaissance, sœurette, tu vas pouvoir nous aider, répliqua-t-il. Je suis navré, ce sera très pénible. Ton enfant est mal placé, je dois pratiquer une manœuvre que j'ai apprise. Tiens bon !

— Sauve ma fille, Antoine, sauve ma petite. Tu diras à Vittorio de la baptiser d'un joli prénom, Aline ou Émeline ; je voudrais ce son-là, en « line », je ne sais pas pourquoi.

— On en parlera plus tard, Louisette, décréta son frère. J'étais inquiet, alors je suis venu te rendre visite. Ma fiancée est en bas. Allons, du cran, accroche-toi.

Louise avait du mal à rester consciente, mais elle ébaucha un sourire. Seule une nouvelle douleur la ranima. Elle crut qu'on l'écartelait, qu'on la déchirait. Enfin le vagissement aigu d'un nouveau-né retentit.

— Jésus, Marie, Joseph, psalmodia la sage-femme. J'ai bien fait d'envoyer mon gamin chercher le père à la carrière !

— J'ai une magnifique petite nièce, et vigoureuse malgré une naissance difficile, s'extasia Antoine.

Il confiait l'enfant à la sage-femme, au moment où une ravissante personne entra dans la chambre, chargée d'un broc d'eau chaude et d'un seau d'eau froide.

— On va laver et habiller ce beau bébé, proposa la fiancée d'Antoine.

— Merci, prends-en soin, Jeanne. Je m'occupe de ma sœur, je redoute une hémorragie.

Lorsque Vittorio Mancini accourut, dans sa tenue d'ouvrier, maculée de poussière grise, une inconnue l'accueillit d'un air soucieux. La jeune femme berçait un nouveau-né dans ses bras.

— Vous êtes le père ? avança-t-elle, surprise par les traits virils de ce bel homme brun qui devait frôler la cinquantaine.

— Oui, je suis venu le plus vite possible ! Comment va mon épouse ?

— Nous avons eu très peur, mais elle est tirée d'affaire. Je suis la fiancée de son frère, Antoine. Je crois que nous avons été bien inspirés de venir aujourd'hui à Combloux. L'accouchement a été laborieux, monsieur ; votre épouse se repose.

— Dieu soit loué, Louise est vivante, soupira-t-il. Alors, c'est un garçon ou une fille ?

— Une fille, elle est très jolie. Regardez !

Du bout des doigts, Jeanne écarta un pan du lange en laine dont elle avait enveloppé le bébé. Vittorio découvrit avec émotion un minuscule visage d'un rose nacré, un crâne bien rond parsemé d'un duvet blond pâle. En pensée, il compara l'enfant à un bouton de fleur prêt à éclore.

— C'est une véritable merveille, murmura-t-il, sans oser trop approcher. Le patron m'a donné un congé, cet après-midi et demain. Quand je serai propre et changé de linge, je pourrai la prendre ?

Jeanne approuva d'un fin sourire. Menue, petite et dotée d'une chevelure d'un noir intense, elle avait de doux yeux couleur d'ambre. Antoine la chérissait de tout son être et, ce jour-là, il se félicita d'avoir tenu à la présenter enfin à sa sœur, sa précieuse Louise.

*

Quatre-vingt-onze ans plus tard, hôpital de Chamonix, lundi 24 août 2015, l'après-midi

Soline et Benjamin étaient dans l'ascenseur qui les montait à l'étage où se trouvait la chambre de Moïse. Dès que les portes s'ouvrirent, elle entraîna le jeune homme vers le distributeur de boissons, au milieu du couloir.

— Tu as déjà bu dans la voiture, fit-il remarquer.

— Je ne sais pas ce que j'ai, plaida-t-elle. Je suis assoiffée. Je m'en suis cachée devant Sophie et Étienne, mais je n'ai pas vraiment repris mon calme, après ce qui s'est passé dans la chambre, à Combloux. Je ferais mieux d'être prudente ; à toi je peux l'avouer, j'ai eu peur de mourir, disons de ne pas revenir au présent.

— Soline, je t'en supplie, ne recommence jamais ça. Même s'il s'agit d'une de tes aïeules, elle est décédée depuis longtemps. Je ne serai plus tranquille, si tu as des visions de ce genre.

Elle déboucha une bouteille d'eau et but en fermant les yeux. Désaltérée, elle lança un regard attendri à Benjamin.

— Viens, Moïse nous attend, dit-il. Il a eu de la chance de rester une semaine entière ici. Cela dit, ses poumons avaient souffert pendant l'incendie. Et son coude gauche était luxé.

— Sa cousine vit seule. Elle est un peu plus jeune que lui, précisa Soline. Au téléphone, cette dame était chaleureuse. Elle semblait impatiente de le revoir, et elle a tout de suite proposé de l'héberger. Ce serait formidable si notre brave ours mal léché acceptait d'habiter chez elle.

Benjamin éclata de rire, en embrassant Soline sur la joue. Il lui dédia un coup d'œil plein d'admiration.

— Tu es généreuse, ma petite folle, malgré tes colères. En fait, tu as su apprivoiser Moïse, et même amadouer l'inspecteur Dambert.

— Bah, il en faisait beaucoup pour jouer les durs, mais j'ai senti que c'était une façade. Sophie l'aime beaucoup, donc il a forcément des qualités. Allons-y.

Ils trouvèrent béante la porte de la chambre où s'était prélassé Moïse. Le lit était vide, la télévision éteinte. Une aide-soignante sortit du cabinet de toilette.

— Bonsoir, leur dit-elle en commençant à ôter les draps. Si vous venez voir le vieux monsieur, il est parti après le repas de midi.

— Il est parti ? répéta Benjamin, stupéfait. Mais où ? Il vous a dit quelque chose ?

— Ce n'était pas moi qui apportais les plateaux. Demandez à ma collègue, dans le local à gauche.

Soline s'appuya soudain au mur. Livide, les yeux fermés, elle paraissait prête à faire un malaise. Ses lèvres frémirent, comme si elle voulait parler.

— Vous ne vous sentez pas bien, mademoiselle ? s'inquiéta l'aide-soignante. J'appelle une infirmière ?

— Non, je vais l'emmener sur la terrasse, indiqua Benjamin. Ma compagne supporte mal la chaleur et elle est très émotive.

Il conduisit Soline jusqu'à l'ascenseur le plus proche, certain qu'elle avait eu une autre vision.

— Descendons, dit-elle. Allons sur le parking. Je suis tellement désolée, mon amour. Moïse est mort, on l'a tué… Il l'a tué, lui, ce monstre.

— Qu'est-ce que tu dis ? Soline, tu te trompes, pourquoi on aurait tué Moïse ?

— Je l'ignore, mais c'est la vérité. Je n'ai pas pu le sauver, pardonne-moi.

7

Les secrets du vieux Moïse

Chamonix, lundi 24 août 2015

Soline s'était assise sur un des bancs du jardin de l'hôpital. Elle éprouvait une peine sincère, doublée d'incompréhension. Très pâle, muette de stupeur, elle se remémorait sans cesse la vision où on lui avait montré le corps de Moïse.

— Tu as pu te tromper, redit Benjamin pour la troisième fois. Es-tu sûre que c'était lui ? As-tu bien vu son visage, ses vêtements ? Avait-il des blessures ?

Les traits tirés, livide, il l'interrogeait d'un ton tragique. Son chagrin affectait douloureusement Soline.

— J'en suis certaine, dit-elle à voix basse. Je t'en prie, calme-toi. On devrait aller discuter avec l'aide-soignante qui lui a porté son repas à midi. Peut-être qu'elle saura pourquoi Moïse est parti, et s'il était seul.

— D'accord, mais laisse-moi reprendre mes esprits. Pourquoi as-tu dit tout de suite que cet homme l'avait tué ? Comment peux-tu le savoir ? Répète-moi ce que tu as vu !

— Tu t'es entendu ? On dirait que tu me juges responsable ! s'insurgea-t-elle, au bord des larmes. Benjamin, je ne décide pas d'avoir une vision ; le phénomène est imprévisible.

— Je sais, pardon d'être dans cet état. Décris-moi encore la scène, s'il te plaît, insista-t-il. Surtout essaie de te souvenir du décor, du sol, du moindre détail, qu'on puisse retrouver son corps.

— Moïse gisait sur le côté, dans les habits de Léon Gonod, que Viviane m'avait dit de lui donner, pour le jour de sa sortie.

La voix de Soline trembla un peu.

— Viviane et Kate vont être choquées quand je leur dirai la mauvaise nouvelle, déplora-t-elle. Heureusement qu'elles sont en sécurité, loin d'ici. Nous nous étions toutes attachées à Moïse. Pourquoi le tuer ? C'est tellement injuste !

Benjamin acquiesça, avant de s'asseoir près d'elle. Il joignit les mains en secouant la tête.

— Soline, si Moïse s'est aventuré seul en ville, il a pu avoir un accident. Il n'était plus accoutumé à la circulation. As-tu la certitude qu'il s'agit d'un meurtre ?

— Je ne sais plus. J'ai eu cette intuition, très forte, quand je t'ai raconté ma vision. C'était si rapide, comme une image qui passe devant les yeux et disparaît. Tu m'as demandé la nature du sol, des détails du décor ; je ne peux pas répondre précisément, mais ce n'était pas une rue, plutôt de la terre. Benjamin, on perd du temps, il faut alerter la gendarmerie.

— Que vont-ils répondre, si on leur explique comment tu as su, pour sa mort ?

Soudain le jeune homme craqua. Il se mit à sangloter, les traits crispés, presque en silence.

— J'avais l'impression d'avoir trouvé un grand-père, dit-il en respirant vite. Quand on n'a jamais eu de famille, on en adopte une. Sophie est un peu ma sœur, et Moïse…

Il ne put terminer sa phrase. Le voir pleurer aussi fort, tel un enfant malmené, accabla Soline. Pourtant elle hésita un court instant à le serrer dans ses bras, de peur d'être repoussée.

— Je suis si triste, Benjamin, pour toi et pour lui, dit-elle en l'enlaçant.

— Peut-être que Moïse dormait ou qu'il était assommé, balbutia-t-il. As-tu vu du sang, une plaie ?

— Je ne crois pas, mais l'homme utilise des drogues, avant de tuer ses victimes. Pour Sophie, il avait une seringue sur lui, je t'assure.

— Sophie, il faut la prévenir, débita-t-il, l'air égaré. C'est la seule qui tiendra compte de ta vision.

— Oui, hélas les gendarmes du PGHM ne sont pas habilités pour ce genre de recherche. Et là, Étienne et Sophie sont à Servoz, pour inspecter les décombres du chalet et le camion. Viens, procédons par ordre ; il faut parler à l'aide-soignante ou aux infirmières. Maintenant je regrette d'avoir accepté cet emploi à l'office de tourisme. Je travaille toute la journée de demain.

— Ne t'inquiète pas, Étienne sera avec moi.

— Tu le connais à peine, s'étonna Soline.

— Mais il est policier. Nous avons à peu près le même âge et il m'est sympathique.

La jeune femme approuva tristement. Sa belle humeur du matin lui faisait l'effet d'un rêve vite gâché.

— Nous n'aurons jamais droit au bonheur, ni à une vie paisible, tant que cet homme sera libre de nuire, décréta-t-elle. Benjamin, si je pouvais te ramener Moïse, je le ferais. Et même, il pourrait vivre avec nous, dans ton nouveau logement. Moi aussi, j'aurais aimé avoir une vraie famille.

— Je sais, pardonne-moi, Soline. J'étais choqué, en colère et désespéré. Viens, on tente de trouver l'aide-soignante, avant d'appeler Sophie.

— Et la cousine de Moïse ? La pauvre, comment lui dire ? Elle était toute contente et impatiente de le revoir.

— Nous la préviendrons quand nous aurons découvert le corps, soupira Benjamin. Pour le moment, je n'arrive pas à réaliser qu'il est mort. Je dois le constater, pouvoir lui caresser le front et lui dire adieu, comprends-tu ?

— Bien sûr, mon amour. Courage.

L'aide-soignante qui s'occupait des chambres jusqu'à 14 heures avait quitté son service, ce dont se doutait Soline, puisque l'après-midi s'achevait. Ils frappèrent alors au bureau des infirmières. Benjamin questionna la plus proche de lui, assise devant un ordinateur.

— Excusez-moi, je voudrais des renseignements sur le patient de la chambre 211. Savez-vous exactement l'heure à laquelle il est parti ?

— Moïse Blanc-Talon, indiqua Soline. Un patronyme typique de la région.

Elle avait appris l'identité du vieil homme en régularisant sa situation administrative.

— Je l'ai examiné ce matin, le docteur lui a rendu visite, et lui a dit qu'il pouvait sortir, expliqua l'infirmière. Quand l'aide-soignante est venue chercher son plateau, vers 13 heures, la chambre était vide, la penderie aussi. Il y a un souci ?

— Oui, un gros souci, trancha Benjamin. Nous avions prévu de l'emmener chez sa cousine, et il était censé nous attendre. Vous laissez beaucoup de malades sans surveillance ?

Soline songea que son amoureux naguère si désinvolte, toujours calme, révélait une autre facette de sa personnalité. Il était hors de lui.

— Dites donc, monsieur, nous faisons notre travail du mieux possible, mais nous sommes en sous-effectif. J'ai eu l'occasion de discuter avec Moïse Blanc-Talon ; il m'a raconté qu'il vivait seul depuis des années en pleine montagne. Si vous aviez l'intention de l'enfermer dans un appartement, il a pu s'en aller par crainte de perdre sa liberté.

— J'en doute, madame, protesta Soline. Moïse était ému à l'idée de revoir sa cousine, qu'il aimait bien dans sa jeunesse.

— Écoutez, mademoiselle, ce patient est largement majeur, il n'avait plus besoin d'un traitement. Il fallait venir plus tôt, si son départ dérange votre planning.

Benjamin étouffa un juron et sortit du local. Il arpenta le couloir, tout en prenant son téléphone. Soline devina qu'il appelait Sophie à l'aide.

— Elle ne répond pas, lui dit-il. J'espère qu'ils n'ont pas eu d'ennuis, là-haut. J'envoie un texto.

— Je t'en prie, ne panique pas. J'estime Étienne capable de gérer un problème, s'il s'en posait un.

— Soline, je n'arrive pas à me sortir ça de la tête. Dans ta vision, Moïse pouvait être simplement évanoui. Pourquoi as-tu affirmé tout de suite qu'il était mort, assassiné de surcroît ?

— Je l'ai ressenti, voilà, s'exaspéra-t-elle. Je ne demande qu'à m'être trompée, même si ça ne s'est encore jamais produit.

Soline le bouscula et s'élança vers l'ascenseur le plus proche. Elle avait la gorge nouée à force de contenir son envie de pleurer. Benjamin la rattrapa pour la saisir par le poignet.

— Sois logique, déclara-t-il. Pourquoi s'en prendre à Moïse et comment imaginer que cet homme le jalousait au point de le supprimer ? Tu lui as rendu visite trois ou quatre fois : as-tu remarqué quelqu'un qui te suivait ?

— Je n'avais guère le temps d'y aller plus souvent. Comme toi, je comptais sur Kate qui se dévouait pour Viviane et lui. Je dois l'appeler, peut-être qu'elle en sait plus que les infirmières.

Kate ne répondait pas. Soline lui laissa un message. Ensuite elle prit la main de Benjamin.

— Je t'en prie, reste calme. Tu me poses sans arrêt les mêmes questions, tu es à bout de nerfs, déplora-t-elle. Allons chercher Moïse. J'ai une photo de lui dans mon téléphone, que j'avais prise le soir où j'ai dormi avec vous deux, dans sa grange. Des gens ont pu le croiser.

Village de Servoz, même jour, même heure

Étienne avait commandé une deuxième bière blonde, après avoir bu un café allongé, sous le regard rêveur de Sophie, qui se contentait d'un thé au lait. Ils s'étaient installés à la terrasse d'un bar, d'où ils pouvaient admirer le mont Blanc.

— Admets que ce sont des paysages sublimes, lui dit-elle tout bas. Je ne m'en lasse pas.

— Malgré tout, insinua-t-il.

— Oui, malgré tout ! Je devais vivre ici ; combien de temps je n'en sais rien, mais c'était plus fort que moi.

— Tu as du cran ou la mémoire courte, Sophie. Pour ma part, la vue des sommets enneigés me cause un malaise. Changeons de sujet, puisqu'il est tabou. J'en reviens à l'attitude de Benjamin. Il devrait parler à Soline. Les secrets finissent toujours par envenimer les choses. Il croit la protéger, ça peut se retourner contre lui.

Sophie alluma une cigarette qu'elle fuma les paupières mi-closes. Étienne eut un petit rire sarcastique.

— Tu crois bien faire aussi, ma petite Sophie, en dissimulant ton homosexualité, par crainte d'être mal vue de tes collègues. Bon sang, la société a évolué ces dernières années, notamment sur ce point.

— Je n'en suis pas si sûre, Étienne.

— Très bien, alors dis-moi où tu en es ? Je parierais que tu es tombée amoureuse d'une certaine beauté blonde, aux yeux bleus assez extraordinaires…

— C'est du passé. J'avoue, les premières semaines, j'ai eu un gros coup de cœur pour Soline. Nous sommes amies à présent. Renouer avec Judith m'a aidée.

— Encore elle ? Cela dit, elle est ravissante, juste un peu trop coquette à mon goût.

— J'apprécie ça, moi qui suis le plus souvent en uniforme, avoua Sophie.

Elle esquissa un sourire sensuel, en évoquant Judith ; une jolie avocate aux cheveux châtain clair, mince et petite, qui avait une passion pour la mode et se maquillait savamment. Le policier lui caressa l'épaule d'un geste affectueux.

— Je suis rassuré pour toi, ajouta-t-il. Tu aurais souffert un vrai calvaire si tu avais aimé Soline, qui adore Benjamin. Sais-tu, ça m'a quand même fait un choc de le revoir ; il n'a pas vraiment changé.

Étienne Dambert extirpa alors de sa poche de jean un petit sachet en plastique. Après deux heures d'investigation autour du chalet, dans la clairière et aux abords de la forêt, il avait ramassé un morceau de mouchoir jetable.

— Que veux-tu en faire ? demanda Sophie.

— Je suis joueur, alors je tente ma chance. Ce bout de papier était à demi enfoui sous des aiguilles de sapin. Je vais l'envoyer à un ami, quelqu'un de ma brigade.

— N'importe qui a pu l'utiliser, Soline, Kate, Benjamin ou moi, le soir où j'ai dormi sous la tente.

— Autant se servir des nouvelles technologies. On peut trouver de l'ADN.

— Mais tout le monde n'est pas dans les fichiers ! Et puis je préfère que tu ne mêles pas un de tes collègues à ton enquête. Tu es en vacances, officiellement.

— Ne te préoccupe pas de ça, c'est ma responsabilité.

Le téléphone de Sophie vibra sur la table. Elle répondit, en constatant qu'elle avait manqué un appel et reçu un texto. La voix de Benjamin, basse et altérée, l'alarma aussitôt.

— Qu'est-ce que tu dis ?

Étienne la vit se lever et s'éloigner de la terrasse. Intrigué, il l'observa attentivement, tout en pensant que c'était vraiment une femme superbe. Soudain, elle lui fit signe de la rejoindre.

— On part pour Chamonix, vite ! Les consommations sont payées, dépêche-toi.

Il avala d'un trait son verre de bière. Sophie montait déjà dans son break.

— On a besoin de toi sur une intervention ? s'écria-t-il en accourant.

— Mais non, je ne suis pas d'astreinte, rétorqua-t-elle.

Il nota sa pâleur et son expression dramatique. Dès qu'il fut assis dans la voiture, elle démarra en trombe.

— Soline a eu une vision, quand ils sont allés à l'hôpital, chercher Moïse. Elle l'aurait vu mort et elle est persuadée que c'est un crime.

— Tu parles du vieillard qui retenait Benjamin dans un hameau abandonné et le surnommait Pierrot ?

— Oui, un personnage pittoresque, truculent, comme on n'en fait plus. Bon sang, je ne peux pas le croire. Il a survécu à l'incendie du chalet et on le tuerait quelques jours plus tard… Pauvre Benjamin, il s'était entiché du vieux Moïse. Si Soline a raison, ça devient une histoire de fous.

L'inspecteur Dambert demeura silencieux, mal à l'aise à cause de la conduite sportive de son amie. La route en lacet lui paraissait plus que dangereuse.

— Ralentis, Sophie. Inutile de nous envoyer dans un ravin, ordonna-t-il. Et si tu veux mon avis, c'est déjà une histoire de fous, toute votre affaire.

Haute-Savoie, près d'Yvoire, même jour, même heure

L'homme suivait de l'index les contours du corps nu de Soline, sur l'agrandissement qu'il avait reçu dans un tube en carton. Le colis l'attendait au bureau de poste d'Yvoire, adressé à un pseudonyme de son invention. Quand il devait se montrer sur la commune dont le manoir dépendait, il avait soin de se travestir ; une de ses manies, presque une passion exaltante.

— Tu es toute à moi, désormais ; ta peau au clair de lune, tes seins, ton ventre, tes cuisses ! Une beauté parfaite. Soline, tu me rends fou.

Il venait de mettre le poster dans un cadre, qui trônait sur le plus large mur.

— Tout est réglé, je peux partir en vacances, se dit-il.

Il sortit son téléphone, celui qu'il qualifiait d'officiel. Une femme lui répondit, après trois sonneries musicales.

— Oui, chéri ! Tu rentres bientôt ? Les bagages sont prêts.

— Et les billets d'avion ?

— Je les ai sous les yeux. Chéri, tu as eu une idée adorable. Je voulais tant retourner sur les îles Canaries. Dans l'hôtel de luxe où on s'est rencontrés, en plus.

— Je ferai n'importe quoi pour te faire plaisir, assura-t-il. Je serai là dans une heure.

— On décolle de Lyon, demain matin très tôt. Nous dormons là-bas, comme prévu ?

— Tout à fait.

— J'ai tellement hâte, chéri, rentre vite. Je t'embrasse.

Il coupa la communication avec un sourire ambigu. Pendant quelques jours, il pourrait se reposer, oublier la folie amoureuse qui le consumait. Ce n'était pas la première fois qu'il prenait le large, quittait la région et même la France pour dominer ses terribles pulsions.

— Je dois me détendre, Soline, sinon je vais commettre des erreurs. C'est un danger de se croire invincible, tout puissant. J'en ai eu la preuve aujourd'hui, à l'hôpital, quand cet affreux vieillard m'a reconnu. Enfin, il a cru reconnaître mon père. Mais peu importe, je ne pouvais pas l'épargner.

Un frisson secoua l'homme des pieds à la tête. Excédé par sa propre nervosité, il alluma un cigarillo et avala un cachet d'anxiolytique.

— Tu es un mystère, Soline, un merveilleux mystère, dit-il d'un ton amer. Bientôt, je saurai tout de toi. Tu m'expliqueras pourquoi tu rendais visite à Moïse Blanc-Talon. J'étais sûr qu'il était mort et enterré depuis longtemps, ce mouchard.

Il s'installa à la table, dont il ouvrit le tiroir. D'un geste sec, il prit un carnet et un stylo. Avant d'écrire ce qui lui trottait dans l'esprit, il relut à voix haute les notes de la semaine précédente.

— Le chalet de Servoz incendié, Viviane Gonod et un vieil homme ont été hospitalisés. Kate, un de mes échecs, veillait sur eux deux. Bien sûr, Soline venait leur rendre visite.

Songeur, il leva les yeux au plafond pour réfléchir. Un rictus lui tordit la bouche.

— Le vieux Moïse m'a parlé d'un Benjamin, ajouta-t-il. Qui est-ce ? Il m'a débité une histoire sur ce jeune type amnésique, tout fier de s'être occupé de lui durant des semaines, alors que les gendarmes le recherchaient. Mais oui, j'y suis.

L'homme se concentra, les lèvres pincées. Il se souvint d'avoir aperçu des affichettes, dans un commerce, sans daigner y prêter attention. Peu à peu, pourtant, il réussit à entrevoir le visage du disparu.

— Non, ça ne me dit rien. Il y a forcément eu des articles dans la presse ou sur Internet. Et si ce Benjamin avait un lien avec Soline ?

Soudain, une fureur affolée le terrassa. Il se leva, les poings noués, le regard dilaté.

— Quel crétin je fais, j'aurais dû interroger ce vieux débris, au lieu de l'achever. Il savait lui, je suis certain qu'il savait… Mais il n'a pas parlé de

Soline, juste de Kate. Peut-être que Kate et Benjamin sont en couple.

Il poussa un cri rauque, exaspéré par l'incertitude et le côté irrémédiable de son dernier crime. Rien ne pourrait ressusciter Moïse Blanc-Talon, l'ancien jardinier de sa famille.

Combloux, même jour, le soir

Soline pleurait convulsivement, recroquevillée sur le lit de Viviane, dans l'ancien bureau de Léon Gonod. Malgré tous les efforts de Sophie pour la consoler, la jeune femme tremblait et suffoquait par instants.

Au tout début de la soirée, des cyclistes avaient aperçu le corps d'un vieillard, au bord de l'Arve, non loin d'un pont. Ils avaient immédiatement appelé la gendarmerie. L'homme était mort, les cervicales brisées. La description de sa physionomie et de ses vêtements correspondait au signalement qu'avait fait la capitaine Gally, peu de temps auparavant.

— Il avait une trentaine d'euros sur lui, avait précisé un des agents, et un certificat médical au nom de Moïse Blanc-Talon.

Le malheureux n'était pas allé loin. Lorsque Benjamin avait appris la nouvelle, Soline avait eu un mouvement vers lui, pour le réconforter, mais il s'était écarté, blême, malade de chagrin.

Étienne l'avait emmené à la gendarmerie, d'où on devait les conduire à la morgue.

— Sophie, Benjamin m'en veut, il m'estime responsable de la mort de Moïse, avoua-t-elle entre deux sanglots pitoyables. Quand je lui ai téléphoné, il a essayé d'être gentil, mais ça sonnait faux.

— Tu te fais des idées. Vous êtes tous les deux sous le choc. C'est normal.

— Admets que ce pauvre homme a été tué par ma faute !

— On n'en a aucune preuve, Soline ; cesse de te torturer. Les gendarmes penchaient pour un accident.

— Quelle heure est-il ? Pourquoi ils ne reviennent pas ?

— 23 heures et des poussières. Ils vont rentrer. Déjà, le corps de Moïse a été découvert très vite ; ce serait pire si on l'avait trouvé dans deux semaines ou un mois.

— Étienne va le soutenir, dis ? J'aurais voulu les accompagner, je n'ai pas eu le courage.

— Le moment de l'identification d'un mort est éprouvant, mais c'est rapide. Soline, reprends-toi. Tu devrais te rafraîchir et perdre cet air coupable. L'unique responsable, si toutefois

Moïse a vraiment été tué, c'est encore ce type, un vrai malade.

— Mais comme l'a dit Étienne, je suis au centre du problème. Sophie, j'ai entendu une voiture, ce sont eux.

— Alors lève-toi et viens à côté, on va faire du café. Un petit verre d'alcool te ferait du bien.

Neige aboya, sur un mode plus joyeux que méfiant. Peu après, des voix masculines résonnèrent à l'extérieur. Soline essuya ses joues et son nez, du dos de la main ; ce qui eut le don d'attendrir davantage Sophie.

— Viens, sois forte, l'exhorta-t-elle. Benjamin t'aime, il ne peut pas t'en vouloir.

Les deux jeunes femmes passèrent dans la grande pièce. La lumière du plafonnier leur parut un peu agressive, succédant à la pénombre du bureau.

— Alors, est-ce qu'on en sait davantage ? demanda Sophie en regardant Étienne et Benjamin, qui venaient d'entrer.

Le policier esquissa une moue circonspecte. Il prit place à la table, sur laquelle il posa son téléphone bien en évidence. Tout de suite, il lança un coup d'œil à Soline, défigurée par les larmes versées. Gêné, il baissa la tête.

— C'était vraiment Moïse ? questionna-t-elle.

— Hélas, il n'y a aucun doute, confirma Benjamin. J'ai pu lui parler, embrasser son front, et je m'occuperai de ses obsèques, quitte à emprunter.

— J'ai des économies, je peux te dépanner, lui dit Sophie. Tu valides la thèse de l'accident ?

Ce fut Étienne qui répondit, de façon sobre et concise.

— Une autopsie sera pratiquée, puisque les circonstances du décès sont indéterminées. Mais le légiste qui a examiné le corps affirme que Moïse était fortement alcoolisé.

— D'où la conviction du brigadier, l'interrompit Benjamin. Il ne démord pas de sa théorie. Un vieil homme fin saoul, qui a fait une chute fatale. Ça permet de classer l'affaire rapidement. Mais j'ai insisté, j'ai redit qu'on avait pu le droguer.

Sophie mit de l'eau à chauffer. Elle s'empressa de sortir du buffet la bouteille de génépi, ainsi qu'une fiasque d'armagnac.

— Buvez quelque chose, proposa-t-elle. Viviane ne nous en voudra pas de piller ses réserves.

— Non, je tiens à rester lucide, rétorqua Étienne. J'ai accès à certains fichiers de la police judiciaire, donc j'ai fait une recherche, en attendant Benjamin. Moïse était loin d'être blanc comme neige, d'où l'humeur sombre de notre ami.

Il désigna d'un geste le jeune scientifique, au visage fermé. Soline, toujours debout, osait à peine respirer.

— Eh bien, dis-nous, s'impatienta Sophie. La situation est suffisamment pénible.

Benjamin s'assit à son tour. Il semblait ignorer la présence de Soline. Elle en fut d'abord blessée, puis irritée.

— D'abord il faut m'écouter, déclara-t-elle. Si, comme nous le pensons, Moïse a été assassiné, une décision s'impose.

— Ce n'est pas le moment, Soline, coupa Benjamin. Il vaut mieux laisser parler Étienne. Tu seras surprise, autant que moi sans doute.

— Je suis désolée, je tiens à m'exprimer, maintenant, pas dans dix minutes ou jamais, se rebiffa-t-elle. Je souhaite habiter seule, comme avant, dans la maison du haut de la rue. Personne ne me fera changer d'avis. Dès qu'il le saura, l'homme viendra rôder, m'offrir des roses. Après deux ou trois nuits où il croira que tout se passe à son idée, vous pourrez le guetter du premier étage et l'arrêter.

— Le plan peut fonctionner, admit l'inspecteur Dambert.

— Je refuse que tu prennes un tel risque, Soline ! s'exclama Benjamin.

— Ah ! Vraiment ? Je dois agir, et il n'y a que moi qui suis susceptible d'attirer ce fou dans un piège. Ce sera ma manière de réparer mes torts, car j'en ai, sans l'avoir voulu. Par ma faute, ma mère a souffert, elle a subi de lourdes opérations, et je ne suis pas sûre qu'elle remarche. Alban Demolliens, un capitaine du PGHM, connu pour son zèle et son dévouement sur le terrain, se retrouve cantonné dans un bureau pour avoir eu le malheur de m'inviter dans un restaurant… Mon amie Kate a failli mourir et Viviane aurait pu succomber sous les coups de ce malade. Sans oublier Cédric Rousseau, et récemment Sophie, Moïse… Je dois assister à tous ces drames en me terrant dans un coin ? Non, j'en ai assez.

Ils la dévisageaient tous les trois, chacun envahi de pensées fort différentes.

« Soline, si tu te voyais, aussi belle que pathétique. Je ne suis pas guérie, mon cœur cogne comme un fou, songeait Sophie. Je voudrais t'embrasser, te serrer contre moi. »

« Voilà une femme qui me fascine ! Jamais je n'ai été attiré ainsi ! Elle me donne envie de la garder pour toujours, de la faire mienne, se disait Étienne. Bon sang, je la désire, mais à un point… »

Quant à Benjamin, il déplorait le rôle involontaire qu'avait joué Soline dans le destin du vieux Moïse. Tout en ayant une profonde compassion pour la douleur qu'elle ressentait, il alignait la triste litanie des « si ».

« Moïse serait encore vivant, bien tranquille là-haut sur la montagne, si je n'avais pas eu cet accident, si je n'étais pas devenu amnésique. Et surtout si je n'avais pas insisté pour l'inviter au chalet. Il s'y opposait, je l'ai presque supplié. »

Sophie toussota, lasse du silence qui s'éternisait. Benjamin bondit brusquement de sa chaise et alla vers Soline.

— C'est moi qui ai causé le malheur de Moïse, affirma-t-il. Il se sentait en sécurité, dans son hameau en ruine. J'aurais dû le laisser en paix, sur la montagne, mais je n'étais pas en mesure de réfléchir. Tout était encore confus.

Il étreignit Soline passionnément, en déposant des baisers sur ses joues et son front. Elle faillit se débattre, atteinte dans sa confiance.

— Pardon, mon amour, chuchota-t-il à son oreille.

Soline l'enlaça, effrayée par une idée qui l'avait traversée. Benjamin serait peut-être le prochain sur la liste noire du tueur.

— Je te pardonne, souffla-t-elle. Tu es en danger, à présent ; oui, tu es le plus menacé. Moïse a pu parler de toi, de nous. Alors je veux mettre fin à ce cauchemar.

Étienne tapa du plat de la main sur la table. Il enrageait d'être tenu au silence.

— Bon, les amoureux, ça y est, vous êtes réconciliés, ironisa-t-il. Ce que j'ai à dire est très intéressant.

— Cette fois, on t'écoute, répliqua Sophie. Soline, Benjamin, asseyez-vous. Je sers le café.

— Le casier judiciaire de M. Blanc-Talon est très instructif. Votre ermite a dû commencer à se planquer il y a une vingtaine d'annécs, après avoir purgé dix-huit mois de prison pour faux témoignage, escroquerie et chantage.

— Sa vie a dû basculer après le décès de son petit garçon de cinq ans, Pierrot, plaida Benjamin. Et son épouse est morte les mois suivants ; peut-être un suicide.

— Ouais, il n'a commis aucun délit dans sa jeunesse, nota Étienne. Il faudrait creuser son passé. Là, j'ai seulement accès à son casier ; il manque des précisions, des noms, des dates et des lieux.

Sophie se releva et ouvrit la fenêtre. Elle se percha sur le rebord pour fumer. Son esprit exercé à la logique travaillait à grande vitesse.

— Je te l'accorde, Moïse n'était pas un enfant de chœur, mais on connaît beaucoup de gens qui, par manque d'argent, par désespoir, franchissent la limite. Sûrement échaudé par la prison, pendant vingt ans, il a vécu comme un sauvage, dans la montagne.

— Vous êtes trop indulgents ! se récria Étienne. Ce vieux bonhomme était rusé, assez pour duper les gendarmes qui lui ont rendu visite, assez pour manipuler Benjamin, dans le but de le garder auprès de lui. Si tu n'avais pas eu de vision, Soline, ton amoureux ne serait pas à côté de toi.

— Je sais, soupira-t-elle. Le pauvre, il était attachant, malgré son caractère épineux.

— Dans ce cas, on peut aussi abandonner. Moïse a picolé, il est tombé et fin de l'histoire.

— Non, il faut se renseigner, afin d'y voir plus clair, argumenta Sophie.

— Effectivement, concéda le policier d'un ton enthousiaste. Ce serait judicieux d'interroger la cousine, et ce gars dont il t'a parlé, Benjamin, chez qui il passait souvent l'hiver. On pourrait apprendre d'autres secrets.

— On avisera demain, quand on aura les résultats de l'autopsie, trancha Soline.

— Et inutile de rencontrer la cousine de Moïse, indiqua Sophie. Je lui ai téléphoné, pour lui annoncer la mauvaise nouvelle ; elle s'est lamentée cinq minutes sur les aléas de la vie, sans paraître très affligée. Cette dame se souvenait de leur enfance, du mariage, de la mort du petit garçon. Ensuite, ce sont ses mots, elle n'a pas su ce qu'était devenu son cousin.

— Il faut quand même lui parler, insista Étienne.

Un début de migraine fit grimacer Soline. La lumière vive du plafonnier la dérangeait, les éclats de voix également.

— Je suis désolée, je vais prendre un cachet et m'allonger dans la pièce d'à côté. Il me faut de l'obscurité et du calme. J'espère que vous me donnerez une réponse bientôt à propos de mon plan.

— Je t'accompagne, dit tout de suite Benjamin.

Le couple referma la porte derrière lui. Sophie fit signe à Étienne de la suivre sur le perron. Là, accoudée à la balustrade, elle contempla les cimes argentées du massif des Aravis.

— Quel sale micmac ! pesta le policier. J'ai un conseil : si votre vieux filou a été tué, fais appel à mes collègues d'Annecy. Le commissaire est une pointure ! Je suis même surpris que l'enquête soit toujours confiée à la gendarmerie.

— Le procureur en a décidé ainsi, Étienne. Bien, je crois que nous pouvons rentrer à Chamonix. Mon canapé t'attend.

— Dommage, j'aurais volontiers partagé ton lit ; en frère de cœur, naturellement.

— Idiot, va, répliqua-t-elle en souriant.

Benjamin entendit démarrer le break. Sophie l'avait averti de leur départ, sans ouvrir la porte. Il lui avait répondu de laisser la lumière et qu'il fermerait à clef plus tard.

— Dors, mon petit cœur, souffla-t-il.

Il était allongé dans le noir contre Soline, qui, à peine sur le lit, avait sombré dans un sommeil agité.

— Tu étais épuisée. En plus, je t'ai fait du chagrin. Pardon. Tu ne pouvais pas deviner pourquoi. Tu ignores à quel point la perte d'un ami, d'un être cher, me rend malade. Un jour, je te dirai tout, combien j'ai dû lutter, pour survivre, pour étudier, pour surmonter le deuil.

Des larmes coulaient le long de son nez. Il se frotta les yeux d'un geste las. Des images des semaines vécues auprès de Moïse affluèrent, ravivant sa douleur. C'était la face ridée du vieil homme, éclairée par les flammes, ses mains noueuses, si habiles à pétrir la farine et l'eau pour faire des galettes ou à vider un poisson en quelques secondes.

— Tu n'aimais guère causer, Moïse, dit tout bas Benjamin. Et moi je ne pensais pas à te poser des questions. On se souciait du ciel, du soleil, des nuages, de la nourriture.

Il évoqua ensuite le court séjour au chalet, les taquineries un peu abusives du vieillard envers Soline.

— Je t'ai sauvé la vie, le jour de l'incendie. Et tu as gagné une semaine à fanfaronner dans ta chambre d'hôpital, devant la télévision que tu regardais du matin au soir.

Benjamin, bouleversé, se représenta Moïse assis contre ses oreillers, ses cheveux gris coupés et lavés, sa barbe taillée.

— Tu avais l'air d'un brave grand-père. Un matin, tu as même fait des compliments sur Soline, que c'était une belle fille. Et tu as dit…

Le souvenir soudain des paroles du vieil homme retentit en lui comme un signal d'alarme.

— Tu m'as dit ça, exactement : « Ta Soline, elle m'a rappelé une femme, une beauté aussi. J'me creuse la cervelle, pas moyen de savoir où je l'ai vue. J'te cause de ça, c'était il y a une trentaine d'années. »

Survolté, il se leva en veillant à ne pas réveiller Soline. Vite, il se glissa dans la pièce voisine, où Neige lui manifesta un vif intérêt, avant de gratter à la porte principale.

— Toi, tu veux sortir… Viens, on va faire un tour.

Le chien gambada dans le jardinet où les dernières roses embaumaient la tiédeur nocturne.

— C'est impossible, je délire, murmura Benjamin tout en observant les étoiles. Quand même, la coïncidence est étrange. Et si Moïse s'était souvenu du nom de cette femme, de qui elle était ? On aurait voulu le faire taire…

Cette éventualité l'accabla davantage, car il ne savait rien de l'enfance de Soline, du moins avant ses six ans, avant le terrible traumatisme qui l'avait perturbée et auquel elle faisait rarement allusion.

— Elle m'a juste raconté que ses parents adoptifs avaient dû lui faire suivre des séances chez un psychologue, car elle avait des problèmes d'élocution et souffrait de crises nerveuses.

Benjamin n'avait plus aucun doute quant à la mort de Moïse. On l'avait assassiné. Il demeura longtemps assis sur la dernière marche du perron, jusqu'au moment où un cri aigu le tira de ses pensées. Soline avait hurlé, une clameur terrifiée qui le fit bondir et courir à son chevet.

Il la trouva assise, haletante, avec une expression d'intense panique.

— Qu'est-ce que tu as ? Un mauvais rêve, une vision ?

Elle se réfugia dans ses bras, secouée de frissons. Il lui caressa le dos, les cheveux.

— Dis-moi, Soline, je peux tout entendre. Tu es en sueur… Parle, mon petit cœur.

— J'ai dû me réveiller, mais ce n'était pas un vrai réveil, dit-elle en respirant fort. Alors, vision ou rêve, je ne sais pas. J'ai vu un enfant mort, couché sur la neige, le crâne en sang. Un garçon d'environ huit ou neuf ans. J'ai aperçu son profil, très délicat. Mon Dieu, j'ai tellement peur. Il était habillé comme un enfant de notre époque, ça, j'en suis sûre. Benjamin, ça pourrait être notre enfant. Tu m'as confié une nuit que tu rêvais d'être papa. Moi aussi, j'avais envie d'être mère, une maman attentive, câline. Non, il ne faut pas. Promets-le-moi, on ne doit pas avoir d'enfants.

— Soline, je comprends que tu sois effrayée, mais il peut s'agir d'un petit garçon en danger, que tu dois sauver.

— Non, il était mort, un bel enfant mort. Je t'en prie, serre-moi fort.

Bouleversé, Benjamin la berça en l'embrassant sur le front. Il se sentait entraîné dans une spirale de malheur et de peur, où Soline et lui sombreraient bientôt.

— Aie confiance, dit-il doucement. Nous serons les plus forts. Je te protégerai, Soline.

*

Quatre-vingt-onze ans plus tôt,
Combloux, dimanche 26 octobre 1924

Louise et Vittorio quittaient l'église Saint-Nicolas, où le curé venait de baptiser leur fille, Émeline. Un groupe d'amis, des ouvriers piémontais de la carrière de granit, accueillit le couple par des félicitations. Leurs épouses approchaient afin d'apercevoir la frimousse rose du bébé.

— Longue vie à votre jolie petite, disaient-elles avec leur accent italien.

Rayonnante, Louise remerciait d'un sourire éblouissant. Antoine Favre, le parrain de l'enfant, et sa fiancée Jeanne, la marraine, assistaient à cet instant de joie, en saluant ceux qui les entouraient.

Amélie Coudray, la femme du maire, se tenait à distance, se démarquant par son élégance. Elle recula encore un peu quand Vittorio Mancini, tout fier et rieur, invita ses camarades à boire un verre en l'honneur de sa fille.

— Oui, allons à la maison, j'ai fait des gâteaux et des flans, renchérit Louise.

D'un geste précautionneux, elle rabattit davantage les langes du nourrisson pour le protéger du vent d'automne. Des feuilles mordorées voltigeaient au ras des pavés et, la veille, des oiseaux migrateurs avaient strié le ciel gris, en partance pour les pays chauds.

— Comme ta grande sœur est belle, à son âge, confia Jeanne à Antoine, qui la tenait par le bras. Dieu doit beaucoup l'aimer.

— Crois-tu ? Pourtant il l'accable de rudes épreuves depuis des décennies. Enfin, disons que les voies du Seigneur sont impénétrables.

— Ne te moque pas ! Nous sommes différents sur ce point : je suis très pieuse et tu n'as guère de religion, comme beaucoup de jeunes médecins.

— Ma douce, je serais même athée si Louise n'avait pas eu ce don si particulier, dès son enfance. Le fait d'être élevé par une visionnaire m'a poussé à concevoir des puissances supérieures, qui président à nos destins. Sinon, pour penser à notre avenir justement, est-ce que tu te plairais à Combloux ? Hier, j'ai rendu visite au docteur Guillain, qui se fait vieux et songe à la retraite. Il m'a proposé son cabinet et sa maison, qui est bien exposée et spacieuse.

— Je te suivrai n'importe où, Antoine, répondit sa fiancée. Le village accueille de plus en plus de touristes, le Grand Hôtel fait des travaux. Il y aura davantage de chambres ; l'épouse du maire me l'a dit avant la messe. Ainsi, tu vivras près de ta sœur, qui t'a servi de maman. Et je pourrai veiller sur ma filleule, l'adorable Émeline.

Ravi, Antoine effleura de ses lèvres la joue pâle de Jeanne. Il adressa ensuite un regard conquérant autour de lui, sur ses futurs patients. Lorsque Louise apprit la nouvelle, deux heures plus tard, elle versa des larmes de pur bonheur. Leurs invités étaient partis et elle put enfin l'annoncer à son mari.

— Je suis si heureuse, avoua-t-elle à Vittorio. Mon frère va s'installer ici. J'ai l'impression d'avoir tenu la promesse que j'ai faite à notre mère, sur son lit de mort. Son Toinet est devenu médecin, tu te rends compte ?

— Oui, tu peux être fière de toi, ma douce. Et je suis sûr que tu as bien élevé aussi notre fils, Clément. Il t'a pardonné et, dans sa dernière lettre, il se dit prêt à faire ma connaissance.

— Clément a bon cœur ! Je voudrais tant qu'il revienne sain et sauf. Nous serions tous réunis.

Le couple se pencha sur le berceau de la petite Émeline. Le bébé dormait paisiblement, niché dans ses couvertures en laine blanche.

— Je vais me procurer des peaux de mouton tannées, avec la fourrure d'un côté, décida Vittorio. Il faut que notre fille ait bien chaud, cet hiver.

Louise lui dédia un regard attendri. Encore une fois, elle s'étonnait d'être ainsi comblée par le destin.

8

Étienne Dambert

Quatre-vingt-onze ans plus tard,
Combloux, jeudi 3 septembre 2015

Soline lança un regard agacé vers le canapé où se prélassait Étienne. Debout près de la gazinière, elle surveillait la cuisson du riz, tout en déplorant l'absence de Benjamin.

— Je vais être obligé de quitter la région, déclara le policier. J'ai déplacé mes congés, pour voler au secours de Sophie, mais je n'ai pas servi à grand-chose.

— C'est incompréhensible, admit Soline. Nous habitons ici depuis mercredi dernier, et l'homme ne s'est pas manifesté. Pas une rose, pas un bruit qui aurait alerté Neige.

La jeune femme avait obtenu gain de cause et avait pu mettre son plan à exécution avec Étienne. En effet, l'autopsie du vieux Moïse avait révélé la présence dans son sang de la drogue déjà utilisée lors de l'enlèvement de Kate. Il s'agissait donc bien d'un meurtre, et Soline était bien décidée à piéger le tueur.

Dambert se leva et s'étira. Il jubilait intérieurement d'avoir joué le compagnon de la jeune femme durant une semaine.

— Récapitulons. On a dîné deux fois en ville, à Chamonix et ici, à Combloux. En tête à tête. On s'est baladés en plein jour sur la promenade au bord de l'Arve. Le soir, on laissait la fenêtre ouverte, et on mettait de la musique. Rien.

— Rien, confirma Soline. Peut-être a-t-il compris qu'on avait monté ce plan pour le piéger ?

— J'en doute, je pense simplement qu'il est plus prudent depuis qu'il a échappé de justesse à Sophie. Enfin, c'était agréable de passer mes journées avec toi. Hélas, pour les nuits…

Elle lui intima l'ordre de se taire d'un geste impérieux, tout en égouttant le riz.

— Tes plaisanteries étaient lamentables, Étienne. Je te prie de les éviter jusqu'à ton départ. Tu as même réussi à exaspérer Sophie, et Benjamin, le plus concerné. Déjà il avait accepté ton idée, parce que tu es inspecteur, mais lui rappeler chaque matin que tu devrais peut-être dormir avec moi, c'était déplacé et stupide. Mets le couvert, s'il te plaît.

— Tout de suite, chérie !

— Arrête ça, j'ai envie de te gifler. Tu avais le droit en public, pas ici.

— Je te taquinais. Sais-tu qu'elle me plaît, cette vieille bâtisse. J'avais tendance à louer des studios neufs, équipés de la façon la plus moderne possible, mais habiter là m'a fait changer d'avis.

Ils s'installèrent à la petite table basse. Soline mangea du bout des lèvres, mais elle but abondamment de l'eau fraîche.

— Tu as un problème aux reins ? s'enquit Étienne d'un ton perplexe.

— Aucun, j'ai toujours soif depuis la vision de Moïse mort. En fait, je suis en permanence émue, tendue, inquiète. Pourtant Benjamin a fait son deuil. Il a été apaisé de porter les cendres de son grand-père d'adoption jusqu'au hameau abandonné.

— Un grand-père, fais-moi rire, maugréa le policier. Je flaire une énigme importante, derrière le vieux Blanc-Talon. Les dossiers le concernant ont disparu, soi-disant lors d'un dégât des eaux. Quant à l'ami chez qui il se réfugiait pendant l'hiver, il ignorait son passé de délinquant.

— C'est vrai, le pauvre est tombé des nues. La cousine en savait encore moins, déplora Soline.

Elle repoussa son assiette. L'odeur des filets de hareng mariné, servis avec le riz, l'incommodait. Silencieuse, elle se remémora la courte cérémonie funéraire de samedi. Ils étaient seulement cinq pour dire adieu à Moïse.

— Au moins, tu as rencontré Kate, insinua-t-elle soudain.

— Oui, ta copine, l'ancienne droguée ; une fille sympa, lâcha Étienne.

— Tu as tort de résumer le portrait de Kate à ça. C'est mon amie, presque ma sœur. Elle a fait le voyage depuis Dijon pour nous soutenir, Benjamin et moi.

— Tu es vraiment susceptible, Soline. Et tu n'as pas l'air en forme. C'est moi qui te fatigue ?

— C'est une éventualité, rétorqua-t-elle. Excuse-moi, j'ai un appel de Kate, précisément. Finis de déjeuner, je sors pour répondre.

Entendre une voix familière, chaleureuse, revigora Soline. Elle fit quelques pas dans la rue, afin de s'éloigner des fenêtres ouvertes de sa maison.

— Comment vas-tu, ma puce ? Tu tiens le coup ? J'ai mis le haut-parleur, madame Vivi veut participer à la communication. Nous sommes tellement tristes pour ce pauvre Moïse. Quand je pense qu'il a été tué, j'en ai encore des frissons. Si tu veux, je reviendrai le prochain week-end.

— Non, reste à Dijon. Si jamais on s'en prenait à toi, je ne le supporterais pas. Sophie est très présente, ne t'inquiète pas.

— Et Benjamin ? Il faisait peine à voir, le jour des obsèques.

— En ce moment, il est débordé de travail. Le logement qu'on lui attribue avait besoin d'être nettoyé et meublé, sans compter les problèmes avec les loups. Alors ça le rassure que je ne sois jamais seule. J'héberge Étienne, comme c'était prévu.

— Est-ce que ton plan a marché ? s'enquit Kate, au courant de leur stratagème. J'appelais pour savoir. Écoute, ma puce, madame Vivi te supplie d'être prudente.

— Rassurez-vous, il n'y a rien de nouveau. Personne n'est venu. Je n'en peux plus d'être toute la journée avec l'inspecteur.

— Dis-toi qu'il est vraiment à même de te défendre et d'arrêter le criminel, déclara Kate. La cousine Eudoxie t'envoie ses amitiés. Je te rappellerai ce soir. Je dois préparer du thé et débarrasser la table.

— D'accord, à ce soir.

Soline était parvenue à l'entrée du chemin qui serpentait entre des prés et où elle avait si souvent promené ses chiens. Le berger suisse l'avait suivie. Il s'élança d'un trot souple vers la campagne ensoleillée.

— Neige, non, on fait demi-tour.

Elle se résigna à rentrer, découragée à la perspective d'un interminable après-midi en compagnie d'Étienne. Il l'attendait sur le pas de la porte, une cigarette au coin des lèvres.

— Moi aussi, j'ai reçu un appel, dit-il avec un sourire. Tu te souviens du morceau de mouchoir en papier que j'ai expédié à un de mes collègues ?

— Oui, tu as eu un résultat intéressant ?

— Juste une certitude, la personne l'ayant utilisé n'est pas répertoriée dans les fichiers ADN. Si vous aviez consenti à vous tester, on saurait au moins si c'était notre rôdeur ou l'un de vous.

— Benjamin t'avait prévenu, c'était voué à l'échec.

— Par votre faute ! Où allons-nous aujourd'hui, chérie ? Demain, ton calvaire s'achève, je disparais de ta vue. J'ai envie de retourner à Servoz, au chalet ; enfin ce qu'il en reste. Je conduirai si tu es fatiguée.

Soline pesa le pour et le contre. Elle pensa à Barry et à la louve. Benjamin avait renoncé à les chercher, cependant elle gardait un mince espoir de les revoir.

— Allons-y, mais je conduis. Tu n'es pas à l'aise sur les routes de montagne, ni sur les pistes forestières.

— Eh oui, je suis un citadin. Plus une ville est grande, plus je suis dans mon élément. J'ai peut-être des origines parisiennes.

— Demande à tes parents, ils te renseigneront.

Le policier devint songeur. Il lissa ses courts cheveux blonds du plat de la main. Un éclat de défi au fond des yeux gris-vert, il fixa Soline.

— Ouais, beauté, je leur poserai la question quand je saurai où ils sont, morts ou vivants !

La réponse troubla la jeune femme. Elle fit semblant de la considérer comme une énième provocation et se mura dans le silence. Quant à Étienne, quand ils furent prêts à partir, il se mit d'autorité au volant du 4×4.

— Avoue que ça ne colle pas à notre mise en scène, l'amant assis sagement à la place du passager. On nous observe peut-être. Je l'espère. Si seulement le tueur déposait une rose sur le rebord de ta fenêtre pendant notre absence, hasarda-t-il.

— Que ferais-tu ?

— Je suis capable de remuer ciel et terre pour qu'on me confie l'enquête. Je peux comprendre les gendarmes d'ici, en charge de l'affaire. Un de leurs brigadiers a été tué, ils veulent trouver le coupable. Mais je pressens une histoire beaucoup plus complexe. Autour de toi, chérie !

Elle lui décocha un regard furieux. Il éclata d'un rire moqueur, en ajustant ses lunettes de soleil sur le nez.

— Je te remercie de vouloir nous aider, d'avoir fait des recherches, de te prêter à cette mascarade, seulement ne dépasse pas les bornes. Je suis à bout de nerfs ! Moïse a été drogué et tué, le cou brisé ; Benjamin cache mal son chagrin, et puis il me manque. J'ai l'impression d'être privée d'une partie de moi, sans lui.

Très pâle, Soline se mordilla la lèvre inférieure pour ne pas pleurer.

— J'ai toujours essayé d'être forte, de m'endurcir, ajouta-t-elle. Dans ce but, dès l'adolescence, j'ai pratiqué le sport de manière intensive, en me posant sans cesse des défis. L'escalade, la descente en ski, l'alpinisme. En quelques mois, tous mes efforts ont été réduits à néant, par la faute de cet homme.

— Je suis navré, Soline ; j'admets que tu dois beaucoup souffrir de la situation. Néanmoins, Moïse serait mort un jour ou l'autre, il était âgé et…

— Il serait mort de sa belle mort, près de Benjamin.

— Bon sang, il n'y a pas de belle mort ! s'indigna Étienne. J'ai horreur de cette expression. L'essentiel est de coincer le tueur, qu'il n'y ait plus d'autre victime. Figure-toi que je suis très inquiet pour Sophie, il peut la viser à nouveau. Pour Benjamin, dis-toi que bientôt, vous vous installerez tous les deux dans cette ancienne maison de garde forestier et vous pourrez roucouler à votre aise.

— J'en rêve, soupira Soline. Roule moins vite, je ne me sens pas très bien.

— Un conseil, tu devrais consulter un médecin. Tu couves quelque chose. C'est anormal d'avoir soif sans arrêt, de ne rien manger parce que tout t'écœure.

— C'est le stress ; un docteur me prescrira des calmants et j'en ai assez pris fillette.

— Fais à ton idée. Soline, franchement, tu n'as aucun souvenir de ta petite enfance ?

Étienne Dambert avait cédé à une impulsion et aussi à la curiosité, malgré les mises en garde conjuguées de Sophie et de Benjamin. Il jeta de rapides coups d'œil à la jeune femme, afin de guetter sa réaction, mais elle le désarçonna aussitôt.

— Et toi ? Tout à l'heure, tu as semblé dire que tu ne savais pas qui étaient tes parents, s'ils étaient vivants ou morts ? C'était sérieux ?

— Oui, très sérieux, déclara-t-il, dépourvu de sa morgue habituelle. J'évite le sujet, en règle générale.

Surprise, Soline baissa la vitre pour respirer et contempler le paysage grandiose qui les entourait. Les sommets enneigés scintillaient au soleil, entrecoupés d'espaces sombres, au gré des crevasses et des aiguilles de rocher. Mais, déjà, ils entraient dans une forêt de sapins, d'une taille majestueuse.

— En résumé, Sophie, Benjamin, toi et moi, nous n'avons pas de véritable famille. Je crois être la moins à plaindre, puisque j'ai été adoptée, nota-t-elle. C'est un peu bizarre, non ?

— De quoi parles-tu ?

— Étienne, tu as compris, ne joue pas les idiots.

— Ah, bien sûr, le fait que nous soyons tous les quatre des gosses en quête de leurs origines ? Un pur hasard. Renseigne-toi, tu verras le nombre d'enfants dans le même cas que nous.

Toujours perplexe, Soline étudia le profil de l'inspecteur. Elle déchiffra sur ses traits un embarras évident.

— Sans tomber dans les clichés, insinua-t-elle, ces enfants-là ont fréquemment de graves problèmes. Parfois, ils rejettent la société. Je n'affirme rien, je me base sur des témoignages que j'ai lus. Vous trois, si j'y pense, vous avez fait des études et vous exercez un métier gratifiant.

— Bah, deux flics pour un scientifique, ronchonna Étienne. Benjamin s'en est mieux tiré, avec son engagement pour les loups et la nature. Je l'admire… et je le jalouse aussi. Il a eu la chance de te plaire.

La discussion dérivait sur un terrain glissant. Soline s'en rendit compte. Elle haussa les épaules, ferma les yeux quelques secondes. Soudain, un sourire étonné se dessina sur son visage.

— Barry, Farou, murmura-t-elle.

Ranimée, elle parcourut les sous-bois environnants de son sublime regard bleu.

— Vite, Étienne, accélère !

— Il faudrait savoir, se plaignit-il.

— Mon malaise est passé, on approche de l'entrée de la piste, roule plus vite.

Sur les hauteurs de Servoz, même jour

Soline avait demandé à Étienne de se garer à une vingtaine de mètres de l'esplanade où se dressaient les décombres noircis du chalet. Fasciné par l'exaltation de la jeune femme, il suivait chacune de ses consignes.

— Je t'en prie, reste dans la voiture, ne fais aucun bruit. J'ai eu une vision, en approchant de Servoz. On dirait de la science-fiction, ou un petit miracle, mais je dois vérifier.

— Et qu'est-ce que tu as vu ? murmura-t-il.

— Mon chien et la louve dans l'enclos qu'on leur avait fait. Farou était couchée dans la niche, plutôt un cabanon. Ce serait si merveilleux ! Heureusement que j'ai laissé Neige à la maison. Barry a grandi sous sa coupe ; hélas, depuis qu'il y avait la louve, il leur arrivait de se battre.

— Ouais, des querelles de mâles autour d'une femelle, trancha le policier non sans ironie.

— Tout à fait, et ça ne se produit pas que chez les animaux, rétorqua-t-elle.

— Je sais. Va vite, je t'attends.

— Je te ferai signe, si tu peux me rejoindre.

Elle le gratifia d'un sourire lumineux. Il détourna la tête, subjugué de la voir transfigurée. Pendant des jours, il avait été confronté à une Soline abattue, morose, qui se cachait pour pleurer. À présent il la découvrait énergique, radieuse, d'un charme encore plus dangereux.

« Bon sang, je suis raide dingue de cette fille, se dit-il. J'ai intérêt à m'en aller le plus vite possible. »

Le cœur survolté, Soline marcha sur la pointe des pieds jusqu'à la porte grillagée de l'enclos, demeurée entrouverte dans la panique de l'incendie. Elle se faufila à l'intérieur, en résistant à l'envie d'appeler Barry, mais elle avait à peine avancé de deux mètres quand il bondit hors du cabanon.

— Tu étais là, mon chien, dit-elle tout bas. Viens !

Le tervueren s'élança, vif et souple. Il se dressa contre sa maîtresse pour lui lécher le menton.

— Toi alors, tu vis en sauvage, pourtant tu m'accueilles encore comme un brave toutou, plaisanta Soline, ivre de joie. Et Farou ?

Prudemment, elle se dirigea vers la grande niche. Barry changea de comportement. Il la précéda et se posta à l'entrée.

— Laisse-moi passer, dit-elle d'un ton ferme. Je veux juste regarder. Allons, obéis.

Le tervueren jappa avant de reculer. Il alla s'asseoir près de la louve, couchée sur le flanc, face à la cloison.

— Farou, Farou, tu me reconnais ?

Un grognement répondit à Soline qui, en se penchant un peu, aperçut trois minuscules formes brunes.

— Vous avez eu des petits, s'extasia-t-elle. Toi, Barry, tu dois chasser pour nourrir ta compagne. Ne craignez rien, je ne vous ennuie pas plus.

Les larmes aux yeux, Soline quitta précipitamment l'enclos dont elle referma la porte. Ensuite, elle indiqua d'un geste à Étienne qu'il pouvait sortir du 4 × 4.

— Alors, ils sont vraiment là ? demanda-t-il en approchant de l'esplanade. Je le vois à ton sourire.

— J'appelle Benjamin, il saura quoi faire ! Il y a des petits, ils ont dû naître cette semaine.

— D'accord, et ça donne quoi un croisement entre ton chien et une louve ?

— Il vaut mieux éviter, en principe. Selon Benjamin, les animaux issus de ces croisements peuvent être dangereux. Ils conservent leur instinct de bête sauvage et ne craignent pas les humains. Une chose m'intrigue. Les louves mettent bas en mai-juin et elles n'ont qu'une portée par an.

— Tu as bien appris ta leçon, se moqua Étienne, qui, au fond de lui, vibrait de désir pour Soline.

Elle lui semblait tissée de miel et d'or, sous le soleil, avec sa chevelure d'un blond intense, sa peau hâlée.

— C'est dommage, il ne reste pas de nourriture ici. Je vais dire à Benjamin d'en acheter sur le trajet. En attendant, je peux leur remplir un seau d'eau, qu'ils puissent boire. Tu veux bien m'aider ?

— Je suis à tes ordres ! Mais d'abord, Soline, accorde-moi un baiser. Personne n'en saura rien. Tu es d'une beauté à couper le souffle. La preuve, je suffoque. Demain, je serai loin.

— Tu délires, Étienne ! s'indigna-t-elle. Comment oses-tu demander ça ?

— C'est vrai, pourquoi demander !

Sur ces mots, il l'enlaça et plaqua sa bouche sur la sienne. Soline le repoussa de toutes ses forces et lui assena deux gifles sonores, en l'accablant d'un juron hérité du vieux Moïse.

— Tu n'es qu'un mufle, renchérit-elle. Tiens-toi à l'écart, désormais. Mieux, pour ta peine, descends au village, tu achèteras à manger pour la louve et mon chien. À tes frais !

Benjamin arriva une heure plus tard, au volant du nouveau pick-up mis à sa disposition depuis deux jours. Soline se jeta à son cou, rayonnante. Il l'embrassa, soulagé de la revoir aussi gaie.

— Où est passé Étienne ? dit-il en la serrant contre lui.

— Il se balade en forêt. Mon amour, tu es enfin là. Je ne veux plus être séparée de toi du matin au soir. Demain, je vais partout où tu iras. Ne te plains pas, tu m'as obligée à cet arrêt maladie, du coup je ne retravaille pas avant lundi à l'office de tourisme. À mon humble avis, le maire s'empressera de me remplacer.

— Tant mieux ! Soline, nous devons être sur nos gardes. La mort de Moïse sonne comme un avertissement. Quand son meurtrier sera en prison, nous pourrons commencer à vivre. De toute façon, demain, j'avais l'intention de t'emmener visiter l'endroit où nous habiterons bientôt. Je suis sûr qu'il te plaira. Le chalet date de 1900 environ, bâti au creux d'un vallon, sur une des pentes douces. Un lieu paisible.

Soline donna un baiser à Benjamin, qui s'éternisa. Elle souhaitait effacer ainsi le contact des lèvres d'Étienne, tout en ayant décidé de taire l'incident. L'inspecteur lui avait présenté une litanie d'excuses, se confondant en regrets et en remords. Mais elle avait deviné qu'il n'était pas sincère.

— Je voudrais que tu voies les bébés de Farou, dit-elle en reprenant son souffle. Barry était un peu méfiant, au début. J'ai mis de l'eau, des croquettes et des sardines. Étienne est allé faire les courses. Il a même pris de la viande, des bas morceaux, à la boucherie. Barry pourra l'apporter à la louve.

— Tu as eu raison, affirma Benjamin, mais…

— Mais quoi ?

— Si j'étais scrupuleux, je devrais faire euthanasier ces petites bêtes innocentes. Soline, il y aura moyen de transporter Farou et sa portée dans le vallon où je vais habiter. On pourrait reconstruire un enclos. Déjà détenir la louve est illégal, et puis ses petits vont grandir. Qu'en ferons-nous à l'avenir ?

— Tu as pensé à les tuer, toi ? s'écria-t-elle. Je suis déçue, horrifiée même.

— Je ne le ferai pas, protesta-t-il. Je suis tenu d'anticiper. Que deviendront ces croisements de loup et de chien ? Ils seront accoutumés à nous, ce sera impossible de les relâcher.

— Nous avons le temps d'y réfléchir, de trouver des solutions, plaida Soline. Benjamin, ne me prive pas de cette joie, s'il te plaît. J'étais si heureuse que je reprenais courage, que je n'avais plus peur.

— Ma précieuse petite folle, s'attendrit-il en la reprenant dans ses bras. Tu as raison, on avisera plus tard.

Rassurée, Soline resta blottie contre lui, la joue sur le tissu de sa chemise. Elle savourait sa chaleur, sa douceur, l'odeur de sa peau, tandis qu'il caressait ses cheveux.

Étienne Dambert les aperçut, depuis la lisière de la forêt. Une réminiscence le fit grimacer. Il décocha un coup de pied rageur dans un champignon qui émergeait du tapis d'aiguilles de sapin.

La jalousie le submergeait ; cependant, quand il traversa la clairière, il affichait un large sourire.

Servoz, office de tourisme,
lundi 7 septembre 2015

Soline était seule dans l'agréable local, de taille modeste, où se tenait l'office de tourisme. Elle triait des prospectus pour les ranger en évidence sur un présentoir flambant neuf.

— Il y a tant de sites que je n'ai pas encore visités dans les Alpes, constata-t-elle à mi-voix. C'est vrai que j'ai passé tout mon temps à me former, à m'entraîner.

Vêtue d'une jolie robe à fleurs, coiffée d'un chignon, elle se sentait prête à accueillir d'éventuels visiteurs. Oppressée par le silence, elle alluma un poste stéréo et choisit une station diffusant de la musique classique.

Étienne était reparti le samedi, pour son plus grand soulagement, et ils avaient pu passer le dimanche tous les deux, avec Benjamin. Le jeune homme l'avait emmenée au petit matin visiter son nouveau logement. Après un pique-nique sous le grand balcon couvert du pittoresque chalet, ils s'étaient organisés pour ramener Barry, la louve et ses petits. Leurs protégés étaient désormais à l'abri.

La porte vitrée s'ouvrit alors que Soline retournait s'asseoir devant l'ordinateur. Sophie entra en la saluant, en uniforme et escortée par le sous-officier Mathis Derain.

— Bonjour, dit-elle gentiment. Qu'est-ce qui vous amène à Servoz ? Je ne vous ai pas vu depuis longtemps, Mathis.

— Environ un mois, admit-il.

— Nous passions te voir, précisa la capitaine Gally. Le commandant nous a envoyés très tôt du côté de Saint-Gervais, où un agriculteur avait signalé un cerf grièvement blessé, sur un circuit de randonnée très fréquenté en cette saison.

— Mais c'est le travail des gardes forestiers, il me semble, s'étonna Soline.

— Oui, nous avons rencontré un responsable sur place.

— On était chargés de sécuriser la zone, précisa Derain, qui fixait intensément Soline.

Il avait oublié combien elle était belle et il en éprouva un pincement au cœur. Sophie, quant à elle, inspectait les lieux d'un air distrait.

— C'est très calme, le matin ; je peux vous offrir du café, il y a un petit réduit avec une cafetière et une bouilloire électrique, proposa Soline.

— D'accord, je t'accompagne. Café ou thé, Derain ?

— Comme vous, capitaine.

Sophie ne perdit pas de temps. Elle débita tout bas ce qu'elle avait à dire, d'un air soucieux.

— Étienne m'a envoyé un mail, en fin de nuit. À peine de retour chez lui, il a contacté différents collègues. C'est plus grave encore qu'on le pensait, Soline.

— De quoi tu parles ?

— Quatre jeunes femmes ayant une similitude physique avec toi ont disparu ces six dernières années dans la région Rhône-Alpes. Toutes blondes aux yeux bleus, d'environ ta taille et de ton âge. On ne les a jamais retrouvées. Pas une trace. Étienne envisage sérieusement qu'il y ait un lien avec le tueur.

— Et avec moi, par conséquent, s'affola Soline. Tu t'es déplacée pour achever de me saper le moral ? Surtout si ça se révèle exact. Combien de gens sont morts parce que j'existe, parce qu'un malade mental m'a choisie comme obsession ?

— Pour l'instant, l'essentiel est de te protéger à tout prix. Si Étienne voit juste, cet homme va essayer de t'enlever tôt ou tard.

— Qu'il le fasse ! s'exaspéra Soline. Je serai enfin confrontée à lui, il cessera d'être une ombre malfaisante. Occupe-toi du café, je me sens mal.

Elle voulut atteindre la porte pour sortir et respirer à son aise, mais un vertige la trahit. Ses jambes se dérobèrent sous elle. Mathis Derain la rattrapa au moment où elle chancelait.

— Eh bien, ça ne va pas ? s'écria-t-il, surpris.

Sophie accourut, impressionnée par la pâleur de la jeune femme, qui semblait manquer d'air.

— Derain, on l'assied, je penche pour un malaise vagal.

Ils s'affairèrent tous deux autour de Soline, qui, une main sur son front perlé de sueur, répétait qu'elle n'en pouvait plus.

— Tu devrais consulter un médecin, déplora Sophie.

— Je ne suis pas malade. J'allais bien avant que tu viennes me débiter des horreurs.

Diligent, Mathis lui apporta de l'eau fraîche, qu'il avait sucrée. Après avoir bu, Soline les pria de partir d'une voix languissante, mais la capitaine fit non d'un signe de tête. Seul Derain obtempéra et quitta le local pour patienter au volant de l'estafette du PGHM.

— Va-t'en aussi, Sophie.

— Pourquoi tu réagis comme ça ? Je m'inquiète pour toi. Quand Benjamin sera au courant, il aura encore plus peur. On est amis, on doit prendre une décision.

— Ne lui dis rien, je t'en prie. En plus, je n'ai pas confiance en ton cher Étienne. Sais-tu que vendredi, il m'a embrassée sur la bouche, sans tenir compte de mon refus ! Quel plaisir j'ai eu à le gifler ! Bien sûr, ça aussi, je l'ai caché à Benjamin. Nous avons envie de partager quelques moments de bonheur, sans ombre au tableau. La mort de Moïse nous a déjà beaucoup affectés.

Sophie céda aux sentiments qu'elle refoulait de son mieux depuis des mois. Ses doigts, timides, effleurèrent la joue de Soline, s'égarèrent sur ses cheveux, puis elle recula, gênée.

— Je ne supporterai pas de te perdre, avoua-t-elle. Arrête de travailler, cache-toi dans ce vallon isolé où Benjamin a la chance de s'installer.

— Alors je dois renoncer à tout, pour échapper à un ennemi invisible, insaisissable ? Ne plus gagner un centime, ne plus aller à Lons voir ma mère, comme je lui avais promis… J'ai des clients samedi prochain, ils veulent faire l'aiguille Verte. Une ascension difficile, mais j'étais contente de relever le défi. Je préfère vivre librement. Étienne peut très bien se tromper.

Soudain Soline revit les trois petits nés des amours de son tervueren et de la louve. Pendant quelques minutes, elle avait pu les tenir au creux de ses paumes, enveloppés d'un tissu en laine. Des larmes lui piquèrent les yeux et sa gorge se noua.

— Excuse-moi, Sophie, d'avoir été agressive. Ne te retarde pas, j'ai besoin d'être seule. Je t'assure que je ne risque rien ici. L'adjoint au maire doit passer vers 11 heures ; un respectable monsieur de soixante-douze ans.

— Donc incapable de te défendre !

— Mon intuition me dit que le tueur s'est absenté de la région, sinon il se serait forcément manifesté la semaine dernière.

— Comment en être sûr ? Enfin, il y a eu un résultat, mais pas celui que l'on espérait. Étienne a dû flasher sur toi et ça me surprend. Tu lui plais vraiment, sinon il ne t'aurait jamais embrassée de force. Il a dû craquer, tel que je le connais.

— Sophie, ce n'est pas une excuse ! S'il t'en parle, précise-lui qu'il m'est indifférent. Voilà ! Va vite, Mathis Derain t'attend.

— On s'appelle plus tard, promis.

Dès qu'elle se retrouva seule, Soline ouvrit son sac à main. Elle observa d'un air circonspect le sachet en papier blanc où s'inscrivait en vert le sigle d'une pharmacie, avant de s'enfermer dans les toilettes.

— Pourvu que le test soit négatif. J'ai huit jours de retard. J'aurais dû m'en apercevoir avant.

Son cœur cognait à grands coups sourds, sous l'effet de la panique irraisonnée qui s'emparait d'elle. Enfin elle regarda le résultat.

— Non, non, non, gémit-elle. Je suis enceinte !

Un rapide calcul la renseigna. Sa grossesse datait sans aucun doute du soir même de l'incendie du chalet.

— C'était cette nuit merveilleuse que nous avons passée sous les étoiles, dans la clairière. Nous étions fous de désir, d'un bonheur délirant.

Et nous n'avons pas songé à prendre des précautions.

Soline eut de nouveau le vertige. Elle but de l'eau, croqua une pastille de menthe.

— Moi qui rêvais d'être maman un jour. Je voudrais tant me réjouir, annoncer la nouvelle à mes parents, à Viviane et à Kate, surtout à Benjamin. Mais il y a cette vision abominable.

Deux fois déjà, on lui avait montré fugacement un enfant blond, la tête en sang, gisant sur la neige.

— Qui est ce pauvre petit ? se demanda-t-elle. Je ne peux pas bien distinguer son visage. Pourquoi ce serait notre fils…

Durant un quart d'heure, Soline fut partagée entre la peur et l'exaltation. Fébrile, n'y tenant plus, elle téléphona à Kate, sa confidente de toujours.

— Ma puce, je pensais à toi, justement. L'aide-soignante que la cousine Eudoxie a engagée vient d'arriver, on peut bavarder un peu. Dis donc, tu n'as pas ta voix habituelle, ça me stresse. Depuis la mort de Moïse, je ne suis jamais tranquille. Tu es sûrement en danger, Benjamin aussi.

— Kate, je suis enceinte.

Un silence fit suite à l'aveu assené sans préambule. Soline insista, en riant et pleurant à la fois.

— De trois semaines, approximativement. Je n'ose pas être heureuse, je ne sais pas ce que je dois faire. Si encore ma vie était simple, si je pouvais travailler, me promener dans la rue au bras de mon amoureux. Comment avoir un bébé avec cet homme qui rôde, qui m'épie, qui veut faire le vide autour de moi… Il y a autre chose. J'en ai parlé à Benjamin la première fois que ça s'est produit.

— Je suis tellement émue, ma puce, je t'assure, si tu me voyais, mes larmes coulent toutes seules. Dis-moi tout, Soline.

— Oui, mais garde le secret, Kate. Personne n'a besoin de savoir pour ma grossesse, ni pour le reste.

Combloux, chez Viviane,
mardi 8 septembre 2015, le soir

La petite maison du haut de la rue resterait fermée pendant une durée indéterminée. Soline avait ramassé ses dernières affaires. Un peu nostalgique, toujours bouleversée à l'idée d'être enceinte, elle s'était promenée dans la pièce du bas, puis à l'étage.

Maintenant, assise près de l'âtre éteint, chez Viviane, elle guettait le retour de Benjamin, appelé chez un éleveur de moutons. Une meute de cinq loups avait attaqué son troupeau.

— Nous ne reviendrons pas à Combloux, Neige, dit-elle au grand chien blanc, couché au pied de son fauteuil. Tu vas te plaire là-bas, dans notre vallon des loups.

Elle avait baptisé ainsi la vaste combe cernée par des sapins centenaires où se dressait un chalet presque aussi ancien.

Un soupir lui échappa. Tout la ramenait à sa grossesse, qui lui apparaissait comme un événement extraordinaire. Encore une fois, elle regarda le coucou savoyard.

— J'ai hâte de partir, soupira-t-elle. Il est déjà tard.

Un bruit de moteur la fit se lever d'un bond. En dépit des recommandations de Sophie, elle ouvrit la fenêtre pour vérifier si c'était bien le nouveau pick-up de Benjamin.

— Le voilà, enfin ! Neige, viens, on met ta laisse.

Une peur morbide torturait la jeune femme. La veille, l'inspecteur Étienne Dambert lui avait envoyé par mail les photographies des quatre jeunes femmes disparues. Soline, glacée, s'était mise à trembler, en observant leurs physionomies, si proches de la sienne.

« Elles sont bien moins belles que toi ! »

Ces mots du policier accompagnaient les pièces jointes, ce qui l'avait irritée. Benjamin n'avait guère apprécié non plus la remarque. Cependant, averti par Sophie, il avait pris la situation en main.

— Nous n'avons plus le choix, Soline, avait-il décrété d'un ton ferme. Tu quittes ton emploi à l'office de tourisme. D'ici peu de temps, Étienne reviendra s'il a pu obtenir d'être en charge de l'affaire. Si ce n'est pas lui, un autre inspecteur d'Annecy enquêtera. Le meurtre de Moïse aura servi à ça ; le procureur tient absolument à en finir. Ils vont réussir à coincer le tueur. Tu dois être en sécurité jusqu'à ce qu'il soit arrêté.

Le cœur lourd, résignée, Soline avait consenti à s'éloigner de Combloux, de Servoz. Ses parents étaient prévenus, Kate et Viviane également.

— Soline, tu es prête ?

Benjamin venait d'entrer. Il la couvait de ses yeux noirs, les traits tendus. Elle courut dans ses bras.

— Oui, mais je pensais au tueur. S'il était là, tapi dans la rue ? J'ai repéré une camionnette et deux voitures.

— J'y ai réfléchi en cours de route. Nous allons faire un grand détour. Tu rouleras devant moi. Il fait nuit. Si quelqu'un nous suit à distance, je verrai ses phares. Soline, tu as l'air terrifiée. Je veux te savoir bien à l'abri, que je puisse travailler l'esprit en paix, si c'est possible. En plus, maintenant, il y a notre bébé.

Tout de suite, Soline se crispa. Benjamin le sentit et la serra tendrement contre lui.

— J'aurais dû patienter avant de te dire que j'étais enceinte, déplora-t-elle. Tu étais tout joyeux, sans tenir compte de mon angoisse. J'en ai parlé à Kate, hier matin. Admets que c'est étrange. J'ai ces visions affreuses, sans cesse les mêmes, précisément quand j'attends un enfant. Je me suis posé des questions toute la journée.

— Quelles questions ?

— Ce serait trop long à t'expliquer. On devrait s'en aller. Déjà, il faut transporter toutes ces provisions dans ton pick-up. Viviane m'a dit de vider ses placards.

— Très bien, je m'en charge. Ne soulève rien de lourd !

— Oh non, pitié, ne commence pas à me traiter comme si j'étais fragile ou malade.

Benjamin hésita à répondre. Il n'avait pas fait de reproches à Soline, cependant il regrettait la manière dont elle lui avait annoncé sa grossesse.

— Excuse-moi d'être heureux à l'idée d'être père. Excuse-moi aussi de t'aimer autant.

Il effectua un aller-retour jusqu'à sa voiture, encore froissé et attristé. Soline l'attendait sur le perron.

— Je suis désolée, dit-elle immédiatement en lui prenant le bras. Tout va si vite. Il y a un mois, je pensais que je ne te reverrais jamais, ensuite je t'ai retrouvé, amnésique. Depuis le chalet a brûlé, Moïse est mort et…

— Autant de raisons, d'après toi, de me parler de notre bébé comme d'une nouvelle catastrophe, insinua-t-il. Par texto, en plus, même pas de vive voix.

— Pardon, mon amour, pardon. Je ne voulais pas te blesser.

— Je m'en doute… et je peux comprendre ta réaction. Soline, tu dois te reposer ! Sous l'armure que tu t'es forgée, tu es fragile, même si tu prétends le contraire.

— Mon esprit, surtout, est fragile, c'est ça ? La preuve, tu m'appelles de plus en plus souvent « petite folle ». J'ai l'habitude : mon père avait honte de moi, à cause de mes faiblesses nerveuses, de mes visions. Parfois il me considérait comme une malade mentale. Je paierai toute ma vie le fait d'être différente.

Un sanglot sec lui coupa le souffle. Elle ressemblait tant à une fillette effrayée que Benjamin capitula.

— Calme-toi, je suis là, je ne t'en veux pas. Je t'aime comme tu es, et rien ne pourra me détacher de toi, Soline. Quoi que tu fasses, je t'aimerai toujours.

Il l'étreignit et elle chercha ses lèvres. Les baisers qu'ils échangeaient demeuraient un merveilleux sortilège contre tout ce qui les menaçait. L'union subtile de leurs bouches avait le don de leur faire oublier le monde alentour, où pouvait se terrer dans les ombres de la nuit un redoutable prédateur.

— Cette fois, on s'en va, dit Benjamin, rasséréné, rieur.

— Oui, on part pour notre vallon des loups, répondit-elle, avec un faible sourire.

*

Quatre-vingt-sept ans plus tôt,
Combloux, mardi 20 novembre 1928

Une pluie fine ruisselait sur le village de Combloux. Louise tenait bien serrée la main de sa petite Émeline, âgée de quatre ans. L'enfant, aux cheveux d'un blond foncé, faisait sa fierté. Elle parlait à merveille, se montrait sage et obéissante. De Vittorio, son père, elle tenait ses boucles souples, son teint doré, même en hiver.

— Tiens, voici marraine ! s'écria joyeusement Louise, en apercevant sa belle-sœur au bout de la rue.

Jeanne Favre attendait son premier enfant. Une capeline en lainage sur ses épaules menues, dans une robe qui dévoilait ses mollets, elle trottinait, tête basse. Discrète, dévouée, tous les gens de Combloux vantaient la gentillesse de l'épouse du docteur Antoine, comme on le surnommait.

— Marraine ! appela Émeline. Avec maman, on va à l'épicerie acheter du sucre.

Louise s'arrêta net, envahie d'un mauvais pressentiment. L'expression de Jeanne avait quelque chose de tragique.

« Vittorio », songea-t-elle, traversée par l'image épouvantable d'un corps broyé sous une masse de granit.

Elle eut aussitôt la bouche sèche, le cœur serré. Surprise par l'immobilité soudaine de sa mère, Émeline lui secoua le bras.

— Maman ?

— Reste ici, ma mignonne, avec Flocon. Je dois parler à ta marraine.

L'énorme chien blanc vouait un culte à l'enfant. Il ne la quittait pas des yeux, la suivait partout dans la maison, et, le soir, il se couchait au pied de son lit.

— Louise, ma pauvre Louise, se lamenta Jeanne une fois près de celle-ci. Vous avez bien fait d'écarter Émeline. Je suis désolée, il y a eu un grave accident à la carrière de granit. Antoine a reçu un appel téléphonique, il est parti là-bas sur le champ.

— C'est mon mari… ?

— Hélas ! Le chariot d'un convoi s'est renversé, sans doute à cause de la pluie, le terrain devenait glissant. Deux blocs de roche sont tombés sur Vittorio et son camarade Dino. Je venais vous avertir. Votre époux a été tué sur le coup.

Malgré tout son courage, Louise chancela. Elle s'appuya contre le mur le plus proche, haletante.

— Je vous en prie, occupez-vous un peu d'Émeline, Jeanne, que je reprenne mes esprits.

— Bien sûr, je peux l'inviter à la maison. Je lui ferai du chocolat chaud.

— Oui, ne dites rien devant elle, par pitié.

La petite fut ravie de l'aubaine. Elle adorait la belle maison de son oncle Antoine, tellement plus grande et plus jolie que celle où habitaient ses parents.

Louise, restée seule sur le trottoir, céda au désespoir. Par chance, il y avait peu de passants. Incapable de faire un pas, elle chercha comment résister au déferlement de chagrin qui la suffoquait.

— J'ai eu cinq ans de bonheur, cinq ans dans toute une vie, gémit-elle tout bas. Pourquoi, mon Dieu, pourquoi ?

Elle se revit à l'aube, dans la chaleur du lit conjugal, le corps robuste de Vittorio contre le sien. Comme tant de matins depuis son retour, ils s'étaient embrassés et caressés, avant de céder au désir. Une tendre étreinte les avait unis, pour le plaisir de l'un et l'autre, en silence, sous les draps.

— Je riais quand je me suis levée, il riait aussi. Je lui ai fait du café et, à peine réveillée, notre

Émeline a grimpé sur les genoux de son papa. Il a partagé sa tranche de pain avec elle.

Un flot de larmes la soulagea, brisant l'étau d'acier qui enserrait sa poitrine.

— Je suis encore veuve ! Seigneur, est-ce le prix à payer ? De quoi me jugez-vous coupable ? gémit-elle.

Le curé, prévenu de l'accident, se rendait chez elle. Il la trouva ainsi, debout, tremblante, son beau visage ravagé. Il les avait mariés lors d'une cérémonie en petit comité et il avait baptisé leur fille.

— Quelqu'un du chantier a toqué au presbytère, déclara-t-il d'un ton grave. Je suis sincèrement navré pour vous, Louise.

— Merci, mon père.

— Voulez-vous que nous allions à l'église ? Nous pourrons prier ensemble pour votre époux.

— Non, pas maintenant, protesta-t-elle. Excusez-moi.

Louise, l'air égaré, s'éloigna en courant dans la direction de la carrière de granit. On lui avait tué son homme, son amant, son ami.

— Je veux le voir, l'embrasser, Vittorio, ma jeunesse, mon bonheur, balbutiait-elle.

Son frère la vit surgir entre les engins du chantier, la mine défaite, obligée de patauger dans une boue grisâtre.

— Où est mon mari, Antoine ? hurla-t-elle.

— N'approche pas, Louisette, je t'en supplie. Garde une belle image de Vittorio. L'autre graniteur vient de mourir. Je te raccompagne. Je ne suis plus utile. La compagnie d'extraction va prendre en charge les obsèques. Ce soir, tu vas dormir à la maison. Pense à ta fille !

— Je ne fais que ça ! Émeline adorait son père. Elle va le réclamer, se demander pourquoi il n'est plus là et elle devra grandir sans lui. Seigneur, je suis maudite.

Antoine l'attira à l'écart, mais Louise se débattit pour se ruer vers deux civières drapées de couverture, sous un hangar.

— Vittorio est à gauche, indiqua le contremaître, accablé par l'atroce accident.

Elle le remercia d'un signe de tête, puis elle se jeta sur le corps de son unique amour, sans tenter de soulever le tissu qui dissimulait son visage. Une de ses mains trouva à tâtons la main gauche, sanglante, du défunt.

— Adieu, mon amour, dit-elle en étreignant les doigts inertes. Veille sur tes enfants et ta femme, du Ciel.

Son frère patienta un moment, puis il l'obligea à se relever. Louise sanglota sur sa poitrine, ivre de douleur.

— Je te ramène, Jeanne prendra soin de toi, soupira-t-il. Je m'occuperai de tout. Tu dois être forte, pour Émeline, pour nous.

— Je serai forte, Antoine, mais j'ai besoin de pleurer mon mari. Je préfère rentrer à la maison. Tu diras à ma pauvre petite que je suis malade et son papa aussi. Elle sera contente de dormir chez vous. Ne me raccompagne pas, je suis mieux toute seule.

Antoine n'osa pas insister. Il vit sa sœur s'éloigner d'une démarche rapide, penchée en avant.

— Quel malheur, déplora-t-il tout bas.

Louise, parvenue près de l'église, entra dans le cimetière. Elle aurait voulu se réveiller, se dire qu'elle avait juste fait un cauchemar. Mais son corps vigoureux gardait la mémoire d'un autre corps inerte, dissimulé sous une couverture.

— Je n'ai pas pu l'embrasser une dernière fois ! Mon Dieu, pourquoi ?

Elle tomba à genoux devant la tombe de ses parents. La pluie se mêlait à ses larmes.

— Maman, si tu me vois du Ciel, donne-moi le courage de vivre. J'aimais tant Vittorio, je me demande comment affronter toutes ces années à venir sans lui, sans ses baisers, son sourire. Papa n'a pas supporté de te perdre, je l'ai toujours su, et il a mis fin à ses jours pour te rejoindre. Je n'ai même pas le droit de mourir, il y a notre petite Émeline.

De sombres pensées, qui démentaient ses paroles, se bousculaient dans l'esprit de Louise.

— Si je disparaissais, Antoine et Jeanne veilleraient sur ma fille. Chez un docteur, Émeline aura une enfance choyée ; elle pourra étudier plus tard, bredouilla-t-elle. Oh ! En finir, ne plus avoir aussi mal…

Mais, au même instant, une main se posa sur son épaule. C'était un contact doux et tendre, qui la réconforta. Pleine de gratitude, Louise se retourna. Il n'y avait personne dans le cimetière.

— Maman… ? Vittorio ? Nicolas… ? Qui est venu ?

Un souffle d'air parfumé frôla son visage, où elle reconnut l'odeur suave et printanière des narcisses. Tout de suite, une image s'imposa, la ramenant au mois de juin.

— Vittorio, tu m'as offert un bouquet de ces fleurs, au retour d'une longue promenade sur l'alpage. Tu avais emmené notre petite chérie. Mon Dieu, merci. Ne crains rien, mon amour, je ne ferai pas de sottises, je travaillerai et Émeline deviendra une belle jeune fille. Je te le promets.

Le lendemain, après une nuit passée à sangloter entre des courtes périodes de somnolence, Louise partit chez son frère. Elle refusait de dissimuler la vérité à sa fille. Seule avec sa mère dans le salon, Émeline apprit le terrible accident qui avait coûté la vie de son père.

— Papa s'est envolé pour le paradis, ma mignonne, conclut Louise, en retenant ses larmes. Il veillera sur nous deux, de là-haut.

L'enfant leva le nez vers le plafond, comme si elle pouvait apercevoir le visage familier et tant aimé de Vittorio Mancini.

— Pourquoi il est mort, maman ? Il serait mieux avec nous, déplora-t-elle, une moue chagrine sur son adorable visage.

— Je ne sais pas, Émeline. Mais il sera toujours près de nous, dans nos cœurs.

9

Le vallon des loups

Quatre-vingt-sept ans plus tard,
Haute-Savoie, près d'Yvoire, mercredi
9 septembre 2015

L'homme était fou furieux. Enfermé dans la pièce dédiée à Soline, il lacérait au cutter les photographies qu'il avait tant de fois contemplées. Lui qui se réjouissait de rentrer en France, il venait de perdre en quelques minutes le bénéfice de ses vacances.

— Pourquoi lui ? s'égosillait-il. Pourquoi toujours lui ?

Hors d'haleine, il suspendit son geste vengeur devant le poster sous verre où son idole était nue au clair de lune.

— C'était lui, ce soir-là ! Ils se sont vautrés sur l'herbe, comme des bêtes en chaleur.

Rien ne pouvait le calmer. Du fond de sa conscience s'éleva une faible voix lui conseillant de ne pas agir en dépit du bon sens. Vite, il examina ses poings, avec lesquels il avait frappé le plâtre du mur.

— Je me suis esquinté trois jointures. Bah, tant pis, j'ai pu me faire ça n'importe comment !

Afin de dominer son envie de meurtre, il se remémora son séjour aux Canaries, les siestes coquines, les promenades sur les îles, les dîners agréables dans un cadre de luxe.

— C'était bon d'être l'autre, celui qu'on respecte, qu'on complimente, s'avoua-t-il. Dès que je suis ici, dans cette satanée région, je m'épuise à faire semblant.

Il respira profondément, avant de s'asseoir à la table qui lui servait de bureau. Ayant plusieurs heures de libres, il avait apporté son ordinateur portable ; un modèle perfectionné, d'une taille peu encombrante.

— Si seulement j'avais prêté attention à cette affichette ! On m'a pourtant parlé de ce jeune scientifique disparu, mais c'était le dernier de mes soucis ! Je commence à accumuler les erreurs.

Il défia de son regard perçant le visage de Benjamin Martin, affiché sur l'écran de l'appareil. À force de consulter des articles parus dans la presse ou sur les chaînes d'info, il avait pu en apprendre davantage.

Les mâchoires crispées, il relut le petit texte qui avait provoqué sa crise de rage. C'était un encadré paru dans un journal.

Benjamin Martin a été retrouvé sain et sauf hier après-midi, par sa compagne, Soline Fauvel, pisteur-secouriste et maître-chien d'avalanche. Après de nombreuses recherches menées par le PGHM de Chamonix, on pensait le jeune homme décédé des suites d'un grave accident de voiture.

Il abandonna sa lecture, repris par la colère. D'un geste sec, il ferma l'ordinateur.

— Sa compagne ! Comment est-ce possible ? Soline n'a pas pu me faire une chose pareille. Ces journalistes ont brodé. Je ne peux pas me tromper, je l'ai reconnu. C'est lui ! Pourquoi ?

Frémissant d'indignation, il avala un cachet.

— J'ai failli me faire coincer par Sophie Gally. J'ai eu tort de m'attaquer à cette vipère. À présent, un choix s'impose. Trahi ou pas, je ne laisserai pas Soline se donner à un autre. Surtout lui ! Il faut croire que le destin se moque de moi, de cet amour indestructible, là, dans mon cœur. Il s'appelle comme ça, maintenant, Benjamin

Martin, pesta-t-il en se relevant. Je vais lui arracher Soline, il ne la reverra jamais.

Sa décision arrêtée, l'homme alluma un cigarillo. Il fit les cent pas dans la pièce, afin d'élaborer le piège le plus parfait qui soit. Mais la vue des photographies lacérées le consterna. Pour se réconforter, il ouvrit le placard d'angle où il rangeait certains objets. En souriant, il en sortit la peluche de poney qu'il gardait précieusement.

— Je te la rendrai bientôt, Soline, très bientôt. Dès que je me serai acquitté d'une obligation sociale, fort pénible.

Chalet du vallon des loups,
jeudi 10 septembre 2015

Soline parcourut encore une fois le rez-de-chaussée du chalet, plus spacieux que celui de Servoz, mais moins moderne. Il y avait un salon faisant office de salle à manger et une grande cuisine à l'ancienne, dont elle inspectait le mobilier et les ustensiles restés là, suspendus à des crochets.

— Je n'avais jamais vu une table aussi rustique, constata la jeune femme en effleurant d'un doigt le plateau luisant, raviné, composé de larges planches. Et ces casseroles en cuivre sont magnifiques. Il faudrait les nettoyer.

D'instinct, elle devina que ce serait sa pièce de prédilection.

— J'aurais besoin des conseils de Viviane pour faire marcher cette énorme cuisinière à bois.

Elle retint un soupir, dépitée de ne pas avoir la compagnie de Kate et de leur chère « madame Vivi », immobilisée par une fracture du tibia.

— Je dois prendre possession des lieux, m'imprégner de l'atmosphère, comme je suis seule ce matin. Mais Benjamin m'a promis de déjeuner ici, à midi.

Le travail ne manquait pas. Soline s'était habillée en conséquence, d'une vieille salopette en jean, sur un tee-shirt blanc. Elle avait décidé de balayer le plancher centenaire du balcon couvert, où ils avaient prévu de prendre souvent leurs repas. Elle irait ensuite nourrir Barry et la louve.

Le paysage qui s'étendait autour du chalet l'enchantait, composé de pâtures à l'abandon, souvent parsemées de rochers, cernées par la lisière irrégulière de la forêt. Sans se déplacer, on pouvait admirer, au-delà, les cimes du massif du Mont-Blanc.

— Nous serons peut-être heureux, ici, se dit-elle. Qui viendrait nous déranger ou nous nuire, hein, Neige ? Aucun sentier de randonnée ne passe à proximité. Et… Zut, le téléphone.

Ayant reçu la consigne de garder son portable sur elle, Soline répondit rapidement à sa mère.

— Maman, c'est gentil de m'appeler. Je l'aurais fait un peu plus tard, je suis en pleine installation.

La voix de Monique Fauvel tremblait de nervosité. Après un bref échange de banalités, Soline s'inquiéta.

— Qu'est-ce que tu as, maman ? Je sens que tu es mal à l'aise.

— Tu as raison, je vis dans l'angoisse. Je n'ai presque pas dormi ces deux dernières nuits, tellement je m'inquiète pour toi. Ton père m'emmène chez le kiné, tout à l'heure, mais je n'ai même pas envie d'y aller. Si tu savais comme la rééducation est pénible, parfois. Je voudrais être près de toi, ma chérie, même si je ne suis pas capable de te protéger, hélas.

— Sois tranquille, l'endroit est tellement isolé que je verrai uniquement des cerfs, des biches, des sangliers ou des loups, affirma Soline. Tu as l'espoir de remarcher dans quelques mois, c'est l'essentiel. La police va arrêter cet homme, et je pourrai te rendre visite, avec Benjamin. Le cauchemar sera fini.

Soline avait envie d'annoncer sa grossesse, mais elle se tut, certaine d'angoisser encore plus sa mère adoptive.

— Si je pouvais y croire, ma chérie, répliqua Monique d'un ton morne. Les grands criminels sont malins ; beaucoup sont restés impunis.

— Je refuse d'être aussi pessimiste, maman.

— Tu dois avoir très peur pour ton compagnon ?

— J'évite d'imaginer le pire. Et, jusqu'à présent, grâce à mes visions, j'ai pu mettre ce monstre en échec. Je regrette de ne pas en avoir eu une de toi, quand tu allais traverser la rue.

— Si tu avais pu m'avertir, le soir où il m'a renversée à moto, ce meurtrier se serait arrangé pour recommencer plus tard. Ah, Jacques a sorti la voiture, nous partons. Courage, ma petite fille. Courage.

Monique avait coupé la communication. Soline était déjà de moins bonne humeur. À l'instar de tant de futures mères, elle posa ses mains sur son ventre. La question revint la harceler, obsédante.

— Notre enfant, encore minuscule à trois semaines, est-il vraiment condamné ? Benjamin me promet que non. Mais il n'a aucune raison d'être aussi catégorique. Cette nuit, il parlait au bébé, c'était attendrissant. On avait fait l'amour et il lui demandait si on ne l'avait pas dérangé… Qu'il est sot, et adorable ! Bon, je passe un coup de balai et je vais soigner mes pensionnaires. Je dois réfléchir à un menu pour demain soir car, avec les précautions requises, nous pendons la crémaillère. Sophie et Alban seront nos invités…

Le timbre de sa voix démentait sa volonté d'être gaie. Soline s'interrogea sur les jours à venir.

— Je vais prendre l'habitude de parler toute seule, ou de confier mes états d'âme à Neige ou à Barry. Je dois trouver de quoi m'occuper. De longues balades dans la forêt, de la lecture, et quelques séries sur mon ordinateur. Ou des documentaires sur les ascensions les plus spectaculaires et sur la faune alpine, sur les loups.

Satisfaite par ces bonnes résolutions, elle sortit sur l'avancée couverte que Benjamin désignait comme un balcon.

— Qui vivait là, jadis ? se demanda-t-elle. Je suis sûre qu'il s'agissait de rudes montagnards. Les femmes devaient se consacrer à leur foyer. Elles ne craignaient ni les grosses pluies d'automne ni la neige. Et les enfants ? Pour aller à l'école, ils avaient plusieurs kilomètres à parcourir.

Un frisson lui parcourut le dos, puis une sensation devenue familière l'obligea à cligner des paupières. Soline comprit qu'on l'entraînait dans le passé. Peu après, elle vit un adolescent très brun avancer sur un chemin, au sein du même décor. Il lui parut accablé de tristesse, courbé sous une hotte remplie de foin. Deux chèvres aux cornes impressionnantes le suivaient. Une femme s'ajouta à la scène, vêtue d'une robe longue, d'un tablier et chaussée de sabots. Aussi subitement tout s'effaça.

— Je ne suis pas tout à fait seule ici, soupira-t-elle. J'ai vu ceux qui habitaient le chalet.

Bizarrement, Soline en fut émue et heureuse, comme si on lui accordait une grâce précieuse. Elle dédia un sourire rêveur au ciel, en guise de remerciement pour les très mystérieuses puissances qui lui avaient offert ce don extraordinaire.

Chamonix, au bord de l'Arve,
même jour, une heure plus tard

Assis au volant de son pick-up, Benjamin guettait l'arrivée de Sophie. Il lui avait proposé de boire un café, afin de discuter avec elle d'un sujet important.

— La voilà, soupira-t-il en apercevant dans son rétroviseur le break de la capitaine Gally.

Son amie en descendit, habillée d'une robe stricte, une casquette blanche dissimulant sa chevelure flamboyante. Elle lui fit signe de la rejoindre à la terrasse d'une brasserie. Il obtempéra, tout en regardant attentivement les autres voitures et les promeneurs qui arpentaient les bords de la rivière.

— Je deviens paranoïaque, avoua-t-il quand ils s'installèrent à une table. Le tueur pourrait être parmi la foule, on n'aurait aucun moyen de l'identifier.

— Moi aussi, je stresse, confessa Sophie. Que voulais-tu me dire de si urgent ?

— J'ai besoin de conseils. Tu t'inquiétais pour la santé de Soline ; en fait, il n'y a rien de grave. Elle est enceinte. Je n'étais pas censé te l'apprendre, mais je n'ai pas le choix.

Sidérée, Sophie assimila la nouvelle, les lèvres pincées, les yeux un peu écarquillés.

— Tu plaisantes ? demanda-t-elle tout bas.

— Pas du tout.

— De combien ?

— Environ trois semaines. Vous venez dîner demain soir, avec Alban ; fais celle qui ne sait rien. Soline hésite à garder le bébé. J'évite de la contrarier, mais j'ai été sincère : je lui ai dit et redit que je désirais cet enfant plus que tout.

— Benjamin, honnêtement je la comprends. Il y a de quoi hésiter tant que cet homme peut l'enlever ou te tuer ; désolée d'être directe. Et c'est très tôt, sur le plan de votre relation. Vous n'avez même pas pu profiter l'un de l'autre. Enfin, j'ai l'explication de ses malaises. Lundi matin, elle m'a fait peur. Étienne devait s'en douter.

— Pourquoi ?

— Il m'a raconté que certaines odeurs incommodaient Soline, et qu'elle avait sans cesse soif. Un symptôme de grossesse dont j'ignorais l'existence. Je suis navrée, au fond vous ne pouvez pas vous réjouir.

Nerveuse, Sophie alluma une cigarette, tandis que le serveur prenait leur commande. Benjamin pianota du bout des doigts sur la table.

— Parfois, Soline envisage d'avoir le bébé, dans les moments de tendresse, de complicité. Quelques heures plus tard, elle a changé d'avis et me parle à nouveau d'avortement. Je sais ce qu'elle redoute le plus. Tu es l'unique personne à qui je peux me confier, comme Étienne est parti. Trois ou quatre fois déjà, elle a eu la vision d'un garçon blond de huit ou neuf ans, étendu sur la neige, mort, avec une blessure à la tête.

Le teint de la capitaine devint blême. Elle étouffa un juron, en lançant un coup d'œil ahuri à Benjamin.

— Tout de suite, Soline en a déduit que ce pouvait être notre enfant, ajouta-t-il. La première vision, c'était à Combloux. Je l'ai entendue qui hurlait. Ce soir-là, elle ne savait pas encore qu'elle était enceinte, pourtant elle a décidé de ne pas avoir d'enfants, jamais. Tu conçois le dilemme ?

Le serveur approchait, empêchant Sophie de répondre. Il disposa deux cafés allongés devant eux, laissa la note calée sous une soucoupe.

— Ce n'est même pas un dilemme, décréta-t-elle. À mon avis, tu dois dire la vérité à Soline ; du moins, si tu tiens à avoir ce bébé. Que crains-tu au juste ?

— Je la connais mieux que toi. La situation actuelle la fait terriblement souffrir. Elle se sent coupable envers sa mère et Alban ; elle est prête à ne plus revoir Kate pour la protéger. À présent, le sort des jeunes femmes disparues l'épouvante. J'en veux à Étienne de lui avoir envoyé leurs photos. Soline refuse de se plaindre, de montrer son angoisse, mais crois-moi, elle ne supporterait pas la vérité ; cela pourrait la détruire, surtout dans son état. Je comptais sur toi pour trouver une alternative.

Exaspérée, Sophie haussa les épaules, en écrasant son mégot au fond du cendrier.

— Comment t'aider, Benjamin, si tu refuses de la rassurer ? En plus, tu me demandes de faire l'innocente à propos de cette vision et de sa grossesse. Laisse-moi lui parler ; je serai délicate, je la ménagerai.

— Non, hors de question. Je le ferai quand ce taré ne nous menacera plus.

Benjamin reçut un texto au même instant. Soline lui écrivait de rapporter du pain frais et du jus d'orange.

— Je dois y aller, dit-il avec un sourire involontaire. Je lui ai promis de déjeuner avec elle.

Je me suis arrangé pour rester au chalet cet après-midi.

— Comme tu l'aimes, c'est inouï, nota Sophie. Une véritable passion. Ton regard change dès que tu prononces son prénom.

— Tu n'as encore jamais aimé quelqu'un aussi fort, aussi intensément ? Tu étais très amoureuse de Judith, l'an dernier.

— Je doute que ce soit comparable. Pour être franche, Soline possède la faculté de séduire. Elle me fait songer aux enchanteresses des légendes. Tout le monde succombe, sans distinction d'âge ou de sexe. Viviane, Kate, Alban, toujours sous le charme, mon adjoint Mathis Derain, toi ; sans oublier, à mon grand regret, ce sale individu, notre tueur.

— Tiens, tiens, tu n'es pas dans la liste, insinua Benjamin d'un ton gentiment ironique.

Il ouvrit son portefeuille pour régler les consommations, ce qui permit à Sophie de se ressaisir.

— Attends, j'ai une idée, lui dit-elle pour changer de sujet. Si cette vision revient souvent, conseille à Soline de bien la détailler, si c'est possible. Le vêtement que portait ce pauvre gamin peut lui indiquer l'époque, ou autre chose.

— Peut-être, je lui en toucherai un mot. Merci d'être venue, Sophie. Soyez vigilants, demain soir, Alban et toi. Vous pouvez être suivis. Tu m'envoies un texto dès que tu es à Saint-Nicolas-de-Véroce. Gare-toi derrière l'ancien presbytère, je viendrai vous chercher.

— D'accord, on se croirait presque pendant la Résistance.

Ils se levèrent et se firent la bise avant de se séparer. De l'intérieur de la brasserie, un homme élégant les épiait à travers la vitre. La mine impassible, il termina son thé au citron.

Chalet du vallon des loups,
vendredi 11 septembre 2015

Un bon feu crépitait sous le manteau de la cheminée. Sophie et Alban avaient beaucoup apprécié le cadre où ils étaient reçus pour la première fois, autant pour les alentours sauvages du chalet que pour l'intérieur, d'une charmante rusticité.

— Ce n'est pas encore bien aménagé, commenta Benjamin. Mais comme vous l'avez dit en arrivant, l'endroit est assez exceptionnel. J'aimerais vraiment pouvoir acheter la maison et les terres.

— Je te le conseille, tu feras un bon investissement, approuva Alban. Les chalets aussi anciens sont rares, et celui-ci a du cachet, avec les balustrades ouvragées du balcon. Si vous décidiez de revendre un jour, ce ne serait pas à perte.

Très silencieuse, Soline semblait concentrée sur le repas froid qu'elle avait élaboré. Ils en étaient au fromage et elle songeait déjà à servir le dessert.

— Quand vous reviendrez, dit-elle soudainement, vous aurez des plats chauds. Là, j'ai privilégié le côté pratique ; il nous manque certains équipements. De toute façon, je cuisine moins bien que Kate.

— Et la table basse est une vieille malle, que nous avons drapée d'une nappe, renchérit Benjamin.

— Il n'y a rien à redire, affirma Sophie. C'est sympathique d'être là tous les quatre.

Elle se servit encore un verre de vin blanc. Soline remarqua que leur amie buvait beaucoup.

— Heureusement que tu es venue avec Alban et qu'il peut conduire à nouveau, lui fit-elle remarquer.

— Oh, pas de morale, je suis en congé pour quelques heures et, comme tu l'as dit, Alban me ramènera. Je ne suis pas en uniforme : même si on nous arrête au retour, personne ne saura que la capitaine Gally s'est saoulée. J'ai besoin de me détendre, Soline. Toi, tu te contentes de jus de fruit, à ce que je vois. Au fait, pendant le trajet, j'ai eu une idée lumineuse.

Benjamin lui décocha un coup d'œil inquiet. Sophie n'y prêta pas attention.

— Pourquoi vous enterrer ici, vous deux ? s'écria-t-elle. Allez vivre dans les départements d'outre-mer, au soleil ! Plus de neige, mais du sable fin ; plus d'avalanches, mais des cyclones. Vous serez tranquilles, les amoureux.

— Sophie, je crois qu'un café te ferait du bien, prôna Alban.

— Plus tard ! Soline, Benjamin, qu'en pensez-vous ? C'est stupide de persister à habiter dans la région. Un tueur est à vos trousses, un type redoutable, alors je voudrais vous savoir à l'abri. Surtout si… enfin, vous me comprenez !

Soline devina l'allusion. Vite, elle baissa les yeux, afin de dissimuler sa déception et sa colère.

— Viens prendre l'air, Sophie. Je ne t'ai jamais vue dans cet état, déclara Benjamin en l'entraînant d'autorité par le bras.

Elle fut bien obligée de suivre le mouvement, car il la tenait d'une poigne ferme.

— Chacune son état, bredouilla-t-elle. Lâche-moi, je ne veux pas aller dehors, il fait froid.

Embarrassé, Alban se pencha sur l'assiette de fromages et se coupa une lamelle de comté.

— Les méfaits de l'alcool, marmonna-t-il. Je crois que Sophie est sous pression, ces temps-ci.

— Nous le sommes tous, répliqua Soline. Moi qui étais si contente de vous recevoir.

— Ne t'inquiète pas, ça va s'arranger. J'ai quand même une assez bonne nouvelle. Selon le résultat de mes prochains examens, je pourrai retourner sur le terrain, peut-être cet hiver.

— Tant mieux. Je me sens toujours coupable. Tu n'aurais pas eu cet accident si tu ne m'avais pas invitée à dîner.

— Je n'ai aucun regret de cette soirée à Chamonix, assura Alban d'un ton significatif. C'est un précieux souvenir.

Ce fut au tour de Soline d'être gênée. Elle se leva aussi, intriguée par les éclats de voix qui leur parvenaient du balcon. Celle du jeune scientifique dominait. Il paraissait furieux.

— Excuse-moi, mais je préfère intervenir, dit-elle à Alban. Je vais tenter de les calmer.

Mais Soline demeura derrière la porte entrebâillée donnant sur la galerie couverte. Elle voulait écouter, sans se montrer, aux dépens de ses principes et de son éducation.

— Je te le répète, tu n'avais pas le droit ! enrageait Benjamin. Je me sens trahi, par toi, ma meilleure amie. Tu as fait exprès de boire ? Tu avais envie d'en dire trop, de me prouver que tu avais raison ?

— Pas du tout, et ne me crie pas dessus ! protesta Sophie en retour. C'est à cause du bébé ! Pour qu'il ait une belle vie, lui au moins. Moi je n'oserai pas avoir d'enfant, jamais. J'ai trop peur de devoir lui avouer un jour que sa mère vient d'on ne sait où, qu'elle ignore tout des gens qui l'ont conçue. Tout ! Toi, tu t'en fiches, je sais ; tu as pu te construire, malgré ce qu'on a vécu. Et puis Soline a bien dit à Kate qu'elle était enceinte ! Pourquoi pas à moi, hein ? Ta merveilleuse Soline. Tu l'aimes, alors sois honnête avec elle.

— Tais-toi, Sophie, tu me fais pitié, là !

— Je ne suis pas pitoyable, juste malheureuse.

Bouleversée par la scène qu'elle avait surprise, Soline recula sur la pointe des pieds. Son cœur battait fort. Elle traversa la salle à manger, fit un signe de la main à Alban, avant d'entrer dans la cuisine.

— Je fais du café et je sors le gâteau de son emballage, annonça-t-elle en haussant le ton.

Benjamin la trouva occupée à disposer une magnifique tarte aux pommes sur un plat. Elle le défia de son regard bleu sans daigner lui sourire.

— Où est Sophie ? s'enquit-elle. Tu n'as pas pu te taire, au sujet du bébé, n'est-ce pas ?

— Je viens juste de la faire asseoir près du feu. Elle fume une cigarette. Soline, je suis désolé.

— Pas autant que moi. Tu as osé lui parler de ma grossesse ; pourtant je t'avais demandé d'éviter.

— Et Kate ? Tu lui as dit le jour même où tu as fait le test ! Sophie est comme ma sœur.

— Peu importe. Puisque Sophie le sait, je vais tout de suite le dire à Alban. Il doit se poser des questions.

Benjamin voulut l'enlacer, mais elle le repoussa d'un geste impérieux, tout en constatant qu'il était livide.

— Soline, ce n'est pas si grave, quand même !

— Non, évidemment. Tu dois être incapable de garder un secret, ou des secrets, insinua-t-elle.

Dix minutes plus tard, grâce au café corsé et à la pâtisserie, Sophie était dégrisée. Cependant, elle dissimulait une partie de son visage derrière ses longs cheveux roux, qu'elle avait eu soin de dénouer. Alban, quant à lui, observait Soline d'un air rêveur.

— Tu es enceinte, dit-il. Je n'en reviens pas. Et toi, Benjamin ? Je suppose que tu es heureux !

— Bien sûr, mais je pourrais l'être davantage, rétorqua celui-ci.

Soline s'installa à côté d'Alban, sur le banc ; une antiquité dénichée dans les combles du chalet.

— Je voudrais ton avis, parce que j'ai confiance en toi, lui dit-elle doucement. Tu es aussi un de ceux qui ne mettent pas en doute ma parole, au sujet de mes visions. J'hésite à avoir cet enfant, à cause d'une image affreuse. On me l'a montrée déjà quatre fois.

Elle lui décrivit d'un ton anxieux la courte scène qui la terrifiait. Alban hocha la tête.

— Ce doit être éprouvant pour toi, je l'admets, concéda-t-il. Cependant, rien n'atteste qu'il s'agit de votre fils. Et si c'était la vision d'un accident qui se produira cet hiver, dans une station de ski ? Il peut aussi être blessé et inconscient.

— Non, j'ai la conviction qu'il est mort, trancha Soline.

— Mais tu n'es pas certaine de son identité. Je pense que tu serais beaucoup plus émue, si c'était ton enfant. J'en suis même convaincu. Tu voulais mon avis, je te le donne sincèrement.

Une immense tendresse brillait dans les yeux gris d'Alban, tandis qu'il fixait la jeune femme. Elle en fut touchée.

— Je te remercie, Alban, répondit Soline. J'apprécie ton honnêteté et ta franchise.

Sur ces mots, elle toisa Benjamin d'un air de reproche. Il n'eut plus qu'une envie, se retrouver seul avec elle et se réconcilier, sans soupçonner une seconde l'orage qui éclaterait entre les murs séculaires du vieux chalet.

Avant de raccompagner leurs invités en pick-up jusqu'à Saint-Nicolas-de-Véroce, Soline proposa de libérer le tervueren pour sa promenade du soir.

— Tu es hors la loi, Benjamin, nota Alban en riant tout bas. Il faudrait relâcher la louve.

— Ce sera impossible. Nous devons en priorité reconstruire un grand enclos. Par la suite, nous verrons comment gérer nos pensionnaires.

Soline entrouvrit la porte de l'ancienne bergerie. Barry se rua à l'extérieur, en manifestant une joyeuse fébrilité. Neige le pourchassa et le rattrapa.

— On dirait qu'ils font la course, hasarda Sophie.

— C'est un peu ça, répliqua Benjamin. Bien, allons-y. Je fais au plus vite, Soline.

— Sois prudent, la route est étroite et les virages dangereux.

Après les embrassades rituelles, la jeune femme suivit des yeux le pick-up dont les phares éclairaient les herbes jaunies bordant le chemin.

— Qui est l'adolescent d'hier matin, sur ce même chemin ? se demanda-t-elle à mi-voix. Un beau garçon, mais il était triste, si triste.

Barry revenait vers elle, après une escapade dans la forêt toute proche. Il se laissa caresser, puis il rentra de lui-même dans la bergerie, auprès de la louve. Neige, accoutumé à garder la maison, devança sa maîtresse en direction du chalet.

À son retour, Benjamin découvrit Soline assise près du feu. Elle était en pyjama, ses cheveux blonds nattés.

— Tu dois être fatiguée, mon cœur, dit-il en lui souriant. On monte se coucher, notre chambre nous attend.

— Si une chose me fatigue, ce sont les mensonges, les secrets ! s'écria-t-elle. Ce n'est pas à mon honneur, mais j'ai écouté votre discussion, à Sophie et toi. Tu sais combien je peux être jalouse !

— Pourquoi serais-tu jalouse, dans ce cas précis ?

— J'envie votre complicité, votre amitié qui date de l'enfance ; ce que tu m'avais caché, d'ailleurs. Benjamin, vous avez un passé dont je suis exclue et, de ça aussi, j'en souffre. En plus, Sophie t'a supplié d'être honnête envers moi. Ce qui signifie que tu ne l'es pas ! hurla-t-elle.

Soline se leva, pour se planter devant le jeune homme. Les poings fermés, elle respirait très fort. Surpris par sa colère, il eut un geste d'apaisement.

— Qu'est-ce que tu imagines ? protesta-t-il. Sophie avait bu, ne tiens pas compte de ce que tu as entendu. Oui, nous avons un passé ! Enfants, nous étions tous les deux ballottés de foyer en foyer, sans repère, sans famille digne de ce nom. Tu as eu la chance d'être adoptée, tu l'as déjà admis. Pas nous ! Quand on a vécu ainsi, il faut beaucoup de volonté pour s'en sortir et oublier. Sous l'effet de l'alcool, les blessures refont surface.

— Tu me mens encore ! clama Soline. Cesse de me traiter comme une personne normale. Mon intuition est de plus en plus forte ; j'ai des visions, très brèves, de plus en plus souvent. Alors sois honnête, c'est un ultimatum.

Benjamin lui tourna le dos, malade d'indécision. Il ne put se résoudre à dire la vérité.

— Parle, implora-t-elle en le prenant aux épaules, afin de l'obliger à lui faire face. Je t'aime, tu le sais, et toi tu prétends m'aimer. On ne dissimule rien aux gens qu'on aime.

— Soline, accorde-moi du temps. Je t'ai dit un jour que je te raconterai tout, mais pas maintenant, pas ce soir. Tu dois me faire confiance. Est-ce trop exiger ? Regarde dans quel état tu es ! Je suis certain qu'à ma place, tu agirais de la même façon. Tu as été gravement traumatisée par un accident, petite fille. Et si nous avions subi, nous aussi, des épreuves atroces, dont il est difficile de parler ?

Tremblante, Soline approuva en silence. Les bras de son amoureux l'enveloppèrent, câlins et chauds.

— Je vois des gens, ici, dit-elle.

— Quels gens ?

— Un adolescent brun, une fillette qui boite, une femme très maigre, vêtue comme au XIXe siècle. Ils sont tristes.

— Il fallait me le dire ; ce doit être pénible pour toi. Hélas, on aura du mal à trouver un lieu aussi pratique et isolé.

Tout le corps de Soline était vrillé par la tension de ses nerfs. Elle étreignit Benjamin qui la couvrit de baisers.

— Nous ne devons pas partir, gémit-elle. Ils ne me font pas peur, mais j'ai de la peine pour eux. Je me plais dans cette maison.

— Alors je suis soulagé. Tu devrais écrire ce que tu vois.

— Je le fais. Pardonne-moi, j'étais tellement en colère. Je me sentais trahie, presque humiliée. J'essaierai de patienter, mais ce sera dur.

— Au fond, tu es une petite curieuse, voulut-il plaisanter. Et c'est moi qui te demande pardon d'avoir révélé ta grossesse à Sophie. J'aimerais tant être papa, et veiller sur ma petite famille.

Soline recula un peu, les yeux noyés de larmes. Elle parvint à sourire.

— Tentons l'aventure, mon amour, dit-elle. Je rêve tout éveillée de ce bébé. Je me suis renseignée, ce matin. Vers trois mois, par échographie, on saura le sexe de notre enfant. Si c'est une fille, je serai tout à fait rassurée.

— Tu peux l'être déjà, affirma Benjamin. J'ai réfléchi : le petit garçon de tes visions, il a pu mourir lors de ce terrible accident dont tu n'as aucun souvenir.

La suggestion eut un effet quasiment miraculeux. Soline saisit les mains de son compagnon et les embrassa.

— J'aurais dû y penser, soupira-t-elle, transfigurée par la joie. Tu as sûrement raison.

Benjamin la serra de nouveau contre lui. Il avait cédé une moitié de vérité, et le résultat dépassait son espérance. La soirée s'acheva dans une douce atmosphère. Affamée, Soline termina la tarte aux pommes. Elle semblait libérée d'un carcan d'angoisses innommables.

— On devrait faire une liste de prénoms, proposa-t-elle en sirotant une tisane sucrée au miel. Que dirais-tu de Louise, pour une fille… ?

*

Quatre-vingt-quatre ans plus tôt,
Combloux, mercredi 24 juin 1931

Le Grand Hôtel de Combloux, agrandi et rénové, était désormais un véritable palace. Une animation permanente y régnait. Les touristes, tous fortunés, commençaient à investir l'établissement.

Louise côtoyait ainsi des Anglais, des Allemands, des Suédois ; autant d'étrangers attirés par le mont Blanc qu'ils pouvaient admirer de leurs fenêtres. Beaucoup de messieurs se lançaient dans l'ascension du plus haut sommet d'Europe.

Ce jour-là, dans sa tenue noire à tablier blanc de femme de chambre, elle était submergée de travail.

— Juliette, il faut monter faire le lit pour ce couple qui arrive ce soir du Danemark. Ensuite, vous changerez les fleurs.

L'influence de son frère avait permis à Louise d'obtenir une place parmi le personnel de l'hôtel. La réputation du docteur Favre était bien établie dans le pays.

— Et votre petite fille, Louise ? Est-ce qu'elle revient toute seule de l'école ? s'intéressa Juliette, une jolie brune de vingt ans. Vous finissez souvent tard.

— De ce côté-là, je n'ai pas à m'inquiéter. Sa marraine va la chercher. C'est ma belle-sœur. La pauvre, elle ne demande qu'à s'occuper d'Émeline.

— Ah oui, l'épouse du docteur.

— Elle en est à sa troisième fausse couche. Je n'oublierai jamais la première, hélas ! C'était un mois après le décès de mon mari. Je vous le dis en confidence, Juliette. J'ai confiance, vous n'êtes pas du genre à bavarder.

— Non, ne craignez rien. Je m'en voudrais de vous causer du tort. Sans vous, je n'aurai pas eu cet emploi pour l'été.

À l'approche de la cinquantaine, Louise Mancini séduisait toujours. Mince, vive, d'une amabilité constante, elle n'avait pas un cheveu gris. Sa blondeur, l'éclat de ses yeux bleus faisaient oublier les quelques rides de son visage au teint doré.

— Ma mère vous respecte beaucoup, ajouta Juliette en la suivant dans l'escalier de service.

— Pourquoi donc ?

— Elle dit qu'il n'y a guère de femmes aussi courageuses que vous au village. Pensez, vous avez été deux fois veuve, et il paraît que vous avez perdu vos parents quand vous étiez toute jeune.

— Vers mes douze ans, oui ! Quant au courage, on n'a pas le choix ; parfois, il faut lutter contre le chagrin. J'ai aussi pleuré mon frère aîné, Nicolas, qui a été tué sur le front, pendant la guerre. Mais Dieu m'a laissé mes enfants.

— Votre Émeline est aussi belle que vous. Et votre fils, je ne me souviens pas de lui.

— Clément ? Il passait bien du temps sur l'alpe, pour aider le père de mon premier mari, Angel. Mais il s'est engagé dans la Légion étrangère. Sa dernière lettre date d'un mois.

Je remercie le Seigneur à chaque courrier ; au moins, je sais qu'il est vivant. Vous vous rendez compte ? Il ne connaît même pas sa petite sœur ! Antoine lui a envoyé une photographie, mais ça ne remplace pas une vraie rencontre.

Louise entra dans la lingerie, où elle se chargea d'une pile de draps immaculés. Juliette remarqua son expression affligée et coupa court à la conversation. D'autres employées se hâtaient dans le couloir.

— Dépêchons-nous, ma petite ; la chambre doit être prête, si les clients arrivaient plus tôt que prévu. Avec les automobiles, on ne peut plus se fier aux horaires des trains, en gare de Sallanches.

Pendant plus de deux heures, Louise travailla sans relâche, préposée également à la surveillance de la blanchisserie. Elle ne se plaignait pas, satisfaite de gagner son propre argent, pour choyer Émeline. L'enfant, âgée de six ans et demi, promettait d'être une excellente élève, comme son oncle Antoine.

— Madame Mancini, appela le réceptionniste, depuis le seuil d'un petit salon réservé aux dames. Il y a quelqu'un pour vous. Le directeur a reçu un appel de votre frère, vous avez droit à une pause.

L'intonation bienveillante de l'homme, d'ordinaire imbu de son statut particulier au sein de l'hôtel, intrigua Louise. Elle lissa du dos de la main son tablier blanc, ajusta sa coiffe. Dans le hall inondé de soleil se tenait une silhouette masculine, vêtue élégamment.

— Vittorio, articula-t-elle du bout des lèvres.

Tout de suite consciente de sa méprise, la ressemblance la troubla. Le cœur de Louise s'affola. Le souffle suspendu, elle avança, en doutant encore. Pourtant, qui d'autre qu'un fils pouvait évoquer l'image d'un père disparu…

— Clément ? Mon Dieu, c'est toi ?

— Maman !

Le cri éternel avait jailli de la bouche sensuelle de Clément. Déjà il ouvrait les bras pour recevoir sa mère contre lui. Elle pleurait et riait, les jambes tremblantes.

— Mon fils, tu es revenu, enfin !

Des clients attablés sur la vaste terrasse toute proche virent un grand gaillard de vingt-huit ans emmener une des femmes de chambre vers les jardins.

— Maman, tu n'as pas changé, lui dit-il, dès qu'ils furent à l'ombre d'un érable.

— Flatteur, va, sanglota Louise.

— Je suis d'abord allé à la maison. Il n'y avait personne et c'était fermé à clef. La voisine m'a indiqué le cabinet d'oncle Antoine. Môssieur le médecin a vite téléphoné ici, pour avertir le directeur. Il paraît que notre docteur a sauvé la vie d'une jeune cliente, l'an dernier.

— On te racontera tout ça, Clément. Est-ce que tu as vu ta sœur, Émeline ? Non, elle devait encore être à l'école. Depuis le temps qu'elle me parle de son grand frère ! Quel bel homme tu es devenu, et le teint doré comme un pain d'épice.

Clément éclata de rire. Adroitement, il dénoua les cordons du tablier de sa mère, lui ôta sa coiffe.

— Qu'est-ce que tu fais ? Je n'ai pas fini mon service.

— On va dire que si, maman ! Je refuse que tu travailles, que tu brasses le linge sale de tout ce monde riche à crever. Va récupérer tes affaires, on rentre chez nous.

Le ton était ferme, le regard autoritaire. Louise, gênée, se demanda quelles autres surprises son fils lui réservait. Mais le bonheur qui la transportait prévalait sur tout le reste.

— Toi alors ! s'extasia-t-elle, radieuse. Je t'obéis aujourd'hui, mais je n'ai pas dit mon dernier mot. Je refuse de dépendre des uns et des autres, aussi je préfère demander ma journée à l'intendante, pour ne pas perdre mon emploi.

— Nous en discuterons, viens vite.

En sortant de l'école, Émeline Mancini eut la surprise de voir sa mère sur le trottoir, au bras d'un grand jeune homme brun. Pendant un court instant, elle revit le portrait en uniforme de son frère, qui trônait sur le buffet de la maison, à côté de celui de son père.

« C'est Clément », se dit-elle.

Radieuse, Louise agita la main, ce qui conforta la fillette dans son idée. Soudain intimidée, elle serra son cartable contre sa poitrine, comme pour en faire un bouclier.

— Elle est bien jolie, souffla Clément.

— Oui, et très bonne élève.

Il s'avança, soucieux de ne pas effaroucher cette petite sœur dont il faisait la connaissance.

— Bonjour, Émeline ! Sais-tu qui je suis ?

L'enfant hocha la tête affirmativement, rose de confusion. Ses camarades s'attardaient par curiosité, ce qui la gênait aussi.

— Maintenant tu as un frère, ajouta Clément. Si on rentrait chez nous. J'ai caché ma valise dans la remise, et il y a des cadeaux dedans.

— Pour maman et moi ?

— Bien sûr !

— Je vais te montrer Flocon, notre chien. Maman dit toujours que tu l'aimeras beaucoup, déclara Émeline dont la langue se déliait. Il est tout blanc et il a presque mon âge.

— Allons-y, sœurette !

Le cœur de Louise battait très fort, presque jusqu'à la douleur. Elle aurait tellement voulu sentir la main de Vittorio autour de sa taille, en cette heure bénie où leurs deux enfants se rencontraient. Les larmes aux yeux, elle se détourna pour les précéder vers le bout de la rue.

— Nous avons le devoir d'être heureux, dit-elle tout bas.

Sa mélancolie s'estompa vite, grâce à l'entrain de Clément, à sa voix virile et bien timbrée qui résonnait dans leur modeste foyer. Son fils déballa les fameux cadeaux avec des gestes vifs de colporteur.

— Un châle en soie pour toi, maman ; des babouches en cuir brodé comme on en fabrique en Syrie. Et des pâtisseries que j'ai achetées sur le port de Marseille.

Le chien avait lui aussi fait bon accueil à cet étranger dont il appréciait la présence. Émeline se crut au paradis, quand elle découvrit la poupée en Celluloïd qui lui était destinée.

— Mais elle a de beaux cheveux blonds, et plusieurs habits !

Clément la reçut sur son cœur. Il trembla d'émotion en sentant ses bras menus se nouer autour de son cou.

— Je suis content qu'elle te plaise, Émeline.

Ce soir-là aussi, après avoir embrassé la fillette dans son lit, le jeune homme observa longuement le portrait de Vittorio Mancini.

— Je lui ressemble, avoua-t-il tout bas.

— Oh oui, tu tiens de ton père, renchérit Louise. Il aurait tant aimé te parler, faire amende honorable, comme il disait.

— On ne peut pas remonter le temps, maman, ni déjouer le destin. Maintenant je suis là, auprès de vous, et je ferai en sorte de succéder dignement à Angel, qui m'a élevé, et à Vittorio, qui m'a fait un beau cadeau, avec ma petite sœur.

Louise, prête à pleurer, étreignit son fils. Dieu avait exaucé ses prières : Clément était de retour.

10

Discussions et pieux mensonges

Quatre-vingt-quatre ans plus tard, chalet du vallon des loups, lundi 21 septembre 2015

Soline était assise, les jambes un peu surélevées, dans la chaise longue que lui avait achetée Benjamin. Installée sur la terrasse ombragée, elle profitait cependant du grand soleil qui inondait le vallon. La journée à venir lui paraissait interminable, après un week-end très animé.

— J'appelle Kate ; j'ai besoin de parler, de partager ce que je vis. Sinon je vais étouffer.

Son amie répondit immédiatement. Dès qu'elle entendit sa voix, la jeune femme eut un petit rire soulagé.

— J'avais peur que tu sois occupée. Kate, je suis exilée dans une sorte de paradis montagnard, mais parfois je m'ennuie.

— Dis-moi tout, ma puce ! Je peux bavarder : Eudoxie est chez sa coiffeuse et madame Vivi avec le kiné. Comment peux-tu t'ennuyer ? Tu as retrouvé ton amoureux sain et sauf, vous vivez ensemble et vous attendez un bébé !

— Vu sous cet angle, ça paraît idyllique, admit Soline. Tu oublies une foule de choses. Je soupçonne Benjamin d'être encore très affecté par la mort de Moïse, mais il me le cache, pour me ménager. C'est la règle ici. Bientôt je n'aurais plus le droit de mettre un pied devant l'autre.

— Bon, à part ça ? Deux secondes, j'ouvre la fenêtre de ma chambre, pour fumer une cigarette.

Kate lui avait envoyé des photographies de la grande maison de la cousine Eudoxie. Soline pouvait se représenter son amie dans sa chambre mansardée, ou dans la cuisine rutilante de propreté, où elle élaborait de délicieux menus.

— Donc, à part ça, reprit Soline, je rêve que tu me rendes visite, par surprise.

— Moi aussi, je voudrais te voir. Mais ce n'est pas à l'ordre du jour, ni des suivants. Eudoxie est possessive et elle déteste la solitude, surtout depuis qu'elle a pris goût à ma compagnie et à celle de madame Vivi.

— Viviane se plaît chez sa cousine ?

— Oui et non. Hier soir, elle se languissait de Combloux, de ses meubles, de son quotidien. Sa fracture du tibia est presque remise d'après le médecin, pourtant il lui conseille la prudence.

Soline but une gorgée de citronnade. Des aboiements s'élevèrent du côté de la bergerie où étaient enfermés la louve et ses petits. Barry et Neige revenaient d'une escapade en forêt.

— Ne quitte pas, Kate, je t'emmène avec moi. Barry est un bon père. Il ne chasse pas pour sa progéniture, mais il prend la nourriture que je lui donne et la dépose devant Farou. Les louveteaux commencent à ouvrir les yeux, ils sont trop mignons ! Je ne peux pas les prendre en photo, leur mère grogne dès que j'essaie d'approcher.

Kate, accoudée à la balustrade de fer forgé de la porte-fenêtre, imagina Soline en robe d'été, qui traversait le pré. Un soupir lui échappa.

— Ma petite puce, tu me manques, avoua-t-elle. Comment es-tu habillée ? Il doit faire aussi beau qu'ici !

— Je privilégie le confort, je suis encore en pyjama ; un joli pyjama en satin bleu. Barry, sage ! Neige, assis, ne bouge pas.

Le bruit d'un loquet tiré, des grognements et d'infimes petits cris parvinrent jusqu'à Dijon.

— Benjamin a construit l'enclos ce week-end, précisa Soline. Avec l'aide d'Alban, de Sophie et d'Étienne. On ne m'avait pas avertie qu'il serait là, j'étais furieuse.

— Plains-toi, protesta Kate. Tu étais bien entourée. Je n'ai jamais vu l'inspecteur, mais tu m'as laissée entendre qu'il n'était pas vilain du tout.

— Si on apprécie le genre play-boy, comme dirait Viviane. Enfin, Sophie avait dû lui conseiller de changer d'attitude. Il s'est montré correct et efficace.

Les jeunes femmes demeurèrent silencieuses un instant, chacune plongée dans leurs pensées. Soline revoyait la joyeuse activité qui avait présidé à la construction de l'enclos. Elle était dispensée d'y travailler, mais elle cuisinait et apportait à tous de l'eau fraîche et des bières. Quant à Kate, elle évoquait avec émotion les traits virils d'Alban Demolliens, son regard brun plein de gentillesse, son sourire.

— Dis, ma puce, est-ce qu'Alban a parlé de moi ? insinua-t-elle d'un ton inquiet.

— Il m'a demandé de tes nouvelles, mais en même temps qu'il se renseignait sur la santé de Viviane. Il te plaît ?

— Un peu, beaucoup… Et puis je commence à désespérer ; je finirai vieille fille à ce rythme. Ceci dit, selon Sophie, Alban est encore amoureux de toi.

Amusée, Soline déambulait dans la prairie, son téléphone à l'oreille. Neige la suivait fidèlement.

— Non, il éprouve de l'amitié pour moi. Reviens et tente ta chance. Seulement, je te préviens : j'ai rencontré sa mère une fois ; elle est froide, revêche et semble rechercher la perle rare pour son fils unique. Kate, je dois raccrocher. C'est l'heure où je nourris les chiens. On se dit à plus tard ?

— Attends deux minutes, ma puce, j'allais oublier. En fait, j'avais prévu de t'appeler ce matin à cause d'un truc qui cloche. Tu te souviens, lundi dernier, tu m'as raconté la soirée de vendredi, quand Sophie avait trop bu et qu'elle s'est querellée avec Benjamin.

— Oui, j'ai un peu honte d'avoir écouté ce qu'ils disaient.

— Tu ne devrais pas, c'était normal de ta part, puisque tu étais en colère. En plus, Sophie a encore menti ; ce n'est pas la première fois. Il paraît qu'elle se plaignait, à propos de ses origines, etc.

— Kate, je t'en prie, quand tu la reverras, sois discrète. Je me confie à toi, je ne voudrais pas le regretter.

— Arrête de m'interrompre. J'ai bonne mémoire : pendant la soirée pyjama, à Servoz, Sophie nous a dit qu'elle avait été placée en famille d'accueil vers trois ans, lors du décès de ses grands-parents. Je suis désolée, si elle avait des grands-parents, elle peut savoir d'où elle vient.

La remarque frappa Soline ; néanmoins, elle la relégua au second plan aussitôt.

— Elle était ivre ! Ses souffrances de fillette sont remontées à la surface. Sophie ne savait pas ce qu'elle disait. J'ai promis de ne plus poser de questions sur leur enfance.

— D'accord, mais toi tu pourrais t'en poser. Je te laisse. Le kiné va bientôt partir, je descends au salon. Je t'embrasse, ma petite puce.

Songeuse, Soline caressa Neige. Le grand chien blanc, par sa présence vigilante, atténuait le pénible sentiment de solitude qui l'accablait si souvent.

— Vivement ce soir, murmura-t-elle. Benjamin rentre vers 17 heures.

Au même moment, le berger suisse grogna, avant d'aboyer et de s'élancer sur le chemin. Quelqu'un venait : un homme âgé, vêtu de sombre et coiffé d'un chapeau en piteux état. Il marchait en s'aidant d'un bâton.

Elle se précipita vers le visiteur. Il s'était arrêté et parlait au chien, qui, méfiant, tournait autour de l'intrus.

— Excusez-moi, monsieur ; il n'est pas méchant, mais c'est un bon gardien.

— Pardi, il fait son boulot, répliqua le vieillard en riant. On m'avait dit qu'il y avait des gens, au chalet ; je suis venu voir.

— Nous sommes là depuis une douzaine de jours, en effet. Vous êtes de Saint-Nicolas-de-Véroce ?

— J'suis du coin, oui. Y a un moment que personne habite là, alors ça me fait tout drôle.

— Voulez-vous un verre d'eau ? Il fait chaud, avec ce soleil, proposa Soline, que cette rencontre distrayait.

— Non, j'vous remercie, madame… ou mademoiselle ? Je suis un peu miro, avec l'âge. Dites, j'ai plus de quatre-vingt-cinq ans !

— Pourtant, les kilomètres à pied ne vous font pas peur.

— J'ai l'habitude. Il est beau, ce chien, j'n'en avais jamais vu. Il vous faut bien ça, isolée comme vous êtes. Je vous souhaite bien du courage.

— Pourquoi dites-vous ça ? L'endroit est agréable, la vue est superbe.

Le vieillard hocha la tête, ses mains noueuses crispées sur l'extrémité de son bâton. Il lança un coup d'œil amer en direction de la bergerie.

— Il s'en est passé du grabuge, pendant la dernière guerre, ma petite dame, lâcha-t-il à voix basse. Des maquisards s'étaient planqués là ; pardi, c'était à l'abandon. Ils ont été tués par une patrouille ennemie. J'avais quatorze ans à l'époque.

La révélation perturba Soline. Elle considéra les prés, le chalet, la bergerie où, heureusement, étaient enfermés Barry et la louve.

— Je suppose qu'il y a d'autres lieux où se sont déroulées de pareilles tragédies, hasarda-t-elle. Ces hommes luttaient pour libérer leur patrie ; je suis sûre qu'ils reposent en paix. Et savez-vous qui a vécu là, bien avant ?

— Non, même à ma naissance, c'était déjà abandonné. Ceux qui ont construit la bâtisse ont fait du solide. Allez, au revoir, je dois m'en retourner chez moi.

— Au revoir, monsieur.

Soline le suivit des yeux ; ensuite, elle remonta vers le chalet. Elle espérait confusément avoir une vision du passé, ce qui l'amena à penser à la belle femme blonde.

— Depuis le jour où j'ai voulu l'approcher, et qu'elle m'a regardée, je ne l'ai pas revue. Je voudrais tant savoir son prénom ; rien que ça, son prénom. Hélas, les images qu'on me montre sont muettes. Je me demande pourquoi elle pleurait autant…

Chamonix, chez Sophie Gally, même jour, même heure

Sophie, Étienne et Benjamin étaient réunis autour de la table basse surchargée de dossiers. Une odeur de café chaud et de cigarettes flottait dans la pièce, malgré la porte-fenêtre ouverte sur le balcon.

— On tient enfin un conseil de guerre, décréta le policier d'un air réjoui. Je craignais d'être cantonné à des travaux agricoles, comme ce week-end.

— Tu étais indispensable, affirma Benjamin. Sans toi, on n'aurait peut-être pas fini dimanche soir. Alors, tu es vraiment en charge de l'enquête ?

— Exactement ; grâce à mes relations, cela va sans dire. Mais j'aurais été évincé si je n'avais pas brandi l'affaire de ces quatre jeunes femmes disparues. J'ai insisté, en prétendant que j'avais une chance de coincer un dangereux prédateur et, par là même, de retrouver les corps.

— Je regrette de ne pas pouvoir te seconder, déplora Sophie. Je t'aiderai de mon mieux pendant mes heures de liberté.

— Ce sera plus compliqué pour moi, avoua Benjamin. On m'appelle un peu partout dans le département, ce qui m'oblige à laisser Soline toute seule.

Étienne leva les yeux au ciel, visiblement agacé. Il finit sa tasse de café d'un trait.

— J'allais vous poser la question à tous les deux, avoua-t-il. Soline est seule jusqu'à ce soir, et ce sera pareil demain, les jours suivants ? Pourquoi serait-elle en sécurité ? Je te signale qu'en tapant vos noms sur le Net, on tombe facilement sur un article qui évoque votre relation, malgré les précautions de la police locale.

— Tu es sûr ? s'étonna Sophie.

— Oui ! Benjamin Martin, scientifique chargé de surveiller la population des loups, et les recherches de sa compagne, Soline Fauvel qui l'a enfin retrouvé. Le tueur peut aisément localiser ta nouvelle habitation, puisqu'on est presque certains qu'il a rôdé du côté de Servoz. Tu es en danger et Soline encore plus. Je serais toi, j'emmènerais Soline partout où tu vas.

— Mon adresse actuelle n'a pas pu filtrer, affirma Benjamin. L'itinéraire est complexe, et personne ne m'a suivi, ni vous.

— Oui, on est vigilants, renchérit Sophie. Samedi, je lui ai donné une bombe lacrymogène que j'ai achetée. Et Neige est un excellent chien de garde. Il signalera le moindre visiteur.

L'inspecteur secoua la tête, afin d'exprimer le côté dérisoire de ces mesures.

— Vous jouez avec le feu, marmonna-t-il. Sinon, venons-en à l'enquête. J'ai tout repris depuis le début, et l'homme s'est montré à Monique Fauvel pour la première fois à Lons-le-Saunier, devant l'église, en ayant pris soin d'éviter Jacques Fauvel. Je vais donc commencer par interroger les parents adoptifs de ta belle blonde. Je suis certain qu'ils peuvent nous apprendre des choses.

— Si tu pouvais appeler Soline autrement, intervint Benjamin. La qualifier de belle blonde me hérisse et, au fond, c'est un manque de respect.

Douché par la réprimande, Étienne fronça les sourcils en sollicitant d'un regard l'avis de Sophie.

— Je pense la même chose, lui dit-elle. Tu peux tomber le masque, quand nous sommes tous les trois.

— Mais il n'y a pas de masque. La vie nous façonne une personnalité. Gamin, j'ai décidé de lutter contre les criminels ; ça impliquait de m'endurcir, pour avoir la force nécessaire. En entrant dans la police, j'ai atteint mon but.

Sophie et Benjamin firent signe qu'ils avaient compris, mais ils le considérèrent avec compassion.

— N'en faites pas un drame ! s'exaspéra-t-il. Si ça peut vous rassurer, je ferai des efforts pour être moins cynique. On perd du temps. Concentrons-nous sur le tueur. Si c'est le même homme qui a enlevé ces quatre filles d'une vingtaine d'années, blondes aux yeux bleus, c'était par rapport à Soline. Il faut donc recentrer toute l'affaire autour d'elle. La question primordiale : pourquoi la choisir ? Depuis quand fait-il une fixation sur elle ? J'ai établi un point troublant : ces disparitions ont toutes eu lieu entre la date où Soline a quitté Lons et celle, approximative, où elle s'est installée à Combloux.

— Hélas, tu n'as pas de preuve. Il peut s'agir d'un autre type, nota Sophie.

— Laisse-moi terminer ! Si j'ai raison, l'homme renonce à enlever des copies de Soline dès qu'il l'a localisée. Je l'imagine soulagé, ravi de l'aubaine. Elle habite une rue précise, il sait où elle travaille. Il peut l'épier, lui offrir des roses, lui écrire un message. Sa déviance le pousse à croire qu'elle va l'aimer autant qu'il l'aime. De là, maladivement jaloux et possessif, il décide d'éliminer ceux qui osent toucher à son idole. Je vous épargne la liste.

— Je valide ton raisonnement, tout en pensant comme Sophie : il faudrait des preuves. Par quel moyen comptes-tu t'y prendre, pour savoir s'il a enlevé ces quatre malheureuses ? demanda Benjamin.

— Il n'y a qu'une solution possible : débusquer ce taré et le faire parler, rétorqua Étienne. Bizarrement, il n'a pas réagi durant la semaine où nous voulions le piéger, avec Soline. Elle a sans doute vu juste ; il était absent. D'où la déduction qu'il a une vie sociale, un emploi, peut-être même une famille. Le mieux serait de recommencer, jouer encore la comédie pour le faire sortir de ses gonds.

— Si on n'a pas le choix, d'accord mais, cette fois, je serai avec vous dans la maison de Combloux, décréta Benjamin. Bon, je dois bientôt partir. J'ai rendez-vous avec un éleveur à l'heure du déjeuner, et ensuite j'irai inspecter une pâture à l'autre bout du département, cet après-midi. J'appellerai Soline à intervalles réguliers, pour être sûr que tout va bien. Je stresse, maintenant.

Sophie se leva brusquement. Elle montra son téléphone en sortant de la pièce.

— Benjamin, permets-moi d'insister encore, dit tout de suite Étienne à voix basse. Parle à Soline ce soir. Déjà, elle me considérerait différemment, ça pourrait nous aider.

— Non, je ne peux pas faire ça. Elle est enceinte, donc plus fragile psychologiquement, d'après moi. Je suis témoin de ses problèmes nerveux, de ses angoisses. En ce moment, elle est confrontée à des scènes d'un passé lointain, qui se déroulent dans les prés du vallon. Des gens lui apparaissent, et j'en ai froid dans le dos. Pas Soline. Elle décrit le phénomène en le comparant à de très courtes images d'un film muet.

— Je suis au courant ; Sophie me l'a raconté, pendant qu'on installait ton fichu grillage. Je sais aussi pour les visions répétées de l'enfant mort. Benjamin, réfléchis un peu ! Si Soline le voit, lui, elle peut se souvenir tout d'un coup du reste. Reconnais que ce sera très violent, et bien plus risqué. En lui exposant la vérité avec ménagement, tu la mettrais à l'abri d'un choc terrible.

— Peut-être, peut-être pas. Pour ma part, je préfère qu'elle ignore encore longtemps ce drame épouvantable. Je pense au bébé. Nous n'avions pas prévu cette grossesse, mais nous en sommes heureux. Arrête vite le tueur, c'est l'unique priorité.

— Tu es égoïste et lâche, maugréa Étienne.

— Non, tu te trompes. J'aime Soline et je la connais mieux que quiconque.

Sophie fit irruption au pas de course.

— Ne vous battez pas dans mon modeste salon, ironisa-t-elle. J'ai pu changer mon planning, en soudoyant Mathis Derain. Je dois revenir à Chamonix vers 17 heures. D'ici là, je suis libre. Tu peux travailler tranquille, Benjamin ; je vais tenir compagnie à Soline et la défendre contre vents et marées. Ne t'inquiète pas, je vérifierai si on me suit ou non.

— Merci, Sophie, ça me rassure. Je m'organiserai mieux les jours prochains.

— Je suis contente de me balader. Tu fermeras l'appartement, Étienne. Qu'est-ce que tu as prévu, aujourd'hui ?

— D'abord, je vais retourner au bord de l'Arve, là où on a retrouvé le corps du vieux Moïse. Les enquêtes de voisinage n'ont rien donné, aucun témoignage ; mais souvent une seconde visite peut s'avérer fructueuse. Ensuite, je compte récupérer les vidéosurveillances de l'hôpital. Et autant vous avertir : je ne partirai pas pour Lons-le-Saunier sans vous avoir soumis à un test

ADN. Je tiens à comparer vos marqueurs avec ceux relevés sur le mouchoir en papier que j'ai ramassé dans la forêt, près de la clairière.

— Compris, inspecteur, répliqua Sophie en prenant les clefs de son break.

Les deux hommes l'entendirent claquer la porte d'entrée. Ils échangèrent alors un regard complice, qui effaçait leur toute récente prise de bec.

— Tous les prétextes lui vont, quand elle est amoureuse, soupira le policier. Tu sais de qui ? Du bourreau des cœurs, ta précieuse Soline ! Dis-moi, ça ne te dérange pas ?

— Non, ça me fait un peu de peine pour Sophie, mais je ne peux pas être jaloux d'elle, murmura Benjamin. Je sais qu'elle ne dépassera jamais les limites. J'espère qu'elle n'en souffre pas trop. Si son amie Judith s'installait dans la région, ça arrangerait la situation… Autre chose, qui pourrait t'intéresser. Je voulais t'en parler dimanche, je n'ai pas eu l'occasion. Quand il était hospitalisé, Moïse m'a paru troublé par Soline. Il a prétendu avoir rencontré par le passé une jeune femme aussi belle et ça semblait le tracasser. Il m'a recommandé de ne pas lui en parler. Il voulait se souvenir du nom de cette femme. Je me suis interrogé, après sa mort. Si on l'avait assassiné pour le faire taire…

— Bon sang, tu aurais pu me le dire plus tôt !

— J'y ai pensé seulement le soir où vous avez dîné à Combloux, mais après votre départ, plaida Benjamin.

— Qu'est-ce que ça signifie ? s'interrogea le policier. Et si le fait que Soline retrouve la trace de quelqu'un de sa famille, peut-être sa mère, représentait un danger pour le tueur ? Je vais creuser au maximum sur le meurtre de Moïse.

— J'ignore si c'est une coïncidence ou pas, mais c'est aussi ce soir-là que Soline s'est réveillée en hurlant, à cause de la vision de l'enfant, la tête en sang, couché sur la neige…

— Tais-toi, hurla Étienne. Tais-toi, par pitié. Ou bien tu le fais exprès ?

— Je suis désolé, pardonne-moi. J'ai été maladroit. À plus tard, je m'en vais.

Une fois seul, l'inspecteur Dambert se rua dans la salle de bains, nauséeux. Il s'aspergea le cou et le visage d'eau froide, effaçant ainsi les larmes qu'il n'avait pas pu contenir.

— Je te vengerai, Pavel, chuchota-t-il. J'en ai fait le serment, petit frère.

Chalet du vallon des loups, même jour,
une heure plus tard

Sophie s'était garée à une trentaine de mètres du chalet. Satisfaite de son initiative, elle considéra en souriant le bouquet de renoncules rouges et mauves qu'elle comptait offrir à Soline.

Elle apportait aussi de quoi déjeuner : un plat à réchauffer acheté chez un traiteur renommé de Chamonix. Une fois encore, la beauté sauvage du vallon la fascina.

— Un endroit magique, si on apprécie la solitude. Tiens, Neige n'a pas aboyé. Peut-être qu'il est en maraude, avec Barry.

L'ancienne construction, aux boiseries sombres, lui sembla singulièrement silencieuse. Les fenêtres étaient fermées, ainsi que la porte principale. On y accédait par un escalier en pierre, où Sophie s'engagea, un peu surprise de ne pas voir Soline.

Elle pénétra dans la grande pièce, déposa ses achats sur une chaise, tout en appelant son amie. Le berger suisse dévala alors l'escalier qui menait aux deux chambres de l'étage.

— Tu me reconnais, Neige ! Où est ta maîtresse ?

Le chien paraissait calme. Il lui manifesta un peu d'amitié avant de se coucher sur les dalles en pierre qui entouraient l'âtre de la cheminée.

— Soline ! C'est Sophie ! Soline !

Son imagination s'emballa. Elle supposa d'abord que la jeune femme était partie se promener, puis elle se ravisa. Elle aurait emmené son chien si cela avait été le cas.

Les battements de son cœur s'accélérèrent, tandis qu'elle appelait à nouveau. Les remarques d'Étienne lui revinrent, au point de lui causer une véritable crise d'angoisse.

— Tant pis, je monte ! Neige, viens.

Sophie tenta de se raisonner. Jamais le berger suisse ne serait aussi paisible si Soline avait disparu.

À son grand désarroi, les chambres étaient vides. Celle où couchait le couple, à peine aménagée, lui présenta le lit fait, et des cartons empilés le long d'un mur.

— Soline, cria-t-elle, affolée.

Le chien gratta soudain à une porte du palier, faite de planches délavées par le temps. Sophie l'entrebâilla et vit un second escalier.

— Ah oui, ça mène sous les combles ; Benjamin m'en a parlé samedi, mais je n'y suis pas allée.

Sa voix tremblait, tellement elle cédait à une peur panique. Vite, elle monta encore, précédée par le chien. Il faisait sombre, mais elle distingua un ancien lit aux montants de bois, calé sous la pente du toit. Soline était recroquevillée sur le sommier tapissier, en apparence inanimée.

De plus en plus anxieuse, Sophie s'approcha, en recouvrant son sang-froid. Le tueur n'était pas en cause, mais la jeune femme avait pu avoir un malaise.

— Soline ? Soline, réveille-toi !

Par réflexe professionnel, elle prit son pouls, toucha son front, guetta la régularité de sa respiration. Tout lui sembla normal. Soudain, Soline sursauta et se redressa en clignant des yeux. En voyant quelqu'un penché sur le lit, elle poussa un cri de surprise.

— Ah ! C'est toi, Sophie ! Qu'est-ce que tu fais là ?

— Tu dormais ? La peur que j'ai eue ! Tu n'avais pas mis le verrou, la maison paraissait vide, ton chien n'a même pas aboyé quand je suis entrée. J'ai cru que ce malade avait réussi à t'enlever.

Sophie était très pâle, une main posée à hauteur de son cœur qui cognait toujours trop fort.

— Tu aurais pu me prévenir, lui reprocha Soline. Moi aussi, j'ai eu peur.

— Bon sang, je t'ai envoyé un texto !

— Mon téléphone est dans la cuisine, en train de charger.

— Tu te rends compte ? N'importe qui pouvait entrer ici, te faire du mal ! Explique-moi pourquoi tu es montée dans ce grenier poussiéreux ? Si encore tu étais occupée à brasser ces vieilleries qui traînent, mais non, tu dormais, et profondément, car je t'ai appelée plusieurs fois.

Soline s'assit au bord du sommier, avec un sourire rêveur. Elle tapota une place à ses côtés.

— Tu trembles, Sophie, je suis désolée, viens t'asseoir. En fait, hier soir, j'ai lu que la méditation pouvait favoriser des expériences extrasensorielles. Si j'ai choisi de m'allonger ici, ce n'est pas un hasard. J'adore ce grenier, parce que je m'y sens chez moi. Je pense que ces vieilleries dont tu parles sont là depuis une centaine d'années, même davantage.

— Et alors ?

— J'ai pensé que ces vestiges d'une lointaine époque me permettraient de revoir la belle femme blonde qui m'intéresse. Celle qui m'a regardée, au-delà du temps et des technologiques modernes. J'ai pensé à elle très fort, en lui demandant de se montrer. Finalement, j'étais si détendue et absente que je me suis endormie.

— Ou bien tu es tombée dans un état second. Soline, tu sais pourtant que c'est dangereux, ce genre d'expériences ! Tu te souviens du malaise que tu as eu, dans la petite maison de Combloux ?

— Oui, mais c'était aussi un instant extraordinaire, comme si je pouvais franchir l'espace-temps.

— N'importe quoi ! Étienne dit vrai, on ne peut pas te laisser seule ; tu délires totalement avec tes visions du passé. On descend à présent. J'ai apporté de quoi déjeuner. Je te rappelle que tu es enceinte ! Tu dois être deux fois plus prudente.

Neige ponctua la consigne d'un aboiement sonore. Amusée, Soline le caressa, sans toutefois se lever.

— Moi aussi, j'ai des questions. Pourquoi es-tu venue ? Je croyais que tu étais d'astreinte ? Le PGHM n'a plus besoin de sa capitaine ?

— Je me suis arrangée. Benjamin avait peur et il s'en voulait de te laisser seule. Tu l'ignores, mais, ce matin très tôt, nous étions avec Étienne. Il souhaitait nous exposer certains points sur la manière dont il va reprendre l'enquête en cours. Et, en premier lieu, il s'est inquiété pour ta sécurité.

Soline se leva brusquement et fit face à Sophie, qui se figea, impressionnée par les traits durcis de son amie.

— Étienne, toujours lui ! Il vous mène par le bout du nez et ça m'exaspère. Il y a d'autres inspecteurs de police dans le département ! Mais non, on valide la demande de M. Étienne Dambert. On lui fait une exception.

— C'est un très bon flic, Soline.

— Il faut l'espérer. En tout cas, vous lui obéissez dès qu'il claque des doigts ! En partant, Benjamin m'a dit qu'il se rendait directement chez un éleveur, vers les Ayères. Il m'a donc menti. Tu sais quoi ? Vous commencez à me fatiguer tous, avec vos pieux mensonges. C'est le terme qui convient, n'est-ce pas ? Mes parents adoptifs pratiquaient eux aussi le principe. Ne rien dire à Soline, qui est si fragile, de peur qu'elle doive retourner voir un psy ; ne pas l'écouter si elle parle de ses visions. J'ai quitté le Jura en grande partie à cause des non-dits, des silences. Mais ça continue ici !

— Je t'en prie, Soline, ne mélange pas tout.

— Vous me cachez quoi de si grave, Benjamin et toi ? Il m'a même fait promettre de ne plus l'interroger sur votre enfance.

Excédée, Soline n'attendit pas la réponse. Elle sortit du grenier et dévala les deux escaliers, Neige sur ses talons. Sophie resta un moment sous les combles. Enfin, elle se décida à regagner le rez-de-chaussée.

Elle trouva les fenêtres grandes ouvertes. Le soleil égayait le décor rustique. Soline mettait le bouquet de renoncules dans un vase, la mine sérieuse.

— Excuse-moi, je suis très nerveuse en ce moment, lui dit-elle. Et ne me débite pas les banalités d'usage sur mon taux d'hormones, sinon je craque. Merci pour les fleurs, ce n'était pas la peine.

— Je voulais te faire plaisir. Quant à te mentir, non, je ne suis pas comme ça. Mais parfois, on garde certaines choses pour soi. Le fameux « jardin secret ».

— Oui, notamment nos doutes sur nos origines, hasarda Soline, une idée en tête. Kate m'a souvent incitée à rechercher mes vrais parents. Le vieux Moïse aussi. Ce pauvre homme, il s'amadouait, et il est mort, toujours par ma faute.

Embarrassée, Sophie entreprit de mettre le couvert. Elle passa dans la cuisine, en se demandant comment réchauffer les légumes farcis qu'elle avait achetés.

— Tu n'as pas de micro-ondes ?

— Non, Benjamin ne veut pas, il désapprouve, expliqua Soline en la rejoignant. On va utiliser le four de la gazinière. Et toi, pourquoi tu n'essaies pas de retrouver des membres de ta famille ? Pendant la soirée pyjama, à Servoz, tu nous as dit, à Kate et moi, qu'on t'avait placée à trois ans, après le décès de tes grands-parents. Dans ton cas, ce doit être assez facile, tu as un état civil, des noms.

Sophie se détourna, la gorge serrée. Elle hésita avant de répondre, puis elle se lança.

— D'accord, là, j'ai menti. Mais j'avais l'impression que Kate voulait me piéger, en savoir davantage sur ma vie. Soline, cette histoire des grands-parents, je l'ai inventée toute gosse. Je souffrais dès que je côtoyais d'autres enfants, qui, eux, avaient des oncles ou des tantes, des cousins. J'ai raconté ça aussi à Judith, ma compagne épisodique depuis trois ans. Elle doit venir bientôt, alors si tu fais sa connaissance, ne me trahis pas. Je suis née sous X et, comme toi, je n'ai pas eu le courage de faire des recherches.

Partagée entre la compassion et la défiance, Soline opta pour une feinte indifférence.

— Sois tranquille pour Judith. Quel intérêt j'aurais à te contredire sur le sujet. Mais rends-moi un service : ne me traite plus en future maman incapable de se gérer, ou de se défendre. Personne ne comprend combien je serais soulagée de rencontrer le tueur et de l'anéantir.

— Tu es folle ! protesta Sophie, effarée par cet aveu.

— On me l'a déjà dit ! Mais c'est peut-être ma position intolérable qui me rend à moitié folle. Je te propose un exercice très simple. Imagine durant quelques secondes que tu sois responsable de la mort de deux innocents, peut-être même de six innocents. Que ressentirais-tu ? En tant que capitaine du PGHM, as-tu échoué à sauver des gens en danger ?

— Non, ça ne m'est pas encore arrivé. Je le vivrai sûrement un jour ou l'autre, déplora son amie.

— Ce jour-là, tu me comprendras. Je porte ce poids sur le cœur, ajouta Soline. Malgré le faible réconfort de vous avoir secourues, Kate et toi. Alors si je peux agir, je le ferai.

Sophie contempla la mystérieuse et si belle jeune femme qu'elle aimait sans espoir. Avec ses cheveux blonds répandus en vagues souples sur ses épaules, en longue robe blanche, elle lui fit de nouveau songer à une enchanteresse surgie d'un livre de légendes.

Soline était à nouveau seule. Elle avait regardé s'éloigner le break de la capitaine Gally, en espérant voir arriver aussitôt le pick-up de Benjamin.

— Nous avons passé un bon après-midi, malgré mon coup de colère avant le repas, se dit-elle.

Ses pas la menèrent vers la bergerie, désormais au centre de l'enclos grillagé. Neige demeura couché au soleil, sur un rocher plat. Il savait qu'il ne pouvait pas suivre sa maîtresse.

Soline examina les vieux murs du bâtiment. Les révélations que lui avait faites le vieil homme ce matin continuaient de lui trotter dans la tête, et elle cherchait sans se l'avouer des traces d'une fusillade. Barry pointa sa belle tête fauve dans l'entrebâillement de la porte.

— Sors, mon chien, tu es en semi-liberté, maintenant.

Le tervueren lui fit la fête, puis il s'élança à travers l'espace entièrement clos, tapissé d'une herbe sèche. Soline jeta un coup d'œil curieux à l'intérieur. Elle vit la louve debout, comme prête à sortir elle aussi.

— Si tu prenais un peu l'air, Farou, chuchota-t-elle d'une voix douce, afin de ne pas l'effrayer. Je ne toucherai pas à tes petits.

Trois minuscules boules de poils s'agitaient sur la litière de fougères. Soline aperçut leurs paupières entrouvertes sur une prunelle d'un bleu laiteux. Elle recula, pour laisser le passage à la louve. L'animal s'aventura à franchir le seuil, sans grogner ni paraître se méfier de la jeune femme.

— Il y a du progrès, se dit-elle tout bas.

Se faisant la plus discrète possible, elle alla s'asseoir à l'arrière de la bergerie, où coulait un mince filet de ruisseau, entre des berges terreuses.

— Je voudrais tant vivre en paix, avec Benjamin et notre enfant, qui grandirait là, dans ce vallon où je me sens à l'abri de tout. Et surtout qu'il n'y ait plus de victimes, par ma faute et celle de cet homme.

Soline ferma les yeux, invoquant d'indistinctes puissances divines. Un bien-être soudain lui arracha un soupir. Son corps s'abandonna, entraîné dans un abîme lumineux. Elle sut qu'on lui montrait une cérémonie religieuse, car des gens étaient rassemblés sous la voûte harmonieuse d'une église.

Tout de suite, elle vit la femme blonde, habillée d'une élégante robe de couleur mauve. Un mouchoir à la main, son regard clair brillant de larmes, elle semblait bouleversée. Des mariés échangeaient leurs alliances, observés par le curé qui souriait. Puis il y eut un rire d'enfant, léger et cristallin.

— Soline, mon cœur, je suis rentré ! Tu dors ?

La voix de Benjamin ramena brutalement Soline à la réalité ; du moins, celle de leur époque. Il lui faisait signe, de l'autre côté du grillage. Elle cligna un peu des yeux, avant de bondir sur ses pieds.

— J'ai entendu quelque chose ! s'écria-t-elle en courant vers la porte de l'enclos. C'est fantastique, Benjamin, j'ai entendu un rire ! Un rire d'enfant !

Il la reçut dans ses bras, haletante, émerveillée par le prodige qui venait de se passer. Elle se serra contre lui.

— Tu en es sûre, Soline ?

— Mais oui, une petite fille à mon avis, dans les environs. Oh, ce rire, je ne l'oublierai jamais.

— Raconte-moi.

— C'était un mariage, à l'église. La dame blonde était debout au premier rang des bancs, en mauve, un collier autour du cou, en argent. Toujours belle. J'ai aperçu d'autres femmes, et leurs robes arrivaient juste sous le genou. La scène devait se passer dans les années 1930, avant la Seconde Guerre mondiale.

Ils se dirigèrent vers le chalet, en se tenant par la main. D'un geste, Soline indiqua le chemin.

— Ce matin, un très vieux monsieur m'a rendu visite, dit-elle. Il n'est pas monté bien haut, à cause de Neige qui l'a obligé à s'arrêter. Je suis allée lui parler.

— C'est bizarre, d'où venait-il, ton visiteur ? Il n'y a aucune habitation dans les alentours.

— Je n'en sais rien, mais il m'a appris que des maquisards ont été tués près de la bergerie. Je ne pouvais pas m'empêcher d'y penser, alors j'ai voulu bien regarder les murs… Donc ça ne m'étonne pas si on m'a emmenée dans ces années-là !

— Soline, ta façon de présenter les choses m'angoisse ! Je suis désolé, mais si on peut t'y emmener, il y a sans doute un risque que tu ne reviennes pas, ou difficilement, comme l'autre fois, à Combloux.

Elle leva la tête vers lui en souriant. Benjamin était livide.

— Il ne faut pas avoir peur, le rassura-t-elle. Il y a une raison précise, si j'ai droit à ces visions du passé. Je me persuade qu'il s'agit de mes ancêtres. Moïse me l'a dit. Il prétendait avoir de l'instinct pour ça. Il m'a affirmé que j'étais du pays, de Haute-Savoie ou des Alpes. J'aimerais tant que ce soit vrai…

— Calme-toi, mon amour, tu es survoltée, répliqua-t-il en souriant, afin de dissimuler son émotion.

— Comment être calme ? Je suis si contente. Le marié de ma vision, un beau jeune homme très brun, au teint de pain brûlé, il ressemblait à l'adolescent si triste qui m'apparaît ici, sur le chemin. Il avait fière allure, en costume et cravate.

— Et la mariée ?

— Une jolie brune, un peu ronde, les cheveux assez courts, avec un voile et en robe de dentelle blanche. Je n'ai rien vu d'autre ; il y a eu ce rire exquis, tellement joyeux.

— Et j'ai mis fin à tout ça, en t'appelant, hasarda-t-il.

— Peut-être. Je ne t'en veux pas, tu me manquais. J'avais hâte de te retrouver, même si Sophie m'a tenu compagnie. Il ne faut plus qu'elle jongle avec ses horaires à cause de moi. Je n'ai pas besoin d'une protection rapprochée !

La plaisanterie les fit rire. Benjamin, sans la prévenir, souleva Soline pour la porter jusqu'au chalet. Elle dut s'accrocher à son cou.

— À partir de demain, tu viens avec moi sur le terrain, annonça-t-il. Jeudi, je récupère le camion-laboratoire ; je ferai en sorte de passer plus de temps sur place.

— Et là, nous allons où, mon amour ?

— Dans notre chambre ! Je ne me souviens plus si notre grand lit est confortable, il faut l'essayer encore une fois…

*

Quatre-vingt-trois ans plus tôt,
Combloux, église Saint-Nicolas, samedi
17 septembre 1932

Louise admirait la silhouette virile de son fils, dans le costume de qualité que lui avait offert son oncle Antoine, pour le mariage. Clément, à l'aube de ses vingt-neuf ans, épousait la jolie Juliette, la discrète jeune fille qui travaillait à ses côtés au Grand Hôtel de Combloux.

— J'espère que vous apprécierez le menu du repas, souffla sa belle-sœur Jeanne à son oreille.

— Mais oui, ne vous en faites pas, répliqua Louise, gênée.

Elle ne voulait rien manquer de la cérémonie, comblée par l'union qui se déroulait entre les murs de l'église où elle avait tant de souvenirs. Juliette lui plaisait beaucoup et ses parents étaient d'honnêtes commerçants.

« Ici, sur ce même banc, j'ai assisté aux obsèques de notre douce maman, la belle Clémence Marty, à celles de notre père, Jean Favre. Le curé a accepté ; il a fait semblant d'ignorer le suicide, pour évoquer une chute mortelle. Et j'ai épousé Angel Lardet, le berger, à mon cœur défendant, pour légitimer Clément, l'enfant de mon Vittorio. »

Un rire cristallin tira Louise de ses songeries nostalgiques. Sa fille Émeline, ravissante dans sa toilette de tulle rose, venait d'éclater de rire ; une de ses charmantes manies.

Son oncle Antoine secoua une de ses nattes blondes, en guise de réprimande.

— Chut, coquine, murmura-t-il. Tu auras huit ans le mois prochain, il faut être sage.

Le médecin devina que sa nièce saluait ainsi les premiers accords de musique de l'harmonium, sur lequel commençait à jouer l'institutrice du village.

— Pardon, mon oncle, c'est si joli, avoua Émeline.

Il retint un soupir, pétri de regret de ne pas avoir d'enfants. La nature refusait ce bonheur à son couple. Mais Jeanne et lui veillaient avec passion sur la radieuse fillette blonde, puisque le destin l'avait privée de l'amour de son père, Vittorio Mancini.

Le déjeuner avait lieu chez Jeanne et Antoine. Ils habitaient une grande maison, et s'étaient offert les services d'une employée diligente, engagée depuis quatre ans. Pour l'occasion, une adolescente du village la secondait, afin de servir les dix convives de la noce.

Louise, malgré ses protestations, présidait à un bout de la longue table nappée de blanc, ornée des roses. Son frère lui faisait face. À quarante-deux ans, le docteur Favre passait pour un des hommes les plus séduisants de Combloux, à l'instar de sa sœur, que des messieurs, touristes et autres, osaient encore courtiser.

— Quel menu ! s'extasia la mariée, séparée de Louise par son père, ancien colporteur établi comme épicier. Des écrevisses, des aspics de volaille, un gigot d'agneau.

— Et une pièce montée en dessert, renchérit Clément, assis en vis-à-vis de sa jeune épouse.

Ils partaient en lune de miel après le repas. Jeanne leur avait suggéré Paris comme destination, mais le couple s'était promis de séjourner une semaine en Italie.

— Ce sont mes racines, du côté paternel, précisa Clément, car sa belle-mère l'interrogeait sur les raisons de son choix.

— Les miennes aussi, renchérit Émeline, l'unique enfant de la joyeuse assemblée. Je pourrais vous accompagner !

Une hilarité générale suivit la demande de la fillette. Elle se mit à bouder, mais sa tante Jeanne s'empressa de lui donner une explication.

— Ton grand frère et sa femme vont en voyage de noces ; ils ne pourraient pas s'occuper de toi, ma mignonne. Nous irons plus tard, toutes les deux, si tu le souhaites.

La promesse réconforta Émeline, qui adressa un sourire à sa mère. Louise fondit de tendresse. Elle avait perdu Vittorio mais, grâce à lui, à l'amour qui les avait réunis, elle était une maman comblée. Dès son retour, Clément s'était avéré un frère protecteur et affectueux pour sa petite sœur.

— Ma famille, ma chère famille, dit-elle tout bas.

La lumière électrique dansait sur les pampilles en cristal du lustre qui éclairait la table. Sous ces reflets d'or et d'argent, Louise, souriante, parut ce soir-là d'une beauté inaltérable à tous ceux qui la regardaient.

11

Soir de tempête

Quatre-vingt-trois ans plus tard, chalet du vallon des loups, mardi 29 septembre 2015

Benjamin avait repris possession de l'imposant camion qui lui servait de laboratoire et où il lui était arrivé de dormir, une couchette amovible étant prévue. Légèrement endommagé le jour de l'incendie, le véhicule venait d'être remis à neuf et contrôlé. Durant le week-end, Soline l'avait aidé à faire un inventaire de tout le matériel.

Ce mardi matin, assise sur les marches métalliques qui donnaient accès à l'habitacle, elle consultait son téléphone d'un air perplexe.

— Tu ne veux toujours pas venir avec moi ? lui demanda le jeune homme en se campant devant elle.

— Non, je le répète, plus on se montrera ensemble, plus tu seras en danger. Je ne revivrai pas le cauchemar de cet été. Pour l'instant, on dirait que le tueur s'est volatilisé ; il peut préparer je ne sais quoi. On reste prudents.

— Soline, vendredi, il y a la première échographie. Je tiens à être présent. Aujourd'hui, je retourne chez M. Pasquier, près des Ayères ; cet éleveur de moutons à qui tu avais rendu visite, au mois de juillet. Il se souvenait très bien de toi. Je lui ai dit que tu avais récupéré ton tervueren, sans parler de la louve, évidemment.

— Raison de plus pour que je reste ici. Son épouse était gentille, aimable, mais lui, il me regardait d'une manière étrange, insistante. Je n'avais pas apprécié. Non, je ne veux pas y aller. J'ai une foule de projets, aujourd'hui.

Soline se releva en glissant son téléphone dans une des poches du pantalon en treillis qu'elle portait. Benjamin eut un sourire amusé.

— Qu'est-ce que tu as ? s'étonna-t-elle.

— Tes seins sous ce pull blanc sont magnifiques. Ils ont grossi, je crois…

— Oh, tais-toi, je vais rougir.

Ils s'enlacèrent en riant, avant d'échanger un baiser, qu'une soudaine averse interrompit. Soline observa le ciel lourd de nuages.

— Déjà, je vais essayer d'allumer la cuisinière à bois, dit-elle. Si je réussis, ce soir tu auras un gratin savoyard.

— Je reviendrai le plus tôt possible, mon petit cœur. Ne te brûle pas.

— Et toi, fais attention, sois sur tes gardes. Benjamin, on se querelle souvent, je pique des colères pour des bêtises, mais je t'aime, je t'aime tant. Tu es la personne la plus importante pour moi sur terre.

— Je pense la même chose, Soline. Tu es mon amour, la seule femme au monde. N'oublie pas, si un inconnu s'approche du chalet, fais exactement ce qu'on a prévu. Étienne a poussé des grands cris, quand je lui ai expliqué notre système de défense, mais je m'en moque.

Ils s'embrassèrent encore. Cinq minutes plus tard, le pick-up s'éloignait sur le chemin. Vite, Soline reprit son téléphone, pour vérifier si elle avait enfin reçu des messages en réponse aux siens.

— Non, rien ! Où est Kate ? D'habitude elle est plus rapide, ou bien elle me rappelle.

Un bref hurlement retentit dans son dos, ponctué par un aboiement de Barry. Soline virevolta et, malgré la pluie plus drue, elle observa le seuil de la bergerie. Une petite bête brune rampait vers la lumière.

Tout de suite, la louve grogna et ramena à l'intérieur le chétif aventurier.

— Les louveteaux commencent à marcher, mais Farou les empêche de sortir. Ils sont tellement mignons. Je voudrais pouvoir les prendre, les caresser.

Pour la première fois peut-être, la jeune femme eut une conscience aiguë de sa grossesse. Dans sept mois et demi, si tout allait bien, elle donnerait la vie elle aussi.

— Est-ce que je saurai m'occuper d'un bébé ? J'aurai besoin de conseils. Mais qui me les donnera ? Viviane n'a pas eu d'enfants, Kate et Sophie n'ont ni petits frères ni petites sœurs, maman m'a adoptée vers mes six ans.

Dépitée, Soline s'enferma dans le chalet, toujours escortée par Neige. Benjamin avait allumé un feu dans la cheminée, dès son lever, et les flammes d'un jaune orangé égayaient la pièce.

Son ordinateur portable était installé sur une table de taille moyenne, sous une des fenêtres. Elle se prépara du thé, pour se consacrer au travail fastidieux qui l'attendait.

— Étienne se démène dans l'espoir de trouver des indices, mais il n'avance pas, soupira-t-elle. Moi, je fais mon enquête personnelle.

La matinée s'écoula rapidement pour la jeune femme, qui parcourait des dizaines de pages sur son écran, prenait des notes, et cliquait sans se lasser sur des liens susceptibles de l'intéresser.

— C'est incompréhensible ; rien ne correspond, déplora-t-elle à midi. J'arrête, sinon j'aurai la migraine.

Son téléphone, posé près du clavier, se mit à vibrer. Soline vit s'afficher le nom de Sophie. La capitaine Gally claironna un bonjour d'un ton joyeux.

— Salut, répliqua Soline. On ne t'a pas vue depuis plusieurs jours, tout va bien ?

— Oui et non. Je pourrais venir plus souvent te voir ou dîner avec vous deux, mais je respecte votre intimité. Je suis un peu fatiguée, j'ai vécu quarante-huit heures difficiles. Une avalanche sur le massif du Mont-Blanc : six disparus, on en a sauvé cinq. C'était intense. Je préfère éviter le sujet. Et toi ?

— Eh bien, je me suis lancée dans des recherches sur ma petite enfance. Je lis tout ce qui évoquerait un terrible accident, vers la fin des années 1990. Benjamin a suggéré que ce pauvre enfant mort, que j'ai vu, pouvait être une victime lui aussi. J'aurais été traumatisée par son décès et le souvenir me revient. Pourquoi maintenant, c'est le mystère !

Le silence de Sophie aurait pu surprendre Soline, mais elle continua à parler, exaltée par la perspective de mener à bien sa quête, tôt ou tard.

— Je t'assure, je ne trouve rien, soupira-t-elle. J'ai même téléphoné à un grand quotidien de la région. Ceci dit, j'ignore en fait où a eu lieu cet accident. Sophie ?

— Oui, je t'écoute. Mais je t'appelais pour un point précis. Étienne a reçu les résultats de nos tests ADN. Aucun de nous n'a pu perdre ce mouchoir en papier, dans la forêt. Pourtant il y a un marqueur dessus.

— Viviane et mes parents n'ont pas fait de test. Je doute que ce soit Moïse ; il ne bougeait pas des abords du chalet.

— C'était récent, Soline. Quand tes parents et Viviane étaient à Servoz, il y a eu des gros orages. La matière du mouchoir aurait été en plus mauvais état. Étienne est presque sûr qu'il s'agissait du tueur.

Un frisson de crainte rétrospective secoua Soline. Elle se revit entièrement nue, debout dans le clair de lune.

— Tu crois qu'il nous épiait ? demanda-t-elle tout bas.

— Sans doute, ou c'était un braconnier, un promeneur. Ce fichu ADN n'est pas enregistré. Sinon, les petits loups ont changé ?

— Ils ont les yeux ouverts et se déplacent.

— Dommage, on ne peut pas les voir de près. Ah oui, Étienne te fait dire qu'il part pour Lons après-demain. Si tu pouvais ne pas prévenir tes parents de sa prochaine visite. Ne t'inquiète pas, il les interrogera en douceur.

— Lui, ça m'étonnerait, Sophie. Viens dîner quand tu peux ; Benjamin sera content, moi également. Je fais des progrès en cuisine.

Elles bavardèrent encore deux minutes. Après avoir coupé la communication, Soline essaya encore une fois d'appeler Kate. Vaguement inquiète, elle se décida à composer le numéro de la cousine Eudoxie. Par chance, Viviane décrocha.

— Tiens, ma gamine, comment vas-tu ? Tu n'as pas d'ennuis au moins ? On cause rarement, nous deux !

— Viviane, je suis navrée, j'ai tant de choses à faire. Et comme je suis tenue à demeure, par force, j'en profite pour jouer les femmes au foyer. Je nettoie, je cueille des fleurs, je tente des recettes. Le chalet où nous sommes vous plairait beaucoup, il est très ancien. J'espère que vous pourrez le visiter avant l'hiver.

— Kate m'a montré des photos sur son téléphone. Tu peux lui en envoyer de nouvelles, des petits de Barry et de la louve ; ça m'amuserait. Ah, Eudoxie me fait signe, je dois passer à table.

— D'accord, mais Kate ne répond pas à mes messages, elle n'est pas souffrante ? Si vous pouviez lui dire de m'appeler.

— Dès que je sais où elle est, ma belle, je transmets. Je te laisse, on déjeune à l'heure ici.

Au même moment, Neige aboya frénétiquement. Soline regarda par la fenêtre. Elle n'avait pas entendu de voiture et le chemin était désert. Des coups résonnèrent contre la porte.

— Qui est-ce ? murmura-t-elle. J'ai mis le verrou. Le facteur… ? Impossible, Benjamin fait envoyer son courrier en poste restante.

Le berger suisse continuait à aboyer, mais Soline ne s'y trompa pas. Il connaissait le visiteur ou la visiteuse. Elle plaqua sa main sur le battant.

— Qui est là ?

— Surprise ! fit une voix éraillée et familière. On s'invite à casser la croûte !

— Kate ? Je n'y crois pas.

Soline ouvrit en grand, pour se trouver nez à nez avec son amie, un gros sac sur le dos. Sophie se tenait en arrière, toute souriante.

— Je viens passer quelques jours chez vous, ma puce, annonça Kate, radieuse.

— Tout le monde était dans la confidence ? hasarda Soline en étreignant son amie. Je viens de parler à Viviane, qui a joué la comédie, et toi, Sophie, tu m'as appelée tout à l'heure.

— Je voulais être certaine que tu sois là. On a fait des folies : des gâteaux, des jus de fruit, et du saumon fumé.

— Et si Benjamin et toi, vous êtes d'accord, renchérit Kate, demain soir, on organise un dîner. Je cuisinerai, bien sûr.

Haute-Savoie, près d'Yvoire,
le lendemain, mercredi 30 septembre 2015

Il pleuvait sur l'immense lac Léman. L'homme, au volant de sa voiture, avait jeté un regard mélancolique sur l'étendue grise et mouvante, piquetée par les assauts de la pluie. Son humeur s'en était ressentie car, souvent, le spectacle du lac lui rappelait sa mère.

Ce jour-là encore, ce qu'il nommait le maléfice avait resurgi. À peine enfermé dans la pièce où il rendait un culte à Soline, et ce depuis plusieurs mois, il avait éprouvé une douleur au cœur.

— Maman, pourquoi tu m'as laissé ? gémit-il. Tu aurais dû rester avec nous, longtemps.

La poitrine prise dans un étau, l'homme espéra trouver de l'apaisement en contemplant les photographies de Soline. Il avait commandé de nouveaux tirages, sans avoir eu le courage de se débarrasser des clichés qu'il avait lacérés au début du mois.

— Ma beauté, mon ange, murmura-t-il. Tu m'as trahi, mais je ne t'en veux pas. J'ai été trop timide, les roses n'ont pas suffi. Et parfois je m'en vais loin de toi, pour ne pas commettre de fautes fatales.

Il appréhendait d'être démasqué et arrêté. Il lui fallait des heures de réflexion afin de mesurer les risques éventuels de ses plans.

— J'aurais pu me faire prendre, à cause de ce vieux type, Moïse Blanc-Talon. Comment être certain que personne ne m'a vu, quand je l'ai entraîné au bord de l'Arve… La police fouine partout. Il y a un inspecteur venu de loin.

Ses nerfs le torturaient. Redoutant une crise, il avala un cachet et alluma un cigarillo.

— Je dois éviter de tuer ce flic, et je ne peux pas toucher à l'autre ; celui qui ose me voler Soline.

Un sourire grimaçant sur les lèvres, l'homme s'empara d'une feuille de papier, posée sur la table. Il avait pu agrandir le portrait de Benjamin Martin, pour l'imprimer. Soudain exalté, il accrocha l'image un peu floue sur le mur.

— Je sais comment me détendre, se réjouit-il. J'ai ce qu'il faut.

Il ouvrit sa mallette et en sortit des fléchettes, achetées le matin même.

— Tu vois, maman, je m'amuse. Tu te souviens, papa nous avait acheté un jeu de fléchettes. Je visais mal, il se moquait de moi. Je me suis exercé.

L'homme lança plusieurs projectiles, sans jamais manquer le portrait de Benjamin. Il poussa un cri de victoire quand il toucha un œil. Enfin, lorsque la feuille de papier fut criblée de pointes acérées, il ferma les yeux.

— Pardon, maman.

Il la revit sur son lit d'agonie, tellement blanche, la bouche d'une étrange nuance de mauve. Sa mère à la santé délicate, partie trop tôt. Si blonde elle aussi, le regard d'un bleu pâle.

— Toi, tu aurais empêché papa de me faire du mal, de tout gâcher, maugréa-t-il. Chienne de vie.

L'émotion l'affaiblissait et il ne pouvait pas se le permettre. Avec un soupir exaspéré, il arracha les fléchettes, puis il froissa l'image honnie de Benjamin Martin.

— Soline me suivra au bout du monde, moi seul. Je serai bientôt prêt.

D'un doigt, il caressa le poster de son idole, nue sous la lune. Ces formes superbes, il se promettait de les vénérer, de les respecter.

— Si tu es sage et gentille, je ne tuerai plus personne. J'étais stupide d'être jaloux de ceux qui avaient la chance de vivre près de toi. Tu devais avoir peur, toute seule. Je suis toujours jaloux, mais le plus important, c'est de rester libre, qu'on puisse s'envoler tous les deux, très loin. Ma beauté, mon rêve absolu.

La fatigue le terrassa. Son ivresse meurtrière, si prompte à s'éveiller, lui causait des soucis, dès qu'il s'enfermait dans cette pièce, dès qu'il n'endossait pas son autre personnalité.

— À bientôt, Soline. Tu te caches je ne sais où, je n'ai pas besoin de chercher, car tu vas venir vers moi.

La gorge nouée, il se tut, en plaquant sa main sur le poster, à hauteur des seins ronds de son idole.

— Je ne te ferai plus de mal, murmura-t-il. Jamais…

Chalet du vallon des loups, même jour, le soir

Kate parcourut encore une fois la grande pièce où aurait lieu le dîner qu'elle avait préparé avec soin. Benjamin l'avait aidée à descendre du grenier une table ronde, vermoulue, qui était dissimulée sous une paillasse éventrée. Nettoyé, couvert d'une nappe, le meuble était parfait pour six convives.

Les miroirs faisaient encore défaut dans le chalet, mais Kate s'était observée de son mieux grâce à celui de la future salle de bains ; en l'occurrence, un antique cabinet de toilette, aménagé par Soline avec les moyens du bord.

— Mon maquillage est discret, ma coiffure réussie, se dit-elle. Et cette nouvelle robe me va bien, madame Vivi me l'a répété.

Benjamin rentra au même moment. Il venait de nourrir Barry et la louve, sous une pluie battante.

— Nos invités ne vont pas tarder, annonça-t-il. Sophie m'a envoyé un texto. Je remets du bois dans le feu.

— Oui, s'il te plaît.

— Tu es ravissante, Kate !

— Merci. Le chemin ne glissera pas trop pour monter en voiture ? Et cet hiver, quand il neigera, comment ferez-vous ?

— Ne t'inquiète pas, on s'équipera. Où est Soline ?

— Toujours là-haut. Je crois qu'elle devait téléphoner à sa mère.

— Je monte me changer, précisa Benjamin en ôtant son ciré ruisselant. Je suis affamé. Je ne sais pas ce que tu as préparé pour le repas, mais ça sent très bon.

— Vous aurez la surprise.

Elle ponctua sa réponse d'un clin d'œil malicieux, avant de se retourner dans la cuisine. Le jeune homme grimpa l'escalier en toute hâte. La présence de Kate était vivifiante, et il était heureux de la savoir là jusqu'au lundi.

— Soline, tu es prête ? demanda-t-il en se glissant dans leur chambre, dont la porte était entrouverte.

— Oui, mon amour.

Il fut saisi par sa beauté. Soline, par la force des choses, s'habillait au quotidien de manière simple et pratique. Elle avait choisi, ce soir-là, d'être élégante.

— J'ai abusé ? s'alarma-t-elle devant son expression éblouie.

— Pas du tout, tu es sublime. D'où sort ta robe ? Je ne l'ai jamais vue. Ni ce collier de perles !

— Ce sont des cadeaux. Kate me les a donnés hier soir, tu dormais déjà. Elle a acheté la robe de la part de Viviane, qui a insisté pour m'offrir le collier. Il lui appartenait, et elle s'en sépare pour moi. J'en ai pleuré. Il est magnifique.

Benjamin l'enlaça tendrement, en déposant un baiser sur son front. Il caressa sa chevelure de miel, soyeuse sous ses doigts.

— Tu pleures souvent, en ce moment, chuchota-t-il à son oreille. Soline, je t'aime et je te chérirai toujours. Mais je vais faire des jaloux ce soir. Alban et Étienne en perdront le souffle.

— Ah non, dans ce cas, j'enlève tout et j'enfile un pantalon et un pull. Kate a organisé ce dîner dans l'espoir de plaire à Alban. Je refuse de lui faire de l'ombre. C'est mon amie, ma sœur, comprends-tu ?

— Sois tranquille, vous êtes différentes, mais toutes les deux pleines de charme et très jolies. Alban a dû se résigner ; quant à Étienne, je ne le crois pas du style à vouloir séduire la femme d'un autre.

— Si tu le dis, murmura Soline. J'entends une voiture, allons accueillir nos invités.

Kate s'était empressée de sortir sur la galerie couverte, pour assister à l'arrivée de leurs convives. Dans sa robe en lin noir, elle fut saisie par le vent froid. La pluie diluvienne mettait fin à son projet de courir vers Alban, pour le saluer le premier et, comme par inadvertance, l'embrasser sur les joues, deux fois, à la mode locale.

Sophie se précipita vers l'escalier en pierre, en s'abritant de sa veste. Étienne et Alban firent de même.

— Entrez vite au chaud ! s'écria Kate. Asseyez-vous près du feu. Quel sale temps !

— Ils annoncent une sérieuse tempête, lui précisa Alban. Nous sommes venus quand même. Je suis content de te revoir, Kate ; pardon, de vous revoir.

— Non, on se tutoie, c'est plus sympathique, protesta-t-elle, le cœur battant à grands coups.

Étienne émit un sifflement appréciateur devant la table ronde où le couvert était déjà mis. Des feuilles de lierre décoraient la nappe à carreaux rouges et blancs.

— Donnez-moi vos vestes, je vais les suspendre au portemanteau, proposa Kate en secouant ses boucles brunes.

— Tu es une parfaite maîtresse de maison, la complimenta le policier, ça change de Soline.

— Ne commence pas, Étienne ! s'insurgea Sophie. Ce serait bien de passer une soirée agréable.

— On n'a plus le droit d'être lucide, marmonna-t-il. Chacun ses qualités ; ce n'était pas méchant.

Benjamin descendait l'escalier intérieur, précédant Soline d'une marche, qui, souriante, fit son apparition. Toute vêtue de bleu, un chignon natté dégageant son cou et la naissance de ses épaules, elle était resplendissante. Le tissu souple épousait les formes de son corps. Les perles rehaussaient son teint doré.

— Tu es superbe, lui dit Sophie en l'embrassant. J'adore le contraste ! On roule sous le déluge, dans la boue, on traverse une sombre forêt de sapins pour entrer dans un vieux chalet et là, nous attend une figure de mode, aux allures de mannequin.

— J'ai pensé la même chose en voyant Kate, indiqua Alban.

— Merci, c'est gentil, dit celle-ci en frémissant d'une joie incrédule. Je vous sers l'apéritif, installez-vous. Du kir, bien sûr, car j'ai rapporté de la liqueur de cassis de Dijon et un excellent vin blanc.

— Moi, j'ai acheté une bouteille de pétillant à la myrtille pour la future maman, déclara Sophie.

Soline s'efforça de sourire et de remercier, mais s'entendre désigner ainsi l'avait gênée. Benjamin la fit asseoir sur le canapé flambant neuf, acquis en fin de matinée dans un magasin de Chamonix.

— Nous sommes un peu superstitieux, argumenta-t-il en prenant place près d'elle. Ne parlons pas trop du bébé, c'est un sujet intime. Alors, Étienne, prêt pour visiter Lons-le-Saunier ?

— Impatient surtout de rencontrer Monique et Jacques Fauvel, répliqua le policier. Je pourrai leur parler de leur charmante fille adoptive.

— Je t'en prie, pas un mot sur ma grossesse ; c'est trop tôt pour leur annoncer, s'inquiéta Soline.

— Évidemment, j'ai quand même un minimum d'éducation.

— Permets-moi d'en douter, Étienne.

— À ta guise, continue à me considérer comme un mufle. Bien, ceci dit, on peut se pencher sur mon enquête, si ça ne dérange personne, ironisa-t-il. J'avance à très petits pas, mais j'avance malgré tout. Je suis désolé, Benjamin, ça concerne le meurtre de Moïse. Les vidéos de surveillance de l'hôpital n'ont rien donné. Je m'en doutais un peu ; nous avons affaire à un criminel efficace, prudent. Il a pu rendre visite à Moïse en se déguisant en infirmier. Une chose est sûre : votre vieux bandit a quitté l'établissement seul et de son plein gré.

— On a pu l'attirer dans un piège, en fixant un rendez-vous, hasarda Kate.

— Tout à fait, répondit Étienne. Je suis retourné interroger les gens qui habitaient à proximité du lieu où on a trouvé le corps, et là, j'ai obtenu un témoignage intéressant. La personne en question était absente lorsque les gendarmes sont venus. Ils ont eu affaire au mari de cette femme.

Soline prit la main de Benjamin pour le réconforter. Elle se découvrait étonnamment sensible aux ondes de chagrin qui émanaient de lui. Tout de suite, il lui dédia un faible sourire, avec de la gratitude au fond de ses yeux noirs.

— Oui, cette femme m'a confié avoir assisté à une scène bizarre, poursuivit Dambert après avoir bu son verre de kir d'un trait. Une querelle entre un vieillard vêtu assez correctement et un individu plus jeune, qu'elle a qualifié de « zonard ». Il paraît que l'été, pas mal de types louches traînent au bord de la rivière, avec leurs chiens. Ce genre de spectacle l'effrayant, elle a préféré coffrer ses volets. Ensuite, elle est partie pour des emplettes dans une grande surface. À son retour, elle n'a rien remarqué d'anormal à l'endroit où avait eu lieu la scène.

— Mais son mari a dû lui parler de la visite des gendarmes, nota Alban.

— Il paraît qu'elle n'aurait pas fait le rapprochement, soupira Étienne. Je pense plutôt qu'elle avait peur de témoigner. Hier, la police scientifique est retournée là-bas, pour passer la berge au peigne fin.

— On pourrait changer de sujet, à présent ? suggéra Soline.

— Mais je n'ai pas fini, protesta-t-il. J'ai des questions pour toi, Kate. Tu pleurais pendant les obsèques de Moïse. J'en déduis que tu l'appréciais. Selon Sophie, vous étiez même bons camarades, à Servoz ! Il ne t'aurait pas parlé de son passé ? De n'importe quoi, en fait, susceptible de m'aider ? Cherche bien, je t'en prie.

Étienne Dambert changeait de ton quand il s'adressait à son amie Sophie ou à Kate. Le constatant, Soline se demanda pour quelle raison il se montrait aussi méprisant et moqueur envers elle seule.

— On blaguait beaucoup, surtout, hasarda Kate. Une fois, il m'a avoué qu'il avait fait de la prison.

Ils la regardaient tous attentivement, dans l'espoir d'un renseignement inédit.

— J'essaie de me souvenir, soupira-t-elle, troublée. Pauvre Moïse, au fond il était content que je passe du temps avec lui. Bien sûr, il m'a parlé de la mort de son petit garçon, Pierrot, de celle de sa femme peu après, mais pour le reste. Ah si, un soir il m'a dit aussi qu'il n'avait jamais rien fait de mal, mais…

— Oui, raconte, ne crains rien, l'encouragea Étienne.

— Je suis désolée, il avait bu et il était grossier, expliqua Kate en jetant un coup d'œil soucieux sur Alban. Voilà, Moïse m'a dit, je le cite, qu'un salaud de la pire espèce l'avait envoyé en taule. Un homme très riche chez qui il avait travaillé, devenu veuf. Ensuite, il s'est muré dans le silence. Ce devait être la veille de l'incendie.

— Super, je te remercie, déclara le policier en lui souriant. Non seulement tu es adorable, mais, en plus, tu m'apportes un élément important. Ne te vexe pas, Soline, je pensais qu'une visionnaire serait à même d'aider la justice.

— Désolée, Étienne, je ne suis ni vexée, ni médium, rétorqua la jeune femme. Maintenant, tu pourrais m'expliquer pourquoi tu m'agresses ainsi ? Si l'un de nous deux devait en vouloir à l'autre, ce serait plutôt moi.

— Calmez-vous, on dirait des gosses qui se chamaillent, voulut plaisanter Sophie.

— Non, je suis de l'avis de Soline, protesta Benjamin. Tu es impoli et hargneux, et ça m'agace.

Soudain, le vent hurla dans le conduit de la cheminée. Une violente rafale s'y engouffra, faisant se coucher les flammes quelques secondes, puis elles reprirent leur danse en crépitant.

Les lampes électriques clignotèrent avant de s'éteindre.

— Zut, une panne de courant, déplora Kate. Sans le feu, on serait dans le noir. Il fait déjà nuit, en plus.

— C'est la tempête annoncée, précisa Sophie. Vous avez des bougies ? Si un poteau est tombé, personne ne viendra le réparer ce soir.

Soline se leva et alla fouiller un placard mural, aussi ancien que le chalet. Elle ramena un paquet de bougies rouges.

— Eh bien, on va dîner aux chandelles, dit gentiment Alban. Soyons positifs.

— Mais je voulais mettre de la musique, pendant le repas, se désola Kate.

Elle se réjouissait cependant de l'ambiance plus intime, de la pénombre complice. L'homme qui l'attirait semblait disposé à se laisser séduire. Le cœur en fête, elle décida de servir le premier plat : un velouté de potiron.

Après une demi-heure, comme par l'effet du déchaînement de la tempête, une meilleure atmosphère régnait. Étienne avait marmonné des excuses à la cantonade, prétendant qu'il était de mauvaise humeur.

— Neige ne semble pas très inquiet, nota Alban. Pourtant certains chiens réagissent mal s'il y a de l'orage.

— Là, c'est différent d'un orage, dit Soline. S'il y avait du tonnerre et des éclairs, il serait couché à mes pieds.

Elle était obligée de hausser le ton, tellement le vent hurlait à l'extérieur. De véritables coups de boutoir ébranlaient les bardages séculaires du chalet.

— J'ai entendu un bruit terrible, s'alarma Benjamin. Ce doit être un arbre qui s'est écroulé. Je vais voir.

— Non, attends un peu, je sers le gratin, se récria Kate.

— Commencez sans moi. Le camion a pu être endommagé.

— Je t'accompagne, proposa Alban qui se leva aussitôt. J'aurais l'impression de reprendre du service.

— Soyez prudents, recommanda Soline, en débarrassant les assiettes creuses.

Étienne fixait la flamme d'une bougie, pour ne pas suivre des yeux la jeune femme qui s'éloignait vers la cuisine. Il s'en voulait de la désirer, de la trouver aussi belle.

— Les tempêtes me portent sur les nerfs, soupira Sophie. Je m'autorise une cigarette, assise sous le manteau de la cheminée ; en principe, je ne vous enfumerai pas.

— Mais oui, tu as raison, renchérit Kate en riant. Tu m'en offres une ?

Soline fut soulagée d'être seule dans la pièce voisine, éclairée par deux bougies. Elle but un verre d'eau, attentive aux sifflements du vent.

— J'ai eu une vision, mais je n'en parlerai pas, murmura-t-elle. À quoi bon ? C'était le marié de l'autre jour, ce bel homme très brun. Il n'avait plus de moustache et il nettoyait un fusil, assis devant une grange. Un chasseur ou un maquisard…

L'énorme cuisinière en fonte émaillée ronflait, garnie de bûchettes de chêne. Elle dégageait une chaleur rassurante, par ce déluge qui annonçait l'hiver.

— Je voudrais être enfermée ici par des monceaux de neige, seule avec Benjamin, délivrée de la moindre crainte, se dit tout bas Soline.

Une main amicale se posa sur son épaule. Kate venait vérifier la cuisson de son gratin.

— Ma puce, as-tu une lampe de poche ? On n'y voit rien ici. Je ne veux pas que ce soit trop grillé.

— Sinon Alban estimera que tu es une piètre cuisinière et se désintéressera de toi.

— Tu te moques ! Soline, il m'a dit des choses gentilles, ce soir. Ah, un vrai gentleman ! Je crois que je tombe amoureuse.

— Sincèrement, Kate, c'est quelqu'un de bien. Droit, scrupuleux, galant. Il a envie d'une relation stable à mon avis et sans doute de fonder une famille.

— Moi aussi, ma puce, j'approche de la trentaine.

— Tu es une perle, généreuse et très jolie. En plus, Alban sait tout de ton passé ; tu n'as pas à lui faire de confession sur la période où tu te droguais. Il t'a vue à moitié morte dans la neige, sur un lit d'hôpital. Tu ne te rends pas compte à quel point tu as changé, au contact de la cousine Eudoxie et de notre Viviane.

— Il l'a peut-être remarqué ?

— J'en suis certaine. Sors le gratin, Benjamin et Alban ne vont pas tarder à revenir. Au sujet d'Étienne, tu es d'accord avec moi, Kate ? Il m'en veut. Parfois il me lance des regards qui me font froid dans le dos.

Son amie était au courant du baiser qui avait valu deux bonnes gifles à l'inspecteur Dambert.

— Tu te trompes, ma puce ; je parie pour le contraire. Il ne t'en veut pas, il te veut. Comme tu es enceinte et très éprise de Benjamin, il enrage.

— Non, il y a autre chose, Kate. Viens, retournons à côté, on abandonne Sophie.

Benjamin et Alban, quant à eux, inspectaient les alentours du chalet. Mal équipés pour affronter la pluie et les bourrasques, ils s'apprêtaient à renoncer.

Une dernière fois, le jeune scientifique balaya du faisceau blanc de sa lampe torche les pâtures, la lisière de la forêt, puis l'extrémité du chemin.

— J'en étais sûr ! cria-t-il. Regarde, un grand sapin est tombé. Je crois que vous ne pourrez pas repartir. On ne peut pas dégager le passage dans la nuit et par ce temps.

— La ligne électrique a dû être coupée plus bas. Les installations ne sont pas fameuses, dans ce secteur.

— Déjà, j'ai pu obtenir qu'on nous rétablisse le compteur, précisa Benjamin. Bon, rentrons. Sophie et Étienne ne vont pas apprécier la nouvelle. Je suis navré si ça vous cause des ennuis sur le plan professionnel.

— On avisera, ce n'est pas ta faute. Excuse-moi si je suis indiscret, mais il y a un passif problématique entre l'inspecteur Dambert et Soline ? Ils semblent à couteaux tirés, comme on dit.

— Non, nous avons fait sa connaissance au début du mois, mentit Benjamin sans hésiter. C'est un ami de longue date de Sophie. Elle me l'a dépeint comme un écorché vif, rendu amer par son poste à la brigade des mœurs. Il doit être un peu misogyne. Soline tolère difficilement ses manières, son penchant pour l'ironie. Ils ont dû se prendre en grippe durant la semaine où ils ont joué au couple, pour piéger le tueur.

— Ce fameux tueur insaisissable, marmonna Alban. Merci, je comprends un peu mieux. Sinon, Kate s'est métamorphosée depuis la première fois où je l'ai interrogée, à l'hôpital. Je suis content pour elle.

— Oui, j'ai beaucoup d'affection pour elle. Je voudrais lui proposer de rester deux ou trois jours de plus ici, auprès de Soline.

Alban approuva d'un « oui » murmuré. Il n'était pas mécontent de devoir passer la nuit au chalet. Ce ne fut pas du tout le cas d'Étienne.

— Quoi, on est bloqués là ? Il faut virer ce sapin du chemin. J'avais un rendez-vous demain matin, s'insurgea-t-il.

— Moi, je devais être à 10 heures au PGHM, ajouta Sophie. Vous êtes sûrs, il n'y a pas de solution ?

Personne ne vit Kate jubiler dans l'ombre. Son gratin fumait sur la table, doré à point. Imperturbable, Soline ne se mêla pas au débat. Elle avait eu l'intuition que ce ne serait pas une nuit ordinaire.

Soline était allongée contre Benjamin, dans le noir absolu. Elle écoutait la pluie ruisseler sur le toit, heureuse d'être à l'abri, bien au chaud près de son amoureux endormi. Le vent s'était calmé.

Un petit sourire lui vint sur les lèvres, en songeant aux discussions animées ayant présidé à l'hébergement imprévu de leurs trois invités. Sophie, qui ne se déplaçait pas sans son duvet de montagne, avait tenu à coucher dans le grenier, sur le sommier poussiéreux.

— Il y a de la place dans ma chambre, s'était récriée Kate. Tu seras mieux.

De son ton impérieux, la capitaine Gally s'était obstinée, se disant rompue aux conditions les plus pénibles. Alban avait choisi la couchette du camion-laboratoire, en empruntant un duvet à Benjamin. Quant à Étienne, la mine hostile, il avait fallu un digestif pour le dérider. Il avait élu domicile sur le canapé neuf.

— J'entretiendrai le feu et, dès l'aube, j'irai tronçonner ce maudit sapin.

Incapable de trouver le sommeil, Soline se disait que les caractères respectifs des uns et des autres se révélaient dans ce genre d'imprévus.

Elle était encore perdue dans ses pensées quand il lui sembla entendre des voix au rez-de-chaussée. Intriguée, Soline se releva et quitta la chambre sur la pointe des pieds. Elle descendit en prenant soin de ne pas faire grincer les marches.

Neige signala la présence de sa maîtresse dès qu'il perçut son approche. Étienne, debout au milieu de la pièce, la vit se pencher : apparition presque fantomatique dans une longue chemise de nuit blanche.

— Soline, je t'ai réveillée ? demanda-t-il.

— Non, mais tu parlais tout seul, je t'ai entendu.

Il hocha la tête, l'air contrarié. Ensuite il alla s'asseoir sur la pierre de l'âtre.

— Je suis désolé, ça m'arrive souvent ; une sale manie quand je fais de l'insomnie. Des souvenirs remontent à la surface, me rendent malade. Alors je délire un peu.

— Étienne, qu'est-ce que je t'ai fait ? J'ai senti comme de la haine, par instants, dans ton regard. Dis-moi.

— Je ne peux pas. Je voudrais bien te répondre, mais on me l'a interdit. Tu ferais mieux de remonter te coucher…

Mais Soline n'en avait pas l'intention. Elle prit place à côté de lui, pour le dévisager, en quête d'une vérité qu'on lui refusait.

*

Quatre-vingt-trois ans plus tôt,
Combloux, samedi 22 octobre 1932

Toute la famille s'était réunie chez Jeanne et Antoine Favre pour l'anniversaire d'Émeline. La petite fêtait ses huit ans et trônait en bout de table, vêtue d'une jolie robe en lainage rouge à col blanc.

Ses nattes blondes relevées autour du front, elle fixait le magnifique gâteau nappé d'un glaçage rose, pour ne pas trop regarder du côté des cadeaux emballés. Sa mère et sa tante avaient posé les paquets sur une desserte. Il lui fallait d'abord souffler ses bougies, sans montrer son impatience.

— Quand j'avais ton âge, déclara son oncle Antoine, on ne célébrait pas les anniversaires. Tu as de la chance, Émeline.

— Tu as la mémoire courte, protesta Louise. Nicolas et moi, on essayait de t'acheter des gommes au réglisse ou une babiole, pour marquer la date.

— J'ai dû oublier, je me souviens surtout d'un soir où tu avais fait une brioche aux grains d'anis. Nicolas m'avait offert un harmonica.

— C'était le 17 septembre 1896, le jour de tes six ans.

Le frère et la sœur échangèrent un coup d'œil attristé car, ce même soir, leur père s'était pendu dans le grenier. Clément, qui avait appris le drame au cours de son adolescence, lança une plaisanterie pour parer à toute mélancolie.

— Et je te rappelle, mon cher oncle, que j'ai épousé ma jolie Juliette le jour de tes quarante-deux ans.

— J'étais la seule à m'en être aperçue, affirma Jeanne de sa voix douce. Quand je l'ai dit à Antoine, il m'a recommandé de ne pas en parler.

Le déjeuner était terminé, mais les adultes discutaient sans penser au gâteau, ce qui exaspérait l'attente d'Émeline.

— Pourquoi je n'ai jamais vu l'oncle Nicolas ? interrogea-t-elle subitement, pour attirer l'attention.

Un silence désemparé fit écho à sa question. Louise avait eu soin de ne pas évoquer les tragédies qui avaient ponctué leur vie par le passé.

— Nicolas a été tué à la guerre, Émeline, expliqua Antoine. Ta maman te l'aurait dit plus tard, quand elle t'estimerait assez grande pour comprendre.

— C'est comment, la guerre ? insista la fillette.

— Tu n'as pas besoin de le savoir, trancha Clément. Notre mère évite le sujet et elle a raison. Je peux juste te dire que c'est affreux. Si nous goûtions ton gâteau ?

Le cœur serré, Louise remercia son fils d'un regard, puis elle se leva, imitée par Jeanne.

— Il manque les bougies, indiqua cette dernière.

Les deux femmes se rendirent à la cuisine, de l'autre côté du couloir. Elles trouvèrent l'employée de maison qui commençait à laver les assiettes, sanglée dans un large tablier gris.

— Je vous garde une part de dessert, Aglaé, lui confia Louise.

— Ce n'est pas la peine, madame Mancini. Pensez-vous, je ne suis pas de la famille.

— Mais si, je ne sais pas comment je me débrouillerais sans vous, renchérit Jeanne.

Lorsqu'elles traversèrent à nouveau le couloir au carrelage rouge, la timide épouse du docteur Favre arrêta sa belle-sœur, en lui prenant le bras.

— Ma chère Louise, chaque anniversaire de ma filleule ravive ma douleur de ne pas avoir d'enfant. Vous qui avez des visions de l'avenir, pourriez-vous me dire si…

— Je vous en prie, Jeanne ! Je suis incapable d'établir des prédictions. J'ignore pourquoi Dieu vous prive de la joie d'être mère, mais je n'ai rien vu qui vous concerne. Je note dans un cahier les scènes qu'on me montre. Hélas ou par bonheur, on ne me révèle pas le sort des miens, de ceux que j'aime. De plus, je crois qu'on ne peut pas changer le destin. Sinon, j'aurais pu empêcher Vittorio d'aller travailler à la carrière, le matin où il est mort.

— Excusez-moi, je suis tellement malheureuse.

Compatissante, Louise prit la main de Jeanne. Soudain saisie d'un frisson, une image lui apparut.

— Seigneur, murmura-t-elle. Quelle horreur !

— De quoi parlez-vous ?

— Une autre guerre, des avions qui bombardaient une cohorte de gens, encombrés de bagages. Les pauvres marchaient sur une route ; ils étaient des centaines. Mon Dieu ! Jeanne, vous m'êtes apparue dans un éclair d'une seconde, une toute petite fille à votre cou. Elle était blessée au front, et ses cheveux étaient très noirs, bouclés.

Jeanne Favre étreignit sa belle-sœur. Elles avaient toutes les deux envie de pleurer. Mais Clément les appela.

— Notre fêtée s'impatiente, ajouta-t-il.

Enfin Émeline Mancini put souffler ses huit bougies. Son oncle Antoine, possesseur d'un appareil photo, immortalisa le tableau, grâce à une ampoule au magnésium, censée fournir plus de lumière.

L'enfant blonde déballa ses cadeaux avec le sourire d'une princesse entourée de sa cour. Elle avait reçu des livres de la comtesse de Ségur, un baigneur en Celluloïd dont elle rêvait et une boîte de pâtes de fruit. Le dernier paquet contenait un étui en cuir qui protégeait un harmonica.

— C'est le mien, précisa Antoine. Celui que j'ai eu à mes six ans.

Émerveillée, Émeline le tendit à son oncle, en lui souriant.

— Tu veux bien nous jouer un air ? minauda-t-elle.

Le médecin s'exécuta, ému. La musique mélancolique d'une ancienne chanson s'éleva dans la salle à manger.

— « La Paimpolaise », soupira Louise, les larmes aux yeux. Tu me l'as jouée si souvent… Comme le temps passe.

Elle tenta d'oublier le pathétique spectacle d'une foule affolée, sur laquelle s'abattaient des bombes meurtrières ; cependant, au fond de son cœur, elle savait déjà que la prochaine guerre la blesserait à jamais.

12

Les silences de Soline

Quatre-vingt-trois ans plus tard, chalet du vallon des loups, nuit du mercredi 30 septembre au jeudi 1er octobre 2015

Étienne Dambert cherchait comment se tirer de la situation équivoque où il venait de se précipiter. La présence de Soline, à un mètre de lui, achevait de le perturber. Il imaginait son corps sous le tissu de sa chemise de nuit, sensible également au léger parfum qui se dégageait d'elle.

— Prends ton temps pour répondre, dit-elle tout bas. Je ne peux ni aider la police à localiser le criminel, ni prévoir sa prochaine victime, mais je suis quand même très intuitive. Tu m'en veux et je tiens à en connaître la cause.

— Bon sang, ne tombe pas dans mon numéro du type qui cache un terrible secret, répliqua-t-il. Je t'ai répondu comme ça pour faire le malin.

Soline lissa ses cheveux du bout des doigts. Étienne étudia la pureté de son profil, la ligne de son nez.

— Sois honnête, insista-t-elle. On pourrait en discuter.

Il éclata d'un rire étouffé qui sonnait un peu faux, avant de se lancer dans une mise au point aléatoire.

— Quand j'ai dit que je ne pouvais pas te répondre, c'était une évidence. Si j'ai l'air de te détester, je suis le seul en cause. Je me défoule sur toi, parce que tu me plais beaucoup. Mais tu es en couple et enceinte. Sincèrement, ça me rend mauvais.

La jeune femme songea aux suppositions de Kate, quelques heures auparavant.

— Admettons, dit-elle. Dans ce cas, qui a pu t'interdire de me faire cette réponse ?

— Ordre du capitaine Gally, bien sûr, avoua-t-il. Alors, tu es satisfaite ? J'ai sommeil, laisse-moi dormir.

Déçue, Soline hésita, persuadée qu'Étienne mentait, même si ses explications étaient plausibles.

— Et de quoi parlais-tu, tout seul ? J'espère que ce n'était pas de moi ; Benjamin aurait pu se lever et écouter.

— Ne te fais pas d'idées fausses. Je débattais de l'enquête, des indices inexistants, de mon prochain départ pour Lons-le-Saunier.

— J'ai du mal à te croire.

— D'accord, Soline, puisque tu me traites en accusé, je me défends. Kate, plus discrète que moi de toute évidence, venait de descendre en catimini, nus pieds. Elle m'a surpris assis sur le canapé, occupé à ruminer mes frustrations.

— Mais où est-elle ?

— Ton amie avait vu de la lumière dans le camion. Alors elle a envoyé un texto à Alban, pour lui proposer de boire une tisane ensemble. Si tu avais vu sa tête désemparée quand elle a vu que je ne dormais pas. Je lui ai déconseillé l'infusion de tilleul, en prônant la liqueur de cassis, plus apte à désinhiber un homme de la vieille école comme Demolliens.

— Tu le connais mal, protesta Soline.

— Et toi, très bien, paraît-il. Sophie est bavarde, après deux ou trois bières. Ou Alban lui a confié quelque chose.

— Oui, j'ai eu une aventure d'un soir avec lui, après une intrusion de l'homme chez moi. Alban m'avait dit de l'appeler au secours si j'avais des ennuis. Il est venu et voilà !

— Quel type chanceux.

— Kate et Benjamin sont au courant, mais je ne pense pas l'avoir dit à Sophie. J'étais célibataire et libre de mes actes. Peu importe, c'est du passé.

Le policier eut un geste fataliste. Il tisonna les braises pour se donner une contenance.

— J'aurais dû venir à Combloux à cette époque.

— Étienne, ça n'aurait rien changé. Dès que j'ai rencontré Benjamin, j'ai su que c'était lui.

— Pitié, épargne-moi ce style de déclaration ! Je ne suis pas sentimental et je m'en félicite. À ce propos, le tueur se prétend romantique. Dommage qu'il ne t'ait pas envoyé plus de messages, j'aurais pu mieux déterminer sa personnalité.

La remarque résonna étrangement dans l'esprit de Soline. Elle se tourna vers Étienne avec une expression incrédule.

— Mais j'ai reçu un texto de lui, le 21 juillet. La date m'a marquée car, deux jours plus tard, j'ai eu la vision de Benjamin bien vivant. J'étais du côté des Ayères, où un éleveur avait vu un tervueren mêlé à un petit groupe de loups. Sur le coup, j'ai failli jeter mon téléphone, pour le piétiner, mais je me suis ravisée et j'ai prévenu Sophie. Elle était en intervention, je ne l'ai pas rappelée le lendemain. Ensuite, nous avons cherché Benjamin. Je pense que nous avons oublié ce message toutes les deux.

Le policier secoua la tête, à la fois consterné par cette négligence et exalté à l'idée d'avoir une éventuelle piste.

— Est-ce que tu as effacé le texto ? demanda-t-il.

— Je n'en sais rien, il me semble que non. Mais il a dû être envoyé d'un téléphone prépayé.

— Tu peux me le montrer ? Je n'aurai pas perdu ma soirée, grâce au renseignement que m'a fourni Kate, et à ce texto. Tu peux allumer une bougie neuve, ça me rend fébrile.

Soline se leva et fit ce qu'il exigeait. Il la remercia d'un ton enthousiaste.

— Étienne, tu peux attendre demain matin pour voir le message ? hasarda-t-elle. Mon téléphone est là-haut, sur la table de chevet, et je ne voudrais pas réveiller Benjamin.

— S'il te plaît, ce serait gentil d'aller le chercher. Et reviens vite.

Dans la clarté dorée que dispensait la flamme de la bougie, le sourire d'Étienne lui parut très doux, dénué de ce pli amer qui naissait si souvent à la commissure de ses lèvres. Son regard aussi semblait bienveillant.

— Je monte, puisque tu sais être aimable, lui lança-t-elle. Et poli…

Tandis qu'elle gravissait les marches sans bruit, Soline revit les traits hautains du policier, ses courts cheveux blonds, son teint mat. Un sentiment indéfinissable l'envahit. Mais elle n'eut guère le temps de l'analyser. Benjamin sortait de leur chambre, en caleçon et pull à col roulé.

— Où étais-tu, petite folle ? chuchota-t-il en l'enlaçant. Le lit est immense, sans toi.

— Retourne te coucher, mon amour, souffla-t-elle à son oreille. Je suis avec Kate, mais j'ai besoin de mon téléphone.

— Mais il est 2 heures du matin.

— On bavarde, comme quand nous habitions ensemble la maison de Combloux. Va te reposer, tu as un chemin à dégager demain matin.

— Je respecte ton indépendance, mon petit cœur, dit-il en la suivant dans la chambre. Ne prends pas froid.

Il lui adressa un baiser du bout des doigts et se glissa en soupirant d'aise entre les draps. Soline s'en voulut aussitôt de lui avoir menti. Elle se trouva des circonstances atténuantes en songeant que Benjamin lui dissimulait de nombreuses pages de son enfance.

Cinq minutes plus tard, assise à côté d'Étienne sur le canapé, elle retrouvait le texto.

— « Je ne te ferai jamais de mal, lut-elle à voix basse. Tu joues avec moi en te cachant, mais je te retrouverai bientôt. Tu sais, toi aussi, que nos destins sont liés, ma beauté, ma reine et je t'emmènerai dans ton domaine. »

— Quel taré, ce mec, maugréa le policier. Je vais recopier le message, j'ai un calepin sur moi. Je prends mieux conscience des mots lorsqu'ils sont écrits sur un papier.

— Comment j'ai pu occulter ce message ? déplora Soline. Qu'est-ce que tu en penses ?

Étienne relisait en silence les trois phrases. Il répéta enfin l'une d'elles, à plusieurs reprises.

— « Je ne te ferai jamais de mal » : ça évoque une promesse, commenta-t-il. Pourquoi le précise-t-il ? Et le « nos destins sont liés » ! C'est grandiloquent.

Mal à l'aise, la jeune femme haussa les épaules. Une brusque colère l'envahit.

— Il est fou, oui ! Un ignoble assassin, un dément qui m'a choisie pour cible. Et cette histoire de domaine ! Étienne, quand tu l'auras recopié, je l'effacerai.

— Non, surtout pas ! Il faudra sans doute que tu me confies cet appareil, au cas où on parviendrait à en tirer quelque chose.

— Très bien. Maintenant, je remonte me coucher. Benjamin était réveillé. Je lui ai menti, pour éviter des explications. Fais comme si tu ne m'avais pas vue, ce soir.

— Tu devrais avoir honte de mentir au père de ton enfant, se moqua-t-il. Et que lui as-tu raconté ?

— Que je bavardais avec Kate, dans sa chambre.

— Kate qui batifole sûrement entre les bras musclés d'Alban.

— Je la préviendrai, affirma Soline. Après tout, j'ai le droit d'avoir des secrets, même pour mon amoureux. Vous n'êtes pas en reste, Sophie, lui et toi.

— Si tu savais à quel point, insinua Étienne. Bonne nuit, belle Soline !

Elle ne releva pas le compliment, énoncé d'un ton câlin. Le policier évita de la regarder. Il guetta ses pas dans l'escalier, puis il relut le message du tueur.

— « Je ne te ferai jamais de mal », dit-il encore une fois. J'ai déjà entendu ces mots.

Le souvenir le frappa de plein fouet. Étienne en perdit le souffle. Ses doigts se crispèrent autour de son calepin.

— Ce n'est pas possible, marmonna-t-il, la bouche sèche. Si j'ai raison, je comprends l'allusion « aux destins liés ».

Il en tremblait, certain d'avoir eu une révélation inespérée. Mais personne ne le croirait et personne ne devait savoir son idée extravagante qui ravivait une vieille haine.

— Je ne dois rien laisser paraître devant Sophie et Benjamin ; non, j'agirai seul.

Agité de mille pensées douloureuses, l'inspecteur Étienne Dambert attendit l'aube.

Soline fut réveillée par le grondement d'une tronçonneuse. Elle s'étira, ravie de voir un rayon de soleil derrière les vitres de la fenêtre. La place de Benjamin était vide.

On gratta à sa porte quelques secondes plus tard. Kate entra sur la pointe des pieds, en peignoir de satin noir.

— Ma puce, je dois absolument te parler, tant qu'on est toutes seules. Figure-toi qu'hier soir, très tard, je suis…

— Tu es allée rejoindre Alban dans le camion, pour boire une tisane et j'ignore à quelle heure tu es rentrée te coucher. Je ferai celle qui n'a rien vu ni entendu.

— Comment le sais-tu, ma puce ? Tu n'as pas eu une vision ?

— Pas du tout, mais je suis descendue, car j'avais entendu des voix. Étienne ne dormait pas, il a fini par me dire où tu étais. Kate, je te demande un service. Je t'expliquerai plus tard, c'est promis. Voilà, j'ai raconté à Benjamin que nous bavardions toutes les deux, dans ta chambre.

— Pourquoi ?

— Je devais parler à Étienne, savoir s'il me détestait ou non. Je suis sotte mais, en fait, je n'avais pas envie de me justifier quand j'ai croisé Benjamin sur le palier.

— Sois tranquille, je confirmerai ta version. Je sais que tu ne ferais jamais rien de condamnable.

Sur ces mots, Kate s'assit au bout du lit, l'air rêveur. Soline la trouva très jolie, un peu pâle, les lèvres pulpeuses, ses boucles brunes en désordre.

— Tu es ravissante. Je me demande ce qui s'est passé durant la nuit, insinua-t-elle en souriant.

— Dis tout de suite que je suis affreuse le reste du temps, rétorqua son amie. Moi qui avais le moral au beau fixe !

— Mais Kate, tu es toujours jolie, et ne fais pas semblant, tu as très bien compris.

— Tout à fait, ma puce ! Je blaguais.

Elle s'allongea à côté de Soline pour chuchoter à son oreille, d'un ton exalté.

— Alban et moi... C'était extraordinaire ! Après des années de chasteté, j'ai failli m'évanouir. Je ne l'imaginais pas si sensuel, si fougueux.

— Pitié, épargne-moi les détails, Kate. Je suis contente pour toi, mais j'espère que tu le reverras. Parfois, ce genre de choses arrivent et, ensuite, plus rien.

— Même si c'était le cas, je ne regretterais pas ma nuit. De plus, ma petite puce, Alban veut me ramener en voiture à Dijon pour rendre visite à madame Vivi. Ce serait dimanche ; du coup, je perds un jour avec toi, puisque je comptais prendre le train lundi.

Soline effleura de l'index le nez mutin de Kate, puis elle l'embrassa sur le front.

— Tu t'es suffisamment dévouée pour moi, pour Viviane et sa cousine, alors profite de cette occasion d'être avec lui. Tu reviendras vite, à mon avis.

Elles éclatèrent de rire. Sophie les aperçut par la porte entrebâillée. Afin de signaler sa présence, elle les appela.

— Je suis levée, on prend le petit déjeuner ?

— Entre, Sophie !

— Non, je vais mettre de l'eau à chauffer.

— On te rejoint, cria Kate.

Le cœur lourd, une onde de désir au creux du ventre, Sophie s'engagea dans l'escalier, la bouche pincée. La seule vue de Soline les cheveux défaits, en chemise de nuit blanche presque transparente, la bouleversait.

— Je ferais mieux d'aller aider les hommes, se dit-elle tout bas, une fois dans la cuisine.

Alban, Benjamin et Étienne la virent approcher au pas de course, vêtue d'un jogging.

— On a bientôt fini, annonça le policier. Avec un peu de chance, on ne sera même pas en retard à Chamonix.

Le sapin fauché par la tempête dégageait une forte senteur de résine. Sophie la respira avec délice.

— Pauvre arbre, soupira-t-elle. J'ai envie de descendre la piste en courant. Comme ça, je verrai ce qui a endommagé la ligne électrique. Tu pourras me récupérer au village, Étienne.

Il fit non de la tête, la mine soucieuse.

— C'est risqué, renchérit-il. On termine le chantier, et on part. Alban, tu es prêt ?

— Pratiquement. Mais il faut encore pousser les branches du passage.

— Je ne vois pas où est le risque ? s'enflamma Sophie. Étienne, tu crois vraiment que le tueur est embusqué dans la forêt et qu'il va m'agresser ?

— Je n'ai pas dit ça, je te demande juste de nous attendre. On ne sait jamais, en plus. Ce type est très dangereux.

La jeune femme tapa du pied ; cependant, elle obtempéra. Ils la virent retourner vers le chalet, d'une démarche nerveuse.

— Je suis désolé de la contrarier, expliqua le policier, mais j'ai beaucoup réfléchi cette nuit. Il faut redoubler de prudence. Benjamin, un conseil : veille bien sur Soline durant mon séjour à Lons-le-Saunier.

— Tu n'as pas à me le rappeler, trancha celui-ci.

Les deux hommes échangèrent un regard noir. Alban songea que l'inspecteur Dambert avait dû tomber amoureux de Soline. Lui aussi était passé par là, dès leurs premières rencontres. Il esquissa un sourire discret, se sachant bel et bien guéri, grâce à Kate et à sa visite impromptue en pleine nuit.

Chalet du vallon des loups,
dimanche 4 octobre 2015

Après trois jours d'animation, de travaux ménagers et de repas savoureux, le vallon des loups retrouvait un peu de calme et de silence. Une heure auparavant, Alban était venu chercher Kate qu'il ramenait à Dijon, comme convenu.

Benjamin tenait Soline dans ses bras. Enlacés près de l'enclos, ils observaient les déambulations des trois louveteaux qui s'étaient aventurés hors de la bergerie, sous la surveillance de leur mère. Barry se tenait à l'écart, assis sur un pan de rocher.

— Tu n'es pas trop triste, mon petit cœur, d'avoir vu partir ton amie ?

— Non, puisque mon amoureux me câline et ne me quitte pas avant mardi. Et je suis contente pour Kate. Elle est tellement heureuse. Alban semble décidé à s'engager dans une relation sérieuse.

— Crois-tu qu'il ira jusqu'au mariage ?

— Sûrement, si tout va bien pendant quelques mois. Le plus pénible pour Kate, ce sera d'amadouer Janine Demolliens, la mère d'Alban ; une personne rébarbative, qui couve son fils unique. Mais c'est une grande amie de Viviane, alors j'ai de l'espoir.

— Et nous ? souffla Benjamin à son oreille, avant de déposer un baiser sur ses cheveux.

— Nous ?

— On pourrait se marier cet hiver, à Noël ; surtout s'il neige.

Soline en demeura muette de stupeur ; ensuite, elle eut un rire incrédule, comme s'il s'agissait d'une plaisanterie.

— Tu es sérieux ? hasarda-t-elle. Je n'ai jamais pensé à ça ou, si on en parlait avec des camarades de classe, on trouvait que c'était affreusement conventionnel.

Sans se vexer ni renoncer à son idée, Benjamin l'embrassa dans le cou, puis sur la bouche.

— Ce n'était pas encore une demande officielle, déclara-t-il, mais réfléchis. Nous allons avoir un enfant, en plus.

— Je réfléchirai seulement lorsque cet homme sera arrêté, dit alors Soline, d'un ton net. Sinon, que l'on se marie ou pas, j'ai l'intention de vivre avec toi jusqu'à mon dernier jour. Viens, j'ai faim. Il est midi passé.

— Dans ce cas, je suis satisfait, petite folle chérie !

Ils remontaient main dans la main vers le chalet quand le téléphone de Benjamin sonna.

— Ah, c'est encore cet éleveur, Christian Pasquier, soupira-t-il. Je le rappellerai. Si son troupeau a été attaqué de nouveau, je n'y comprends plus rien.

— J'aurais préféré que ce soit Étienne, nota Soline. As-tu de ses nouvelles ? Je suis stressée de le savoir à Lons en train d'interroger mes parents.

— Sophie doit être plus au courant que moi. Ne m'en veux pas, mais ce qui m'intéresse en ce moment précis, c'est notre bébé. Cette fois, ne repousse pas l'échographie. Déjà, tu n'as pas fait de prise de sang.

— Nous y allons demain, mon amour, ne crains rien.

Elle avait annulé le rendez-vous de vendredi, en prétextant la présence de Kate. Très déçu, Benjamin s'était gardé de le montrer. À présent, il éprouvait une joyeuse impatience et, s'il avait pu abolir les heures, il l'aurait fait.

Lons-le-Saunier, même jour, une heure plus tard

Étienne s'était garé à une dizaine de mètres du portail des Fauvel. Toujours au volant de sa voiture, il consultait le dossier qu'il constituait, depuis le début de son enquête. Un rictus de perplexité au coin des lèvres, il étudiait pour l'instant le portrait-robot que les gendarmes de Lons avaient imprimé pour lui.

— Non, ce visage ne me dit rien du tout, déplora-t-il tout bas. Ce type a vraiment une tête de truand.

Il remit la feuille à l'intérieur du classeur.

— C'est peut-être mieux comme ça. Bon, allons voir Monique et Jacques Fauvel. Si Soline a suivi mes consignes, ses parents ne sont pas avertis de ma visite.

Il dut sonner à deux reprises. Enfin, un homme d'une soixantaine d'années, à l'allure militaire, vint l'examiner d'un air méfiant.

— Inspecteur Étienne Dambert, annonça-t-il en montrant sa carte. J'aurais des questions à vous poser, monsieur Fauvel.

— Un dimanche ? Vous avez vu l'heure ! On vient de finir de déjeuner, mon épouse et moi. Et des questions sur quoi ?

— J'enquête notamment sur le criminel qui harcèle votre fille Soline, et qui a déjà tué deux personnes.

Jacques Fauvel se résigna à le faire entrer. Il paraissait furieux. Étienne considéra avec curiosité la maison où avait habité Soline pendant des années.

— Ma femme est en fauteuil roulant, inspecteur. Elle doit se reposer.

— Soyez sans crainte, je ne la fatiguerai pas, monsieur. Ceci dit, votre épouse est un témoin de première importance car, à ce jour, elle est la seule personne qui a vu cet homme et lui a parlé.

Sans daigner répondre, Jacques Fauvel le précéda jusqu'au salon. Le policier salua Monique, surprise de voir un inconnu.

— Ma chérie, c'est un inspecteur de police. Je suppose qu'on doit coopérer, même si on a déjà tout dit aux gendarmes.

— En effet, ce serait mieux, insista Étienne. Il s'agit quand même de la sécurité de votre fille adoptive, et sans doute de sa vie. Puis-je m'asseoir ?

— Bien sûr, inspecteur, approuva Monique. Jacques, va faire du café. Si je peux aider Soline, je le ferai de tout cœur.

— Merci, madame.

Le policier avait jaugé le couple. Fauvel était revêche, dur à cerner, le regard fuyant de surcroît. Sa femme, sous son carré long de cheveux gris et raides, avait une expression douce, une voix chaleureuse.

— Que voulez-vous savoir, inspecteur ? s'enquit-elle.

— Tout ! Mais d'abord une chose ! Le portrait-robot établi par la gendarmerie vous a-t-il paru correct, ressemblant ?

— Je ne l'ai pas vu. J'étais souffrante, alors c'est mon mari, à l'époque, qui a décrit cet homme aux gendarmes. Hein, Jacques ?

— En effet. Tu m'avais fourni tous les détails.

Aussitôt Étienne tiqua, sous une apparence impassible. Il présenta le portrait à Monique Fauvel qui l'examina quelques secondes.

— Oui, c'est ressemblant, inspecteur.

— Vous ne changeriez rien ?

— Le regard était plus intense ; vraiment effrayant, je vous assure. Enfin, la première fois, quand il m'a abordée devant l'église, ça ne m'a pas beaucoup choquée. Mais, en le revoyant, j'ai été troublée.

— Et vous êtes sûre que le motard avait les mêmes yeux ?

— Ah ça oui, je peux le jurer. Même à travers la visière du casque, j'ai reconnu ce regard. Mais, dites-moi, inspecteur, connaissez-vous notre fille adoptive ?

Le policier digérait son extrême déconvenue. Celui qu'il rêvait de retrouver pour assouvir sa vengeance n'avait pas un regard aussi particulier.

— Soline ? Tout à fait ; il y a quatre jours, j'ai même dîné à sa table. Je suis un vieil ami de la capitaine Gally.

— J'ai rencontrée Sophie cet été ! s'écria Monique Fauvel. Elle était bien sympathique. Alors, comme ça, vous avez dîné chez ma fille. Où habite-t-elle depuis que ce beau chalet de Servoz a brûlé ? Je lui téléphone souvent, mais elle ne m'a pas donné son adresse.

— Par mesure de prudence, Soline vit dans un endroit isolé. Son compagnon et ses amis la protègent.

Jacques Fauvel revenait, chargé d'un plateau où il avait disposé le nécessaire pour servir le café.

— Vous êtes rapide, monsieur, ironisa Étienne. Je parie que vous teniez à suivre la discussion.

— En effet, je préfère être près de mon épouse, qui est très émotive, concéda-t-il. Quant à vous, monsieur l'inspecteur, je n'apprécie pas vos manières. Être de la police ne vous donne pas tous les droits. Je saisis mal la raison de votre visite.

Les traits austères, le maître de maison remplit trois tasses et proposa du sucre. Quant à Monique, elle tremblait d'angoisse.

— Si cet homme s'en prend à Soline, j'en mourrai de chagrin, avoua-t-elle. Il faut l'arrêter le plus vite possible, inspecteur.

— J'en ai la ferme intention, madame. Dites-moi, que vous a inspiré ce type, chaque fois que vous l'avez vu ?

— J'avais peur de lui et je ne croyais pas à ses fables ; comme quoi il serait de la famille de Soline.

— Pour ma part, je pense toujours qu'il doit s'agir d'un des gars du club d'escalade, décréta soudain Jacques Fauvel. Je l'ai suggéré aux gendarmes, mais ils ne m'ont jamais transmis quoi que ce soit, s'ils ont cherché de ce côté-là.

— Certains membres ont été interrogés, mais cela n'a rien donné de probant, répondit le policier. Il se peut qu'on ne vous ait pas pris au sérieux. Une jolie fille harcelée, tant qu'il n'y a pas d'agression, ça ne justifie pas toujours une enquête approfondie et je le déplore. Je vais vérifier tout ceci pendant mon séjour.

Étienne secoua la tête, sans cesser de fixer Monique dont la nervosité l'intriguait.

— Madame, est-ce que vous hésitez à me confier un fait ou un détail important ?

— Non, inspecteur ! Pour être franche, je vis un cauchemar au quotidien, et je suis sous anxiolytiques depuis mon accident. Soline est ma fille adoptive, mais je l'aime comme si je l'avais mise au monde. Hélas, je n'ai pas su lui prouver. À présent, je crains de la perdre.

— Je vous comprends, madame, trancha Étienne. D'autant plus que ces cinq dernières années, quatre jeunes femmes, presque des sosies de Soline, ont disparu. Je suis chargé d'élucider cette affaire. Je sais l'essentiel de vos aveux de cet été, grâce à Sophie Gally, car votre fille s'est confiée à elle. Il s'avère que, lors d'une de ses visites, l'individu, pour moi le principal suspect, s'est mis en colère, à propos de la relation de Soline avec un certain Enzo. Il aurait traité ce garçon de « jean-foutre » ! Vous confirmez ?

— Oui, c'est d'ailleurs après ça que mon mari et moi avons déposé une main courante.

— Avez-vous eu des nouvelles de ce jeune homme ?

— Sa mère habite près d'ici, le renseigna Monique d'une voix sourde. Tout le monde se connaît dans le quartier. Enzo s'est marié, il a un petit garçon.

— Pour quelle raison a-t-il quitté Soline ?

— Ne faites pas l'innocent, s'emporta Jacques Fauvel. Je suppose que notre fille s'est empressée de se plaindre. J'ai agi en mon âme et conscience, à l'époque, pour la préserver.

Désorienté, Étienne jeta un coup d'œil autour de lui. Il se sentait bizarrement oppressé, dès qu'il imaginait Soline entre ces murs, livrée à l'autorité de son père adoptif.

— Votre fille se plaint rarement, monsieur. Je la trouve très courageuse.

Mal à l'aise, Fauvel s'assit sur le canapé et but d'un trait sa tasse de café. Il regrettait d'avoir parlé un peu vite.

— C'est moi le seul responsable, avoua-t-il. J'ai prié Enzo de rompre. Il a tenu compte de mes arguments.

— Que lui avez-vous dit pour obtenir le résultat voulu ? Si ce garçon était amoureux, il fallait du lourd, insinua Étienne.

— Soline souffrait de graves troubles, fillette. L'adolescence n'a rien arrangé, loin de là. Elle m'exaspérait avec ses visions, ses rêveries permanentes. Enzo souhaitait étudier à Paris, elle voulait le suivre là-bas. Je redoutais une aggravation de sa santé mentale.

Ulcéré, le policier se leva brusquement. Il fit les cent pas dans le salon, les poings serrés.

— Vous vous entendez, monsieur Fauvel ? vociféra-t-il enfin. Mais, bon sang, hormis ses visions, c'est une jeune femme intelligente, sportive accomplie, qui a réussi tous les examens qu'elle a passés. Franchement, votre fille a eu beaucoup de chance de croiser des personnes au grand cœur, comme Viviane Gonod et Benjamin Martin. Et elle a eu raison de s'enfuir de chez vous.

— C'était justement quand elle a su la vérité, au sujet d'Enzo, précisa Monique d'un air de défi.

— Rien d'étonnant. Pourrais-je voir la chambre de Soline, madame ?

— Volontiers, inspecteur. Montez au premier étage, la porte sur votre gauche.

— Je m'y oppose, protesta son mari. On demande ce genre de choses en cas de disparition ou de meurtre d'une personne !

— Désolé, c'est la procédure, monsieur.

Étienne haussa les épaules en se précipitant vers le vestibule, d'où partait l'escalier. Son esprit travaillait sans cesse. Le temps de gravir les marches, il élabora une théorie.

« Et si Fauvel avait été menacé par notre tueur ? S'il avait mis fin à la relation de Soline pour éviter une tragédie… Ce malade en serait tout à fait capable. Ou bien, il a payé une forte somme dans ce but. »

Dès qu'il pénétra dans la chambre de Soline, demeurée dans l'état où elle l'avait laissée cinq ans auparavant, l'émotion lui noua la gorge. Il eut la vague impression, aussi, de se montrer indiscret.

— Des posters du mont Blanc, des photos de paysages, toujours les Alpes, énonça-t-il tout bas. Et des posters de chiens, de races diverses.

Il s'approcha afin de mieux observer des clichés de taille moyenne, fixés à l'aide de punaises.

Soline y figurait, en tenue d'escalade, rayonnante de joie. Il lutta pour ne pas dérober celle où, sublime adolescente, elle câlinait un chiot blanc, Neige.

— Comme Sophie et Benjamin, elle rêvait des Alpes ; pas de la montagne en général, non, mais des Alpes. Pourquoi ont-ils eu envie d'y retourner ?

Désabusé, Étienne contempla avec une moue les peluches posées sur le lit : un ours, un chat et un lapin, aux teintes délavées.

— Qu'est-ce que je fiche dans sa chambre ? se reprocha-t-il.

Se moquant de lui-même, il sortit mais, au passage, il décrocha la photo qui lui plaisait et la cacha dans la poche intérieure de sa veste.

Un timbre masculin, grave et sonore, lui parvint du rez-de-chaussée. Ce n'était pas celui du père de Soline, pourtant personne n'avait sonné. Intrigué, il descendit à toute vitesse pour faire irruption dans le salon.

— Voici l'inspecteur Dambert, dont je te parlais à l'instant, décréta Jacques Fauvel. De la brigade des mœurs, tu te rends compte ! Mon frère, Roger, qui se fait aussi appeler André par ma femme, car il préfère ce prénom.

Étienne, un peu indifférent à cette précision, fut confronté à un homme aux cheveux blancs, au teint coloré, la soixantaine bien sonnée, qui le dépassait d'une demi-tête.

— Ma nièce continue à semer la pagaille ? hasarda-t-il avec une expression méprisante. La presse n'est pas bavarde sur le sujet, pourtant il y a eu des meurtres. La police étouffe l'affaire, sans doute ?

— Lorsqu'il faut protéger la cible d'un tueur et les principaux témoins, oui, la presse se montre raisonnable, attesta Dambert.

— Pourtant ma belle-sœur a bien failli mourir de vos négligences ! clama Roger Fauvel.

— Ne te fâche pas, supplia Monique. Vous savez, inspecteur, sans mon beau-frère, nous aurions eu de gros problèmes, à cause de mon handicap. Roger a payé les frais pour la rampe d'accès. Il aide beaucoup mon mari financièrement.

— Tais-toi donc, ça ne regarde pas la police, marmonna celui-ci. Dans une famille, on se serre les coudes, c'est normal.

Les battements de cœur d'Étienne s'accéléraient. Il frôlait la crise d'angoisse, malgré toute sa volonté.

— Je vous laisse en famille, annonça-t-il, dans sa hâte de quitter la maison et ses occupants. Je reviendrai demain.

Les salutations d'usage terminées, il traversa la cour en respirant à pleins poumons. Cependant, une fois assis au volant de sa voiture, son état empira. La voix grave de Roger Fauvel lui vrillait les nerfs, obsédante.

— Bon sang, qu'est-ce que j'ai ?

Il céda à une impulsion et envoya un texto à Soline.

Que dirais-tu de ton oncle Roger, qui se fait aussi appeler André, d'après ton père ?

La réponse acheva de le troubler.

Roger ou André, c'est un saligaud aux mains baladeuses.

Hôpital de Sallanches, lundi 5 octobre 2015

Soline et Benjamin patientaient dans la salle d'attente d'une gynécologue de l'hôpital. Il y avait encore une femme qui devait passer avant eux. Elle feuilletait un magazine mais, souvent, elle le posait pour masser son ventre distendu.

— Ils sont en retard, nous avions rendez-vous il y a vingt minutes déjà, murmura le jeune homme.

— Je pense que c'est toujours ainsi, répondit Soline. Reste là, je vais m'acheter une bouteille d'eau fraîche.

— Je t'accompagne…

— Non, s'il te plaît, j'y vais seule.

Il capitula en retenant un soupir, dérouté par l'attitude de Soline. À peine réveillée, elle avait parlé de repousser encore l'échographie, mais il avait usé de beaucoup de tendresse et de persuasion pour la convaincre en douceur.

— Très bien, mais n'en profite pas pour te sauver, plaisanta-t-il tout bas.

Elle lui caressa la joue en guise de réponse, soulagée de s'éloigner. D'un pas rapide, elle se dirigea vers le distributeur de boissons. L'eau glacée la revigora. Vite, Soline appela Kate.

— Bonjour, ma puce. Ça y est, tu as vu le bébé ?

— Non, il y a du retard. Kate, j'avais besoin de te parler. Si tu n'avais pas répondu, j'aurais essayé de joindre Sophie. Je suis malade de peur.

— Mais pourquoi ? Quand j'étais au chalet, tout allait bien. Tu étais contente d'être enceinte !

— Plus maintenant. Cette nuit, j'ai encore rêvé de cet enfant blond, la tête en sang, couché sur la neige. Je crois qu'on m'envoie des signaux, qu'on me montre le sort qui guette notre bébé. Je ne sais plus quoi faire, Kate.

— Sois courageuse, explique ce que tu ressens au principal intéressé, le papa. Pourtant il t'a déjà rassurée !

— Oui et non, c'est un peu la loi du silence entre nous. Je lui dissimule des échanges de texto avec Étienne, qui a vu mes parents à Lons, et Benjamin refuse d'évoquer son enfance. J'ai honte de continuer à lui mentir, à me taire mais, quelque part, je lui en veux. Tu imagines l'avenir ? Pourquoi avoir un bébé dans ces conditions... Je voudrais m'enfuir, là, tout de suite.

— Non, ma puce, je t'en prie, ne fais pas ça ! Ah, voilà madame Vivi. Soline, je lui ai dit, elle est au courant pour ta grossesse.

Gênée, Soline fut tentée de couper la communication, mais la voix de Viviane, familière et affectueuse, l'en empêcha.

— Alors, gamine, on perd les pédales ? Tu fais des secrets à ta vieille amie, dès qu'elle a le dos tourné ?

— C'était trop tôt pour vous l'annoncer, et puis j'ai peur de ce qui arrivera à cet enfant plus tard.

— Tu te montes la tête. Kate m'a résumé la situation, tes doutes et tes cauchemars. Ma belle, une promesse d'enfant, c'est une bénédiction !

— Mais j'ai lu que les gens comme nous peuvent être de mauvais parents. Nous ignorons tout de nos racines, de nos ancêtres. Et si nous léguions des tares à ce bébé ? Je me dis également que je ne pourrai plus travailler, que je ne gagnerai plus un sou par moi-même. Et je panique, à cause de l'homme qui peut s'en prendre à Benjamin. Je refuse l'idée d'élever seule son fils ou sa fille.

— Allons, gamine, du cran ! Passe donc cette échographie, ça ne t'engage à rien.

— Je me connais : à partir du moment où j'aurais vu cette petite vie battre en moi, je serai incapable de renoncer ; je vais l'aimer à la folie.

— Tu l'aimes déjà, ma belle. Je le sens. Ne fais pas de sottises, écoute ton cœur.

— Merci Viviane, ça m'a soulagée de vous parler, j'ai lâché ce qui me terrifiait. Vous me manquez tant !

— Toi aussi, tu me manques, Soline. On va se promettre de fêter Noël ensemble, dans ton vallon des loups. Oh, Kate m'a montré le petit film, sur son téléphone. Ils sont bien mignons, les rejetons de Barry et de sa louve.

— Quand vous les verrez, ils seront plus dégourdis. Je dois vous laisser, Viviane. Je vous embrasse toutes les deux.

Benjamin accourait, en agitant la main. Soline le rejoignit, un sourire tremblant sur son beau visage.

— Ce sera bientôt notre tour, lui dit-il. J'avais peur de ne pas te trouver.

Soline fut tentée de mentir, mais elle se ravisa et saisit la main de Benjamin.

— J'ai téléphoné à Kate, parce que j'étais malade de peur. Mon amour, je respecte ton silence et tes secrets, mais ça me rend dissimulatrice à mon tour. Ce soir, je te dirai tout ce que je t'ai caché. Tu ne seras pas obligé de faire la même chose.

— Peu importe, tu es ma femme adorée, souffla-t-il à son oreille. Tu es déjà pardonnée. Viens vite.

Elle reçut un baiser et le suivit. Dix minutes plus tard, un écran lumineux révélait aux futurs parents une forme imprécise, agitée de mouvements spasmodiques. L'écho d'un minuscule cœur en action fit pleurer Soline et embua les yeux noirs de Benjamin.

— Nous pourrons peut-être déterminer le sexe de l'enfant à la prochaine échographie, déclara la gynécologue d'un ton aimable. Vous souhaitez le savoir ou vous préférez avoir la surprise ?

— Je suis certaine que c'est une fille, affirma Soline, libérée de ses frayeurs. Vous nous le confirmerez…

*

Soixante-dix-neuf ans plus tôt,
Combloux, jeudi 16 avril 1936

Émeline Mancini sortait de l'école quand elle vit sa mère courir sur le trottoir voisin. Flocon, leur chien, trottinait derrière sa maîtresse.

— Maman, appela-t-elle. Attends-moi !

Louise se retourna. Ses traits crispés trahissaient la vive angoisse qu'elle éprouvait.

— Rentre à la maison, ordonna-t-elle. Je vais chez Antoine : Jeanne est malade.

L'obéissance n'était pas une des vertus d'Émeline, dont le sang chaud devait être un héritage de ses ancêtres italiens. Elle traversa la rue, charmante dans son tablier gris qu'égayaient deux longues nattes blondes.

— Je viens avec toi, maman. Qu'est-ce qu'elle a, tante Jeanne ?

— Tu le sauras bien assez tôt, rétorqua Louise. Je t'ai dit de rentrer chez nous, de faire tes devoirs. Emmène le chien, sinon il m'attendra sur le perron. Tu peux préparer la soupe, j'ai épluché les légumes.

Fébrile, Louise reprit sa course vers la demeure bourgeoise de son frère. Entêtée, Émeline lui emboîta le pas.

— J'ai compris, maman. Je suis grande, j'aurai douze ans au mois d'octobre ! Ma pauvre tante a encore perdu un bébé, c'est ça ? Dis-moi !

Vaincue par tant de perspicacité, Louise s'arrêta, une main sur son cœur.

— Oui, tu as deviné. Ton oncle a envoyé Aglaé me prévenir. Jeanne est très faible, elle a perdu beaucoup de sang. Es-tu contente ? Je n'aime pas te parler de ces choses-là.

— Au moins, je sais à quoi m'en tenir, répliqua la fillette. Moi aussi, je vais perdre du sang tous les mois. Mes camarades me l'ont dit. Tu aurais dû me le dire la première.

— J'avais prévu de le faire. Mais on ne peut pas comparer les règles avec ce qui arrive à ta tante, déplora Louise, attendrie par la frimousse spirituelle d'Émeline. Viens, je t'emmène ; tu goûteras en cuisine. Tu as raison, au fond. Si j'y pense, à ton âge, je m'occupais du ménage et j'élevais ton oncle.

Elles étaient arrivées en bas des marches en marbre du perron. Le chien se coucha aussitôt le long du mur.

— Brave Flocon. Il se fait vieux, commenta Louise. Les grands chiens sont moins résistants. Mais nous le garderons encore deux ans.

Un frisson parcourut le jeune corps d'Émeline. Ces mots lui prouvaient que sa mère avait vu quand et où aurait lieu la mort de Flocon. Pas une seconde, elle n'envisagea que Louise disait un pieux mensonge.

Aglaé leur ouvrit. La fidèle domestique du couple arborait une mine défaite, des paupières meurtries par les larmes.

— Seigneur, ma belle-sœur n'est pas… ? s'affola Louise.

— Non, monsieur Antoine l'a sauvée, grâce à une piqûre. Mais elle me fait tant de peine, la pauvre dame. Comme elle disait tantôt, c'était sa dernière chance d'avoir un bébé.

Émeline n'osa pas demander pourquoi. Elle envisagea un souci en rapport avec l'âge de sa tante, tout en songeant que sa propre mère avait quarante-trois ans à sa naissance. Louise la poussa vers la cuisine, avant de s'élancer dans l'escalier.

— Si vous pouviez lui donner à goûter, Aglaé, recommanda-t-elle. Ensuite, renvoyez-la chez nous.

En entrant dans la chambre conjugale, dont la porte était à demi ouverte, Louise découvrit un pathétique tableau. Son frère tenait la main exsangue de son épouse entre les siennes. Livide, Antoine Favre était l'image même du désespoir.

Quant à Jeanne, d'une pâleur de craie, elle sommeillait, ses cheveux noirs striant la taie immaculée de son oreiller.

— Tu es là, Louise, marmonna le médecin. Je te la confie ; cette fois, j'ai cru que c'était la fin. Je dois assurer mes visites à domicile, le vieux

Robert s'est démis l'épaule. Je reviens le plus vite possible. Surtout, elle doit boire beaucoup ; de l'eau et du bouillon. Et, si tu peux, console ma douce Jeanne. Nous n'aurons jamais d'enfant à chérir.

— C'est peut-être la volonté divine, Antoine.

— Je pencherais davantage pour un problème physiologique, Louisette. Mais, que ce soit Dieu ou la nature, le résultat est le même, soupira le docteur Favre.

Louise étreignit son frère, attristée par son chagrin. En le serrant dans ses bras, elle eut une vision qui lui parut étrange.

« Je la noterai dans mon cahier, se promit-elle. Ou bien j'en parlerai à Antoine, un jour… »

13

Colères et suspicions

Soixante-dix-neuf ans plus tard, chalet du vallon des loups, samedi 10 octobre 2015

Soline s'était lancée dans l'apprentissage du tricot. Assise au coin de la cheminée dans le confortable fauteuil acheté par Benjamin, elle se débattait avec ses aiguilles et une pelote de laine rose.

— Tu me fais rire, avoua Sophie, installée sur le canapé, une revue de mode entre les mains. Permets-moi de te prendre en photo, je t'assure que ça mérite d'être immortalisé !

— Moque-toi. Je suis têtue, je réussirai au moins à faire une brassière. Ma mère m'avait appris, quand j'avais une dizaine d'années.

— Si tu comptes terminer la layette du bébé à temps, je te conseille de solliciter Viviane et Kate.

— Tu as sans doute raison ; elles se sont proposées tout de suite, mais je n'abandonnerai pas. C'est le temps idéal. Tu sais à quelle heure Étienne arrive ?

— Il m'a envoyé un texto à la sortie de Nancy, ce matin, donc il ne devrait pas tarder. J'ignore la teneur du compte rendu qu'il veut nous faire, mais je pense qu'il a découvert quelque chose. Je le connais bien, il m'a paru anxieux, au téléphone.

— Qu'est-ce qu'il faisait à Nancy ? Il ne t'a rien dit ?

— Non, juste des plaisanteries stupides, mais le cœur n'y était pas, j'en suis sûre. Sinon, c'est gentil de m'héberger pour le week-end, j'avais besoin de décompresser. J'adore cette maison.

— Moi aussi, je l'aime. Benjamin souhaite l'acheter. Encore un investissement qui sera à ses frais. Je voudrais tant pouvoir participer.

— Il s'en fiche, Soline ; ne t'ennuie pas pour ça ! Je t'ai promis de préparer le repas de midi, il serait temps que je me mette aux fourneaux. Même si je triche, car j'ai pris des plats asiatiques à faire réchauffer.

Sophie se leva souplement. Tout en reculant en direction de la cuisine, elle sortit son téléphone et photographia Soline.

— Tu exagères, protesta la jeune femme. Je faisais la grimace.

— Je l'envoie immédiatement à Kate ! Elle aura pitié et va tricoter tout l'hiver.

Soline esquissa un sourire pensif. Sa vie quotidienne prenait un tournant qui la désorientait un peu. En guise de sport, elle ne pratiquait plus que la marche, autour du chalet et en forêt, escortée par Neige et Barry.

« Heureusement, il y a le soir, la nuit, songea-t-elle. Nous sommes toujours aussi amoureux. »

Elle ferma les yeux pour revivre ces instants de passion et de tendresse que Benjamin lui offrait, dans l'ombre complice de leur chambre, ou parfois ici même, en plein jour, sur le canapé drapé d'un plaid rouge.

Un coup de klaxon la tira des souvenirs voluptueux qui faisaient battre plus vite son sang. Soline se leva pour regarder par la fenêtre. Sophie accourut, des gants en latex aux mains.

— Qui est-ce ? demanda-t-elle.

— Étienne. Je vais l'accueillir, ne te dérange pas !

— Toi non plus, il y a un vent terrible.

— J'ai quand même le droit de sortir, se révolta Soline en riant. Retourne cuisiner ; Benjamin ne va pas tarder, lui aussi.

Le policier la vit apparaître sur la galerie couverte. Il resta au volant de sa voiture, pour le plaisir de voir la jeune femme venir jusqu'à lui. Vêtue d'une robe en laine blanche, elle lui fit un signe amical, tandis qu'une bourrasque soulevait ses longs cheveux blonds.

— Salut, dit-il en ouvrant sa portière. Je suis vanné. Si vous avez du café de prêt, j'en boirai au moins trois d'affilée.

— Je vais en refaire. Étienne, je voulais te parler. Je m'en suis voulu de mentir à Benjamin ; je lui ai avoué pour l'autre soir, quand nous avons discuté tous les deux. Et je lui montre tes messages aussi.

— Bon sang, on dirait que nous avons commis l'impensable, à t'écouter, Soline ! Je croyais avoir affaire à une femme éprise d'indépendance.

— Comprends-moi, ce n'est pas la question. Je ne veux plus rien cacher à l'homme que j'aime, au père de mon enfant.

— De pire en pire, maugréa le policier. Quelle tirade ridicule, ça me hérisse. N'en rajoute pas, je suis d'une humeur exécrable. Alors, évite de noircir davantage le tableau.

Vexée par la réaction d'Étienne, Soline aperçut le pick-up de Benjamin en bas du chemin.

— Tiens, voilà ton grand amour, persifla celui-ci. Donc, si j'ai bien compris, je peux tout dire devant Sophie et lui, même au sujet de tes parents.

— Mes parents ? Qu'est-ce que tu leur reproches, à eux ? riposta-t-elle. Franchement, Étienne, tu fais tout pour te rendre antipathique.

— C'est ça, je préfère l'être, comme je préfère ne jamais avoir à supporter une femme enceinte de mes œuvres, lui assena-t-il en s'éloignant d'un pas rapide.

Soline en aurait pleuré. Une pensée la traversa au même instant, qui acheva de la troubler.

— Non, non et non, je refuse, souffla-t-elle, en se tordant les mains, l'air affolé.

Benjamin se gara au plus près du chalet. Il se précipita vers elle et la prit dans ses bras.

— Mon cœur, qu'est-ce que tu as ? Tu parlais à Étienne, il t'a annoncé une mauvaise nouvelle ?

— Pas du tout, il m'a agacée, comme d'habitude. Je suis si nerveuse, en ce moment. Surtout, je t'en prie, ne lui fais aucun reproche.

— Bien sûr. Soline, tu trembles. Le vent est glacé et tu es sortie sans gilet, sans écharpe.

Elle l'enlaça à son tour, sa joue appuyée contre sa poitrine. Il déposa des baisers sur ses cheveux, sur son front.

— Je suis bien, là, à l'abri, mon amour, avoua-t-elle tout bas. Tu me réchauffes. Regarde, Farou se promène avec ses petits. Ils sont adorables. De vraies peluches… Parfois, je voudrais que le monde alentour ne nous atteigne pas.

— C'est normal, nous vivons sous une menace permanente, soupira-t-il. Rentrons. Étienne tenait à nous réunir ce samedi, il a sûrement beaucoup de choses à nous dire.

Sophie insista pour servir le déjeuner, malgré les protestations d'Étienne, qui prétendait se contenter de café et d'un morceau de pain. Le repas ne dura guère longtemps, dans une ambiance un peu tendue. Ils discutèrent en priorité du travail de Benjamin.

— Deux loups, des jeunes adultes, ont encore été abattus le mois dernier, déplora-t-il après un exposé sur les doléances des éleveurs. On a réussi à savoir où ils étaient enterrés, par un ami des types qui les ont tués.

— Et est-ce que tu dois les autopsier ? s'intéressa Dambert d'un ton dur. Tu les as ramenés ?

— Ne dis pas n'importe quoi, trancha Benjamin. Les corps étaient en mauvais état, après une solide dose de chaux vive.

— Changeons de sujet, proposa Sophie. Sinon je ne pourrai pas avaler le dessert. J'ai fait une compote de pommes à la cannelle.

La plus silencieuse était toujours Soline. Elle observait le policier, en essayant de deviner ce qui le tourmentait.

— Je crois qu'Étienne n'en peut plus de nos conversations anodines, du moins pour lui, suggéra-t-elle enfin.

— En effet, je ne suis pas venu uniquement pour partager un déjeuner entre amis, admit-il. Rien ne m'oblige à vous rendre des comptes sur mes récentes investigations mais, sur un certain point, j'estime que c'est nécessaire.

— On t'écoute, répliqua Sophie. Mais d'abord, j'aurais une question. Pourquoi es-tu allé à Nancy ?

— Parfait, j'avais prévu d'en parler en premier lieu. Je vous l'ai dit, je reprends chaque élément de l'enquête en cours. Aussi je tenais à rencontrer la veuve du brigadier Bonnard, honorable gendarme et père de famille, qui a été tué probablement en mai, d'après le légiste. Cette femme s'est réfugiée avec ses deux gosses chez ses parents. Elle essaie de faire son deuil, mais je l'ai sentie encore sous le choc. Bien sûr, elle espère qu'on arrêtera bientôt l'assassin de son mari. Soline, tu as vu cet homme vivant, quand Kate a fait une déposition sur son enlèvement, et qu'il a prétendu vouloir classer l'affaire. Qu'as-tu pensé de lui ?

— Les premières fois où il est venu chez moi, il se montrait courtois, soucieux de ma sécurité. Mais le matin où Kate a fait sa déposition à la gendarmerie, il était revêche et borné. Comme hostile. Son attitude m'a choquée et déçue. Viviane était surprise également. Elle n'avait entendu dire que du bien de lui.

— Ta réponse valide mes suppositions. À mon avis, il était menacé, soumis à un chantage odieux. Mme Bonnard m'a confirmé que son mari était très anxieux à cette époque, qu'il prenait des somnifères et qu'il prévoyait de démissionner. Je suppose qu'il a été contraint de classer ton affaire. Pourtant il a été éliminé peu de temps après. Que s'est-il passé ? Je brûle de l'apprendre, si je peux coincer le tueur.

Livide, les poings noués, Étienne Dambert avait perdu son flegme et ne jouait plus la carte de l'ironie.

— Je suis prête à recommencer notre comédie du couple, dans la maison de Combloux, déclara alors Soline d'un ton grave. Ce serait le seul moyen de pouvoir l'arrêter.

— Non, c'est trop tôt, protesta le policier. Ce type a commis une erreur en tuant Moïse. Il doit savoir que la police redouble d'efforts et il ne tombera pas dans le piège. Plus tard, nous aviserons.

— Il faudra trouver une autre tactique, s'insurgea Benjamin. Je refuse que Soline se livre à nouveau à cette mascarade.

Sur ces mots, il décocha une œillade furibonde au policier, qui se tourna résolument vers la jeune femme, sans daigner répondre à l'invective.

— Autre chose, et ça concerne tes parents, Soline. Je leur ai rendu visite deux fois, au désagrément évident de ton père adoptif. Il m'a paru méfiant sans raison, et hargneux de façon abusive. Je n'ai pas trouvé l'explication de son agressivité manifeste.

— Papa est aigri depuis l'accident de maman, plaida Soline. Ceci dit, il n'a jamais été d'une nature joviale. Si tu m'avais permis de le prévenir de ta visite, il aurait été plus conciliant.

— C'était mieux de voir sa réaction à vif, insinua le policier. De surcroît, j'ai pu établir une théorie, à propos de ton petit ami du lycée, Enzo. Au fond, personne ne s'était inquiété du sort de ce garçon ; or, l'individu qui rendait visite à ta mère avait piqué une colère en apprenant que tu le fréquentais.

— Nous n'y avions pas pensé, c'est vrai, nota Benjamin.

— Pas de souci de ce côté : Enzo est marié et a un enfant, révéla Étienne. Mais j'ai réfléchi, quand Jacques Fauvel m'a précisé son rôle dans votre rupture, Soline.

Il s'adressait presque exclusivement à la jeune femme, dont les yeux bleus le fixaient, comme si elle était fascinée par lui.

— Pendant la semaine où nous avons tenté de piéger le tueur, tu aurais dû te confier davantage. Ta mère a bien insisté sur un point. Tu as quitté Lons et leur maison, après avoir revu Enzo par hasard, il y a cinq ans environ, car il t'a dit la vérité sur les causes de votre séparation.

— Oui, mais où veux-tu en venir, Étienne ?

— Pauvre petite innocente ! s'écria-t-il avec un rire cynique. Cherche bien, à la lumière de la situation actuelle.

— Fiche-lui la paix, et explique-toi ! s'exclama Benjamin. On tourne en rond, là !

— D'accord, reste calme, mon vieux, rétorqua le policier. Je serai direct : pourquoi le père adoptif de Soline aurait-il mis fin à la relation de sa fille avec un étudiant ? Le prétexte qu'il m'a débité ne tient pas debout, comme quoi il l'estimait fragile et instable, dans l'incapacité de gérer une vie de couple à Paris. Jacques Fauvel a dû être menacé lui aussi, à l'instar du brigadier Bonnard. Soit on l'a grassement payé, soit on l'a terrorisé.

Un silence stupéfait suivit ces derniers mots. Soline se leva pour aller se poster à la fenêtre. Le cœur serré, elle observa un vol de corneilles au-dessus des sapins. L'hypothèse d'Étienne lui semblait tout à fait possible.

— Mes parents ont attendu trop longtemps pour me faire leurs aveux ! s'écria-t-elle. Je suis sûre que si maman était morte pendant l'accident, je n'aurais jamais rien su des visites de cet homme. Pourquoi ne m'a-t-elle pas parlé de lui le jour où je suis partie pour Chamonix, avec Neige ? J'étais furieuse, mais je l'aurais écoutée.

— Justement, je me pose aussi la question, renchérit Étienne. D'après ce que je sais, les

Fauvel ont été de bons parents adoptifs. Tu n'as manqué de rien et ils ont pris soin de toi. Néanmoins, ils t'ont laissée partir, en sachant qu'un homme te surveillait et qu'il se prétendait de ta vraie famille.

— Mes parents avaient déposé une main courante ; ils devaient penser que ça suffisait, que le problème était réglé. Mais je suis d'accord avec toi : papa a pu céder à un chantage de la part de ce monstre. Réfléchis, Étienne ; pendant plus de trois ans, je n'ai eu aucun ennui. Ils ont dû se rassurer.

Sophie et Benjamin assistaient à leur dialogue, sans oser intervenir. Ils avaient tous les deux l'impression étrange qu'un fil invisible, tissé d'une soudaine complicité, se tendait et vibrait entre Soline et Étienne.

— Je reviendrai sur le cas des Fauvel, lâcha ce dernier.

Dambert avait exigé de son adjoint une étude des relevés bancaires des deux frères, cependant il ne le précisa pas.

— As-tu fait ce que je t'ai dit, Soline ?

— Oui, sans aucun résultat. Je ne suis pas médium, j'en ai eu la preuve, affirma-t-elle.

La coupe était pleine pour la capitaine Gally. Elle secoua sa crinière rousse en pointant l'index en l'air.

— Est-ce que j'ai droit à des éclaircissements ? s'enquit-elle d'un ton sec.

— J'ai tenté d'obtenir des informations sur les quatre jeunes femmes disparues, en regardant leurs photographies et en les touchant, répondit Soline. Comme j'ai beaucoup d'intuitions et mes fameuses visions, Étienne s'interrogeait sur mes capacités de médium. Hélas, la seule sensation que j'ai eue, c'est du noir, du vide.

Elle reprit sa place sur le canapé et se servit un verre d'eau. Benjamin l'attira sur son épaule, en lui caressant le bras.

— Du noir, du vide, répéta-t-il, songeur. Et si cela signifiait qu'elles sont enterrées…

De nouveau, ce fut le silence. Sophie, survoltée, alla sous le manteau de la cheminée pour fumer une cigarette.

— Bien, venons-en au meurtre de Moïse, poursuivit Dambert. De toute évidence, le tueur a supprimé ce vieillard parce qu'il avait dû l'identifier. Quand, comment : ça reste à trouver. On m'a envoyé du renfort, un bleu assez débrouillard qui épluche des tas de documents. Si on découvre pour qui a travaillé jadis Moïse Blanc-Talon, on aura une chance d'avoir enfin une piste.

— En somme, ça n'avance guère, décréta Benjamin. À mon tour de poser une question, Étienne. Soline m'a fait lire tes messages.

Pourquoi l'interroger sur le frère de son père, Roger Fauvel ? Tu penses que ce pervers, je ne vois pas d'autre mot pour le qualifier, a quelque chose à voir avec tout ça ?

Aucun d'eux ne s'attendait à la réaction du policier. Il poussa un juron en bondissant de son siège. Nerveusement, il ramassa son téléphone, sa veste.

— Bon sang, c'était entre elle et moi ! hurla-t-il en toisant Benjamin. Je comptais lui en parler, sans témoin ! De quoi te mêles-tu à la fin ? Soline est une adulte, alors arrête de la traiter en fillette fragile à protéger !

— Étienne, tu es fou ! s'indigna Sophie.

— Je ne suis pas le pire, rétorqua-t-il avant de se ruer hors du chalet.

Effarée, Soline hésita à le rattraper. Benjamin l'en empêcha d'un geste et il sortit.

— Mais qu'est-ce qui leur prend, Sophie ? s'étonna-t-elle.

— La testostérone, sans doute, déplora son amie. Tu avais des problèmes avec Neige et Barry, à cause de la louve. Ces deux idiots reproduisent un peu le même schéma.

Un peu inquiètes, elles allèrent à la fenêtre pour observer ce qui passait à l'extérieur.

— Ils se battent ! Ce n'est pas possible, gémit Soline. Je t'en prie, Sophie ; va les séparer.

— Pour le moment, ils se bagarrent juste comme des gosses, laissons-les se calmer. Étienne pratique les arts martiaux : s'il voulait étendre Benjamin sur l'herbe, il l'aurait déjà fait. Tiens, regarde : ils abandonnent.

Le cœur serré, Soline vit l'inspecteur Dambert monter dans sa voiture et démarrer sur les chapeaux de roues.

— C'est stupide qu'il parte, déplora-t-elle. Je lui envoie un message.

— N'aggrave pas les choses, recommanda Sophie. Étienne n'était pas dans son état normal. Je parie qu'il reviendra ce soir, peut-être avec son adjoint et disposé à faire quelques excuses.

— Je vais rejoindre Benjamin ; je voudrais bien comprendre pourquoi il était aussi furieux, annonça Soline.

Mais lorsqu'elle fut en haut des marches en pierre, sur la galerie couverte, le jeune scientifique s'enfonçait d'un pas décidé sous le couvert des grands sapins à la ramure sombre.

— Je ne comprends rien, vraiment rien. Et c'est encore ma faute, bien sûr, soupira-t-elle.

Haute-Savoie, près d'Yvoire, même jour, même heure

L'homme appréciait les samedis. Il s'accordait souvent, ces jours-là, deux ou trois heures en compagnie de Soline. Au fil de ses visites, il avait mieux aménagé la pièce mansardée vouée au culte de la jeune femme.

Il était assis dans le fauteuil datant du siècle précédent, et dont il caressait parfois les clous en cuivre, au bord des accoudoirs. Une tasse de café à la main, un cigarillo dans l'autre, il admirait le poster de sa déesse, nue sous le clair de lune.

— J'ai eu beaucoup de travail ces temps-ci, déclara-t-il en souriant à l'image. Mais je suis très satisfait. Si tout se déroule comme je l'espère, nous serons bientôt ensemble. Je saurai t'apprivoiser, mon bel amour.

Le regard fiévreux, il posa la tasse pour vite griffonner des phrases sur un bloc de papier. Il était question de romantisme, d'une idylle condamnée par une société imbécile. Ensuite il s'adonna à sa passion, en écrivant plus de dix fois le prénom de sa bien-aimée.

— Je dois t'arracher de ses griffes, mais avec prudence et ruse, ajouta-t-il à voix basse. J'ai de quoi t'aider à l'oublier, si tu as des sentiments pour lui. Non, je sens que tu me veux, moi et personne d'autre.

En soupirant de joie, l'homme effleura de ses doigts le foulard d'un bleu profond qu'il avait noué autour de son cou. Un peu de parfum demeurait incrusté dans les fibres du tissu et, plus exaltant encore, elle avait touché ce foulard, mis au contact de sa peau qu'il imaginait douce, chaude.

— Ah ! Tant et tant d'efforts, ma Soline, mais j'ai réussi à avoir quelque chose de toi.

Il se revit à la fin de l'hiver, le jour où il avait pu entrer dans la petite maison de Combloux, afin de s'emparer d'un vêtement appartenant à son idole.

— Je te le rendrai, sois tranquille.

Au même instant, un bruit lointain le tira de son extase. Il avait désormais des sens aiguisés, à force d'être une grande partie du temps sur le qui-vive.

Le manoir avait toujours son allure de domaine à l'abandon, mais il avait placé en différents endroits des panneaux censés décourager toute intrusion.

— Des jeunes crétins en quête d'émotion forte ? Je ne rêve pas, j'entends marcher.

De la chambre haute, il ne pouvait pas voir l'ensemble du terrain. Une angoisse terrible lui écrasa la poitrine.

— Non, ça ne peut pas être la police. Impossible ! Les flics sont incompétents, on les berne comme on veut.

Il se raidit tout entier, l'oreille collée au panneau en chêne de la porte soigneusement verrouillée. Les pas se rapprochaient de son repaire.

— C'est sûrement un curieux, il va repartir.

L'homme visionna une autre porte, celle dissimulée dans les lambris d'un couloir du premier étage et qui donnait accès à l'étroit escalier aménagé dans l'épaisseur du mur.

— Bien malin celui qui trouverait le chemin, se dit-il tout bas. Je n'ai qu'à patienter.

Il déplora de ne pas avoir installé un système de vidéosurveillance. Soudain un craquement le renseigna, affolant. On avait donc repéré la porte imitant un pan de lambris et on montait les marches.

« Des talons hauts, qui résonnent, nota-t-il. Alors c'est une femme. »

Presque immédiatement, on tambourina sur le battant, de l'autre côté. Une voix pointue résonna :

— Chéri, je sais que tu es là ! Avec qui ? Ouvre !

Il avait déjà pris sa décision. De la main gauche, il tourna le verrou, puis il recula, tétanisé, déjà irradié par la volonté implacable d'éliminer l'intruse.

La femme avança jusqu'au milieu de la pièce. Tout de suite, elle vit les photographies de Soline et le poster à la meilleure place. Un cri de rage lui échappa.

— C'est elle ! Je me doutais que tu avais une liaison, et aujourd'hui je t'ai suivi.

Il demeurait silencieux, le regard mauvais. Elle le toisa, un rictus amer lui crispant la bouche.

— Je ne te suffisais plus ? Pendant nos vacances, c'était du cinéma ? Tu n'es qu'un hypocrite, un fumier ! Et puis c'est quoi, cet endroit ? Tu l'as loué ? Réponds !

— Tu as eu tort de me suivre, répliqua-t-il froidement.

— J'étais sûre que tu me trompais, et avec une blonde, ça ne m'étonne pas. Dis, l'histoire des teintures, pour mes cheveux, c'était à cause de cette traînée ? Tu voulais que je ressemble à cette put…

Il fonça sur elle pour la faire taire, fou furieux de l'entendre insulter Soline. Le premier coup lui fendit la lèvre supérieure, fardée d'un rose luisant. Le deuxième fit craquer le nez un peu fort. Du sang coula sur son imperméable beige.

— Sale brute ! vociféra-t-elle. Je porterai plainte ! Comment oses-tu me frapper ?

Avec une habileté et une rapidité inouïes, l'homme avait dénoué le foulard bleu et, se postant derrière la femme, il s'en servit pour l'étrangler. Les yeux exorbités, elle se débattit, en se contorsionnant de moins en moins, car le manque d'air l'affaiblissait. Il put lui briser la nuque, de ses bras musclés et rompus à cet exercice fatal.

— Pauvre imbécile, dit-il quand elle fut étendue sur le parquet, inerte. Qu'est-ce que je vais faire de toi ?

Il choisit de dissimuler son corps dans la cave, un espace voûté, encombré d'un bazar poussiéreux. Pendant une heure, il s'affaira, en projetant de revenir le lendemain et de creuser la terre battue.

— Je suis chez moi ! Qui la retrouverait ici ?

Serein, il put enfin reprendre le volant. L'un de ses deux téléphones sonna ; celui du monde ordinaire où il évoluait sans éveiller le moindre soupçon. Une voix féminine s'inquiétait de leur éventuel retard à un dîner mondain.

— Mon chéri, dépêche-toi, insista-t-elle.

— Je serai à l'heure, promit-il.

Chalet du vallon des loups, même jour, le soir

Le crépuscule bleuissait les pâtures qui s'étendaient autour du chalet. Soline avait nourri la louve et ses petits. Maintenant, Barry désertait l'enclos une partie de la journée pour se placer sous la férule de Neige. Le grand chien blanc avait repris son rôle de dominant.

— Benjamin devrait rentrer, il va faire nuit, s'étonna Sophie, qui l'avait accompagnée. Aucun signe d'Étienne non plus.

Elles jetèrent des coups d'œil intrigués en direction de la forêt, puis du chemin.

— Je n'aime pas ça, soupira Soline. Nous aurions pu passer de bons moments tous les quatre. J'avais prévu une grande balade jusqu'à cette crête, qui domine le toit du chalet.

— On en a profité pour faire une sieste, répliqua Sophie. Je me suis bien reposée. Ce vallon est magnifique ; je voudrais définir ce qu'il m'inspire, je n'y parviens pas.

— Ce lieu possède une âme. Je l'ai ressenti dès le premier soir ici. Et il m'a acceptée ; peut-être que mes ancêtres y ont vécu. Pourtant mes recherches n'aboutissent pas : je ne trouve pas de renseignements précis sur les maquisards qui auraient été fusillés ici. J'ignore où habite le vieil homme qui m'a rendu visite et m'en a parlé. C'est dommage, j'aurais voulu lui poser d'autres questions. Benjamin n'a pas le temps de m'aider.

Sophie remarqua la façon particulière dont son amie fixait un des murs de la bergerie.

— Il est encore là, souffla Soline. Je le vois, mais lui, il vérifie l'état de son fusil. Je finis par me demander s'il s'agissait bien de résistants.

— Oh, tu me donnes la chair de poule. Rentrons au chaud.

— Il n'y a pas de raison d'avoir peur. C'est comme si on me montrait un court extrait de film. Rien ne peut m'atteindre, et je ne peux pas remonter le temps. Enfin, je voudrais tellement que ce soit possible. Une fois, j'ai entendu rire une petite fille, je t'assure !

Sidérée, Sophie entraîna Soline par le bras. Elle tenta d'orienter la conversation sur un autre thème.

— Dis-moi, quel est le problème avec ton oncle Roger ? Il a été la pomme de discorde, comme on dit, entre Benjamin et Étienne. Tu m'expliques ?

— Je déteste cet homme. Roger Fauvel m'a toujours traitée de haut. Il évoquait à la moindre occasion mon statut d'enfant adoptée, en me surnommant « la pièce rapportée ». Dès que j'ai eu treize ans et un peu de formes, il a commencé à me frôler le dos, les fesses, les seins.

— Quelle ordure !

— Je me suis confiée à maman, un soir où elle m'a trouvée en larmes dans mon lit. Par la suite, il ne m'a plus importunée, mais il y avait ses regards avides.

Le bruit encore lointain d'un puissant moteur fit taire Soline. Une voiture montait le chemin en lacet.

— Tiens, je l'aurais parié ! s'esclaffa Sophie. Notre inspecteur Dambert revient.

— Benjamin est assis à côté de lui. Ils ont dû se réconcilier, ajouta Soline. Je suis soulagée, mais Étienne n'avait pas tort sur un point.

— Lequel ?

— Je ne suis plus une enfant ! Benjamin est si conciliant envers moi. Il me pardonne tout, m'offre des babioles quand il s'est absenté et il adore me cajoler.

— Et tu oses te plaindre ? Il doit quand même te traiter en femme de temps à autre, sinon tu ne serais pas enceinte.

Soline la gratifia d'un regard amusé. Sophie avait touché juste. Lorsqu'ils faisaient l'amour, son compagnon n'était plus protecteur. Il déployait en homme passionné tous ses talents pour la mener au paroxysme du plaisir.

— Je capitule devant ta perspicacité, répliqua-t-elle. Et toi, quand nous présenteras-tu Judith ?

— Je voudrais bien que tu fasses sa connaissance, mais c'est une citadine invétérée. L'emmener ici risquerait de mettre un terme à notre relation, déjà en dents de scie. Tiens, ces messieurs discutent encore, à l'abri, dans la voiture. Je suis gelée, je ne les attends pas.

Chaudement vêtue, Soline suivit des yeux la silhouette athlétique de Sophie. En plein vent, le visage impassible, elle regarda en arrière, vers la bergerie. L'homme de sa vision avait disparu, mais elle aperçut une femme en robe grise, à genoux sur le sol tapissé d'une herbe drue et très verte. Des mèches blondes s'échappaient du foulard noir qui entourait sa tête.

— C'est elle, la dame qui m'est apparue plusieurs fois. On dirait qu'elle pleure.

— Soline, petite folle ! Rentre vite, il pleut !

L'image s'effaça. Benjamin était là et il l'enlaçait, la couvrait de baisers. Elle tenta de le repousser.

— Tu exagères ! Je suis contrariée. Tu as disparu des heures ; or, tu sais que ça me fait peur. Et cesse de m'appeler petite folle ou mon petit cœur, tu m'infantilises, Étienne a raison. Où étais-tu ? Et lui ?

— On s'est retrouvés au village, il m'a dit de le rejoindre. Je te demande pardon, Soline.

Le policier s'approcha d'eux, la mine contrite. Il poussa un soupir gêné.

— Je te présente mes excuses, lâcha-t-il. Au fond, j'avais besoin d'en découdre avec quelqu'un et j'ai provoqué Benjamin. Au sujet de ton oncle, ce grand type m'a porté sur les nerfs. Tout me heurtait en lui, son regard, sa voix ; surtout sa voix. Ce séjour à Lons-le-Saunier était pénible. N'en parlons plus.

Soulagée, Soline éclata d'un rire léger. Elle désigna le chalet aux fenêtres éclairées, sur le paysage sombre.

— Vous êtes pardonnés tous les deux. Allons préparer le dîner. Essayons au moins de passer une bonne soirée.

Son intuition prise en défaut, elle ne pressentit pas le cauchemar qui s'annonçait et la marquerait à jamais.

*

Soixante-dix-neuf ans plus tôt,
Combloux, jeudi 22 octobre 1936

Louise inspecta de son regard limpide la grande pièce où on fêterait les douze ans de sa fille. Lassée de célébrer chaque événement familial dans la belle demeure de son frère, elle avait décidé d'inviter les siens pour l'occasion.

— Le feu est allumé, mes bouquets de feuillages sont superbes. Aux couleurs de l'automne : du rouge, de l'or, du jaune.

Elle contempla ensuite la longue table nappée d'un ancien drap de lin repassé par ses soins. Une plante en pot, un cyclamen rose, égayait l'ensemble de couverts bon marché.

— Émeline va pousser un cri de joie devant son gâteau.

Fine cuisinière, Louise avait confectionné elle-même un biscuit de Savoie. Il était fourré de confiture de myrtilles, qu'elle mettait en bocaux chaque été. Un glaçage blanc achevait son œuvre, orné d'un petit carton où était écrit : « Bon anniversaire. »

— Il manque les bougies à souffler ; je les poserai au dernier moment, quand nos invités arriveront.

Afin de lui réserver la surprise, elle avait envoyé sa fille cueillir les dernières pommes, en haut d'un pré voisin.

— Si je pouvais la consoler de la mort de notre Flocon, soupira Louise.

Le beau chien blanc, que lui avait offert Vittorio lors de son retour en France, s'était éteint une nuit du mois d'août. Émeline avait sangloté des heures, en répétant :

— C'était le chien de papa.

Louise s'était décidée à acheter un chiot saint-bernard. Son frère, devenu un docteur aussi renommé que fortuné, l'avait encouragée, notamment en tenant à débourser la somme nécessaire.

— Nous irons le choisir tous les deux, en voiture, pendant qu'Émeline sera à l'école. Il faut une femelle ; elles sont plus douces de caractère. Ces animaux sont très intelligents ; on les utilisait comme sauveteurs, au siècle dernier.

— Mais je me ruinerai en nourriture, s'était alarmée Louise. Déjà notre Flocon avait un solide appétit.

— Tu touches deux pensions, avait répliqué Antoine. Et tu fais encore des ménages. Ne crains rien, nous te donnerons les restes de repas, Aglaé les met de côté pour les cochons de sa cousine. Elle s'en plaint parfois.

Persuasif, toujours disposé à choyer sa sœur et sa nièce, le médecin lui avait alors déclamé la devise du saint-bernard : « Noblesse, dévouement et sacrifice. »

Louise revivait la scène, attendrie par la générosité de son frère. Elle avait conscience qu'Antoine la considérait comme sa mère.

L'écho d'une galopade dans la rue la précipita vers la porte. Le loquet grinça et Émeline apparut, chargée d'un lourd panier de pommes un peu fripées. Cependant l'enfant blonde sembla ne rien voir de la pièce décorée en son honneur. Des larmes marbraient ses joues roses.

— Maman, j'ai eu très mal au ventre, sur le chemin, mais je suis quand même allée ramasser les pommes. Et maintenant, je saigne.

— Ciel, ma pauvre mignonne, tu n'as pas de chance ! Il fallait que ça vienne aujourd'hui, déplora Louise.

Émeline jeta enfin un regard éploré sur les bouquets, la table drapée de blanc et le merveilleux gâteau.

— Tant pis, va leur dire de ne pas venir, gémit-elle. Ils vont savoir que je suis malade.

— Mais non, ma chérie, nous avons le temps de t'équiper. Personne n'en saura rien. Montons dans la chambre. Je remplis un broc d'eau chaude.

— Oncle Antoine devinera, il est docteur. J'ai mal, maman.

— Tu dois supporter cette souffrance qui reviendra chaque mois. Autant commencer tout de suite.

— Marguerite, une des grandes de l'école, dit qu'elle ne sent rien, se plaignit l'adolescente.

— Chaque femme est différente, prêcha Louise.

Avec efficacité et discrétion, en veillant à préserver la pudeur de sa fille, elle l'aida à se changer.

— Voudrais-tu un de tes cadeaux ? proposa-t-elle.

— Oui, maman.

Émeline découvrit une jolie robe en jersey vert, à col blanc. Un galon rouge ornait les manches et le bas de la jupe.

— Qu'elle est jolie ! s'extasia-t-elle. Je peux la mettre pour le goûter d'anniversaire ?

Songeuse, Louise accepta, en recommandant le port d'un tablier, pour parer à la moindre tache.

— Maman, tu veux bien me parler de papa ? implora soudain Émeline. J'ai peur de te faire de la peine, alors je ne te demande jamais. Je ne sais pas grand-chose sur lui.

— Tu n'as aucun souvenir, ma chérie ?

— Non, aucun.

Bouleversée, Louise s'assit au bord du lit qu'elle partageait avec son enfant. Elle se reprochait ses silences.

— Vittorio était un très beau garçon lorsque je l'ai connu. Ton frère Clément lui ressemble, mais il tient aussi de ton grand-père Jean Favre.

— Et il venait d'Italie pour travailler à la carrière de granit ?

— Oui, comme beaucoup d'hommes dans la région. Je suis tombée amoureuse de lui. Un soir de bal, il m'a offert un chiot, Barry. Ton oncle Antoine était si content.

— Et quand il a pu revenir en France, il t'a donné Flocon, renchérit Émeline. Mais je ne comprends pas pourquoi il est parti, alors que vous aviez eu Clément.

Louise détourna la tête. Elle évoquait rarement son grand amour, hésitant à dévoiler la vérité. Soudain, elle s'affola. Des anciens du village pouvaient se montrer bavards.

— Ma petite enfant chérie, tu as douze ans et je te crois capable d'apprendre un secret. D'abord, n'oublie jamais que ton papa était au comble du bonheur, le jour de ta naissance. Nous étions mariés et je pensais le garder de longues années près de moi. Mais il y a eu cet accident ; tu avais quatre ans.

— Bien sûr que vous étiez mariés, affirma Émeline.

L'insistance de sa fille tracassait Louise. Elle eut la solution grâce à une prescience fulgurante.

— Tu me poses des questions, car tu as entendu des choses !

— Oui, maman, avoua-t-elle. J'ai honte, mais j'ai écouté en cachette tante Jeanne et Juliette qui discutaient.

— Ta jeune belle-sœur est trop bavarde. Que disaient-elles pour te rendre aussi curieuse ?

— Papa était marié à une autre dame, en Italie, mais vous vous aimiez très fort et tu as eu Clément.

Louise attira Émeline dans ses bras pour la câliner avec une tendresse accrue.

— C'est vrai, ma chérie. Seulement je ne savais pas que mon Vittorio avait déjà une épouse. Il a disparu un matin et j'ai été très malheureuse. Je te promets de tout te raconter bientôt, au coin du feu. Mais notre amour était très fort car, une fois devenu veuf, ton papa m'a retrouvée. Maintenant, nous ferions mieux de descendre. On a frappé. Ce sont nos invités.

Rassérénée, Émeline embrassa sa mère en souriant. Ses doutes s'envolaient.

— On se dépêche, maman. Je n'ai presque plus mal.

Elles accueillirent main dans la main Jeanne et Antoine, Juliette et Clément. Il y eut des cris d'admiration devant le gâteau et les grands bouquets de feuillages d'automne.

Après avoir soufflé ses douze bougies, Émeline reçut une montre-bracelet, des livres de Jules Verne, des sucreries et une écharpe en laine rose tricotée par sa tante.

— Je vous remercie beaucoup, déclara-t-elle, assise en bout de table, ravissante dans sa robe verte, auréolée de ses cheveux blonds, aux boucles souples.

— Mais il te manque un cadeau, sœurette ! s'écria Clément qui, lui, avait fêté ses trente-trois ans en septembre.

Robuste, d'une stature imposante, il gagnait sa vie comme guide en haute montagne. Des férus d'alpinisme envahissaient en toutes saisons le massif du Mont-Blanc. Des stations de ski se développaient. Son épouse, Juliette, travaillait dans un des nouveaux restaurants ouverts à Combloux.

— Clément, j'ai eu assez de cadeaux, s'étonna Émeline.

L'instant suivant, Émeline voyait son frère aîné ramener un adorable chiot blanc, au crâne parsemé de larges taches brunes. Un ruban rose en satin lui servait de collier. Il était déjà lourd pour la fillette qui le reçut, bouche bée.

— Oh, merci, merci !

L'envie de pleurer lui coupait le souffle. Elle dut enfouir son visage dans les poils cotonneux du petit animal.

— On t'a offert une demoiselle saint-bernard, et dans un bon élevage, indiqua sa tante Jeanne, encore affaiblie par une longue convalescence.

— Tu dois la baptiser, renchérit la brune Juliette, rieuse.

— J'étais si triste quand Flocon est mort, répondit Émeline. Je m'en occuperai bien ; c'est le plus beau cadeau du monde !

— Et comment veux-tu l'appeler, insista Clément.

— Vittoria, le prénom de mon père, au féminin.

Louise essuya une larme, le cœur serré. Pourtant elle se pencha vers sa fille.

— Vittoria, c'est joli. Tu as bien choisi, Émeline.

14

Un rendez-vous

Soixante-dix-neuf ans plus tard,
chalet du vallon des loups, jeudi 15 octobre 2015

Dès le réveil, Soline avait vu s'annoncer une longue journée en solitaire. Aussi, malgré les réticences de Benjamin, elle avait décidé de se rendre à Combloux. Ravie par la perspective de son escapade, elle se coiffait face au miroir ovale qui surplombait un lavabo récemment installé.

— J'ai les clefs de chez Viviane ; je récupérerai mes vêtements d'hiver, dit-elle à son reflet. Et je fouillerai ces caisses que le voisin m'a confiées. Il y a sûrement de vieux livres à l'intérieur.

Elle s'était habillée avec soin, pour le simple plaisir d'être un peu élégante. Les jours s'écoulaient, sans aucune manifestation du tueur.

Une moue perplexe gonfla ses lèvres d'un rose délicat. Soline s'interrogeait. Cet homme insaisissable avait pu fuir la région, de peur d'être arrêté. Étienne lui-même commençait à se décourager. Aucune piste n'aboutissait. Il lui avait été impossible de trouver, notamment, pour qui avait travaillé Moïse Blanc-Talon par le passé.

— Faisons comme si ce fou n'existait pas, déclara-t-elle. Si je continue à rester enfermée ici, je ne saurai même plus conduire.

Contente de sa robe en mohair bleu ciel, un cadeau tout récent de Benjamin, elle se parfuma, mais sans excès. En dernier lieu, elle vérifia l'ordonnance de son chignon.

— Voilà, je suis prête ! J'ai nourri la louve et Barry ; je vais laisser Neige dans la cuisine.

Son téléphone sonna alors qu'elle descendait l'escalier, une veste sur le bras. C'était Jacques Fauvel.

— Bonjour, papa. J'avais prévu de vous appeler vers midi.

Le silence de son père adoptif l'alerta. Soline se prépara à entendre une litanie de reproches, concernant les visites d'Étienne à Lons, mais les mots qu'il prononça la glacèrent.

— Soline, tu dois te mettre en route tout de suite. Il y a urgence, c'est ta mère. Je t'en prie, ne pose pas de questions, ne perds pas de temps. Si tu pars maintenant, tu seras là dans un peu plus de deux heures, en prenant l'autoroute.

Soline sentit son cœur battre très fort. Elle céda à la panique.

— Papa, qu'est-ce qui se passe ? Maman n'est pas…

— Viens au plus vite, elle a besoin de toi.

— On l'a agressée ? Elle a eu un accident ? Papa, j'en tremble. Je ferais mieux de venir avec Benjamin. Si je lui explique, il peut se libérer et m'emmener.

— Non, ce sera peut-être trop tard. Soline, pour une fois, ne discute pas. Si tu tiens à ta mère, fais ce que je te dis. Rappelle-moi dès que tu es à mi-parcours.

— Est-ce que je vais directement à l'hôpital, papa ?

— Viens à la maison.

Jacques Fauvel raccrocha. L'esprit en pleine confusion, la bouche sèche, Soline sortit du chalet. Elle ferma à clef, après avoir ordonné à Neige d'être sage.

— J'enverrai un message à Benjamin plus tard ; si c'est très grave, il pourra me rejoindre à Lons. Maman, attends-moi.

Elle démarra le 4×4, avec la sensation d'agir dans un état second. La voix de son père, qu'elle croyait entendre encore, était anormale, tendue, rauque.

— Il n'aura pas osé m'annoncer une tragédie au téléphone ; certaines choses se disent de vive voix.

Pourtant, en conduisant assez vite le long de la route étroite en lacet, Soline finit par s'étonner et douter. Elle se mit à parler toute seule, afin d'atténuer son angoisse.

— Quand même, si maman était morte, il l'aurait formulé. Ce doit être un grave problème de santé. Mais Étienne l'a vue vendredi dernier et il n'a rien remarqué. Pourquoi je n'ai pas eu de vision, si maman est malade au point d'être en danger ? On me montre des inconnus du siècle précédent et j'ai pu sauver Kate et Sophie. Et maman, alors ? Elle ne compte pas ?

Le cri de révolte avait jailli, tandis qu'une foule de souvenirs affluaient. Monique, en dépit de sa sévérité et sa réserve naturelle, avait été une mère attentive, souvent plus indulgente que son mari. Depuis l'accident, elle témoignait à sa fille adoptive beaucoup plus de tendresse.

— Nous nous sommes rapprochées, maman. Tu m'as répété que tu m'aimais, alors pitié, ne meurs pas.

Les kilomètres défilaient. Soline continuait son monologue, assaillie d'images de son enfance et de son adolescence.

— En Vendée, tu m'as offert un joli maillot de bain, sans oser confier son prix à papa. Et, petite fille, je rêvais de ce lapin en peluche, dans la vitrine du magasin de jouets ; grâce à toi, je l'ai trouvé sous le sapin de Noël. Je n'ai jamais été malheureuse, maman. Tu m'as protégée de l'ignoble oncle Roger, aussi.

En faisant le plein dans une station d'autoroute, Soline s'acheta une bouteille d'eau et un paquet de biscuits. Avant de reprendre le volant, elle rappela son père.

— Où es-tu ? s'enquit-il aussitôt.

— Environ à une heure de Lons. Comment va maman ? Dis-moi ce qui se passe, je suis très inquiète. Je m'imagine le pire.

— Garde ton calme, Soline. Sois prudente ; ta mère te réclame, je t'expliquerai sur place. Oui, elle est malade…

— Tu me le dirais si on avait encore essayé de la tuer, papa ?

— Bien sûr, ce n'est pas ça. Je t'attends.

Soline considéra l'écran de son portable un court instant, puis elle téléphona à Benjamin. Dès qu'il sut où elle allait, il fit un grand effort pour dominer sa contrariété.

— Tu aurais dû me prévenir, répondit-il d'un ton posé. J'aurais préféré t'accompagner.

— Je suis désolée, je n'ai pas eu le choix ; papa était catégorique, répliqua-t-elle. Ne t'inquiète pas, je te tiens au courant et je t'envoie un message à mon arrivée. Rentre le plus tôt possible, j'ai enfermé Neige dans le chalet.

Benjamin affirma qu'il ferait au mieux, mais il était irrité par cet imprévu. Néanmoins, il réussit à le dissimuler.

— Transmets mes amitiés à tes parents, dit-il. Ne me laisse pas sans nouvelles.

— C'est promis, et tu me rejoindras si je te le demande.

— Évidemment, n'hésite pas. J'espère que ta mère n'a rien de trop grave.

— Je le saurai une fois là-bas. Et ne sois pas vexé, mais je n'ai pas envie d'annoncer ma grossesse tout de suite.

— Il vaut mieux attendre, en effet.

Ils échangèrent des mots tendres, tout bas. Soline, soulagée, reprit la route.

— Je suis certaine qu'il s'est retenu de me faire plein de recommandations, murmura-t-elle. Il sait combien ça m'agace.

Un sourire involontaire illumina son beau visage et fit briller ses yeux aux nuances de myosotis.

— Mon amour, je reviens vite ; tu es le centre de mon univers. Et notre bébé aussi, rectifia Soline à mi-voix.

Un phénomène singulier se produisit, à une vingtaine de kilomètres de Lons-le-Saunier. Soline avait pu dominer l'angoisse qui la torturait, tout en se préparant à vivre des moments pénibles. Soudain, elle entendit quelqu'un sangloter. Les pleurs résonnaient autour d'elle, comme si une personne était assise à l'arrière ou sur le siège du passager.

Tout de suite, la jeune femme songea au rire d'enfant, joyeux et cristallin, dont les notes avaient pu franchir la barrière du temps.

— Pourtant je n'ai pas de vision, s'étonna-t-elle.

L'écho de ce chagrin perturba Soline qui jugea plus prudent de ralentir et de quitter l'autoroute à la première sortie. Une fois garée sur le bord d'une départementale, elle écouta mieux, le souffle suspendu. Des bribes de gémissements lui devinrent perceptibles.

— On dirait maman ; oui, c'est elle qui pleure.

Complètement affolée, elle reprit la route.

— Quelque chose ne va pas, admit-elle, le cœur serré. On dirait qu'on m'envoie un avertissement.

De toute sa volonté, Soline bloqua ses pensées, afin d'être plus réceptive à l'invisible. Bizarrement, les pleurs saccadés s'estompèrent, puis se turent.

— Je dois garder mon sang-froid, surtout, s'exhorta-t-elle en coupant le moteur du 4×4, devant le portail du domicile de ses parents.

Jacques Fauvel sortit immédiatement. Il devait la guetter, car il traversa la cour au pas de course, les traits ravagés.

— Papa, je suis là ! s'écria-t-elle, prête à se jeter dans ses bras ; ce qui s'était rarement produit.

— Viens, rentrons, ordonna-t-il sans un geste d'affection, sans chercher à l'embrasser.

Une chape de plomb s'abattit sur Soline, quand, docile, elle le suivit, ramenée à l'époque de son adolescence, où son père coupait court au moindre manquement à la discipline.

— Mais où est maman ?

La question brisa le silence qui régnait dans le salon froid aux volets fermés. Un maléfice semblait avoir frappé toute la maison.

— Je te conseille de t'asseoir, Soline, dit Jacques Fauvel. Ce que j'ai à t'annoncer va te choquer. Je ne pouvais pas te donner d'explications au téléphone, sinon tu aurais averti ton compagnon et la police. Mais personne ne doit savoir, tu entends ? Personne ! La vie de ta mère, de mon épouse, en dépend.

Tremblante de nervosité, la jeune femme prit place au bout du canapé. Déjà, elle avait acquis une certitude.

— Il s'agit de cet homme, le tueur, n'est-ce pas ? Parle-moi vite, papa. Je ferai tout pour maman, tu le sais.

— Monique est avec lui. J'ignore comment il s'est arrangé pour l'enlever. Ce type ne recule devant rien, peut-être qu'il s'achète des complices.

Ulcérée et malade de peur, Soline considéra son père avec incrédulité.

— Il faut appeler la police tout de suite, papa, affirma-t-elle. Je vais contacter Étienne, l'inspecteur qui est venu ici. Il nous aidera.

Elle sortit son portable de son sac, mais un cri impérieux la fit sursauter.

— Non, pose ton appareil ou je te l'arrache des mains. Tu dois m'écouter. Il ne fera pas de mal à Monique si tu obéis à ses consignes. Regarde sur la table basse : j'ai trouvé ça sous la porte d'entrée, avec mon nom dessus. Il y a des photographies et deux messages à l'intérieur. Lis donc, tu vas comprendre !

Soline respira à fond pour rester calme, en s'emparant de l'enveloppe en kraft que son père adoptif lui désignait. Elle le reconnaissait à peine. Son austérité ordinaire s'était muée en une rage glaciale, dont elle se sentait responsable.

— Fais ce que cet homme exige, ajouta Jacques Fauvel. Il promet de ne te causer aucun dommage. Si tu le rencontres aujourd'hui, ta mère sera sauvée. J'aime Monique, je refuse de la perdre à cause de toi !

Quasiment hypnotisée par la dureté de ces paroles, assorties d'un regard hargneux, Soline hocha la tête d'un air coupable.

— Ne hurle pas comme ça, dit-elle d'une voix douce. Depuis des semaines, je souffre d'un sentiment de culpabilité. Mes amis et Benjamin me répètent que j'ai tort, mais moi je sais que je suis à l'origine de toute cette affaire, des morts, des accidents.

— Nous n'aurions jamais dû te prendre en charge, encore moins t'adopter, maugréa Fauvel. J'y ai consenti par amour pour mon épouse, que ce salaud a failli tuer et qu'il tient sous sa coupe, à l'heure actuelle.

— J'irai au rendez-vous, articula Soline comme dans un rêve éveillé.

Avant même d'examiner le contenu de l'enveloppe, elle sut que cette confrontation était inéluctable et qu'elle l'attendait inconsciemment.

— Je vais enfin l'affronter, dit-elle tout bas.

— Qu'est-ce que tu marmonnes ?

— Rien, et inutile d'avoir ce ton de bouledogue, rétorqua-t-elle, subitement furieuse. Tu ne m'as jamais aimée. Je viens de m'en rendre compte. Excuse-moi d'avoir gâché ta vie pendant quelques années. Sois sans crainte : je vais réparer mes torts et, si je réussis, tu ne me verras plus.

— Soline, il n'est plus question de notre relation père/fille, mais de ta mère ; la femme qui a veillé sur toi de tout son cœur.

— J'ai compris.

— Alors ne perds plus de temps. Ouvre cette maudite lettre !

— Une seconde ! D'abord, si tu me disais comment il a pu enlever maman ? Elle est encore en fauteuil roulant ! Il t'a menacé, il avait une arme ?

Les nerfs de Jacques Fauvel le lâchèrent. Il passa la main sur son front, puis il s'affala dans un fauteuil. Un sanglot sec le secoua.

— Nous avions droit à un taxi médicalisé, depuis l'opération. Ce matin, Monique avait une séance de rééducation à l'hôpital ; on est venu la chercher à 8 heures. Vingt minutes plus tard, j'ai reçu un message sur mon téléphone portable : « Suivez les instructions que vous allez recevoir, sinon votre femme sera morte avant ce soir. » Tu imagines ce que j'ai ressenti ! Peu après, on a glissé cette enveloppe dans la boîte aux lettres.

Soline écoutait, tendue à l'extrême. Son père la fixa d'un air égaré, en se relevant. Elle eut pitié de lui.

— Je ne devais pas alerter la police, c'est écrit sur une feuille, mais te demander de venir au plus vite. Seule bien sûr, lâcha-t-il. Je t'ai appelée tout de suite.

— D'accord, tu as eu raison. Je suppose que ce monstre a pris les précautions requises ; il n'a pas dû laisser ses empreintes.

— Évidemment… Attention, Soline, ne t'avise pas d'appeler ton inspecteur dès que tu sortiras d'ici. Je veux retrouver Monique saine et sauve. Tu l'as dit toi-même cet été, à Servoz : ce criminel est bien organisé et redoutable. On nous épie, j'en suis sûr.

— Mais la police saurait gérer ce genre de situation, répliqua-t-elle en butant sur le mot « papa » qui lui montait aux lèvres de façon machinale.

— Laisse-moi rire. Combien de gens sont retrouvés vivants après un enlèvement ? Cet inspecteur nous a parlé de quatre filles disparues ! Personne ne les a revues.

— Ce que tu es méprisant, lui reprocha-t-elle, tétanisée par la peur et la colère. Je déteste la manière dont tu as prononcé le mot « filles », avec du dédain, comme si elles étaient coupables ; aussi coupables que moi, sans doute, d'être jolies et blondes ?

Jacques Fauvel haussa les épaules. Il bougonna en guise de réponse qu'il allait faire du café et il se dirigea vers la cuisine, le dos voûté.

Terrassée par ce nouveau coup du tueur, Soline se décida à examiner le contenu de l'enveloppe qu'elle répandit sur la table basse. Il y avait plusieurs photographies en couleur.

— Mon Dieu, comment fait-il ? Viviane avec sa jambe plâtrée, dans le jardin de sa cousine… Kate à une fenêtre, en train de fumer. C'est à Dijon, forcément. Oh non, Sophie en pyjama sur son balcon, et là… Benjamin.

Découvrir le séduisant visage de son compagnon dans de telles circonstances lui arracha une plainte effrayée.

— Sur celle-ci, il doit être chez un éleveur de moutons ; oui, je vois un troupeau au loin. Et, sur une autre, il est au volant de son nouveau pick-up.

Un cliché un peu flou montrait Sophie et Benjamin à la terrasse d'une brasserie de Chamonix.

— Et maman dans son fauteuil roulant, qui sort de l'hôpital ; il ne manque personne. Tous ceux que j'aime le plus sont ciblés. Apparemment, Alban ne risque plus rien, ni mon père.

Une poignante amertume ponctua ce dernier mot énoncé à voix basse. S'armant de courage, Soline lut le message qui lui était adressé.

La haine déferla, salvatrice, renforcée par les menaces dont elle prenait note.

Soline, ma Soline,

Je suis navré d'utiliser des méthodes aussi indignes, mais, après mûres réflexions, c'était la meilleure solution. Je veux te rencontrer, être près de toi. Si tu viens, je ne ferai aucun mal à ta mère adoptive. Dans le cas contraire, elle mourra.

Tu sais de quoi je suis capable, j'ai fait mes preuves. Les photos que tu as pu voir sont autant de mises en garde. Suis mes ordres et tes amis seront épargnés, pour l'instant. Ne commets pas l'erreur de prévenir la police, tu signerais leur arrêt de mort à eux aussi.

J'ai hâte que tu sois là. Je t'attends à 15 heures. En suivant ces coordonnées GPS, tu trouveras l'endroit de notre premier rendez-vous.

N'aie aucune crainte, je ne te toucherai pas ; je te respecterai, car tu es mon unique trésor sur terre. Ceci à la condition que tu ne tentes pas de me trahir.

Elle relut une deuxième fois la lettre, en résistant à l'envie de la déchirer. Son père apportait un plateau sur lequel il avait disposé la cafetière et deux tasses.

— Je préférerais un verre de lait, soupira-t-elle.

— Va te servir, alors, rétorqua Fauvel. Je tiens à peine sur mes jambes, à cause du souci que je me fais pour ta mère.

Une fois dans la cuisine, Soline s'appuya au mur d'une main, l'autre plaquée sur son ventre. Elle songeait au bébé.

« J'espère que ce monstre ignore que je suis enceinte. »

Soline ferma les yeux, victime d'un vertige. Une image lui apparut, baignée d'une merveilleuse lumière. Une fillette très blonde courait en riant dans un champ, suivie par un énorme chien. Des coquelicots jetaient leur éclat rouge sur les hautes herbes jaunes. Soudain, un beau et doux visage de femme se superposa, qui semblait lui sourire avec amour.

— Madame, merci, souffla-t-elle. Je ne sais pas qui vous êtes mais, au moins, vous êtes la bonté même. Priez pour moi, par pitié.

Son père la rejoignit, intrigué de l'entendre parler à voix basse. Ils se défièrent d'un regard hostile.

— J'ai un avantage, déclara Soline. Le tueur ignore tout de mes visions. Sois très discret sur ce point, à l'avenir. Je n'arrive plus à t'appeler « papa ». C'est triste, hein ?

— Nous avons d'autres soucis. Tu es toute pâle, tu as peur ?

— Qui n'aurait pas peur à ma place ? Heureusement, j'ai la certitude qu'on veille sur moi.

*

Soixante-dix-huit ans plus tôt,
Combloux, mercredi 14 juillet 1937

Louise s'était assise à l'ombre d'un chêne, au bord d'un champ de blé en partie moissonné. Une couverture pliée en quatre lui servait de siège. Habillée d'une jolie robe neuve, qu'elle craignait de salir, elle sortit d'un panier son ouvrage de tricot. Les rires d'Émeline lui parvenaient, clairs et joyeux, en accord avec cette belle journée d'été.

Souvent, elle posait un regard d'adoration sur sa fille, qui gambadait en lisière des tiges dorées promises à la faux, le soir même.

— Comme elle a grandi, soupira-t-elle. Ce sera bien trop vite une demoiselle.

La chienne saint-bernard trottait derrière sa jeune maîtresse. Toute la famille l'appelait désormais Vita ; un diminutif du nom Vittoria, un peu long à prononcer.

— Maman ! s'écria soudain Émeline. Maman, j'ai vu un lièvre, il a détalé !

— Ne laisse pas Vita le poursuivre !

Plus elle avançait en âge, plus Louise éprouvait compassion et tendresse pour toutes les créatures vivantes.

Soudain, occupée à compter ses rangs sur une des aiguilles, son cœur se serra, jusqu'à la douleur. La gorge nouée, Louise s'efforça de respirer profondément. Elle n'était pas inquiète, accoutumée aux signes précurseurs d'une vision.

— Seigneur, faites que ce ne soit pas ces images terrifiantes, lâcha-t-elle dans un souffle.

Mais elle distingua à travers une brume grise la silhouette familière de la jeune femme blonde qui lui ressemblait tant. Elle se tenait dans une pièce aux murs blancs, aux allures de cuisine curieusement aménagée. Grâce au fil invisible qui les reliait, Louise perçut de la peur et une immense détresse, comme un halo sombre autour de la mystérieuse inconnue.

— Mon Dieu, protégez-la, dit-elle, les mains jointes pour mieux prier. Comme elle souffre ! Seigneur, si je pouvais l'aider.

Éperdue, elle se mit à sourire sans le savoir, toute sa belle âme désireuse d'offrir affection et réconfort à la jeune femme.

— Maman, maman, tiens !

Émeline venait de rompre l'étrange relation établie au-delà du temps. Elle brandissait trois bleuets et deux coquelicots sous le nez de sa mère.

— Tu souriais aux anges, maman ? demanda l'adolescente.

— Peut-être, ma mignonne ! Que tu es bruyante, parfois.

— Parce que je suis si contente ! Ce soir, il y a le bal du 14-Juillet, et tante Jeanne m'a acheté une robe neuve. Je pourrai danser, dis, maman ?

— Jeanne est généreuse ; moi aussi, j'ai eu droit à cette toilette ravissante. Je suis trop coquette, je n'ai pas pu attendre le bal pour la porter. Émeline, tu as chaud, repose-toi un peu à l'ombre.

— J'ai beaucoup couru, pour entraîner Vita ! Oncle Antoine m'a recommandé de la faire se dépenser.

La chienne, déjà d'une taille imposante, vint s'allonger en haletant aux pieds de Louise, qui la caressa.

— Il faudra la brosser, ma chérie ; ses poils sont laineux et épais, une vraie fourrure, on dirait presque un ours.

La mère et la fille éclatèrent de rire, heureuses du ciel d'été et de la promesse du bal, avec ses lampions et ses airs de valse. Mais un bruit insolite fit écho à leur gaîté. Vita se redressa et, tout de suite, elle lança des aboiements graves et sonores.

— Tu as entendu, maman ?

— Oui, ça vient de la haie, sur notre droite. Qu'est-ce que c'est ? Un chat… ?

Louise se leva, sur le qui-vive. La chienne allait droit vers les buissons d'aubépines et de noisetiers. Émeline la rattrapa, puis, la retenant par son collier, elle poussa une clameur.

— Maman ! Vite ! Il y a un bébé. Je vais le chercher.

— Un bébé ?!? Seigneur Dieu, comment est-ce possible ?

Déjà l'adolescente s'enfonçait parmi les branchages, tandis que Vita aboyait encore plus fort. Elle recula pour sortir, en s'égratignant le dos, un paquet de linges serré contre son cœur. Un nouveau vagissement retentit, grêle, pathétique.

— Qu'il est beau, maman ! s'extasia Émeline, bouleversée.

Elle avait écarté d'un doigt le tissu crasseux enveloppant l'enfant. Louise, sidérée, admira la finesse des traits, le duvet noir du crâne, la bouche bien ourlée, d'un rouge vif.

— On l'aura abandonné là, déplora-t-elle. Ce chérubin devait dormir quand nous sommes arrivées.

— Si on n'était pas allées se promener, personne ne l'aurait trouvé, il serait mort de faim et de soif, maman…

— Donne-le moi, ma chérie. Nous devons l'emmener chez ton oncle. Il l'examinera. Cours récupérer mon panier et la couverture.

Le bébé entrouvrit des prunelles d'un brun intense, avant de téter son minuscule poing fermé.

— D'où vient ce petit ? Je n'avais encore jamais vu des yeux aussi sombres chez un nouveau-né. Pauvre innocent…

Le pauvre innocent, que plaignait Louise de tout son cœur sensible, était une fille. Le docteur Antoine Favre estima qu'elle avait trois jours. De l'autre côté de la porte close de son cabinet, son épouse Jeanne et sa nièce Émeline attendaient impatiemment d'avoir des nouvelles du bébé.

— Qui a pu le laisser dans une haie, à la merci des chiens errants, des renards ? s'indigna Jeanne. Moi qui n'ai pas eu le bonheur d'être mère, si je tenais la sienne, je lui écorcherais la figure.

— Ma tante, ne dis pas ça, se révolta l'adolescente. Maman croit qu'on l'a déposé là parce que nous n'étions pas loin. Les femmes dans la misère sont souvent obligées d'abandonner leurs enfants.

— Dans ce cas, elles le confient à un hospice ! Au moins, ces petits sont nourris et en sécurité.

Antoine ouvrit la porte et leur fit signe d'entrer. Louise était assise sur une chaise, le bébé dans ses bras.

— Émeline, il faut faire boire cette petite, déclara-t-il. Va dire à Aglaé de préparer du lait coupé d'eau bouillie.

— Il faudrait un biberon, fit remarquer Jeanne, ses yeux dorés rivés avidement sur l'enfant.

— J'ai ce qu'il faut ici, ma douce.

— Antoine, qu'allons-nous faire ?

— Demain, je la conduirai dans un orphelinat. Tu pourras m'accompagner.

— Je l'ai lavée et langée avec du linge propre. Nous avons trouvé un bout de papier, en la déshabillant, précisa Louise. Ce petit ange se nomme Marie. Sa mère est morte en la mettant au monde.

— Je peux la prendre, supplia Jeanne. La bercer et lui donner le biberon…

— Il ne vaut mieux pas ; tu seras encore plus triste de t'en séparer demain, affirma Antoine.

— Je t'en prie, insista son épouse.

Louise confia le bébé à Jeanne, qui s'en empara avec une expression de pure extase.

— Marie, quel beau prénom, chantonna-t-elle en emportant son précieux fardeau jusqu'au salon.

Le médecin lança un regard navré à sa sœur, qui elle aussi le fixait d'un air impassible.

— Louisette, tu aurais dû garder ce nouveau-né chez toi et envoyer Émeline me prévenir. Jeanne sera désespérée, quand on devra la confier à une institution.

— Antoine, le jour des huit ans d'Émeline, j'ai eu une vision. C'était bref, mais j'ai vu Jeanne qui tenait une toute petite fille aux cheveux noirs et bouclés. Alentour, l'enfer régnait ; une autre guerre. Je crois qu'il s'agissait de Marie.

Consterné, son frère hocha la tête. Il redoutait en effet un nouveau conflit mondial, se tenant bien informé de la politique internationale.

— Réfléchis bien, Antoine, insista Louise. Le destin vous a peut-être envoyé ce bébé innocent. Jeanne serait si heureuse de pouponner.

— Je ne sais pas, c'est une décision importante.

— Pense à ton épouse que tu combleras de joie.

— Bah, nous pouvons toujours veiller sur cette petite, une semaine ou deux. Je demanderai quand même aux gendarmes de mener une enquête. Le message peut se révéler un tissu de mensonges et, même si la mère est morte en couches, où se trouve le père ?

— J'essaierai de me renseigner de mon côté, Antoine. Sinon, je voulais que tu me fasses une promesse. Voilà, s'il m'arrivait malheur, tu devras prendre soin du cahier où je décris mes visions et où j'ai noté certaines de mes pensées. Il doit rester dans la famille.

— Je te le promets, mais ne parle pas comme ça, Louisette. Tu es en bonne santé, et toujours belle ! Viens par là.

Son frère l'étreignit tendrement. Elle se laissa câliner, les larmes aux yeux, en espérant que la petite Marie avait trouvé un foyer.

— Ce soir, au bal, je te ferai valser, ajouta-t-il. Tu as étrenné la robe que je t'ai achetée à Chamonix ?

— Oui, elle me plaît beaucoup. Mais les coloris sont un peu vifs, pour une respectable dame de cinquante-sept ans. Ce matin, mon miroir m'a dit que je grisonnais sur les tempes.

— On ne s'en aperçoit pas, dans tes cheveux blonds.

Ils se sourirent, plus proches que jamais. Quelques heures plus tard, sous les lampions, le docteur Favre invita surtout sa nièce à danser. Émeline rayonnait, vêtue d'une robe à la large jupe, en tulle rose. Un garçon de quinze ans l'admirait en cachette, adossé au tronc d'un tilleul.

Quant à Jeanne, elle écouta la musique de l'orchestre de la fenêtre de sa chambre, en berçant le bébé dans ses bras.

— Tu es un merveilleux bouton de rose, Marie, et personne ne nous séparera. Personne…

*

Soixante-dix-huit ans plus tard,
près de Lons-le-Saunier, jeudi 15 octobre 2015

Soline consulta l'heure sur son téléphone. Il lui restait huit minutes avant d'être confrontée à l'homme. Dix fois déjà, elle avait failli appeler Étienne Dambert. Maintenant elle hésitait encore.

— Si je lui avoue ce que je vais faire, et où je suis, il mettra tout en œuvre pour m'arrêter et maman sera condamnée, se dit-elle.

Une idée insensée l'avait obsédée, pendant le trajet entre la maison de ses parents adoptifs et la ferme isolée où elle devait se rendre. Un soupçon qui refaisait surface, également.

Au mois de septembre, lorsqu'elle avait fait la connaissance du policier, Soline s'était interrogée à plusieurs reprises sur sa véritable personnalité.

— C'était à cause du baiser qu'il m'avait imposé, et de ses regards froids, se remémora-t-elle. Sans compter les sarcasmes, les crises de colère. Et il n'était jamais avec nous, quand le tueur se manifestait. Là encore, on ignore où il se trouve.

Elle retint un soupir d'angoisse. Étienne avait été direct, en lui signifiant qu'il aurait voulu la rencontrer avant Benjamin.

— Il me désire, je le sais, je le ressens. Non, non, c'est de la folie ! Il ne s'est rien passé quand on a joué au couple pendant une semaine. Et il semblait heureux d'être avec moi du matin au soir. Dans ce cas, il aurait berné Sophie depuis des années… Mais non, ça ne peut pas être Étienne. Je deviens folle de le comparer à un monstre comme le tueur.

Les battements de son cœur survolté résonnaient dans tout son corps. Pour se calmer, elle relut le texto que Benjamin lui avait envoyé, en réponse au sien, vers midi :

Mon amour, je suis rassuré, puisque ta mère n'a rien de vraiment grave. Prends soin d'elle et reviens-moi vite. Ton amoureux.

— Moi qui m'étais promis de ne plus lui mentir, se désola-t-elle. Je n'ai plus que cinq minutes. Je dois y aller, pour maman et pour tous ceux que j'aime.

Sans plus réfléchir, Soline s'engagea sur le chemin caillouteux qui menait à une vieille bâtisse aux murs tapissés de lierre. En se garant, elle eut l'impression de s'éveiller d'un cauchemar.

— Qu'est-ce que je fais ici ? J'obéis à un criminel. Soit il me tuera, soit il m'enlèvera et je ne reverrai jamais Benjamin.

La panique lui causa un malaise. Elle songea à nouveau au bébé niché dans son ventre et un sanglot sec la fit hoqueter.

— Il a dû tuer maman, et je fonce dans son piège.

Fébrile, Soline s'apprêta à faire demi-tour, n'écoutant plus que son instinct de survie. Mais elle revit les photographies, et se souvint du jour où elle avait décidé de provoquer l'homme, vêtue d'une robe jaune très courte.

— Je voulais le rencontrer, lui, ce malade mental. Allez, du cran ! J'ai affronté plusieurs fois la montagne et ses dangers, et j'en suis toujours sortie indemne. Ce sera pareil, cette fois.

Un signal sonore, dans sa poche de veste, l'alerta. Elle avait reçu un autre texto, mais d'un destinataire inconnu. Les mots dansèrent devant ses yeux :

Entre, Soline, ne crains rien, je ne te ferai jamais de mal. Je savais que tu viendrais, ma beauté. Éteins ton téléphone et laisse-le dans ta voiture.

Chaque pas vers la porte cloutée lui coûtait. En soulevant le loquet, elle cessa de penser, afin de repousser la peur. Il faisait sombre dans la pièce vide où elle entra.

— Je suis là, dit-elle, et sa voix résonna dans un silence menaçant.

— Moi aussi, je suis là, lui répondit-on. Surtout, ne te retourne pas, Soline.

Lons-le-Saunier, même jour, même heure

Jacques Fauvel regarda sa montre. Soline devait être arrivée au rendez-vous. Il vérifia encore une fois si la porte principale était bien verrouillée, puis il se rendit dans la cuisine.

Les traits tirés, un rictus d'anxiété l'enlaidissant, il refit du café. Ses gestes étaient secs, rapides. Il remplit une jolie cruche en porcelaine et garnit de petites brioches une assiette assortie.

— Ah, oui, du lait et du sucre, marmonna-t-il.

Il utilisa le plateau habituel, en bois laqué, pour transporter ce qu'il avait préparé avec soin. Enfin, il monta l'escalier et, une fois sur le palier, il entra dans la chambre conjugale.

— Tu m'entends, Monique, ou tu dors encore ?

Un gémissement sourd s'éleva du lit où son épouse venait de dormir plusieurs heures, sous l'effet d'un puissant sédatif.

Monique s'agita entre les draps. Elle se souvenait de ce qui s'était passé.

— J'allume la lampe de chevet ; on ne doit pas ouvrir les volets, indiqua son mari.

Elle cligna des yeux et le dévisagea, stupéfaite de le voir grimacer un sourire, planté là, son plateau entre les mains.

— Je suis navré, Monique. J'ai dû t'enfermer à clef, même si tu ne risquais pas de te réveiller. Je vais t'aider à manger.

Engourdie, la bouche pâteuse, sa femme parvint à se redresser, en appui sur un coude. Soulagé, il posa le plateau près d'elle.

— Je n'en veux pas, Jacques. Je te hais, tu entends ? Je ne te pardonnerai jamais.

De son bras libre, Monique renversa le plateau. Livide, elle respirait mal.

— Essaie de comprendre, je n'ai pas eu le choix, rétorqua-t-il. Ce type braquait son arme sur ta nuque ! Je devais te laisser mourir ? J'ai dû te porter ici, sur ses ordres, car c'était plus sûr que dans la chambre du rez-de-chaussée.

— Tais-toi ! Tu as sacrifié notre fille ! À présent, je sais tout ; tu n'as jamais aimé Soline.

Sur ces mots jetés d'un ton plaintif, Monique éclata en gros sanglots convulsifs, tandis que son mari considérait d'un œil morne la tache de café sur le tapis, les brioches éparpillées.

— Tu te trompes, soupira-t-il. J'ai de l'affection pour Soline. Seulement, c'était une gosse difficile et, sans les liens du sang… Lui, ce type, il serait de sa famille.

— Non, ce sont des mensonges, le policier l'a dit ; d'autres jeunes femmes ont disparu. Tu as cédé à son chantage, tu as envoyé ma fille se faire tuer. Il fallait le laisser me tirer dessus !

— Tu crois que ça aurait changé quelque chose, ma pauvre Monique ? Il se serait arrangé pour rencontrer Soline. Tu devrais t'asseoir.

— Ne me touche pas, Jacques ; tu me dégoûtes ! hurla-t-elle quand il voulut la soulever.

Il ne tint pas compte de ses larmes et de ses cris. Effarée, elle se mit à claquer des dents.

— Si ma fille meurt, s'il la viole, je te dénoncerai à la police. J'ai gardé le numéro de l'inspecteur Dambert.

Un long soupir échappa à Jacques Fauvel. Il secoua la tête en s'asseyant au bord du lit.

— Je fais tout ça pour te protéger, ma chérie. Je t'aime et ça ne date pas d'aujourd'hui, déclara-t-il. Je refuse de te perdre et, si la police m'arrête un jour, je dirai que j'étais en état de légitime défense. Aie confiance, cet homme m'a promis de ne faire aucun mal à Soline. Il souhaitait l'approcher, pour lui parler. Je t'en prie, ne complique pas la situation. Tu vas rester sagement couchée et attendre.

— Ah ça, tu es tranquille. Je suis incapable de marcher sans déambulateur, répondit Monique en reniflant.

— Ma chérie, je te demande pardon, mais je te le répète, je n'ai pas eu le choix. Qu'est-ce que tu aurais fait à ma place, hein ? Dis-le !

— Je ne sais pas, admit-elle en pleurant plus fort. Non, je n'en sais rien. Jacques, préviens l'inspecteur Dambert ; il faut sauver ma petite Soline. Si tu le fais, je pourrai peut-être te pardonner.

Son mari lui prit la main et embrassa ses doigts tremblants. Il était épuisé, les nerfs en pelote.

— On va se reposer tous les deux, Monique. À quoi bon appeler ce flic ? J'ignore l'endroit du rendez-vous. À mon avis, ce serait dangereux pour Soline.

Il se releva pour fermer leur porte à clef. Ensuite, il lui servit de l'eau. Assoiffée, elle but tout le verre.

— Qui est cet homme, Jacques ? As-tu vu son visage ?

— Non, il était cagoulé de noir, mais il avait des yeux bizarres.

— Parle-moi, sinon je vais devenir folle. Qu'as-tu raconté à notre fille ?

— Exactement ce que l'homme m'a ordonné. Soline est partie pour voler à ton secours. Je suis certain qu'il nous fait surveiller ; je ne sais par quels moyens. Je ne peux que lui obéir, je te le répète encore une fois. Soline est partie en croyant voler à ton secours. Aie confiance, il ne lui arrivera rien.

Fauvel s'allongea sur le lit, persuadé d'avoir agi au mieux ; une certitude qui le rassurait, et cela depuis des années.

15

Prise au piège

Près de Lons-le-Saunier, jeudi 15 octobre 2015, une heure plus tard

Soline avait roulé l'esprit vide, jusqu'à la rue où vivaient ses parents. Hébétée, elle se gara devant le portail, en songeant qu'elle aurait pu rêver les instants précédents, là-bas, dans la vieille ferme isolée.

— Je n'appellerais même pas ça un cauchemar ; j'étais comme dédoublée. Je suis épuisée, s'avoua-t-elle. Je voudrais repartir, revoir Benjamin ce soir, être dans ses bras.

Comme avant sa rencontre avec le tueur, Soline avait pensé à téléphoner immédiatement à Étienne, une fois libre de ses faits et gestes. Très vite, elle avait renoncé. Elle avait juste envoyé un texto à son père, afin de savoir si sa mère était de retour. La réponse comportait trois mots : « Oui, elle dort. »

— Je suis encore moins libre à présent, constata-t-elle. Ma promesse faite à ce fou ne compte pas, mais je ne peux pas condamner à mort ceux que j'aime, car il n'hésitera pas ; il les éliminera. Je vais réfléchir…

Les menaces de l'homme tournaient en boucle dans sa tête : « Soline, la vie de ceux que tu aimes repose entre tes mains. Tu as donc intérêt à accepter mes conditions. Déjà, en sortant d'ici, tu m'auras promis de ne pas révéler ce rendez-vous, de le garder secret. Nous nous reverrons dans quinze jours, le jeudi 29 octobre. Et ainsi de suite, sans me trahir, jusqu'au dimanche 15 novembre. À cette date, nous partirons ensemble. Si tu m'obéis, je ne tuerai plus personne. »

Soline se revit, paralysée par la peur. Elle n'avait même pas osé essuyer les larmes qui coulaient sur ses joues, sous l'effet d'un stress ravageur.

— Si je pouvais, je rentrerais tout de suite au chalet, sans revoir mes parents, soupira-t-elle. Je suis à bout de nerfs.

Mais Jacques Fauvel apparut dans la cour, en lui faisant signe de le rejoindre. Il était blême, les traits accusés. Soline se résigna à quitter l'asile de sa voiture. Quand elle fut près de son père, elle eut envie de se jeter dans ses bras, malgré les paroles hargneuses qu'il lui avait assenées, le matin même.

— Où est maman ? questionna-t-elle, avide de réconfort.

— Ne la dérange pas, elle se repose ; ce type a dû lui injecter une sacrée dose de calmants.

— Je veux la voir tout de suite, j'en ai besoin. Et il faudrait peut-être appeler un médecin.

— Pour qu'il s'interroge sur son état ? Surtout pas. Bon, va l'embrasser.

Il lui désigna la porte au fond du salon, qui communiquait avec la chambre aménagée récemment au rez-de-chaussée. Soline se précipita, bousculant au passage le fauteuil roulant calé près du canapé.

— Ne fais pas trop de bruit, recommanda-t-il.

Les mâchoires crispées, Jacques Fauvel se cambra un peu, les mains sur les reins. Il avait dû porter son épouse du premier étage à cette fameuse chambre. Monique était légère, mais il n'avait pas coutume de faire de tels efforts.

Soline éprouva un immense soulagement en découvrant sa mère endormie, l'air paisible. La jeune femme remarqua le joli ensemble de literie, la lampe de chevet toute neuve et de bon goût.

— Maman, ma petite maman, dit-elle tout bas.

Elle s'assit au bord du lit pour effleurer le visage et l'épaule de sa mère. Il lui sembla voir frémir les paupières closes.

— Maman, tu es réveillée ?

— Ma chérie, balbutia celle-ci d'une voix encore pâteuse.

Monique entrouvrit les yeux, un vague sourire sur ses lèvres décolorées.

— Tu es revenue. Cet homme ne t'a rien fait, au moins ?

— Non, maman, je vais bien. Il a tenu parole, il ne m'a même pas touchée. Mais je ne l'ai pas vu ; il se tenait derrière la chaise où il m'a dit de m'asseoir.

— Dieu merci ! J'étais terrifiée de te savoir avec ce criminel. Surtout, n'en veux pas à ton père. Jacques m'aime tant, il a perdu la tête.

— C'est la première chose que tu me dis, de ne pas en vouloir à ton mari ? s'indigna Soline, ulcérée. Pourtant mon propre père m'a tendu un piège ; il m'a traitée froidement, sans aucune compassion.

— Tu connais Jacques. Quand il est sous tension, il devient méchant. Ma chérie, je suis fatiguée, si fatiguée. J'ai encore sommeil. Pardonne-moi, on se verra demain.

— Je ne crois pas, ma pauvre maman. Je serai incapable de passer la soirée ici. Repose-toi.

— Mais je t'aime, ma petite fille ; je t'aime très fort. Je suis désolée, pour le piège, et tout le reste.

Monique Fauvel poussa un soupir, puis elle se pelotonna sous la couette. Soline se releva pour regagner le salon voisin où son père l'attendait.

— J'ai entendu parler, tu l'as réveillée ?

— Maman a dû sentir ma présence, et elle m'a dit quelques mots. Je m'en vais, ne t'inquiète pas. J'ai un autre rendez-vous dans deux semaines, un jeudi aussi. J'irai, je ferai tout pour protéger ceux que j'aime.

— Tu ne vas pas rentrer ce soir ; c'est idiot, s'affola-t-il. Ton compagnon sera surpris.

— Il s'appelle Benjamin, tu as déjà oublié ? Je lui mentirai encore une fois. C'est mon problème, pas le tien.

— Je suis navré pour ce matin, Soline. Je ne pensais pas ce que je t'ai dit. Nous avons formé une famille, toutes ces années. Je tiens à toi, je t'assure. J'ai cherché comment coincer ce type, pendant ton absence. D'abord, fais ce qu'il te demande ; aie l'air docile, conciliante. Il sera plus facile à atteindre, quand tu l'auras mieux cerné. Ensuite, raconte ce qui se passe à ton ami l'inspecteur ; il saura quoi faire.

Soline approuva en silence, profondément accablée. La vue de son père adoptif lui était si pénible qu'elle le salua à peine en quittant la maison.

— Où aller ? se demanda-t-elle à mi-voix, assise au volant de son 4×4. En effet, Benjamin serait étonné si je rentre pour dîner au chalet.

Elle fouilla la boîte à gants et retrouva les clefs de chez Viviane, à Combloux.

— Voilà, je sais où me réfugier. Là-bas, je pourrai pleurer à mon aise, sans témoin.

Combloux, même jour, trois heures plus tard

Il faisait nuit lorsque Soline arriva à Combloux ; cependant, la petite ville avait son aspect familier des soirs d'automne, avec encore de la circulation, des gens sur les trottoirs, les vitrines des commerces éclairées, l'alignement des lampadaires. Elle avait été heureuse ici.

Quand elle tourna dans la rue où se dressait la maison de Viviane Gonod, un cri de surprise lui échappa.

— Il y a de la lumière ! Qui est là ?

Comme si le tueur avait tous les pouvoirs, elle s'imagina qu'il l'avait devancée et qu'il était aux aguets, ayant deviné par on ne sait quel prodige l'endroit où elle comptait se rendre.

— Non, ce n'est pas possible. Et si c'était Kate ? Elle a pu revenir pour passer un week-end avec Alban…

Soline se gara, toujours dans l'expectative, et pénétra en hâte dans le jardinet. Elle préférait savoir au plus vite qui se trouvait à demeure.

Elle grimpa les marches du perron, son sac sur l'épaule. La porte s'ouvrit sur une silhouette bien connue.

— Viviane ?

— Quelle bonne surprise, gamine ! Mais qu'est-ce que tu fabriques dans le coin ? J'allais te téléphoner.

— Vous êtes là ? C'est un vrai miracle ! Je suis tellement contente.

Un aboiement strident retentit, provenant de l'intérieur. Un petit chien au poil rêche, blanc et noir, sautillait en remuant un trognon de queue.

— Eh bien, entre donc ; tu vas manger la soupe avec moi, ma belle. Tu n'as pas l'air bien.

Sans s'expliquer, Soline étreignit sa vieille amie et pleura sur son épaule. Viviane lui tapota le dos d'un geste affectueux.

— Allons, allons, calme-toi. Tu as un gros chagrin, gamine.

— Si vous saviez, je reviens de l'Enfer !

— Seigneur, rien que ça ! Tu es enceinte, alors je ne peux pas te servir de génépi. Mais je vais te donner de l'eau de mélisse sur un sucre, d'accord ?

— Oui, j'adore ça. Viviane, je vous croyais à Dijon. Et ce chien, d'où sort-il ?

— D'une rue où il traînait depuis des jours. Un pauvre cabot abandonné et affamé. Kate l'a emmené chez un véto ; il n'avait ni puce électronique ni tatouage. Il me plaisait, alors je l'ai recueilli. Eudoxie a poussé de grands cris ! J'ai beau être son unique cousine, elle refuse d'avoir cette bête sous son toit. Penses-tu ! Chez elle, on pourrait manger par terre. Bon sang, il m'est venu une colère ! J'ai fichu le camp.

Stupéfaite et amusée par le langage de la septuagénaire, d'ordinaire moins virulente, Soline caressa le chien.

— Kate était désolée que je m'en aille, surtout qu'il y a de la romance en perspective, avec mon petit gars Alban.

— Et votre jambe ?

— La fracture est guérie, mais j'utilise des béquilles si je ne me sens pas bien d'aplomb. Et toi, d'où tu m'arrives, comme ça, en larmes ? Tu m'as dit de l'Enfer, mais c'est un peu vague !

Soline parvint à rire, tandis que Viviane s'installait à la table, en face d'elle, en la couvant de ses yeux pleins de bonté.

— Il faudra garder le secret absolu, je vous en supplie. C'est une question de vie et de mort, sincèrement. Je vous considère comme ma grand-mère, Viviane ; la personne en qui j'ai entière confiance.

— C'est grave à ce point, ma belle ? Je pensais à une dispute avec ton amoureux. Il sait que tu es là ?

— Non, j'ai dû mentir à Benjamin. Officiellement, je suis à Lons, chez mes parents adoptifs. Je vous en prie, j'ai besoin de tout vous raconter. Si un malheur survenait, vous aurez des éléments pour la police. Viviane, cet après-midi, j'étais avec le tueur. Je sais que vous pourrez m'aider à y voir plus clair, à raisonner intelligemment.

— Quoi ? Comment ça, tu étais avec le tueur ? Et tu as pu lui échapper ? Seigneur ! Pourquoi tu n'as pas appelé ce jeune inspecteur, Étienne Dambert ? Il m'a plu, ce garçon, quand il nous a rendu visite à Dijon.

— Vous connaissez Étienne ?

— Pas plus que ça, gamine. Il m'a interrogée à propos de mon agression, et je lui ai raconté ce que j'avais ressenti, confrontée à ce sale type masqué.

— Oui, c'est normal. Il est allé aussi rencontrer la veuve du brigadier Bonnard, à Nancy. Mais pourquoi ni Kate, ni vous ne m'avez rien dit ?

— On ne voulait pas te tracasser. Alors, raconte ; ensuite, je te donnerai mon avis, en toute honnêteté.

Tout d'abord, Soline expliqua comment Jacques Fauvel l'avait suppliée de se rendre à un rendez-vous avec le tueur, pour sauver sa mère, qu'il avait enlevée tôt le matin. Elle évoqua aussi l'enveloppe contenant des photos de ses amies et de Benjamin.

— Je n'avais pas le choix, j'y suis allée. Maman avait déjà tellement souffert. J'avais reçu les coordonnées du lieu par texto, et des consignes. Je devais éteindre mon téléphone et le laisser dans ma voiture. Il m'attendait à l'intérieur d'une ferme à l'abandon ; il faisait très sombre dans la pièce. Il s'est tenu dans mon dos, en m'ordonnant de ne pas me retourner. Il avait une voix bizarre, comme étouffée par un bâillon. C'était surréaliste, je vous assure, Viviane. Il m'a remercié d'être venue, d'un ton dénué d'agressivité.

— Quel courage tu as eu, gamine ; j'en suis ébahie.

— Je n'étais plus vraiment moi-même, je crois. Mais je lui ai demandé où était ma mère : il m'a dit qu'elle dormait dans une autre pièce. Ensuite il m'a répété qu'il ne me ferait jamais de mal.

Soline reprit son souffle. Elle tremblait de tout son corps. Apitoyée, Viviane prit ses mains entre les siennes.

— Il avait beau dire ça, j'éprouvais une terreur viscérale. Je me sentais comme un animal pris au piège, obligé de ruser pour survivre. Alors j'ai décidé d'agir, en cherchant le moindre indice dans le timbre du tueur, dans ses gestes.

La jeune femme ferma les yeux quelques secondes. Le simple fait de se confier tout haut à Viviane la replongeait dans l'atmosphère étrange du rendez-vous.

— Il semblait assez calme et lucide, même quand il a parlé des photos dans l'enveloppe, en précisant que j'aimais beaucoup toutes ces personnes, avoua-t-elle. Et là, il m'a proposé un marché : si je ne lui obéissais pas, il vous tuerait tous. Moi qui me sentais responsable de plusieurs morts injustes, j'ai accepté ses conditions. Je dois le revoir dans deux semaines, le jeudi 29 octobre.

Accablée par le récit de Soline, Viviane demeura silencieuse un court instant.

— Eh bien, ma petite, tu as eu du cran, déclara-t-elle. Tu m'épates et je suis sincère. Maintenant, tu voulais mon opinion ; elle tient en peu de mots : n'y retourne pas, jamais. Ce sale bonhomme t'a épargnée une fois, si tu lui obéis, on ne te reverra plus. Ne cède pas à son chantage !

La vieille dame était bouleversée. Ses doigts fins passaient et repassaient dans ses courts cheveux roux, mêlés de fils d'argent.

— Il faut enfermer ce malade à perpétuité pour qu'il ne tue plus jamais personne, affirma-t-elle en tapant sur la table. J'insiste, ma belle ; contacte les forces de police pour les aider à arrêter ce criminel.

— Je vais y réfléchir. Viviane, je vous en prie, n'oubliez pas, vous devez garder tout ceci secret. J'ai prévu d'aller au rendez-vous. Mon intuition me dit qu'il respectera son engagement. Il ne m'a pas vraiment donné l'impression d'être fou à lier ;

non, il paraissait posé, mais déterminé. Le pire, c'était de dissimuler la vérité sur Benjamin. Il sait que je vis avec lui, mais j'ai fait celle qui n'était pas vraiment amoureuse, juste opportuniste. Je devais le protéger.

— Mon Dieu, quelle engeance, ce type-là. Il te surveille de près et depuis un bon bout de temps. Crois-tu que tu l'as déjà rencontré ?

— Je serais bien incapable de le dire, j'avais tellement peur ! Je voulais vivre, ne pas le contrarier. S'il tient sa promesse, d'ici à cette date, je vais pouvoir respirer, ne plus m'angoisser pour votre sécurité à tous. Une chose est tristement vraie : je porte le poids affreux de trois morts violentes, peut-être aussi celles de quatre jeunes femmes qui ont eu le malheur de me ressembler.

Elles se turent un long moment, assises face à face. Le petit chien, comme inquiet de leur silence, jappa et s'agita.

— Comment l'appelez-vous, Viviane ? demanda Soline.

— Vagabond, comme le chien d'un film que j'aimais bien, fillette. Il tient un peu du fox-terrier, tu ne trouves pas ?

— Sûrement un croisement. Il est mignon.

— Et tes pensionnaires, les louveteaux ?

— Ils changent chaque jour, mais la louve ne nous permet pas de les toucher. Barry se méfie d'elle : il s'est fait mordre.

C'était une timide manière d'occulter la menace qui pesait sur Soline. Elles discutèrent encore de lénifiantes banalités, comme l'aménagement du chalet, les problèmes que poseraient les chutes de neige pour les déplacements nécessaires. Viviane se plaignit à nouveau des humeurs de sa cousine Eudoxie.

— Si tu m'avais vue, s'esclaffa-t-elle d'un rire frêle qui sonnait faux. J'ai appelé un taxi et je suis allée direct à la gare. Je n'ai plus l'âge d'être régentée par une harpie pareille. Kate ne tiendra pas longtemps à Dijon, maintenant qu'Alban lui fait la cour.

Le terme désuet fit sourire Soline, qui rêva durant quelques secondes d'une époque révolue.

— Je suppose que, depuis l'aube de l'humanité, il y a toujours eu des hommes devenus fous par passion, dit-elle à voix basse.

— Tu as raison, gamine ; l'histoire en possède plusieurs spécimens. Je suis bien contente d'avoir été là, ce soir.

— Je le suis encore plus, Viviane. Je vais finir par admettre qu'un ange gardien veille sur moi. Ne vous moquez pas, le fait d'avoir ces visions me conforte dans la foi en un autre monde, parallèle ou intemporel, auquel j'ai eu accès, j'ignore par quel prodige. Vous vous souvenez de cette belle femme blonde, habillée à l'ancienne ?

— Oui, tu m'en as parlé.

— Désormais, je la vois vêtue comme dans les années 1930 ou 1940. Et elle me sourit, je vous assure, à moi seule.

— Je ne me moque pas, répliqua Viviane. C'est un mystère, mais un beau et fascinant mystère. Tu devrais te reposer, petiote ; tu es blanche à faire peur. On causera de ton affaire demain matin.

Éperdue de gratitude, Soline se leva et contourna la table. D'un mouvement tendre, elle prit son amie dans les bras, avide de sa douceur, mais aussi de sa force indomptée.

Près d'Yvoire, en Haute-Savoie,
deux heures plus tard

L'homme avait roulé jusqu'au bord du lac Léman, pressé de s'éloigner de Lons-le-Saunier et de Jacques Fauvel, susceptible de le dénoncer. Profondément remué par sa rencontre avec Soline, il fut soulagé de se retrouver dans la pièce secrète du vieux manoir.

— Ah, enfin, je suis en sécurité ! s'écria-t-il, satisfait de revoir les murs ornés de photographies. Dommage, je ne peux pas faire venir Soline ici. Soline… Je pouvais la regarder, mais elle ne m'a pas vu.

Il s'installa dans le fauteuil qu'il affectionnait, en face de la table lui servant de bureau. Après avoir allumé un cigarillo, il ouvrit le tiroir et en sortit le carnet où il prenait des notes.

— J'ai réussi mon coup, se vanta-t-il à mi-voix. Ce n'est pas difficile d'effrayer ce crétin de Fauvel. Pourquoi parlerait-il à la police ? Ce n'est guère dans son intérêt.

Un sourire de triomphe sur ses lèvres minces, l'homme se mit à écrire : « Aujourd'hui, j'ai approché Soline. C'était un cruel supplice de ne pas la toucher, mais j'ai senti son parfum. Je crois qu'elle avait peur ; non, elle était terrifiée. »

Les paupières mi-closes, il évoqua la chevelure blonde de Soline, qui semblait luire dans la pièce sombre de la ferme.

— J'ai failli effleurer ses cheveux, dit-il tout haut. J'avais des gants, ça aurait été frustrant, comme le reste. Pourtant j'aurais pu l'enlacer, la tenir contre moi, elle n'aurait pas bougé.

Il éclata d'un rire proche du délire. Là, dans son refuge, il pouvait libérer ses pulsions, en exaspérant la passion qui l'avait mené à la démence.

— Oui, je suis peut-être fou, admit-il. Pas toujours, et même j'use de mon intelligence, sinon je serais déjà interné ou en prison.

L'homme continua à écrire, avec un sourire crispé, proche de la grimace : « J'ai interrogé Soline, à propos de Moïse Blanc-Talon. Ce vieux débris ne lui a rien dit de son passé. J'ai sans doute commis une erreur, en le supprimant. Je dois être très prudent, jusqu'au 15 novembre. Une chose me rassure : Soline ne se souvient pas de moi, elle n'a aucun souvenir de sa petite enfance ; les Fauvel m'avaient dit la vérité sur ce point. »

Il referma le carnet et le rangea, afin de s'absorber dans la contemplation du poster de Soline, nue au clair de lune.

— Bientôt, tu poseras pour moi, aussi belle que ce soir-là. Et le prétendu Benjamin pourra pleurer des larmes de sang.

Chalet du vallon des loups, même soir

Benjamin et Étienne observaient le feu qui dansait dans la grande cheminée du chalet. Les flammes dispensaient de la gaîté et un peu de clarté.

— Tu n'allumes pas les lampes ? s'enquit le policier. On se croirait revenu une centaine d'années plus tôt.

— À quoi bon gaspiller de l'électricité ? Soline n'est pas là, j'en profite. Elle n'apprécie pas trop la pénombre.

— J'ai l'impression de t'avoir dérangé, mon vieux, lâcha Étienne. Désolé d'être passé sans téléphoner, mais je ne pensais pas te trouver seul.

— Soline est plus agréable à regarder que moi ?

Tout de suite, l'inspecteur se raidit, sur la défensive. Benjamin avait pris un ton où il percevait de la froideur et de l'hostilité.

— Bah, tu n'es pas mal dans ton genre, voulut-il plaisanter. Sois tranquille, je ne vais pas traîner. Sophie est d'astreinte, mais j'ai le double de ses clefs ; je dormirai à Chamonix.

— Tu peux coucher ici. Tu m'as apporté de quoi dîner, et c'était très bon, affirma Benjamin, radouci. Excuse-moi d'être de mauvaise humeur : je suis contrarié par le départ précipité de Soline. Je ne sais toujours pas de quoi souffre exactement sa mère, ni combien de temps elle va rester à son chevet.

Étienne hocha la tête, compatissant. Il alla s'asseoir sur les larges pierres de l'âtre pour fumer une cigarette.

— Tu as eu de ses nouvelles, quand même ? demanda-t-il.

— Quatre messages en tout, le dernier vers 20 heures, où Soline me dit qu'elle m'appellera demain matin.

— Jacques Fauvel me déplaît fortement, précisa le policier. Je te plains de l'avoir un jour ou l'autre pour beau-père. Quant à son épouse, elle fait de la peine. On la sent soumise à son mari. Moi aussi, je me pose des questions ! Lorsque je l'ai interrogée, à Lons, elle paraissait en bonne santé, hormis sur le plan de la motricité, bien sûr.

Benjamin, songeur, continuait à fixer le feu.

— En fait, si je suis venu à l'improviste, c'est parce qu'une nouvelle disparition a été signalée, continua Étienne. On m'a transmis l'info, car il s'agit d'une blonde aux yeux bleus. Mes collègues de Genève pensent qu'elle a pu se noyer dans le lac Léman ; ils font des recherches. J'ai visité son studio, rien de spécial. Elle ne travaillait pas, et on n'a retrouvé ni ses papiers ni son téléphone. L'enquête de proximité n'a rien donné ; pas de relations masculines connues.

— C'est sûrement un hasard, soupira Benjamin, d'un ton désabusé. Il y a une multitude de filles blondes aux yeux bleus. Ceci dit, on ne sait jamais, en effet, et je n'aime pas savoir Soline loin de moi. Je me reproche déjà de la laisser seule certains jours. Mais elle refuse de m'accompagner et je tiens à respecter son besoin d'indépendance.

Étienne s'abstint de commentaires. Il jeta son mégot dans les braises incandescentes, puis il reprit sa place sur le canapé.

— J'ai une question, avoua-t-il enfin. Comment as-tu retrouvé la trace de Soline ?

Benjamin toisa le policier d'un air irrité.

— En quoi cela te concerne, c'est notre histoire !

— Sois sympa, mon vieux ! Sophie et moi, on n'a jamais perdu le contact. C'était vital : on s'écrivait, on se téléphonait.

Ils s'affrontèrent du regard. Celui d'Étienne, clair et incisif, était impérieux.

— D'accord, si ça t'intéresse autant ! Un jour, par chance, j'ai trouvé un indice sur Internet, précisa Benjamin. Je faisais souvent des recherches, avec son prénom, Soline, qui n'est pas courant. Je n'obtenais aucun résultat. Et puis j'ai découvert un article, très court, sur des examens de pisteurs secouristes, avec une photo de groupe, à Chamonix. Et un nom, Soline Fauvel. J'ai agrandi l'image, et je l'ai reconnue. Après ça, je me suis démené pour être nommé en Haute-Savoie. En principe, je devais avoir une mission dans les Alpes-Maritimes, où les loups étaient plus nombreux.

— Tu ne l'avais jamais oubliée ?

— Non. Même si parfois je pensais moins à elle, je la revoyais en rêve, ou dans des cauchemars. J'ai su assez vite, une fois installé à Servoz, qu'elle habitait Combloux. Mais la première fois que je l'ai revue, c'était par hasard, quand nous avons eu un accrochage sur la route.

— Tu aurais dû lui dire la vérité dès les premiers jours.

— Il faut me comprendre. Soline me traitait en parfait inconnu et, très vite, j'ai su qu'elle n'avait aucun souvenir de son enfance.

— Ouais, un parfait inconnu pour qui elle a eu le fameux coup de foudre des romans à l'eau de rose, ironisa Étienne.

— Maintenant, je recule l'échéance, déplora Benjamin. Je redoute sa réaction. Elle peut me reprocher de lui avoir caché ce que je sais, ce que nous savons, Sophie, toi et moi. Au fond, je voudrais qu'elle ne retrouve jamais la mémoire.

— Tant pis, c'est à tes risques et périls, mon vieux. Une chose ne changera pas : on ignore qui étaient ses vrais parents.

Tout à coup, Neige aboya sur un mode furieux. Hérissé, il s'élança vers la porte. Ils entendirent hurler Barry, qui était enfermé dans l'enclos avec la louve.

— Tu as de la visite ? s'étonna Étienne, déjà debout.

— Sans doute, je vais voir.

— Je t'accompagne, au cas où le tueur aurait décidé de te supprimer.

Ils sortirent, équipés de lampes torches. Le policier tenait le berger suisse en laisse. L'animal grognait à présent. La nuit était claire et froide, parfumée par les exhalaisons de la terre humide.

— Regarde, là-bas à gauche, le long de la clôture de l'enclos, chuchota Benjamin. Des loups, ils sont quatre. Ils sont sûrement de passage, et ils auront senti l'odeur de Farou.

Barry avait cessé d'aboyer et de hurler. Il effectuait des allers et retours dans l'espace grillagé. Benjamin devina, à son attitude, que le tervueren aurait volontiers suivi la petite meute, en emmenant Farou et ses rejetons.

— Je suis obligé de les mettre en fuite, soupira-t-il. Si tu veux m'aider, allume les deux lampes extérieures, et moi je vais dans mon pick-up, pour klaxonner ; ça suffira amplement. Les plus dangereux prédateurs sont surtout chez les humains.

— Si tu le dis, maugréa Étienne. Il y a du vrai et du faux, mais je vois à qui tu penses.

Les loups détalèrent, effrayés. Le calme revint dans le vallon ; cependant, l'incident coupa court à leur discussion. Les deux hommes n'avaient plus envie d'aborder le sujet, trop douloureux pour eux.

L'inspecteur Dambert partit pour Chamonix et Benjamin monta se coucher. Le lit lui parut désespérément vide, sans le tendre corps de Soline.

*

Soixante-dix-huit ans plus tôt,
Combloux, dimanche 18 juillet 1937

Il faisait frais dans la petite maison. Louise s'était assise près de la fenêtre entrouverte, pour terminer du raccommodage en retard en profitant du soleil de l'après-midi.

Émeline était encore partie se promener en compagnie de sa chienne. La soif d'espace et de liberté de sa fille l'inquiétait un peu. Reprise par le passé, elle songea à toutes les contraintes qui avaient marqué son adolescence.

— Ah ça, je ne pouvais pas m'amuser. Je devais veiller au ménage, à la cuisine et m'occuper de mon frère, mon Toinet. Tu te rends compte, maman ? Ton dernier-né est devenu un médecin renommé.

De plus en plus souvent, Louise parlait à ses chers disparus sans aller jusqu'au cimetière. Ces brefs discours meublaient le silence, quand Émeline était à l'école.

— Maintenant Antoine joue les chefs de famille, sans oublier Clément, ton petit-fils, ajouta-t-elle. J'aimais bien travailler au Grand Hôtel, mais ces deux messieurs désapprouvaient : ils m'ont incitée à quitter mon emploi. Alors, je gagne un peu d'argent en faisant de la couture. Juliette, ma bru, est toujours employée là-bas, comme femme de chambre. Je crois qu'elle aura un bébé l'an prochain ; toujours mes visions, maman…

Louise se tut brusquement, le cœur serré, car elle pensait à sa belle-sœur. Malgré les cris et les supplications de Jeanne, Antoine persistait à vouloir confier l'enfant trouvée à une institution.

— Quelle misère, et je n'ose pas contrarier mon frère !

On gratta à sa porte, puis le visage poupin de Juliette apparut derrière les rideaux de la fenêtre.

— Entre, ne fais pas de manières, lui cria Louise, toujours ravie d'avoir la visite de sa belle-fille.

— J'avais peur de vous déranger.

— Pas du tout. Tu n'es pas à l'hôtel ?

— Je suis en congé ce dimanche. Clément emmène des clients en excursion, alors je suis venue, parce que j'ai un aveu à vous faire, Louise. Il faut que je me confesse, sinon ça me rendra malade.

— Seigneur, est-ce si terrible, Juliette ? Allons, assieds-toi ; je vais t'offrir une chicorée.

Sa belle-fille fit signe qu'elle préférait rester debout. Les mains jointes, la tête basse, on aurait dit une pénitente.

— Hier soir, j'ai croisé Émeline devant l'église. Elle m'a dit que votre frère ne voulait pas garder le bébé.

— Hélas, oui… J'ai essayé de convaincre Antoine, il ne veut rien entendre. Ses arguments se tiennent. Il craint qu'un couple de la région se soit débarrassé du nouveau-né, mais qu'ils viennent la réclamer ensuite. Et, selon lui, l'enfant est de santé fragile. En fait, mon frère a surtout peur que Jeanne souffre beaucoup si elle s'attache à la petite Marie et en est séparée tôt ou tard.

Juliette approuva avec une expression concentrée. Louise l'impressionnait toujours, car elle s'exprimait comme une dame, sans accent et en parlant un peu vite.

— Pourtant, Jeanne est déjà bien malheureuse, répliqua-t-elle. Quand elle tient le bébé dans ses bras, ce n'est plus la même.

— Je sais bien, concéda Louise.

— Votre frère changerait peut-être d'idée, si on lui disait d'où elle vient, cette pauvre petite.

Ces quelques mots résonnèrent étrangement dans l'esprit de Louise, qui fut prise d'un léger malaise. Elle ferma les yeux pour recevoir la vision.

— Seigneur Dieu, gémit-elle. Tout ce sang...

— Ah, vous avez vu, alors, se rengorgea Juliette, au courant du phénomène, dont la famille lui avait parlé.

— Je t'écoute, ma chère petite.

Cette fois, la jeune femme prit place sur le banc. Elle révéla à mi-voix la tragique origine du bébé.

— Sa mère était employée au Grand Hôtel, l'an dernier, à la plonge. Elle ne savait ni lire ni écrire, mais l'intendante l'avait quand même engagée, pour rendre service à une dame de ses amies, qui dirigeait un orphelinat. On avait pitié de cette gosse, Gina, de quinze ans à peine, sans famille bien sûr. Et puis, au printemps, elle a disparu. On s'est inquiété mais, quand on a averti l'intendante, elle s'est montrée froide, en annonçant qu'elle avait congédié Gina pour mauvaise conduite.

— Continue, Juliette. J'ai eu un aperçu du drame qui a suivi, soupira Louise, accablée.

— Il y a une semaine, je finissais de servir le dîner aux clients, et Arlette, la cuisinière, me fait dire que Gina était entrée dans l'office par la porte du cellier. Je suis allée la voir dès que j'ai pu. Misère, la pauvrette était à terme et dans les douleurs. On ne pouvait pas la chasser : on s'est arrangées pour l'aider. Elle souffrait le martyre, mais elle nous a raconté ses malheurs.

— A-t-elle donné le nom du père ?

— Gina ne l'avait pas retenu, pensez-vous. C'était un riche client de l'hôtel : il s'était offert ses faveurs, ce gredin, en la payant un bon prix. En l'écoutant, on a deviné qu'elle avait à peine compris ce que lui faisait cet homme. Si vous l'aviez vue, avec son énorme ventre, son corps squelettique, son regard de bête traquée. Elle avait mendié dans les rues d'Annecy et de Chamonix, avant de revenir ici. Le bébé est né au fond du cellier, sur une paillasse.

Louise dut se lever et marcher dans la pièce. Elle éprouvait une profonde pitié pour Gina, fauchée en pleine jeunesse.

— Et vous toutes, qui l'assistiez, vous n'avez pas appelé un docteur ?

— Je voulais téléphoner à Antoine, je vous jure, mais Arlette avait fait venir la sage-femme. Elle n'a pas pu sauver Gina, qui se vidait de son sang. J'en suis malade de vous raconter ça.

— Maintenant dis-moi comment l'enfant s'est retrouvée dans une haie, pas loin de l'endroit où j'ai l'habitude d'aller, sous le vieux chêne.

— On était obligées de prévenir l'intendante, qui gère le personnel féminin. Elle s'est occupée de faire enterrer Gina dans la fosse commune, à Sallanches. Ensuite, elle a payé la sage-femme pour qu'elle garde le bébé deux jours avant de le conduire dans un hospice de Lyon. J'étais révoltée, et je pensais à votre belle-sœur. Je l'aime bien, Jeanne.

— Quel rôle as-tu joué, Juliette ? Ne crains rien, je ne te ferai pas de sermon.

— Pardonnez-moi, Louise. J'ai promis à la sage-femme que l'épouse du docteur cherchait un nourrisson à adopter. Elle était soulagée de ne pas faire le voyage, tout en ayant touché les sous. C'était mercredi, j'ai pris Marie des mains de cette matrone et, dès que vous êtes parties en balade, je l'ai cachée dans la haie, pour faire croire à un abandon.

Atterrée, Louise se signa et enfouit son visage entre ses mains. La naïve machination de sa belle-fille la consternait.

— Tu n'es qu'une tête de linotte ! décréta-t-elle.

— Ne vous fâchez pas, je voulais rendre Jeanne heureuse.

— Mais enfin, pourquoi échafauder un plan aussi farfelu ? Tu serais venue me parler de cette petite fille, j'aurais réfléchi et, comme toi, j'aurais sans doute envisagé de la confier à mon frère et à son épouse. Juliette, sois franche, ne me mens plus ! Connais-tu l'identité du père ? Gina ne l'a pas décrit ? Peut-être qu'il reviendra à Combloux séduire une autre innocente.

— Gina se souvenait de lui, quand même. Il avait une quarantaine d'années, très brun de peau, les cheveux noirs.

— Il faudrait consulter le registre de l'hôtel. Si je compte bien, cet homme peu recommandable y a séjourné au cours de l'automne.

— Oui, j'essaierai de regarder, mais ce ne sera pas facile ; je n'ai pas le droit de toucher aux registres. Louise, dites, la petite Marie, il faut la sauver. Elle ne peut pas finir à l'Assistance publique.

— Viens, nous devons dire la vérité à mon frère et à Jeanne. Ce soir, tu avoueras tout à Clément. Mon fils te grondera, mais il t'aime fort, il comprendra.

Juliette éclata en gros sanglots nerveux, à la perspective de confesser sa folle initiative à son mari, dont elle craignait les colères. Apitoyée par sa détresse, Louise lui caressa la joue.

— Ne pleure pas, tu as un grand cœur. Ne le dis à personne, mais je suis fière de toi, d'autant plus que tu vas me donner un petit-fils ou une petite-fille bientôt.

— Vous le saviez ? Oui, j'ai eu du retard ; à présent je suis sûre. J'attends un peu, avant de l'annoncer à Clément.

Louise retrouva son beau sourire. Elle mit son chapeau de paille, et prit le bras de sa belle-fille.

— Dépêchons-nous, Juliette. Cette fois, le docteur Favre devra capituler.

16

Compte à rebours

Soixante-dix-huit ans plus tard, chez Viviane, Combloux, vendredi 16 octobre 2015

Soline était prête à partir. Elle portait la même robe que la veille, n'ayant rien emporté à Lons, sous le coup de la panique.

— Mets ton gilet, gamine, recommanda Viviane. Il fait frais, ce matin. Que tu es jolie, les cheveux dénoués ; ça te donne un petit air de sauvageonne. Sais-tu, j'ai à peine fermé l'œil de la nuit. Je t'imaginais toute seule dans cette ferme abandonnée, où il faisait noir, avec ce type qui te déblatérait ses cruautés.

— N'en parlons plus, je vous en prie. Benjamin vient de m'envoyer un message : il sera au chalet vers 14 heures. J'ai hâte d'être là-bas.

— Si tu prenais un petit café, avant de prendre la route ?

— Je voudrais bien, mais Kate me déconseille d'en boire, à cause du bébé.

— Bah, jadis les femmes ne se privaient pas de tout pendant leur grossesse, fit remarquer la septuagénaire. Laisse-toi tenter, tu es pâlotte. Soline, tu vas vraiment pouvoir cacher ce qui s'est passé à Benjamin ? Il n'a pas trouvé bizarre que tu reviennes déjà de chez tes parents ?

— Un peu, mais je lui ai fourni une explication plausible. Viviane, je ne peux pas faire autrement. C'est l'unique moyen de savourer ces deux semaines dans l'harmonie.

— Misère, si ton amoureux avait autant d'intuition que toi, tu ne pourrais pas le duper si facilement. Enfin, sois prudente.

— Vous aussi ! Comment allez-vous faire pour promener votre chien ? Et le ménage, les courses ?

— Ne te tracasse pas ! J'ai téléphoné à Vanessa, la jeune fille qui venait cet été. Elle sera bien contente de travailler chez moi. Et puis je ne risque pas de m'ennuyer : je tricote pour toi. Ton bébé aura son trousseau au printemps. Je te montrerai les deux brassières que j'ai terminées, mais la prochaine fois ; tu es pressée.

— Pas tant que ça. En fait, je m'accorde une tasse de café, décida Soline. Je me sens si bien avec vous, Viviane. Et j'adore votre maison.

— Tu en hériteras sûrement, gamine. Je n'ai pas de famille, à part ma cousine Eudoxie, qui roule sur l'or.

— Ne parlez pas d'héritage, ça me rend triste. Je voudrais que vous viviez cent ans, car j'ai besoin de ma grand-mère de cœur.

La voix de Soline trembla sur ces derniers mots. Elle essuya furtivement les larmes qui perlaient à ses yeux.

— Allons, ne pleure pas. Écoute, puisque tu me considères comme ta grand-mère, je vais te donner un conseil. Peut-être qu'au prochain rendez-vous, cet homme t'enlèvera ou te fera du mal. N'y va pas. Pense à Benjamin, à votre enfant.

— Mais je ne pense qu'à eux, Viviane ! Surtout à Benjamin qui sera le premier visé.

— Alors sois raisonnable, parle au moins à Étienne ou à Sophie. Si la police ne fait rien avant le 29 octobre, ce criminel ne saura pas que tu l'as trahi.

Soline fit non de la tête, l'air farouche. Elle fixa sa vieille amie de son regard bleu qui étincelait.

— Je dois y retourner, déclara-t-elle. J'ai l'intuition que cet homme est lié à mon passé ; il sait peut-être ce qui m'est arrivé quand j'étais fillette. Et si je parviens à le mettre en confiance, je vous sauverai tous.

— Mon Dieu ! On dirait que tu pars en guerre, ma petite. J'en ai mal au cœur.

— C'est exactement ça, Viviane. Je vais me battre et j'espère gagner, pour vivre enfin en paix.

— Tu ne changeras pas d'avis ?

— Non ! Quand ma fille naîtra, nous serons débarrassés de cet assassin.

— Ah, c'est une fille ? Vous n'avez pas pu le voir à l'échographie, c'est trop tôt.

— Mais moi, je le sais. Je l'appellerai Louise et je lui offrirai une enfance merveilleuse.

Ce fut au tour de Viviane de retenir ses larmes. Elle servit un café à Soline, en y ajoutant un peu d'eau chaude et un sucre.

— Tiens, bois, il sera moins fort. Si je m'étais doutée, quand je t'ai rencontrée, que tu aurais toutes ces épreuves à affronter. Une chose est sûre : je me suis vite dit que tu n'étais pas une jeune femme ordinaire.

Elles se sourirent. Derrière les fenêtres, des rideaux de pluie s'abattirent brusquement. Le vent soufflait fort.

— L'hiver approche, soupira la septuagénaire. Comment ferez-vous, là-haut, dans votre vallon des loups, s'il y a de grosses chutes de neige ?

— Nous en avons discuté avec Benjamin ; il a tout prévu. La Mairie de Saint-Nicolas enverra le chasse-neige dégager la piste ; ensuite en 4×4 ou avec le pick-up équipé de chaînes, nous pourrons circuler et rejoindre la route. Nous avons commencé à faire des provisions.

— Bon, tu me rassures. C'est vrai que, de nos jours, grâce aux voitures, on a moins de difficultés.

Soudain rêveuse, Soline se représenta leur vieux chalet sous la neige, les étendues blanches alentour, l'isolement entre ces murs séculaires, la cheminée où pétillerait un beau feu.

— Ne tarde plus, gamine. Et promis, tu me téléphones matin et soir, juste cinq minutes.

— Je vous le promets, Viviane.

Elles se séparèrent à regret, en s'embrassant sur le perron. Soline dévala les marches, sous une pluie plus fine. Elle avait la gorge nouée et le cœur lourd à la perspective des mensonges que Benjamin entendrait bientôt.

Chalet du vallon des loups, même jour

Benjamin tenait Soline contre lui. Ils s'étaient installés sur le canapé, un plaid en laine sur les genoux. Le feu était allumé et la chanson monotone de la pluie les berçait.

— Je suis si heureux que tu sois là, tout près de moi, dit-il entre deux baisers. Tu m'as manqué.

— J'avais hâte d'être ici. C'est notre foyer, notre port d'attache. Je suis désolée d'être partie en pleine panique. Mon père s'est affolé. Comme je te l'ai expliqué dans mon message, maman parlait de se suicider. Elle fait une dépression, mais son médecin traitant lui a prescrit de quoi la stabiliser.

— Tu as bien fait d'y aller, petite fleur.

Soline s'écarta un peu de lui pour le dévisager, surprise par ce qualificatif inédit.

— C'est adorable de m'appeler comme ça, merci...

— J'y ai pensé d'un coup, avoua-t-il. Tu protestes quand je te dis « ma chérie », sous prétexte que ta mère en abuse, et les « mon cœur » t'agacent aussi. J'étais à court de mots tendres.

Ces doléances eurent le don d'amuser Soline. Elle noua ses bras autour du cou de Benjamin.

— Toi, tu es mon amour mais, dans l'intimité, pas devant témoins.

— Peu importe, une seule chose compte : nous sommes tous les deux, et j'ai une bonne nouvelle. Je ne bougerai pas d'ici avant mardi prochain, sauf en cas d'urgence. J'ai beaucoup de dossiers à étudier et des analyses à faire. Mais si tu es fatiguée, je préparerai les repas.

Ravie, Soline se blottit à nouveau contre Benjamin. Elle voulait chasser de son esprit les instants passés en compagnie du tueur, mais ils l'obsédaient.

— Je dois m'occuper, quand même, insinua-t-elle. Je vais abandonner le tricot, je ne suis pas douée. Il me reste la lecture et des promenades dans la forêt. Je pourrai essayer d'amadouer la louve. Je rêve de toucher ses petits. Ils doivent s'habituer à nous, à notre odeur.

— Tu pourrais aussi reprendre tes recherches sur cette femme blonde, que tu as vue si souvent, ou sur la famille qui a dû vivre dans ce vallon, il y a plus de cent ans, à mon avis, lui suggéra Benjamin. Pour le moment, si on montait dans notre chambre faire une sieste.

L'éclat passionné de ses yeux noirs, son intonation câline et ses caresses renseignèrent Soline sur la nature de la sieste proposée. Mais elle avait seulement envie de tendresse, de complicité.

— Il est plus de 16 heures, je préfère rester là, près du feu. Je voulais aussi te parler de l'hiver qui arrive. Ne m'en veux pas.

— T'en vouloir ? Ne dis pas ça, jamais je ne t'imposerai quoi que ce soit. Je suis stupide, en plus. Tu as beaucoup roulé, tu as dû être bouleversée par l'état de ta mère. Je vais te faire du thé ou un chocolat chaud.

Soline s'appliqua à demander plusieurs précisions sur le déneigement de la piste, celui du chemin. Ils firent ensuite une liste des aliments de base, indispensables s'ils souhaitaient demeurer quelques jours sans sortir.

— Il faut surtout stocker de la nourriture pour tes chiens et la louve. Ses petits commencent à manger, précisa Benjamin. À ce sujet, hier j'ai téléphoné à mon ami vétérinaire, qui exerce à Grenoble.

— Celui qui est venu à Servoz pour examiner Farou, quand elle était grièvement blessée ? Tu travailles encore avec lui ?

— Oui, il effectue les examens des prélèvements que je lui envoie. Le mois prochain, il viendra nous rendre visite. J'ai pris note de ses conseils. Nous avons le droit de garder la louve, mais il préconise de la stériliser. Quant aux louveteaux, comme ce sont des mâles, il pense qu'ils seront soumis à Barry. Enfin, je lui ai parlé de toi, du bébé, et il m'a donné une excellente idée, pour l'avenir.

— Laquelle ? s'étonna Soline, plus détendue, grâce à leurs discussions.

— Tu pourrais organiser des balades en traîneau, tiré par nos pensionnaires. J'ignore à quoi ils vont ressembler adultes, mais bien dressés, menés par Barry que tu dresserais, ce serait un bel attelage, et une activité dans tes cordes.

Enthousiasmée, Soline eut un grand sourire. Elle sauta au cou de Benjamin qui l'embrassa.

— C'est vraiment étrange, confessa-t-elle. Dans le Jura, il y a des clubs qui organisent des randonnées en traîneau. J'en rêvais, adolescente. J'avais économisé pour m'offrir une journée d'initiation. Mon père ne m'a pas permis d'y aller ; il estimait que c'était un loisir superflu.

Ils discutèrent encore longtemps de ce projet, en regardant des reportages sur Internet. Il n'était plus question du tueur ou de la menace qu'il faisait peser sur leur futur bonheur de couple et de parents.

Lorsque Soline se retrouva seule dans leur chambre, avant le dîner, l'angoisse et le doute la terrassèrent.

— Est-ce que j'ai pris la bonne décision ? se demanda-t-elle tout bas. Nous n'aurions pas connu ces heures exquises, si j'avais dit la vérité à Benjamin sur mon voyage à Lons. Il aurait été épouvanté, et il aurait tout de suite appelé Sophie et Étienne. Étienne… Comment ai-je pu le soupçonner ? Il est passé hier soir, en apportant des plats italiens.

Elle appuya son front à la vitre ruisselante de pluie. La nuit tombait sur le vallon, qui s'emplissait d'ombres.

— Je suis bien à l'abri, avec mon amour. Je dois oublier le prochain rendez-vous.

Soudain frileuse, la jeune femme réchauffa ses mains sur le radiateur électrique. Elle descendit, en pyjama et poncho de laine blanche, suivie de près par Neige, qui se couchait sur le palier, quand elle était à l'étage. Une alléchante odeur de potage aux légumes flottait dans la grande pièce, où deux couverts étaient mis.

— Tu t'es un peu reposée ? s'enquit Benjamin, rayonnant de joie. Je n'osais pas t'appeler.

Soline admira ce décor rustique et chaleureux où elle espérait vivre longtemps. Son amoureux, échevelé, un tablier noué à la taille, brandissait une soupière dénichée dans une brocante. Ils auraient pu être infiniment heureux, mais le compte à rebours avait commencé.

*

Soixante-dix-sept ans plus tôt,
Combloux, jeudi 22 septembre 1938

— Ce sont les derniers beaux jours ; il faut en profiter, dit Émeline au garçon qui l'accompagnait. Et, dans une semaine, je serai pensionnaire au lycée pour filles de Sallanches.

L'adolescente dirigeait la poussette où était assise la petite Marie, âgée d'un an et deux mois.

— Je promène cette adorable poupée pour gagner quelques sous, ajouta-t-elle. Ma tante Jeanne est souffrante.

— L'épouse du docteur Favre ?

— Mais oui, je vous l'ai expliqué jeudi dernier. Je pensais que mes propos vous intéressaient davantage, Pierre.

Confus, rougissant, celui-ci détourna la tête. En présence de la ravissante Émeline, il perdait tous ses moyens et devenait gauche, taciturne.

— Vous êtes une demoiselle, répondit-il naïvement. Moi, je ne vais plus à l'école.

— Pourtant vous avez eu votre certificat d'études ! Il faut persévérer et vous pourriez être instituteur.

— Non, je succéderai à mon père ; nous élevons des chevaux et des chèvres. Je me plais dans la montagne.

Émeline soupira de manière affectée ; cependant elle était vraiment déçue. Depuis des mois, ce beau garçon blond au regard doré s'arrangeait pour la croiser les matins de foire et à la sortie de la messe. Maintenant, il marchait à ses côtés, comme bien des jeudis où elle gardait Marie. Elle n'en avait rien dit à sa mère. Pierre avait quinze ans et la stature d'un homme.

— Moi aussi, j'aime la montagne, répliqua-t-elle. Mais je veux avoir un métier. Mon oncle Antoine, le docteur, me conseille l'enseignement. Je voudrais un poste à Combloux, pour rester près de maman.

— C'est bien de votre part, marmonna-t-il.

Découragée par le mutisme de Pierre, Émeline se pencha sur Marie. L'enfant observait le décor environnant de ses prunelles noires, sa frimousse encadrée de la dentelle blanche de son béguin en lin. Jeanne Favre l'habillait de couleurs claires, du rose, de l'ivoire ou du blanc ; ce qui faisait ressortir son teint doré et ses boucles, d'un brun intense.

— Savez-vous que ce trésor commence à parler ? commenta Émeline. Mais elle refuse de marcher : elle se traîne à genoux, malgré tous mes efforts pour la mettre debout.

— Mon petit frère gambadait déjà vers ses dix mois, se vanta le garçon. Je l'ai assis sur le dos d'un de nos chevaux le jour de ses quatre ans.

— Et vous ?

— Il faudrait demander à ma mère, je suis l'aîné.

— Je vais devoir bientôt rentrer pour le goûter. Faisons le tour de l'église et disons-nous au revoir, Pierre. Je vous croiserai peut-être pendant les vacances de Noël.

— Peut-être, ça me fera plaisir, lâcha-t-il.

À l'aube de ses quatorze ans, Émeline Mancini en imposait par son éducation et son éloquence. Elle s'estimait plus mûre que ses camarades du village. Parfois, des jalouses la traitaient de prétentieuse, mais elle s'en moquait.

— On pourrait se donner rendez-vous, proposa-t-elle à mi-voix, par crainte de ne pas le revoir avant longtemps.

— Si vous voulez…

— Oh non, sauvez-vous, ordonna-t-elle tout bas. Maman sort du cimetière ; si elle me voit avec vous, j'aurai droit à un sermon et sans doute à une punition.

Affolé, Pierre recula d'un mètre et s'éloigna au pas de course. Sa fuite précipitée avait attiré le regard de Louise. Elle aperçut aussi sa fille, qui faisait mine d'arranger les chaussons de la petite Marie. De sa démarche énergique, elle la rejoignit.

— Qui était ce garçon, Émeline ? Pourquoi a-t-il pris ses jambes à son cou en me voyant ?

— Je ne le connais pas, maman. Il m'a demandé l'heure.

— Tu pourrais choisir un mensonge moins grossier, déplora Louise. Tu ne portes pas la jolie montre que ton oncle t'a offerte pour ta communion, et il est difficile de ne pas voir le cadran de l'horloge de l'église.

— Je dis la vérité, se défendit l'adolescente. Je ne le connais pas. Tu as dû lui faire peur et s'il est sauvé. Je vais ramener Marie.

— Je t'accompagne, j'allais justement rendre visite à Jeanne. As-tu bien attaché Marie dans la poussette ?

— Oui, maman ; j'ai l'habitude, je la promène souvent. Elle n'est jamais tombée.

Le ton de sa fille frisait l'insolence et son comportement, ces derniers mois, n'était pas des meilleurs. Louise en eut le cœur serré.

— Émeline, j'ignore ce qui te rend indisciplinée et menteuse, mais j'en souffre beaucoup.

Je vais être franche : je préfère la vérité, même si elle me blesse et m'oblige à te punir. Qui est ce garçon ? Tu es bien trop jeune pour le laisser te parler ou te suivre. Je t'ai pourtant mise en garde. Puisque Juliette a osé te confier la triste histoire de Gina, la maman de Marie, tu sais le danger qui guette les filles de ton âge.

— Ne me compare pas à cette pauvre malheureuse, maman. Moi, j'ai la tête sur les épaules ! s'indigna Émeline.

Au bord des larmes, Louise s'arrêta à une dizaine de mètres du perron de la belle demeure de son frère. Elle lança un coup d'œil éperdu sur la rue pavée, où passait une automobile.

— Nous allons vers des temps difficiles, mon enfant chérie. J'ai eu plusieurs visions. Une guerre va éclater, avec son lot de morts et d'horreurs. Antoine commence à me croire, lui qui lit beaucoup de journaux. Et, dans une semaine, nous serons séparées, toutes les deux.

— Maman, si tu veux que j'étudie, je dois être pensionnaire.

Marie poussa un cri aigu, ponctué d'un mot indistinct, où Émeline identifia un « mam ».

— Elle doit avoir faim, dépêchons-nous, dit-elle à Louise. Tu t'inquiètes pour rien, maman.

Aglaé leur ouvrit, tout de suite en extase devant le retour de l'enfant. Elle aida Louise à hisser la poussette dans le vestibule.

— Madame se plaint de douleurs à l'estomac, annonça-t-elle d'un ton lugubre. Monsieur est à son chevet. Je vais donner son goûter à Marie.

— Je suis affamée, moi aussi, déclara Émeline. As-tu fait des beignets, Aglaé ?

— Ciel, que tu es impolie ! gronda sa mère. Eh bien, va à la cuisine ; je monte voir ma belle-sœur.

Indifférente au carrelage noir et blanc, au large escalier en marbre, Louise n'accorda pas davantage attention aux tableaux qui ornaient les murs tapissés d'une toile mordorée.

— Dans un an, la guerre sera déclarée, dit-elle tout bas. Seigneur, pourquoi me montrer ces scènes affreuses ? Je suis une femme vieillissante, incapable de changer le cours du destin ou la folie des hommes.

Elle frappa discrètement à la double porte en chêne sombre. La poignée en cuivre s'abaissa et son frère la fit entrer.

— Notre Jeanne est encore malade, Antoine ? souffla-t-elle.

— Cette fois, le corps n'y est pour rien, répliqua le médecin. L'âme et le cœur sont atteints.

Très inquiète, Louise prit place au bout du lit. L'aspect de sa belle-sœur, adossée à ses oreillers, la consterna. Jeanne était livide, décoiffée, ses mains diaphanes crispées autour d'un mouchoir. Une lettre décachetée gisait sur l'édredon.

— Mes parents s'en vont en Amérique ; j'ai peur de ne jamais les revoir. Ils craignent la politique antisémite d'Hitler. Ils ont eu des informations par un cousin sur les exactions qui se passent en Allemagne. Ils veulent m'emmener, mais je refuse de quitter mon mari et la petite !

Antoine faisait les cent pas, les bras croisés sur sa poitrine. Il jugeait insensée la décision de ses beaux-parents.

— La France est à l'abri de ces incidents et les Juifs de notre pays n'ont rien à redouter. Quant à la guerre, elle n'est pas à nos frontières, que je sache.

Louise demeura silencieuse. Elle savait que sa belle-sœur était juive par sa mère.

— Il faudrait plutôt se soucier des fréquentations de Clément, ajouta Antoine. Cet imbécile envisage de se faire communiste. Empêche ton fils de commettre cette erreur, Louisette.

— Il se moque de mon opinion et de la tienne, soupira-t-elle. Mes deux enfants ont des caractères forts et le goût de la rébellion. Face à eux, je me sens souvent impuissante.

Elle adressa un faible sourire à son frère, qui lui tourna le dos. Jeanne sanglota, puis elle réclama Marie.

— Je veux mon petit ange, gémit-elle. Quand je la tiens contre moi, mes chagrins s'envolent.

— Je vais vous la chercher ; elle a dû finir de goûter, proposa Louise. Ayez du courage, Jeanne, pour Marie justement.

Son frère la suivit sur le palier. Il referma la porte de la chambre derrière eux.

— As-tu eu de nouvelles visions ? demanda-t-il tout bas.

— Antoine, ce sont de très courtes scènes, qu'on me montre soit en rêve, soit la journée. Certaines sont dures à interpréter, mais je continue à tout noter dans mon cahier. Mais je suis sûre que, dans un an, la France entrera en guerre. Je n'ai pas de détails précis.

— Je fais semblant d'être confiant en l'avenir devant Jeanne. Mon épouse est si fragile, si émotive. Comprends-tu pourquoi j'ai été aussi réticent à accueillir ce bébé sous notre toit ?

Louise posa une main apaisante sur le poignet de son frère. Elle tenta de le réconforter.

— Grâce à la petite Marie, Jeanne a pu devenir maman ; or, c'était son plus cher souhait. Cette enfant la rend heureuse, tu le sais.

— Je sais aussi qu'elle ne supportera pas de la voir gravement malade ou en danger, Louisette.

— Nous n'en sommes pas là, Antoine. Vraiment, tu n'as pas pu t'attacher à Marie, après un an ?

— Je fais des efforts, mais j'éprouve juste de la compassion, à cause des lamentables conditions de sa naissance. Je refuse de l'adopter. À quoi bon en discuter encore ? Va la chercher, je retourne auprès de Jeanne.

Louise descendit l'escalier d'un pas léger. En approchant de la cuisine, elle reconnut la voix d'Émeline, qui parlait à la domestique d'un ton exalté.

— J'ai revu ce joli garçon, Aglaé. Il avait l'air triste, parce qu'il ne me verrait plus le jeudi. Si je le croise dimanche, je lui donnerai l'adresse du pensionnat ; il pourra m'écrire.

— Tu es bien jeunette pour avoir un galant, rétorqua la brave femme.

— Un galant, qui dit ça de nos jours ? pouffa l'adolescente. Enfin, au pire, il attendra les vacances de Noël. Ne le dis à personne, Aglaé. Il s'appelle Pierre Pasquier et son père élève des chevaux.

Un gazouillis de Marie, assise dans sa chaise haute, ponctua cet aveu. Louise entra après avoir ouvert en grand la porte, restée jusque-là entrebâillée.

— Oh, maman, fit Émeline.

— Ma belle-sœur réclame la petite. Pouvez-vous lui monter, Aglaé ? Ma fille et moi, nous devons partir au plus vite.

— Bien sûr, madame, j'y vais tout de suite.

Le trajet entre la demeure des Favre et la modeste maison de Louise fut suffisant pour un virulent sermon. Émeline, désorientée par la colère de sa mère, n'osa pas se rebiffer.

— J'exige de ta part, à l'avenir, plus d'honnêteté et de respect, entendit-elle. Je tiens à avoir confiance en toi. Je suis contre des méthodes trop sévères, punitions ou interdictions, car elles provoquent des effets contraires. Plus on enferme un être épris de liberté, plus il veut s'échapper. Tu me mens sans honte, en prétendant ne pas connaître ce garçon, mais tu parles de lui à Aglaé. Je suis déçue, Émeline. Si je tenais à savoir son nom, ce n'était peut-être pas pour t'empêcher de le fréquenter quand tu en auras l'âge.

— Pardon, maman, pardon.

Ce soir-là, Émeline prépara un potage, rinça la vaisselle et raccommoda des torchons, sous le regard songeur de Louise.

« Pierre Pasquier, se disait-elle. Mon futur gendre… »

*

Soixante-dix-sept ans plus tard,
Chamonix, dimanche 25 octobre 2015

L'automne était frais et sec, depuis une semaine. Soline avait profité pleinement de sa liberté retrouvée, en dépit des craintes et recommandations constantes de Benjamin.

Dès qu'il s'inquiétait de la voir partir pour déjeuner avec Viviane à Combloux ou se promener dans Chamonix, elle lui répondait que le tueur avait dû quitter la région.

— Ne doute pas de mon intuition, lui disait-elle en riant. Tu n'as rien à craindre : je prends Neige avec moi, et, au fond de mon sac, j'ai la bombe lacrymogène que Sophie m'a achetée.

Ce week-end, la jeune femme avait emmené deux couples de Belges en randonnée dans le massif des Aravis, avec une nuit dans un refuge.

Ses clients, enchantés de sa prestation, avaient payé de bon cœur, en promettant de revenir. Ils ne s'étaient pas doutés un instant qu'elle était enceinte de deux mois et demi.

— J'ai gagné mon propre argent, se réjouissait-elle, toute contente, en marchant au bord de l'Arve.

Il était 18 heures. Avant de rentrer au chalet, Soline tenait à acheter une pâtisserie ou des chocolats, pour les offrir à Benjamin. Elle se décida pour deux tartelettes au citron et quitta la boutique le cœur léger.

La sonnerie de son téléphone la ramena sur terre. C'était un numéro inconnu. Elle décrocha, certaine d'entendre la voix étouffée du tueur.

— Soline, on se revoit dans quatre jours, n'oublie pas, dit-il dans un murmure. Je t'enverrai le lieu du rendez-vous par texto, mercredi soir.

— D'accord, souffla-t-elle.

Il avait déjà coupé la communication. Sa joie envolée, Soline regagna son 4×4, la poitrine broyée dans un étau.

— S'il se comporte comme la dernière fois, j'aurai encore deux autres semaines de répit, calcula-t-elle. Mais il peut mentir et m'enlever. Pourquoi m'a-t-il appelée ? Je comptais les jours, moi aussi.

Viviane la suppliait avec insistance d'alerter la police, au moins l'inspecteur Dambert ou la capitaine Gally.

— Je ne les vois plus, en ce moment ; ils doivent être très occupés.

Elle roula prudemment sur la route du retour. À peine engagée sur le chemin qui menait au chalet, elle vit le break bleu de Sophie.

Plutôt satisfaite de revoir leur amie, Soline fit sortir Neige de sa voiture. Elle prit son sac à dos, laissant le chien gambader. Une fois sur la galerie couverte, elle ôta ses chaussures de montagne et ouvrit doucement la porte. Tout de suite, des éclats de voix la figèrent sur place. Sophie n'était pas venue seule : il y avait aussi Étienne, dont le timbre sonore et le ton acerbe étaient aisément reconnaissables.

— Calmez-vous, tous les deux, protestait Sophie.

— Comment veux-tu que je me calme ? rétorqua le policier. Benjamin nous annonce qu'il a laissé Soline partir en rando avec quatre inconnus ! Le reste du temps, elle court à droite et à gauche ! Je vous le redis, elle risque de finir comme cette fille qu'on a repêchée dans le lac. Ce n'était pas beau à voir, je vous assure. On lui a brisé les cervicales mais, bien sûr, le séjour prolongé dans l'eau ne permettra pas d'obtenir des empreintes ou un ADN.

— Il peut s'agir d'un crime sans rapport avec ce type, se récria Benjamin. Je le répète, tu n'as aucune preuve. Je ne vais pas enfermer Soline.

— C'est de l'inconscience, rugit Étienne. Si le tueur la trouve et qu'elle disparaît à jamais, tu le regretteras toute ta vie, mon vieux. Comme tu regretteras tôt ou tard de lui cacher la vérité sur notre enfance !

— Si vous continuez à hurler, je fiche le camp et je vous laisse régler vos comptes, clama Sophie. Étienne, n'insiste pas ! Au fond, qu'est-ce que ça changerait, de tout raconter à Soline ? Il faut la ménager, pour le bébé. Les fœtus perçoivent les émotions de leur mère, je l'ai lu.

Il y eut un bruit sec, peut-être une chaise renversée. Soline n'osait ni reculer ni entrer.

— Ce qui se passe dans notre couple ne te concerne pas, de toute façon, Étienne, ajouta Benjamin d'un ton dur. Concentre-toi sur ton enquête, et ne viens plus me harceler. Je refuse de faire souffrir Soline ; je la protégerai à tout prix.

— Parce que tu te crois le meilleur pour ça ? ironisa le policier. Sur ce point aussi, je manque de preuves.

— Arrêtez, bon sang ! s'égosilla Sophie. La seule chose que vous savez faire, c'est chercher à déterminer qui est le plus fort ou le plus malin. J'en ai ras le bol, j'aurais dû rester chez moi.

Soline parvint à réagir. Dans le plus parfait silence, elle fit deux pas en arrière, remit ses chaussures et redescendit les marches en pierre, son sac à dos sur l'épaule, le carton de la pâtisserie à la main. Ensuite, elle retourna à côté de son 4×4.

— Neige, ici, appela-t-elle très bas.

Elle caressa le chien, ouvrit une des portières du véhicule et la referma en la faisant claquer. La bouche sèche, le cœur survolté, elle se dirigea à nouveau vers le chalet.

« Je leur mens pour les sauver et, eux, ils me mentent aussi, surtout Benjamin, soi-disant pour me protéger, pensait-elle. Mais s'ils savent que j'ai tout entendu, la situation empirera. J'interrogerai Benjamin ce soir ou demain. Non, il m'a promis de me donner des explications un jour, je dois patienter… »

Sophie apparut au même instant sur la galerie. Elle était en uniforme et elle agitait la main en souriant.

— Bonsoir, Soline ! Je suis désolée, Étienne et moi, on est passés sans prévenir, mais on croyait te trouver au bercail. Il paraît que tu as eu des clients tout ce week-end.

— Des gens de Bruxelles, très sympathiques.

Elles s'embrassèrent. Soline entra la première dans la grande pièce.

— J'ai des gâteaux, on va les couper en quatre. Salut, Étienne.

Benjamin se précipita vers elle. Il la débarrassa du sac à dos, puis il déposa un baiser sur ses lèvres.

— Tu n'es pas trop fatiguée ? s'inquiéta-t-il.

— Pas du tout, je me sens en pleine forme. Refaire du sport m'a fait du bien.

Étienne lui lança un regard étrange, où elle lut du chagrin et une réelle angoisse. Soucieuse de bien jouer la comédie, Soline alla s'asseoir au coin du feu.

— Qu'est-ce qui vous amène ? s'enquit-elle. Une promenade dominicale ou du neuf dans l'enquête ?

— Une autre victime, son corps s'est échoué sur une rive du lac Léman, s'empressa de répondre

Étienne. Environ ton âge, les cheveux teints en blond. Les cervicales brisées, donc la noyade est exclue. Sa disparition avait été signalée il y a quinze jours, par un de ses copains.

Soline approuva d'un signe de tête. Elle se remémora le contact des doigts gantés de l'homme sur ses épaules.

« Si c'est lui le coupable, il ne peut pas s'empêcher de tuer ; je suis folle de croire que je pourrai le piéger. »

— Veux-tu du thé ou une infusion ? lui demanda Benjamin.

— Rien, merci, je n'ai pas soif. Étienne, dis-moi, est-ce que tu attribues ce crime au même individu ?

— Je ne peux pas l'affirmer, Soline. Ce meurtre a pu être commis pour un autre mobile, répliqua-t-il.

— Et il y a une différence importante, précisa Sophie. La victime du lac Léman n'a pas été droguée avant d'être assassinée.

— Fin de la discussion, trancha Benjamin. J'aimerais être un peu seul avec Soline. Ce serait gentil de nous laisser.

Secrètement exaspérée, Sophie enfila sa parka bleu foncé, orné de l'insigne du PGHM. Elle caressa Neige, qui passait près d'elle.

— Dans ce cas, au revoir, marmonna-t-elle.

— Tu nous fiches dehors, Benjamin ! s'insurgea Étienne. Bon sang, ça ne te réussit pas de te consacrer aux loups, ces sales bestioles qu'on avait éradiquées et qui pourrissent la vie des éleveurs.

— Retire ce que tu viens de dire ! Je préfère les loups aux types dans ton genre ; ils sont moins sournois. Ne fais pas celui qui ne comprend rien : je ne vous mets pas à la porte, je vous prie poliment de partir.

— Je ne vois pas la différence, mon vieux. Et j'ai besoin de parler à Soline, à propos de son père adoptif.

Soline quitta à regret le coin de la cheminée. Elle se leva et considéra tour à tour les deux hommes.

— Arrêtez un peu de vous chamailler, déplora-t-elle. Je ne veux plus parler de tout ça. Sophie, Étienne, je vous invite à dîner. Et toi, Benjamin, pourquoi es-tu tellement nerveux ? Ou bien il y a un grave problème ? J'ai l'intuition que vous me cachez tous quelque chose…

Un silence gêné suivit, ainsi qu'un échange de regards entre Sophie, Étienne et Benjamin.

— Qu'est-ce que tu imagines, mon cœur ? lâcha ce dernier, en la prenant par la taille.

— Mais non, tu te fais des idées, prétendit Sophie. On est un peu secoués par la découverte de cette jeune femme. Étienne m'en a parlé au téléphone et on a décidé de venir vous en informer.

— Exactement, renchérit le policier entre ses dents, la mine butée. Je me disais qu'on formait une équipe, tous les quatre ; je me trompais.

— Vous avez bien fait. Je monte prendre une douche ; essayez de vous mettre d'accord pendant ce temps, répliqua Soline avec son plus adorable sourire.

Elle s'élança dans l'escalier, talonnée par Neige. Benjamin la rejoignit quelques minutes plus tard. Il la trouva en train de se déshabiller.

— Pourquoi tu les as invités ? demanda-t-il à mi-voix. J'avais envie d'une soirée tranquille, rien qu'avec toi.

— Parce que tu t'es montré impoli, et ça m'a choquée.

— Soline, j'ai mal dormi, j'étais angoissé à chaque seconde. Je rêvais de cette soirée où nous serions tous les deux, où tu me raconterais ta randonnée. Mais Sophie et Étienne sont arrivés avant toi et j'ai eu droit à des reproches, des accusations ! De quel droit on se mêle de notre vie privée ?

Entièrement nue, la jeune femme s'enveloppa dans un drap de bain, sensible à la fraîcheur de la salle de bains.

— Ne dis pas « on » ; ce sont tes amis : ils estiment avoir ce droit. Et puis c'étaient tes amis avant d'être les miens. J'ignore toujours depuis combien de temps, insinua-t-elle.

— Peu importe, je suis contrarié. Étienne dépasse les bornes, je t'assure. Je deviens jaloux, car il est amoureux de toi ; ça saute aux yeux. Il cherche tous les prétextes pour se retrouver en tête à tête avec toi.

Benjamin était pâle, les yeux cernés. Il avait une expression d'infinie détresse qui attestait d'une sincère souffrance. Soline, qui le dévisageait, regretta son attitude. Intriguée et vexée, elle avait voulu se venger, mais elle en avait honte, soudain.

— Ne sois pas jaloux, dit-elle en se blottissant contre lui. Il réagit en policier. Quelque part, il est responsable de ma sécurité. Si je t'avouais que je l'ai soupçonné d'être le tueur, ça te consolerait ?

Le drap de bain avait glissé sur le sol. Troublé par la nudité de Soline, Benjamin commença à la caresser.

— Tu plaisantes ? souffla-t-il à son oreille.

— Pas vraiment. J'y ai pensé, à cause de son comportement, mais c'est impossible.

— Oui, et s'il l'apprenait, je crois qu'il ne s'en remettrait pas. Ma petite fleur, Étienne est bourré de défauts, j'ai du mal à le supporter ; cependant, il lutte contre la mort et la criminalité depuis des années. Cela dit, tu as gagné : je ne suis plus jaloux. Jamais il ne te tiendra ainsi, toute nue.

— Je l'espère bien, le taquina Soline. Tu devrais descendre et te réconcilier avec lui. Un dîner, ça ne dure qu'une heure ou deux. Ensuite, on sera tous les deux, dans notre lit…

Elle lui donna un long baiser sensuel, en gage des autres baisers et du plaisir qu'ils partageraient, au sein de la nuit.

Le repas fut plus chaleureux que prévu, grâce à Sophie, experte dans l'art d'accommoder les pâtes, et capable aussi de passionner son auditoire. Elle évoqua avec humour les difficiles épreuves que devaient remporter les candidates et candidats afin d'intégrer l'exceptionnel peloton de gendarmerie de haute montagne.

Étienne, calme et discret, lui posait des questions d'une voix affectueuse. Au dessert, il refusa la moitié d'une des tartelettes au citron. Soline l'observait souvent, sensible au désespoir qu'elle lisait au fond de son regard gris-vert.

Quand elle fit un geste vers la carafe d'eau, il voulut lui tendre si bien que leurs mains s'effleurèrent. Ce simple contact eut un effet dévastateur, pour Soline. Une vision la traversa, qui la tétanisa.

— Non, non, dit-elle tout bas, effrayée.

— Qu'est-ce que tu as ? s'étonna Benjamin.

— Rien, j'ai oublié de prendre des nouvelles de maman. J'avais promis de le faire ce soir. Fais du café, je vais l'appeler.

Soline prit son téléphone et se réfugia à l'étage. La liste des mensonges et des non-dits augmentaient, puisqu'elle évitait de parler à ses parents, qui ne cherchaient pas, eux non plus, à la joindre.

— Non, ce que j'ai vu ne peut pas être vrai, gémit-elle. C'est la deuxième fois qu'on me montre cette image atroce. Non, ça ne se produira pas, je le sauverai, lui aussi.

Elle essuya les larmes qui coulaient sur ses joues, en se promettant de tenir Étienne dans l'ignorance absolue de ses rendez-vous avec le tueur.

— Plus que trois jours. Je sais ce qu'il me reste à faire… Viviane disait vrai : je suis en guerre et, à la guerre, il faut se battre.

17

Quelques heures d'angoisse

Chalet du vallon des loups,
mercredi 28 octobre 2015

Soline s'attardait dans le camion qui servait de laboratoire. Elle y pénétrait rarement mais, à chaque fois, le même souvenir lui revenait.

— C'était le début de notre histoire. Benjamin s'était blessé à une tôle et j'ai désinfecté la plaie, avant de lui mettre un pansement, dit-elle tout bas. Il était torse nu. Je l'ai désiré, ce jour-là ; j'avais envie de le toucher. Ensuite, il m'a embrassée… Un baiser inoubliable.

Elle ouvrit le placard en métal qui lui faisait face, et fixa une boîte en plastique qui contenait des seringues stériles et des minuscules flacons.

— J'en prépare au moins une. Ce sera de la légitime défense.

Sur ces mots énoncés d'une voix ferme, Soline se décida. Elle souleva le couvercle et se lança dans un calcul précis, afin de définir une dose adéquate.

— Je suis la seule à pouvoir arrêter ce monstre. Je ne dois pas hésiter.

En sortant du véhicule, son rythme cardiaque s'apaisa. Elle se sentait armée et c'était le plus important.

— J'appelle Viviane, j'ai besoin d'en parler.

Un rayon de soleil filtrait entre deux nuages gris. Il avait beaucoup plu la veille, mais il faisait encore doux. La septuagénaire décrocha aussitôt.

— Oh, ma petite, tu es gentille de me téléphoner. Quand je pense que demain tu revois cet assassin, j'en suis malade.

— Tenez bon, Viviane ; n'ayez pas peur. Si tout se passe bien, vendredi, le cauchemar sera terminé.

— Qu'est-ce que tu racontes ? Il risquera plutôt de commencer pour nous qui t'aimons ! Ou bien tu as enfin prévenu la police et vous allez tendre un piège à ce fichu tueur ?

— Viviane, j'ai eu cette idée dimanche soir. Benjamin a gardé des flacons de tranquillisant pour animaux dans son camion. C'était au cas où nous aurions eu des problèmes avec la louve.

— Mon Dieu, Soline ! Tu veux t'en servir contre le tueur ? Tu crois vraiment y arriver ? Seigneur, tu vas me rendre folle !

— En principe, le produit s'injecte par intraveineuse, mais il peut faire effet dans un muscle. Je cacherai la seringue sur moi et, dès que je pourrai, je l'utiliserai. C'est très fort : il ne sera plus en état de me faire de mal. J'appellerai aussitôt la police.

— Mais enfin, qu'est-ce que tu imagines, hein ? s'emporta sa vieille amie. À toi seule, tu pourrais endormir un dangereux criminel ? Cette fois, tant pis pour ma promesse, je préviens Sophie.

Soline déplora d'avoir exposé son plan à Viviane, déjà très angoissée par la situation. Fébrile, elle s'immobilisa près d'un rocher, entre le camion et le chalet. Des colchiques mauves émaillaient l'herbe encore verte. La beauté des fleurs, symboles de l'automne, la conforta dans sa décision.

— Je vous ai fait confiance, Viviane, alors je vous en prie, ne dites rien. Je ne pouvais pas garder ça pour moi, et il n'y avait que vous susceptible de m'écouter. J'ai l'impression d'agir ainsi en mémoire de Moïse, du brigadier et des autres victimes.

— Tu n'as pas à régler ça toi-même ! C'est le rôle de la police.

— Mais le tueur déjoue toutes les investigations. Les collègues d'Étienne ont confirmé que le texto qu'il m'avait envoyé provenait d'un appareil prépayé qu'il a dû détruire aussitôt. Il ne laisse pas d'empreintes, ni d'ADN. Je vous le répète, je suis la seule qui peut l'approcher.

Un long silence fit écho à ces paroles véhémentes. Soline se désespérait, à court d'arguments.

— Bon, je respecte ton choix, ma pauvre petite. Mais si tu meurs par ma faute…

— Ne parlez pas de malheur, Viviane. Je suis presque sûre d'en réchapper.

— Tu as eu une vision de ton avenir ?

— Peut-être ; je vous le dirai, mais pas maintenant.

— Ah, tu n'es vraiment pas quelqu'un d'ordinaire. Sacrée gamine, tu m'en fais voir ! Je te parie que j'aurai les cheveux blancs, après-demain. Écoute, j'ai une condition. Quand tu sauras le lieu du rendez-vous, indique-le-moi par texto.

— Pourquoi ?

— C'est plus prudent ; si jamais ça tourne mal, si tu tardes à rentrer, je pourrai envoyer les gendarmes.

— D'accord, Viviane.

— Sois très prudente, ma belle.

Soline comprit qu'elle avait gagné la partie. Elle coupa la communication en soupirant de soulagement, pour constater qu'une voiture s'engageait sur le chemin. Étienne était au volant.

L'inspecteur Dambert se gara à côté de son 4×4 rouge. Il marcha vers elle, les mains dans les poches de sa parka grise.

— Tu as de la chance, Benjamin est parti tôt ce matin, lui lança-t-elle sur le ton de la plaisanterie. Vous ne pourrez pas vous écorcher vifs !

— Salut, rétorqua-t-il à voix basse. Je sais que tu es seule, je me suis renseigné avant de te rendre visite.

— Et comment l'as-tu su ?

— Un coup de fil suffisait. J'ai appelé Benjamin, soi-disant d'Annecy, sous un faux prétexte, et il m'a précisé l'endroit où il se trouvait. Tu m'offres un café ? J'ai des choses à te dire. Dimanche, je n'ai pas pu.

— C'est grave, Étienne ?

— À toi d'en juger.

Cinq minutes plus tard, Soline avait préparé du café frais. Elle avait pu dissimuler l'étui contenant la seringue au fond de son sac à main, pendant que le policier tisonnait le feu.

— Je ne sais pas par où commencer, avança-t-il une fois assis sur le canapé, sa tasse entre les mains.

— Je t'écoute, Étienne. On dirait que tu as peur !

— Non, je suis juste stressé. J'essaie d'anticiper ta réaction ; je n'y parviens pas. Voilà, premier point : Roger Fauvel, cet oncle que tu sembles détester. Ce mec n'est pas net du tout. Mon adjoint a fouillé ses comptes bancaires. Je tenais à cette vérification après ma rencontre avec lui. Il n'y a pas d'irrégularités dans ses comptes, pourtant il vit au-dessus de ses moyens et, depuis des années, il est très généreux envers tes parents adoptifs.

— Mon père disait que son frère avait des actions en bourse.

— L'enquête l'établira, mais les recherches en amont sont longues et hasardeuses. Second point, le plus important : quand j'ai demandé à ta mère de me montrer les documents administratifs relatifs à ton adoption, elle a répondu les avoir perdus. Après différentes démarches, il s'avère qu'il n'existe aucun document officiel te concernant, avant que tu sois confiée aux Fauvel.

— Quand lui as-tu demandé ça ? s'alarma Soline.

— Durant mon séjour à Lons. Pourquoi as-tu cet air affolé ?

— Je craignais que tu aies revu mes parents ces derniers jours. Maman fait une grave dépression, il lui faut du calme et le repos absolu. Attends une seconde, qu'est-ce que tu as dit ?

— Tu n'as pas été placée chez les Fauvel par un quelconque organisme ; l'Aide sociale à l'enfance ne te connaît pas, et aucun notaire de Lons et des environs ne possède un double des papiers obligatoires à une adoption officielle.

Soline sentit ses jambes trembler sous elle. Le cœur serré, elle prit place à côté du policier.

— Comment est-ce possible ? demanda-t-elle dans un souffle. Je suis allée à l'école, j'avais un carnet de santé, une carte d'identité au nom de Fauvel. Maman a dit vrai : elle a dû perdre un dossier.

— Ouais, ouais, marmonna-t-il. Mais j'ai appelé Kate hier soir, car elle m'avait raconté quelque chose au sujet de ton oncle. Il aurait emporté une mallette en fer, un jour où Kate et toi, vous étiez toutes les deux à Lons, après l'accident de ta mère.

— Je m'en souviens, oui ! Roger est allé fouiller la chambre de mes parents et, quand je l'ai croisé sur le palier, je l'ai interrogé. J'étais surprise de le voir emporter cette mallette. Il m'a répondu que ce n'étaient pas mes affaires.

Étienne hocha la tête, les lèvres pincées. Il se servit une deuxième tasse de café, son regard clair rivé sur le feu. Soline tentait d'assimiler les révélations qu'elle venait d'entendre.

— Je pense qu'il s'agissait certainement de tes affaires, lâcha le policier de son ton désinvolte.

— Mais si tu as raison, pourquoi m'ont-ils donné leur nom, et pourquoi m'avoir élevée ? Comment se sont-ils procuré des papiers en règle ?

— En payant le prix, on obtient tout ce qu'on veut dans ce monde pourri. Même des enfants innocents promis à des fins atroces.

Soline voulut le questionner, mais son cœur s'emballa. Les battements résonnaient dans tout son corps. Une sueur froide perla à son front. Soudain, le décor de la pièce s'estompa, comme envahi par une brume opaque, tandis que ses oreilles bourdonnaient. Elle ferma les yeux en suffoquant.

— Soline, reste avec moi. Soline ! criait-on très loin.

Là où l'avait entraînée son malaise, la femme blonde, vêtue d'un manteau gris, tendait son visage vers le ciel. Elle semblait prier. Brusquement, elle tomba à genoux, pour prendre dans ses bras une autre femme, plus jeune, aux cheveux bruns, dont le corps était secoué par de violents sanglots. Un tout petit garçon paraissait hurler, bouche bée. Il se dégageait de cette scène une atmosphère de terreur et de désespoir.

— Non, non, toujours le chagrin, balbutia Soline.

Étienne la tenait dans ses bras. Il l'avait rattrapée au moment où elle s'effondrait en avant, d'une pâleur mortelle. Désemparé, il n'osait plus bouger.

— Qu'est-ce que je peux faire ? Soline, dis-moi…

— J'ai froid, mais ça va passer, répondit-elle si bas qu'il comprit à peine.

D'instinct, il la serra plus fort, une joue frôlée par ses cheveux. La sentir si proche le bouleversait.

— Aide-moi à me lever, murmura-t-elle.

— Bien sûr. Tu vas te coucher sur le canapé, un coussin sous les chevilles ! Je t'apporterai de l'eau sucrée.

Soline, une fois debout, se cramponna à lui, prise d'un violent vertige. Étienne la contempla, fasciné, résistant à l'envie de l'embrasser.

— Allonge-toi vite, conseilla-t-il. Si Benjamin rentrait et nous trouvait enlacés, ça finirait mal.

— J'ai eu une vision, avoua-t-elle. Oh, que j'ai froid !

Elle s'étendit enfin, se pelotonnant dans une couverture en laine. Le policier cala un coussin sous sa tête, puis sous ses pieds.

— Ce malaise est sans doute dû à la grossesse, dit-il, satisfait de la voir confortablement installée.

— Pas du tout, j'ai été comme brisée, quand tu as parlé des enfants innocents… Et soudain j'ai revu la femme blonde, qui priait, puis qui consolait une autre femme brune, en larmes, et un petit garçon terrifié. J'ai ressenti leur chagrin. Je n'en peux plus. Je voudrais qu'on me montre des scènes de pur bonheur, entendre encore un rire joyeux, capable de traverser le temps, mais non.

Étienne, impressionné, ne trouva rien à répondre. Il courut jusqu'à la cuisine. Soline perçut un bruit de casserole, de paquets déplacés à la hâte, puis un juron. Au bout de quelques minutes, le policier lui présenta un bol de chocolat chaud.

— Si j'ai tout compris, c'est ma faute, décréta-t-il. J'aurais mieux fait de me taire.

— Le phénomène est imprévisible, Étienne, alors ne te reproche rien. Toi au moins, tu ne cherches pas à me protéger par des mensonges. Maintenant, que dois-je faire ? Tu as prévu quoi ? Retourner chez mes parents ? Les interroger encore ?

Déjà revigorée, Soline frémissait de nervosité. Elle était comme dédoublée, car elle ne pouvait pas oublier un seul instant le rendez-vous du lendemain avec le tueur.

— Calme-toi, tu trembles, déplora Étienne. En fait, je tenais à te confier tout ceci sans témoin, parce que tu es la seule à pouvoir prendre une décision et…

— Encore une décision ; je passe mon temps à devoir faire des choix, à les assumer, le coupa-t-elle. Qu'est-ce qui m'est arrivé, petite fille ? D'où je viens ?

— Je te propose deux théories : celle d'un enlèvement ou celle de l'abandon. J'incline vers l'enlèvement ; ce qui justifierait les faux papiers, les documents disparus. Soline, tu dois questionner les Fauvel, maintenant. Ils seront obligés de te répondre.

Étienne alla s'asseoir sur la pierre de l'âtre, à l'abri du large manteau de la cheminée. Là, il fuma une cigarette, perdu dans d'énigmatiques pensées. Soline l'observait, en se souvenant des instants où il la serrait contre lui.

« C'est un homme plein de contradictions, songea-t-elle. Il possède une force étrange, mais il est terriblement triste aussi. »

Elle s'imagina sollicitant l'aide du policier, s'en remettant à son expérience. Tout deviendrait simple, peut-être ; l'inspecteur Dambert se chargerait de tendre à son tour un piège au tueur.

« Non, je ne peux pas, se dit-elle. Il y a eu assez de victimes, ce serait le condamner. »

Des grattements et un aboiement sonore à la porte la ramenèrent à la réalité. Le berger suisse voulait entrer.

— Je m'en occupe ! s'écria Étienne. Ne bouge pas.

— Merci… Neige se promenait dans la forêt quand tu es arrivé. Il disparaît parfois un peu trop longtemps à mon goût.

— Il cherche une louve, pour imiter ton tervueren !

Le grand chien blanc se précipita vers sa maîtresse. Il lui lécha le menton, avant de se coucher près du canapé.

— On est bien, ici, ajouta le policier en souriant. Soline, je suis navré de t'avoir assené mes infos sans ménagement.

— Ce n'est rien, tu devrais partir. Et même t'accorder deux ou trois jours de congé.

— Surtout pas ; on me reproche en haut lieu de n'obtenir aucun résultat. Je l'admets, l'enquête stagne. Du côté de cette jeune femme retrouvée dans le lac, même si le meurtre ne fait pas de doute, personne ne valide mon hypothèse. Pourtant, j'ai la conviction qu'elle a été victime du tueur. Je me tais, tu t'es remise à trembler. Sincèrement, je peux te laisser ?

— Mais oui, je préfère que tu sois parti, au cas où Benjamin reviendrait à midi.

Ce fut plus fort que lui : Étienne se pencha et déposa un baiser sur le front de Soline.

— Il est jaloux ? J'en serais flatté.

— Je serai franche à mon tour : il croit que tu es amoureux de moi.

— Quel idiot ! Il n'y a pas de place dans ma vie pour ces mièvreries : le grand amour, les sentiments. Non, je ne suis pas amoureux de toi, mais tu es belle et souvent j'éprouve du désir. Rien d'autre, tu lui diras.

— Sûrement pas !

Choquée, Soline avait rougi et se maudissait. Elle remonta la couverture jusqu'à son nez, de peur d'un second baiser volé.

— Là, tu as été trop direct, je n'apprécie pas ! s'indigna-t-elle. Au revoir, Étienne.

Il la salua avec une grimace ironique. Peu après, la porte claqua et elle entendit sa voiture démarrer. Un sentiment de détresse la submergea.

— Je voudrais que demain n'arrive jamais, dit-elle, les larmes aux yeux. Oui, jamais.

*

Soixante-seize ans plus tôt,
Combloux, lundi 4 septembre 1939

Juliette marchait au pas de course au milieu de la rue, en poussant la voiture d'enfant où elle avait assis son petit garçon de dix-huit mois.

Des femmes la saluaient, la mine grave ; d'autres pleuraient, debout sur le pas de leur porte.

— Je cours chez le docteur Favre ! cria-t-elle au facteur qui la croisait, juché sur son vélo.

Louise, elle aussi, avait décidé de rendre visite à son frère. Elle aperçut sa belle-fille qui lui faisait de grands signes.

— Ne cours pas, Juliette ; tu vas tomber !

Un climat de panique planait sur tout le village. Les gens n'avaient plus qu'un mot à la bouche : « la guerre. » Même les écoliers en parlaient, après avoir écouté les discours et les craintes de leurs parents. La veille, le 3 septembre à 17 heures, la France avait déclaré la guerre à l'Allemagne.

— Seigneur, je suis malade de peur, avoua Juliette quand elle put se jeter dans les bras de Louise.

— Calme-toi, c'est inutile de s'affoler, prôna celle-ci d'une voix ferme.

— Mais Clément est mobilisé ; il doit partir, Louise ! Qu'est-ce que je vais devenir sans lui ?

— Nous allons en discuter avec Antoine. Sonne donc : Nicolas a vomi sa bouillie, il faut le nettoyer. Tu devrais lui mettre un bavoir, Juliette.

— Comment voulez-vous que je pense à ça, on envoie mon mari au front !

Louise approuva tristement. Elle avait eu son lot de visions épouvantables de cette guerre qui se préparait depuis des mois. Si, ce matin-là, elle tentait de rester stoïque, elle avait beaucoup prié, seule dans l'église Saint-Nicolas, le cœur lourd.

Aglaé entrouvrit la double porte avec une expression de méfiance. Elle soupira en les reconnaissant.

— Ah, madame Louise, Juliette, c'est vous ; entrez vite, que je referme le verrou.

— L'ennemi n'est pas encore arrivé à Combloux, Aglaé, fit la voix grave d'Antoine, qui se tenait debout dans l'ombre du vestibule.

— J'avais vingt ans en 1914, docteur, rétorqua la domestique. Boudiou, j'ai vu partir mes frères ; aucun n'est revenu au pays.

— Je sais, Aglaé ; vous me répétez ça depuis l'aube. Louise, Juliette, passez au salon ; Jeanne sera contente d'avoir de la compagnie. Comment va mon petit-neveu ?

— Il pleure beaucoup la nuit, à cause de ses dents, répondit la jeune mère. Je lui donne le sirop que vous m'avez prescrit.

Louise et Antoine échangèrent un regard anxieux, où s'exprimait la même inquiétude pour Clément. À trente-six ans, c'était un homme secret, coléreux, susceptible de se rebiffer contre les mesures du gouvernement.

Jeanne les accueillit avec un pauvre sourire. Elle tenait Marie sur ses genoux. Sa petite protégée, à deux ans, demeurait frêle et maladive. Des boucles noires auréolaient un visage menu, aux traits anguleux. Seuls ses grands yeux sombres, aux cils longs, lui conféraient un charme indéniable.

— Vous aviez raison, ma chère Louise ; la guerre menaçait, déclara Jeanne d'une voix altérée par l'angoisse. Dieu soit loué, Antoine n'a plus l'âge d'être mobilisé.

— Mais Clément doit partir, répéta Juliette, avant d'éclater en sanglots. Je ne sais même pas où il est. Dès qu'il l'a appris, il s'est équipé pour une course en montagne. J'ai tellement peur ! S'il n'obéit pas, il sera considéré comme un déserteur…

— Tu n'arrangeras rien en pleurant, Juliette, fit remarquer le médecin. Mon neveu a le sang chaud : il a dû s'octroyer une rude marche en altitude, pour se calmer ou dire au revoir à son pays.

Louise fut soudain accablée par un mauvais pressentiment. Afin de cacher son trouble, elle souleva Nicolas, qui gigotait dans le landau.

— Pauvre mignon, je vais m'occuper de toi, dit-elle à son petit-fils qui lui inspirait un amour quasiment maternel.

Le salon étant bien chauffé, elle lui ôta son paletot souillé. Ensuite, avisant une carafe d'eau et un verre sur un guéridon, elle lui donna à boire.

— Juliette, il y a des jouets dans la malle en osier, derrière le piano, indiqua Jeanne. Marie s'amusera avec lui. Louise, si vous déjeuniez ici, à midi, votre belle-fille et vous.

— Volontiers, je n'ai guère le courage de rester seule à la maison.

— C'est pareil pour moi, affirma Juliette.

Bientôt, les deux enfants empilaient des cubes en bois coloré, assis sur le grand tapis d'Orient.

— J'ai déjà des patients dans la salle d'attente, nota Antoine. Nous discuterons pendant le déjeuner.

— Bien sûr, mon chéri, soupira son épouse, qui lui adressa un regard plein d'admiration.

Il sortit en leur souriant, mais Louise percevait l'anxiété de son frère. Elle le revit à l'âge de onze ans, souvent échevelé, en culottes courtes, les genoux égratignés. Maintenant, il faisait figure de notable : ses cheveux châtain foncé grisonnaient aux tempes et il était toujours élégant.

— Je ne pourrais pas vivre sans votre frère, déclara alors Jeanne. Hier soir, il me parlait de la Croix-Rouge. Je crains le patriotisme d'Antoine. Si, par malheur, il sollicitait un poste de médecin militaire…

— Jamais il ne vous abandonnerait, répliqua Louise. Et ses patients de Combloux et des hameaux voisins ont besoin de lui, eux aussi. Pour ma part, je me tracasse au sujet d'Émeline. Est-ce que je dois la laisser pensionnaire à Sallanches ? La rentrée a lieu dans trois semaines ; ce serait peut-être plus prudent de la garder ici, près de moi.

— Vous disiez être seule chez vous, mais Émeline est encore en vacances, fit remarquer Jeanne. Elle se promène ?

— Une de ses amies du lycée, qui habite le village, l'a invitée pour la journée. J'ai accepté ; il faut bien que ma fille ait des distractions.

Le tintement métallique de la sonnette leur parvint. Peu après, on toqua à la porte du salon, et Aglaé apparut dans l'entrebâillement.

— Monsieur Clément est là, annonça-t-elle.

— Dieu merci, gémit Juliette, qui se mit à pleurer.

L'expression de son mari, lorsqu'il la toisa, la glaça. La jeune femme se réfugia aussitôt derrière Louise.

— Où étais-tu, mon fils ? demanda cette dernière. Nous étions inquiètes, ta petite épouse et moi.

— Je réfléchissais, maman ; il ne fallait pas te tourmenter ! Quand je dois prendre une décision, je le fais en marchant. De retour à la maison, je la trouve en pagaille, rien sur le fourneau pour midi, et du linge sale sur le parquet de la chambre. Je viens chercher mon fils et ma femme.

Il avait haussé le ton, manifestement furieux. Apeurée, Marie poussa un cri en trottinant vers Jeanne qui la reçut dans ses bras. Nicolas commença à hurler. Louise tenta en vain de le rassurer.

« Ce pauvre petit craint son père, songeait-elle. Il a dû assister à des scènes du même genre ! »

— Dépêche-toi, Juliette, ordonna Clément. Ce soir, je serai dans le train pour Grenoble. Je compte m'engager dans les chasseurs alpins. Mes années de légionnaire plaideront en ma faveur.

— Oh non, pitié, pitié ! Ne me fais pas ça, s'égosilla Juliette qui s'accrocha à lui.

Il la repoussa d'une violente bourrade. Elle tomba à genoux, en pleurant de plus belle.

— Sois chez nous dans un quart d'heure, vociféra-t-il.

Louise, sidérée par la brutalité de son fils, se pencha pour réconforter Juliette. Nicolas continuait à hurler, la bouche ouverte sous le coup de la frayeur.

— Comment ose-t-il se conduire ainsi ? déplora Jeanne, émue et révoltée. Clément a terrorisé ces petits enfants innocents !

Ces mots semèrent la confusion dans l'esprit de Louise. Elle leva la tête, comme pour prendre Dieu à témoin, mais ce fut un joli visage livide qui lui apparut.

« La jeune femme du futur, se dit-elle. Elle a l'air malade ; je sens qu'elle souffre, qu'elle a peur. »

L'instant suivant, une autre vision la terrassa : celle d'un garçon blond, le crâne en sang, couché sur la neige. Un prénom s'imposa à elle, dont la sonorité lui était étrangère : « Pavel. »

— Seigneur, pourquoi ?

Sur cette pathétique exclamation, Louise se redressa et sortit à son tour. La rue était presque déserte, si bien qu'elle aperçut la silhouette de Clément, à une trentaine de mètres. Sans penser à l'appeler, elle se mit à courir.

— Maman, fit-il en se retournant, alerté par l'écho de sa course.

Il l'attendit, les traits crispés. Ses cheveux bruns au vent, en costume de velours brun, des guêtres en cuir moulant ses mollets musclés, Clément évoquait son père disparu, Vittorio. Mais il était d'une nature plus sévère, prompt à juger et à punir.

— Mon fils, je suis peinée, dit Louise, haletante.

— Ne cherche pas à comprendre, maman, rétorqua-t-il.

— Juliette tient peut-être mal votre maison ; elle est un peu brouillonne, mais tu ne dois pas la maltraiter. Nicolas te craint, et c'est triste, si petit.

— Ma chère maman, je suis soulagé de m'en aller. La guerre, au moins, je sais ce que c'est. En sept ans de mariage, je n'ai pas su rendre Juliette heureuse. Très vite, après notre voyage de noces, elle m'a accablé de jérémiades. Mon métier de guide en montagne lui déplaisait, car je m'absentais beaucoup. Je tenais à gagner mon pain, à lui acheter le nécessaire.

— Elle aussi travaillait, vous deviez être à votre aise !

— Ce n'était jamais assez. Depuis la naissance de Nicolas, je ne la reconnais plus. Au fond, ce sont mes problèmes. Ne te fais pas de souci, maman. Je te confie Juliette et mon gamin, car je ne reviendrai sans doute pas au pays.

Terrassée par les confidences de son fils, Louise lui prit les mains. Elle tremblait à l'idée de le perdre.

— Ne t'en va pas, Clément. Je t'en supplie !

— Maman, si je ne profite pas de l'entrée en guerre pour m'éloigner de Combloux, je ferai une bêtise.

— Mais laquelle ? De quoi parles-tu ?

— Juliette me trompe ; on commence à rire de moi dans le village. Je viens de le savoir, par un ami. Si je passe un jour de plus ici, j'irai régler son compte au type qui me déshonore. Et, quant à elle, qui m'avait promis fidélité, je lui ferai du mal. Retourne chez mon oncle Antoine, et dis à ma femme d'y rester jusqu'à ce soir. Ou bien emmène-la chez toi. Je ne veux plus la revoir. Adieu, maman.

— Clément, mon Clément, aie pitié de moi et d'Émeline, de ton petit Nicolas…

En guise de réponse, son fils l'embrassa sur le front. Il s'éloigna précipitamment, avant de disparaître à l'angle de la rue. Le cœur brisé et meurtrie par ce nouveau coup du sort, Louise demeura immobile sur le trottoir ensoleillé.

*

Soixante-seize ans plus tard,
Combloux, jeudi 29 octobre 2015

Soline venait de se garer dans une rue voisine de son ancien domicile, toujours inoccupé. Viviane hésitait à le relouer, au cas où la jeune femme et Benjamin voudraient y séjourner, au cœur de l'hiver ou avant la naissance du bébé.

Il était 15 heures, mais il faisait sombre, à cause des nuages couleur de plomb qui semblaient peser sur la ville. Le tueur lui avait donné rendez-vous à la même heure, indiquant dans son texto qu'il l'attendait dans la remise de la petite maison où elle habitait auparavant.

— Que dois-je faire ? s'interrogea-t-elle. Comment ose-t-il venir ici en plein jour ? Il a dû se procurer une clef de la porte qui donne dans l'impasse. Heureusement que je n'ai donné aucune indication à Viviane. Elle doit m'en vouloir.

Elle regarda l'étui plastifié au creux de sa paume droite, qui contenait la seringue remplie de tranquillisant. Son plan lui semblait soudain irréalisable et très dangereux.

— Où la cacher ? Pas dans mon sac à main, il peut le prendre. Et si je la mets dans une poche de mon pantalon, il me verra faire le geste de la sortir. Je suis complètement folle ; Viviane a raison. Si elle savait que je vais le rencontrer à une vingtaine de mètres de chez elle ! Pourquoi j'obéis à ce monstre ? Il est sûr de lui, de ma docilité. Si j'avais mis la police au courant, ils auraient pu le cerner et l'arrêter. Il n'aurait plus fait de mal à personne. Je peux encore appeler Étienne, tout lui dire en quelques mots.

Son portable vibra, au moment où Soline le prenait. Elle trouva le message du tueur :

Viens immédiatement. Tu es en retard. Éteins ton téléphone et laisse-le dans ta voiture.

Saisie d'une panique viscérale, elle rangea la seringue dans sa boîte à gants. Elle renonçait à s'en servir, par peur d'irriter l'homme et d'être malmenée ou même tuée à son tour.

— Je dois penser à Benjamin, à notre bébé. Le plus important, c'est que je reste en vie. Mais, le 15 novembre, ce sera différent. S'il croit pouvoir m'emmener, il se trompe.

Elle éteignit son téléphone, le rangea lui aussi dans la boîte à gants. Enfin, elle descendit du 4×4 et, pour éviter d'être vue de Viviane, elle emprunta une autre ruelle, afin d'atteindre le plus discrètement possible l'impasse. La porte de la remise à bois s'ouvrit d'une simple poussée. Soline constata que la porte qui communiquait avec l'intérieur de la maison béait un peu.

« Il m'attend dans la pénombre ; je suppose qu'il procédera de la même manière : il s'arrangera pour se placer derrière moi. »

Elle ne se trompait pas. À peine entrée dans la pièce où il faisait très sombre, une voix étouffée se fit entendre dans son dos.

— Ne te retourne pas, Soline, et va t'asseoir sur le divan.

Le rendez-vous n'avait duré qu'un quart d'heure. Le tueur venait de partir, après avoir posé une rose à côté de Soline. Elle put pleurer à son aise, tremblante, égarée, après avoir jeté la fleur sur le sol, d'un geste rageur.

— Sale monstre, gémit-elle tout bas. Sale assassin ! Benjamin, au secours, je vais devenir folle. Folle comme lui. Mes vrais parents sont morts, il me l'a dit. J'ignore pourquoi il est au courant, ou peut-être qu'il me ment.

Elle s'allongea sur le divan, le visage en partie enfoui dans un coussin. Les jours à venir seraient les pires de sa vie.

— J'ai été lâche ; j'aurais dû prendre la seringue, se reprocha-t-elle, hagarde. Il suffisait d'être rapide, de la sortir de ma poche quand il a touché mes cheveux.

Petit à petit, Soline parvint à se calmer. Très lasse, elle se leva et sortit par la remise, en prenant soin de fermer à clef la porte de communication. Dix minutes plus tard, elle se garait devant chez Viviane, en l'avertissant de son arrivée d'un coup de klaxon. Tout de suite, la septuagénaire apparut sur le perron, un sourire incrédule sur les lèvres, en lui faisant de grands signes de bienvenue.

— Viens vite, ma belle !

Soline puisa un immense réconfort dans les bras de Viviane, qui l'entraîna à l'intérieur, tout en la cajolant.

— Alors, tu étais où ? Tu ne m'as pas indiqué l'endroit du rendez-vous, sacrée gamine ! Je n'ai rien pu avaler de la journée. On va s'offrir un bon goûter.

— Ne me demandez rien, Viviane ; je vous en prie. Je suis là, tout s'est bien passé.

— Mais, à ton air, je devine que le cauchemar n'est pas fini !

— Non, il continue. J'ai renoncé à mon plan. C'était stupide et dangereux. Je vais suivre votre conseil et tout raconter à Étienne et à Sophie. Ils sauront quoi faire.

— À la bonne heure ! Tu me rassures, soupira Viviane. J'espère qu'il y aura une intervention à la hauteur des crimes de cet ignoble individu. Mais si tu sers d'appât, ce sera dangereux.

— Je sais, mais je ne veux pas y penser pour le moment. Le tueur m'a donné rendez-vous à Lons, le 15 novembre ; la date n'a pas changé. Il exige que je sois chez mes parents dès le samedi 14, avec un bagage minimum. Ensuite, nous sommes censés partir ensemble ; je ne sais pas dans quel pays. D'après lui, je n'ai pas besoin de passeport, car nous suivrons un itinéraire compliqué. Si vous l'aviez entendu : il était beaucoup plus nerveux que l'autre jeudi. Je l'ai senti fébrile.

— Assieds-toi donc, je prépare de quoi te réconforter, gamine. Tu as pleuré, je vois ça, et tu es toute pâle.

— Viviane, je lui ai posé une question, sur mes parents. C'est sans doute insensé ; cependant, j'avais la conviction qu'il savait quelque chose.

— Et alors ?

— Ils sont morts quand j'avais quatre ans. L'homme a prétendu ignorer qui ils étaient et d'où ils venaient.

La septuagénaire, sidérée, faillit lâcher la brioche qu'elle allait poser sur la table.

— En voilà une affaire, s'étonna-t-elle à mi-voix. Comment serait-il au courant ?

— C'est un mystère, mais j'en ai déduit qu'il me connaît depuis très longtemps. Il m'a promis de me donner d'autres explications, quand nous serons loin.

— Tu dois penser que si son arrestation tourne mal, s'il se fait tuer, tu n'auras jamais de renseignements sur ton enfance, insinua Viviane.

— Oui, ça m'a effleuré l'esprit, concéda Soline. Une chose m'intrigue beaucoup. Il semble avoir confiance en moi.

— Bien sûr, puisqu'il te menace de faire un massacre si tu ne lui obéis pas. Peut-être qu'il a des complices…

Soline haussa les épaules d'un air dubitatif. Viviane se releva pour mettre du lait à chauffer.

— Tu vas boire un bon chocolat, ma belle. Le lait est crémeux à souhait, et la brioche vient de chez mon boulanger, annonça-t-elle. J'ouvre de la confiture de framboises, que j'ai rapportée de Dijon. J'ai des gâteaux aux amandes, aussi, et si tu as envie de salé, j'entame de la noix de jambon, un régal, avec du pain de seigle.

— Viviane, je n'ai pas faim.

— Force-toi, tu reprendras des couleurs. De toute façon, ce n'est pas perdu : Kate et Alban doivent passer. À mon avis, ils seront là dans cinq minutes.

La nouvelle fit sourire Soline, qui désirait ne plus penser à rien pendant au moins quarante-huit heures. Elle envisagea d'inviter son amie au chalet, pour connaître des instants de joie et d'amitié, après tant d'angoisse et de chagrin.

— Si Kate est de passage à Combloux, votre cousine Eudoxie se retrouve seule, avança-t-elle.

— Bah, cette vieille pie n'a qu'à se morfondre ! C'est une égoïste ; elle finira seule dans sa belle maison, si elle ne change pas d'attitude.

Soline n'eut pas longtemps à attendre. Elle avait à peine bu son chocolat que Kate frappa à la porte, suivie par Alban.

— Ma puce, quelle bonne surprise ! Et alors, madame Vivi, vous ne m'avez pas dit au téléphone que Soline était là !

— Pardi, elle m'a rendu visite sans prévenir.

Alban paraissait radieux. En costume de tweed gris, cravate et chemise beige, il affichait une expression sereine. Il embrassa Viviane, puis

Soline, qui venait d'être couverte de petits baisers par Kate.

— Je quitte le PGHM au 1er janvier, annonça aussitôt l'ancien capitaine.

— Et nous reprendrons le magasin de fournitures de sport de M. Demolliens père, au mois de février, renchérit Kate.

— Papa rêvait d'une retraite anticipée, précisa Alban. L'affaire fonctionne parfaitement depuis des années ; à moi de perpétuer la tradition familiale. L'hiver, le matériel pour les sports de neige et, l'été, le nécessaire pour les randonnées et l'alpinisme.

— Et tu as prévu d'employer Kate comme vendeuse ? lui demanda Soline.

— Pas du tout. Même si elle s'occupe des clients, ce sera en tant que mon épouse. Nous nous marions en décembre.

— Eh bien, ça ne traîne pas avec vous deux ! Quelle bonne nouvelle, c'est formidable ! s'extasia Viviane. Et ma chère amie Janine, elle en pense quoi ?

— Maman avait hâte de me voir marié ; elle a approuvé mon choix sans discuter. Je lui ai présenté Kate hier, et elle s'est montrée charmante.

Soline se remémora alors sa pénible rencontre avec la mère d'Alban, dans la chambre du centre de rééducation de Saint-Jean-d'Aulps. Mme Demolliens lui avait clairement fait comprendre de laisser son fils unique en paix. Elle regarda Kate d'un air soucieux.

— C'est un peu précipité, quand même, s'inquiéta-t-elle. Vous ne vous connaissez pas depuis longtemps.

— Oh, ne joue pas la rabat-joie, ma puce. On est amoureux et on préfère ne pas perdre de temps. Madame Vivi, vous serez mon témoin, et toi, Soline, ma demoiselle d'honneur.

Le bonheur évident de son amie chassa les doutes de Soline. Elle étreignit Kate en la félicitant.

— Si j'ai bien compris, Eudoxie peut se chercher une autre dame de compagnie, ironisa Viviane.

— Je l'aiderai à dénicher la perle rare, déclara Kate. Je lui ai promis de travailler encore tout le mois de novembre. Demain, si je ne te dérange pas, ma puce, je viendrai te voir dans ton vallon des loups.

— Avec plaisir, on cherchera des modèles de robe de mariée sur Internet !

Soline, plus détendue, put savourer une part de brioche, dans une chaleureuse ambiance, ponctuée de bavardages. Elle envoya un texto à Benjamin, qui lui apparaissait comme le plus précieux des refuges, pour abriter sa détresse et ses peurs :

Ce soir, je serai près de toi, mon amour, tout près de toi, je reviens vite. J'ai passé un excellent après-midi à Combloux.

18

Des enfants innocents

Chalet du vallon des loups,
jeudi 29 octobre 2015, le soir

Soline, la tête nichée au creux de l'épaule de Benjamin, se disait qu'il restait seulement une quinzaine de minutes avant minuit. Elle avait regardé l'heure sur son téléphone, ayant étrangement hâte d'être au jour suivant.

— C'est le moment que je préfère, petite fleur. Nous sommes tous les deux, sous la couette, bien au chaud. Il peut venter à l'extérieur ou pleuvoir, rien nous atteint. Et tu es là, si douce.

Elle répondit d'un baiser, qui en entraîna un autre, puis encore un autre. En quête d'oubli, Soline caressa le torse lisse de son amoureux.

— Tu es d'humeur câline, nota-t-il tout bas. C'est de plus en plus rare, ces temps-ci. Je suppose que tu es perturbée par la grossesse.

— Et toi, tu parles beaucoup trop, répliqua-t-elle en riant. Depuis ce matin, je rêve d'être dans tes bras.

Benjamin l'étreignit. Les longs cheveux de la jeune femme effleurèrent son visage lorsqu'elle se pencha pour un nouveau baiser. Avec des gestes délicats, il l'aida à enlever sa chemise de nuit.

— Tu es si belle, toute nue, souffla-t-il.

Elle se rejeta en arrière, vivante statue de chair dorée, dans la clarté rose d'une fine guirlande électrique, enroulée autour des montants en cuivre du lit. Il enveloppa ses seins ronds de ses paumes, puis il suivit les lignes de son corps, de la taille à ses hanches, de ses cuisses à son ventre.

— Tu veux bien ? demanda-t-il, haletant.

— Oui, j'ai envie de toi, gémit Soline, le visage tendu par la montée fulgurante du désir.

Sur ces mots à peine audibles, elle guida son sexe d'homme au sein de sa chair intime, avec un cri de plaisir. Benjamin ferma les yeux, submergé par une joie sensuelle. Il la laissa mener leur joute voluptueuse, s'abandonnant aux vagues de volupté qui le grisait.

— Soline, je t'aime, balbutia-t-il à l'instant où il perdait le contrôle et se répandait en elle.

Cambrée, la jeune femme poussa une faible plainte, sans cesser de bouger doucement, infiniment comblée d'être sur lui, de le sentir au paroxysme de l'extase. Soudain, le souffle court, elle s'immobilisa, pour mieux s'offrir tout entière aux ondes de bonheur qui irradiaient son corps, au rythme de la course affolée de son sang.

— Mon amour, mon amour, répéta-t-elle d'un ton suppliant. Benjamin, garde-moi toujours.

Il l'enlaça et la fit s'allonger près de lui. Inquiet, il vit des larmes sur ses joues, qu'il effaça de ses lèvres.

— Mon petit cœur, qu'est-ce qui ne va pas ?

— Rien, j'ai été si heureuse, je me suis mise à pleurer. Serre-moi fort, très fort.

Il la cajola, la couvrit de baisers. Soline lui parut d'une telle beauté, dans sa tendre rémission, qu'il en eut la gorge nouée.

— N'aie pas peur. Si je pouvais, je ne te quitterais jamais ; pas une minute, dit-il à mi-voix. Je n'ai que toi à chérir sur terre et, bientôt, j'aurai aussi notre enfant à aimer.

Elle approuva d'un sourire, sans oser lui révéler qu'une très brève vision venait de la traverser, pareille à un éclair sinistre éraflant son délicieux bien-être. Ils restèrent étroitement unis pendant de longues minutes.

— J'ai un peu faim, avoua enfin Soline. Tu voudrais bien nous préparer un plateau, pour manger ici, dans notre lit.

— Qu'est-ce qui te tente ? Si tu me demandes des fraises, le cliché rebattu sur les femmes enceintes, je serais bien en peine de t'en trouver.

— Du lait et des biscuits me suffiront, et une pomme. Tu en as rapporté un cageot, hier.

— Je fais vite ; tu n'es pas difficile, ma petite fleur.

Benjamin se leva et enfila un peignoir. Soline le vit sortir de leur chambre, puis elle l'entendit descendre l'escalier.

— Je ne comprends pas ce que j'ai vu, s'étonna-t-elle tout bas. Je suis sûre d'avoir perçu des sons, des sanglots. Et maintenant il y a ce prénom qui résonne en moi… Pavel ! Qui est-ce ?

Elle prit son téléphone et écrivit sur le bloc-notes : « Revu la femme blonde, elle a changé. Elle me fixait et elle a fait le signe de croix sur sa poitrine. En arrière-plan, une pente enneigée, des silhouettes d'enfants. Pavel. »

Après avoir enregistré le petit texte, Soline chercha l'origine du prénom surgi d'une autre dimension.

— C'est la forme slave de Paul !

Benjamin revenait, illuminé d'un bon sourire. Il déposa le plateau au bout du lit.

— J'ai ajouté des fruits secs : amandes et noisettes, précisa-t-il. Et une infusion de tilleul. J'ai sucré ton lait avec du miel.

— Merci. Tu as été rapide ! Tu seras préposé aux biberons de nuit, quand nous aurons notre bébé.

— Mais tu vas l'allaiter les premiers mois, avança-t-il.

Soline remit sa chemise de nuit blanche. Elle attacha ses cheveux, en faisant la moue.

— Tu sembles vouer un culte à mes seins ; peut-être qu'ils seront moins beaux, si j'allaite. Je n'ai aucune expérience dans ce domaine, ni ma mère, ni Viviane. Je poserai la question à la gynécologue, au prochain rendez-vous.

Elle pinça la bouche, saisie par ces mots, en s'interrogeant sur un autre prochain rendez-vous, où se jouerait leur destin à tous. La date du 15 novembre était un ultimatum. Un grand froid l'envahit, à la perspective des aveux qu'elle devrait faire à Étienne Dambert.

— Tu trembles, déplora Benjamin. Nous avons le temps de penser à l'allaitement et tout ce qui suivra.

Il lui passa une épaisse veste en laine dans laquelle Soline se pelotonna. Elle croqua un biscuit, avant de prendre la tasse de lait, en réfléchissant. La voix grave de son amoureux la tira de sa songerie.

— C'est bizarre, Soline ; on vit assez tranquillement depuis trois semaines. On dirait que ce maudit criminel s'est volatilisé. Ton intuition était sans doute bonne : il a fui la région ou bien il a porté son dévolu sur une autre femme que toi.

— Peut-être, mais il faudrait quand même l'arrêter. Il ne peut pas tuer ainsi, impunément. Je serai vraiment rassurée quand il sera en prison à perpétuité. D'ici là, soyons prudents. Surtout toi, Benjamin. Si tu meurs, je ne te survivrai pas.

— Changeons de sujet, mon petit cœur. Parlons de la future mariée, c'est plus agréable.

— Kate vient demain. Elle m'expliquera pourquoi ils se sont décidés aussi vite.

— Moi, j'aurais pu t'épouser quelques semaines après notre rencontre, affirma-t-il. Je suis content pour Kate ; Alban est un gars sérieux, prévenant et pas mal du tout, physiquement. Tu es d'accord ?

— Là, tu me taquines, protesta-t-elle. Si tu ne savais rien sur Alban et moi, tu ne me poserais pas cette question. Mais, moi aussi, je suis contente. Kate mérite de vivre confortablement, auprès d'un gentleman.

— Un gentleman, se moqua-t-il en la chatouillant à la taille.

Soline éclata de rire en se débattant. Elle le repoussa de toutes ses forces, les joues roses, le regard pétillant de gaîté. Ils s'embrassèrent ensuite, essoufflés et amusés.

— On devrait dormir, à présent, soupira Benjamin. Je pars très tôt. Un rendez-vous près du bois d'Hermance.

— C'est dans le secteur où Sophie a retrouvé Barry. Quand j'y pense, je ne l'ai pas assez remerciée. Je l'inviterai à dîner samedi, si elle est libre. J'espère que Kate sera encore là.

— Tu mets Étienne à l'écart ?

— Non, je t'assure, mais je ne voudrais pas le déranger s'il est en déplacement. Et puis, il est assez particulier. Cela dit, toi aussi. Pourquoi l'inviter ? Chaque fois qu'Étienne vient, vous vous querellez ; quand vous n'en venez pas aux mains, comme des gamins dans une cour d'école !

— Je sais, cependant j'ai de l'empathie pour lui ; c'est un solitaire, un écorché vif.

— Sophie prétend la même chose, conclut Soline.

— Je suis enchanté qu'il te déplaise, car je deviens jaloux, mais de là à le soupçonner d'être le tueur, tu as exagéré.

— J'avais mes raisons, Benjamin. Je ne l'ai pas accusé au hasard. Bien sûr, ce serait aberrant, parce qu'il est policier. Mais est-ce que tu le connais si bien que ça ? se rebiffa-t-elle. Sophie nous l'a présenté à la fin du mois d'août. Deux jours plus tard, Moïse était assassiné. Et durant la semaine où nous avons fait semblant d'être en couple, le tueur ne s'est pas manifesté. Sans compter ses allusions sur les femmes, son manque de respect envers moi…

— Étienne t'a manqué de respect ?

Soline refusa d'évoquer le baiser qu'il lui avait imposé, de peur d'envenimer la situation.

— En paroles, par ses attitudes dédaigneuses, précisa-t-elle. Il prétend nous tenir informés de son enquête mais, en fait, il n'apporte rien de concret. Au fond, Étienne peut nous raconter ce qu'il veut ; on ne vérifiera pas.

— N'importe quel inspecteur de police agirait comme ça. Tu as trop d'imagination. J'ai une entière confiance en Étienne. Je t'en prie, évite de tenir ce genre de discours à Sophie. Tu lui ferais beaucoup de peine. Couche-toi, j'éteins la guirlande. Je suis épuisé.

Il lui donna un dernier baiser. Soline s'allongea à ses côtés. Elle fixa un détail du plafond dont les poutres sombres se devinaient dans le clair-obscur de la pièce. Un rayon de lune filtrait par la fenêtre, à travers les rideaux en dentelle.

« J'ai recommencé à soupçonner Étienne tout à l'heure, se dit-elle. J'ai revu la silhouette vêtue de noir du tueur, quand il a franchi la porte de la remise. Je n'ai pas pu m'empêcher de tourner un peu la tête… Étienne et lui sont à peu près de la même taille, de la même corpulence. »

Peu après, déjà somnolente, Soline sursauta. Elle perçut une faible voix intérieure qui chuchotait le prénom slave, Pavel. Elle le répéta tout bas, certaine qu'il s'agissait de celui du tueur.

Benjamin n'entendit rien, il s'était endormi.

*

Soixante-seize ans plus tôt,
Combloux, lundi 4 septembre 1939

Après avoir vu son fils disparaître au coin de la rue, Louise retourna chez son frère. L'équilibre de sa famille, dont elle se félicitait souvent, venait de se briser.

— Hélas, je n'ai eu aucune vision de ce drame, déplora-t-elle tout bas. Clément, mon enfant, je n'ai pas osé te retenir.

Dans le salon, Juliette pleurait toujours, assise sur un tabouret, sous le regard compatissant de Jeanne.

— Je ne peux pas consoler votre belle-fille, ma chère Louise, déplora celle-ci. Marie n'ose plus jouer avec ses cubes.

— Ne vous inquiétez pas, Jeanne, nous partons. Vous n'avez pas besoin d'autant d'agitation. J'emmène Juliette à la maison ; je ferai déjeuner Nicolas.

Elle installa l'enfant dans le landau, en caressant ses boucles brunes. Clément avait tenu à baptiser son premier né Nicolas, en hommage à son oncle, mort sur le front en 1917.

— Viens, Juliette. Je dois te parler, dit-elle, prête à sortir.

La jeune femme se leva en reniflant, sans avoir conscience de l'intonation un peu sèche de sa belle-mère.

— Je ferais mieux de courir chez nous, pour aider mon mari à préparer son barda, dit-elle une fois sur le trottoir. J'ai tout laissé en désordre, parce que j'étais affolée.

— Il est bien temps de penser à t'occuper de Clément et de ton ménage. Suis-moi, mon fils souhaite être seul.

— Mais je dois lui dire au revoir !

— Nous aviserons plus tard dans la journée. Dépêchons-nous, des voisines nous observent.

Louise fut soulagée lorsqu'elle put refermer sa porte, à l'abri des oreilles indiscrètes et des coups d'œil intrigués. Elle ranima le feu sous l'énorme chaudron qui contenait de l'eau tiède.

— As-tu lavé ton petit ce matin, Juliette ?

— Non, je comptais lui faire un brin de toilette avant sa sieste. Il se salit tellement. Entre son linge et celui de Clément, je passe mon temps en lessives !

Nicolas s'était couché au fond du landau, son pouce dans la bouche. Devant cet innocent, qui lui adressa un léger sourire, Louise dut retenir ses larmes.

— Qu'est-ce que vous vouliez me dire ? s'inquiéta Juliette.

— J'aurai d'abord une question très simple : as-tu trompé mon fils ? Sois honnête, je t'en prie.

— Moi, jamais de la vie ! Pourquoi vous inventez une histoire pareille, Louise ?

— Quelqu'un de mal intentionné s'est fait un plaisir de dire à Clément que tu avais un amant. Je n'en sais pas davantage, mais mon fils est furieux. Il s'en va pour ne pas commettre un acte irréparable, tu me comprends ?

Juliette s'était empourprée, tout d'abord, puis son teint avait viré à une pâleur maladive. Son embarras évident renseigna sa belle-mère.

— Alors c'est la vérité ! Mon Dieu, comment as-tu osé ? Tu as renié les engagements pris à l'église. Clément souffre au point de s'en aller, sans songer à revenir un jour. Ma pauvre enfant, que tu sois mauvaise ménagère, passe encore ; mais tu soignes mal Nicolas et, par-dessus le marché, tu trahis ton mari.

— Je ne voulais pas, Louise, sanglota la coupable.

— Dans ce cas, pourquoi l'as-tu fait ?

De taille moyenne, Juliette était une jolie brune, aux seins arrogants, prompte à rire de sa propre paresse. Néanmoins, ce matin-là, elle dévoila une autre facette de sa personnalité.

— J'étais trop malheureuse ; voilà, rétorqua-t-elle. Et puis, ne venez pas me faire la morale. Tout le monde sait, au village, que vous couchiez avec Vittorio Mancini, un homme marié… Et Angel Lardet vous a épousée pour légitimer Clément, qui n'était pas de lui, mais de l'Italien !

Atteinte en plein cœur, vexée également, Louise secoua la tête. Elle toisa Juliette avec une moue chagrine.

— J'étais célibataire et majeure, quand j'ai aimé Vittorio. Si j'avais su qu'il avait une femme et deux enfants, je l'aurais fui comme la peste ! Seigneur, tu m'accuses pour te trouver des excuses ?

— Oh, j'en ai des excuses ! Votre fiston cache bien son jeu. Clément passe pour un bon mari, un bon père, mais, chez nous, il n'est plus le même. J'ai eu deux semaines de bonheur : notre voyage de noces. Et encore, il n'a pas été délicat ; moi qui étais neuve. Si vous voulez la vérité, je vais vous la dire ! Votre fils est une brute !

Terrassée par ces propos, Louise dut s'asseoir. Elle prit place sur la chaise basse, au coin du feu. Juliette déambula de long en large, en libérant son amertume et ses déceptions.

— Je vivais un enfer ; ça, je peux le jurer. Clément se plaignait de tout, de ma cuisine, de l'état de son linge, même des cris du bébé, les premiers mois, et si je lui répondais, je recevais une paire de claques. Alors, ce printemps, quand j'ai revu Jacques par hasard, dans l'épicerie de mes parents, j'ai eu des regrets.

— Arrête donc de faire les cent pas, Juliette ; tu me donnes le tournis. Qui est Jacques ?

— Un garçon de mon âge qui était employé au Grand Hôtel. Il me faisait la cour, j'étais flattée. On se voyait en douce dans le jardin. Mais il a dû partir, à cause du service militaire. Et là, j'ai rencontré votre fils qui me plaisait bien. J'ai écrit à Jacques que j'avais accepté une demande en mariage ; il m'a répondu qu'il en avait pleuré. J'étais triste pour lui.

Louise leva les yeux au ciel. Les aveux tardifs de sa belle-fille la désorientaient.

— Mais pourquoi as-tu épousé Clément ? En t'écoutant, je me dis que tu n'étais pas vraiment amoureuse de lui !

— Ma mère m'a influencée : elle me serinait du matin au soir que Clément était le neveu du docteur Favre, qu'il était plus vieux que moi ; un homme, un vrai, disait-elle… Et je vous admirais ; ça me rassurait de vous avoir comme belle-mère.

— Tu n'es qu'une sotte ! s'emporta Louise. On ne bâtit pas une union solide sur ces bases-là ! Tout à l'heure, tu parlais de mon premier mari, Angel. Il m'a toujours choyée et respectée. Je m'étais attachée à lui. La guerre l'a tué, comme elle a tué mon frère Nicolas et des millions de braves soldats. Mais sache une chose : si Angel avait survécu, je n'aurais même pas adressé la parole à Vittorio Mancini, quand il est revenu.

Nicolas poussa un cri, peut-être réveillé par un cauchemar. Tout de suite, Louise se reprocha de l'avoir laissé s'endormir dans ses couches sales.

— Moi, je n'ai pas votre courage, plaida Juliette. Jacques m'a donné un rendez-vous ; j'y suis allée, en confiant le petit à ma mère. J'avais le cœur lourd, je lui ai tout raconté. Je pleurais si fort que je pouvais à peine respirer… Jacques m'a consolée. Trois jours plus tard, je lui cédais ; il me voulait tant, le pauvre.

— Épargne-moi les détails. Dieu merci, Émeline n'est pas à la maison aujourd'hui. Ma fille ne doit rien savoir, tu m'entends, Juliette, rien ! Elle adore son grand frère. On lui dira qu'il a été mobilisé et qu'il a dû prendre le train de ce soir.

Louise serra Nicolas dans ses bras. L'enfant, dolent, posa son front contre son épaule.

— Je vais te baigner, mon petit, et te changer. Il me reste de la soupe de pois cassés. Tu dois avoir faim ?

La jeune mère contemplait le tableau d'un air égaré. Elle se voyait déjà la risée des commères du village. On la montrerait du doigt ; ses parents l'insulteraient en brandissant l'étendard de la morale, des convenances.

— Aide-moi, Juliette. Va chercher la bassine dans le cellier, et ensuite tu monteras dans ma chambre. Il y a des vêtements d'enfant rangés sur une étagère de l'armoire. Prends ce qu'il faut pour

Nicolas. Je les avais gardés précieusement, dans l'espoir d'être grand-mère.

— Eh bien, c'est chose faite : je vous ai donné un beau petit-fils, quand même ?

— Oui, un petit angelot tout dodu, répliqua Louise. Tu aurais dû me confier vos problèmes ; je me serais sûrement querellée avec Clément, qui n'apprécie pas les critiques, mais il m'aurait peut-être écoutée. Juliette, cette situation me désespère. Si tu courais voir ton mari et implorer son pardon ?

Terrifiée à la seule idée d'affronter l'homme qu'elle avait déshonoré, la jeune femme éclata en sanglots.

— Je ne peux pas, hoqueta-t-elle. Il sait ce que j'ai fait, il me frappera. Ne me demandez pas ça, Louise, par pitié.

— Très bien, j'irai moi-même. Clément doit embrasser son enfant. Juliette, c'est la guerre. Mon fils va se battre et, dans l'état de colère où il nous quitte, il est capable de se jeter au-devant de la mort.

— Par ma faute ? Je suis désolée.

Juliette, après avoir exécuté les ordres de sa belle-mère, continua à se lamenter, sans accorder un regard à Nicolas. Louise lava le petit, l'habilla avec soin. Elle noua un bavoir autour de son cou et le fit manger, en chantonnant.

— Dites à mon mari que je l'aime, malgré tout, même s'il me traitait de souillon, d'écervelée, et d'autres mots que je n'ose pas répéter, lui dit la jeune femme, le visage marqué par les larmes.

Louise n'avait pas envie de répondre. Elle se recoiffa et drapa ses épaules du châle en soie que Clément lui avait offert, à son retour de Syrie, sept ans auparavant.

— Louise, pardonnez-moi, je suis vraiment désolée, je vous assure.

— Je veux bien te croire, ma pauvre Juliette. Je reviens vite ; prépare du café, le moulin est dans le placard. Tu en as besoin et moi aussi.

Juliette et Clément louaient un appartement au rez-de-chaussée d'une grande maison, près de la mairie. Ils disposaient d'une cour et d'un cabinet de toilette. Louise entra dans le couloir, pleine d'appréhension. Elle redoutait la confrontation avec son fils mais, pour rien au monde, elle n'aurait reculé.

Nicolas dormait dans son landau, son pouce dans la bouche, couvert d'un petit drap immaculé et d'un carré de lainage bleu.

Elle toqua à la porte plusieurs fois, avant de tourner la poignée. Un spectacle navrant l'attendait : la cuisine et la salle à manger étaient dans un désordre affreux. Quant à la chambre du couple, elle était jonchée de linge. Le vent tiède de cette fin d'été s'engouffrait par un carreau cassé de la fenêtre.

— Mon fils est parti, dit Louise à mi-voix, les yeux mi-clos. Son camarade Jérôme l'emmène à Grenoble en voiture.

La vision n'avait duré que trois secondes, mais elle ne douta pas de sa véracité. Sans hâte, elle reprit le chemin de son humble foyer, en poussant le landau où son petit-fils dormait toujours.

À mi-parcours, un pressentiment lui broya le cœur. Ses pires doutes se confirmèrent : une cafetière fumait encore sur la table, posée sur une feuille pliée en deux. Juliette avait disparu, mais elle laissait un message.

Je vous confie Nicolas, il sera plus heureux avec sa grand-mère. Ne craignez rien, je vous donnerai des nouvelles. Moi aussi, je pars, loin de mon pays, loin de nos montagnes.

*

Soixante-seize ans plus tard, près d'Yvoire,
en Haute-Savoie, vendredi 30 octobre 2015

L'homme avait trois heures devant lui. Il s'était enfermé dans la pièce qu'il appelait parfois le musée de Soline, en se moquant de sa sentimentalité exacerbée.

— Nous partons le dimanche 15 novembre, dit-il d'un ton net. Je ferais bien de tout ranger ; je n'aurai pas beaucoup de temps durant ces deux semaines.

Il commença par décrocher toutes les photographies de Soline. Ces images lui semblaient moins précieuses, à présent.

— Je l'ai revue hier, j'ai même touché ses cheveux, se réjouit-il. Je pouvais, en me penchant, admirer son profil si parfait. Plus tard, j'aurai l'occasion de la reprendre en photo, sous tous les angles. Mais j'enlèverai le poster la veille du départ.

D'un doigt, il parcourut de nouveau les lignes harmonieuses du corps de son idole ; un geste devenu une manie et une sorte d'hommage. Soudain il recula, avec une expression soucieuse.

— Pourquoi m'a-t-elle posé cette question sur ses parents ? s'interrogea-t-il soudain. C'est préoccupant. Et moi, je lui ai répondu. Quel imbécile je suis…

Sa personnalité du monde ordinaire domina l'autre, où il évoluait dans ses fantasmes et s'abandonnait à ses pulsions. Son regard, plus incisif, se fixa sur le placard où il conservait des reliques, dont la peluche de poney.

— Je dois changer de technique. Comment ai-je pu imaginer qu'elle m'aimait ou qu'elle m'aimera, si je l'emmène... Non, pas de panique, elle ignore qui je suis. Mais, pour elle, je ne suis qu'un assassin.

Il déambula dans la pièce, les bras croisés sur sa poitrine. En possession de toutes ses facultés mentales, il fit un constat dévastateur.

— Soline ne doit pas retrouver la mémoire. Je ne dois surtout pas l'interroger sur ce point. Sophie Gally a dû lui raconter les circonstances de l'accident. Et Benjamin aussi ; appelons-le ainsi puisqu'il travaille sous ce nom.

Les traits tendus par l'anxiété, l'homme prit une valise en cuir, de taille moyenne, en bas du placard. Il y répartit les photos dans trois enveloppes en kraft et ajouta la peluche, ainsi que d'autres objets.

— Soline, je t'en prie, ne me trahis pas, déclara-t-il, adossé à un des murs. J'ai le droit de t'emmener. Tu comprendras un jour. Tout est la faute de mon père.

Un sanglot sec le secoua. La gorge nouée, il décida de s'en aller. Le charme était rompu.

— Tu étais un rêve, Soline ; un trésor à reprendre à ceux qui le convoitaient. Mais je t'ai vue, j'ai entendu ta voix, j'ai senti ton parfum et caressé tes cheveux. J'aurais voulu que tu me regardes bien en face, de tes grands yeux si bleus. Bientôt, peut-être.

Il renonça à fumer un cigarillo. Une chape de désespoir l'écrasait, le faisant douter de tous ses projets. Il sortit de son refuge pour aller le plus rapidement possible s'immiscer dans son univers quotidien. C'était une fuite et il n'en comprenait pas bien la cause profonde.

Chalet du vallon des loups, même jour,
même heure

Kate et Soline étaient assises au soleil, à côté de l'enclos réservé à la louve et à ses petits. Barry, couché près du camion, guettait les moindres déplacements de Farou et des trois louveteaux. Quant à Neige, il était allongé sur l'herbe, aux pieds de sa maîtresse.

— Qu'il fait doux, c'est agréable, et puis le paysage est une splendeur, avec les couleurs de l'automne, s'émerveilla Kate, son téléphone à la main. Vous vivez dans un petit paradis, Benjamin et toi. Je fais un film pour madame Vivi. Penses-tu ! Elle aimerait bien les voir en vrai, les rejetons de Barry.

— Je commence à les amadouer ; même leur mère si farouche, déclara Soline. Je leur donne des lanières de viande, à travers le grillage. Parfois, ils me lèchent les doigts, et ça les familiarise avec mon odeur.

— Oh, ils sont si mignons. Ma puce, je suis sur un nuage ! Tu te rends compte, je vais me marier. Alban est d'une gentillesse, si tu savais ! Ça me change de Luc, mon ex. Et puis, quand je vivrai à Chamonix, on pourra se voir souvent ; on ira déjeuner en terrasse, faire les boutiques. Tiens, en parlant de terrasse, hier j'ai revu ce flic, Étienne Dambert. Il buvait une bière avec Sophie. Ils nous ont proposé de prendre quelque chose, mais Alban a refusé.

— Hier, tu dis ? À quelle heure ?

— Autour de 15 heures ; ils avaient mangé dans la brasserie voisine.

Un immense soulagement fit soupirer Soline, qui aussitôt s'adressa de virulents reproches. Les paroles de Kate achevaient d'innocenter Étienne.

— C'est génial, lâcha-t-elle d'un ton distrait.

— Quoi donc, ma puce ?

— Euh… ton mariage ! Au fait, on devait chercher le modèle de robe idéal. Du blanc, des dentelles, plaisanta Soline.

— Ne te moque pas. Je rêve d'une toilette de princesse, oui, avec plein de dentelles, une grande jupe à traîne, et un décolleté plongeant.

— Vous ne vous mariez pas à l'église ? Je dis ça en raison du décolleté plongeant.

— La mère d'Alban veut une cérémonie religieuse. Alban et son père n'y tiennent pas. J'étais gênée : je n'ai pas osé avouer à Mme Demolliens que la religion et moi ne faisions pas bon ménage. Je ne crois en rien ; enfin si, j'ai foi en ma petite puce Soline. Tes visions prouvent qu'il y a d'autres dimensions.

— Sans doute.

— Pourtant, fillette, je suis allée au catéchisme et j'ai fait ma première communion. Mais, franchement, quand on lit certains passages des évangiles, comme le massacre des innocents, on s'interroge sur les puissances divines.

Un étau broya immédiatement la poitrine de Soline. L'air lui manqua. Très pâle, les tempes bourdonnantes, elle chercha à respirer, tout en demandant à Kate de se taire, d'un geste de la main. Puis elle s'étendit sur le sol, les yeux fermés. Neige, inquiet, lécha le menton de sa maîtresse.

Consternée, Kate tapota les joues de son amie, dont le souffle était saccadé maintenant.

— Soline, qu'est-ce que tu as ? Regarde-moi, je t'en supplie.

— Ne t'affole pas, c'est passé. Aide-moi à me redresser, je me sens faible.

— Bien sûr. Je suis désolée. Autant te lever, je te ramène au chalet, si tu peux marcher.

Une fois debout, Soline s'appuya contre Kate qui la tenait par la taille.

— En ce moment, dès qu'on me parle d'enfants sacrifiés, j'ai un étourdissement, expliqua-t-elle tout bas. J'ignore si c'est en rapport avec ma grossesse.

— Sûrement. Tu devrais consulter ta gynécologue en urgence. Sans vouloir t'affoler, sensible comme tu l'es, tu reçois peut-être un signal d'alarme, ma puce.

— J'ai pensé à mon bébé, mais je suis persuadée qu'il est en pleine forme. Non, un autre enfant est concerné. Kate, j'ai eu une vision, pendant que j'étais à demi consciente. La femme blonde, celle à qui je ressemble, elle berçait un petit dans ses bras. Un garçon d'un an environ, vu sa taille. Et elle pleurait. Je la vois le plus souvent en larmes, désespérée.

Kate hocha la tête, attristée. Se jugeant responsable du malaise de Soline, elle téléphona à Alban.

— Ne m'attends pas ce soir, sauf si tu as besoin de ta voiture. Je voudrais dormir ici, au chalet, Soline a besoin de soutien. Tu es d'accord ? Merci, mon chéri.

— Tu l'appelles mon chéri ?

— Bien sûr, je ne m'en lasse pas. Et il apprécie. Ma puce, je m'occupe de tout. Déjà, je prépare le dîner ; toi tu te reposes sur le canapé.

— Et on cherchera ta robe de princesse ; ça me changera les idées, Kate.

— C'est promis. J'ai économisé. Je vais pouvoir m'offrir une tenue de rêve, et je tiens à payer ta robe de demoiselle d'honneur. Voyons, vers la mi-décembre, tu n'auras pas encore de ventre rond ; tu dois éblouir nos invités, et faire enrager ma future belle-mère.

Kate éclata de rire. Sa gaîté et son entrain étaient contagieux. Vingt minutes plus tard, Soline riait aussi, devant une série d'images sur le thème du mariage.

À son retour, Benjamin fut accueilli par le fumet d'un potage au potiron. Il trouva la table mise, et deux jeunes femmes radieuses.

— Toutes mes félicitations, Kate, dit-il en embrassant leur invitée. Et merci d'être là, pour Soline...

*

Soixante-seize ans plus tôt,
Combloux, chez Jeanne et Antoine Favre,
mardi 5 septembre 1939

Émeline, en robe de cotonnade fleurie, ses cheveux blonds nattés, observait les trois adultes réunis dans le salon. Elle jeta un coup d'œil soucieux sur sa mère, qui berçait le petit Nicolas dans ses bras. Un rayon de soleil fit briller les boucles brunes de l'enfant.

— Comme si la déclaration de guerre ne suffisait pas, venait de dire son oncle Antoine.

— Modère tes propos devant ta nièce, recommanda Louise. Tu souhaitais tenir un conseil de famille ; Émeline n'était pas obligée d'y assister.

— Maman, j'aurai quinze ans le mois prochain, je ne suis plus une gamine, protesta l'adolescente. Clément est parti et, de son côté, Juliette a quitté Combloux en te laissant ce pauvre petit.

Jeanne, la mine confuse, demeurait penchée sur le mouchoir qu'elle brodait. La colère froide qui durcissait la voix de son mari l'impressionnait.

— Louise, il est préférable de mettre Émeline au courant, sinon elle entendra les ragots du village et elle sera encore plus secouée. Les gens sont parfois cruels.

— Quand même, Antoine ; savoir ce qui s'est passé peut choquer une demoiselle innocente, intervint Jeanne à mi-voix. Toi-même, à ton âge, avec ton expérience de la vie, tu n'as pas pu dormir de la nuit. Émeline pourrait attendre dans la cuisine, en compagnie d'Aglaé. Marie y prend son goûter.

Louise lança un regard suppliant à son frère, mais le médecin débita aussitôt les faits, d'un ton amer.

— Clément maltraitait son épouse, ces derniers mois, et, au lieu de se confier à nous, Juliette s'est jetée au cou d'un autre homme. Le résultat est là : mon neveu a choisi d'intégrer une division des chasseurs alpins, et cette jeune idiote s'est enfuie avec son amant.

— Antoine, je t'en prie ! se récria Louise.

— Je connaissais la situation, maman, précisa Émeline sans paraître gênée. En fait, je savais pour Juliette. Je l'ai surprise une fois. Elle était avec un homme assez jeune.

— Seigneur, qu'est-ce que tu as vu ? s'affola sa mère.

— Rien de très grave : ils étaient enlacés et ils échangeaient un baiser. Quand Juliette m'a aperçue, elle s'est vite écartée de lui pour me parler.

Sidérée, Louise serra plus fort le petit corps de Nicolas, endormi contre sa poitrine. Il y avait dans les intonations d'Émeline une note d'insolence qui lui déplaisait.

— Et tu n'as pas jugé bon de nous avertir ? Tu t'es rendue complice de ce couple adultère ! s'exclama Antoine.

— Mais j'avais promis à Juliette de garder le secret ! Elle se plaignait souvent de Clément, quand on discutait toutes les deux. Je lui avais même suggéré de divorcer, puisqu'elle était malheureuse en ménage.

Les trois adultes en restèrent bouche bée. Louise dévisagea sa fille comme si elle avait affaire à une parfaite inconnue.

— Bravo, je tombe des nues, Émeline, décréta-t-elle enfin. C'est en pension que tu reçois des leçons sur le couple ? Tu devrais avoir honte !

— Je m'instruis toute seule, par mes lectures, répliqua sa fille. Vous vivez sur les principes du siècle dernier.

— Tais-toi, ou je te gifle, menaça Louise.

Émeline baissa la tête, animée d'une sourde révolte. Elle songea à ce jour de juillet où Juliette et son amant lui étaient apparus comme la vivante image d'une passion défendue. Une légère satisfaction la fit sourire. La promesse faite à l'infidèle avait une contrepartie, car l'adolescente se promenait avec Pierre Pasquier, qui la serrait de près.

— Il y a combien de temps que tu protèges la conduite scandaleuse de Juliette ? demanda sèchement Antoine.

— Un peu plus d'un mois ; c'était vers le 25 juillet, mon oncle.

— Si tu avais parlé à ta mère, l'unique attitude convenable, nous aurions pu éviter ce drame ! vociféra-t-il. La réputation de notre famille va en souffrir. Je compte parmi les notables de Combloux, je te le rappelle. Il me faudra endurer les regards en coin de mes patients, les murmures dans mon dos.

Antoine avait crié si fort que Nicolas se réveilla en pleurant. Il était terrifié dès qu'on haussait la voix.

— N'aie pas peur, mon mignon, souffla Louise en le berçant à nouveau. Je suis là, ce n'est rien.

— Heureusement pour cet innocent, en effet tu es là, renchérit Antoine. Il aura de bons soins et de l'amour. Juliette est dénuée du plus élémentaire instinct maternel ; j'en suis écœuré !

Jeanne posa son ouvrage un instant pour contempler le touchant tableau que composaient Louise et l'enfant. Une idée la traversa.

— Si vous veniez habiter ici, proposa-t-elle timidement à sa belle-sœur. La maison est grande ; vous seriez plus à l'aise. Marie pourrait s'amuser avec Nicolas.

— Je vous remercie, Jeanne, mais je me sens mieux sous mon toit. Mon logement n'est guère pratique ; cependant, j'en ai hérité de ma mère.

— Je t'aiderai sur le plan financier, Louise, annonça son frère.

— Non, je m'en sortirai très bien sans toi. J'ai mon poulailler et mon jardin potager ; Nicolas mangera à sa faim. Trêves de discours inutiles, je vais récupérer les vêtements de mon petit-fils chez Clément. Je préviendrai la propriétaire de l'appartement qu'elle pourra le louer. Il faut faire le ménage là-bas et enlever les meubles.

Aglaé frappa à la porte du salon. Ils entendirent tous le timbre fluet de la petite Marie, qui réclamait sa maman. Jeanne avait gagné ce droit, après bien des discussions houleuses avec son mari.

— Ma poupée a fini de goûter, dit-elle en se levant. Je vais l'emmener dans le jardin. Si tu cries encore, Antoine, elle aura peur de toi, elle aussi. Les hommes n'ont pas conscience de la fragilité des jeunes âmes.

Très digne, Jeanne s'esquiva de la pièce. Émeline ; voulut la suivre, mais son oncle l'arrêta d'un geste autoritaire.

— Tu as très mal agi, lui assena-t-il. Je laisse ta mère trouver une punition à la hauteur de ta faute. Déjà, tu iras nettoyer le bazar qu'a laissé Juliette. J'y suis passé ce matin, on dirait un taudis. Sois prudente, Émeline, en parlant de réputation, celle d'une jeune fille est vite compromise.

— Oui, mon oncle.

Le docteur Favre quitta à son tour le salon, sans accorder un regard à sa sœur. Louise ne s'en formalisa pas, en proie à un souci plus important.

— Rentrons chez nous, Émeline. Ta chienne est enfermée dans le cellier ; nous irons la promener.

— Mais maman, je peux y aller seule. Avec Vita, personne n'ose s'approcher de moi. Elle est tellement imposante, et puis elle grogne sur les inconnus.

— Dis-moi, ma fille, grogne-t-elle quand tu rencontres Pierre Pasquier ? Contre ce genre de danger, un saint-bernard ne peut rien. Je suis navrée, tu seras privée de balades pendant les jours qui viennent, et même jusqu'à ton départ en pension.

D'une sensualité précoce, éprise de liberté, Émeline se promit d'échapper à la surveillance de sa mère. Néanmoins, elle s'appliqua à jouer les repenties.

— Pardonne-moi, maman. Je ferai en sorte de ne plus vous décevoir, oncle Antoine et toi.

Louise eut un triste sourire en approuvant sans conviction ces sages paroles. La vision qu'elle venait d'avoir, cinq minutes auparavant, démentait chacun des mots prononcés par la ravissante adolescente qui lui faisait face ; la digne fille de son amour perdu, le beau Vittorio Mancini.

*

Soixante-seize ans plus tard, chalet du vallon des loups, nuit du vendredi 30 octobre au samedi 31 octobre 2015

Soline se réveilla brusquement. Son cœur cognait fort dans sa poitrine. Elle regarda son téléphone. Il était 3 heures du matin. La respiration régulière de Benjamin, allongé à ses côtés, lui prouva qu'aucun bruit insolite n'avait pas pu la tirer aussi soudainement du sommeil.

Malgré tout, la jeune femme se leva, en pensant à Neige qui avait peut-être demandé à sortir. Mais le grand chien blanc était couché dans sa panière, sur le palier. Kate occupait la chambre voisine, d'où s'élevait un léger ronflement. Soline esquissa un sourire amusé, se promettant de prévenir le futur marié de ce détail.

— Peut-être que des loups rôdent près de l'enclos… se dit-elle en descendant l'escalier, suivie par le berger suisse. On vérifiera demain matin.

Benjamin avait installé deux caméras à infrarouge dont il regardait les enregistrements tous les deux jours. Soline s'était émerveillée comme une fillette en découvrant tous les animaux qui passaient à proximité durant la nuit.

— Tu te rends compte, Neige ? Si je te laissais dormir dehors, tu ne ferais qu'aboyer, ou tu te retrouverais nez à nez avec des blaireaux, des martres, des chevreuils.

Son chien l'écoutait, sensible à la musique familière de sa voix. Elle le caressa, avant de se pencher sur le feu, où luisaient encore quelques braises.

— Barry n'aboie presque plus jamais ; il grogne, nota Soline. Il prend les mœurs de sa compagne louve… Je sais ce qui a dû me réveiller ;

en fait, j'ai très soif. Demain soir, je monterai une bouteille d'eau dans la chambre.

Ce fut à cet instant précis qu'elle éprouva un léger malaise, sans doute annonciateur d'une vision, mais on ne lui montra rien ; aucun visage, aucune scène du passé ou de l'avenir.

Elle éprouva le besoin de sortir du chalet et se posta sur la galerie couverte. La pleine lune nimbait d'argent la cime des sapins et l'herbe perlée de rosée.

— Mon Dieu, souffla-t-elle, bouleversée.

Des silhouettes vêtues de sombre montaient le chemin. C'étaient des femmes, certaines lourdement chargées. En dépit de la distance, Soline voyait leurs visages, comme si elle pouvait se rapprocher à sa guise.

— La dame blonde, elle porte un enfant. Et il y a une jeune fille, un autre enfant sur le dos. Elles se dirigent vers ici. Je ressens leur peur, leur détresse. Je sais, elles doivent se cacher car c'est la guerre. La Seconde Guerre mondiale… Alors cette dame blonde, mon ange gardien, elle aurait vécu là, entre ces murs. Je voudrais tant connaître son nom.

De plus en plus oppressée, Soline guettait l'avancée du triste cortège. Il s'estompa à une dizaine de mètres du chalet.

— J'espère qu'elles sont entrées, qu'elles sont à l'abri. Sans doute, elles vont coucher les deux enfants ; ces petits innocents qui demandent juste à vivre, à être aimés.

Elle suffoqua, éperdue de chagrin, tandis que le prénom Pavel résonnait à nouveau dans son esprit. Prise de faiblesse, elle s'accrocha à la balustrade. Très loin, Neige aboyait et Barry lui répondait ; très loin aussi, une voix chaude l'appelait.

Benjamin la serra dans ses bras au moment où ses jambes lâchèrent.

— Soline, tu es glacée. Parle-moi, je t'en prie.

Il la ramena à l'intérieur et la fit s'allonger sur le canapé. Elle ouvrit les yeux et le regarda d'un air mélancolique.

— Soline, pourquoi es-tu sortie ; il ne fait pas chaud la nuit. Tu as encore eu un malaise ? Nous irons consulter un médecin dans la journée.

— J'étais obligée, on m'a réveillée. Ne t'inquiète pas ; au fond, je suis contente. Je sais pourquoi je me sens chez moi, ici…

19

Au nom de Pavel

Combloux, mardi 10 novembre 2015

Soline avait donné rendez-vous à Étienne dans son ancien logement. Il faisait un temps très doux pour la saison, mais elle avait allumé le poêle à bois. Une fois les volets ouverts, une lumière dorée avait redonné à la pièce tout son charme. Rien n'avait changé depuis son départ.

Viviane s'était empressée de lui donner de quoi composer un repas froid et faire du café.

— Je suis tellement rassurée que tu confies la situation à la police, gamine ! s'était-elle écriée. Il était grand temps. J'ai hâte que ce criminel soit arrêté. Tu reviendras me raconter, quand l'inspecteur sera parti. Surtout, ne recule pas !

Sur ces mots, comme pour l'encourager dans sa démarche, Viviane l'avait prise dans ses bras.

Mais, à présent, cinq minutes avant l'arrivée d'Étienne, Soline était malade d'appréhension.

— Il sera furieux ; je le serais si j'étais à sa place, admit-elle à voix basse. J'aurais dû lui parler après le premier rendez-vous.

Un bruit de moteur tout proche la fit sursauter. En jetant un coup d'œil par la fenêtre, elle reconnut la voiture grise du policier, qui se garait à l'entrée de l'impasse.

Très nerveuse, Soline mit de l'eau à chauffer. Étienne frappa à la porte qu'elle avait laissée entrebâillée.

— Entre, dit-elle d'un ton amical.

Il poussa le battant et la salua d'un léger signe de tête. En blouson de cuir fauve, pull à col roulé et jean, l'inspecteur Dambert semblait perplexe.

— Bonjour, Étienne.

— Bonjour, Soline. Je suis venu, mais j'ai été très surpris par ton invitation. Cela dit, je te remercie, c'est sympathique ; nous avons rarement l'occasion d'être seuls. On aurait pu se voir demain : c'est férié, je n'avais pas l'intention de travailler.

— Non, demain, Benjamin restera au chalet ; nous avons prévu une grande balade en forêt. Et puis c'était urgent, car tu auras sans doute besoin de t'organiser, avança-t-elle.

— Soline, qu'est-ce qui se passe ? Tu veux recommencer notre petite comédie ? J'étais d'accord, souviens-toi. Qui ne le serait pas à la perspective de te côtoyer nuit et jour ?

Elle lui servit un thé, qu'il considéra d'un regard dédaigneux.

— Ne fais pas cette mine outrée. Je suis désolée, j'ai oublié d'acheter de la bière. Si tu préfères du café, j'en prépare tout de suite. Quand je suis stressée, j'ai besoin de m'occuper les mains.

— Pour t'empêcher de m'attirer vers toi, plaisanta-t-il en la défiant de ses yeux clairs.

— Arrête, ce n'est pas le moment de faire de l'humour.

— Bon, d'accord, reprenons. Benjamin s'étant opposé à notre mascarade, notamment à cause du bébé que tu attends, je suppose qu'il n'a pas changé d'avis.

Soline était au supplice, ne sachant pas de quelle manière aborder le sujet. Elle disposa du pain, du fromage et des œufs durs sur la table basse.

Étienne avait conscience de son embarras. Il s'installa sur le divan, sans lui prêter attention. Tout de suite, elle se revit à la même place, en train d'écouter le tueur évoquer leur départ.

— Dis-moi ce qui te stresse autant, Soline.

— D'abord, promets-moi de rester calme, de comprendre ce qui m'a poussée à agir de manière insensée.

Le policier se retourna et la fixa. Elle était visiblement au bord des larmes.

— Lâche le morceau ; on dirait une gosse qui n'ose pas avouer une énorme bêtise. Ce n'est pas étonnant que Mme Gonod te traite de gamine. Et je ne suis ni ton père, ni ton mari.

— Mais tu es inspecteur à la brigade des mœurs, en charge d'une enquête très complexe. Étienne, j'ai rencontré le tueur.

— Tu peux répéter ?

— Il m'a fixé deux rendez-vous : le premier près de Lons, le deuxième dans cette maison. Je lui ai obéi pour protéger ceux que j'aime. Il menaçait de faire un massacre.

Sidéré, Étienne garda le silence. Il semblait soupeser la gravité de cet aveu. Soulagée d'avoir dit l'essentiel, Soline s'assit à côté de lui. Il lui décocha un regard incrédule.

— Tu peux me donner des explications ? Tu vois, je reste calme, je ne te fais pas de reproches.

— Bien sûr. Le plus dur est passé, je vais tout te raconter. Jeudi 15 octobre, mon père m'a téléphoné. Il était affolé : selon lui, ma mère était au plus mal. Je suis partie tout de suite mais, en arrivant chez mes parents, j'ai découvert la vérité…

Soline, de façon concise, exposa au policier le piège dans lequel l'avait attirée Jacques Fauvel. Elle lui dépeignit d'une voix altérée par l'émotion la somme d'angoisses qu'elle avait éprouvées, avant d'entrer dans la ferme abandonnée, en pleine campagne.

— Je ne peux pas le croire, répétait tout bas Étienne, au fil de son récit.

Il l'interrompit lorsqu'elle avoua s'être confiée à Viviane, le soir même de la première rencontre.

— Sérieusement, tu as réussi à la convaincre de ne rien dire à personne ? Ma parole, tu envoûtes les gens ou tu les hypnotises ! À la place de Mme Gonod, j'aurais au moins appelé Sophie dès que tu aurais eu le dos tourné.

— Je lui ai fait promettre de garder le secret ; elle a consenti, bien à regret. Étienne, comprends-moi. J'étais obsédée par les photos de l'enveloppe. Je pensais au pauvre Moïse, au brigadier Bonnard, à ces jeunes femmes disparues dont tu m'avais montré les portraits. Je me sentais coupable et j'avais tellement peur qu'il tue encore !

Étienne se tourna vers elle et lui prit les mains, qu'il trouva glacées. Soline se sentit réconfortée.

— Je te comprends ; ne tremble pas comme ça, je suis là, répondit-il. Maintenant parle-moi du deuxième rendez-vous, ici même.

— Il n'a duré qu'un quart d'heure. L'homme était plus fébrile, il a osé toucher mes cheveux. J'avais envie de hurler, de me retourner et de le frapper. J'ai regretté de ne pas être allée au bout de mon plan.

— Quel plan ? s'inquiéta le policier.

Soline avoua tout bas qu'elle avait préparé une injection de tranquillisant, dans le but de neutraliser le tueur.

— Si j'avais réussi à l'endormir, je t'aurais téléphoné aussitôt ou j'aurais prévenu les gendarmes. Mais j'ai renoncé au dernier moment ; c'était trop risqué.

Cette fois, Étienne se mit à rire, mais sans aucune gaîté, d'un air accablé.

— Risqué, le mot est faible ! Quelle dérision ! Je parcours le pays en quête de la moindre information, j'étudie des dossiers la moitié de la nuit, et toi, toute seule, tu veux nous livrer un redoutable criminel.

— Vas-y, dis-le-moi que je suis stupide, que j'ai été ridicule et inconsciente, répliqua Soline.

— J'y veillerai quand je saurai tous les détails ; alors continue, s'il te plaît. Que s'est-il passé ici ?

— J'étais assise là, à ta place. Il se tenait derrière moi. J'ai eu par instants l'impression que sa voix éveillait un souvenir : elle m'était comme familière sur certaines intonations. Il était pressé ; je pense qu'il venait surtout pour m'annoncer une autre date, le dimanche 15 novembre.

— Bon sang, dans quatre jours !

— Oui, je dois partir pour Lons dès samedi, et dormir chez mes parents. Il veut m'emmener ce dimanche-là. Si je t'ai fait venir aujourd'hui, c'était pour te donner le temps de préparer une intervention. Je ferai tout ce que tu me diras. Il ne me fouillera pas ; je dois juste éteindre mon téléphone. C'est étrange, il semble avoir confiance en moi.

— À mon avis, ce type a plutôt confiance dans l'impact de ses menaces. Mais on va enfin pouvoir le coincer. Quelques heures suffisent pour monter une intervention, même d'envergure, rétorqua-t-il. Je préviendrai mes collègues d'Annecy, mais aussi la police de Lons-le-Saunier.

Un soulagement infini apaisa la nervosité de Soline. Elle retira délicatement ses mains de celles d'Étienne.

— Tu dois être affamé, on pourrait manger un peu. Je ferai du café ensuite.

— Tu n'es pas obligée de me servir, ni de te soucier du repas. Je vis seul depuis des années ; je n'ai pas l'habitude qu'on veille sur moi. Donc, si j'ai bien compris, Benjamin ignore tout de ces rendez-vous. Sophie également.

— Il n'y a que Viviane et toi dans la confidence. Une chose m'a intriguée : le tueur ne t'a pas pris en photo. Il ne doit pas te compter parmi les gens que j'aime, d'amour ou d'amitié.

— J'ai fait le même constat. C'est aussi la preuve qu'il n'était pas là, quand nous avons joué au couple. Tant mieux s'il n'a pas pu me repérer. Mais, au fond, je ne suis pas étonné.

— Pourquoi ?

— Tu ne m'apprécies guère, avança Étienne. Sans avoir ton intuition surdéveloppée, je ressens ton antipathie et j'ai deviné que tu te méfiais de moi. Je t'insupporte, ça me paraît évident.

Le policier baissa la tête. Songeur, il se coupa une tranche de pain, dont il mangea la moitié.

— C'est faux, se défendit Soline. Parfois tu m'agaces, mais je te considère comme un ami, sinon je n'aurais pas cherché à te protéger. J'avais une bonne raison d'agir seule, sans t'impliquer.

— Laquelle ?

— J'ai eu deux visions de toi où tu étais blessé, étendu sur le sol, et tu saignais beaucoup. J'en suis certaine, ça se produira pendant une intervention contre le tueur, ajouta-t-elle dans un souffle. Je ne voulais pas que tu sois en danger, alors je ne t'ai rien dit.

Étienne était attendri. Les traits radoucis, il contempla le beau visage de la jeune femme, qui, elle, fuyait son regard.

— Merci, Soline, ces mots me vont droit au cœur. Mais tu peux te tromper et, de mon côté, je ne cours aucun risque. Dans ce genre d'assaut, on porte des gilets pare-balles, des casques. On est armés. Même si je suis en première ligne, j'ai toutes mes chances d'en sortir indemne.

— J'ai sauvé un enfant qui allait se noyer, une cousine prête à se suicider, un homme tombé d'une falaise, un adolescent pris dans une avalanche, Kate et Sophie aussi. Pourquoi j'aurais eu deux fois cette vision de toi, si elle est fausse ? Envoie une équipe, Étienne, mais reste à l'écart, je t'en prie.

— Tu me demandes de me comporter en lâche ? s'insurgea-t-il. Bon sang, qu'est-ce que j'ai à perdre, au fond ? J'ai la trentaine, célibataire sans enfant, et je ne suis pas devenu flic pour me planquer.

Le policier se leva brusquement. Il déambula dans la pièce, devant Soline qui se trouvait à bout d'arguments.

— Sophie et Benjamin m'ont souvent dit que tu étais un écorché vif, dit-elle doucement. Je suppose que tu as eu une enfance difficile, comme eux.

— On peut dire ça, ouais, marmonna-t-il. Mais tu n'as pas été gâtée non plus. Tiens, reparlons de ton père adoptif. Comment a-t-il pu t'envoyer rencontrer un criminel avéré ?

— Pour sauver maman, je te l'ai expliqué.

— Quand même, il te sacrifiait ! Il fallait n'avoir pas de cœur pour exiger ça de toi. Tu aurais pu être enlevée, ou pire encore.

Étienne revint s'asseoir. Il était pâle, anxieux.

— J'admire ton courage, Soline. Ton dévouement. Est-ce que tu réalises ce que tu as enduré, sans te plaindre par la suite ? Il t'a fallu un sang-froid extraordinaire. Je te tire mon chapeau !

— Tu n'en as pas, répliqua-t-elle en souriant, alors qu'elle était au bord des larmes.

— Allons, ne pleure pas, gamine ! J'imite ton amie Viviane, parce que ça me plaît de t'appeler ainsi.

— Oh non, pas toi ! Étienne, j'ai oublié de te dire quelque chose. C'est peut-être important. J'ai posé une question à cet homme, sur mes origines. Curieusement, j'avais l'intuition qu'il était en mesure de me renseigner. Il m'a appris que mes vrais parents étaient morts quand j'étais toute petite, mais il a prétendu ignorer leur identité, et d'où je venais.

— Il t'a fait cette réponse ? articula péniblement le policier, saisi d'un doute monstrueux.

— Mais oui… Étienne, est-ce que ça va ? Tu es livide, tout à coup ?

— Il y a de quoi, cette affaire me rend malade. Rien d'autre ?

— J'ai aperçu sa silhouette de dos, quand il partait, car je n'ai pas pu m'empêcher de tourner la tête. Il était vêtu en noir, à peu près de ta taille et de ta corpulence. Et je crois connaître son prénom. Il ne me l'a pas dit, mais c'est un prénom slave qui m'obsède ; je l'entends même dans mes rêves.

— Quel prénom ?

— Pavel ! Paul en français.

Soline se servit un verre d'eau. Étienne se releva d'un bond. Il se dirigea vers la porte.

— Excuse-moi, je sors fumer une cigarette, déclara-t-il d'une voix changée.

Un peu déçue par cette réaction proche de l'indifférence, Soline ne prit pas la peine de regarder par la fenêtre. Pourtant, dans la rue ensoleillée, l'inspecteur Dambert s'éloignait, défiguré par une intense douleur morale.

Il marcha jusqu'à l'entrée d'un chemin qui séparait deux prés, sur une pente douce.

— Pavel, mon petit Pavel… Je ne peux pas en vouloir à Soline ; elle ne sait pas, elle ne sait rien. Mais elle t'a vu, petit frère ; oui, elle t'a vu mort, couché sur la neige, le crâne en sang.

Étienne, les poings serrés, le visage tendu, affrontait la vérité et enrageait de son erreur.

— J'avais eu des soupçons, au début ; ensuite je n'y croyais plus. Pourtant, c'était lui. Ton assassin, Pavel. Cette fois, je vais enfin te venger. Après tant d'années.

*

Soixante-quinze ans plus tôt, chalet de la famille Favre, vendredi 20 septembre 1940

Louise avait vaillamment mené sa petite troupe à bon port. La lune, encore ronde dans le ciel, s'était faite complice de leur expédition nocturne. Maintenant, malgré la fatigue générale, il fallait organiser des couchages dans le grand chalet déserté depuis des années.

— On n'y voit rien, maman, déplora Émeline, qui portait son neveu Nicolas sur le dos.

— Un peu de patience, petiote ! s'écria Aglaé. J'ai emporté deux lanternes, je les allume.

— Tous les meubles sont restés en place ; il y a forcément des lits à l'étage, indiqua Louise, en faisant glisser la petite Marie dans les bras de Jeanne.

Celle-ci, épuisée par la marche, s'assit sur une chaise et serra la fillette endormie contre sa poitrine. Enfin, à la faveur de la flammèche des allumettes que grattait sa domestique, elle considéra d'un air effaré le décor sommaire qui l'entourait.

— Le mieux serait de descendre les matelas pour coucher les enfants, suggéra Louise. Émeline, monte avec Aglaé, je te prie. Nous nous organiserons mieux demain. Antoine essaiera de monter en camionnette avec nos malles. On doit s'arranger comme on peut, ce soir.

— D'accord, maman, obtempéra l'adolescente.

— Dépêchez-vous, je voudrais m'allonger, dit Jeanne, des sanglots dans la voix. Dieu merci, nous avons emporté des couvertures propres. Quand je pense qu'il est 3 heures du matin, si ce n'est plus. Quel crève-cœur de quitter une demeure avec tout le confort et devoir se cacher ici !

L'épouse du docteur Favre fondit en larmes, son corps frêle tassé sur lui-même. Émeline, peu encline à la pitié, haussa les épaules. Après avoir confié Nicolas à Louise, elle s'empara de la lanterne que venait d'allumer la domestique.

— Voilà, c'est déjà plus gai avec de la lumière, dit-elle. Tu viens, Aglaé ? On va explorer l'étage.

Nicolas se réveillait. Louise le berça en chantonnant. Apaisé par sa voix douce, il se rendormit, niché sur son sein.

— Je ne comprends pas, déclara Jeanne. Si mon mari monte jusque-là demain, nous pouvions patienter et venir en plein jour. Le chemin m'a paru interminable.

— C'était une mesure de prudence, pour notre sécurité durant les mois à venir. Nous avons eu de la chance : il ne pleuvait pas et les températures sont encore agréables, même la nuit. Je suis navrée de vous avoir un peu bousculée, Jeanne, mais les visions que j'ai eues étaient de nature épouvantable.

Louise ferma les yeux quelques secondes, hantée par les images atroces qu'on lui avait montrées depuis un an.

— Je veux bien vous croire ; pourtant, grâce au maréchal Pétain, la guerre est finie. Il n'y aura pas de conflits armés en France. L'armistice a été signé le 22 juin.

— Sans doute, mais ce que j'ai vu, à plusieurs reprises, était vraiment terrifiant. Antoine me fait une entière confiance, si bien qu'il a approuvé mon idée de nous retirer dans ce chalet. Il me revient de droit, puisque je suis l'héritière de la famille Favre. Mon oncle André Favre l'a construit l'année de mes cinq ans. C'est un beau et solide bâtiment, avec des fondations en pierre.

— Vous me l'avez déjà dit. Pardonnez ma mauvaise humeur, il faut me comprendre, Louise. J'ai grandi en ville, à Lyon. Je me suis accoutumée à vivre dans un village comme Combloux, mais ce vallon cerné par la forêt me paraît inhospitalier.

Un joyeux vacarme dans l'escalier coupa court au débat. Émeline réapparut, encombrée d'un matelas dont le poids la courbait en deux. Aglaé suivait en riant, une paillasse sur le dos.

— Nous avons fait au plus vite, annonça la jeune fille. Vous allez pouvoir coucher les petits.

L'entrain et l'énergie d'Émeline réconfortèrent Louise. Elle se promit de faire la sourde oreille, dès le lendemain, aux jérémiades de sa belle-sœur.

« C'est vous, Jeanne, que je dois protéger, car votre mère est juive, songea-t-elle. Dès que possible, mon frère vous fera passer en Suisse, avec Marie. »

— Si on faisait une bonne flambée ? proposa Aglaé. Par la fenêtre, j'ai aperçu un ruisseau. En faisant bien bouillir l'eau, on pourrait boire une chicorée.

— Je voudrais inspecter le conduit de la cheminée avant d'y faire du feu, préconisa Louise. Nous ferions mieux de dormir ; nous aurons beaucoup de travail au réveil.

Lorsque Marie et Nicolas furent bien installés, Jeanne fit l'effort de déballer le contenu d'une valise, qui était remplie de provisions.

— Nous tiendrons à peine une semaine, soupira-t-elle. Quitte à habiter ici, à l'ancienne, il nous faudrait une vache ou des chèvres. Nous n'avons que du lait concentré. Quelle misère !

Émeline, qui fêterait seize ans le mois prochain, perdit patience. Sans hausser le ton, elle se permit de donner son opinion.

— Vous devriez arrêter de vous plaindre, ma tante ! Maman aussi doit regretter sa maison de Combloux. Déjà, elle élève Nicolas, le cœur rongé d'angoisse pour Clément, dont nous n'avons aucune nouvelle depuis des mois. À présent, elle se sacrifie pour vous sauver mais, bien sûr, personne n'a osé vous l'expliquer. Cette situation est provisoire, alors aidez-nous un peu, au lieu de pleurer sur votre demeure bourgeoise !

— Émeline, ne parle pas ainsi à ta tante ! s'insurgea Louise. Jeanne est bouleversée, la malheureuse. Seigneur, si ton oncle t'avait entendue !

— J'ai le droit de m'exprimer. Je ne suis plus une gamine qui se tait et écoute sagement les adultes, rétorqua sa fille, magnifique d'indignation.

Jeanne se redressa et elle dévisagea Émeline, puis sa belle-sœur, avec une expression affolée.

— Me sauver ? répéta-t-elle. Pourquoi moi ? Je sais, ce sont mes origines maternelles. Dans ce cas, Antoine avait raison : j'aurais dû partir aux États-Unis, comme mes parents et mes cousins.

— Nous en discuterons plus tard ; nous sommes toutes fatiguées, reposons-nous, conseilla Louise.

Aglaé hochait la tête, sans oser prendre part à la discussion. Elle eut cependant le mot de la fin, en déclarant tout bas d'un air inspiré :

— Moi, je suivrai toujours Madame Louise, parce qu'elle est bonne comme du pain bénit, et je suis sûre que notre seigneur Jésus-Christ, il lui cause à l'oreille.

*

Soixante-quinze ans plus tard,
Combloux, mardi 10 novembre 2015

Soline était un peu inquiète, car Étienne tardait à revenir. Elle enfila un gilet en laine et sortit dans la rue. En jetant un coup d'œil vers la voiture du policier, elle l'aperçut assis au volant, en train de téléphoner.

— Il doit prévenir Sophie ou son adjoint.

Soucieuse de ne pas le déranger, elle fit demi-tour et rentra au chaud. Un vent froid s'était levé, qui balayait les feuilles jaunes d'un érable.

— Pourvu que tout se passe bien, dimanche, se dit-elle en remettant une bûche dans le poêle. Je voudrais tellement que cet homme soit arrêté, qu'on ne parle plus jamais du tueur. Ce mot me donne froid dans le dos.

Soline entendit un bruit de pas, puis on frappa à la porte et le policier fit irruption, un sourire crispé sur le visage.

— Excuse-moi, Soline ; j'avais des appels urgents à passer. Tu me cherchais ?

— Tu es resté longtemps dehors, je trouvais ça bizarre. Mais tu as les yeux rouges…

— Je suis allergique à presque tout ; j'en ai profité pour prendre un comprimé.

— Tu n'as rien mangé, à part un morceau de pain. Sers-toi, j'ai grignoté en t'attendant, je n'ai plus faim.

— Je ne pourrai rien avaler, je suis sur des charbons ardents, comme on dit. Soline, tu m'as affirmé tout à l'heure que tu suivrais mes consignes, c'est toujours valable ?

— Oui, Étienne. Je suis prête à t'aider au maximum. Est-ce que tu as appelé Sophie ?

— Pas encore, rien ne presse ; elle pourrait s'affoler et vous rendre visite au chalet. Or, pour la réussite de l'opération, tu ne dois pas en parler à Benjamin. Il refusera de te laisser partir. Je suis sérieux, acceptes-tu de lui mentir encore ?

Soline avait déjà pris sa décision, mais elle s'accorda une ultime hésitation avant de répondre.

— Je n'avais pas l'intention de lui dire. Je suis consciente que c'est déloyal de ma part, mais ce serait trop compliqué et, tu as raison, si Benjamin était au courant, il m'empêcherait d'agir.

Étienne, les traits tirés, prit place sur le divan. Il se servit une tasse de café qu'il renversa d'un geste maladroit. Soline épongea les dégâts en l'observant d'un regard perspicace.

— Tu es aussi nerveux maintenant que je l'étais avant ton arrivée, fit-elle remarquer.

— Je serais plus calme si je pouvais t'éviter de participer à mon plan d'intervention, avoua-t-il. Et puis, ça m'ennuie vis-à-vis de Benjamin. Il m'en voudra terriblement de t'avoir mise en danger, d'autant plus que tu es enceinte. Tant pis, j'assumerai les conséquences.

— Je suis au début de ma grossesse ; je me sens bien, protesta Soline avec véhémence. Dès que cet homme sera hors d'état de nuire, je pourrai enfin me réjouir d'attendre un bébé et me projeter en maman. Vivre en paix, tout simplement, sans avoir peur à chaque instant de perdre un être cher. C'est une sorte de paradoxe, mais, entre les deux rendez-vous, j'ai pu respirer, aller au marché, rendre visite à Viviane, et travailler un peu. C'était une pause inespérée.

— Tu n'as pas douté une seconde de la parole d'un assassin, d'un monstre d'une rare cruauté ? s'enflamma le policier.

— Non, il avait promis… Étienne, ne te fâche pas !

— Ce type a tué plusieurs personnes. Il aurait pu te berner sans peine et continuer à semer la mort autour de toi.

— Peut-être, mais, par chance, il ne l'a pas fait. À présent, expose-moi ton plan en détail. Je veux que cet homme soit arrêté dimanche, qu'il soit jugé et qu'il passe le restant de ses jours en prison.

Le visage fermé, le policier approuva d'un murmure. Soline céda à une impulsion et lui prit la main.

— Tu es glacé, comme moi tout à l'heure, constata-t-elle.

— Ne sois pas trop gentille, pesta Étienne en se levant à nouveau. Oui, j'ai froid mais, à l'intérieur, je bouillonne. Donc ne perdons pas de temps. Samedi matin, je partirai pour Lons et je prendrai un hôtel là-bas. En principe, le soir, tu seras chez les Fauvel ; on se contactera par téléphone. Es-tu certaine de pouvoir t'en aller ? Et si Benjamin insiste pour t'accompagner ?

— Il doit s'occuper des chiens et de la louve ; même s'il le voulait, j'aurais des arguments à lui opposer. C'est mon problème, trancha Soline.

Mal à l'aise, elle but un grand verre d'eau, en se remémorant la brusquerie avec laquelle Étienne avait retiré sa main de la sienne. Elle cherchait la cause de sa réaction, qui lui semblait exagérée.

— De quoi avais-tu peur ? demanda-t-elle. Je ne lis pas dans les pensées des gens, si je les touche.

— J'ai horreur de la compassion, rétorqua-t-il.

— Et moi de la dissimulation. Oublions ça. Je t'écoute.

— Dès que tu auras le lieu du rendez-vous, il faudra me le communiquer. Une fois sur place, tu suivras mes instructions. L'essentiel pour moi, c'est que tu sois en sécurité au moment de l'assaut. Ton rôle consistera à le localiser et, s'il se méfie, à lui faire croire que tu le rejoins. Soline, ça ira ?

— Bien sûr, je ne serai plus seule. Jamais je ne pourrai avoir aussi peur que lors du premier rendez-vous. J'étais dans un état second, uniquement préoccupée par ma survie.

— Tu as dû te comporter comme il le fallait, avança Étienne. Écoute, j'ai réfléchi ; on tient Sophie à l'écart. De toute façon, elle n'est pas habilitée à venir sur le terrain. Tu es d'accord sur ce point aussi. Ça reste entre nous deux et la police ?

— Si tu juges que c'est mieux ainsi, je suis d'accord. Je te fais entièrement confiance, Étienne.

— Je te remercie. À samedi. Excuse-moi, je dois te laisser.

Après son départ, Soline demeura songeuse un long moment. Toute son intuition en éveil, elle tentait d'analyser l'attitude du policier, en se remémorant ses regards, ses intonations et ses gestes.

— Il ne m'a même pas posé de questions sur ce prénom de Pavel qui m'obsède, constata-t-elle tout bas. Il était soucieux, il a dû oublier, ou bien il va faire des recherches. On en reparlera samedi, au téléphone.

La jeune femme débarrassa la table basse, mais elle pensait sans cesse à Étienne, à ses yeux rouges, meurtris, comme s'il avait pleuré.

— Qu'est-ce qu'il me cache, lui aussi ?

Soudain elle s'immobilisa.

— Benjamin n'avait jamais fait allusion à Sophie Gally, ni à Étienne Dambert, pendant les soirées où nous bavardions près du feu, à Servoz. Si je n'avais pas rencontré Sophie, quand Barry avait disparu, elle ne serait sûrement pas devenue une amie. Et c'est elle qui nous a présenté Étienne.

Il lui semblait approcher d'une évidence capitale, surtout lorsqu'elle se souvint de la première fois où Benjamin avait vu le policier.

— Au début, il était gêné ; ensuite, ils se sont comportés comme s'ils se connaissaient très bien. J'étais surprise, je m'en souviens.

Deux coups à sa porte mirent fin à ses cogitations. Elle reconnut le timbre un peu éraillé de Viviane.

— Soline, je peux entrer, gamine ?

— Mais oui !

La septuagénaire apparut, en appui sur une canne. Son petit chien, Vagabond, se précipita dans la pièce en aboyant.

— J'ai vu passer l'inspecteur en voiture, alors je suis venue aux nouvelles.

— Il ne fallait pas sortir, Viviane ; je m'apprêtais à aller chez vous. Vite, asseyez-vous.

— Je suis très bien debout. Dis donc, tu es toute pâle.

— Toujours ce maudit stress ! Étienne monte une opération d'envergure pour dimanche, à Lons. Mais on n'en parle pas à Sophie, encore moins à Benjamin.

— Ah, pourquoi ça ?

— La plus grande discrétion est nécessaire. Tout se passera bien, Viviane ; j'en suis persuadée.

— Tu n'en as pas l'air, ma belle !

— C'est normal, je suis quand même angoissée, notamment à l'idée de mentir encore à Benjamin. Je vais vous raccompagner et ensuite je le rejoindrai là où il travaille. Cet après-midi, il relève des empreintes dans le secteur de Seyssel. Je voudrais me consacrer à lui pleinement, jusqu'à samedi.

— Je comprends, Soline. Je prierai pour toi, dimanche. Je ne mets plus souvent les pieds à l'église, mais ça ne veut pas dire que j'ai perdu la foi. Ma petite, reviens-nous saine et sauve. On pourra enfin respirer, si ce cauchemar prend fin.

— Je l'espère de toute mon âme, Viviane…

Chalet du vallon des loups,
samedi 14 novembre 2015

Soline contemplait en silence le visage de Benjamin, comme pour s'imprégner à jamais de ses yeux sombres, pleins d'une tendresse passionnée, de sa bouche sensuelle qui lui avait donné tant de baisers grisants. Elle tendit la main et effleura son front, où dansait une boucle noire.

— Ma petite fleur, si tu me regardes avec cette expression d'amour fou, je ne te laisse pas partir, dit-il tout bas, en l'attirant contre lui.

— Je suis triste de te quitter, même pour deux ou trois jours, soupira-t-elle. Mais j'avais promis à maman de revenir le plus vite possible.

— Il vaut mieux que tu ailles la voir maintenant. Cet hiver, les routes seront peut-être plus dangereuses. Ce n'est qu'un week-end à passer.

— Je sais, Benjamin. Occupe-toi bien des petits de Farou. Ils se laissent toucher le bout du museau, quand je leur donne de la viande.

— Ne t'inquiète pas, mon côté grand gosse se réjouit d'avoir des demi-louveteaux à apprivoiser. La prochaine fois que tu iras à Lons, on s'arrangera avec Sophie et je t'accompagnerai. Elle est capable de surveiller notre meute. Il faut bien que je fasse la connaissance de tes parents.

Blottie entre les bras de son compagnon, Soline se sentait terriblement coupable. Ils avaient vécu des heures exquises, tous les deux, depuis mardi. Ces souvenirs, tissés de joie et de complicité, seraient un précieux réconfort, pendant le trajet qui l'éloignerait de Benjamin.

— Sois prudente, ajouta-t-il. Tu es sûre de vouloir laisser Neige ici ? Tu devrais l'emmener.

— Non, il est mieux chez nous, dans notre vallon ; je te le confie. Je dois partir.

Ils s'étreignirent une dernière fois, en échangeant un long baiser d'au revoir. Soline recula la première, la gorge nouée par une violente envie de pleurer.

— N'oublie pas combien je t'aime, murmura-t-elle.

— Attends un peu, s'affola-t-il. Soline, qu'est-ce que tu as ?

— Ce sont sans doute les effets de la grossesse ; je suis très émotive, ces temps-ci. Et je me fais souvent des reproches, car je me trouve égoïste. Tu es témoin, je préfère me prélasser au chalet plutôt que de retourner voir maman qui est en pleine dépression.

— Tu es censée ne pas t'exposer inutilement, lui rappela-t-il. Sophie et Étienne te demandaient même de ne pas sortir du tout ; une consigne que tu as bravée sans scrupule plusieurs fois. J'ai vécu dans l'angoisse de te perdre, ma petite fleur.

— Mais il ne m'est rien arrivé. Benjamin, je m'en vais… Toi aussi sois prudent. Je te préviendrai dès que je serai chez mes parents.

Soline démarra son 4×4. En manœuvrant pour s'engager sur le chemin, elle trouva le courage de sourire et de crier « à lundi » d'un ton joyeux.

*

Soixante-quinze ans plus tôt,
chalet de la famille Favre, mardi 22 octobre 1940

Louise et Aglaé se tenaient près du four à pain qu'elles avaient fait chauffer deux heures auparavant, en faisant brûler du petit bois sec.

— C'est prêt. J'ai balayé les cendres, la température est bonne, Madame, annonça la domestique. Vous pouvez enfourner votre gâteau. Ma mère, après avoir cuit le pain pour la semaine, elle mettait une tarte ou une génoise qui ressortait dorée à point et on se régalait, mes frères et moi.

— Il fallait bien marquer l'anniversaire d'Émeline, répliqua Louise, toute souriante. Pensez donc, ma fille a seize ans.

— Le bel âge des demoiselles, quand elles sont sérieuses, prêcha Aglaé.

— Pourquoi dites-vous ça ? Si Émeline se conduit mal, il faut me prévenir.

— Non, je causais en l'air ! Il ne faut pas m'en vouloir mais, chaque fois que je m'occupe de la petite Marie, je pense à sa pauvre mère, une gosse de quinze ans morte en couches. Si c'n'est pas une honte !

— L'étranger qui l'a contrainte en abusant de sa naïveté demeure le plus coupable, ma brave Aglaé. Bien, je vous laisse surveiller la cuisson ; j'ai promis à ma belle-sœur de monter la voir.

— Quand même, j'espère que Madame Jeanne descendra pour le goûter. Elle perd ses forces, à rester au lit du matin au soir.

— Je ferai de mon mieux.

Déterminée à vaincre l'inertie de Jeanne, Louise monta pourtant sans hâte l'escalier. Elle pensait à Émeline, devenue si jolie et si indépendante. Elle savait bien que sa fille rencontrait parfois le jeune Pierre Pasquier. Il lui arrivait de s'en inquiéter, à cause du climat particulier qu'engendrait la guerre, même si la Haute-Savoie se trouvait en zone libre.

Elle frappa à la porte d'une des chambres. Une voix fluette lui répondit d'entrer.

— Ah, c'est vous, Louise. Je prie sans cesse pour voir Antoine entrer dans cette pièce.

Jeanne était adossée à deux oreillers calés contre le montant en bois de son lit. Elle passait son temps ainsi. Des revues de mode et des livres étaient éparpillés sur l'édredon. Un pichet, des tasses et une bonbonnière encombraient la table de chevet.

— Mon frère a rejoint la Croix-Rouge ; nous devons être fières de lui, déclara Louise. Il vous écrit deux fois par semaine. Je vous en prie, faites un effort, surtout aujourd'hui, pour l'anniversaire d'Émeline.

— Elle n'a qu'à monter m'embrasser ; j'ai prévu de lui offrir un de mes bijoux.

— Émeline se promène avec Marie et Nicolas dans les bois. Ils cherchent des champignons pour agrémenter le repas du soir.

— Mon Dieu, elle a emmené Marie, qui est toute petite ! Vous auriez dû me demander mon avis, Louise.

— Je ne peux pas grimper les marches dix fois par jour. Marie était contente. Il n'y a aucun danger : Vita veille sur eux. Elle est de taille à impressionner n'importe qui.

— Que fera cette chienne si Émeline croise un réfugié mal intentionné, errant autour du chalet ?

La mine affolée de sa belle-sœur et ses propos injustifiés eurent le don d'exaspérer Louise. Elle ouvrit l'armoire et en sortit une robe.

— Maintenant, j'en ai assez, Jeanne ! C'est bientôt l'heure du goûter. Ma fille va revenir avec les petits et nous mangerons un bon gâteau. Levez-vous et habillez-vous. J'ai invité aussi le couple que nous hébergeons, échoué dans nos montagnes depuis la région parisienne. Et Marie sera heureuse d'avoir sa maman.

Stupéfaite par le coup d'éclat de Louise, Jeanne repoussa drap et édredon. Elle portait une chemise de nuit et un peignoir en laine. Amaigrie, le teint cireux, elle vacilla sur ses jambes une fois debout.

— Préparez-vous, je redescends. Tenez bien la rampe, si vous vous sentez faible.

Louise soupira de soulagement quand elle se retrouva dans la pénombre du palier. Son grand cœur lui interdisait de juger sa belle-sœur, cependant les impératifs du quotidien exigeaient un labeur constant. Bien que dotée d'une excellente santé pour ses soixante ans, elle éprouvait souvent une extrême fatigue.

— Sans Aglaé et Émeline, je serais épuisée, se dit-elle.

Elle était au milieu de l'escalier lorsqu'un vertige l'obligea à s'arrêter. Ses tempes bourdonnèrent. Le refrain que fredonnait la domestique, au rez-de-chaussée, lui parut étouffé, puis elle ne l'entendit plus.

« Seigneur, je vais avoir une vision, songea-t-elle. Pitié, plus de morts, plus d'enfants décharnés, pitié… »

Son malaise s'atténuant, Louise descendit encore deux marches. Aussitôt, elle s'aperçut d'un changement inexplicable : les murs et la cheminée étaient au même endroit, mais la longue table avait disparu et les fenêtres s'ornaient de rideaux en dentelle. Le plus étonnant, c'étaient des guirlandes éclairées, courant sur les poutres et sur le manteau de la cheminée.

— Qui a fait ça, en quelques minutes ?

Elle croyait avoir parlé à voix haute ; ce qui n'était pas le cas, sinon la jeune femme blonde, assise sur un divan garni de coussins, l'aurait entendue et regardée. Un grand chien blanc était couché à ses pieds.

— Je la reconnais, dit Louise. Que fait-elle ici ? Une fois, je l'ai vue dans un pré, au-dessus de Combloux. J'ai compris, depuis qu'elle m'apparaît. Comme pense Antoine, c'est une vision du futur. Mais alors, cette belle jeune femme blonde habitera ce chalet !

Submergée d'une douce émotion, elle ferma les yeux un instant, en se cramponnant à la rampe. Tout de suite, une autre scène se dessina derrière l'écran de ses paupières closes.

— L'enfant blond, gémit-elle intérieurement. Celui qu'on me montre le crâne en sang, couché sur la neige. Il est vivant, il s'amuse ! Qu'il est beau… Oh non, non.

Un cri silencieux résonna dans l'esprit de Louise. Elle venait d'assister à un acte fatal. Un adolescent au visage ingrat avait frappé sauvagement le bel enfant blond, à l'aide d'une barre en fer. Le petit garçon s'était effondré.

— Pavel, le pauvre Pavel, articula-t-elle péniblement. Qui a tué cet innocent ? Pavel…

— Madame Louise ! hurla-t-on soudain. Seigneur ! Émeline, ta mère, vite.

— Maman, qu'est-ce que tu as ?

Émeline se précipita pour aider Aglaé qui soutenait le corps alangui de Louise.

— Doux Jésus, j'ai vu ta mère qui essayait de me parler et, d'un coup, elle s'est trouvée mal et elle a glissé en travers des marches.

Jeanne descendait à son tour, alarmée par les cris de sa domestique. Le couple de réfugiés la suivait.

— Ce n'est rien, je me sens mieux, affirma Louise lorsque sa fille et Aglaé voulurent la guider vers une chaise. Vous savez ce qui m'arrive de temps en temps ; j'ai des étourdissements et ils me donnent le vertige. Rions un peu, il y a de quoi être toute retournée, puisque j'ai accouché seize ans plus tôt de ma ravissante enfant.

— Maman, j'ai eu peur, se plaignit Émeline.

— Il ne fallait pas, tu devrais avoir l'habitude ! Eh bien, tout le monde est là, nous pouvons goûter.

Un quart d'heure plus tard, les occupants du chalet étaient réunis autour de la longue table. Il ne subsistait que des miettes du gros gâteau aromatisé à la fleur d'oranger.

— J'en ai donné un petit bout à Vita, précisa Émeline, les joues roses de plaisir, sa chevelure d'un blond foncé relevée en chignon. Sais-tu, maman ? Ma chienne a débusqué un chevreuil, dans le bois.

— On a t'ouvé des cèpes, gazouilla Nicolas, devenu un vigoureux bambin de deux ans et demi.

— Mon neveu parle beaucoup pour son âge, mais il ne peut pas encore prononcer les « r », fit remarquer Émeline.

Elle présidait, consciente de sa beauté, de la force exaltante qui faisait vibrer son sang et sa chair neuve. Soudain, elle tendit sa main gauche pour admirer la bague en argent, sertie d'un magnifique saphir.

— Merci pour ton cadeau, ma tante ! Je le garderai toute ma vie, je te le promets. Mais tu m'as fait un autre cadeau, aussi précieux.

Tu es là avec nous, toute jolie, maquillée. Merci…

Touchée par ces mots, Jeanne eut un rire proche des larmes. Elle cajola Marie, assise sur ses genoux.

— Désormais, je descendrai tous les jours, et je participerai à la bonne marche de notre refuge.

Louise l'observait, en se souvenant de la timide jeune fille qui était présente dans sa maison de Combloux, le jour de la naissance d'Émeline. Elle revit Jeanne à cette époque, son fin visage anguleux auréolé de boucles noires, son regard ambré.

« Mon Dieu, protégez-la, implora-t-elle dans le secret de son cœur. Je ne serai pas tranquille, tant que mon frère ne l'aura pas escortée jusqu'en Suisse. »

Mais Antoine Favre refusait de croire à une des visions de sa sœur. Il prétendait que le régime nazi, fortement antisémite et instauré en Allemagne par Hitler, ne serait pas appliqué en France.

— Mon épouse est française, répétait-il.

Impuissante à le convaincre, Louise n'avait plus que la prière comme ultime ressource.

*

Soixante-quinze ans plus tard,
près de Lons-le-Saunier,
dimanche 15 novembre 2015, 6 heures du matin

Soline était à bout de nerfs. Le tueur lui avait donné rendez-vous dans la ferme à l'abandon où elle était déjà venue le jeudi 15 octobre. Il lui avait signifié par texto de se garer à proximité du bâtiment, avant le lever du jour et d'attendre un autre message.

À présent, son téléphone à la main, la jeune femme guettait le moindre mouvement dans les alentours mais, comme par malchance, un épais brouillard rendait la visibilité impossible.

— Que fait Étienne ? Il m'a promis qu'il serait là en même temps que moi, se dit-elle tout bas, malade d'anxiété.

Elle scruta les ténèbres brumeuses, bien en vain. Si les forces de police se tenaient là, prêtes à l'assaut, elles étaient vraiment indiscernables.

— L'homme veut m'emmener, alors il doit préparer une voiture… J'ai le pressentiment qu'il n'est pas seul ; j'en suis sûre, il a un complice, peut-être un chauffeur.

Un bruit ténu contre sa portière lui arracha un petit cri de panique. Étienne était enfin là. Vite, Soline remit le contact pour baisser sa vitre.

— Je n'en pouvais plus, avoua-t-elle.

— Tu as reçu l'ordre d'entrer ?

— Non, c'est bizarre ; on dirait qu'il n'y a personne dans la ferme. Où sont tes collègues ?

— Ne te soucie pas de ça, dit-il à mi-voix. Ils attendent mon feu vert pour intervenir.

— Mais tu n'es pas en tenue, tu n'as pas de casque. Étienne, tu as bien mis un gilet pare-balles ?

Soline étudiait la forme du blouson en cuir qu'il portait d'un œil perspicace.

— Cette ordure n'est pas forcément armée, ajouta le policier d'un ton glaçant.

Un message fit vibrer le portable de Soline. Elle le lut en chuchotant.

Entre avec ton sac de voyage. Éteins ton téléphone en ôtant la batterie, mais prends-le avec toi, que je le détruise. Dépêche-toi, le jour va se lever.

— Très bien, j'y vais à ta place. Ne bouge pas de là, Soline ; sous aucun prétexte, ordonna Étienne. Je gère la situation. S'il y a des tirs à l'extérieur, passe à l'arrière et abrite-toi entre les sièges.

Sur ces mots, il l'embrassa sur la joue, puis il marcha vers la ferme.

20

L'étrange silence de la neige

Près de Lons, même jour
(dimanche 15 novembre 2015)

Soline, les mains ensanglantées, faisait de son mieux pour comprimer la plaie profonde du policier, au niveau de la rate. Elle ne pleurait pas, concentrée sur l'état du blessé, dont le regard se voilait par instants.

— Je t'en prie, reste avec moi ! Étienne, tiens bon ; j'ai appelé une ambulance.

Elle avait renoncé à lui faire le moindre reproche, car il pouvait payer de sa vie sa folle initiative.

— Pardon, Soline, balbutia-t-il. Écoute-moi…

— Non, plus tard. Si tu fais l'effort de parler, tu aggraveras l'hémorragie.

— Écoute, si je m'en sors, ne dis rien à Benjamin, ni à Sophie. Invente une histoire pour me couvrir ; je ne veux pas perdre ma plaque, mais si je meurs, tu diras…

Affolée, Soline vit Étienne fermer les yeux. Elle poussa un cri de révolte et de chagrin.

— Tu vas vivre, tu entends ! Allons, regarde-moi, je suis là. Il ne m'a pas emmenée.

Il cligna des paupières, en inspirant un peu d'air. Dans la faible clarté du téléphone de la jeune femme, le policier était blême, la joue gauche striée par une estafilade d'un rouge sombre.

— Tu leur diras que c'était lui, l'assassin de Pavel, mon petit frère. Sinon, je t'en supplie, tu dois mentir, promets-moi…

— D'accord, je leur mentirai. Étienne, non ; reste avec moi, Étienne. Courage, j'entends la sirène de l'ambulance !

Il avait perdu connaissance. Soline se mit à sangloter, sans relâcher la pression qu'elle exerçait sur le foulard qui occultait la blessure.

— Pourquoi tu as fait ça ? gémit-elle. J'avais confiance en toi, tu m'as entraînée dans un piège. C'était tellement dangereux. Tu dois vivre, tu entends ? Oui tu dois vivre pour m'expliquer ce qui t'a pris !

L'ambulance et une voiture de gendarmerie venaient de se garer. Un médecin se précipita pour examiner Étienne. Deux infirmiers le secondèrent.

Soline assista au transfert précautionneux du corps inanimé sur une civière, jusqu'à l'intérieur de l'ambulance.

Les gendarmes avaient patienté avant de questionner la jeune femme, qui leur semblait visiblement en état de choc.

— Mademoiselle, je suis le lieutenant Grimaud. Est-ce que vous pouvez nous dire ce qui s'est passé ?

— Je ne sais pas bien. Tout est arrivé très vite, et j'ai eu tellement peur, lâcha Soline.

Sur ce point, elle était sincère. Durant quelques minutes, ponctuées de cris rageurs, de coups de feu, d'exclamations sourdes et de bruits de moteur, elle avait évolué au sein d'un atroce cauchemar.

— Le blessé est un inspecteur de police, mais un ami aussi, avoua-t-elle. Il pourrait mieux vous exposer la situation.

— Hélas, pour le moment, il en est incapable, mademoiselle, trancha le gendarme.

L'ambulance démarra et s'éloigna à vive allure, emportant Étienne. Le médecin avait paru très inquiet sur son pronostic vital, quand Soline l'avait interrogé. Dans sa hâte de se rendre à l'hôpital, elle décida de raconter une partie de la vérité.

— L'inspecteur Dambert était chargé de l'enquête sur un homme que la presse surnomme

« le tueur de Haute-Savoie », déclara-t-elle. Je suis Soline Fauvel. J'ai moi-même été harcelée par ce criminel, et mes parents avaient déposé une plainte, il y a environ neuf ans. Je pense qu'il a réussi à me piéger, qu'il voulait m'enlever, mais l'inspecteur l'en a empêché. C'est confus, excusez-moi.

— J'ai entendu parlé de l'affaire, oui, commenta un des gendarmes. L'inspecteur Dambert s'est présenté à la gendarmerie, pour obtenir la copie d'un portrait-robot. Notre capitaine l'a reçu dans son bureau.

— Bien, je crois que vous avez eu beaucoup de chance ce soir, mademoiselle Fauvel, avança le lieutenant.

— Je vous en prie, je voudrais aller à l'hôpital tout de suite, implora Soline. Vous pourrez m'interroger là-bas. Le plus urgent pour moi, c'est de savoir si mon ami va survivre. Il m'a sauvée…

— Entendu. Si vous êtes en état de conduire, allez-y, capitula le lieutenant, touché par la beauté éplorée de la jeune femme. J'ai alerté la police scientifique ; nous devons l'attendre.

— Merci, je suis à votre disposition. Je ne quitterai pas le chevet de l'inspecteur Dambert.

Soline fut soulagée de se retrouver seule au volant de son 4 × 4. Elle roulait prudemment, car elle avait besoin d'ordonner ses pensées.

— Étienne s'en tirera, c'est obligé, affirma-t-elle à mi-voix. Quel insensé ! Je l'avais averti, je lui avais dit qu'il pouvait être gravement blessé, mais il ne m'a pas écoutée.

Elle espérait avoir une vision de l'avenir du policier ; cet avenir qui était peut-être déjà un vain mot.

— Non, il ne va pas mourir. Qu'est-ce qui s'est passé ? Et si j'étais responsable ? Étienne m'avait ordonné de rester dans ma voiture mais je lui ai désobéi quand j'ai perçu des cris de colère. Je me croyais sans doute capable de le protéger.

En faisant appel à toute sa volonté, Soline se projeta à l'instant où elle avait couru vers la ferme.

— Un moteur tournait à l'arrière du bâtiment, et j'ai deviné une silhouette masculine à l'angle du mur. Sûrement un complice. J'étais comme en transe, à cause des hurlements affreux à l'intérieur de la ferme. Et je suis entrée, en allumant mon téléphone pour avoir un peu de lumière. Étienne se battait avec le tueur qui lui donnait des coups de couteau. Je ne pouvais plus bouger, horrifiée, et là, Étienne m'a crié de m'enfuir : « Soline, ils vont te prendre, pense au bébé ! » Alors le tueur a voulu se jeter sur moi, avec une clameur de bête sauvage. Il y a eu deux détonations. Étienne avait tiré…

Le cœur survolté et en larmes, Soline dut se garer sur le bas-côté de la départementale qu'elle avait empruntée, afin de rejoindre au plus vite une quatre-voies menant à Lons. Une image s'imposait à son esprit, obsédante.

— L'homme s'est écroulé, pendant qu'Étienne réussissait à se relever. Je l'ai soutenu, mais nous étions à peine à l'extérieur qu'il est tombé sur le dos.

Soline regarda ses mains maculées de sang séché.

— Mais je suis retournée, ajouta-t-elle tout bas. Et j'ai vu le complice de ce monstre qui tirait son corps vers une porte. Le tueur gémissait ; ça, j'en suis certaine. Ensuite, une voiture est partie. On aurait pu arrêter ces deux hommes, si Étienne avait planifié une intervention… Oh, je le déteste !

Elle en voulait réellement au policier, qui l'avait trahie et qui, de surcroît, presque agonisant, osait lui demander de mentir encore. Soudain, des mots lui revinrent, autour du prénom de Pavel.

— Je n'ai pas halluciné, Étienne a bien dit ça : « C'était lui, l'assassin de Pavel, mon petit frère. »

Une aube grise dévoilait le paysage, toujours noyé de brume. Courageusement, Soline reprit la route. Elle ne pleurait plus et son cœur s'était calmé, sous la montée d'une colère teintée de désespoir, car des spasmes douloureux irradiaient son ventre et le bas de son dos.

Hôpital de Lons-le-Saunier,
même jour, quatre heures plus tard

L'infirmière du service gynécologie, une petite brune aux allures juvéniles, débrancha le monitoring. Soline lui lança un regard soucieux.

— Ne vous inquiétez pas. Le bébé va très bien. Un peu de repos et vous pourrez vous lever, mademoiselle.

— Mais ces douleurs étaient fortes, régulières. J'ai cru que j'allais faire une fausse couche.

— Le docteur qui vous a examinée est formel ; il n'y a aucun risque. Il faudra peut-être vous ménager, les mois prochains.

— Oui, j'y veillerai ; merci beaucoup. J'aurai un service à vous demander, si c'est possible ?

— Je vous écoute.

— Je voudrais prendre des nouvelles d'un blessé grave, un inspecteur de police, Étienne Dambert. Si vous pouviez vous renseigner, je ne sais même pas s'il a survécu ou si on l'a opéré.

— Je peux appeler le service concerné, bien sûr. Vous êtes sa compagne ou un membre de sa famille ?

— Une amie. Il n'a pas de famille. Je vous en prie, je suis très inquiète.

— D'accord, je me renseigne, répliqua l'infirmière.

Restée seule, Soline prit son téléphone sur la table de chevet. Elle se sentait incapable d'appeler Benjamin ou Sophie, pourtant elle serait obligée de le faire tôt ou tard.

— Comment expliquer la situation ? déplora-t-elle.

Elle reposa l'appareil pour placer ses paumes sur son ventre. Pour la première fois, son instinct maternel s'éveillait, tout puissant. Un être minuscule, conçu trois mois auparavant, se nichait là, désireux de vivre.

— Notre histoire débute mal, mon bébé, murmura-t-elle. Ta maman n'a pas fait attention à toi, à ta précieuse existence. Je suis désolée. Il ne faut pas me quitter, Louise, ma toute petite fille. Ton papa serait trop malheureux et moi, je m'en voudrais tellement.

Bouleversée, Soline ferma les yeux. Elle regrettait à présent d'avoir menti à Benjamin et de s'être fiée à Étienne.

— Mais est-ce que j'ai vraiment eu le choix ? Je m'estimais responsable et j'ai essayé de me battre contre ce criminel, à ma manière. Nous aurions dû nous exiler ; pourquoi s'obstiner à vivre dans les Alpes… Oh, je n'ai pas appelé Viviane ! Elle doit s'angoisser, il est déjà presque 11 heures.

La voix de la septuagénaire, en répondant à Soline d'un oui étouffé, prouvait combien elle se tourmentait.

— Viviane, ma chère Viviane, rien ne s'est passé comme je l'imaginais. C'est difficile à expliquer. Déjà, hier soir, chez mes parents, l'ambiance était pesante, intolérable. Mon père ne m'a quasiment pas adressé la parole, et maman refusait de se lever. Elle est couchée toute la journée, gavée de calmants. Elle répétait que j'étais son enfant chérie, qu'elle m'aimait.

— Évidemment qu'elle t'aime, cette femme-là, ma belle ! Dis-moi l'essentiel. L'intervention de la police a donné quoi ? Ils ont pu arrêter ce sale type ?

— Non, mais il est peut-être mort, même si son complice a réussi à l'emmener. Viviane, je suis à l'hôpital de Lons. En fait, Étienne a été grièvement blessé ; j'attends de ses nouvelles. Voilà quelqu'un, je vous rappellerai un peu plus tard.

Soline vit entrer un médecin, l'infirmière et le lieutenant Grimaud, escorté d'un jeune gendarme. Elle préféra s'asseoir au bord du lit.

— Bonjour, mademoiselle Fauvel, lui dit le docteur d'un air gêné. Je viens vous communiquer l'état de santé de l'inspecteur Dambert, avec l'accord de ces messieurs de la gendarmerie.

— Il est encore en vie ?

— Oui, rassurez-vous ; son pronostic vital n'est plus engagé. Nous l'avons opéré dès son arrivée. La rate a été touchée et il a subi une forte hémorragie interne. Son cerveau ayant manqué d'apport sanguin, il a pu se produire des lésions susceptibles de causer un handicap neurologique. Nous le saurons à son réveil. Afin de diminuer ses souffrances, le patient a été placé sous coma artificiel.

— Est-ce que je pourrai le voir ?

— Dans une heure ou deux, ce sera possible.

Le médecin salua et sortit. L'infirmière vérifia le pouls de Soline, puis elle quitta la pièce à son tour.

— Pouvez-vous répondre à nos questions à présent ? s'enquit le lieutenant, à la physionomie sympathique. Si vous vous sentez mieux… On m'a dit pour votre grossesse.

— Ah, qu'en est-il du secret médical ? voulut plaisanter Soline. Enfin, ce n'est pas un souci. Je suis rassurée, mon bébé se porte à merveille.

— C'est une bonne chose, reprit le lieutenant. Déjà, que s'est-il passé précisément ? La police scientifique a inspecté la ferme et ses environs, sans rien trouver. Mais des prélèvements ont été faits, qu'il faudra analyser.

Pendant les heures où elle écoutait les sons insolites transmis par le monitoring, Soline avait eu le temps d'échafauder un scénario qu'elle jugeait convenable. Néanmoins, elle prit son temps pour répondre.

« Si ma version paraît plausible aux gendarmes, je donnerai la même à Sophie et à Benjamin, songeait-elle. Étienne vivra, je suis donc contrainte de respecter ma promesse. Je prierai pour qu'il soit en possession de toutes ses facultés mentales et là, il devra se justifier. »

— Mademoiselle Fauvel ?

— Excusez-moi, je suis encore choquée. En fait, lieutenant, cet homme soupçonné de plusieurs crimes me menaçait depuis des mois. Il avait enlevé une de mes amies au printemps, mais elle a été sauvée in extremis… Et il m'a contacté plusieurs fois en utilisant des téléphones prépayés. Hier, j'ai rendu visite à mes parents adoptifs, Monique et Jacques Fauvel. Pour être franche, je n'ai pas d'excellentes relations avec eux. Aussi, ce matin, j'ai décidé de rentrer chez moi, avant le lever du jour. Comme je connais bien la région, j'ai emprunté un itinéraire secondaire.

— Dans ce cas, pourquoi l'inspecteur Dambert se trouvait-il, lui aussi, à Lons ?

— C'est un ami, il assurait ma protection, improvisa Soline. Étienne, pardon l'inspecteur Dambert, cherchait à identifier le tueur, qu'il supposait être souvent sur mes traces. Et il avait raison. Ce criminel devait me surveiller, car, dès que j'ai quitté la maison de mes parents, il m'a envoyé un texto m'ordonnant de rouler jusqu'à cette ferme, sous la menace de s'en prendre à une autre de mes amies.

Le lieutenant fronça les sourcils, devant l'expression affolée de Soline.

— Et vous avez obéi ? s'étonna-t-il.

— Oui, mais j'ai averti Étienne. Ensuite, tout s'est déroulé très vite. Il y avait un épais brouillard, il faisait encore nuit. J'étais terrifiée mais, heureusement, l'inspecteur Dambert nous a rattrapés. Le tueur et lui se sont jetés l'un sur l'autre… J'ai entendu des détonations, des cris. Je suis sûre d'une chose : un complice attendait derrière le bâtiment. Un moteur tournait. Ils ont pu s'enfuir, et, moi, dès que j'ai vu Étienne s'effondrer, le ventre en sang, j'ai appelé le Samu et la police, puis je me suis précipitée pour l'aider. Je suis secouriste en montagne, lieutenant.

Soline cacha son visage entre ses mains, mortifiée. Elle se rendait coupable d'un faux témoignage, en débitant autant de mensonges. Elle en eut honte, si bien qu'elle éclata en sanglots sans l'avoir prévu.

— Reposez-vous, recommanda le lieutenant, touché par sa détresse et loin de la suspecter. Nous avons enregistré votre déposition. Il faudra passer la signer en fin d'après-midi. Au revoir, mademoiselle.

Les deux hommes la saluèrent et sortirent. Soline continua à pleurer, effrayée à l'idée de prévenir Sophie et Benjamin.

— Je ne peux plus reculer, dit-elle très bas en reniflant. Cette fois, j'en ai assez des secrets, des non-dits. Je devrais tout leur raconter. Ils ne trahiront pas Étienne.

Tremblante, elle prit son téléphone.

Hôpital de Lons-le-Saunier, même jour,
quelques heures plus tard

Le poignant spectacle du policier plongé dans le coma affligeait Soline. Elle tentait d'occulter la perfusion et le masque à oxygène, mais le visage livide qui reposait sur un oreiller immaculé l'impressionnait, presque semblable à celui d'un mort.

— Étienne, je crois savoir pourquoi tu as voulu agir seul, au risque d'être tué. Je t'ai servi d'appât, en fait ? Cet homme m'aurait emmenée, si tu n'avais pas tiré sur lui… En plus, il sait que je suis enceinte, maintenant.

Assise à côté du lit, Soline serra délicatement la main inerte de l'inspecteur.

Elle consulta son téléphone. Sophie et Benjamin seraient bientôt là. Ils faisaient le trajet ensemble, dans le break de la capitaine Gally.

— Tes amis vont arriver. Je ne leur ai pas donné beaucoup d'explications. Ils étaient complètement affolés. Et toi, tu m'as extorqué une promesse stupide ; alors ne m'en veux pas, quand tu te réveilleras, s'ils sont au courant de ce que tu as fait.

Malgré les reproches qu'elle énonçait à mi-voix, Soline avait envie d'embrasser le front du blessé, de toucher ses courts cheveux blonds.

— Sais-tu, j'ai compris. Tu voulais venger ton petit frère, Pavel, dit-elle dans un souffle timide.

Soudain une évidence frappa la jeune femme. Étienne ressemblait à l'enfant blond qui lui était apparu plusieurs fois, le crâne en sang, couché sur la neige.

— Mon Dieu, c'est lui que je voyais : ton frère.

Une infirmière, un dossier sous le bras, fit entrer Sophie, très pâle, suivie de Benjamin. Soline se leva de son siège et se jeta dans les bras que lui tendait son compagnon.

— Ne me demande rien, pas tout de suite, supplia-t-elle en se serrant contre lui.

— Tu es là, bien vivante, c'est le plus important, répliqua-t-il.

Debout près du lit, Sophie observait Étienne de son regard vert, embué de larmes. D'un geste discret, elle caressa la joue striée d'une estafilade, puis le front à la peau tiède.

— Vous pouvez me laisser seule avec lui ? demanda-t-elle en se tournant vers le couple.

Soline et Benjamin sortirent aussitôt. Sophie put pleurer à son aise, en tenant la main d'Étienne entre les siennes.

— Tu ne changeras jamais, dit-elle tout bas. Pourquoi veux-tu toujours te mettre en danger ? Tu dois te rétablir ; fais-le pour moi, en souvenir de ces heures terribles où tu m'as aidée à survivre. Sans toi, je n'aurais pas tenu longtemps. Étienne, je te connais mieux que quiconque, et je t'aime. Tu es le grand frère que je n'ai jamais eu.

Des bruits de pas annonçaient d'autres visiteurs. Sophie vit un docteur approcher du lit. Deux internes l'encadraient.

— Bonjour, madame. Vous êtes de la famille du patient ?

— Une cousine, mentit-elle immédiatement.

— Ah, très bien. On nous avait dit ce matin que l'inspecteur Dambert n'avait pas de famille.

— Je me présente, capitaine Sophie Gally.

Le médecin exposa de nouveau son diagnostic, en insistant sur les suites possibles du manque d'apport sanguin du cerveau. Enfin, il ajouta :

— Les examens préopératoires ont révélé qu'il manque un rein à M. Dambert. Vous le saviez ?

— Bien sûr, docteur, mais cela date d'un problème de santé dans son enfance, marmonna Sophie. Est-ce qu'il y a un souci en rapport ?

— Non, toutes les analyses sont correctes.

— Serait-il envisageable de transférer mon cousin à l'hôpital de Sallanches, en Haute-Savoie ? Je suis en poste au PGHM de Chamonix ; aussi je ne pourrai pas venir souvent à Lons.

— Tout dépendra de l'évolution de son état, madame.

Après une brève discussion avec le chirurgien, Sophie se retrouva seule dans la chambre. Soulagée, elle déposa un petit baiser sur le front d'Étienne et sortit, déterminée à savoir ce qui s'était réellement passé.

Soline et Benjamin n'étaient pas loin. Ils discutaient dans le couloir, près d'une baie vitrée.

— On descend à la cafétéria, leur proposa-t-elle. Je n'ai rien mangé depuis ce matin. Ensuite, il faudra promener Neige, aussi. On a dû l'emmener ; on ne savait pas combien de temps on s'absenterait. Il paraît que ton chien est habitué à t'attendre dans une voiture, Soline.

Une note de froideur vibrait dans la voix de Sophie. Elle attaqua aussitôt.

— Que faisait Étienne à Lons ? Il a voulu te défendre ? Vas-y, parle à la fin, au lieu de me fixer !

C'était le moment crucial. Soline pesa le pour et le contre, puis elle choisit d'avouer la majeure partie de la vérité.

— Allons boire quelque chose, je vais vous expliquer. Nous avons fait n'importe quoi, Étienne et moi. Je suis désolée. Essayez de comprendre, je vous en prie. Ne m'interrompez pas, surtout ; c'est déjà assez difficile. Et restons discrets, j'ai donné une autre version au lieutenant de gendarmerie.

Les aveux de Soline prirent un quart d'heure. Mais elle avait respecté la promesse faite à Étienne, gardant sous silence l'allusion à l'assassin de Pavel. Elle estimait que le policier leur en parlerait lui-même, une fois sorti du coma.

— Voilà, vous savez tout, soupira-t-elle à la fin de son récit.

Sophie et Benjamin s'efforcèrent de ne pas s'indigner, de ne pas exprimer leur incompréhension et leur consternation. Ils dévisageaient la jeune femme, dont le teint coloré attestait de sa confusion et de ses remords.

— Tu as rencontré deux fois cet homme ; un meurtrier, un fou à lier. Et tu as menti comme jamais je n'aurais imaginé que tu pouvais mentir, décréta tout bas Benjamin. Et dire que ton père a joué le jeu de ce malade !

— Moins fort, supplia Soline. Je devais sauver maman et vous protéger, vous tous. J'ai agi par amour, par amitié.

— Si je me mets à ta place, je peux comprendre ta décision d'aller à ces rendez-vous, admit Sophie. Mais, en prévenant tout de suite la police, ce salaud aurait été hors d'état de nuire. Soline, c'était insensé, vraiment. Tu pouvais te faire tuer ou enlever. Une chose est sûre, ses méthodes relèvent des types de la Gestapo et des truands de la mafia.

— Étienne a de la chance d'être dans le coma, s'emporta Benjamin, sinon je lui aurais cassé la gueu…

— Tais-toi ! ordonna Soline, exaspérée. Ne dis pas ça. C'est ton ami, non ?

— Non, c'est terminé. Qu'il guérisse ou pas, je refuse de le revoir. Soline, tu es enceinte, et lui, il t'utilise pour piéger ce monstre ? En plus, il se croit capable de régler la situation seul ! Mais il se prend pour qui ?

Benjamin était presque méconnaissable, les traits durcis, le regard étincelant de rage. Il serrait les poings, comme prêt à cogner sur n'importe qui.

— On va rendre visite à Jacques Fauvel, ajouta-t-il d'un ton hargneux. Étienne se méfiait de ton père et de son frère, Roger ; au moins il avait raison sur ce point.

— Et tu feras quoi ? Tu vas te défouler sur mon père, qui a été contraint lui aussi d'obéir, car sa femme était en danger de mort ? J'en ai assez, j'étouffe, je sors d'ici !

À bout de nerfs, Soline s'empara des clefs du break, qui étaient posées au milieu de la table, entre leurs tasses. Elle quitta la cafétéria au pas de course.

— Quelle galère, déplora Sophie tout bas. Viens, on a payé les consommations ; on pourra discuter à l'extérieur. Il y a forcément une explication au comportement d'Étienne. Il a eu tort de mettre Soline en danger, mais, au fond, ça lui ressemble bien.

— S'il n'avait pas eu la force de tirer sur le tueur, qu'est-ce qui se serait passé ? avança Benjamin. Soline aurait disparu à tout jamais et, lui, il aurait agonisé, en se vidant de son sang. J'espère qu'il sera révoqué, après ça ! Je le dénoncerai, dans le cas contraire.

— Calme-toi, rétorqua Sophie. Tu sais quoi ? Je remonte au chevet de mon meilleur ami, de mon frère de cœur. Toi, rejoins Soline et essaie de la réconforter. Tu ne vois pas qu'elle est à bout de nerfs, après ce qu'elle vient de vivre ?

Benjamin approuva d'un signe de tête. Il se dirigeait vers le break lorsqu'il aperçut Soline sur une des pelouses de l'hôpital. Elle tenait Neige en laisse. Malgré la distance qui les séparait, il vit qu'elle sanglotait.

Quand il la rattrapa, son premier geste fut de la saisir par un coude.

— Soline, je suis incapable de me raisonner ! lui assena-t-il. Tu m'as menti, trahi, berné ! Est-ce que tu réalises les risques que tu as pris ? Je te faisais confiance, et toi, pendant ce temps, tu rencontrais le tueur en secret, tu préparais un plan avec Étienne !?!

— C'était pour te sauver ! hurla-t-elle. L'homme savait que je vivais avec toi ; il parlait de t'éliminer en priorité ! Je devais céder à son chantage, je n'avais pas le choix.

— On a toujours le choix ! Tu devais tout me dire et avertir Sophie. La police aurait mis au point une intervention efficace. Par ta faute et celle d'Étienne, un épouvantable criminel a échappé à la justice. Je suis furieux, écœuré par tes mensonges.

Soline, ses cheveux blonds soulevés par le vent, tendit vers lui un visage ravagé par le chagrin.

— Une fois, tu as dit que tu me pardonnerais toujours, quoique je fasse ! cria-t-elle. C'était faux, j'en ai la preuve.

— Mais tu n'avais pas à te conduire ainsi, sans tenir compte de moi, de notre amour, de notre enfant !

— Je m'en veux suffisamment, pour tout, pour le bébé aussi. La situation m'a dépassée et je suis consciente de mes erreurs. Là, tout de suite, toi aussi tu m'as trahie. Jamais tu ne m'as parlé si durement, ni regardée de cette façon. Laisse-moi tranquille, ne m'approche plus. J'ai besoin de temps.

Elle lui jeta les clefs du break, qu'il ramassa par terre, un peu désemparé par sa réaction.

— Je pars, Benjamin. J'irai signer ma déposition ; ensuite, je prends la route. Je préfère habiter chez Viviane, à Combloux. Je donnerai cette adresse aux gendarmes d'ici, s'ils souhaitent m'interroger à nouveau. Je te préviens, et dis-le vite à Sophie : tenez-vous en à ma version, à propos de ce matin. Étienne ne doit pas être inquiété s'il se réveille avec toutes ses capacités.

— Pourquoi ? Soline, tu me quittes ? Tu es sérieuse ?...

— Très sérieuse. C'est simple : tu as tes secrets, j'ai les miens !

*

Soixante-quatorze ans plus tôt, chalet de la famille Favre, lundi 22 décembre 1941

Les ombres du crépuscule envahissaient le vallon où se dressait l'imposant chalet, au toit chapeauté de blanc. Il avait beaucoup neigé depuis une semaine et, pour Émeline, le paysage était un véritable enchantement. Blottie dans les bras de Pierre Pasquier, elle admirait le ciel et la cime des sapins d'un regard rêveur.

— Tu es si gentil d'être venu, dit-elle, joue contre joue avec le jeune homme. Les kilomètres ne te font pas peur, par ce froid ?

— Je pourrais traverser la France pour te retrouver, Émeline.

— Et même la ligne de démarcation, alors ? plaisanta-t-elle avant de lui donner un léger baiser sur la bouche.

— Bien sûr, ma chérie. Je peux t'appeler ma chérie ?

— Oui, dix fois, cent fois !

La jeune fille noua ses bras autour du cou de Pierre. Elle plaqua son corps vibrant d'un désir confus contre celui de ce beau garçon blond, dont elle était passionnément amoureuse.

— Soyons sages, dit-il en reculant. Si ta mère nous voyait.

Ils se tenaient sur le seuil de l'ancienne bergerie, où Louise enfermait ses poules le soir, dans un angle grillagé du petit bâtiment.

— On peut se mettre à l'abri, suggéra Émeline. Pierre, je sais que tu voudrais intégrer la Résistance. Elle se met en place dans la région, mais aucun groupe n'est encore formé. Si tu pars, je ne te reverrai pas avant longtemps. Pourquoi être sage ? On se mariera bientôt.

— Je te respecte trop pour profiter de toi, ma chérie. Tu m'as présenté à ta mère, et je lui ai promis de patienter encore deux ans.

Émeline le fit taire d'un baiser plus enflammé. Sensuelle et ardente, la jeune fille souhaitait s'offrir à Pierre, cependant il réussissait toujours à la repousser.

— Je t'ai apporté un cadeau de Noël, avoua-t-il en s'écartant un peu, malgré le trouble qui échauffait son sang.

— Un cadeau ! Zut, je n'en ai pas pour toi.

— Moi, je n'en ai pas besoin.

Il lui remit un paquet emballé de papier et noué d'un ruban. Elle découvrit un ravissant nécessaire à coiffure en ivoire, qui contenait aussi un miroir à main joliment ouvragé.

— Mais ça doit coûter très cher, Pierre !

— Ne t'inquiète pas, ma mère me l'a donné pour toi, car je lui ai dit que je voulais t'épouser. Ces objets appartenaient à une lointaine aïeule. Ma famille les a gardés précieusement.

— Je ne peux pas accepter, Pierre. Nous ne sommes même pas fiancés. Je suis touchée, tu remercieras beaucoup ta maman, mais il faut lui rendre ce nécessaire et le miroir.

Très déçu, le jeune homme rangea son présent dans la sacoche en cuir qu'il portait en bandoulière. Émeline le consola d'un autre baiser.

— Asseyons-nous un peu, dit-elle. Il recommence à neiger, c'est tellement beau.

Ils s'installèrent sur le bloc de granit qui servait de banc, près de la porte de la bergerie.

— Tu ne pourras pas rentrer ce soir chez tes parents. Où vas-tu dormir ?

— Un camarade doit m'héberger, au village. Je suis passé le voir avant de monter jusque-là. Émeline, tu auras la patience de m'attendre, au cas où tu n'aurais plus de mes nouvelles ?

— Je te le promets. Tu m'écriras, au moins ? Maman se désespérait de n'avoir aucun signe de mon frère, Clément, mais, il y a un an, nous avons eu une longue lettre. Elle est arrivée à Combloux ; oncle Antoine nous l'a transmise. Pierre, le jour où tu sauras que tu pars te battre, dans le maquis ou à l'armée, viens la veille pour me dire au revoir. Promets à ton tour !

Enlacés, ils échangèrent encore des serments et des baisers. Des craquements à l'orée de la forêt les alertèrent. Émeline perçut des pas pesants dans la neige fraîche.

— Il y a quelqu'un, murmura-t-elle. Cachons-nous.

— Ce sont sûrement des sangliers, ou un cerf, souffla Pierre.

— Non, regarde là-bas, sur notre gauche !

Une silhouette imposante s'avançait à découvert, vêtue de sombre. Soudain l'intrus agita la main.

À ce moment précis, Louise sortit du chalet et dévala les marches en pierre. Elle s'était enveloppée d'un carré de laine, mais tête nue ; elle appelait déjà.

— Clément ! Mon Dieu, soyez béni ! Clément !

— Maman !

Émeline, exaltée, bondit sur ses pieds. Sans se soucier de révéler ainsi à sa mère la présence de Pierre, elle entraîna celui-ci sur la pente.

— C'est mon frère ! Pierre, mon grand frère est là ! Il vient fêter Noël avec nous.

Sous sa pèlerine en lainage, Clément portait son uniforme de soldat. Il reçut sa mère dans ses bras, puis sa sœur. Tous les trois riaient et pleuraient de joie. Embarrassé, Pierre se tenait en arrière du trio ; pourtant le bonheur d'Émeline le comblait.

— Rentrons vite au chaud ! s'écria Louise. J'ai su que tu approchais ! Comme je suis heureuse ! Tu vas revoir ton petit Nicolas. Il a grandi cet été et il parle bien.

— Et qui est ce garçon derrière nous ? Qu'est-ce qu'il fait ici ? demanda Clément.

— Je te présente Pierre Pasquier, un bon ami à moi, répliqua Émeline. Il logeait ce soir au village, alors il en a profité pour venir me saluer. Il m'a trouvée près de la bergerie ; j'enfermais les poules de maman.

— Ne raconte pas de sornettes, se moqua Louise. J'ai vu Pierre arriver, tout à l'heure, et tu l'attendais. Clément, je pense que ces jeunes gens se fianceront après la guerre.

— Si elle finit un jour, rétorqua son fils. Salut, Pasquier, on se serre la main ?

— Bonsoir, monsieur, dit poliment Pierre, fasciné par la prestance virile du militaire. Et au revoir ! Madame Mancini, je me mets en chemin, il est tard. Au revoir, Émeline.

— Bon retour, mes amitiés à ta famille, soupira la jeune fille, qui l'aurait bien embrassé une dernière fois.

Elle le suivit des yeux avec tendresse, tandis que Louise et Clément marchaient vers le chalet, s'enfonçant dans la neige à chaque enjambée.

— Il y a du monde, mon fils. Ne sois pas déçu. Ma belle-sœur est encore là, mais Antoine la conduit en Suisse après le jour de l'An. J'ai accueilli un couple de Parisiens, des réfugiés. Ils m'aident beaucoup. Le mari a fait un grand potager, cet été, et sa petite épouse cuisine et s'occupe du ménage avec Aglaé.

— Tant que je suis près du feu et que je peux manger à ma faim, ça m'est égal, maman. Dis-moi, c'est sérieux, Émeline et ce garçon ?

— As-tu oublié que ta mère est visionnaire ? Je n'ai rien dit à ta sœur, cependant j'ai vu leur union à l'église, et on m'a même montré le nom du marié sur le registre. Alors je tolère leurs rendez-vous. Pierre Pasquier est respectueux, bien éduqué. Il ne brûlera pas les étapes.

— Si tu le dis, maman. Mais je me méfie du tempérament de ma sœur, qui est devenue une vraie beauté.

Émeline, qui les suivait, entendit le compliment. Ravie, elle s'empressa de prendre son frère par le bras.

— Merci, j'ignorais que j'étais aussi belle, lui dit-elle en riant.

Clément fut stupéfait en pénétrant dans la grande pièce, où régnait une température agréable. Une bonne flambée crépitait au fond de l'âtre et il sentit une odeur de légumes en train de cuire. Les personnes assises autour de la table se levèrent. Seules Jeanne et Aglaé le reconnurent.

Après les embrassades et les présentations, Clément prit le temps d'observer l'arbre de Noël, dressé en bas de l'escalier.

— Monsieur, on a découpé des gui'landes, fit une voix fluette, à ses pieds.

Un petit garçon se tenait accroupi, à l'abri d'une branche basse du sapin, qui embaumait la verdure et la forêt. Louise le souleva et le mit à son cou.

— Ce monsieur est ton papa, Nicolas, dit-elle gentiment. Tu l'as vu sur une photographie et je te parle souvent de lui.

— Papa ?

Son enfant, l'air malicieux, se cachait un peu contre sa grand-mère. Mais, intrigué, il adressa enfin un grand sourire au nouveau venu. Clément dut retenir ses larmes.

— Oui, je suis ton papa, et j'ai un cadeau pour toi.

Il sortit de sa veste une figurine en bois verni, représentant un soldat, puis un sachet de sucres d'orge.

— Tu les partageras avec Marie ; je sais que tu joues avec elle.

— En pleine période de rationnement, tu as trouvé des confiseries ? s'émerveilla Émeline.

— Mon colonel me les a donnés. J'ai d'autres cadeaux dans mon baluchon, mais je les distribuerai le soir de Noël.

Aglaé fit des miracles en cuisine, toute fière de nourrir ce bel homme en uniforme. Le repas se déroula dans une joyeuse atmosphère, car aucun des convives n'évoqua la guerre.

La plus incommodée par la chaleur et l'agitation, ce fut la chienne saint-bernard. Dotée d'une épaisse fourrure, Vita passait la nuit sur la galerie couverte.

— Monte bien la garde, lui recommandait Émeline chaque soir.

Deux heures plus tard, Louise et son fils veillaient au coin du feu. Ils contemplaient la danse des flammes moins vives, nuancées d'orange et de rouge sombre.

— Maman, je repartirai le 26 décembre au matin, annonça Clément. Je ne rejoindrai pas mon régiment, mais ceux qui organisent la Résistance, les maquisards.

— Tu as déserté ? Pas toi, par pitié !

— Non, le colonel dont j'ai parlé s'engage aussi dans la lutte clandestine. Il m'attendra à Combloux.

— Seigneur, je n'ai pas fini de prier pour toi, Clément.

— Maman, je voulais te remercier de veiller sur Nicolas. Il est heureux près de toi, et dégourdi, ma foi. Tu n'as jamais revu Juliette ?

— Jamais ! Les premiers mois, je rendais souvent visite à tes beaux-parents, pour savoir s'ils avaient des nouvelles de leur fille. Ils refusaient d'en entendre parler, tellement ils étaient honteux.

— Juliette doit filer le parfait amour, sans aucun remords. Il faut croire qu'elle n'était pas faite pour être mère. Maman, écoute-moi. En janvier 1940, j'ai rencontré mon ami Jérôme, celui qui m'a conduit jusqu'à Grenoble, le lendemain de la déclaration de guerre.

— Oui, je m'en souviens, concéda Louise.

— Jérôme m'a confié les rumeurs qui circulaient à Combloux. Juliette, sans doute pour justifier sa fuite, m'a fait passer pour un mari exigeant, violent, une véritable brute. Je n'ai pas voulu t'en parler dans la seule lettre que je t'ai envoyée, mais j'étais outré. Est-ce que tu as cru ma femme ? Sois sincère, maman. As-tu mal jugé ton fils pendant tous ces mois, alors que mon honneur était atteint ?

— Pardonne-moi, Clément ; j'ai dû manquer de lucidité, car j'ai eu de la peine pour Juliette. Elle criait, elle sanglotait, je ne savais plus quoi penser. Ensuite, je suis allée chez vous, pour te voir et en discuter. Seigneur, l'appartement était un triste capharnaüm. Ne te vexe pas car, au fond de mon cœur, je doutais des accusations de ta femme. Quand j'ai compris qu'elle avait abandonné votre petit, j'étais désespérée et furieuse. En fait, depuis ce jour, j'attendais l'instant où tu te défendrais.

Louise prit les mains de son fils et les étreignit. Clément secoua la tête, accablé.

— Je ne t'en veux pas, maman. Je suis très coléreux, c'est mon pire défaut. Alors je criais fort, je tapais sur les meubles, mais je n'ai jamais frappé Juliette.

— Je te crois, Clément. N'en parlons plus. Nous sommes réunis pour la fête de Noël, et nous avons le devoir d'être heureux, d'offrir aussi de la joie aux deux petits innocents que nous chérissons. Merci d'être là, mon fils, mon enfant chéri.

— Je suis au paradis, maman. En marchant à travers les bois, j'avais faim et froid, mais je savais que tu m'accueillerais, et je te voyais comme une chaude lumière dans la nuit, comme le meilleur refuge du monde.

Clément, en dépit de ses trente-huit ans, posa son front au creux de l'épaule de sa mère qui l'entoura d'un bras protecteur, en le berçant un peu.

— Là, là, mon fils, chantonnait Louise tout bas.

Elle sentit des larmes mouiller son gilet et son corsage ; les larmes d'un soldat, ramené dans le cercle de son amour pour la trêve de Noël.

*

Soixante-quatorze ans plus tard, Combloux, chez Viviane, mercredi 2 décembre 2015

Soline était assise en tailleur sur son lit. Depuis son départ précipité de l'hôpital de Lons, elle ne quittait guère la chambre que lui avait préparée Viviane. En pyjama, les cheveux nattés, elle venait de recevoir un appel de Sophie Gally.

Un rayon de soleil filtra entre les nuages et illumina les couleurs pastel de sa couette. Neige, couché près de l'armoire, se leva brusquement et trottina vers la porte. On toqua deux petits coups.

— Qui est-ce ? demanda Soline, sachant que Viviane montait très rarement à l'étage.

— Kate ! Je peux entrer ?

— Oui…

Son amie apparut, les joues roses, ses boucles brunes dépassant d'un bonnet en laine tout aussi rose. Vêtue d'un manteau cintré en feutrine noire, la future mariée était radieuse.

— Je suis arrivée hier de Dijon ; la cousine Eudoxie a engagé une dame très convenable. Alors, ma puce, il paraît que tu refuses de sortir d'ici ? Et tu réponds à peine à mes messages.

— C'est faux, je ne suis pas tout à fait irresponsable. Je fais les courses pour Viviane, pour la remercier de m'héberger. Je m'occupe du ménage, également, les jours où Vanessa ne peut pas venir.

— Vanessa ? Ah oui, la jeune fille que madame Vivi emploie de temps en temps. Tu es ma demoiselle d'honneur, Soline, il faut penser à ta robe, à ta coiffure. J'ai acheté la mienne, sur tes conseils.

Souple et vive, Kate ôta manteau et bonnet. Elle prit place au bout du lit.

— Si on causait, ma puce ? Déjà, comment va Étienne Dambert ; celui par qui le scandale est arrivé ?

— Son état demeure stationnaire, mais il est toujours dans le coma. Maintenant qu'on l'a transféré à Sallanches, Sophie lui rend visite le plus souvent possible. Elle lui parle beaucoup. D'après les médecins, il risque vraiment d'avoir des problèmes neurologiques. Ce serait affreux pour lui.

— Il ne faut pas désespérer, prêcha Kate. Et toi, tu vas continuer longtemps à ignorer Benjamin ? Madame Vivi m'a confié qu'il t'envoyait des vidéos des petits loups, des émoticônes attendrissants, et qu'il t'avait écrit trois lettres.

— Je ne les ai même pas lues, mentit Soline sans bien savoir pourquoi. Si je me suis réfugiée à Combloux, près de Viviane, c'était surtout pour pouvoir réfléchir en paix. Je ne peux rien te dire de précis, mais je dois trouver des réponses. Alors je m'allonge sur ce lit, je ferme les yeux et je me concentre. J'essaie d'avoir des visions de ma petite enfance, ou de ce fameux accident qui a bloqué une partie de ma mémoire. Oui, bloqué ; je ne trouve pas de terme plus adapté. Pourtant, mon intuition me dit que cette période de ma vie est liée à tout ce chaos intolérable.

Kate, au courant des événements du dimanche 15 novembre, approuva d'un signe de tête.

— Tu as quand même agi en dépit du bon sens, en écoutant ce policier. Chaque fois que j'y pense, j'ai des frissons. Alban était consterné, lui aussi. Il estime que l'inspecteur Dambert devrait être destitué ou muté dans un patelin de province, à un poste administratif.

— D'abord, il faudrait qu'il reprenne conscience, qu'il soit en possession de ses facultés intellectuelles, pour pouvoir se défendre, rétorqua Soline d'un ton agacé. Étienne avait raison sur un point. La police scientifique a relevé du sang, dans la ferme près de Lons. L'ADN correspond à celui trouvé sur un mouchoir en papier, près de la clairière du chalet de Servoz. Ce criminel nous épiait, et j'ignore ce qu'il a vu… Mais cet ADN ne correspond à personne d'identifié.

— Et flûte, tu prends encore le parti de ce flic ! Ma puce, rassure-moi. Tu n'es pas tombée amoureuse de lui, d'où ta décision de rompre avec Benjamin ?

Soline dévisagea son amie d'un air offensé, mais sans pouvoir retenir un sourire.

— Kate, je n'ai pas quitté Benjamin ; j'ai pris mes distances. Je suis enceinte de lui, je l'aime toujours autant, seulement il m'a déçue. Il répétait qu'il me pardonnerait tout, qu'il me protégerait mais, à Lons, il hurlait, il était différent. Je ne l'avais encore jamais vu aussi furieux, aussi froid. Je lui en veux.

— Excuse-moi, tu avais des torts dans cette histoire.

— Je sais bien, je lui ai menti, avoua Soline, prête à pleurer. Kate, il me manque. J'ai des photos de lui dans mon téléphone, je les regarde avant de m'endormir. Au fond, je n'arrive pas à faire le premier pas, à l'appeler, et il semble être dans le même cas, de toute évidence.

Kate leva les yeux au ciel, puis elle sortit un paquet d'un sac en papier kraft.

— Tiens, ma puce. Je t'ai acheté ça, à accrocher sur un mur de votre chalet.

— Un calendrier de l'Avent, murmura Soline.

— Avec des chocolats fins, à l'intérieur des petites fenêtres. Tu m'avais parlé du grand sapin que tu voulais décorer pour Noël.

— Oui, j'en rêvais. Merci pour le calendrier, c'est adorable.

Cette fois, les larmes perlèrent, discrètes, vite essuyées par Soline. Elle se sentait fragile et coupable.

— Allons, du cran, envoie un texto à ton amoureux ; avoue qu'il te manque et que tu l'aimes très fort. Je parie qu'il viendra te chercher, insinua Kate. Je te donne ce conseil par égoïsme ; tu n'oserais pas gâcher mon mariage ! Je tiens à te voir dans l'église, au bras de Benjamin.

— Bon, je le fais pour toi.

Son amie assista, en apparence impassible, à la rédaction du message et à son expédition. Soline retint un soupir en reposant son téléphone. Deux minutes plus tard, elle entendit des pas rapides dans l'escalier.

— Je descends boire un café avec madame Vivi, annonça Kate en ouvrant la porte en grand et en s'esquivant aussi vite.

Soline vit tout de suite Benjamin, un bouquet d'hellébores à la main ; les délicates « roses de Noël » qui fleurissent au mois de décembre.

— Tu étais là ? s'étonna-t-elle.

— Oui, avec ou sans message de ta part, je serais monté te voir. Soline, pardonne-moi. Je voudrais que tu reviennes ; toi aussi, tu me manques.

Elle se leva, éperdue de joie, pour se jeter à son cou, en pleurant et riant à la fois. Il l'enlaça avec passion.

— Je n'en pouvais plus, souffla-t-il à son oreille. Sans toi, le chalet du vallon des loups est trop vide, trop silencieux. Ma petite fleur, je suis désolé, je n'aurais pas dû m'emporter ainsi.

— Et moi, je suis trop coléreuse et un peu rancunière. Je n'étais pas dans mon état normal. Je t'assure, je croyais entrer en guerre, être la seule à pouvoir vous sauver tous, et à te sauver la vie.

Soline tendit son visage vers Benjamin qui l'embrassa sur les lèvres, très doucement.

— Rien ne doit nous séparer, déclara-t-il. Cet homme est un monstre, tu as raison. Peut-être qu'il a succombé à ses blessures ; peut-être qu'il reviendra un jour. Pour l'instant, nous devons penser à nous, à notre bébé. Tu passes une deuxième échographie dans une semaine. Est-ce qu'il bouge un peu ?

— Parfois, j'ai des sensations insolites, un peu comme des vagues mais, à mon avis, ce ne sont pas de vrais mouvements.

Blottie contre Benjamin, Soline s'abandonnait au bonheur de le retrouver, d'être cajolée. Il effleura ses cheveux de légers baisers, puis son front, ses joues, et de nouveau sa bouche.

— À propos du mariage de Kate et d'Alban, tu n'as rien changé à l'organisation ? s'enquit-il d'une voix caressante.

— Non, bien sûr ! Mme Demolliens offre un lunch après la cérémonie religieuse et, le soir, nous dînons tous au chalet ; enfin, quand je dis tous, les parents d'Alban et Mathis Derain, son témoin, ont décliné l'invitation. Sophie nous présentera sa compagne Judith, à cette occasion.

— Il te reste à plier bagage, mon cœur. Tu as dû manquer à Barry, à Farou et ses petits. Je me suis concentré sur eux, pour supporter ton absence. Tu verras, nos protégés sont presque apprivoisés.

Maintenant, Soline avait hâte de partir. Elle exigea un autre baiser, puis s'empressa de rassembler ses affaires.

— Au fait, merci, mon amour, déclara-t-elle en remplissant un sac de voyage. C'était gentil de déposer des vêtements de rechange sur le perron de Viviane, alors que nous étions en froid. Dis, est-ce que tu en veux toujours à Étienne ?

— Oui, évitons d'aborder le sujet, je t'en prie. S'il se rétablit, ce que j'espère, il aura intérêt à s'expliquer. Je me suis posé des tas de questions, sans parvenir à comprendre pourquoi il a voulu agir seul, et pourquoi il t'a mise en danger… Ton père ne t'a pas appelée ?

— Une fois, pour me passer maman aussitôt.

— J'ai rendu visite à tes parents, avant de quitter Lons. Ton père s'est montré plein de remords et ta mère sanglotait au fond de son lit. Franchement, Jacques Fauvel m'a déplu. Sans vouloir te vexer, je me méfie de lui. Je l'ai prévenu de ne plus rien te demander, et d'alerter la police si besoin.

— Je m'en moque, ne parlons plus de tout ça ! s'écria Soline. Benjamin, avant de rentrer chez nous, je voudrais acheter un sapin de Noël et des décorations. Et j'implorerai le Ciel pour qu'il neige enfin.

— Tes désirs sont des ordres, plaisanta-t-il. N'oublie pas tes fleurs.

— Oh non ! Elles sont si belles. Je les mettrai sur le buffet, près de la fenêtre. Viens vite, Viviane sera tellement contente de nous voir réconciliés. Mais je suppose qu'elle et Kate ont comploté, sinon tu n'aurais pas été là, prêt à monter dans ma chambre.

— On ne peut rien te cacher ; disons, presque rien…

Ils s'étreignirent en riant, avides de baisers et de joie, malgré les ombres qui planaient encore sur leur avenir.

Chalet du vallon des loups,
mercredi 23 décembre 2015

Kate, devenue à l'état civil Catherine Demolliens, poussa une exclamation émerveillée lorsqu'elle vit le grand chalet se découper sur le ciel nocturne, d'où ruisselait une neige fine et légère. Des illuminations scintillaient sur la façade sombre : cascades de minuscules lumières dorées, guirlandes enroulées autour de la balustrade de la galerie couverte.

— Soline a fait des folies, dit-elle en serrant plus fort le bras d'Alban. C'est magnifique. Et on voit le sapin par la fenêtre.

— Toi aussi, tu es magnifique, répliqua son mari. Mais tu dois avoir froid.

Alban contempla la jeune femme, dont le joli visage était auréolé de fourrure blanche. Sur sa longue robe en satin ivoire, ornée de dentelles, Kate portait une mante en laine à capuche, de la même teinte.

— Ne t'inquiète pas, je suis si heureuse que je ne sens pas le vent ni les flocons. Tu devrais aider madame Vivi à sortir de la voiture. Nous entrerons tous les trois, puisque nous sommes les derniers arrivés.

— Soline nous a demandé de lui accorder une heure, rappela Alban. Quelle autre surprise a-t-elle préparée ? Kate, j'espère que tu n'es pas triste, à cause de tes parents… Tu aurais pu les inviter à ton mariage.

— Non, ma famille est là. C'est madame Vivi, Soline et toi, à présent.

Le couple s'embrassa, mais une voix moqueuse les ramena à la réalité. Viviane avait ouvert sa portière et réclamait une poigne solide pour descendre du siège arrière.

— Pourvu qu'il ne neige pas toute la nuit, s'esclaffa-t-elle en se cramponnant au bras d'Alban. Moi je dors là, mais vous, les jeunes, vous raterez l'avion pour Venise. A-t-on idée, Venise pour une lune de miel !

— Je sais, madame Vivi, ça peut sembler démodé, à l'heure actuelle. Seulement, chaque fois que je rêvais de me marier, je me promettais d'aller à Venise en voyage de noces.

— Tu as bien choisi, Kate. Je te taquine, car mon Léon m'y a emmenée, pour notre premier anniversaire de mariage.

La discussion s'arrêta net, car un hurlement modulé s'éleva dans la nuit, suivi de petits grognements et d'aboiements. Une voix y fit écho.

— Sage, Barry. Surveille tes rejetons, enfin !

— Voyez-moi ça, déclara Viviane. Soline était dehors avec ses pensionnaires. J'aurais dû garder Vagabond : mon roquet aurait mis de l'ordre dans la meute de ces sauvages. Mais il est mieux avec Vanessa.

— Quel dommage ! déplora alors Kate tandis que Soline accourait. Ma demoiselle d'honneur a quitté sa jolie robe.

— Eh oui, je n'allais pas nourrir mes louveteaux en toilette de soie bleue, de style vintage, répliqua la jeune femme, vêtue d'un pantalon et d'un gros pull à col roulé. J'ai aussi défait mon chignon piqué de fleurettes brillantes. Viviane, venez vite au chaud.

— Demain matin, tu me montreras la louve et ses petits, gamine. Je suis curieuse de les voir.

— Ils ont grandi et ils commencent à jouer à la bagarre. Kate, tu es ravissante sous la neige. Mon Dieu, je suis si contente que mon cœur saute dans tous les sens, affirma Soline.

L'évocation provoqua l'hilarité générale, qui se changea en cris enchantés à l'intérieur du chalet. Le grand sapin de Noël rutilait, garni de décorations rouges et dorées, de guirlandes lumineuses. La table était dressée, ornée de branches de houx et de verres en cristal, mais il y avait seulement six couverts ; ce qui intrigua la mariée.

— Nous devions être sept, ma puce.

— Judith aurait eu un empêchement de dernière minute ; ce qui a beaucoup peiné Sophie. Je ne sais pas quand nous ferons la connaissance de sa compagne.

Sophie et Benjamin sortirent de la cuisine, tous deux équipés d'un tablier. Ils étaient très souriants.

— Installez-vous, je monte remettre ma robe de demoiselle d'honneur, lança Soline. J'espère que le menu vous plaira !

Le dîner, sobre mais raffiné, s'était achevé par du champagne et un gâteau à la framboise, nappé de chantilly. Finalement de très bonne humeur, Sophie avait tenu à photographier les mariés, près du sapin et sur la galerie couverte, avec en toile de fond le paysage enneigé.

— Juste ce qu'il faut de blanc, avait commenté Viviane. Une légère couche pour faire joli. Les routes seront praticables. L'hiver tarde, cette année.

À présent, Kate et Alban étaient partis. Sophie et Viviane devaient dormir dans la grande chambre qu'elles partageaient. Benjamin débarrassait la table, soucieux de ménager Soline, qui s'était avouée un peu lasse après cette journée animée.

— Repose-toi, ma petite fleur d'amour, avait-il dit en l'embrassant tendrement. Demain soir, pour le réveillon, nous serons en tête à tête.

Soline s'était installée sur le canapé, après avoir mis un pyjama douillet. Le décor lui paraissait idéal, fidèle à ses rêves de fillette. Elle admira d'un regard très doux le sapin couronné d'une étoile dorée, le feu dans la cheminée, les meubles anciens et le bouquet de roses de Noël.

« J'ai été exaucée, il neige depuis ce matin », songea-t-elle.

Une impulsion la fit se lever, pour aller se poster près de la fenêtre. Des flocons dansaient au vent, sur le bleu sombre de la nuit. Soudain, une pensée importune lui traversa l'esprit.

« Où est cet homme, en ce moment ? Est-il mort ou encore vivant ? Quelqu'un l'a emmené, a pu l'aider… Peut-être qu'il soigne ses plaies, pareil à un fauve dans sa tanière ! S'il survit, il reviendra un jour, sans doute plus féroce. »

Une pointe d'angoisse brisa la sérénité de Soline, mais, au même instant, elle perçut un soubresaut dans son ventre à peine arrondi, puis un autre, comme un mouvement joyeux.

— Benjamin, viens, appela-t-elle, bouleversée. Notre petite Louise a bougé, un bond de cabri !

L'échographie avait confirmé la prémonition de la jeune femme. Elle attendait bien une fille. Benjamin se précipita, tout ému. Il enlaça Soline en se plaçant dans son dos, pour poser ses mains à l'endroit qu'elle lui indiquait, avec des gestes fébriles.

— Sois patient, Louise va recommencer à sautiller, dit-elle en riant de joie. J'étais un peu triste et, tout de suite, je l'ai sentie bouger. Elle voulait me réconforter, me dire à sa façon de ne plus avoir peur. J'en suis certaine, mon amour.

— Tu as choisi un beau prénom, répondit-il, les larmes aux yeux. Soline, pour Louise, nous ne devons plus avoir de secrets l'un envers l'autre. Demain soir, je te parlerai de mon passé, et du tien. J'ai voulu te protéger ; je te croyais trop fragile, toi qui es si courageuse.

Tremblante de surprise, Soline répliqua tout bas :

— Demain soir, ton passé et le mien. Tu es sûr ?

— Oui, tu as le droit de savoir. Mais, demain soir ; accorde-moi quelques heures de pur bonheur, d'ici là.

Elle se tourna vers lui, prête à le questionner, mais il la fit taire d'un baiser.

Table

De la même autrice
aux éditions Calmann-Lévy :

L'Orpheline des neiges, 2010
Le Rossignol de Val-Jalbert, 2011
Les Fiancés du Rhin, 2012 ; 2019
Angélina. Les mains de la vie, 2013
Les Soupirs du vent, 2013
Angélina. Le temps des délivrances, 2014
Les Marionnettes du destin, 2014
Angélina. La force de l'aurore, 2015
Les Portes du passé, 2015
Le Val de l'espoir, 2016
L'Ange du lac, 2016
Le Scandale des eaux folles, 2016
Les Amants du presbytère, 2017
Les Sortilèges du lac, 2017
La Galerie des jalousies (3 vol.), 2017
Amélia, un cœur en exil, 2017
Abigaël, messagère des anges (6 vol.), 2018
Le Refuge aux roses, 2018

Astrid, la reine bien-aimée, 2019
L'Orpheline de Manhattan (3 vol.), 2019
Le Cachot de Hautefaille, 2019
Lara. La ronde des soupçons, 2020
L'Amour écorché, 2020
Lara. La valse des suspects, 2020
Lara. La danse macabre, 2020
Les Feux de Noël, 2020
Le Mystère Soline (3 vol.), 2021
Les Enquêtes de Maud Delage (2 vol.), 2021
Abigaël, les voix du passé, 2022
Abigaël ou la Force du destin, 2022
Abigaël ou le Secret des anges, 2022

Rejoignez le groupe Facebook
Les Amis de Marie-Bernadette Dupuy

PAPIER À BASE DE
FIBRES CERTIFIÉES

Le Livre de Poche s'engage pour
l'environnement en réduisant
l'empreinte carbone de ses livres.
Celle de cet exemplaire est de :
300 g éq.CO_2
Rendez-vous sur
www.livredepoche-durable.fr

Composition réalisée par PCA

Achevé d'imprimer en juin 2023 en France par
MAURY IMPRIMEUR – 45330 Malesherbes
Dépôt légal 1re publication : février 2023
N° d'impression : 270772
Edition 02 - juin 2023
Librairie Générale Française
21, rue du Montparnasse – 75298 Paris Cedex 06

83/0879/5